Remy Eyssen

Stürmisches Lavandou

REMY EYSSEN

Stürmisches Lavandou

Ein Provence-Krimi

Ullstein

Besuchen Sie uns im Internet:
www.ullstein.de

Wir verpflichten uns zu Nachhaltigkeit
- Papiere aus nachhaltiger Waldwirtschaft
  und anderen kontrollierten Quellen
- Druckfarben auf pflanzlicher Basis
- ullstein.de/nachhaltigkeit

Originalausgabe im Ullstein Paperback
4. Auflage 2023
© Ullstein Buchverlage GmbH, Berlin 2022
Wir behalten uns die Nutzung unserer Inhalte für Text und Data
Mining im Sinne von § 44b UrhG ausdrücklich vor.
Gesetzt aus der Quadraat Pro powered by *pepyrus*
Druck und Bindearbeiten: CPI books GmbH, Leck
ISBN 978-3-86493-203-8

Meiner Frau und meiner Tochter,
für ihre Geduld und ihren Rat

Prolog

Er würde es tun. Er würde Schluss machen mit diesem Monster. Jetzt gleich, ein für alle Mal. Es war nicht seine Schuld, dass seine Mutter nicht mehr da war. War aber vielleicht besser so. Er wusste, dass er gemein klang. Aber nur für Leute, die seinen Vater nicht kannten, die keine Ahnung hatten, was bei ihnen zu Hause los war, wenn dieser widerliche Kerl mal wieder gesoffen hatte. Und das machte er jeden Tag. Wenn er dann in Wut geriet und alles zertrümmerte. Wenn er um sich schlug, nicht mehr zu beruhigen war, weitersoff, bis er das Bewusstsein verlor. Sein verdammter Vater hatte sich das alles selbst zuzuschreiben, dachte der Junge. Hätte der Alte nicht gesoffen, wäre er auch nicht vom Gerüst gefallen. Dann könnte er seinen linken Arm noch richtig bewegen. Er würde nicht ständig seine Jobs auf Baustellen verlieren, weil er sich mit allen anlegte. Es gab keine Bar in der Gegend, in der er noch etwas zu trinken bekam. Und seine Mutter hatte die Wut seines Vaters darüber immer als Erste zu spüren bekommen. Mit ihrem Tod war es noch viel schlimmer geworden. Jetzt musste er die Ausbrüche des Vaters ganz allein ertragen. Sollte er sich doch besaufen, der verdammte Arsch, dachte der Junge. Sich einpissen im Sessel vor dem Fernseher. Wenn er von alleine nicht mehr schnell genug zum Klo kam, weil er zu blau war. Da konnte er so oft nach seiner Frau rufen, wie er wollte. Sie würde nicht wiederkommen, nie mehr. Warum hatte Gott nicht ein Einsehen, dachte der Junge, und ließ den Alten einfach tot vom Sessel rutschen?

Der Junge hätte alles darum gegeben, seine Mutter wieder bei sich zu haben. Hätte alles unternommen, um sie davon abzuhalten, das Schlimmste zu tun. Das, wovon er nie wieder sprechen würde. Das hatte er sich geschworen. Aber was hätte er ausrichten können? Er war noch ein Kind. Er war erst 12 Jahre alt, als sie das verdammte Gift geschluckt hat. E605 stand auf der rostigen Blechdose. »Das brennt einem glatt die Eingeweide weg«, hatte einer der Männer damals gesagt, die seine Mutter auf der Bahre weggetragen hatten.

Bei der Erinnerung an sie spürte er einen Kloß im Hals, und Tränen stiegen ihm in die Augen. Diesen Anblick würde er nie vergessen. Sein ganzes Leben nicht. Wie sie dalag, gleich vorne in der Werkstatt seines Vaters, zwischen den Gartengeräten, ihre Augen zur Decke verdreht. Ihr Gesicht war hellrot angelaufen, und die Zunge quoll ihr aus dem Mund wie ein kleiner Ballon. Der Zementboden hatte sich rot verfärbt durch das Blut, das sie in ihrem Todeskampf erbrochen hatte. Sie war ganz kalt gewesen, als er sie zum letzten Mal berührt hatte, so kalt. In diesem Augenblick hatte er gedacht, die Welt müsste untergehen. Die Erde müsste stehen bleiben. Weil das Unvorstellbare eingetreten war, einfach so. Während sein Vater betrunken in seinem Sessel lag und schlief, hatte er seine tote Mutter in den Armen gehalten.

Der Junge blieb stehen. Hatte sein Vater eben nach ihm gerufen? War der Alte etwa aufgewacht? Er wachte doch sonst nie auf, wenn er erst mal im Vollrausch eingeschlafen war. Der Junge lauschte in die Dunkelheit, aber da war nur Stille. Er hatte das ganze übrige Schlafmittel seiner Mutter in die Flasche mit dem Pernod gemischt, 10 Tabletten. Er durfte jetzt keinen Fehler machen. Sein Vater und er waren ganz alleine hier oben in dem Haus in den Hügeln. Der nächste Nachbar wohnte mehr als einen halben Kilometer entfernt. Diesmal würde er die Sache zu Ende bringen. Unter anderen Umständen hätte er seinem Vater vielleicht noch eine letzte Chance gegeben. Wäre vor dessen Prügel in den Wald geflohen und erst wieder zurückgekommen, wenn der Alte wieder nüchtern wäre. Dann hätte er sich zum wievielten Mal die falschen Versprechen angehört. Das Gejammer vom besseren Leben. Über einen Entzug und einen festen Job.

Doch dann war der Abend mit der Schildkröte gekommen, seiner Schildkröte, Amusandra. Seine Mutter hatte sie ihm geschenkt im Sommer vor ihrem Tod. Sein Vater hatte das Tier vom ersten Moment an gehasst. Schildkröten würden stinken, hatte er gesagt, und außerdem würde sie jede Menge Ungeziefer ins Haus bringen, und ihr Panzer würde verfaulen. Eines Tages, da war seine Mutter bereits nicht mehr bei ihnen, war sie dann verschwunden. Der Junge hatte das Tier überall gesucht. Vor zwei Tagen hatte er sie dann endlich gefunden, oder das, was von ihr noch übrig war. Sein Vater hatte das hilflose Tier in die glühenden Holzkohlen des Garten-Grills geworfen. Dort war sie verkocht in ihrem Panzer und aufgeplatzt wie eine überreife Aubergine im Backofen. Sein Vater hatte nur gelacht, als er das tote Tier entdeckte. In diesem Augenblick hatte der Junge ein neues Gefühl kennengelernt. Plötzlich wusste er, wie sich Hass anfühlte.

Jetzt schlich er mitten in der Nacht durch das dunkle Haus und betete, dass sein Vater tief und fest schlief. Er hatte nur diese eine Chance, ihn für alles büßen zu lassen, was er ihnen angetan hatte. Er hatte sich genau überlegt, wie er es machen wollte. Darüber, was danach aus ihm werden sollte, hatte er bisher nicht nachgedacht. Er wollte nicht weinen. Er hatte schon so oft geweint und im letzten Moment seine Pläne wieder aufgegeben.

Wenn er es dieses Mal nicht schaffte, würde er es nie schaffen. Da war er sich sicher. Denke nicht über morgen nach, sagte er sich. Tu's einfach. Du kannst das. Vielleicht war das alles gar nicht wahr. Vielleicht träumte er das nur? Vielleicht hielt er gar kein Feuerzeug in der Hand, und vielleicht schleppte er auch keine Flasche mit Spiritus durchs Haus. Vielleicht würde er gleich in seinem Bett aufwachen, und seine Mutter würde zur Tür hereinsehen und sagen, dass sie ihm Spiegeleier zum Frühstück gemacht hat.

Hör auf rumzuspinnen, ermahnte er sich. Bring es zu Ende, jetzt. Er hasste diesen Mann, aber es war schließlich auch sein Vater. Tränen schossen dem Jungen plötzlich in die Augen. Er konnte nichts dagegen tun. Gut, dass ihn sein Vater jetzt nicht sah. Ein Junge weint nicht, hätte er gesagt und ihm eine Ohrfeige verpasst. Du Schwächling. Der Junge kniff sich mit den Fingernägeln in die Haut seines Handrückens, so fest er nur konnte. Der Schmerz war spitz und scharf und erinnerte ihn daran, dass er sich etwas geschworen hatte. Rache für alles, was sein Vater ihm und seiner Mutter angetan hatte. Wenn er es jetzt nicht tat, würde er den Respekt vor sich selber verlieren, und das war viel schmerzhafter, als sich in die Hand zu zwicken, selbst wenn er es mit ganzer Kraft tat.

Der Junge drückte mit der Schulter vorsichtig die Tür zum Wohnzimmer auf. Jetzt hörte er das schnarrende Atmen seines Vaters. Ein intimes, widerliches Geräusch, das er nicht hören wollte, weil es alles so real machte. Der Alte, der da im Sessel saß und ekelhafte Geräusche von sich gab, war sein Vater. Der klebrig-süße Geruch von Schnaps hing in der Luft, und die Ausdünstungen eines ungewaschenen, schweißnassen Körpers. Es war still im Haus. Der Junge hörte nur das Atmen des Mannes und das Quaken der Kröten, irgendwo da draußen in der mondhellen Sommernacht.

Er trat neben den Sessel und hob die braune Plastikflasche, sodass sie über dem Schlafenden schwebte. Flüssigkeit ergoss sich gluckernd über seinen Vater. Der Junge spürte, wie der Spiritus zwischen seinen Fingern hindurchsickerte und einen öligen Film auf ihnen hinterließ. Dämpfe von Ethanol stiegen auf. Sein Vater stöhnte im Schlaf und bewegte sich. Seine rechte Hand zuckte, als ob sie einen lästigen Moskito verscheuchen wollte. Jetzt, sagte sich der Junge, jetzt! Und er goss den letzten Rest der Flasche seinem Vater mitten ins Gesicht. In diesem Moment kam der Mann zu sich. Er hustete, keuchte, spuckte die Flüssigkeit aus, die ihm in Mund und Nase gedrungen war. Plötzlich sah er dem Jungen direkt in die Augen. Doch es war zu spät. Instinktiv drückte der Junge den Schieber des Plastikfeuerzeugs nach unten. Die Flamme zündete sofort. Er musste das Feuerzeug nicht einmal an den Mann im Sessel halten. Das Feuer breitete sich mit einem einzigen, dumpfen »Wup« in dem stickigen Raum aus, und im Bruchteil einer Sekunde stand alles in Flammen. Die Flammen rasten über den Boden. Schufen einen See aus Feuer, stürzten sich auf die Vorhänge, die Stühle, das Bord mit dem Fernseher, entzündeten alles, dessen sie habhaft wurden.

Für einige Augenblicke war der Junge wie erstarrt. Er sah, wie sein Vater plötzlich aufstand und wie ein brennender Geist auf ihn zukam. Der Betrunkene schwankte, versuchte, den Flammen zu entkommen. Aber die Hitze machte ihn blind, er konnte den Ausgang nicht finden. Stieß gegen den Esstisch, stürzte, kämpfte sich hoch, grell flackernd wie eine lodernde Fackel. Und alles, was er berührte, erzeugte neue Flammen. Fasziniert und unfähig zu reagieren, starrte der Junge auf das entsetzliche Spektakel. Der betrunkene Mann stürzte erneut. Doch diesmal kam er nicht mehr hoch. Seine Beine zuckten hilflos. Mit den brennenden Händen schlug er verzweifelt auf den Boden ein. Erst jetzt spürte der Junge ein Beißen in seiner rechten Schulter. Auch er brannte. Der Schmerz löste ihn endlich aus seiner Erstarrung, mit der linken Hand schlug er die Flammen aus. In diesem Moment stieß sein Vater einen wilden Schmerzensschrei aus, der tief aus dem Körper dieses brennenden Menschen hervorzubrechen schien. Der Schrei jagte dem Jungen einen Schauder des Entsetzens über den Rücken, er taumelte rückwärts aus dem Raum und schlug die Tür hinter sich zu. Das Letzte, was er sah, war sein brennender Vater, der sich wie ein verletzter Käfer auf dem Boden wälzte und schrie, einen Schrei, wie der Junge ihn noch nie gehört hatte. Da wusste er, dass sein Vater das Feuer nicht überleben würde.

1. Kapitel

Es gab Menschen, die behaupteten, der Küstenort Le Lavandou hätte seine besten Zeiten hinter sich. Zeiten, in denen noch ganze Familien aus Lyon, Paris, sogar aus dem fernen Brest anreisten, um Urlaub an der Côte d'Azur zu machen. Inzwischen waren es mehr und mehr Pensionäre und Rentner, die das Küstenstädtchen in der Provence bevölkerten. Darum hatte der Stadtrat mit Geld und guten Worten die diesjährigen Kite-Surf-Meisterschaften *Mondial du Vent* nach Lavandou geholt, mit dem Ziel, den Ort auch für junge Menschen, für Familien und Studierende wieder attraktiver zu machen. Es zeichnete sich bereits ab, dass das Vorhaben der Gemeinde von Erfolg gekrönt war: Die Veranstaltung war eine regelrechte Verjüngungskur für Lavandou. Plötzlich trafen sich wieder Gruppen junger Leute an den Stränden, in den Bars, den Bistros und an den Boule-Plätzen. Die Luft roch nach Sonnenöl, gebrannten Mandeln und heißen Sommernächten. Le Lavandou schien regelrecht aus einem Dornröschenschlaf zu erwachen. Alle waren sich einig: Das würde der perfekte Sommer werden.

Leon war früh aufgestanden. Es erwartete ihn eine Menge Arbeit in der Rechtsmedizin. Isabelle war bereits dabei, Äpfel für das Müsli klein zu schneiden, als er die Küche betrat.

»*Bonjour, chérie*«, Leon umarmte sie sanft von hinten.

Isabelle sah auf und lächelte. »Äpfel oder Trauben?«, fragte sie.

»Trauben«, antwortete Leon. »Aber nur, wenn ich dir ein Omelett machen darf.«

»Überredet.«

»Wo ist Lilou?«

»Sie hat angeblich die erste Stunde frei«, Isabelle klang wenig überzeugt.

»Aber ...?«, Leon spürte, dass Isabelle ihm etwas sagen wollte. Sie sah von den Müslischalen auf.

»Du hast ihnen das Haus gegeben.« Das war eine Feststellung.

»Ich habe Lilou den Schlüssel zum Haus gegeben«, korrigierte Leon. »Ich dachte, dann hätten sie mal ein paar Tage ganz für sich alleine.«

»Für sich alleine? Ich bitte dich, Leon. Lilou ist erst 17.«

»Wie war das noch mit deinem ersten Trip nach Griechenland?« Leon sah Isabelle mit einem breiten Grinsen an und hob schützend eine Hand, als er ihren Gesichtsausdruck sah. »Wie alt warst du damals, als du mit deinem Freund auf diese kleine Insel gefahren bist?«

»Das waren ganz andere Zeiten«, Isabelle versuchte, empört zu klingen.

»Was war denn da so anders?« Leon säuselte übertrieben. »Vollmond, romantische Nächte im Schlafsack am Strand ... hmhmhmm.«

»Leon, bitte ...« Isabelle sah ihn an, als müsste sie ihn davon abhalten, ein Geheimnis zu verraten. »Es geht doch gar nicht um ... darum.«

»Um was denn sonst? Was genau habt ihr denn im Schlafsack am Strand gemacht, was so anders war?«

In diesem Moment betrat Lilou die Küche, der Blick, den sie

ihrer Mutter zuwarf, schwankte zwischen Neugier und Amüsement.

»Genau, was habt ihr da gemacht am Strand?«, flötete Lilou. »Bekenne!«

»Lilou, ich bin deine Mutter«, sagte Isabelle. Es sollte vorwurfsvoll klingen.

»Eben drum«, Leon grinste.

»Das geht euch gar nichts an«, würgte Isabelle die beiden ab. Dann musterte sie das Outfit ihrer Tochter und atmete tief durch.

»Jetzt machst du's wieder ...«, sagte Lilou.

»Was mache ich?«

»Na, dein Polizeigesicht.«

Leon grinste.

»Quatsch, Polizeigesicht. Ich schau dich doch nur an. Warum ...« Isabelle unterbrach sich, holte erneut tief Luft und ließ den Blick auf ihrer Tochter ruhen.

Die 17-Jährige trug wie üblich eines ihrer übergroßen T-Shirts, an diesem Tag mit der Aufschrift »There is no Planet B«. Dazu hatte sie ihre Lieblingsjeans knapp überm Knie abgeschnitten. Ihre langen Haare hatte Lilou zum Bedauern ihrer Mutter zu einem lockeren Knoten zusammengefasst, der von einer Plastikspange in Form eines Froschs gehalten wurde.

»Ich meine ja nur, du könntest ja auch mal wieder eines deiner Sommerkleider anziehen – und die Haare offen lassen?« Isabelle sprach betont beiläufig, ein vorsichtiges Lächeln auf den Lippen. »Da siehst du immer so hübsch aus.«

»Die süße kleine Maus von nebenan«, Lilou machte ein Kussmündchen und klimperte theatralisch mit den Wimpern. »Also, was war jetzt mit dem Sex am Strand?«

»Es ist nur ...«, sagte Isabelle mit einem Zögern zu Leon. »Das Haus liegt so einsam.«

»Dann kannst du ja deine Schnüffler vorbeischicken«, sagte Lilou frech. »Die können dann genau berichten, was wir so treiben.«

»Das ist nicht witzig«, brummte Isabelle, nun ganz die stellvertretende Polizeichefin von Lavandou.

»Isabelle macht sich Sorgen um dich«, versuchte Leon zu vermitteln.

»Wir schließen nachts Fenster und Türen zu, und ich lege den Schürhaken neben das Bett«, sagte Lilou und gab ihrer Mutter einen Kuss auf die Wange. »Versprochen.«

»Egal, was ihr macht«, sagte Leon, »Hauptsache, ihr vergesst nicht, die Küche zu streichen – Oscar hat es mir versprochen.«

»Typisch alter weißer Mann«, sagte Lilou. »Die Kolonialisten beuten mal wieder die Eingeborenen aus.«

Leon öffnete den Mund zu einer Erwiderung, doch ihm fiel nichts ein – vor dem Frühstück konnte er es mit Lilou nicht gut aufnehmen. Vor einigen Jahren hatte er Le Lézard, ein altes, gemütliches Bauernhaus mit dazugehörigem Weinberg, von einer Tante geerbt. Es hatte sich als Geschenk mit Fallstricken entpuppt: Ständig gab es etwas zu reparieren. Den Wein ernteten zwar die Nachbarn und entschädigten Leon jedes Jahr mit einigen Kisten selbst gekeltertem Rosé, doch das Bestellen des Weinberges war nur ein Bruchteil dessen, was anfiel. Die üblichen Überraschungen bestanden in maroden Stromkabeln, tropfenden Wasserleitungen und verstopften Abflussrohren. Sah man jedoch über diese Ärgernisse hinweg, entsprach das Haus genau dem, was sich der hektische Großstadtmensch, der Leon noch vor ein paar Jahren gewesen war, unter dem Leben auf dem Land vorstellte.

»Wann wolltet ihr denn nach Le Lézard fahren?«, fragte Isabelle und riss Leon damit aus seinen Gedanken. Sie klang ein wenig gekränkt, dass ihre Tochter und Leon sie nicht so genau in die Pläne eingeweiht hatten.

»Oscar kommt mit dem Zug«, sagte Lilou. »Er wird so gegen 18 Uhr hier sein.«

»Nett, dass ich das auch noch erfahre.«

Lilou und Leon wechselten einen schnellen Blick.

»Meinst du, wir dürfen den Méhari haben?«, fragte Lilou ihre Mutter und strich ihr besänftigend über den Arm.

Der Méhari war ein alter, offener Citroën mit einem Stoffdach gegen die Sonne. Genau das Richtige für heiße Sommertage an der Côte d'Azur.

»Zwei Teenager mit meinem Auto unterwegs.« Isabelle wandte sich an Leon. »Jetzt sag halt auch mal was.«

»Ich finde, das klingt nach einer guten Idee«, sagte Leon mit einem Schulterzucken. »Da könnt ihr gleich die Klappstühle für die Terrasse mitnehmen.«

»Vielen Dank, Leon«, sagte Isabelle. »Du bist wirklich eine große Hilfe.«

»Oscar ist schon 23«, sagte Lilou.

»Wenn Oscar heute Abend kommt«, warf Leon beschwichtigend ein, »dann rede ich noch mal mit ihm. Versprochen.«

»Was soll das werden?«, fragte Lilou, »eine Gefährderansprache?«

Leon musste lächeln. Er mochte die selbstbewusste Lilou, die ihm in den sieben Jahren, die er jetzt mit Isabelle zusammenlebte, ans Herz gewachsen war wie eine eigne Tochter.

2. Kapitel

Leon saß in seinem Peugeot Cabriolet und fuhr auf der schmalen Landstraße in Richtung Toulon. Wenn er die Schnellstraße nahm, waren es nur 25 Minuten bis zu seinem Arbeitsplatz an der Klinik Saint-Sulpice. Aber an sonnigen Tagen wie heute nahm er lieber die Landstraße, die sich durch schier endlose Weinberge schlängelte. Auf halber Strecke gab es einen kleinen Parkplatz. Dort, im Schatten einer Gruppe von Platanen, hielt er an, schaltete den Motor ab, atmete tief ein und genoss den Duft von Thymian und Rosmarin, den der warme Wind durch die Landschaft trug. Leon klappte das Dach auf, stellte am Autoradio den Sender »Radio Nostalgie« ein und lauschte dem unsterblichen Charles Trenet, der seinen ewigen Song *La Mer* zum Besten gab.

Eine halbe Stunde später stellte Leon seinen Wagen auf dem Parkplatz der Klinik ab. Es war eine alte Klinik, die aber vor 10 Jahren renoviert und um einen großen Anbau erweitert worden war. Darin befand sich auch das neue Institut für Rechtsmedizin, das der Pathologe Dr. Leon Ritter leitete.

Leon betrat das Gebäude durch den gläsernen Haupteingang und grüßte Krankenschwester Monique, die hinter dem Tresen saß und den Eingang bewachte. Sie war Ende dreißig, etwas mollig und stets argwöhnisch gegenüber Kollegen. Monique galt als streng, geradezu akribisch, wenn es um die Belange der Klinik ging. Dementsprechend hatte sie nicht viele Freunde innerhalb der Belegschaft. Leon war die große Ausnahme. Er schätzte die Schwester, die auch in der größten Klinikhektik niemals die Nerven zu verlieren schien. Und er wusste nur zu gut, wie fordernd der Krankenhausalltag sein konnte. Er schenkte ihr seine Aufmerksamkeit, und sie war seine heimliche Verbündete, wenn er mal wieder anderer Meinung als die Geschäftsleitung war.

Schwester Monique verehrte den Leiter der Rechtsmedizin, was nicht nur daran lag, dass Leon ihr gelegentlich ein Schokoladencroissant mitbrachte. Sie bewunderte den Docteur aus Deutschland, und gelegentlich, wenn er mal wieder ein paar freundliche Worte mit ihr gewechselt hatte, dann stellte sie sich vor, wie es wohl wäre, mit einem Mann wie dem Docteur zusammenzuleben.

»Bonjour, Monique!« Mit einem freundlichen Kopfnicken wollte Leon an der Krankenschwester vorbeigehen.

»Docteur, einen Moment«, sagte Monique und versuchte, ihrer Stimme einen leicht verruchten Unterton zu geben. So wie die Frauen in den alten amerikanischen Schwarz-Weiß-Filmen, die sie so mochte. Sie reichte Leon eine schmale Patientenakte.

»Was ist das?«, wollte Leon wissen.

»Es geht um den Fall Bagaud, Docteur. Die Versicherung braucht das Gutachten noch heute.«

»Heute noch?«

»Docteur Bayet hat extra angerufen und bestand darauf, dass ich Ihnen das persönlich gebe. Und ich sollte Ihnen sagen, dass es eilt.«

Dr. Hugo Bayet war der Leiter und Finanzchef der Klinik. Wenn er sich persönlich für eine Obduktion einsetzte, musste es gute Gründe dafür geben. Die Leiche von Charles Bagaud war erst am Tag zuvor in die Rechtsmedizin eingeliefert worden. Ein 63-jähriger Buchhändler, der mit seinem Motorrad von der Straße abgekommen und gegen einen Brückenpfeiler gefahren war. Ein tragischer, aber nicht ungewöhnlicher Fall, wie es in jeder Sommersaison einige Dutzend Male vorkam. Die Menschen glaubten immer, dass ein Gerichtsmediziner nur Mordopfer untersuchte. Tatsächlich lagen die Dinge ganz anders: Die Aufgabe der Rechtsmedizin war die Untersuchungen aller Arten unklarer Todesfälle. In Auftrag gegeben wurden solche Obduktionen in der Regel durch die Staatsanwaltschaft. Dazu zählten Untersuchung von Unfallopfern, aber auch Todesfälle in Folge von Erkrankungen oder Verletzungen.

Leon warf einen Blick auf die Akte. Darauf war das Wort »Assurance«, Versicherung gestempelt. Eine Versicherung wollte also die genaue Todesursache eines ehemaligen Kunden wissen. In solchen Fällen ging es in der Regel um Geld, das nur unter ganz bestimmten Bedingungen an Verbliebene ausgezahlt werden musste. Nicht ungewöhnlich, dachte Leon. Schließlich neigten Versicherungen dazu, solche Auszahlungen zu verzögern oder ganz infrage zu stellen. Man würde sehen.

»Merci, Monique«, sagte Leon und nahm die Treppe zum Souterrain.

Die Rechtsmedizin lag im Keller der Klinik. Tag und Nacht waren die Räume auf angenehme 21 Grad gekühlt. Die meiste Zeit des Tages brannte Kunstlicht. Aber ein paar Oberlichter im Gang und im Vorraum der Station sorgten dafür, dass man nicht vergaß, dass es auch noch ein Leben außerhalb des Kellers gab. Für viele Menschen mochten solche Arbeitsbedingungen abschreckend wirken, für Leon waren sie ideal. Hier hatte er seine Ruhe und konnte sich auf seine Arbeit konzentrieren. Hierher verirrte sich kaum einmal ein Kollege aus der Klinik. Darum hielt Leon verblüfft inne, als er die Stimme von Schwester Colette, einer medizinisch-technischen Assistentin aus der Intensivstation, hörte.

»Bitte, Olivier«, hörte er die Frau sagen, »wir haben doch schon so oft darüber gesprochen.«

Leon konnte die MTA-Schwester nicht sehen, aber sie schien hinter der Eingangstür aus Milchglas zu stehen. Unbehaglich verharrte Leon einen Moment: Offensichtlich stritt sie mit seinem Assistenten Olivier Rybaud.

»Ich möchte ja nur, dass wir uns noch mal treffen«, Rybauds Stimme hatte etwas Flehendes. »Meine Güte, Colette, nur reden. Das ist alles, worum ich dich bitte.«

»Ich muss hoch, Olivier. Ich will die Kolleginnen nicht warten lassen.« In diesem Moment summte Colettes hausinternes Funkgerät. »Colette hier. Ich bin gleich oben.« Es folgte eine Pause, dann erklang erneut ihre Stimme. »Es tut mir leid ...«

»Du kannst so kalt sein«, hörte Leon seinen Assistenten sagen.

»Bitte, Olivier. Ein anderes Mal, okay?«, sagte Colette.

»Ist es der Typ von der Surfmeisterschaft?«, fragte Rybaud.

Colette antwortete nicht.

»Ich habe es doch gewusst.«

In diesem Moment räusperte sich Leon und öffnete die Tür.

»Schwester Colette«, Leon versuchte einen Scherz. »Was hat Sie zu uns in die Unterwelt verschlagen?«

»Ich muss nach oben«, antwortete sie und deutete mit dem Finger zur Decke, als müsste sie Leon zeigen, wo oben und unten war.

»Schade, wir haben so wenig Besuch hier unten«, sagte Leon mit einem Lächeln.

»Ist ein Notfall. Einen schönen Tag noch, Dr. Ritter«, sagte die junge Frau und verschwand.

Rybaud war Colette ein paar Schritte hinterhergelaufen, aber abrupt stehen geblieben, als er seinen Chef sah.

»Bonjour, Monsieur Rybaud«, Leon reichte ihm die Akte. »Alles in Ordnung?«

»Bonjour«, sagte Rybaud etwas zu eilig. Er warf einen Blick auf die Akte. »Ah, der Motorradunfall. Dachte ich mir schon.«

»Können Sie hellsehen?«

»Ich weiß nur, dass Monsieur Bagaud eine kranke Frau zurücklässt«, sagte Rybaud, »und dass er eine Lebensversicherung hatte.«

Für Leon war es keine Überraschung, dass Rybaud über die Lebensumstände eines Toten genau informiert war: Sein Assistent kannte eine Menge Leute in der Gegend. Bei Monsieur Bagaud kam hinzu, dass der Mann über zwanzig Jahre lang die kleine Buchhandlung in Le Lavandou in der Avenue Charles de Gaulle geführt hatte.

»Wissen Sie, ob Bagaud Familie hatte?«

»Soweit ich weiß, gibt es da nur noch Madame Bagaud«, sagte der Assistent und blätterte durch die Patientenakte. »2016 ...«

Leon schaute auf. »Was meinen Sie?«

»2016 ...«, Rybaud hielt ein Schreiben der Versicherung in der Hand und studierte die Einträge. »Das Jahr, in dem Monsieur Bagaud eine Lebensversicherung abgeschlossen hat.«

»Ist fünf Jahre her«, sagte Leon. »Könnte sich um eine Frist handeln.«

»Eine Millionen Euro«, antwortete Rybaud.

Leon sah seinen Assistenten fragend an.

»Die Auszahlungssumme«, Rybaud reichte ihm den Ausdruck. »Eine runde Million.«

3. Kapitel

Am Strand von Le Lavandou lag Ärger in der Luft. Solange die Einheimischen sich zurückerinnern konnten, war der Strand vor der palmengesäumten Promenade immer groß genug für alle gewesen, aber damit schien Schluss zu sein. Grund dafür waren die Surfmeisterschaften. Bereits in aller Frühe hatten Händler ihre Stände im Sand aufgebaut, wo man von Schäkeln über Müsliriegel bis zur Sonnencreme alles kaufen konnte, um das Surferleben angenehmer zu gestalten. Vielleicht hätte der Strand dennoch Raum für alle bieten können, aber an diesem Morgen wurde eine mobile Open-Air-Bühne aufgebaut, auf der bereits ein DJ seine Verstärkeranlage testete. Laut genug, um jede Konversation im weiteren Umkreis unmöglich zu machen. Jetzt brüllten die Badegäste sich untereinander an, gingen hinter Sonnenschirmen und Sandburgen in Deckung und warteten nur darauf, dass ein Surfer versehentlich auf eines ihrer ausgebreiteten Handtücher trat. Andere Sommergäste brummten ihren Unwillen über die Surfer vor sich hin, die ihre Bretter dicht an dicht auf den Strand gezogen hatten und so den Zugang zum Wasser blockierten.

Die Stimmung war aufgeheizt, selbst zu einem kleinen Handgemenge war es schon gekommen, als Isabelle auftauchte, um nach dem Rechten zu sehen. Eigentlich waren touristische Belange Sache der Gendarmerie municipal, aber in der Saison unterstützten auch mal die Beamten der Gendarmerie nationale ihre Kollegen vom Ordnungsamt.

Die stellvertretende Polizeichefin betrat mit Lieutenant Masclau die Open-Air-Bühne. Flankiert wurden sie von Lieutenant Jacques Peyron, der so dick war, dass Isabelle fürchtete, die Knöpfe seiner Uniform könnten abplatzen, während er die Stufen zur Bühne hochstapfte. Peyron war eine vorübergehende Leihgabe der Gendarmerie von Draguignan an die Kollegen in Le Lavandou, die in der Ferienzeit notorisch unterbesetzt waren und jede Unterstützung brauchen konnten.

Isabelle war mit ihrer kleinen Task Force vor dem DJ stehen geblieben.

»Morell, Gendarmerie nationale«, sagte Isabelle, »können Sie das bitte mal leiser machen?«

Der DJ grinste frech und tippte sich mit den Fingerspitzen gegen die Ohrhörer, um zu zeigen, dass er die Beamtin nicht verstehen konnte. Und dass er auch nicht daran dachte, sich von den Flics etwas vorschreiben zu lassen – schon gar nicht von einer Frau. Masclau tat einen schnellen Schritt nach vorn, griff auf das Mischbord und legte den Schalter um, auf dem »Power-Main« stand. Unter ungutem Krächzen verabschiedete sich die Anlage. Schlagartig herrschte Ruhe am Strand.

»Was ... was haben Sie getan?«, der DJ schob sich seine neongrüne Sonnenbrille auf die Stirn. »Der ganze Soundcheck war umsonst. Das können Sie nicht machen. Ich komm ja auch nicht zu Ihnen aufs Revier und ...«

»Klappe halten und zuhören«, Masclau deutete auf Isabelle, der die schroffe Art ihres Lieutenants sichtlich unangenehm war.

»Danke, Lieutenant Masclau«, sagte sie mit einem knappen Lächeln und wandte sich dann dem DJ zu: »Sie können Ihren

Soundcheck gerne machen, aber erst nach 16 Uhr, wenn es hier ruhiger wird. So wie besprochen.«

»Aber ...«, wollte der DJ sie unterbrechen.

»Jetzt spricht Capitaine Morell«, wiegelte Masclau den Jüngeren in einem Ton, der keinen Widerspruch duldete, ab.

»Außerdem müssen Sie diesen Bühnenaufgang auf die andere Seite verlegen«, Isabelle deutete zu der entsprechenden Stelle. »Hier blockieren Sie den Weg für die Strandbesucher.«

»Ich werde mich beschweren, ich kenne den Bürgermeister«, versuchte der DJ es noch mal.

»Wie schön. Richten Sie Monsieur Robien herzliche Grüße aus«, sagte Isabelle, und dann an Masclau gerichtet: »Sie übernehmen das hier bitte. Ich muss ins Büro.«

Isabelle ließ die Männer stehen und ging zum Streifenwagen, der auf der Promenade oberhalb des Strandes geparkt war. Eng gefolgt von ihrem übergewichtigen Kollegen Peyron.

Neben dem Auto stand eine Frau von Anfang 20, gepflegte lange Haare, die Kleidung unauffällig. Die junge Frau war schlank und durchaus attraktiv, doch es wirkte, als verstecke sie sich vor der Welt. Sie zog ihre Schultern hoch und sah zu Boden, wie jemand, der etwas suchte. Isabelle kannte die junge Frau. Élodie Roussel, 22 Jahre, war die Assistentin des Bürgermeisters. Offensichtlich hatte sie bereits auf Isabelle gewartet.

»Capitaine«, sagte Élodie höflich. »Könnte ich Sie einen Moment sprechen?«

»Aber natürlich«, sagte Isabelle und ahnte schon, worum es ging. »Was kann ich denn für Sie tun?«

Die Frau warf einen schnellen Blick zu Peyron.

Isabelle tat der Frau jedoch nicht den Gefallen, ihren Kollegen fortzuschicken. Sie ahnte schon, dass das ansonsten ein längeres Gespräch werden würde. Madame Roussel fühlte sich einsam. Sie war ängstlich und hatte schon öfter vermutet, dass sie von unbekannten Männern gestalkt wurde. Was sich allerdings jedes Mal als Irrtum herausstellte. Die junge Frau tat Isabelle leid, aber für ihre Verfolgungsgeschichten hatte sie heute keine Zeit. Da war es gut, dass der Kollege aus Draguignan dabeistand und das Gespräch nicht allzu persönlich werden würde.

»Sie müssen mir schon sagen, worum es geht«, sagte Isabelle freundlich, »wenn ich Ihnen helfen soll.«

Madame Roussel sah sich kurz um. »Es gibt jemand, der mich verfolgt«, sagte sie dann im Flüsterton.

»Sind Sie sich da ganz sicher?«, Isabelle versuchte, nicht allzu skeptisch zu klingen.

»Ich weiß, Capitaine«, beschwor Élodie Roussel sie leise. »Wir haben darüber schon öfter gesprochen, aber diesmal ...«

»Madame«, unterbrach Isabelle sie vorsichtig, und in ihrer Stimme klang eine sanfte Mahnung durch.

»Diesmal ist es anders. Diesmal weiß ich, wer es ist.« Die junge Frau zögerte. »André Breteuil«, flüsterte sie dann.

»Aus dem Lycée?«, fragte Isabelle überrascht. »Der Geschichtslehrer?«

Mademoiselle Roussel nickte, und Isabelle warf einen schnellen Blick in den Himmel.

»Ich verstehe«, sagte Isabelle.

»Er hat ... er hat Dinge von mir gestohlen«, sagte Madame Roussel.

»Was für Dinge?«, wollte Isabelle wissen. Die Assistentin des Bürgermeisters zögerte nervös.

»Meinen Bikini«, es schien sie Überwindung zu kosten. »Ich war schwimmen, im Badeanzug. Als ich zurück zu meinem Handtuch kam, war mein Bikini verschwunden. Ich habe Breteuil in der Nähe gesehen.«

»Das Beste wäre wohl ...«, Isabelle tat, als müsse sie nachdenken, dann sah sie ihren Kollegen an. »Lieutenant Peyron, Sie werden sich anhören, was Madame Roussel zu sagen hat. Und dann schreiben Sie mir einen Bericht.«

»Ich muss mich aber um den Strand kümmern«, versuchte der Beamte, die undankbare Aufgabe loszuwerden.

»Ich möchte eigentlich lieber mit Ihnen reden«, wandte Madame Roussel ein, als Isabelle in ihren Streifenwagen einstieg, und Lieutenant Peyron nickte zustimmend.

»Bei Monsieur Peyron sind Sie in guten Händen«, sagte Isabelle durch ihr geöffnetes Fenster. »Ich erwarte einen kurzen Bericht von Ihnen, Peyron, sagen wir bis morgen.« Dann wandte Isabelle sich der Frau zu. »Ich werde Sie dann anrufen, und wir können uns überlegen, was wir in der Sache unternehmen.«

4. Kapitel

Leon ließ sich Zeit mit der Obduktion. Er betrachtete die Opfer von Unfällen oder Gewaltverbrechen nicht als »Beweise«, wie es viele seiner Kollegen taten. Für Leon waren die Menschen, die auf seinem Seziertisch landeten, »Patienten«, und genauso behandelte er sie auch – mit Respekt und Empathie. Zunächst hatte er die Leiche von Monsieur Charles Bagaud nur betrachtet. Er hatte sich mit dem Opfer »unterhalten«, wie er es nannte, versucht, ein Gefühl für ihn zu entwickeln. Denn die Opfer konnten einem viel über sich erzählen, das war Leons Überzeugung. Wie sie gelebt hatten zum Beispiel, und was genau geschehen war in den letzten Sekunden ihres irdischen Daseins. Leon machte, wie er es einmal bei einem Vortrag beschrieben hatte, eine Anamnese mit den Opfern. Denn die Opfer wussten genau, was passiert war. Und wenn man sich nur genug Zeit ließ, davon war Leon überzeugt, konnte man jede Menge Hinweise auf die Wahrheit finden.

Diese Einstellung war ziemlich unkonventionell und hatte ihm schon öfter Spott in Kollegenkreisen eingebracht. Aber auch Anerkennung. Denn Leon war äußerst erfolgreich mit seinen ungewöhnlichen Methoden, und er hatte dazu beigetragen, so manchen Fall zu lösen, den die Polizei bereits abgeschrieben hatte.

Was Leon an diesem Morgen störte, war das Paket auf seinem Schreibtisch. Es zeigte ihm, dass die hauseigene Wäscherei der

Klinik noch immer nicht funktionierte: Seit zwei Wochen musste Leon die Arbeitskleidung seiner Abteilung auswärts von der Wäscherei Koenig reinigen lassen, was immer wieder zu Verwechslungen führte. Auf dem Paket stand in großen Buchstaben SAINT-SULPICE.

»Warum liegt das auf meinem Tisch?« Leon klang genervt.

»Kommt von der Wäscherei Koenig«, versuchte Rybaud, seinem Chef zu erklären.

»Das sehe ich«, brummte Leon.

»Das sind aber nicht unsere Sachen.«

»Sondern?«, fragte Leon streng.

»Hotelwäsche«, erklärte Rybaud. »Für die Pension *Les Îles d'Or*.«

Leon hasste jede Art von Schlamperei in seiner Abteilung, selbst wenn sie von außen kam. Er mochte präzise Abläufe, auf die er sich verlassen konnte. Sich mit so profanen Dingen wie den Fehlern einer Wäscherei zu beschäftigen, das war verschwendete Zeit. Dabei geschah es nicht zum ersten Mal, dass die Wäscherei die Adressdaten verwechselte.

»Ich kann bei ihnen anrufen«, erbot sich Rybaud, »dann holen sie die Wäsche hier wieder ab.«

»Wann soll das sein?«, fragte Leon sauer. »Im August? Ich werde das mitnehmen und Koenig vor die Füße werfen. Der soll seinen Laden besser organisieren, wenn er für eine Klinik arbeiten will.«

Leon schloss seine Bürotür, um das Ärgernis nicht mehr vor Augen zu haben, und widmete sich wieder dem laufenden Fall.

Erneut betrachtete er den auf dem Obduktionstisch aus silberglänzendem Edelstahl liegenden Toten. Der Motorradunfall hatte für zahlreiche Verletzungen gesorgt. Es gab offene Brüche, Schnitte und andere Wunden. Davon abgesehen hatte sich Monsieur Bagaud jedoch gut gehalten für einen 63-Jährigen, der den Großteil seines Lebens mit Bücherlesen und Büroarbeit verbracht hatte, dachte Leon. Der Tote war 180 Zentimeter groß und wog knapp 70 Kilo. Er war schlank und hatte die Muskulatur eines Mannes, der sich gerne bewegte. Obwohl er ihn nie richtig kennengelernt hatte, war Leon dieser Monsieur Bagaud irgendwie sympathisch.

»Sie sagten, er hinterlässt eine Frau?«, fragte Leon seinen Assistenten. »Wird sie die Buchhandlung in Le Lavandou übernehmen?«

Leon war nur ein paar Mal in der kleinen Buchhandlung gewesen. Eine Frau war ihm dort nie aufgefallen.

»Das wird sie nicht können«, antwortete Rybaud. »Sie hat eine Lungenfibrose. Braucht ständig ein Sauerstoffgerät.«

Leon sah seinen Assistenten an und wunderte sich einmal mehr, woher er immer solche Details wusste.

»Na ja, was man eben so hört«, beeilte sich Rybaud hinzuzufügen.

Eine Dreiviertelstunde später war die erste große Untersuchung abgeschlossen. Sie hatte keine neuen Erkenntnisse gebracht: Organisch war der Mann gesund, dachte Leon, wenn man von den erhöhten Leberwerten einmal absah, die auf eine beginnende Leberzirrhose hinweisen könnten. Nicht ungewöhnlich in einer Gegend, in der jährlich durchschnittlich 70 Liter Wein pro Kopf getrunken wurden. Daher gab es auch jede Menge Verkehrsopfer in der Provence, die unter Alkoholeinfluss ihrem Leben ein unfreiwilliges Ende setzten. Allerdings gehörte Charles Bagaud nicht dazu. Zum Zeitpunkt seines Unfalls hatte er 0,16 Promille im Blut gehabt. Das entsprach einem kleinen Glas Wein und lag weit unter dem, was die Straßenverkehrsordnung als Promillegrenze vorsah.

In der Regel war es der Nachweis von Trunkenheit am Steuer, der die Assekuranzen interessierte. In manchen Lebensversicherungen gab es einen Passus, der bei Unfallfahrten unter Alkohol oder Drogen eine Auszahlung ausschloss. Aber ein 63-jähriger Buchhändler nahm in der Regel keine Drogen.

»Haben wir schon die Werte vom Medikamentenspiegel?«, fragte Leon seinen Assistenten.

Olivier Rybaud reichte seinem Chef einen Computerausdruck. Der Assistent hatte auf die Standard-Substanzen getestet, wie sie in den am häufigsten verabreichten Medikamenten vorkamen. Bluthochdruck, Herzmittel, Blutverdünner.

»Alles im normalen Bereich«, sagte Rybaud.

»Und was ist hiermit?«, Leon tippte auf die vorletzte Zeile im Ausdruck. Ihm war die Unregelmäßigkeit sofort aufgefallen. Ein kleiner Wert, der von der Norm abwich. Es war eine Substanz, die zu den Schmerzmitteln gehörte.

Leon bat seinen Assistenten, den Medikamentenspiegel noch einmal durch die Computeranalyse laufen zu lassen. Diesmal, um nach starken Schmerzmitteln aus der Opioiden-Gruppe zu suchen. Eine halbe Stunde später wurde der Computer fündig. Im Blut des Opfers fanden sich erhöhte Werte von Trimaldin, einem starken, rezeptpflichtigen Schmerzmittel. Allerdings lagen auch hier die Werte im medizinischen Normbereich.

»Monsieur Bagaud litt offenbar unter starken Schmerzen«, Leon betrachtete das Opfer.

»Organisch war nichts auffällig, oder?«, murmelte Rybaud.

Das war im Grunde nicht ganz richtig, dachte Leon. Er hatte etwas vorschnell geurteilt. Statt abzuwarten, bis alle Fakten auf dem Tisch lagen, hatte er bereits eine Hypothese im Kopf gehabt – Fahren unter Alkoholeinfluss. Dabei gab es einen Bereich, den sie bisher noch nicht untersucht hatten – das Gehirn.

Zum üblichen Vorgehen bei Autopsien gehörte neben einer allgemeinen äußerlichen Untersuchung auch die Öffnung der Körperhöhlen: Der Bauchraum und der Brustraum wurden mit einem sogenannten Y-Schnitt von den Achseln bis zum Unterbauch eröffnet. Die dritte Körperhöhle war der Schädel. Dabei wurde der Schädelknochen mit einer kleinen elektrischen Motorsäge geöffnet, das Gehirn entnommen und untersucht.

In diesem Fall wäre die Überprüfung des Gehirns allerdings deutlich aufwendiger, darum hatte Leon die Untersuchung bis zuletzt aufgeschoben.

»Haben wir den Unfallbericht?«, fragte Leon. Der Assistent reichte ihm einen Computerausdruck.

Laut dem vorläufigen Polizeibericht war Monsieur Bagaud mit etwa 120 Stundenkilometer gegen den Pfeiler der Autobahnbrücke bei Puget-Ville geprallt. Es war ein gerades Stück der Autobahn A57, und es gab keine Erklärung, warum der Fahrer ausgerechnet hier von der Straße abgekommen war. Allerdings stand die technische Untersuchung des Motorrades noch aus.

Beim Zusammenprall mit dem Betonpfeiler war der Körper des Mannes zunächst in flachem Winkel gegen den Pfeiler geprallt, dann zurück auf die Straße und anschließend gegen die Leitplanke geschleudert worden. Dabei hatte das Opfer unzählige Brüche, Risse, Prellungen, Schnitte und Platzwunden erlitten.

»Wenigstens war er auf der Stelle tot«, sagte Leon, und es klang fast so, als wäre er erleichtert angesichts der Tatsache, dass Monsieur Bagaud nicht hatte leiden müssen.

»Können wir da sicher sein?«, fragte Rybaud.

»Keine Hämatome«, sagte Leon trocken. »Beim Aufprall wurde der Schädel zertrümmert, was zu einem sofortigen Herzstillstand geführt hat. Sehen wir uns die Schädelverletzungen an.«

Das Gesicht des Opfers war kaum noch zu erkennen. Im Lauf

des Unfallgeschehens waren Wangenknochen und Augenhöhlen zertrümmert worden. Der Schädel war über eine Länge von 12 Zentimetern gebrochen und eingedrückt worden. Die Knochenstücke wurden nur noch von der Kopfhaut zusammengehalten.

»Ich brauche das Skalpell und die Säge«, sagte Leon.

Der Assistent reichte ihm die Instrumente. Leon durchtrennte vorsichtig die Kopfhaut mit einem kreuzförmigen Schnitt. Dann setzte er die elektrische Säge an und zog schließlich mit der Pinzette Teile des Schädelknochens heraus, die er in eine Plastikschale legte.

Im nächsten Schritt würde er das Gehirn herauspräparieren, mehrere Schnitte ansetzen und es untersuchen. Doch, Leon stutzte und beugte sich vor, das war in diesem Fall gar nicht nötig: Schon der erste oberflächliche Blick genügte, und Leon konnte sich die Tragödie vorstellen, die sich hinter dem Tod des Buchhändlers verbarg. Leon atmete tief durch. Dieser Mann war kein gesunder Mensch gewesen, ganz und gar nicht.

»Das war kein Unfall«, sagte Leon sachlich.

»Woher können Sie das wissen?«

Leon deutete mit dem Finger auf eine Stelle des offen liegenden Gehirns.

Über dem linken Frontallappen deutete sich eine leicht rötliche Einfärbung an. Rybaud erkannte erst beim zweiten Hinsehen, dass es sich bei der Verfärbung um einen Tumor handelte.

»Glioblastom«, sagte Leon. »Nicht leicht zu erkennen bei den starken Zerstörungen des Schädels.«

»Fortgeschrittenes Stadium ...«, konstatierte der Assistent.

»Golfballgröße, Grad 4, würde ich sagen. Er hatte vielleicht noch einen, allerhöchstens zwei Monate.« Leon zog die beleuchtete Lupe heran, die an einem Gelenkarm von der Decke hing. »Operativ war da nichts mehr zu machen.«

»Er muss doch Schmerzen gehabt haben, bei der Größe des Tumors.«

»Sehr starke Schmerzen sogar.«

»Daher das Schmerzmittel«, murmelte Rybaud und blätterte durch die Unterlagen. »Aber sein Hausarzt hat darüber nichts notiert.«

»Er war vielleicht nicht im Bilde«, gab Leon zu Bedenken. »Offenbar hatte Monsieur Bagaud gewusst, dass ein bitteres Ende auf ihn zukam.«

»Sie glauben ...?«, der Assistent unterbrach sich. »Suizid?«

»In welchem Monat ist die Lebensversicherung abgeschlossen worden?«, erkundigte sich Leon.

»Moment«, sagte Rybaud und blätterte durch die Unterlagen. »Unterschrieben wurde sie von Monsieur Bagaud am 5. Dezember.«

»In der Regel haben Lebensversicherungen eine Klausel, nach der der Versicherer bei Suizid innerhalb der ersten fünf Jahre nach Abschluss nicht auszahlen muss«, bemerkte Leon.

»Die fünf Jahre wären in sechs Monate vorbei gewesen«, sagte Rybaud.

»Das hätte bedeutet: Sechs Monate schwerste Schmerzen, vielleicht sogar Koma«, sagte Leon.

»Sie glauben, das wollte er sich nicht antun«, meinte Rybaud. »Kann ich irgendwie verstehen.«

»Gibt es sonst noch jemanden in der Familie?«, wollte Leon wissen.

»Nein, nur die kranke Ehefrau. Sie hat sonst niemand mehr, der sich kümmert.« Er klang bitter.

Lungenfibrose, dachte Leon. Die Frau würde eines Tages ersticken. Ohne die Buchhandlung würde Madame Bagaud Unterstützung beim Sozialamt beantragen müssen. Es sei denn ...

»Wir brauchen einen Schnitt durch den Frontallappen«, Leon deutete auf das Gehirn. »Den rechten Frontallappen.«

»Aber dann haben wir keinen Nachweis auf den Tumor ...?« Rybaud sah seinen Chef an und unterbrach sich.

»Tumor? Ich gehe nach wie vor von einem Unfall aus«, sagte Leon unbewegt. »Und Sie, Herr Kollege?«

Rybaud sah ihn verblüfft an. »Unfall ... Ich weiß nicht ... Ja, schon, Sie haben recht.«

»Sehr gut, wir brauchen den Schnitt ja nur der Ordnung halber. Wir wollen uns doch nicht vorwerfen lassen, wir hätten nicht sorgfältig gearbeitet«, sagte Leon und sah seinem Assistenten kurz in die Augen.

Rybaud verstand.

»Was soll ich in den Bericht eintragen?«, wollte Rybaud wissen.

»Alle Organe unauffällig, oder sind Sie anderer Meinung?«

Rybaud deutete ein kurzes Kopfschütteln an, ein verschwörerisches Lächeln auf den Lippen.

»Vernichten Sie bitte alle Proben, die wir nicht mehr brauchen. Ordnung und Sauberkeit sind der Schlüssel zu jeder korrekten Autopsie«, sagte Leon. »Und legen Sie mir den Bericht bitte morgen auf den Tisch.«

5. Kapitel

Das Telefon auf ihrem Schreibtisch summte ununterbrochen. Trotzdem nahm Isabelle jeden Anruf entgegen, ohne je ihren gelassenen Tonfall zu verlieren. Es war schließlich das erste Wochenende der Sommersaison, da hatte die Polizei immer alle Hände voll zu tun, bis sich die Dinge in Le Lavandou wieder eingespielt hatten. Ladenbesitzer beschwerten sich über ihre Nachbarn, weil die ihre Ware auf fremden Stellflächen ausbreiteten. Touristen meldeten Autoeinbrüche. Männer suchten nach ihren Frauen, Eltern suchten nach ihren Kindern, und vom Rosétrinken in der heißen Sonne benebelte Touristen erstatteten Anzeige gegen Hütchenspieler oder andere Trickdiebe. Irgendwie lösten sich die meisten dieser Probleme über kurz oder lang in Wohlgefallen auf. Und was die Kleinganoven anging, da lohnte sich die Strafverfolgung sowieso nicht, und so landeten die meisten Anzeigen umgehend in der Ablage. Wo sie bis zum Ende der Saison auch blieben.

Trotzdem konnten solche Tage ziemlich anstrengend sein. Besonders dann, wenn auch noch die Klimaanlage ausfiel und die Julisonne das Polizeirevier mit den großen Glasscheiben gnadenlos aufheizte. Isabelle hatte die Tür zu ihrem Büro geöffnet und das Fenster aufgeschoben, sodass wenigstens die Nachmittagsbrise für minimale Abkühlung sorgte.

Isabelle gegenüber saß eine junge Frau, das blonde Haar sorgfältig frisiert. Sie war auffällig geschminkt und sah aus, als wäre sie vom nächsten Kosmetiksalon direkt zu Isabelle ins Büro marschiert. Irgendwie war es der Frau gelungen, bis in Isabelles Büro vorzudringen und sie jetzt von der Arbeit abzuhalten.

Isabelle beugte sich vor und schob das Namensschild auf ihrem Schreibtisch so, dass ihre Besucherin es auch lesen konnte. Das Messingschild war Isabelles ganzer Stolz. »Capitaine de Police: Isabelle Morell« stand darauf. Was nicht weniger bedeutete, als dass Isabelle die stellvertretende Polizeichefin von Le Lavandou war. Die erste Frau in der 150-jährigen Geschichte des Ortes, die das geschafft hatte. Allerdings schien sich die Besucherin nicht besonders für Isabelles Rang zu interessieren. Sie war hier, um Anzeige zu erstatten.

Isabelle hatte das Formular auf ihrem Computer aufgerufen, mit dem Anzeigen aufgenommen wurden. Doch mit ihrer Besucherin stellte sich dies als mühsames Unterfangen heraus.

»Der Mann in der Tankstelle hat Sie also bedroht, Madame ...?«, fragte Isabelle.

»Bertrand, Amélie Bertrand«, sagte die junge Frau. »Mit diesem Eisendings da hat er mir gedroht. Dabei haben wir ihn nur gefragt, ob er uns den Reifen wechseln kann.«

Isabelle hatte ihre Besucherin zunächst auf 18 Jahre geschätzt, aber sie war bereits 25, wie sie zu Protokoll gab. Sie sieht beneidenswert jung aus, dachte Isabelle und schickte in Gedanken ein stummes: »Warte es nur ab ...« hinterher.

»Wie genau hat er Sie bedroht?«, fragte Isabelle.

»Eigentlich hat er nicht mich bedroht. Eher meinen Freund.«

»Hat er nach Ihrem Freund geschlagen?«, fragte Isabelle. »Hat er etwas gesagt?«

»Nein«, jetzt klang die Besucherin fast empört. »Ich möchte

Sie mal sehen, wenn einer mit 'ner Eisenstange auf Sie zukommt, da hat doch jeder Angst.«

Isabelle seufzte leicht genervt. »Welche Tankstelle war das?«

»Die in der Hauptstraße, gleich vor dem Rondell«, erinnerte sich die Besucherin. »Der Typ war echt unheimlich.«

»Ein Mann Mitte dreißig, dünnes schwarzes Haar, Stirnglatze? Circa 1,80 groß?«

»Sie kennen ihn?«, fragte die Besucherin leicht perplex.

»Jeder im Ort kennt Patrick Favre«, erklärte Isabelle. »Der Mann ist geistig etwas zurückgeblieben, aber harmlos.«

Patrick konnte aufbrausend werden, wenn man ihn ärgerte, überlegte Isabelle. Er lebte in den Hügeln bei Bormes im Haus seines Vaters. Der alte Mann hatte Lungenkrebs, wollte sich aber seit Jahren nicht mehr untersuchen lassen. Patrick arbeitete in der Regel die Woche über in der Tankstelle und donnerstags auf dem Markt, um sich etwas dazuzuverdienen.

»Nach Ihnen geschlagen hat er aber nicht«, vergewisserte sich die Polizistin.

»Nein, habe ich doch schon gesagt.«

»Und wo ist Ihr Freund?«

»Draußen, auf dem Wasser. Kitesurfer beim Team Mistral.« Sie sprach den Namen des bekannten Sportartikelherstellers so aus, als würde das alles erklären.

»Wenn er Anzeige erstatten will, müsste er schon persönlich hier vorbeikommen«, sagte Isabelle.

Die blonde Frau erhob sich von ihrem Stuhl, und Isabelle konnte jetzt kleine rote Flecken von Zorn auf ihren Wangen aufflammen sehen.

»Gut, dann unternehmen Sie eben nichts gegen einen Wahnsinnigen, der arglose Touristen bedroht.«

»Ich rede mit ihm, versprochen«, Isabelle war ebenfalls aufgestanden.

»Dieser Mann ist gefährlich«, sagte die Besucherin.

»Nein, eigentlich nicht«, sagte Isabelle freundlich. »*Bonne journée.*«

Die Besucherin lief aus dem Zimmer und stieß dabei beinahe mit Leon zusammen, der vor dem Büro stehen geblieben war und brav an die Tür klopfte. Ohne sich noch einmal umzusehen, verschwand sie im Gang.

»Ich habe gehört, hier kümmert man sich um gefährliche Männer ...?«, sagte Leon, der den letzten Satz von Isabelles Unterhaltung mitbekommen hatte.

»Eigentlich nur, wenn sie gut aussehend und unter 35 Jahre alt sind.«

Leon grinste. »Es ist gleich sechs«, sagte er. »Ich dachte, ich könnte die stellvertretende Polizeichefin vielleicht zu einem Aperitif überreden.«

Isabelle sah zu den Unterlagen, die sich auf ihrem Schreibtisch stapelten. Leon spürte ihr Zögern.

»Mondschein, leise Musik, nur wir beide und das Plätschern der Wellen, dazu ein Glas kühlen Rosé ...«, hauchte Leon mit gespielter Verführerstimme. »Und anschließend ein Dinner in der *Auberge Provençal.*«

»Wer könnte da widerstehen?«, sagte Isabelle und schaltete das Telefon ab, das wieder zu summen begonnen hatte.

Eine Viertelstunde später saßen Leon und Isabelle vor dem *Chez Miou*, und Yolande stellte zwei Gläser Rosé vor ihre Gäste.

»Du machst so einen zufriedenen Eindruck«, sagte Isabelle. Sie hob ihr Glas. »Was feiern wir?«

»Dass man sogar in meinem Beruf dem Schicksal gelegentlich auf die Sprünge helfen kann«, sagte Leon. »*Cheerio.*«

»Klingt spannend«, sagte Isabelle. »Verrätst du mir dein Geheimnis?«

»Später vielleicht«, sagte Leon, »jetzt will ich nur hier sitzen und mit dir einen Sommerabend genießen.«

Leon ahnte noch nicht, dass mit der Gemütlichkeit schneller Schluss sein würde, als ihm lieb sein konnte.

6. Kapitel

Er hatte Zeit. Wenn ihn das Leben etwas gelehrt hatte, dann war es, nicht überstürzt zu handeln, sondern abzuwarten. Der erfolgreiche Jäger ist nicht der, der als Erster schießt, sondern der, der geduldig auf seine Chance warten kann. Und war das, was er tat, etwa keine Jagd? Er hatte eine Aufgabe zu erfüllen. Sie war brutal und blutig, das wusste er. Aber er folgte seinem inneren Kompass, und der zeigte ihm, wann er es tun musste. Wann er Ordnung in das irdische Chaos bringen musste. Wann er die Dinge in die Hand nehmen, ein Leben auslöschen musste. Wann er den Strom der Zeit in eine neue Richtung lenken musste. Eine kleine Veränderung schaffen, die große Auswirkungen haben würde bis in alle Ewigkeit. Er veränderte den Lauf des Universums. Immer dann, wenn er ein Leben auslöschte, dann fanden Vergangenheit und Zukunft für einen kurzen Augenblick zueinander. So wie das Sonnenlicht von einem Brennglas gebündelt wurde, so verdichtete er ein ganzes Leben auf einen kurzen Augenblick. Wenn er es tat, wenn er diesen Menschen zeigte, wer sie wirklich waren, dann empfand er unendliches Glück, und wenn er tötete, dann fühlte er, wie sich ein inneres Feuer in ihm ausbreitete. Aber danach kam wieder die Leere, und er begann, die Menschen zu hassen, die einfach so in den Tag hineinlebten. Dann musste er ihnen zeigen, dass Sorglosigkeit nicht unbestraft bleiben konnte.

Er würde es wieder tun, heute, in dieser Nacht, die so dunkel war, als würde man sich durch schwarzen Samt bewegen. Der Mann fühlte sich beschützt von der Dunkelheit. Die Nacht war sein Freund. Er konnte sehen, was die anderen nicht sahen, denn er hatte ein digitales Nachtsichtgerät dabei, das er wie ein Fernglas an einem Riemen um den Hals trug. Das Gerät machte die Nacht zum Tag. Es war ein Leichtes gewesen, dem jungen Paar bis hierher zu folgen. Bis zum Strand von Brégançon. Ein abgelegener Platz, an den sich in dieser Nacht, in der der Mond erst um kurz vor Mitternacht aufgegangen war, niemand verirren würde. Niemand, bis auf das Liebespaar, das der Mann schon seit Stunden beobachtete.

Der Jäger warf einen Blick auf seine Uhr. Es war eine Stunde nach Mitternacht. Das Pärchen hatte sich in den Dünen ausgezogen und war nackt zum Meer gelaufen, das heute Nacht einen spektakulären Anblick bot. Meeresleuchten hatte eingesetzt. Das Wasser schien so ruhig wie ein Bergsee. Nur dort, wo das Meer in kleinen Wellen auf den Strand lief, glühte es auf mit einem irrealen, bläulich-grünen Licht. Es war das Leuchten von Millionen und Abermillionen fluoreszierender Algen. Ein Schauspiel, wie es nur alle paar Jahre vorkam.

Es wurde Zeit, dachte der Mann. Er griff in die Tasche seiner Jacke und zog ein großes Jagdmesser heraus.

7. Kapitel

Die meisten Menschen werden nachts geboren, und die meisten Menschen sterben auch nachts. Aber das wusste der Surfer mit den sonnengebleichten Haaren und den Sommersprossen nicht, und wahrscheinlich hätte es ihn auch nicht sonderlich interessiert. Das Einzige, was ihn in dieser warmen Sommernacht interessierte, war Amélie. Die bezaubernde Amélie mit dem Lächeln, das sein Herz so viel schneller schlagen ließ. Und jetzt waren sie zusammen hier. Sie war wirklich mitgekommen. In diesem Moment entstieg Amélie dem Meer wie die Venus von Botticelli. Das Wasser, das von ihrem Körper tropfte, hinterließ im Meer eine leuchtende Spur wie aus einer anderen Welt. Einen Moment stand der junge Mann im Meer und starrte Amélie an wie eine überirdische Erscheinung. Er ging auf sie zu und nahm sie in die Arme. Ihre Haut war noch kühl vom Meerwasser. Aber im Moment, als er sie berührte, wurde ihr Körper warm, und er wollte sie am liebsten nicht mehr loslassen. Plötzlich wich Amélie zurück.

»Was hast du?«, fragte der junge Mann mit einem Lächeln.

»Da war etwas«, Amélie flüsterte und deutete zu den Schatten des nahen Seekiefernwäldchens. »Da vorne bei der Hütte.«

»Ach was, hier ist kein Mensch«, sagte er. »Außerdem pass ich auf dich auf.«

Er gab ihr einen Kuss auf den Mund. Sie schmeckte salzig.

»Komm, ich zeig dir was.« Er nahm Amélie an der Hand. Nackt liefen sie zu der Hütte, wo tagsüber Liegestühle vermietet und Pommes frites mit Ketchup verkauft wurden.

Er wollte die Tür aufmachen, aber sie war mit einem Schloss gesichert. Plötzlich wehte eine frische Brise den Strand entlang.

»Lass uns zurückgehen«, sagte die junge Frau und zog sich ihr T-Shirt über.

»Warte«, sagte der Junge. »Nur noch einen Moment.«

Er hatte sich gebückt und einen Stein aufgehoben. Ein kurzer, kräftiger Schlag, und die Halteschrauben rissen aus dem morschen Holz und gaben die Tür der Hütte frei. Der junge Mann griff eine Matratze und trat wieder hinaus in die Sommernacht.

Da stand Amélie im Dämmerlicht der Sterne, und es dauerte einen Moment, bis der junge Mann begriff, was er da sah. Seine Freundin war nicht alleine. Neben ihr stand ein Mann und hielt ihr ein Messer an den Hals.

»Was soll ...? Bitte, nicht!«, der Surfer ließ die Matratze fallen. Plötzlich war die Nacht nicht mehr warm und freundlich, sondern feindlich und kalt. Der junge Mann spürte, wie sein Körper zu zittern begann.

»Du tust jetzt genau, was ich dir sage, oder deine Freundin hier stirbt«, der Unbekannte drückte der Frau das Messer an den Hals, sodass sie wimmernd in die Knie ging.

»Hören Sie auf«, sagte der junge Mann. »Bitte, tun Sie ihr nichts.«

»Maul halten, habe ich gesagt. Du willst doch nicht zusehen, wie ihr etwas passiert?« Der Unbekannte ließ den Satz nicht wie eine Frage klingen, eher wie eine Ankündigung.

»Bitte tun Sie ihr nicht weh. Ich mach alles, was Sie sagen.«

»Natürlich wirst du das«, sagte der Mann. Er griff mit der

freien Hand in seine Tasche und zog ein Paar Handschellen heraus, die er dem Surfer vor die Füße warf.

»Um dein Handgelenk! Das andere Ende um das Geländer«, der Mann deutete auf die Absperrung, die die hölzerne Terrasse vor dem Kiosk umgab.

Der Surfer tat, was der Mann ihm befohlen hatte.

»Ich habe Geld«, die Stimme des jungen Mannes hatte jetzt etwas Verzweifeltes. »Es ist in der Tasche meiner Jeans. Nehmen Sie es sich und lassen Sie uns gehen, bitte.«

»Ihr geht nirgendwohin.«

Der junge Mann versuchte, sich mit der freien Hand seine Jeans überzustreifen.

»Habe ich das erlaubt?« Die Stimme des Manns klang bedrohlich. Er strich mit dem Messer über den Körper von Amélie. Sie wimmerte nur leise. »Du willst also zusehen, wie ich ihr wehtu, ja, willst du das?«

»Wir haben Sie nicht gesehen«, der junge Mann hielt sich die Hand vors Gesicht, als könnte er damit verhindern, den Unbekannten ansehen zu müssen. »Wir könnten Sie ja nicht mal beschreiben …«

Der Mann mit dem Messer beachtete den Surfer gar nicht. Die Verzweiflung des jungen Mannes und das Wimmern seiner Geisel schienen ihn nicht im Geringsten zu berühren. Er sah zu dem jungen Mann und schüttelte den Kopf, wie ein Lehrer, der mit seinem ungezogenen Schüler sprach.

»Kommen einfach hierher zu uns, an unsere Strände«, der Mann mit dem Messer schien mit sich selber zu reden und schüttelte dabei den Kopf. »Glauben, alles wäre eine einzige große Party. Das Leben wäre nur ein Witz, ja? Im Wasser planschen, saufen und ficken. Alles gehört euch, was? Die Luft, das Meer, die ganze Welt.«

»Bitte, wir wollen doch nur weg von hier.«

»Nein! Ihr bleibt hier. Heute Nacht gehört ihr mir«, sagte der Mann. »Wisst ihr überhaupt, was Leben wirklich bedeutet? Leben ist Enttäuschung und Erniedrigung. Und Schmerz, großer Schmerz. Das müsst ihr begreifen. Ich werde euch dabei helfen.«

Dieses Mal drückte er die Klinge der Waffe Amélie mit solcher Wucht gegen den Leib, dass sie aufschrie und sich vor Schmerzen krümmte.

8. Kapitel

Paul Babin war früh aufgestanden. Was keine besondere Leistung war, wenn man in einem Wohnwagen lebte, an dem der Verkehr vorbeidonnerte. Lastwagen dröhnten keine fünf Meter von ihm entfernt von morgens bis abends und während der Hauptsaison sogar noch bis tief in die Nacht. Babin hatte sich schon überlegt, ganz an den Strand zu ziehen. Irgendwie würde er in seinem Kiosk schon ein Plätzchen zum Schlafen einrichten können. Aber dann wäre er endgültig allein. Weg vom Leben, weg von der Chance, jemals wieder eine Frau kennenzulernen. Er gestand es sich nur ungerne ein, aber die bittere Wahrheit war, dass Claire ihn vor über einem Jahr verlassen hatte und nicht zurückkommen würde. Seitdem lebte er allein. Der Kiosk mit den Grillhähnchen am Strand und der Wohnwagen waren alles, was ihm nach der Scheidung geblieben war. Und als wäre das nicht genug, lief demnächst auch noch der Vertrag für den Standplatz am Strand aus. Babin war sich sicher, dass die Gemeinde den Mietvertrag nicht noch einmal verlängern würde. Längst wartete die Konkurrenz gierig darauf, dass er vom Strand verschwinden würde. Dann würde hier ein richtiges Restaurant gebaut werden. Mit Küche, Terrasse und fließendem Wasser. Entsprechende Anträge stapelten sich bereits beim Bauamt in Lavandou. Aber er würde hier aushalten bis zum letzten Tag. Er würde um seinen Imbiss kämpfen, und wenn es das Letzte war, wofür er kämpfte.

Babin beneidete die anderen Wirte, die in der Bucht von Le Lavandou ihre schicken Strandrestaurants betrieben. Mit Kellnern in weißen Schürzen, die ganze Menüs auf der Terrasse servierten, und die Gäste mit eisgekühltem Rosé auf ihren Liegen unter den Sonnenschirmen versorgten. Natürlich hatten diese teuren Nobelrestaurants Spitzen-Metzgereien, mit denen sie feste Abnahmemengen vereinbart hatten. Babin hatte so was nicht. Es gab zwei Kessel mit heißem Fett, in denen Pommes frites brodelten, und es gab die beiden Drehspieße mit den Hähnchen. Er kaufte – nein, eher: besorgte – sich das Fleisch für seinen Imbiss im Supermarkt. Hähnchen für den Grill und gelegentlich auch mal eine Ladung Currywürste. Musste ja keiner wissen, dass er nur Billigfleisch besorgte, das gerade so abgelaufen war und folglich im Supermarkt nicht mehr verkauft werden durfte. Das verschaffte wiederum Babin die Möglichkeit, seine Ware zu Sonderbedingungen und selbstverständlich ohne Quittung aus dem Supermarkt abzuzweigen. Da traf es sich, dass der Mann im Kühllager des Supermarktes ein Kumpel war. Genauer gesagt ein ehemaliger Zellengenosse, mit dem er ein halbes Jahr im Dracenie, der Justizvollzugsanstalt von Draguignan, gesessen hatte. Strafe für einen Einbruch in ein Bistro. Sie waren damals beide hackevoll gewesen und hatten nichts weiter geklaut als eine Flasche Pastis, die sie gleich noch hinter dem Bistro gekippt hatten. Es hatte keine fünf Minuten gedauert, und schon waren die Flics aufgetaucht. Das war's dann. Eigentlich nicht der Rede wert, aber genug für ein halbes Jahr Knast, wenn man wie Babin die entsprechenden Vorstrafen hatte.

Ebendieser Kumpel war jetzt für das Kühllager im Supermarkt zuständig. Wer fragte schon, ob da gelegentlich ein Karton mit

Tiefkühlhähnchen fehlte oder mit Currywürsten. Interessierte doch kein Schwein. Ein paar Euro für seinen alten Kumpel, und schon durfte sich Babin ein paar abgelaufene Kartons in seinen Camion laden. Allen war geholfen. Babins Gäste bekamen ihre »Poulets à Gogo«, und der Supermarkt sparte sich das Geld für die Altfleischentsorgung. Paul Babin hatte sich eingerichtet in dieser Welt. Sein Leben war bescheiden, aber er kam zurecht. Babin blieb stehen. Zufrieden sog er den Duft der Kiefern ein, die hier fast bis zum Wasser wuchsen, und schüttelte den Kopf, um ihn freizubekommen für einen weiteren Tag im Kiosk.

Schon im Moment, als Babin aus dem Kieferwäldchen trat, spürte er, dass etwas nicht stimmte. Irgendetwas war anders als sonst. Normalerweise begegnete er hier am Morgen alten Männern, die nicht schlafen konnten, weil ihre Prostata sie nicht in Ruhe ließ. Zusammen mit ihren Hunden, die genauso alt und übermüdet schienen wie ihre Besitzer, wanderten sie den Strand entlang. Aber heute war es still. Wie tot, dachte Babin. Er hatte seinen verschrammten, grauen Lieferwagen unter einer Gruppe Seekiefern geparkt und trug jetzt zwei Kartons mit Lebensmitteln über den Strand zu seinem Kiosk. Da sah er es, die Tür zum Schuppen, in dem nachts die Liegestühle lagerten, stand sperrangelweit offen. Jemand hatte das Schloss aufgebrochen. Er stellte die Kartons ab und sah sich um. Im Schuppen schien auf den ersten Blick nichts zu fehlen. Was hätte ein Einbrecher auch schon mitnehmen sollen? Kein Mensch klaute zerschlissene Sonnenstuhl-Matratzen oder Mülltüten mit benutztem Einwegbesteck.

In diesem Moment hörte Babin den Schrei einer Möwe. Er wandte sich um. Der Vogel war in den Dünen gelandet, keine 20 Meter hinter ihm, und machte sich an etwas zu schaffen, das Babin nicht erkennen konnte.

»Verdammte Touristen«, murmelte er mürrisch. Die Leute

holten sich ein halbes Brathähnchen oder eine Cola bei ihm, und dann ließen sie ihren Müll einfach fallen, wo sie gerade standen. Und er konnte am nächsten Tag wieder den Strand aufräumen. Tat er es nicht, kamen garantiert die Möwen und verteilten den ganzen Scheiß über die Dünen. Und wer musste dann das Bußgeld zahlen? Er, natürlich. *Putain de merde.*

Babin nahm die Kartons wieder auf, um sie auf der Terrasse abzustellen, und stapfte durch den Sand zu der Stelle, wo die Möwe gelandet war. Eine zweite kam dazu, und beide schienen um etwas zu streiten. Babin hatte extra Schilder aufgestellt: PAS JETER DES ODURES. Doch das kümmerte die Touristen einen Scheiß. Babin würde noch einen weiteren Mülleimer aufstellen müssen. Wieder schrien die Möwen, und jetzt sah er, woran die beiden Vögel mit ihren scharfen Schnäbeln rissen. Es war der Kopf eines Menschen.

Für einen ersten kurzen Moment dachte Babin, er hätte sich geirrt. Seine Fantasie hätte ihm einen Streich gespielt. Ihm den Eindruck vermittelt, als läge dort jemand im Sand. Eine Täuschung, die verschwände, wenn er ein zweites Mal richtig hinsehen würde. Aber das funktionierte nicht. Ganz im Gegenteil. Es wurde schlimmer, und er konnte regelrecht spüren, wie seine Fantasie den Kampf gegen die Wirklichkeit verlor. Direkt vor ihm in den Dünen lagen zwei Menschen. Nebeneinander, nackt, auf dem Rücken. Aufgereiht wie im Freibad in der Hauptsaison. Bestäubt von feinem Sand, den der Mistral über die Bucht geweht hatte. Auf den ersten Blick sahen sie aus wie Schaufensterpuppen. Aber es waren keine Puppen, es waren Menschen. Jemand hatte sie schrecklich zugerichtet. Jemand hatte ihnen den Hals aufgeschnitten und …

Babin wurde schlecht. Er beugte sich vor, stützte sich mit den

Händen auf seine Oberschenkel und atmete gegen den Brechreiz an.

»Verschwindet! Ihr verdammten Scheißviecher!«, schrie Babin die Möwen an, und die beiden großen Vögel schwangen sich auf und glitten gegen den Wind in Richtung Meer davon.

9. Kapitel

Die Beamten der Gendarmerie nationale hatten Probleme, die Meute von Journalisten und Neugierigen zurückzudrängen. Die Gaffer ignorierten das Absperrband rund um den Tatort. Immer wieder wurden Handys gezückt und hochgehalten, in der Hoffnung, irgendwelche schaurigen Details aufzunehmen, die man später den Freunden im Bistro zeigen konnte.

Dass es am Strand zwei Leichen gab, hatte sich längst herumgesprochen und Dutzende von Zuschauern von einem nahen Campingplatz angelockt, noch bevor die Polizei eintraf.

»Hier entlang, Capitaine, kommen Sie«, rief Masclau seiner Chefin und dem Médecin Légiste, dem Rechtsmediziner, zu. Er hielt das rot-weiße Absperrband in die Höhe, um Isabelle und Leon durchzulassen.

»Guten Morgen, Lieutenant«, sagte Leon. »Wo ist der Fundort?«

»Guten Morgen, Docteur«, Masclau deutete in Richtung des Imbisses. »Gleich da vorne. Die anderen warten schon.«

»Da, wo die ganzen Beamten rumlaufen? Ist das etwa der Fundort?«, fragte Leon ungläubig und deutete zu der Gruppe von Polizeibeamten, die sich in gedämpften Ton unterhielten und immer wieder neugierig zu den Toten am Boden sahen.

»Als wir angekommen sind, waren schon jede Menge Schaulustige hier. Die haben wir alle verscheucht. Aber Sie wissen doch, wie die Leute sind«, Masclau zuckte hilflos mit den Schultern. »Da gibt es bestimmt keine einzige saubere Spur mehr«, Leon klang resigniert.

Wie oft hatte Leon den Beamten der Gendarmerie erklärt, dass sie den Tatort absichern mussten und auf keinen Fall mit ihren Spuren kontaminieren durften. Es war sinnlos, als würde er gegen eine Wand reden. Die Neugier der Leute war stärker als jede Vernunft. Da unterschieden sich die Flics kaum von den anderen Gaffern.

Unter normalen Bedingungen war das hier ein Bilderbuchstrand an einem traumhaften Sommertag. Leon blieb stehen und sah zum Meer, über dem vor zwei Stunden die Sonne aufgegangen war. Das Licht spiegelte sich auf der glatten Oberfläche des Wassers, so hell, dass das Strahlen in den Augen schmerzte.

Der Blick über die Bucht war beeindruckend. Der dichte Kiefernwald reichte fast bis an den Strand, der von hohen Felsen begrenzt war. Der Sand war fein wie Puderzucker, was den Ort besonders bei Familien beliebt machte. Keine 200 Meter vor der Bucht lag auf einem Felsen die ehemalige Seeräuberfestung Fort Brégançon, die über einen Damm mit dem Festland verbunden war. Unter Präsident Charles de Gaulle war die Burg zum Sommersitz der französischen Präsidenten ausgebaut worden. De Gaulle selber hatte wohl nur ein einziges Mal dort seine Ferien verbracht, angeblich weil seine Frau die Seeluft nicht vertrug, erinnerte sich Leon. Wer verträgt schon keine Seeluft?, dachte er mit einem Stirnrunzeln. Da war ihm die Entschuldigung von Präsident Sarkozy noch lieber gewesen: Der hatte wenigstens zugegeben, dass ihm Brégançon nicht komfortabel genug war, da man das Meer nur über eine steile Treppe mit 130 Stufen erreichen konnte. Da traf es sich, dass seine Frau Bruni aus einer geradezu sagenhaft reichen Familie stammte und nur zwei Buchten weiter ein fantastisches Anwesen mit allem nur denkbaren Luxus und einem riesigen Pool besaß.

Leon schüttelte den Kopf und wandte sich wieder der Szenerie vor ihm zu: Die Frauen und Männer der Polizei drängten noch näher zur Fundstelle, um ja nichts zu verpassen, besonders jetzt, wo der Médecin Légiste aufgetaucht war. Leon marschierte auf die Menschentraube zu und machte ausladende Handbewegungen, um die Polizisten zu verscheuchen, vergeblich.

Thierry Zerna, ein Mann mit akkuratem Haarschnitt und Hosen mit perfekter Bügelfalte, strahlend weißem Hemd und tadelloser Dienstjacke mit poliertem Rangabzeichen, begrüßte Leon. Die vier goldenen Streifen auf den Schulterklappen wiesen ihn als Commandant und somit als Polizeichef der Gendarmerie von Lavandou aus. Der oberste Polizeibeamte der Stadt war nur 172 Zentimeter groß. Das war einer der Gründe, warum Zerna sich gerne mit durchgedrücktem Rücken vor seinen Gesprächspartnern aufbaute und auch heute seine Cowboystiefel mit den dicken Sohlen trug. Ein nutzloser Versuch, größer zu wirken, da die Schuhe mit den extra hohen Absätzen hier im weichen Sand versanken. Zerna hatte seine dunkle Ray-Ban-Sonnenbrille auf der Nase nach vorne geschoben und sah sein Gegenüber über den Brillenrand hinweg an. Wahrscheinlich hatte er das in einem der amerikanischen Gangsterfilme gesehen, die Zerna sich so gerne auf Netflix ansah, dachte Leon.

»Morgen, Docteur.« Der Polizeichef schüttelte Leon die Hand. »Die beiden Toten liegen gleich bei der Hütte. Ist 'ne ziemlich üble Sache.«

»Da hat jemand echt die Sau rausgelassen«, kommentierte Lieutenant Masclau und erntete einen strafenden Blick von Isabelle.

»Wo ist der Zeuge, der die Toten gemeldet hat?«, erkundigte sich die stellvertretende Polizeichefin.

»Sitzt vor seinem Kiosk und kotzt«, sagte Masclau. »Er hat gemeint, jemand hätte bei ihm die Tür aufgebrochen, aber es wäre nichts geklaut worden. Die Möwen haben ihn drauf gebracht, dass da jemand im Sand liegt. Hatten sich schon über die Leichen hergemacht.«

»Ich werde gleich mal mit dem Zeugen reden«, Isabelle ging in Richtung Imbiss davon.

»Könnten Sie bitte ihre Leute noch ein Stück weiter zurückziehen?«, bat Leon den Polizeichef. »Ich brauche hier mehr Platz.«

Zerna gab einen Befehl, was gar nicht nötig gewesen wäre. Die Polizisten traten für den Médecin Légiste geradezu ehrfurchtsvoll zur Seite und bildeten eine Gasse zu den Leichen. Zerna ärgerte sich, dass Leon bei der Polizei besonderen Respekt genoss. Darum nutzte er gerne Gelegenheiten, bei denen er dem strahlenden Image des Docteur einen Dämpfer verpassen konnte. Zu Leons Glück liefen diese Versuche meist ins Leere.

Was Leon als Erstes auffiel, war die Position der beiden Opfer. Der Mann lag auf dem Rücken, die junge Frau dicht neben ihm. Es sah nicht so aus, als hätte hier ein Kampf stattgefunden. Das Ganze erinnerte Leon eher an eine Bühne, eine makabre Installation. Als hätte jemand die beiden Toten hierhergeschafft, um sie wie für ein absurdes Theaterstück in Szene zu setzen. Leon ging in die Knie und betrachtete den Mann. Er hatte eine tiefe Wunde am Hals. Der Gerichtsmediziner beugte sich nach vorn und konnte die aufgeschnittene Luftröhre sehen.

»Kein besonders sauberer Schnitt, wenn Sie mich fragen.« Der Kommentar kam von Lieutenant Masclau, der sich neugierig zu Leon vorbeugte, um nichts zu verpassen.

»Würden Sie bitte hinter mir bleiben«, sagte Leon kühl. Masclau gehorchte.

»War das ein Messer?«, fragte Polizeichef Zerna.

»Ich denke schon«, Leon war mit einer kurzen Sonde in die Wunde eingedrungen, um ihre Tiefe zu bestimmen. »Dann sind die Möwen gekommen.«

»Verdammte Viecher«, murrte Masclau.

»Der Schnitt geht tief und hat die Halsschlagader geöffnet«, stellte Leon fest. »Muss heftig geblutet haben.«

»Ich sehe hier aber kein Blut«, sagte der Polizeichef.

»Das ist auch nicht der Tatort«, bemerkte Leon trocken.

»Wie wollen Sie das jetzt schon wissen?«, Zerna konnte es nicht leiden, wenn Leon sich in die Ermittlungsarbeit der Polizei einmischte.

»Kein Blut, kein Tatort«, sagte Leon. »Ganz einfach.«

»Wir haben im Sand vor der Hütte 'ne Menge Blutspuren gefunden«, mischte sich Masclau wieder ein.

»Nehmen Sie eine Probe von dem Blut«, Leon sah ihn an.

»Das ist doch längst im Sand versickert«, antwortete der Lieutenant.

»Dann nehmen Sie sich einen Eimer mit«, sagte Leon.

Masclau sah ihn empört an.

»Na los, machen Sie schon«, brummte Zerna und fügte dann an Leon gewandt hinzu: »Was ist mit der Frau?«

»Was meinen Sie?«

»Ihr hat man die Kehle nicht aufgeschnitten.«

»Auf den ersten Blick sieht es aus, als sei sie erstochen worden«, sagte Leon. Er bückte sich und deutete auf eine kleine Verletzung an der linken Seite des Brustkorbs.

»Sehen Sie das?«

Was ist das?«, fragte Zerna.

»Eine Stichverletzung in Höhe des Herzens, würde ich denken«, antwortete Leon.

Aus der Wunde war Blut ausgetreten und auf der Haut des Opfers geronnen.

»Was für ein Messer sollte das denn sein, das so eine Verletzung hinterlässt?«, fragte Zerna.

»Kann ich noch nicht sagen«, Leon sah sich die Schnitte genauer an. »Drei Klingen, sternförmig angeordnet.«

»Was ist mit ihren Augen?« fragte Zerna.

Die Augen waren Leon sofort aufgefallen. Der Mann hatte den typischen leeren Blick eines Toten, so als würde er in eine andere Welt schauen, während die Frau ...

»Sie hat keine Augen.«

»Die Möwen«, stellte Zerna nüchtern fest.

Leon schob die Sonde ein paar Zentimeter in die Augenhöhle, förderte aber nur Sand zutage. »Ich denke, dass sie jemand entfernt hat.«

»Was für eine perverse Sau«, sagte Masclau.

»Haben wir einen Todeszeitpunkt?«, fragte Zerna.

»Ich würde sagen, sie sind sechs bis acht Stunden tot. Genauere Werte habe ich nach der Obduktion.«

Isabelle kam von der Hütte zurück.

»Was sagt der Zeuge?«, fragte Zerna.

»Monsieur Babin behauptet, er hätte die beiden vorher noch nie gesehen.«

»Er könnte sie selber hierhergeschafft haben«, warf Masclau ein, »kräftig genug ist er.«

»Glaube ich nicht«, widersprach Isabelle. »Er ist völlig fertig. Der Imbiss ist seine einzige Einkommensquelle. Die würde er doch nicht aufs Spiel setzen.«

Leon hatte nicht zugehört. Er konzentrierte sich auf etwas,

das er neben den Toten im Sand entdeckt hatte. Er griff in seine abgewetzte Aktentasche, in der er seine Standardausrüstung transportierte, wenn er überraschend zu Tatorten gerufen wurde. Er nahm eine lange Pinzette zur Hand und zupfte damit ein etwa drei Zentimeter langes zusammengefaltetes Papiertütchen aus dem Sand. Darauf waren die stilisierten Schwingen eines Vogels zu erkennen, wie von einem Kind gezeichnet. Leon wog es in der Hand und drückte das Papier ein wenig auseinander, um den Inhalt zu sehen.

»Haben Sie was?«, fragte Zerna

»Weiß ich noch nicht«, antwortete Leon. »Vermutlich eine Tablette. Die sehen wir uns später im Labor an.«

Damit ließ er den Fund in einer Asservatentüte in seiner Aktentasche verschwinden.

»Wissen wir, wer die beiden Toten sind?«, fragte Zerna. Masclau zuckte mit den Achseln.

Isabelle stöhnte leise auf, als sie sah, wie Leon den Kopf der Toten anhob und einen wenige Zentimeter langen Zweig mit dunklen Flecken darunter hervorzog und betrachtete.

»Ist das Blut auf den Blättern?«, wollte Isabelle wissen.

Leon nickte und schob den Zweig ebenfalls in eine Asservatentüte. »Korkeiche, würde ich sagen.«

»Hier wachsen aber keine Korkeichen.« Zernas Einwand hatte etwas Trotziges.

»Jemand scheint ihn in Blut getaucht zu haben«, Leon drehte die durchsichtige Tüte im Sonnenlicht.

Isabelle betrachtete nachdenklich die Tote.

»Ich glaube, ich habe sie schon mal gesehen«, Isabelle musste sich abwenden. Sie konnte den Anblick der toten Frau nicht länger ertragen. Sie atmete tief durch.

»Haben wir einen Namen?«, fragte Zerna Masclau, der mit einem Kollegen sprach.

»Über den Mann wissen wir nichts, aber von der Frau haben wir den Führerschein bei der Hütte gefunden.«

»Wie heißt sie?«, fragte Zerna.

»Bernault, nein, Bertrand«, korrigierte sich Masclau.

»Richtig, jetzt erinnere ich mich«, unterbrach Isabelle. »Amélie Bertrand. Sie war gestern in meinem Büro und wollte Anzeige erstatten.«

»Gegen wen?«

»Einen Mann in einer Tankstelle. Er hat angeblich sie und ihren Freund bedroht.«

»Welche Tankstelle?«, wollte der Polizeichef wissen.

»Die am Avenue des Commandos D'Afrique«, sagte Isabelle. »Ich denke, es war Patrick Favre.«

»Patrick, der Verrückte?«, fragte Masclau.

In diesem Moment fielen Leon die drei Mädchen auf, die es geschafft hatten, sich an der Polizei vorbei zum Tatort zu drängen. Sie waren ganz offensichtlich vom Wasser hergekommen. Das war die einzige Stelle, die die Flics nicht abgesperrt hatten. Jetzt stellten sich zwei Beamte den Mädchen in ihren Bikinis entgegen.

»Was wollen die hier?«, fragte Leon. Die Mädchen hatten ungefähr Lilous Alter. Sie trugen ihre Handys wie Schilde vor sich und hielten sie den Polizisten direkt vors Gesicht. Als ginge von den Handys eine geheime Kraft aus, die die Polizisten wieder verschwinden lassen würde. Eine Polizistin hatte eines der Mädchen geschnappt und hielt sie mit festem Griff.

»Lassen Sie mich los«, schrie das Mädchen mit überschnappender Stimme und versuchte, sich loszureißen. Aber die Beamtin ließ nicht locker.

Während zwei der Mädchen von Polizisten aufgehalten wurden, war es der dritten gelungen, sich an der Absperrung vorbeizudrängen.

»Wo ist Amélie?«, rief das Mädchen und spurtete durch den Sand, dorthin, wo die Toten lagen.

»Halten Sie sie auf«, rief Leon, der noch immer am Boden kniete, den Beamten zu. Gleichzeitig zog er die goldene Schutzfolie über die beiden Toten.

»Ich will zu Amélie«, rief das Mädchen, das jetzt von Isabelle gestoppt wurde. Isabelle hielt das Mädchen fest, das sich wehrte, als sollte es verhaftet werden.

»Jetzt reiß dich zusammen«, sagte Isabelle streng. »Ihr könnt hier nicht durch. Das ist eine Polizeiabsperrung.«

»Wir müssen zu Amélie«, rief das zweite Mädchen, und ihre Stimme kippte ins Hysterische.

Isabelle versuchte, das Mädchen, das sie noch immer festhielt, zu beruhigen.

»He, ganz ruhig. Alles gut«, murmelte sie ihr zu. »Wer ist Amélie?«

»Amélie …?«, fragte das Mädchen fassungslos darüber, dass irgendjemand den Namen nicht kennen könnte. »Amélie Bertrand.«

In diesem Moment erfasste die Morgenbrise die goldene Folie am Boden, hob sie an und schlug sie zur Seite wie ein frisches Laken in einem Hotelbett und wehte sie davon. Da lagen die beiden nackten Toten im Sand. Für alle gut zu erkennen. Der junge Mann mit der blutigen Schnittwunde am Hals und das Mädchen mit den leeren Augenhöhlen.

»Amélie!«, schrie das Mädchen entsetzt auf und sackte vor Isabelle zusammen.

Isabelle bückte sich und schob ihren Arm unter den Nacken

des Mädchens. »Kann mir vielleicht jemand helfen?«, rief sie Masclau zu.

»Jetzt hol doch mal einer die verdammte Folie zurück«, brüllte der Polizeichef, und einer der Flics spurtete hinter der Abdeckfolie her, die der Wind vor sich hertrieb und wie eine glänzende Raupe über die Dünen wabern ließ.

Kurz darauf saßen die drei Mädchen im Krankenwagen, der am Rand des abgesperrten Areals geparkt hatte. Isabelle, Zerna und Masclau standen vor den Touristinnen und waren etwas unschlüssig, was sie mit ihnen machen sollten. Eines der Mädchen schluchzte. Ihre Freundin hatte den Arm um sie gelegt. Das Mädchen, das die Toten gesehen hatte, saß blass, aber aufgeregt plaudernd zwischen ihren Freundinnen.

»Ich habe ein Video, zieht euch das mal rein«, sagte das Mädchen. Alle drei schienen den Schrecken erstaunlich schnell überwunden zu haben.

»Sie wissen echt nicht, wer Amélie ist?«, fragte das Mädchen und trocknete sich mit einem Papiertaschentuch die Augen.

»Echt nicht?«, fragte die, die einen Bikini mit Leoprint trug.

»Sie hat 800.000 Follower auf Insta.«

»Was verdammt ist Insta?«, wollte Zerna wissen.

Das Mädchen, das die Toten gesehen hatte, verdrehte die Augen. Sie gab keine Antwort. Wer solche Fragen stellte, hatte keine Antwort verdient.

»Sie hatte also einen Instagram-Account«, stellte Isabelle fest, und die Männer sahen sie erstaunt an.

»Was denn sonst?«, fragte das Mädchen gereizt.

»Eine Influencerin?«, fragte Isabelle.

»Nicht eine«, sagte das Mädchen in einem Ton, als hätte sie

es mit Eingeborenen auf einer einsamen Insel zu tun. »Sie war die Nummer eins. Die beste, die ... ach, ist doch jetzt egal.«

»Amélie war einfach nur ...«, das Mädchen schien für einen Moment nach dem angemessenen Wort zu suchen.

»Mega«, sagte ihre Freundin. »Amélie war einfach nur mega.«

»Sie war die Beste«, sagte die Freundin, und eine weitere Träne lief ihr die Wange hinunter.

»Verstehe ich das richtig?«, fragte Zerna. »Persönlich getroffen haben Sie das Opfer nie?«

»Ich hab mir jeden Tag ihre Posts angesehen«, sagte das Mädchen. »Amélie hat manchmal über 3 000 Likes gehabt.«

»Sie hatte voll die coolen Ideen. Ich hab so viel von ihr gelernt, echt ... Zu einem Post hat sie immer gute Ratschläge gegeben.«

»Und ich ... ich hab alles auf Video«, murmelte das Mädchen, das noch vor wenigen Minuten fast in Ohnmacht gefallen war, und betrachtete selig sein Handy.

»Du hast Aufnahmen vom Tatort gemacht?«, fragte Isabelle streng.

»Wir haben nur ein paar Selfies gemacht. Das ist alles«, sagte das Mädchen mit dem Leoprint-Bikini, und ihre Freundinnen nickten zustimmend.

»Ihr werdet alles löschen, was ihr hier aufgenommen habt«, sagte Isabelle.

»Das ist mein Handy. Ich gebe Ihnen doch nicht meine Selfies!« Das Mädchen sah Isabelle trotzig an und hielt mit beiden Händen ihr Handy fest umklammert. Dann sah sie zu ihrer Freundin. »Die spinnt doch.«

»Sie löschen alles, was Sie hier aufgenommen haben. Sofort«, sagte Isabelle mit aller Autorität, »oder wir beschlagnahmen die Handys, und ihr kommt mit auf die Wache.«

Zwei der Mädchen tippten sofort brav auf ihre Handys.

»Das dürfen Sie gar nicht«, versuchte die Sprecherin der kleinen Gruppe, ihre Fotos zu retten. »Wir haben schließlich auch Rechte.«

»Lieutenant«, sagte Isabelle im Befehlston und sah zu Masclau. Der griff demonstrativ in seine Gürteltasche und zog ein paar Handschellen heraus.

»Ist ja schon gut«, sagte das Mädchen mit dem Leoparden-Bikini. Sie tippte auf ihr Handy, dann zeigte sie es Isabelle.

»Zufrieden?«, fragte sie.

»In Ordnung«, sagte Isabelle. »Ihr könnt gehen.«

10. Kapitel

Das blaue Einsatzfahrzeug mit dem typischen weißen Streifen der Gendarmerie nationale schaukelte die Route des Crêtes entlang. Die enge Straße, die den Kamm des Massif des Maures entlangführte und atemberaubende Aussichten bot, wurde nur von wenigen Touristen befahren und hätte dringend eine Renovierung nötig gehabt. Jedes Mal, wenn Masclau abrupt einem Schlagloch auswich, geriet der Renault ins Schlingern und damit dem Straßenrand und dem Abgrund beängstigend nahe.

»Fahr langsamer, Didier. Verflixt noch mal«, fuhr Isabelle den Kollegen an, und der nahm brav den Fuß vom Gas.

Didier Masclau liebte es, die engen Corniches entlangzubrettern, als wären sie auf Verbrecherjagd. Dabei ging es nur um eine harmlose Zeugenbefragung.

»Halt bitte mal da vorne an.« Isabelle deutete auf eine Ausweichstelle, die direkt unterhalb eines großen Felsens lag.

»Was willst du denn hier?«, sagte Masclau dann mit einem Grinsen. »Ach so, ich verstehe.«

»Du verstehst gar nichts. Halt einfach nur an«, sagte Isabelle, und Masclau fuhr an den Fahrbahnrand.

Sie stieg aus und nahm das Fernglas mit, das in einer Halterung neben dem Türgriff steckte. Es gab eigentlich keinen Grund anzuhalten. Zumindest keinen, der die Ermittlungen in irgendeiner Form weitergebracht hätte. Sie waren nur stehen geblieben, weil Isabelle diesen Platz liebte und sie das Bedürfnis danach hatte, ihren inneren Frieden wiederherzustellen.

Als sie noch ein Kind war, war ihre Mutter gelegentlich mit ihr hier hinaufgefahren. Es war der höchste Punkt der Route des Crêtes, 432 Meter. Von hier hatte man einen fantastischen Blick auf das dunkelblaue Meer und die Küstenlinie, die in der Hitze des Julitages flimmerte. Isabelle machte ein paar Schritte nach vorn. Dann setzte sie das Glas an die Augen, richtete es auf exakt 90 Grad West aus und sah zum Horizont, wo die Wolken und das Meer zusammenstießen.

»Kannst du mir mal sagen, wonach du suchst?«, rief Didier vom Auto aus, während er sich mit dem Finger im Ohr kratzte und zu ihr herübersah.

»Nichts Bestimmtes«, antwortete Isabelle.

Sie hatte keine Lust, ihm zu sagen, wonach sie wirklich Ausschau hielt. Vor vielen Jahren, als sie noch ein kleines Mädchen gewesen war, hatte ihre Mutter ihr ein Geheimnis anvertraut: Wenn der Mistral blies, und das tat er heute, und die Luft so klar war, als bestünde sie aus poliertem Glas, dann, und nur dann, konnte man, mit ein wenig Glück, am Horizont die Gipfel der Berge von Korsika sehen. Vermutlich war das Quatsch, schließlich lag die Insel über 180 Kilometer von der Küste entfernt, aber Isabelle hatte die Vorstellung immer gefallen, dass sie eines Tages hier oben vorbeikäme und die Bedingungen so ideal wären wie noch nie zuvor. Und dann würde sie ganz allein die Küste von Korsika sehen, das Stück Frankreichs, auf dem Napoleon geboren wurde.

Sie setzte das Fernglas ab, atmete die warme Luft ein, die nach trockener Erde und Rosmarin roch, und lauschte einen Augenblick auf den Gesang der Zikaden. Was für ein perfekter Moment, dachte Isabelle und hätte sich nicht gewundert, wenn sie plötzlich über dem Boden geschwebt wäre.

»Alles klar?«, holte der Lieutenant sie in die Wirklichkeit zurück.

»Na los, lass uns fahren«, sagte Isabelle und stieg ein. »Aber ras nicht so. Hier sind Radfahrer unterwegs.«

»*Oui, mon Capitaine*«, sagte Didier übertrieben devot.

Sie waren auf dem Weg zu Cyril Clemens, dem Pächter der Elf-Tankstelle, in der Amélie und ihr Freund am Vortag den Streit mit dem Tankwart hatten. Ein Anruf bei Monsieur Clemens hatte jeden Zweifel ausgeräumt, mit welchem seiner Mitarbeiter die Influencerin und ihr Freund Ärger gehabt hatten. Es war nicht das erste Mal, dass es Probleme mit Patrick Favre gegeben hatte.

Der Mann sei vielleicht geistig ein wenig zurückgeblieben, aber alles in allem ein anständiger Kerl, hatte Cyril Clemens am Telefon betont, und damit im Grunde Isabelles Verdacht bestätigt. Patrick sei fleißig und würde den Kunden gerne helfen, wenn sie ein Problem hatten. So war es auch bei dem platten Reifen der jungen Frau und ihrem Freund gewesen.

»Der Junge lässt sich eben leicht provozieren«, versuchte der Tankstellenpächter nun, als sie vor ihm standen, ein gutes Wort für seinen Mitarbeiter einzulegen. Patrick war ungeschickt im Umgang mit Frauen, da vergreife er sich gelegentlich im Ton. Das hatte Cyril Clemens schon öfter erlebt. Und wenn sich dann noch jemand über das Stottern des Jungen lustig machte, dann konnte er ausflippen.

»Das geht dann innerhalb von Sekunden«, hatte der Tankstellenpächter am Telefon zugegeben und mit den Fingern geschnippt. »Eben lachen noch alle und dann, bamm!«

Der Tankstellenpächter erinnerte sich, dass er am Tag zuvor Geschrei gehört hatte. Kurz darauf war Patrick mit einem

Moniereisen in der Hand aus der Werkstatt gelaufen, das er wie ein Schwert über seinen Kopf hielt und mit dem er das junge Paar bedrohte. Erst nachdem Cyril Clemens die Situation beruhigt hatte, hatte die junge Frau erzählt, dass Patrick wohl eine anzügliche Bemerkung gemacht hätte.

»Ihr Begleiter hat das mitbekommen und sich über Patrick lustig gemacht. Dann hat eines zum anderen geführt«, brummte der Pächter.

»Was hat Patrick denn genau gesagt?«, wollte Isabelle wissen, als sie im Büro des Tankstellenchefs standen.

»Ich mach dich kaputt und *nique ta mère*. So einen Scheiß halt«, antwortete der Mann. »Da bin ich dazwischengegangen, und gut war's. Keine große Sache.«

»Sie haben nicht bei der Gendarmerie angerufen?«

»Wegen so einer Kleinigkeit? Nein, so was klären wir schon selber. Ich hab den beiden gesagt, sie sollen lieber zu der Total-Tankstelle oben an der Route Nationale fahren. Sind nur ein paar Hundert Meter.«

Mehr wisse er nicht, wiegelte Cyril Clemens ab. Nur dass Patrick wieder in der Werkstatt verschwunden und das Pärchen mit seinem Auto davongefahren sei.

»Dann würden wir jetzt gerne mit Patrick sprechen. Ist er denn hier?«

Der Pächter schaute sie an. »Nein, Patrick hat mich heute hängen lassen – der ist nicht gekommen, keine Ahnung, wo er steckt.«

11. Kapitel

Das Haus der Favres lag am Rande von Rayol, einer kleinen Gemeinde, die sich auf dem schmalen Küstenstreifen zwischen Meer und den Ausläufern des Massif des Maures erstreckte. Hier gab es viele Gebäude mit kleinen Gärten, die noch aus den Sechzigerjahren stammten, als Bauland in der Gegend noch nicht so begehrt gewesen war wie heute. Die Siedlung bestand hauptsächlich aus zweckmäßigen Einfamilienhäusern. Bei vielen blätterte der Putz ab. Die Fliegengitter in den Fensteröffnungen hatten Löcher, und auf den zerbrochenen Dachpfannen hatte sich Moos angesetzt.

Isabelle hatte sich beim Sozialamt über die Favres informiert. Von der Familie waren nur noch zwei Mitglieder übrig: Patrick und dessen Vater Pierre. Monsieur Favre war 65 Jahre alt. Bis vor zwei Jahren hatte er noch bei der Stadtverwaltung gearbeitet, als er aus gesundheitlichen Gründen entlassen worden war. Der Amtsarzt hatte bei ihm Lungenkrebs diagnostiziert, im Endstadium.

Wie es aussah, hatte Monsieur Favre eine Zeit lang versucht, die Krankheit zu ignorieren. Aber irgendwann hatte sie ihn doch eingeholt, und seitdem verweigerte der Patient jede medizinische Behandlung. Nachdem Patrick auch telefonisch nicht zu erreichen gewesen war, hatte Isabelle beschlossen, persönlich bei den Favres vorbeizuschauen.

Das Grundstück wurde von einer Oleanderhecke begrenzt, die dringend gestutzt werden müsste, wie Isabelle bemerkte, als sie und Masclau vor dem Tor standen und vergeblich nach einem Klingelknopf suchten.

»Hallo, Monsieur Favre«, rief Didier Masclau ungeduldig und rüttelte an dem verwitterten Holztor.

Isabelle drückte einfach die Türklinke herunter, und das Tor schwang auf. Vor dem zweistöckigen Haus wucherte das vertrocknete Gras kniehoch. Dort standen eine Hollywood-Schaukel, an der der Rost fraß, und ein Grill, der fettverspritzt in der Sonne glänzte und offenbar seit Ewigkeiten nicht mehr gereinigt worden war. Schwärme von Bienen und Honigsaugern summten durch den Oleander.

Der Zugang zum Haus führte über eine schmale Veranda. Isabelle und Didier traten näher, bis sie aus dem Inneren des Gebäudes ein Husten hörten. Die Haustür stand offen. Isabelle klopfte an den Türrahmen.

»*Bonjour, monsieur Favre!* Wir sind von der Gendarmerie«, rief sie betont freundlich.

»Verschwinden Sie ...!«, war eine Männerstimme irgendwo im Inneren des Hauses zu hören.

»Monsieur Favre, wir müssen mit Ihnen reden«, mischte sich Masclau ein.

»Ich rede nicht mit Ihnen«, sagte die Stimme aus dem Haus. »Nicht mit Ihnen und auch mit sonst niemandem.«

»Es geht um Ihren Sohn, Monsieur Favre.« Isabelle gab Masclau ein Zeichen, dass sie mit dem Mann sprechen wollte. Der Lieutenant zuckte nur mit den Schultern und trat einen Schritt zurück.

»Was wollen Sie von Patrick? Er ist nicht da«, sagte die Stimme, und erneut erklang ein rasselndes Husten. Es war ein krankes Husten, dem man anhörte, dass da jemand nach Luft rang.

»Wir wollen Ihren Sohn als Zeugen befragen«, ging Masclau erneut dazwischen.

»Ich hab gesagt, Sie sollen verschwinden«, krächzte der Mann, der jetzt im grauen Jogginganzug den Flur des Hauses entlangkam. Isabelle erschrak, als sie ihn sah, mit seinem hageren, grauen Gesicht, aus dem eine scharf geschnittene Nase hervorragte, die an den Schnabel eines Vogels erinnerte. Isabelle konnte sehen, wie die schwere Krankheit Monsieur Favre zugesetzt hatte. Favre war knapp 1,90 Meter groß, aber deutlich untergewichtig. Der Jogginganzug schlackerte ihm um Schultern und Hüfte. Seine Beine zitterten, als könnten sie ihn keinen Moment länger tragen, und vielleicht war es ja auch so. Monsieur Favre ging langsam und musste sich an der Wand abstützen, um nicht die Balance zu verlieren und zu stürzen.

»Verschwinden Sie«, wollte der Mann sagen, aber es war kaum mehr als ein Krächzen zu hören, das einen weiteren Hustenanfall auslöste.

»Monsieur Favre?«, fragte Isabelle.

»Raus«, sagte der Mann und rang nach Luft.

»Können wir Ihnen irgendwie helfen?«, fragte Isabelle besorgt und ging einen Schritt auf den Kranken zu. Sie griff ihn am Arm, um ihn zu stützen. »Hilf mir mal bitte, Didier!«

»Lassen Sie sofort meinen Arm los!« Es war eher Verzweiflung als Zorn, die in seiner Stimme mitschwang.

In diesem Moment kam Patrick von der Garage um die Hausecke gelaufen. Er war ein großer, schlaksiger Mann, der eine verdreckte Latzhose trug. Er hatte dunkle, offensichtlich ungewaschene Haare, die ihm wie ein kleines Dach vor dem Gesicht standen. Nur seine Brille hinderte die Haare daran, seine Augen zu verdecken.

»Lass ihn los«, rief Patrick. In der Hand hielt er einen Schraubenzieher. »Loslassen, habe ich gesagt.«

Patrick ging auf Isabelle zu, die Monsieur Favre noch immer am Arm gepackt hatte und dadurch daran hinderte, in den Flur zu kippen. Aus dem Augenwinkel sah sie, wie Masclau zu seiner Waffe griff.

»Nicht, Didier«, befahl sie, und Masclau ließ die Waffe stecken, sodass Isabelle sich dem Sohn zuwenden konnte und mit ruhiger Stimme sagte: »Guten Tag, Monsieur Favre. Sie sind doch Patrick Favre?«

Der junge Mann antwortete nicht auf ihre Frage. Er wich Isabelles Blick aus, und seine braunen Augen huschten wie kleine Tiere hinter seinen verschmierten Brillengläsern hin und her.

»Was haben sie dir angetan, Papa?«, Patrick schob Isabelle grob zur Seite und ergriff den Arm seines Vaters. Eine sanfte, beinahe liebevolle Geste, die so ganz in Kontrast zu seinem vorigen Auftreten stand.

»Ich war besorgt, Ihr Vater könnte stürzen«, sagte Isabelle, und es klang wie eine Entschuldigung.

In diesem Moment bekam Monsieur Favre einen neuen Hustenanfall. Er beugte sich nach vorn. Hustete, rang nach Atem und spuckte einen Schwall Blut auf den Boden.

»Siehst du, was du Papa angetan hast?«, Patrick klang verzweifelt.

»Wir können dich auch gerne mit auf die Wache nehmen, jederzeit«, drohte Masclau.

»Didier, bitte«, kam es streng von Isabelle.

»Der wollte auf dich losgehen«, grummelte Masclau.

»Versorgen Sie erst mal Ihren Vater«, versuchte Isabelle die Situation zu entspannen, »dann können wir immer noch reden. Wir warten solange draußen auf der Veranda.«

Isabelle und Masclau hatten sich auf zwei Gartenstühle gesetzt. Das Husten im Haus hatte aufgehört, als Patrick herauskam.

»Wie geht es Ihrem Vater?«, erkundigte sich Isabelle.

»Die im Krankenhaus haben gesagt, dass Papa nicht mehr lange lebt. Das ist ein böser Husten, haben sie gesagt.«

»Und wenn du deinen Vater in die Klinik bringst?«, fragte Isabelle vorsichtig.

»Mein Papa geht nicht ins Krankenhaus. Keiner kann ihn zwingen. Auch die Ärzte nicht«, sagte Patrick, und dann verschwörerisch zu Isabelle: »Ärzten kann man nicht trauen ...«

»Hat das Ihr Vater gesagt?«, fragte Isabelle, und Patrick nickte stumm.

»Kümmern Sie sich hier um alles?«, fragte Isabelle, und wieder nickte Patrick.

»Ist sicher schwer.«

»Ich muss noch was arbeiten«, sagte Patrick dann.

»Sie könnten uns helfen«, Isabelle sah den jungen Mann an.

»Sie erinnern sich bestimmt an das Paar, das vorgestern bei Ihnen in der Tankstelle war?«

»Was soll mit denen sein?« Patrick wich ihrem Blick aus.

»Wann hast du die beiden zum letzten Mal gesehen?«, mischte sich Masclau ein.

»Hab ihnen nichts getan. Ich schwör's!«

»Wo warst du letzte Nacht, Patrick?«

»Hier. Hab mich um *père* gekümmert.«

»Nein, ich meine nach Mitternacht. Sagen wir, um vier Uhr in der Frühe?«, drängte Masclau den Mann.

»Da war ich weg«, sagte Patrick ein wenig schnippisch. Isabelle und Masclau wechselten einen schnellen Blick.

»Was meinst du mit weg?«

»Da bin ich immer auf der Suche. Mit meinem Roller.«

»Suche wonach?«, sagte Isabelle und fragte sich, ob Patrick ihnen vielleicht nur etwas vorspielte.

»Ich suche die Toten ...«

Isabelle sah ihn an.

»Die toten Viecher. Unten auf der Küstenstraße. So früh am Morgen sind sie noch langsam. Da werden sie leicht überfahren, und dann sammele ich sie auf.«

»Die Viecher ...?«, fragte Masclau ungläubig. »Was für Viecher?«

»Na, Eidechsen, Frösche und Schlangen. So was alles.«

»Die sammelst du ein und bringst sie hierher?«, fragte Isabelle.

»Natürlich, willst du sie sehen?«

»Gerne«, sagte Isabelle und versuchte, keine Miene zu verziehen.

Patrick führte die beiden zur Werkstatt, einer ausgebauten Garage gleich neben dem Haus. Davor stand sein knallbunter Motorroller, der neben dem großen, schlaksigen Patrick aussah wie ein Kinderspielzeug.

»Hab ich alles hier drinnen«, Patrick deutete stolz auf die Garage und zog das Tor ein Stück auf. »Wie im richtigen Museum.«

Es dauerte einen Moment, bis sich Isabelles Augen an das Halbdunkel des engen fensterlosen Raums gewöhnt hatten. Es roch nach Fäulnis. Patrick zog die Tür noch ein Stück weiter auf. Jetzt konnte Isabelle die Regale mit den offenen Blechschubladen erkennen. Darin lagen tote Reptilien. Platt gefahren von den Reifen der Autos, die die Küstenstraße entlanggekommen waren.

Die Reptilien waren sorgfältig nach Arten geordnet: Es gab Schubladen voller Eidechsen, in anderen waren verschiedene Kröten.

Isabelle zog eine breite Schublade ein Stück aus dem Regal. »Was ist hier drinnen?«, fragte sie.

»Vorsicht!« Patrick war mit einem Schritt bei ihr, griff in die Schublade und zog eine Schlange heraus. Sie hatte die markante Zeichnung einer Kreuzotter. »Mein Vater hat gesagt, die sind immer giftig«, sagte er. »Auch wenn sie tot sind.«

Isabelle machte unwillkürlich einen Schritt zurück. Patrick hatte das tote Reptil direkt hinter dem Kopf gepackt. Das Maul hatte sich geöffnet, und die langen, nadelspitzen Zähne der Giftschlange waren zu sehen.

»Verdammte Scheiße!« Auch Masclau zuckte zurück.

Isabelle konnte sehen, dass bei der Schlange, genau wie bei all den anderen Kadavern, der Körper aufgeschnitten worden war.

»Warum sind sie aufgeschnitten?«, fragte sie, als ob sie etwas ahnte.

»Sie müssen ganz leer sein, sonst können sie nicht austrocknen.«

»Ist ja echt zum Kotzen«, murmelte Masclau und wandte sich angewidert ab.

»Nimmst du ihnen auch das Herz heraus?« Isabelles Stimme war ruhig, sie duzte jetzt den verstörten Mann, versuchte, sein Vertrauen zu gewinnen.

»Isabelle, bitte ...«, brummte Masclau.

»Du schneidest ihnen das Herz raus«, sagte Isabelle. »Hab ich recht?«

»Nur wenn man das Herz rausschneidet, sind sie auch wirklich tot«, sagte Patrick.

»Was passiert sonst?«, fragte Isabelle noch einmal nach.

Mit einer ruckartigen Bewegung beugte Patrick sich zu ihr runter und brachte seinen Mund neben ihr Ohr. Isabelle zwang sich stillzuhalten. Er hauchte: »Dann werden sie nachts lebendig und laufen herum.«

»Was ist mit ihren Augen?« Isabelle spürte, wie sich ihr Puls beschleunigte.

Der junge Mann sah Isabelle an. So als müsse er abwägen, ob sie es wert wäre, sein Geheimnis mit ihr zu teilen.

»Patrick!«, konnten sie in diesem Moment den Vater rufen hören. Es folgte ein Hustenanfall.

Patrick schien aus seiner Trance zurückzukommen. »Ich muss rüber zu Papa«, murmelte er und wies die beiden mit einer Handbewegung nach draußen. Sorgfältig schloss er die Tür. Wieder hörte man den Vater rufen.

»Wir müssen uns noch einmal mit Ihnen unterhalten«, Isabelle reichte Patrick ihre Visitenkarte. »Kümmern Sie sich erst einmal um Ihren Vater, ich erwarte Sie aber noch heute Nachmittag bei mir im Büro. Sagen wir um 16 Uhr«, sagte sie. »Pünktlich. Haben Sie das verstanden?«

»Ja, Madame«, sagte Patrick, und ohne sich noch einmal umzudrehen, lief er zum Haus.

12. Kapitel

Während das Thermometer im Rest von Lavandou auf über 30 Grad kletterte, war es in den Räumen der Gerichtsmedizin angenehm kühl.

Leon hatte die vorgeschriebene Gummischürze angelegt und eine OP-Haube über die Haare gestülpt, um mögliche Spuren nicht mit der eigenen DNA zu verfälschen. Nur die schweren Gummihandschuhe hatte er nicht angelegt. Stattdessen trug er dünne OP-Handschuhe. Wenn er einen Toten untersuchte, vertraute er auf sein Gefühl und sein Geschick. Mit den Fingerspitzen konnte er innere Blutungen, Risse und Brüche ertasten, lange bevor er sie bei der Obduktion aufspürte.

Das tote Paar vom Strand lag nebeneinander auf zwei Obduktionstischen aus silberglänzendem Nirosta-Stahl. Ihre Körper waren mit hellgrünen OP-Tüchern abgedeckt, sodass von ihnen zunächst nur Kopf und Füße zu sehen waren.

Was für eine Geschichte hatten sie zu erzählen? Leon hatte die beiden Opfer langsam umrundet. Zwischendurch war er immer wieder stehen geblieben. Er versuchte, sich vorzustellen, was in dieser schrecklichen Nacht geschehen war, unten am Strand. Es war eine warme Sommernacht gewesen, der Mond hatte hell geschienen. Meeresrauschen. Ein junges Paar nackt am Strand, ganz alleine in der versteckten Bucht. Sie hatten sich eine Badematte aus dem Schuppen geholt. Der Auftakt zu einer romantischen Nacht. Aber dann war etwas passiert, überlegte Leon. Was hatte das intime Abenteuer dieser beiden Menschen in eine so blutige Mordorgie verwandelt?

Leon war neben dem männlichen Opfer stehen geblieben. Er zog das Tuch weg und reichte es seinem Assistenten. Ein tiefer Schnitt von 18 Zentimetern Länge hatte nicht nur die Arteria carotis externa, die große Halsschlagader, durchtrennt, sondern auch den Kehlkopf, Luft- und Speiseröhre. Die Wundränder waren glatt, es musste also ein sehr scharfes, großes Messer gewesen sein, das der Mörder benutzt hatte. Und trotzdem hatte der Täter zweimal angesetzt. Erst beim zweiten Versuch war es ihm gelungen, die Hauptschlagader zu durchtrennen. Die Wunde hatte stark geblutet. Drei, vier, fünf Schläge lang hatte das Herz gegen den abstürzenden Blutdruck angepumpt, vergeblich. Der Kreislauf konnte das Gehirn nicht weiter mit Blut versorgen, die Vitalfunktionen versagten, und die Organe kollabierten. Das alles hatte keine 10 Sekunden gedauert, überlegte Leon. Zehn quälend lange Sekunden für einen Menschen, der hilflos am Boden lag und miterleben musste, wie sein Herz das Leben aus seinem Körper pumpte.

Dieser brutale Schnitt am Hals war die einzige Verletzung, die der Körper des Mannes aufwies, wenn man von Fesselspuren an den Handgelenken absah. Vielleicht Spuren von Kabelbindern, dachte Leon. Der Tote, ein Surfer, von dem die Polizei inzwischen wusste, dass er Mason Rivers hieß und aus Perth in Australien stammte, hatte die typische Muskulatur eines gut trainierten Sportlers. Er wäre sicher in der Lage gewesen, einen Angreifer abzuwehren. Aber nach einem Kampf hätten Arme, Beine und Brustkorb Hämatome und Kratzer aufgewiesen, doch Mason

Rivers zeigte keinerlei Abwehrverletzungen. Was hatte ihn davon abgehalten, sich schützend vor seine Freundin zu stellen?

Leon entfernte auch das Tuch von der jungen Frau, das er ebenfalls Rybaud gab. Das Opfer war Anfang 20. Eine ausgesprochen attraktive junge Frau, dachte Leon, die offensichtlich viel für ihr Äußeres getan hatte. Sie war trainiert, aber nicht muskulös, und hatte eine auffallend gepflegte Haut. Der Körper eines Menschen, der davon lebte, sich zu präsentieren. Im Internet, am Strand, beim Shoppen, beim Feiern. Es war der perfekte Körper einer Influencerin. Aber in dieser Nacht war jemand in das scheinbar so glückliche Leben dieser Frau eingedrungen und hatte sie zu Tode gequält.

Die Verletzungen sprachen eine eindeutige Sprache: Auffällig waren die Hämatome auf der Innenseite der Oberschenkel, sogenannte Spreizverletzungen, wie sie bei Vergewaltigungen entstehen, wenn die Beine durch Faustschläge auseinandergezwungen werden.

»Sie wurde vergewaltigt«, konstatierte Rybaud, mit Blick auf die Blutergüsse.

»Vermutlich«, sagte Leon. Aber ganz so sicher war er nicht. Eine Vergewaltigung war nicht leicht nachzuweisen, vor allem dann nicht, wenn das Opfer nicht mehr aussagen konnte. Man konnte Spuren finden und daraus Schlüsse ziehen, aber eine Vergewaltigung im Sinne des Strafrechtes war bei diesen Spuren zunächst einmal nur eine Vermutung.

Leon beugte sich zu der Frau hinunter. Vorsichtig zog er ihren rechten Arm ein paar Zentimeter vom Körper weg. Mehr war nicht möglich. Die Totenstarre hatte bereits vor zwei oder drei Stunden eingesetzt, und es würde weitere 24 Stunden dauern, bevor sie das Opfer wieder freigab.

»Rybaud, könnten Sie bitte den Arm so fixieren«, sagte Leon.

Der Assistent hielt den Arm in der gewünschten Position. Leon zog die große Lupe heran, die mit einem Doppelgelenk an der Decke des Obduktionssaals befestigt war. Er schaltete die LED-Beleuchtung an und richtete die Optik auf die Innenseite der Oberarme. Da waren weitere Hämatome. Die typischen Griffspuren eines körperlich überlegenen Angreifers, der sein Opfer auf den Boden gedrückt hatte. Aber sie hatte sich gewehrt. Die abgebrochenen Fingernägel waren ein typisches Zeichen. Die junge Frau hatte um ihr Leben gekämpft.

Leon untersuchte den Schambereich des Opfers. An den Schamlippen fanden sich verschiedene Rupturen: Auch hier war ganz offensichtlich Gewalt angewendet worden. Außerdem fand Leon ein einzelnes fremdes dunkles Schamhaar, das vielleicht einen Hinweis auf den Täter geben konnte, aber dazu musste erst die DNA bestimmt werden. Leon machte einen Abstrich, um etwaige Spermaspuren an der Vulva der jungen Frau sicherzustellen.

Leon betrachtete nachdenklich die Verletzungen des weiblichen Opfers. Warum hatte sich die Frau so verzweifelt gewehrt, während der Körper des Mannes keinerlei Kampfspuren aufwies?

Leon glaubte plötzlich, den Geruch eines Lösungsmittels wahrzunehmen. Er beugte sich zu der Frau hinunter, sodass er mit der Nase ihren Haaren nahe kam. Er kannte diesen Geruch.

»Aceton«, sagte er zufrieden.

»Was sagten Sie?«, fragte Rybaud nach.

»Aceton. Lösungsmittel. Nehmen Sie eine Haarprobe. Vielleicht hat er sie ja betäubt.«

»Aceton ist ein Lösungsmittel ...?«, wunderte sich Rybaud.

»Monsieur Rybaud«, sagte Leon, »könnte ich jetzt die Körperkerntemperatur der beiden Opfer sehen?«

»Nur einen Moment, Docteur. Ich habe sie schon in den

Bericht eingetragen.« Rybaud ging zum Rollwagen, auf dem ein Computerausdruck lag. Er reichte Leon das Papier.

»Sie weichen voneinander ab, richtig?«, sagte Leon, als er den Ausdruck ins Licht der Deckenlampe hielt.

»Das ist richtig«, sagte Rybaud erstaunt. »Die Temperatur des Mannes lag um drei Grad unter der der Frau, als die beiden Opfer hierhergebracht wurden. Ich habe gedacht …«

»Kein Problem«, unterbrach ihn Leon. »Ich hatte auch nicht daran gedacht.«

Bei sommerlichen Außentemperaturen von 24 Grad, wie sie in der vergangenen Nacht geherrscht hatten, kühlte ein toter Körper etwa um ein Grad Celsius pro Stunde ab. Da die beiden Toten nebeneinander auf dem Sand gelegen hatten, als sie gefunden wurden, hätte ihre Körperkerntemperatur etwa identisch sein müssen. Leon stand da und betrachtete die beiden nachdenklich. Wieso, fragte sich Leon, hatte der Mörder die Frau über zwei Stunden länger am Leben gelassen als den Mann?

Rybaud beobachtete schweigend seinen Chef. Er wusste, dass der Docteur nicht gestört werden wollte, wenn er konzentriert nachdachte. Nachdem Leon die Opfer eine gute halbe Minute betrachtet hatte, wandte er den Blick seinem Assistenten zu.

»Er wollte, dass der Mann ihm zusieht.« Leon schüttelte langsam den Kopf.

»Was meinen Sie?«, fragte Rybaud.

»Der Mann hat auch Fesselspuren an den Händen, ja?«, sagte Leon.

Rybaud bückte sich und untersuchte die Handgelenke des männlichen Opfers. »Schnitte«, bestätigte er. »Könnten von Kabelbindern stammen oder von Handschellen. Haben das Handgelenk bis auf die Sehnen aufgeschnitten.«

»Er hätte gekämpft«, sagte Leon, und es klang irgendwie

beruhigt. »Aber er konnte nicht. Der Mörder hat ihn gezwungen zuzusehen, wie er seine Freundin vergewaltigt.«

»Und dann?«, fragte Rybaud.

»Dann hat er dem Mann die Kehle durchgeschnitten«, antwortete Leon.

Während er sprach, griff er zur Lupe und zog sie zu sich herunter. Er richtete sie auf die Wade des Opfers und dann auf die Fußsohlen.

»Ich brauche eine Pinzette und ein Reagenzglas«, murmelte Leon, während er die Stelle, die er gerade untersuchte, keinen Moment aus den Augen ließ.

Sein Assistent reichte ihm die Pinzette. Leon drückte damit leicht gegen die Fußsohle. Dann zog er einen dunklen, etwa zwei Zentimeter langen Dorn aus der Haut und ließ ihn in das Reagenzglas fallen, das ihm Rybaud hinhielt. Der Assistent drehte das Glas im Licht.

»Könnte von einer Agave stammen«, vermutete Rybaud.

»Glaube ich nicht«, sagte Leon. »Ich habe nur Kakteen am Ende des Strandes gesehen. Feigenkakteen, Opuntia. Findet man selten in dieser Gegend.«

Rybaud stellte das Glas auf den Rollwagen.

»Haben Sie sich ihre Fußsohlen angesehen?«, fragte Leon. Er hob Amélies Fuß an, und der steife Körper der Frau bewegte sich einige Zentimeter mit nach oben. Wie bei einer Barbiepuppe, dachte Leon.

Die Fußsohle war blutverkrustet.

»Sieht aus, als wäre sie in eine zerbrochene Flasche getreten«, sagte Rybaud.

»Möglich, aber nicht wahrscheinlich. Die Schnitte sind kurz und nicht tief. Außerdem sind beide Fußsohlen davon betroffen.«

»Sie meinen, er hat sie verletzt?«, fragte Rybaud.

»Nein, ich denke, sie hat versucht zu fliehen.«

»Dann musste er sie vielleicht suchen, deshalb die unterschiedlichen Todeszeitpunkte der Opfer?«

»Sehr gut, Docteur Rybaud«, sagte Leon im Scherz. »Sehen wir uns die Stichverletzung genauer an.« Er schaltete den Rekorder ein und beugte sich über die Tote. Konzentriert sprach er weiter: »Der Einstich erfolgte links hinten in den Rücken zwischen dem fünften und sechsten Rippenbogen.« Leon legte ein kurzes Zentimetermaß an die Einstichwunde. »Er wurde von einem spitzen Gegenstand mit drei sehr scharfen Klingen verursacht. Sie sind sternförmig angeordnet und haben einen Durchmesser von vier Zentimetern.«

Leon griff zu einer Sonde, die er vorsichtig in die Wunde einführte. »Das Stichwerkzeug wurde etwa 15 Zentimeter tief in den Körper gestoßen. Dabei wurden der Herzbeutel und das Herz selber verletzt«, sagte Leon ruhig, als er die Sonde wieder herauszog. Dann drückte er auf den kleinen Aus-Knopf an dem Mikrofon, das über dem Obduktionstisch von der Decke herabhing. Es war eindeutig: Der Stich hatte zum Tod geführt. Das Opfer war innerlich verblutet. Es war kein leichter Tod gewesen. Die Art der Verletzung hatte zu einem langsamen Sterben geführt. Blutverlust, Kreislaufzusammenbruch, Ende der Sauerstoffversorgung des Gehirns. Exitus.

»Wie lange hat es gedauert?«, fragte Rybaud, als könnte er Leons Gedanken lesen.

»Drei Minuten, vielleicht fünf.«

»Was könnte das für ein Messer gewesen sein?« Rybaud betrachtete die Einstichwunde.

»Ganz ehrlich?«, Leon sah seinen Assistenten an. »Ich habe keine Ahnung.«

Es dauerte eine weitere Stunde, dann hatten Leon und sein

Assistent die Obduktion der jungen Frau beendet. Sie hatten Blutwerte ermittelt, die Körperhöhlen geöffnet und Proben entnommen. Sie hatten die Tote akribisch untersucht, aber keine weiteren schweren Verletzungen gefunden. Es gab keine, nur den einen, tödlichen Stich.

Zuletzt hatten sie den Raum abgedunkelt und die Woodlampen eingesetzt. Auch kleinste Spuren von Sperma hätten im Schwarzlicht der Lampe grün aufgeleuchtet, aber da war nichts. Amélie Bertrand, Influencerin mit blühender Karriere, war eine gesunde 21-jährige Frau gewesen, die gut auf sich geachtet hatte – bis sie in Lavandou einen schrecklichen Tod gefunden hatte.

Eine Frage galt es allerdings noch zu beantworten. Leon hatte sie bis zuletzt vor sich hergeschoben: Was war mit den Augen der toten Frau geschehen? Jemand hatte sie ganz offensichtlich entfernt, und das waren nicht die Möwen gewesen, davon war er nach der Obduktion überzeugt.

Bei einer oberflächlichen Betrachtung hätte man annehmen können, das Opfer hielt seine Augen nur geschlossen. Aber Leon hatte schon am Strand gesehen, dass die Augen aus ihren Höhlen entfernt worden waren. Er nahm einen feuchten Lappen und wischte vorsichtig das Gesicht des Opfers sauber.

In bestimmten Kulturen herrschte die Vorstellung vor, dass sich im Augenblick des Todes das letzte Bild, welches das Opfer wahrnahm, auf der Netzhaut »einbrannte«. Nur wenn man diese »Aufnahme« vernichtete, würde man von der Seele des Toten in Ruhe gelassen werden. Natürlich war das finsterster Aberglaube, das war Leon völlig klar, aber dieser Aberglaube könnte einen Hinweis auf die Psyche des Täters geben.

Leon zog die Lupe vor das Gesicht der Toten und schaltete wieder die LED-Beleuchtung ein. Jetzt lag die linke Augenhöhle vor ihm. Es fiel ihm schwer, in diese Höhle mit der Pinzette einzudringen. Das Auge war die Verbindung zwischen der Seele und der Realität. Es schien, als gäbe es eine unsichtbare Barriere, dachte Leon, die er überwinden musste. Leon konzentrierte sich, atmete ruhig ein und aus, und seine Finger hörten auf zu zittern. Er nahm sich ein Spekulum vom Rollwagen. Eigentlich wurde dieses Instrument in der HNO-Medizin verwendet, um Nasenhöhlen oder Gehörgänge zu untersuchen. Leon hatte vor einigen Jahren eine andere Anwendung für das Gerät aus verchromtem Edelstahl gefunden. Vorsichtig spreizte er Ober- und Unterlid und betrachtete die Höhle. Wer immer hier eingedrungen war, war brachial vorgegangen. In der Höhle befanden sich Reste der Netzhaut. Ein Teil des Sehnervs glänzte bläulich im Licht der kleinen Lampe. Schnitte waren zu sehen.

»Er hat ein scharfes Messer benutzt«, murmelte Leon. »Vielleicht sogar ein Skalpell.«

»Können Sie Einblutungen erkennen?«, fragte Rybaud.

»Nein«, Leon sah von der Untersuchung auf, »diese Verletzungen wurden dem Opfer postmortal zugefügt.«

»Vielleicht ein Verbrechen aus Eifersucht«, überlegte der Assistent.

»Keine Eifersucht. Eher Wut oder Rache«, widersprach Leon. »Wer immer das war, hat es nicht zum ersten Mal getan. Und er wird es wieder tun.«

13. Kapitel

Leon benutzte nie den Lift, auch heute nahm er die Treppe, um wieder zurück ins Reich der Lebenden zu kommen. Nicht nur um seine Kondition zu verbessern, wie er gerne behauptete. Er nahm die Treppe, weil er unter Panikattacken litt. Enge, fensterlose Räume wie Aufzüge versetzten ihn in hilflose Angst. Als er noch in Frankfurt an der Universitätsklinik arbeitete, wenige Monate nachdem seine Frau während einer Ferienreise bei einem Flugzeugabsturz tödlich verunglückt war, hatte es begonnen. Die Panikattacken hatten ihn ohne Vorwarnung überfallen. Wie wilde Hunde, die sich anschleichen, um dann ganz plötzlich ihr ahnungsloses Opfer anzuspringen. Die Attacken hatten ihn im Auto erwischt, in Unterführungen, Tunnels und eben auch in Aufzügen. Diese Panikattacken waren einer der Gründe, warum er damals in Frankfurt alles stehen und liegen gelassen und den Job an der Klinik Saint-Sulpice angenommen hatte.

»Warum setzt du deine Karriere aufs Spiel?«, hatten ihn seine Kollegen gefragt. Schließlich stand er kurz vor einer Professur.

Was hätte er sagen sollen? Ich sehe manchmal meine tote Frau an Straßenecken stehen und leide unter Panikattacken? Er hatte geschwiegen und alles hinter sich gelassen. Damals hatte er keine Ahnung gehabt, wohin dieser Schritt ihn führen würde. Heute wusste er, dass das die beste Entscheidung seines Lebens gewesen war. Er hatte Isabelle kennen und lieben gelernt, und er hatte eine Stieftochter bekommen. Er lebte jetzt auf eine Art, die er sich niemals hätte vorstellen können, und die doch immer seine heimliche Sehnsucht gewesen war – in einer richtigen Familie.

Monique war sofort hinter dem Empfangstisch aufgestanden, als sie ihren Docteur sah.

»Wieder die Reinigung Koenig?«, fragte sie empört mit Blick auf das Paket in Leons Händen.

»Die Sachen hier sollten in die Pension Îles d'Or gehen«, sagte Leon. »Bin gespannt, was die im Hotel sagen, wenn sie 40 OP-Kittel von uns bekommen.«

»Kommen Sie, Docteur. Ich nehme das.« Monique wollte den Docteur von der unerwünschten Last befreien. »Ich rufe bei Koenig an, die sollen das hier abholen.«

»Nein, vielen Dank. Sehr freundlich von Ihnen, Schwester Monique«, sagte Leon höflich. »Diesmal bring ich es Koenig persönlich vorbei. Und sollte es noch mal passieren, stelle ich ihm mein Honorar in Rechnung.«

»Gute Idee«, kicherte Monique und schenkte Leon ein Lächeln, das ihr Gesicht mit einer Welle fröhlicher Fältchen überzog.

»Bonne soirée«, sagte Leon und wollte in Richtung Ausgang gehen. In diesem Moment sah er aus seinem Augenwinkel, dass eine blonde Frau mit Pferdeschwanz von der Besuchercouch aufgesprungen war und durch die Halle auf ihn zueilte. Leon erkannte sie sofort. Es war Brigitte Dupin von Canal 6. Ihr folgte ein schwitzender Kameramann in bunten Bermudas, der sich sichtlich schwertat, mit seiner Chefin Schritt zu halten. Sein Kopf war rot angelaufen, die Halsschlagader dick. Er sollte sich von seinem Arzt etwas gegen Bluthochdruck verschreiben lassen, dachte Leon. Wenn er so weitermachte, würde er nicht alt werden.

»Docteur Ritter, auf ein Wort«, rief Madame Dupin mit ihrer durchdringenden Stimme, die Leon an seine Lateinlehrerin im Gymnasium erinnerte.

Die Moderatorin sah ihren Kameramann kurz an und beschrieb mit ihrem ausgestreckten Zeigefinger einen kleinen Kreis. Der Mann schaltete die Kamera ein. Ein grünes Licht leuchtete auf und signalisierte, dass die Kamera lief.

»Tut mir leid«, sagte Monique peinlich berührt zu Leon. »Die sind schon über eine Stunde hier. Haben gesagt, dass sie mit einem Patienten verabredet wären … Ich ruf die Sicherheit«, sie griff nach dem Walkie-Talkie, das vor ihr auf dem Tisch lag.

»Lassen Sie nur«, sagte Leon. »Ich kümmere mich schon.«

Madame Dupin war stehen geblieben und baute sich so vor Leon auf, dass ihr Kameramann sowohl sie als auch den bekannten Docteur im Bild hatte.

»Docteur Ritter, wie Canal 6 erfahren hat, haben Sie die Leiche von Amélie Bertrand obduziert«, kam sie sofort zur Sache.

»Sie wissen, dass ich über eine laufende Ermittlung nicht sprechen darf«, sagte Leon höflich. »Aber ich bin sicher, dass die Gendarmerie noch heute eine Pressekonferenz geben wird.«

»Sie bestätigen also, dass sie gerade Frankreichs berühmteste Influencerin obduziert haben?«

»Ich bestätige gar nichts.«

»Aber es handelt sich doch um Amélie Bertrand?«

»Kann ich nicht sagen, Madame. Ich kann nur bestätigen, dass wir die Leiche einer jungen Frau obduziert haben.«

»Amélie Bertrand«, sagte die Journalistin mit erschütterter Stimme, als handelte es sich bei der Toten um eine nahe Verwandte. »Der Tod dieser schönen jungen Frau ist ein entsetzlicher Verlust für ganz Frankreich. Docteur, was hat man ihr angetan? Ist es wahr, dass sie verstümmelt und entstellt wurde?«

Leon durchfuhr ein kurzer Schreck, eine Mischung aus Empörung und Ärger. Hatte etwa jemand aus der Klinik Informationen an die Presse durchgestochen? Auf der anderen Seite waren die Leichen von Amélie Bertrand und ihrem Freund am Strand von mindestens einem Dutzend Menschen gesehen worden, bevor die Polizei eintraf. Jetzt kam sich Leon plötzlich blöd vor mit dem Wäschepaket im Arm.

»Was können Sie unseren Zuschauern als verantwortlicher Gerichtsmediziner über den Mord an unserer Amélie sagen?«

»Verantwortlich bin ich ausschließlich der Staatsanwaltschaft von Toulon gegenüber«, sagte Leon in möglichst sachlichem Ton. »Ich würde Sie also bitten, sich dort bei der Pressestelle zu informieren.«

»Sie bestätigen also, dass Sie die Leiche von Madame Bertrand untersucht haben, und dass die Influencerin ermordet wurde?«

»Nein, das tu ich nicht«, jetzt klang Leon genervt.

»Unsere Zuschauer haben ein Recht auf Informationen. Ganz besonders dann, wenn irgendwo ein Verrückter herumläuft und unschuldige Liebespaare umbringt.«

»Da bin ich absolut Ihrer Meinung«, sagte Leon und steuerte auf die Eingangstür zu. »Alle Informationen dazu gibt es von der Pressestelle der Polizei.«

»Dann dürfen Sie sich aber auch nicht wundern, wenn wir bei Ihrer Arbeit in Zukunft ganz genau hinsehen, Docteur!«

»War das eine Drohung, Madame Dupin?«, sagte Leon und bedachte die Journalistin mit einem langen Blick. »Schönen Tag noch.«

Mit einem Zischen öffnete sich die elektrische Eingangstür, und Leon verließ die Klinik. Als er sich noch mal umwandte, konnte er sehen, wie Madame Dupin einen jungen Pfleger ansprach. Aber im selben Moment tauchte Schwester Monique mit zwei Männern der Security auf.

Leon ärgerte sich über die aufdringliche Journalistin. Vor allem, weil sie in einem Punkt nicht unrecht hatte: Leon hatte sich in letzter Zeit häufiger in Ermittlungen der Polizei eingemischt. Viel mehr, als ihm vonseiten der Staatsanwaltschaft gestattet war, und es hatte ihm einigen Ärger eingebracht. Aber das ging diese vorlaute Person von *Canal 6* nun wirklich nichts an.

14. Kapitel

Der Bahnhof von Toulon platzte aus allen Nähten. Im neunzehnten Jahrhundert als Provinzbahnhof konzipiert, musste er heute, 170 Jahre später, den gesamten Schienenverkehr zwischen Marseille und Nizza verkraften. Außerdem fuhren hier auch noch die Züge des TGV in Richtung Paris ab – die komfortabelste Art zu reisen, wenn man in Frankreich große Strecken schnell zurücklegen und pünktlich ankommen wollte.

Es konnte also eng werden im und um den Bahnhof, zumal es davor so gut wie keine Parkplätze gab. Was wiederum zu Staus und lautem Hupen führte, wenn besonders Schlaue im Rondell im Halteverbot parkten und die Fahrspur für den Bus blockierten. Auch in der näheren Umgebung war es schwierig, kurz zu parken, um nur schnell jemanden abzuholen. Darum hatte die Stadtverwaltung vor 25 Jahren eine Tiefgarage unter dem Bahnhof bauen lassen. Allerdings waren die Fahrspuren und Stellplätze für die schmalen französischen Autos der Neunzigerjahre und nicht für die sperrigen SUVs von heute berechnet, was auch unterirdisch immer wieder zu Staus führte.

Lilou war überpünktlich gewesen. Sie wollte Oscar auf keinen Fall warten lassen. Und sie hatte etwas getan, was eigentlich streng verboten war, und wenn es herauskam, noch zu heftigen Auseinandersetzungen mit ihrer Mutter führen würde: Lilou hatte den Méhari genommen und war damit nach Toulon gefahren. Jetzt war sie im *Café de la Gare* an der Avenue de Vauban und trank einen Tee. Sie hatte noch eine halbe Stunde Zeit, bevor Oscar mit dem TGV aus Lyon ankommen würde. Mit einem schlechten Gewissen, so groß wie der Mount Everest, saß sie da und erwartete, dass jeden Moment ihre Mutter in einem Streifenwagen am Bürgersteig halten und sie mitnehmen würde.

Mach dich nicht verrückt, beruhigte sich Lilou. Schließlich waren es keine drei Wochen mehr bis zu ihrem 18. Geburtstag, und von diesem Tag an würde sie ganz offiziell Autofahren dürfen. Was war das auch für eine Scheiß-Regel? Ihren Führerschein hatte sie schon mit 16 gemacht, aber dann folgten die zwei Jahre, in denen immer ein Erwachsener neben einem sitzen musste, wenn man Auto fuhr. Was machten die paar Wochen schon für einen Unterschied?

Bisher hatte sich Lilou immer an die Regeln gehalten. Aber bisher hatte es auch noch keinen Oscar gegeben. Jetzt war er da, und alles hatte sich verändert. Oscar war knapp 6 Jahre älter als Lilou und studierte Biologie in Lyon. Er war klug, und er steckte voller wunderbarer Ideen. Es gelang Oscar, sie immer wieder aufs Neue zu überraschen. Mit einem Picknick in den Dünen, einer Radtour durch den Nationalpark oder mit einem Segelausflug zu den Îles d'Or.

Mit Oscar fühlte sich ihr Leben zum ersten Mal wirklich erwachsen an. Sie hatte sich ein Sommerkleid angezogen, das weiße mit den roten Kirschen. Darüber zumindest wäre ihre Mutter erfreut. Und dann war sie mit geöffnetem Dach nach Toulon gefahren, um ihren Geliebten abzuholen. Jetzt saß sie hier in der Nachmittagssonne und trank einen Tee. Es fühlte sich einfach fantastisch an. Sie dachte an Oscar und seine liebevolle Art, an sein Lächeln, und für einen Augenblick sah sie sich mit ihm in eine eigene Wohnung einziehen. Sie dachte an Kinder ...

Immer langsam, dämpfte Lilou ihre Euphorie. Du bist eine eigenständige Frau. Du wirst etwas machen aus deinem Leben. Du wirst studieren, Geld verdienen, und vor allem wirst du die Kontrolle über dein Leben behalten.

»Ist bei Ihnen noch ein Platz frei?«, fragte eine warme Stimme, und Lilou sah überrascht auf. Vor ihr stand Oscar!

»Ich lass mich nicht von fremden Männern ansprechen«, sagte Lilou.

»Wie schade ...«, Oscar sah sie mit einem breiten, zärtlichen Lächeln an.

Lilou sprang auf, umarmte und küsste ihn. »Ich dachte, du kommst um vier.«

»Der Zug war zum ersten Mal pünktlich, sogar zwei Minuten zu früh. Stell dir vor«, sagte er. »Aber wenn du willst, geh ich wieder und komme später noch mal vorbei.«

»Kommt gar nicht infrage«, sagte Lilou. »Du bleibst hier.«

»Bist du mit dem Bus hergekommen?«, Oscar sah sich um.

»Viel besser, mit dem Méhari.«

»Aber du hast doch gar keinen Führersch...«, wollte Oscar einwenden, wurde aber mit einem Kuss unterbrochen.

»Spießer«, sagte Lilou frech. »Ich fahre ja nicht. Du fährst.« Sie hielt Oscar den Schlüssel hin.

»Das hättest du echt nicht tun sollen. Du weißt, dass dich das den Führerschein kosten kann?«

»Warum sind Biologen bloß immer so vernünftig?«, fragte sie.

»Nicht vernünftig, nur realistisch«, Oscar nahm den Schlüssel. »Wo steht er?«

Lilou deutete auf den Boden.

Die Tiefgarage war nicht nur bis auf den letzten Platz besetzt, es war dort zudem stickig und roch in den engen unterirdischen Etagen nach Müll und Urin. Ein Auto hatte sich beim Ausparken verkeilt. Der Fahrer versuchte verzweifelt, seinen Wagen aus der misslichen Lage zu rangieren. Ein Stau hatte sich gebildet, genervte Touristen begannen zu hupen. Schließlich drängte sich Oscar nach vorn und gab dem Fahrer mit Handzeichen zu verstehen, nach welcher Seite das Steuer zu drehen war. Das Auto kam wieder frei. Lilou hatte sich unterdessen nach dem Méhari umgesehen und den hellblauen Wagen in einer der hinteren Ecken entdeckt. Sie stutzte. Gerade als Oscar dem SUV-Fahrer letzte Instruktionen gab, sah sie, wie sich ein Mann in ihren offenen Wagen beugte. Er schien etwas zu suchen und zog dann eine Plastiktüte aus dem Fußraum, deren Inhalt er überprüfte.

»Da ist einer an unserem Auto!«, Lilou stieß Oscar an und deutete in das Dämmerlicht. »Da hinten!«

»Was für ein Auto?«, fragte Oscar abgelenkt.

»Na, der Méhari«, sagte Lilou. Doch in dem Moment, in dem Oscar in Richtung Méhari sah, schob sich der SUV, dem er gerade geholfen hatte, vor die beiden.

»*Bonne soirée*«, rief der Fahrer Oscar zu.

Als der Wagen in Richtung Ausfahrt verschwand, war auch der Mann verschwunden, den Lilou gesehen hatte.

»Mist, verdammt«, schimpfte Lilou, als sie kurz darauf das Auto untersuchte.

Jemand hatte ihr Schwimmzeug und ein großes Handtuch mitgehen lassen. Aber was viel schlimmer war: Der Unbekannte hatte auch das Handschuhfach geöffnet, in dem der Schlüssel von Leons Weingut gelegen hatte. Der Schlüssel war verschwunden.

»Wir können es ja schlecht der Polizei melden«, dachte Oscar laut nach.

»Meine Mutter dreht durch, wenn sie rausfindet, dass ich allein nach Toulon gefahren bin.«

»Dann behalten wir's besser erst mal für uns, würde ich vorschlagen«, sagte Oscar. »Was den Schlüssel angeht. Erstens gibt es einen Reserveschlüssel. Und die Chance, dass der Penner weiß, wo du wohnst, geht gegen null. Oder war irgendwas im Auto, wo dein Name oder deine Adresse draufstand?«

»Nein«, sagte Lilou nachdenklich. Dann durchfuhr es sie eiskalt, und sie fügte kleinlaut hinzu: »Bis auf die Stromrechnung.«

»Die Stromrechnung von *Le Lézard*?«, fragte Oscar, und Lilou nickte.

»Der blöde Postbote hat sie mir in die Hand gedrückt, als ich aus dem Haus kam. Und ich Idiot habe sie ins Handschuhfach gelegt.«

»*Merde*«, brummte Oscar, dann: »Konntest du ja nicht wissen.«

Oscar fuhr, und Lilou schwieg. Aber das schlechte Gewissen verzog sich schneller als der Rauch im Wind, je weiter sie sich von Toulon entfernten. Lilou lehnte sich an Oscars Schulter und drehte das Autoradio lauter.

Das Leben konnte so unendlich schön sein.

15. Kapitel

Im Eingangsbereich der Gendarmerie nationale drängte sich eine Männergruppe. Etwa ein Dutzend Personen, die sich alle als Zeugen zum Mord am Strand gemeldet hatten. Männer in Bermuda-Shorts, die betont laut flüsterten, sich gegenseitig auf die Schulter schlugen und sich unter Protest erkundigten, wann sie endlich an die Reihe kämen. Leon hätte sich nicht gewundert, wenn die Männer sich auch gleich noch ihren Rosé mitgebracht hätten.

Es war stickig und heiß in der Wache. Wie so häufig, wenn das Thermometer draußen über 30 Grad stieg, war die Klimaanlage zusammengebrochen. Jetzt brannte die Sonne durch die großen Fenster und verwandelte die Wache an der Avenue André Del Monte in einen Backofen.

Leon drängte sich an den Besuchern vorbei, denen das gar nicht gefiel.

»He, he, immer schön der Reihe nach«, brummte ein Mann mit nacktem, sonnenverbranntem Oberkörper, auf dem der Schweiß glänzte.

»Ich habe einen Termin«, Leon deutete in die Tiefe des Flurs und ging einfach weiter.

»Da will man schon mal der Polizei helfen und wird behandelt wie ein Bittsteller«, rief der Halbnackte Leon nach, in der Meinung, einen Gleichgesinnten vor sich zu haben. »Wir sind hier doch schließlich alle Zeugen.«

Es war immer das Gleiche, dachte Leon, während er sich weiter nach vorne drängte. Gab es einen prominenten Todesfall, konnte sich die Polizei vor Augenzeugen kaum retten. Starb dagegen ein Geflüchteter irgendwo in den Klippen, hatte niemand etwas gesehen. Aber diesmal war eine berühmte Influencerin umgebracht worden: Das machte eine Zeugenaussage bei der Polizei gewissermaßen zu einem gesellschaftlichen Ereignis. Die meisten der Aussagen waren in der Regel wertlos: Je genauer die Ermittler nachfragten, desto weniger Zeugen konnten sich an etwas Konkretes erinnern. Manche hatten nur ein verdächtiges Geräusch gehört, die nächsten hatten eigentlich überhaupt nichts mitbekommen, und andere wussten nicht mehr als das, was der Nachbar auf dem Campingplatz ihnen erzählt hatte. Aber allein die Tatsache, dass man von der Polizei befragt worden war, machte einen abends am Tresen zum gefragten Insider, der über brandheiße Informationen über den Mordfall verfügte. Nach dem dritten Rosé war es sowieso egal, was wirklich geschehen war.

»Entschuldigung, aber ich müsste mal durch.« Leon musste sich an den Besuchern regelrecht vorbeiquetschen, was ihm, der Menschenansammlungen hasste, körperliches Unbehagen bereitete.

Wegen des großen Andranges und der ausgefallenen Klimaanlage war die Kantine vorübergehend als Besprechungsraum umfunktioniert worden. Der Raum hatte den Vorteil, dass sich die Fenster öffnen ließen. Dafür roch es noch aufdringlich nach den scharfen Merguez-Würstchen, die es zum Mittagessen gegeben hatte. Der Raum war gestopft voll: Niemand wollte sich diese Besprechung entgehen lassen. Als Leon den Raum betrat, ebbten die Gespräche ab. Erwartungsvolle Blicke lagen auf ihm. Längst hatten erste Gerüchte über grausame Tötungsrituale am Strand unter den Polizisten die Runde gemacht. Alle rechneten damit, dass Leons Untersuchungsbericht es in sich haben würde. Zerna, der am Ende des Raums an einem großen Tisch saß, deutete auf den freien Platz neben sich.

»Ich bitte zunächst alle Kollegen und Kolleginnen, die mit den Ermittlungen im Fall Bertrand nichts zu tun haben, diese Besprechung zu verlassen«, begann der Polizeichef.

Unter vernehmlichem Murren und Stühlerücken verließen etwa ein Dutzend der Polizisten den Saal.

»Freut mich, dass Sie noch die Zeit gefunden haben«, wurde Leon vom Polizeichef begrüßt.

»Aber gerne«, sagte Leon und tat so, als hätte er die kleine Spitze nicht gehört. Zerna war bei seinen Ermittlungen auf die Untersuchungen des Médecin Légiste angewiesen. Es ärgerte den Polizeichef, dass Leon unabhängig arbeitete und nicht direkt seinen Weisungen unterstand. Der Rechtsmediziner arbeitete im Auftrag der Staatsanwaltschaft von Toulon und wurde dabei von der Klinik Saint-Sulpice bezahlt, in der die Pathologie auch untergebracht war.

»Bonsoir, madame«, sagte Leon bewusst höflich zu Kommissarin Lapierre und nickte in ihre Richtung.

Die Kommissarin war Mitte 40. Sie trug wie meistens einen unauffälligen grauen Rock, dazu eine beige Hemdbluse. Als würde sie versuchen, sich vor der Meute der Polizisten zu verstecken, dachte Leon. Ihr Blick war streng. Aber das war nur aufgesetzt und sollte Entschlossenheit und Kompetenz vorspiegeln. Genauso wie der gespitzte Bleistift und der Notizblock, der vor ihr auf dem Tisch lag, den sie aber nie benutzte. In Wirklichkeit hasste sie die Einsätze in der Provinz. Sie fieberte dem Tag entgegen, wo sie zur Oberkommissarin aufsteigen würde und sich ihre Fälle aussuchen könnte. Doch bis dahin lag noch ein beschwerlicher Weg vor ihr.

Neben ihr saß Zerna und versuchte so zu tun, als würde er es als besondere Auszeichnung betrachten, mit Kommissarin Lapierre zusammenarbeiten zu können. Dabei fiel es ihm schwer, sich zu beherrschen. Es war kein Wunder, dass Zerna gereizt war. Immer dann, wenn die Gendarmerie von Lavandou es mit einem Kapitalverbrechen zu tun hatte, schickte die Kriminalpolizei von Toulon jemand in die Gemeinde, der die Leitung der Ermittlungen übernahm. In diesem Fall war es Kommissarin Lapierre, die die Ermittlungen leiten sollte.

Polizeichef Zerna empfand das Ganze als unerträgliche Bevormundung, mehr noch: als Zumutung, an die er sich nie würde gewöhnen können. Zumal die Kommissarin auch noch eine Bewunderin von Docteur Leon Ritter war, was Zerna die Zusammenarbeit mit ihr nicht eben erleichterte.

»Gleich zur Sache«, sagte Zerna und sah zu Isabelle, die rechts neben ihm saß. »Wie ist der Stand der Ermittlungen, Capitaine?«

Isabelle Morell räusperte sich. »Wir haben erste Ermittlungen im Umfeld der Toten geführt, die in Paris ein kleines Apartment bewohnte«, Isabelle ließ den Satz in der Luft hängen, als würde noch eine wichtige Information folgen.

»Und? Irgendwelche Ergebnisse?«, hakte Kommissarin Lapierre nach.

»Nein, im Augenblick noch nichts. Wir haben noch keine tragfähige Spur«, sagte sie und wünschte, sie hätte eine Erfolgsmeldung zu verkünden.

»Was ist mit diesem …?«, Kommissarin Lapierre sah auf den kurzen Bericht, den jeder der Anwesenden vor sich auf dem Tisch liegen hatte.

»Patrick Favre«, ergänzte Isabelle.

»Richtig, diesem Favre«, Lapierre überflog das Blatt. »Ist ja nicht das erste Mal, dass dieser Mann Probleme mit den Behörden hat.«

Isabelle nickte Lieutenant Masclau zu. »Lieutenant?«, forderte sie ihn auf.

»Na ja, wir haben diesen Favre fast vier Stunden vernommen«, sagte Masclau. Hilflos zuckte er mit den Schultern. »Da kam nichts.«

»Dann verhören Sie ihn eben weiter«, forderte Zerna.

»Der stottert und redet Quatsch, das ist tierisch nervig, und außerdem«, Masclau zögerte, unsicher, was er in dieser Runde sagen durfte. Dann beschrieb sein Zeigefinger einen kleinen Kreis neben seiner rechten Schläfe. »Na ja, er ist etwas plemplem.«

»Der weiß nix, echt nicht«, sagte Mohamed Kadir. Er hatte tunesische Eltern, war aber in Marseille geboren worden und war französischer als die meisten seiner Kollegen. Dazu kam, dass er drei Fremdsprachen, darunter Arabisch, beherrschte. Was ihm häufig Dolmetscher-Aufgaben bescherte. Er war ein ruhiger, freundlicher Typ, und Isabelle arbeitete gerne mit ihm.

»Reden Sie trotzdem weiter mit ihm. Holen Sie ihn immer wieder in die Wache«, sagte Zerna unwirsch.

»Auf welcher Grundlage? Die bisherigen Fakten reichen dazu nicht aus«, mischte sich Isabelle ein. »Zumal Monsieur Favre seinen krebskranken Vater pflegt. Der alte Herr ist auf die Hilfe seines Sohnes dringend angewiesen.«

»Dann haben Sie ihn also wieder nach Hause gehen lassen?«, in der Stimme Zernas lag ein lauernder Unterton.

»Unter der Auflage, sich zu melden und die Stadt nicht zu verlassen, ja«, antwortete Isabelle. »Ich möchte noch einmal betonen, dass bei Monsieur Favre bisher kein tragfähiger Hinweis auf eine Tatbeteiligung vorliegt.«

»Und was ist mit dem Zwischenfall an der Tankstelle?«, fragte Zerna. »War das etwa kein tragfähiger Hinweis?«

Isabelle wollte Patrick nicht in Schutz nehmen. Wirklich nicht. Tatsächlich hatte Isabelle nicht viel übrig für Patrick Favre. Aber noch war er nur Zeuge und kein Verdächtiger in den Ermittlungen.

»Warum haben Sie ihn nicht in U-Haft genommen?«, fragte Kommissarin Lapierre.

»Bei den dünnen Verdachtsmomenten? So einen Haftbefehl hätte kein Richter abgesegnet«, sagte Isabelle.

»Was ist mit den Zeugen vom Campingplatz, die sich gemeldet haben?«

»Eine Reisegruppe aus Dijon«, meldete sich Lieutenant Kadir. »Zwölf Männer auf Campingurlaub. Wir haben bisher die Hälfte von ihnen befragt, aber da kam nichts Vernünftiges bei raus. Gesehen haben sie nichts, aber sie wollten wissen, ob es für ihre Aussage Zeugengeld geben würde.«

Gelächter unter den Beamten.

»So einen würde ich mir gerne mal vorknöpfen«, schimpfte Masclau. »Stehlen uns doch nur die Zeit.«

»Was ist mit den Angehörigen der Opfer?«, wollte Zerna wissen.

»Madame Bertrand hatte nur eine Schwester. Die kommt heute oder morgen aus Paris hierher«, sagte Lieutenant Kadir. »Bei dem anderen Opfer sieht es ein bisschen anders aus: Der junge Mann ist Profisurfer. Wir haben seine Mutter informiert. Sie kommt aus Australien. Sollte aber in den nächsten zwei bis drei Tagen hier sein. Es besteht kein Zweifel an der Identität der Opfer. Die Identifizierung ist also eine reine Formsache.«

»In welcher Beziehung standen die beiden Opfer zueinander?«, hakte die Kommissarin nach.

»Sieht so aus, als hätten sich die beiden erst am Abend zuvor kennengelernt«, antwortete Kadir.

Leon beobachtete, wie die Frauen und Männer der Gendarmerie versuchten, die banalsten Routineabläufe Kommissarin Lapierre als wichtige Ermittlungsschritte zu verkaufen. Er selber hielt sich mit seinen Erkenntnissen noch zurück. Obwohl er genau wusste, dass alle Anwesenden gierig auf den Bericht der Rechtsmedizin waren, wollte er sich auf keinen Fall vordrängen.

»Solange wir kein Motiv für die Tat haben«, fasste Lieutenant Kadir zusammen, »stochern wir hier ziemlich im Nebel, Patron.«

Gelegentlich benutzte er die traditionelle devote Anrede, wenn er seinen Chef milde stimmen wollte.

»Das Motiv ist doch offensichtlich«, herrschte Zerna ihn an. Er hasste es, mit seiner Truppe vor Kommissarin Lapierre hilflos oder gar unprofessionell dazustehen. »Eine schöne junge Frau verdrückt sich mit einem attraktiven Beachboy zu einem Schäferstündchen in eine Strandhütte. Der eifersüchtige Freund des Mädchens taucht auf. Es kommt zum Streit, und schon ist es passiert.«

»Das wäre zumindest eine Theorie, aber die Spuren untermauern das nicht wirklich«, unterbrach Leon sachlich. »Das männliche Opfer war gefesselt, und das Mädchen wurde vergewaltigt.«

»Gefesselt, vergewaltigt ... «, wiederholte Zerna. »Das ist doch genau das, was ich sage: Es geht um Eifersucht. Also sollten wir uns fragen, mit wem die beiden Opfer zusammen waren. Wer waren ihre Partner, wer ihre Freunde? Wie lange kannten sie sich schon? Amélie Bertrand war schließlich so eine, Dingsda, eine Influencerin. So eine muss doch jede Menge Leute kennen.«

»Nur im Internet«, erklärte Isabelle. »Auf ihrem Account ist sie eine Projektionsfläche für die Träume Tausender junger Mädchen. In der Realität ist sie wahrscheinlich nur eine ganz normale Zwanzigjährige.«

»Ich glaube nicht, dass es sich um einen Fall von Eifersucht handelt«, schaltete sich Leon in die Unterhaltung ein. »Ich denke, dass wir es bei dem Täter mit einer gestörten Persönlichkeit zu tun haben.«

»Ja, natürlich«, Zerna verbarg nicht den ironischen Unterton. »War ja klar, dass Sie mal wieder mit einem Irren kommen.«

»Kein Irrer, Commandant, aber möglicherweise ein Schizophrener«, nahm Leon ungerührt die Bemerkung auf. »Auf jeden Fall ein psychisch gestörter Mensch, der zu allem entschlossen und unfähig ist, Empathie zu empfinden.«

»Gut, gut«, sagte Zerna in väterlichem Ton und winkte ab. »Und das wissen Sie alles aufgrund der Obduktion?«

»Ich würde gerne hören, was der Médecin Légiste zu sagen hat«, sagte Kommissarin Lapierre kühl.

»Die Fakten, die wir bei der Obduktion gesammelt haben, ergeben einen anderen Tatablauf.«

»Den Tatablauf zu rekonstruieren, sollten Sie doch bitte der ermittelnden Behörde überlassen.« Zerna klang etwas beleidigt.

»Zu der ermittelnden Behörde gehört auch die Rechtsmedizin«, wies Lapierre den Polizeichef zurecht. »Fahren Sie doch bitte fort, Docteur.«

»Auffallend ist zunächst der unterschiedliche Todeszeitpunkt der beiden Opfer.«

»Na, er hat sie nacheinander umgebracht«, sprang Masclau seinem Chef bei. »Erst den einen, dann die andere, wie denn sonst?«

»Aber zwischen den Taten liegen gut zwei Stunden«, korrigierte Leon.

»Sie meinen«, sagte Masclau, »er hat es zwei Stunden mit ihr getrieben?« Ein paar der jüngeren Polizisten kicherten. Isabelle sah ihn scharf an.

Jetzt hatte Leon ihre Aufmerksamkeit. Es wurde still im Raum, alle Blicke richteten sich auf ihn.

»Der Mann wurde mit einem Kabelbinder oder Handschellen gefesselt, wahrscheinlich an das Geländer der Hütte. Dort wurde später auch eine größere Menge Blut des Mannes gefunden. Dann hat der Unbekannte die Frau vergewaltigt. Und zwar so, dass ihr Freund zusehen musste.«

»So eine Drecksau«, murmelte einer der Polizisten.

»Na, also, dann muss es doch auch Spuren von dem Kerl geben«, sagte Zerna.

»Leider nein. Der Täter hat offenbar ein Kondom benutzt. Wir haben keine Spermaspuren sicherstellen können.«

»Ein Killer mit Verantwortungsgefühl«, sagte Masclau, aber niemand lachte.

»Wir können nicht sagen, wie lange die Tortur dauerte, nur dass der Täter anschließend seinem Gefangenen die Kehle durchgeschnitten hat. Dazu hat er ein sehr scharfes Messer benutzt.«

»Verdammte Tiere«, rief einer der jungen Polizisten, der sich in die erste Reihe gedrängelt hatte.

»Das spricht aber alles nicht gegen ein Eifersuchtsdrama«, Zerna wollte seine Theorie nicht so leicht aufgeben.

»Doch, da gibt es tatsächlich etwas, das gegen eine Eifersuchtstat oder ein Motiv im Affekt spricht«, sagte Leon.

»Und das wäre?« Zernas Frage hatte einen provokativen Unterton.

»Der Täter hat der Frau die Augen entfernt.«

»Oh, *merde*«, stöhnte eine junge Polizistin.

»Wie, so richtig rausgeschnitten?«, fragte Masclau.

»Mit einem sehr scharfen Messer«, antwortete Leon. »Vielleicht einem Skalpell.«

»Hat er ...?«, Masclau unterbrach sich. »Ich meine, war sie da schon ...«

»Ja, das Opfer war bereits tot, als der Täter die Augen entfernt hat. Falls es das war, was Sie wissen wollten, Lieutenant.«

»Tiere«, murmelte Masclau.

»Lieutenant, bitte«, kam eine Rüge von Isabelle.

»Was schließen Sie aus der Sache mit den Augen, Docteur?«, fragte Lapierre.

»Warten wir doch erst mal die Ermittlungen ab«, mischte sich der Polizeichef ein. Leon wollte etwas sagen, aber Zerna sprach einfach weiter. »Und es ist doch eine Eifersuchtsgeschichte. Sie werden sehen.«

»Sie wollten noch etwas sagen, Docteur?« Lapierre sah Leon an.

»Der Ablauf dieser Tat scheint einer Art Ritual zu folgen«, erklärte Leon. »Das weibliche Opfer hatte verletzte Fußsohlen, so als wäre sie eine längere Strecke barfuß über spitze Steine gelaufen. Vielleicht ist sie vor ihrem Peiniger geflohen.«

»Geflohen? Das ist aber nur eine Vermutung von Ihnen«, sagte der Polizeichef.

»Können Sie etwas zum Täterprofil sagen?«, wollte Kommissarin Lapierre wissen.

»Warten wir doch erst einmal den Bericht des Polizeipsychologen aus Marseille ab«, wiegelte Zerna ab.

»Den wir vielleicht erst in einer Woche bekommen«, antwortete Madame Lapierre. »Ich würde aber gerne heute schon wissen, wie unser Médecin Légiste darüber denkt.«

»Streng nach Spurenlage haben wir es mit einer äußerst blutigen Gewalttat zu tun. Der Täter wollte nicht nur töten, sondern auch zerstören, eine Art von Bestrafung seiner Opfer. Das gibt uns zumindest einen Hinweis darauf, dass wir es mit einer schizophrenen Persönlichkeit zu tun haben könnten.«

»Wofür Sie aber keinerlei Beweise haben«, Zerna hatte inzwischen einen aggressiven Ton in der Stimme. »Danke, Docteur.«

»Beweise haben wir nicht, nein«, sprach Leon weiter. »Da gebe ich Ihnen vollkommen recht. Aber die Hinweise sind spezifisch und weisen auf ein Tatmuster hin.«

»Und was für ein Tatmuster wäre das, Docteur?«

»Dass die beiden Toten vom Strand nur der Anfang waren«, sagte Leon trocken.

»Ein Serientäter?«, fragte Masclau, und Leon glaubte, so etwas wie Jagdfieber in seinen Augen zu erkennen.

»Dann frage ich mich allerdings, was diese Bestie bisher getan hat? Warum meldet er sich erst jetzt?« Zernas ganze Haltung war ablehnend.

»Bisher hat der Täter wahrscheinlich ein unauffälliges, ganz normales Leben geführt«, sagte Leon. »Aber es braucht nur einen Funken, den richtigen Funken, im entscheidenden Augenblick, und unser Täter wird zur unkontrollierbaren Bestie.«

»Na toll«, Zerna klatschte provozierend in die Hände. »Jetzt haben Sie uns nur noch nicht verraten, womit Amélie Bertrand getötet wurde.«

»Ganz ehrlich? Ich weiß es noch nicht.«

»Er weiß es nicht ...«, Zerna hielt den Kopf schief, als würde er Leon vor einer Schulklasse bloßstellen.

»Wir wissen, dass sie erstochen wurde«, Leon überhörte die Bemerkung von Zerna. »Mit einem mindestens 20 Zentimeter langen, spitzen Gegenstand mit sehr scharf geschliffenen Kanten.«

»Trifft auf so ziemlich jedes Messer zu«, bemerkte Masclau.

»Die Einstichwunde ist sauber abgegrenzt. Die Klinge wurde am Rücken nahe der fünften Rippe in den Körper gestoßen. Sie hat die Lunge perforiert, dann den Herzbeutel und schließlich auch noch die linke große Herzkammer. Das Opfer ist an starken inneren Blutungen gestorben. Letztlich hat der damit verbundene Mangel an Sauerstoff zum Zusammenbruch der inneren Organe und zum Hirntod geführt.«

»Wenn es kein Messer war«, fragte Lieutenant Kadir, »was war es dann?«

»Das kann ich nicht sagen. Vielleicht handelt es sich um ein spezielles Werkzeug oder einen spezifischen Gegenstand, beispielsweise aus der Landwirtschaft«, sagte Leon. »Wir prüfen das im Augenblick.«

In Wirklichkeit hatte Leon keine Ahnung, worum es sich bei diesem ominösen Mordwerkzeug handelte. Die Schnittkanten waren glatt und sauber. Leon hatte die Wunden bereits detailliert fotografiert und Fotos sowie einen kurzen Bericht per Mail an einige seiner Kollegen geschickt. In der Hoffnung, dass einer der Mediziner vielleicht schon mal einen ähnlichen Fall auf dem Obduktionstisch hatte. Aber noch hatte keiner seiner Kollegen geantwortet.

»Wenn es sonst nichts mehr gibt, im Augenblick ...«, der Polizeichef machte eine theatralische Pause, »dann würde ich sagen, wir sehen uns zur nächsten Besprechung. Morgen wieder hier um 8:30 Uhr.«

Geräuschvoll wurden Stühle gerückt, und die Ersten wollten die Kantine verlassen, als sich der Polizeichef noch einmal an die Frauen und Männer wandte.

»Eines noch«, sagte Zerna. »Wir alle wissen, wie wichtig die Surfmeisterschaften für unsere Stadt sind. Morgen ist die Eröffnung. Es werden also jede Menge Medien in der Stadt sein. Diese Leute gieren geradezu darauf, unseren schönen Ort schlecht aussehen zu lassen. Also bitte, seien Sie bei den Ermittlungen so diskret wie möglich. Und geben Sie keinerlei Details, und mögen sie Ihnen auch noch so unwichtig erscheinen, an die Medien weiter.«

Zerna ahnte an diesem Nachmittag noch nicht, wie schnell sich seine Ahnungen erfüllen würden.

Leon ging den Gang entlang, als Isabelle ihn einholte.

»Madame Lapierre bewundert dich«, sagte Isabelle.

»Jetzt sei nicht albern«, antwortete Leon.

»Du müsstest mal sehen, wie sie dich anhimmelt, wenn du sprichst.«

»Ich bin eben ein attraktiver Mann«, sagte er und lächelte frech. »Wusstest du das nicht?«

»Hast du was von unserer Tochter gehört?«, fragte Isabelle.

»Sie sind schon in Le Lézard, sie hat mir eine WhatsApp geschickt«, sagte Leon.

»Mich ruft sie nie zurück.«

»Das meint sie nicht böse. Sie hat einfach andere Dinge im Kopf«, sagte Leon und griff sanft nach ihrer Hand.

»Wenigstens einer, der unser Kind versteht«, sagte Isabelle gespielt theatralisch.

16. Kapitel

Die Wäscherei Koenig lag etwas entfernt vom Zentrum im Ortsteil La Favière. Ihre Räume waren in einem Flachbau untergebracht, dessen hinterer Eingang durch ein elektrisches Rolltor abgegrenzt war. Dort wurden große Kunden wie Hotels und Pensionen bedient. Nach vorne gab es einen Schalter, wo Wäsche von Privatleuten, aus Wohnungen und Ferienhäusern angenommen wurde, Wäsche *en detail*. Als Leon die Wäscherei betrat, schlug ihm feuchtwarme Luft entgegen, wie nach einem Tropenregen in der Karibik. Aber hier roch die Luft nicht nach Jasmin, sondern nach scharfem Reinigungsmittel. Das Zischen von heißem Dampf und das Klappern von Bügelmaschinen drangen aus den Tiefen dieser großen fensterlosen Halle, die ihr Licht von zahllosen Neonröhren bezog.

Auf einer gut drei Meter langen Theke lagen Wäschepakete, auf denen mit schwarzem Filzstift die Namen der Empfänger notiert waren. Einer der Angestellten, die alle in weißen Kitteln herumliefen und Leon ein wenig an die Ärzte in Saint-Sulpice erinnerten, kam auf Leon zu. Dabei rief er einem Kollegen etwas in einer Leon unbekannten Sprache zu. Er war jung, gerade so volljährig, schätzte Leon.

»*Bonsoir*, ich bringe Ihnen diese Wäsche hier zurück.« Leon legte das Paket vor sich auf den Tresen. »Die stammt nicht aus der Klinik.«

Der Mitarbeiter griff nach dem Paket.

»Ist Wäsche?«, fragte der junge Mann in holprigem Französisch, dann hielt er drei Finger hoch. »Abholen, drei Tage.«

»Nein«, Leon hielt das Paket fest. »Das ist nicht unsere Wäsche. Ich möchte bitte mit Monsieur Koenig sprechen.«

»Patron ist nicht da«,, sagte der Angestellte.

»Würden Sie ihn bitte holen?«, versuchte es Leon noch einmal.

In diesem Moment kam ein Mann im grauen Kittel aus dem Bauch dieser zischenden und schnaubenden Wäschereimaschine. Er war blass, was für jemanden, der den ganzen Tag zwischen Waschmaschinen, Trocknern und Dampfbügelautomaten arbeitete, nicht verwunderlich war. Der Mann hatte eine Stirnglatze. Er wirkte etwas abgekämpft, zurückhaltend. Aber er schien gleichzeitig der Einzige in der Wäscherei zu sein, dem nicht der Schweiß auf der Stirn stand. Der Blick, mit dem er Leon bedachte, war freundlich, von einer devoten Höflichkeit, mit der er sich bestimmt nicht viele Freunde machte, dachte Leon.

»Ich bin Monsieur Koenig«, stellte der Mann sich vor. »Sie wollten mich sprechen?«

»Docteur Ritter«, stellte sich Leon vor. Er musste husten, als er die von Chemie geschwängerte Luft einatmete. Leon hielt sich die Hand vor den Mund.

»Das sind die Lösungsmittel der Reinigung«, sagte Koenig mitfühlend. »Man gewöhnt sich dran.«

»Ich ihm gesagt, drei Tage«, sagte der Angestellte.

»Badu, was hatten wir besprochen?« Man konnte hören, dass er diese Unterhaltung nicht zum ersten Mal mit seinem Mitarbeiter führte. »Geh bitte nach hinten, die brauchen jetzt an der Dampfpresse jeden Mann.«

»Hat gesagt: nix seine Wäsche.«

»Badu, bitte«, Koenig deutete mit der Hand den Gang hinunter, und Leon konnte sehen, dass der Mann leicht zitterte. Badu stapfte beleidigt davon.

»Das ist die Kehrseite mit den Flüchtlingen«, sagte Koenig, »erst will jeder einen Job. Aber dann ...«

»Französisch kann eine ziemlich schwierige Sprache sein«, sagte Leon mit einem Lächeln und betonte dabei seinen deutschen Akzent, den man eigentlich kaum noch hören konnte.

»Sie kommen aus Deutschland?«, fragte Koenig.

»Meine Mutter war Französin«, erklärte Leon.

»Badu kommt aus Tunesien, ist seit drei Monaten bei uns.« Er schüttelte den Kopf und bedachte Leons Päckchen mit einem Blick. »Was ist jetzt mit der Wäsche?« Koenig griff nach dem Paket, zog es sich heran und las halb laut. »Hôtel Îles d'Or.«

»Gehört offenbar zu einem Hotel«, sagte Leon. »Ich brauche die Sachen von der Klinik Saint-Sulpice. Rechtsmedizin.«

»Tut mir wirklich leid, Monsieur. Ich sage es diesen Burschen wieder und wieder: Vergleicht die Adressen, das ist das ganze Geheimnis.« Dazu schlug Koenig mit der Rückseite seiner rechten Hand in seine linke Handfläche.

»Stelle ich mir nicht einfach vor«, sagte Leon.

»Als ob man gegen eine Wand reden würde. Wie bei Badu.« Der Wäschereibesitzer schnaubte kurz. »Aber was soll's. Immer noch besser, als wenn die Jungs auf der Straße herumlungern. Ist doch so?«

»Könnten Sie mir jetzt bitte das Paket für unsere Abteilung geben?« Leon konnte nicht verhindern, dass er leicht genervt klang.

»Für welche Abteilung war das noch mal in der Klinik?«
Koenig klang verunsichert.

»Für die Rechtsmedizin.«

»Sie sind Gerichtsmediziner?«

»Ja, Dr. Ritter, Leiter der Rechtsmedizin in Saint-Sulpice«, sagte Leon.

»Dann haben Sie sicher auch mit diesem Fall vom Strand zu tun, Docteur? Die junge Frau und der Mann, ich hab's in den Nachrichten gehört.« Koenig legte den Kopf schief.

»Hören Sie, monsieur, könnten Sie mir bitte einfach mein Paket geben?«, sagte Leon. »Das mit der Wäsche ist jetzt schon zum dritten Mal passiert.«

»Tut mir leid, Docteur. Tut mir wirklich leid«, beteuerte Koenig und trat zu einem hohen Regal gleich hinter der Theke. »So etwas sollte, was sage ich, darf einfach nicht passieren. Auch noch bei einem Kunden wie Ihnen. Aha, hier«, Koenig unterbrach sich und zog ein Paket aus dem Regal. Durch die dünne Verpackungsfolie waren die grünen Kittel zu erkennen, die von den medizinischen Mitarbeitern der Pathologie bei Obduktionen getragen wurden.

»Na, bitte«, Koenig legte das Paket vor Leon auf die Theke. »Geht natürlich auf unsere Rechnung.«

»Danke«, sagte Leon. »Ich hoffe, die Klinikwäscherei nimmt bald wieder den Betrieb auf. Dann können wir uns endlich wieder mehr um unsere Fälle kümmern als um die Wäsche.«

»Da kann ich Sie sehr gut verstehen«, Koenig zeigte die Spur eines Lächelns, was ihn einige Anstrengung kostete. »Erlauben Sie mir nur eine Frage: Diese Sache am Strand, war das wirklich ... ein Mord?«

»Das müssen Sie die Polizei fragen«, sagte Leon.

Warum machte er nur jedes Mal denselben Fehler, fragt er

sich. Wenn man einem Fremden sagte, dass man Urologe oder Proktologe war, wechselten alle Anwesenden schnell das Thema. Erklärte man, dass man Rechtsmediziner war, erwartete jeder sofort eine blutige Schauergeschichte.

17. Kapitel

Die Bombe platzte um 17:35 Uhr. Sie kam in Form von Lieutenant Kadir, der ohne anzuklopfen in das Büro von Isabelle stürmte. Dort saß Bürgermeister Daniel Robien zusammen mit seiner jungen Assistentin Élodie Roussel sowie Madame Berthier, die Chefin des Fremdenverkehrsamt, und sprachen über die große Eröffnungsfeier des Surfwettbewerbes am nächsten Tag. Das Sportereignis schien sich zu einem echten Knüller zu entwickeln, zumindest aus der Sicht des Gemeinderates. Es wurde inzwischen mit fast doppelt so vielen Zuschauern und Aktiven gerechnet, wie man ursprünglich eingeplant hatte. Jetzt ging es um Verkehrsumleitungen, Parkplätze und die Freigabe von zusätzlichen Veranstaltungszelten sowie um Genehmigungen von Verkaufsständen. Die Koordination all dieser Dinge war eine undankbare Aufgabe, die in diesem Jahr an Isabelle hängen geblieben war.

Nun saßen sie in ihrem Büro, und Isabelle wünschte, ihre Besucher würden verschwinden, damit sie sich um die wirklich wichtigen Aufgaben kümmern konnte. Es hatte schließlich in Lavandou einen Doppelmord gegeben, hatte der Bürgermeister das etwa vergessen?

Monsieur Robien referierte seit einer Viertelstunde über die Bedeutung der Veranstaltung für das Image des Urlaubsidylls Lavandou. Gerade als wäre er auf Werbetour und nicht in der Einsatzzentrale der Gendarmerie nationale, in der sich alles um die Ermittlungen einer grausamen Bluttat drehte.

Isabelle beobachtete den Bürgermeister, der wie üblich in tadellosen Designerjeans, blau-weiß gestreiftem Hemd und zitronengelbem Sakko vor ihr saß.

Er hat allen Grund, Werbung für sich zu machen, dachte die stellvertretende Polizeichefin, schließlich kämpfte er zurzeit um eine weitere Legislaturperiode als Stadtoberhaupt, und die Konkurrenz war ihm dicht auf den Fersen.

»Vergessen Sie eines nicht, Capitaine«, sagte in diesem Moment Monsieur Robien, »mit dem Tod der beiden jungen Leute am Strand von Le Lavandou haben wir die Aufmerksamkeit von ganz Frankreich geweckt.«

»Die beiden sind Opfer einer Eifersuchtstragödie, habe ich gehört«, unterbrach Madame Berthier ihren Chef. »Ist das nicht irgendwie auch, wie soll ich sagen … romantisch?«

»Die beiden sind grausam ermordet worden, zwei junge Menschen sind tot.« Isabelle konnte ihre Empörung nur schwer verbergen und bemühte sich, möglichst sachlich zu klingen, als sie sagte: »Daran sehe ich nichts Romantisches.«

»Madame Berthier meint das natürlich in übertragenem Sinne«, nahm der Bürgermeister die Leiterin des Fremdenverkehrsamts in Schutz.

»Es ist alles eine Frage des richtigen Framings«, hauchte Élodie Roussel, als wollte sie auch etwas zur Diskussion beisteuern.

»Genau das habe ich ja gemeint«, versuchte die Tourismusbeauftragte, wieder ein paar Punkte gutzumachen.

»Da bin ich ganz bei Madame Roussel«, der Bürgermeister sah Élodie mit einem kurzen Lächeln an. »Auf der einen Seite haben wir eine großartige Sportveranstaltung, die morgen beginnt. Auf der anderen Seite sehen wir das Ende einer tragischen Liebesgeschichte. Es geht jetzt darum, diese beiden Dinge zu verbinden, ohne dafür im Schmutz wühlen zu müssen.«

»Wenn Sie damit unsere Arbeit meinen, dann wird sich das mit der Drecksarbeit wohl kaum verhindern lassen.« Isabelle fiel es mit jeder Minute schwerer, sachlich zu bleiben.

»Sie machen hier eine wichtige und verantwortungsvolle Arbeit, ist doch klar«, versuchte sich Madame Berthier an der Schadensbegrenzung, um dann gleich ins nächste Fettnäpfchen zu stapfen. »Aber wir müssen das als Chance sehen. Das ist eine einmalige Gelegenheit. Die Medien lauern auf eine emotionale Geschichte.«

»Was erwarten Sie von der Gendarmerie nationale?« Isabelle lauerte nur auf den nächsten Patzer ihrer Besucher.

»Alles, was wir von unserer Polizei erwarten, ist Zurückhaltung.« Der Bürgermeister hatte die Fingerspitzen zusammengelegt und wippte mit seinen Händen auf und ab.

»Der Fall ist tragisch, keine Frage. Aber er hat weder mit der Veranstaltung noch mit unserem Ferienparadies an der Côte d'Azur auch nur das Geringste zu tun.«

»So? Da wissen Sie mehr als wir«, sagte Isabelle kühl. Der Bürgermeister, seine Assistentin und Madame Berthier tauschten bedeutungsvolle Blicke aus.

Und genau in diesem Moment platzte Lieutenant Kadir in das Büro.

»Wir haben hier eine Besprechung, Lieutenant«, sagte Isabelle, aber der Tadel hörte sich eher wie ein Dank an.

»Ich weiß, tut mir leid, *monsieur le maire*«, sagte Kadir zu Robien. Dann gab der Polizist Isabelle sein Handy. Er tippte auf den Bildschirm, und eine Videosequenz lief an.

Der kurze Clip zeigte den menschenleeren Strand am frühen Morgen. Das Bild schwankte hin und her, während die Kamera sich auf die verlassene Imbiss-Stube in den Dünen zubewegte. Die Kamera hielt inne, schwenkte nach rechts, und da lagen die beiden Opfer tot im Sand. Isabelle und Kadir starrten so fasziniert auf den Handy-Bildschirm, dass sie nicht mehr auf ihre Besucher achteten.

Eine Möwe saß auf der Brust der toten Frau und hackte ihr mit dem Schnabel ins Gesicht. Mit einem hellen Schrei, der wie der eines gequälten Menschen klang, flog der Vogel davon, als sich die Kamera näherte. Es folgte eine Nahaufnahme des Gesichts.

»Oh, mon dieu!«, rief Élodie Roussel und drehte den Kopf zur Seite.

Isabelle bemerkte erst jetzt, dass die drei Besucher das Video ebenfalls gesehen hatten. Die Assistentin des Bürgermeisters musste schlucken. Sie stand auf, presste sich die Faust vor den Mund und begann zu würgen.

»Die Toilette ist gleich links die nächste Tür«, Isabelle deutete kühl nach draußen, und die Assistentin verschwand wortlos im Gang.

Fünf Minuten später stand Isabelle vor dem Schreibtisch ihres Chefs und beobachtete, wie dessen Kopf mit dem militärisch kurzen Haarschnitt seine Farbe von Rosé auf Dunkelrot veränderte, während er auf das Display von Kadirs Handy starrte. Neben Isabelle waren nur noch die beiden Lieutenants Masclau und Kadir im Raum.

»Wer hat das aufgenommen?«, fragte Zerna und versuchte, ruhig zu bleiben.

»Das wissen wir nicht«, sagte Kadir.

»Es verbreitet sich rasend schnell im Internet«, ergänzte Isabelle.

Zerna wendete den Kopf und sah einen Moment auf die Wand

zu dem großen gerahmten Foto, das den Polizeichef an Bord eines Sportbootes zeigte. Zerna und ein weiterer Mann hielten Angeln in den Händen, während sie sich breit lächelnd an einen zwei Meter langen Gelbflossenthunfisch lehnten, der an einem Stahlseil hing, das man um seine Schwanzflosse geschlungen hatte. Am unteren Rand des Fotos befand sich eine Gravur: *Le Lavandou* 1989–2. *Platz.*

»*Mon dieu*«, murmelte Zerna. »Schalten Sie das ab! Löschen Sie es aus dem System. Tun Sie irgendwas. Sie kennen sich doch aus mit Computern.«

»Da kann man nichts machen, Patron«, sagte Kadir. »Tut mir leid.«

»Gar nichts?« Der Zornesfalte an seiner Stirn nach zu urteilen, war der Polizeichef kurz davor, Kadirs Handy gegen die Wand zu schleudern. »Woher kommt diese verdammte Scheiße?«, fluchte er.

»Schwer zu sagen«, sagte Kadir. »So wie es aussieht, wurde der Clip über eine Plattform in Holland hochgeladen.«

»Dann kann man es dort doch bestimmt auch löschen?«, fragte Zerna.

»Haben wir bereits veranlasst, aber der Clip ist längst viral gegangen«, sagte Kadir.

»Was bedeutet das?« Zerna war genervt von allem, was er nicht verstand, was immer der Fall war, wenn die jüngeren Kollegen Begriffe aus der Computerwelt verwendeten.

»Er ist bereits ... mehrfach kopiert worden«, erklärte Isabelle ihrem Chef geduldig.

»Ja, ungefähr 400.000 Mal«, ergänzte Kadir. »Und das war der Stand von vor einer Stunde, wahrscheinlich sind wir mittlerweile bei einer halben Million Aufrufe.«

»Fragt sich, wer das aufgenommen hat?«, sagte Isabelle.

»Es gibt doch jede Menge Wichtigtuer, die mit so was groß rauskommen wollen.«

»Das Video wurde am frühen Morgen gemacht. Sehr früh.«

»Der Mörder selbst?«, fragte Isabelle zögernd und sprach damit aus, was alle dachten.

18. Kapitel

Im *Chez Miou* war jeder Platz besetzt. Touristen drängten nach innen, um Bestellungen aufzugeben, wurden aber von Yolande energisch wieder nach draußen geschickt. Vor dem Café befand sich die sogenannte Terrasse. Eine blumige Bezeichnung für ein Stück vom Bürgersteig, auf dem Jérémy noch ein paar Tische und Stühle zusätzlich zusammengequetscht hatte. Dort probierten die Gäste die neuesten Eiskreationen des Wirts: Der größte Renner war auch in dieser Saison wieder *Sex on the Beach*. Eine überteuerte Vanilleeiskreation, aufgepeppt mit einigen echten Zitronenschnipseln, einem Papierschirmchen und einem roten Plastikherz. Die Gäste lieben solchen Quatsch, hatte Jérémy kürzlich Leon erklärt, und der Erfolg gab ihm recht.

An diesem Abend gab es aber etwas ganz anderes im *Chez Miou* zu bestaunen. Der Flachbildfernseher hinter der Theke lief.

Es hatte Jahre gedauert, bis sich Jérémy dazu durchringen konnte, einen Fernseher in sein Bistro zu stellen. Wenn man ihn fragte, hatte ein Bildschirm in einem anständigen Bistro nichts zu suchen. Die Bar war dafür gedacht, dass Gäste sich entspannen und mit den Nachbarn über die Dinge des Lebens unterhalten konnten.

Für das Einschalten des Fernsehers gab es eigentlich nur zwei Entschuldigungen: Entweder Frankreich hatte es bei einer Fußballmeisterschaft mindestens ins Viertelfinale geschafft, oder es war etwas Sensationelles geschehen, worüber im *Chez Miou* dringend diskutiert werden musste.

Als Jérémy den Ton des Fernsehers lauter stellte, verebbten die Gespräche an der Bar. Auf dem Bildschirm war Brigitte Dupin, Moderatorin von *Canal 6* zu sehen. Sie stand am Strand. Nicht an irgendeinem Strand, sondern an »dem Strand«.

»Lauter!«, rief einer der Gäste. Jetzt konnte auch Leon, der wie immer an seinem kleinen Tisch gleich hinter der weit geöffneten Glastür saß, die Journalistin verstehen.

»Hier, inmitten eines der beliebtesten Urlaubsorte der Côte d'Azur, ist das Unfassbare geschehen: Amélie Bertrand, die bekannte und beliebte Influencerin, wurde zusammen mit dem australischen Surfer Mason Rivers an diesem Strand getötet. In diesem kleinen Paradies, keine 50 Meter von mir entfernt – brutal, blutig und grausam.«

Die Moderatorin drehte sich um, und die Kamera folgte ihrem Blick. Das Bild zeigte jetzt die Stelle neben dem Imbiss, an der man die Toten gefunden hatte, abgesperrt mit rot-weißem Flatterband, das den Aufdruck der Gendarmerie nationale trug. Als Brigitte Dupin weitersprach, schwenkte der Kameramann zurück auf das Gesicht der Moderatorin: »Stellen Sie sich vor, Sie kommen an diesen Traumstrand, um ein unbeschwertes Ferienwochenende zu verbringen. Aber Ihr Traum von Sommerferien endet in einem Albtraum.« Jetzt wurde die Stimme der Sprecherin leiser, bedrückt, als würde es ihr schwerfallen, die Zuschauer auf das vorzubereiten, was sie in wenigen Sekunden präsentieren würde.

»*Canal 6* wurde ein Video zugespielt, das diese Bluttat in ihrer ganzen, entsetzlichen Grausamkeit zeigt. Wir haben in der Redaktion lange diskutiert, ob wir diese Bilder senden dürfen«, Brigitte Dupin unterbrach sich ein paar Sekunden, als müsse sie nachdenken, ob sie auch wirklich das Richtige tat. »Aber wir glauben, dass die Zuschauer von Canal 6 ein Recht darauf haben, informiert zu werden.«

In Wirklichkeit hatte die Entscheidung der Sendeleitung keine drei Minuten gedauert. Der Nachrichtenchef hatte den Clip gesehen und gesagt: »Damit gehen wir auf Sendung. Und zwar sofort!«

»Trotzdem muss ich Sie warnen«, raunte die Moderatorin nun, als würde sie im nächsten Moment den Weltuntergang verkünden.

»Wenn Sie an Herz- oder Kreislaufproblemen leiden oder unter 16 Jahre alt sind, dann, bitte, sehen Sie sich diese Bilder nicht an.«

Canal 6 war nicht der einzige, aber der erste Sender, der die Bilder, die nun über Jérémys Bildschirm flackerten, an diesem Abend bringen sollte. Zumindest hatte die Ethikbeauftragte der Sendeleitung noch im letzten Moment durchgesetzt, die blutigen Details zu verpixeln. Es brauchte allerdings nicht viel Fantasie, sich vorzustellen, was die künstliche Unschärfe dort auf dem Bildschirm so unzureichend verbergen sollte. Für einige Sekunden war es ungewohnt still im Bistro, als würde es eine Weile dauern, bis sich die Gäste aus ihrer Schockstarre gelöst hatten.

»Mach das aus«, sagte schließlich Yolande.

Jérémy drückte auf die Fernbedienung, und das Bild verschwand. Niemand protestierte.

»Für so was gab's früher die Guillotine.« Michel, der Besitzer des Tabac-Ladens, hatte die scharfen Worte lauter gesagt, als er wollte.

»Früher hat man so einen gevierteilt.« Das war Edmonde, der

mit seinem fahrbaren Pizzastand dem Wochenmarkt hinterherreiste und viel herumkam.

»Soweit ich weiß, haben sie die Guillotine abgeschafft, und das Vierteilen auch«, warf Véronique ein, stellte ihr leeres Pastisglas auf die Theke, wie immer hatte sie eine Gauloise im Mundwinkel. Ein paar Leute lachten.

»Machst du mir bitte noch einen«, sagte sie an Jérémy gewandt.

»Kommt sofort.« Jérémy nahm ein frisches Glas vom Regal.

»Habt ihr das Gesicht der Frau gesehen?« Der Satz kam von einem Mann, der ein ehemals blaues Basecap, das Sonne und Meer zu einem schmutzigen Grau ausgebleicht hatten, auf dem Kopf trug. Über seinen bloßen Oberkörper hatte er eine Jeansjacke gezogen, deren Ärmel abgetrennt waren. Auf der Rückseite prangte ein PEACE-Zeichen. Arme und Schultern des Mannes waren tätowiert, und um jedes Handgelenk hatte er ein halbes Dutzend knallbunte Freundschaftsbändchen geknotet.

Er ist bestimmt Ende 50, wenn nicht noch älter, dachte Leon, dem die leichten Flecken auf der Haut des anderen nicht entgangen waren, die die Sonne eingebrannt hatte. Unter dem Basecap quoll eine dicke blonde Locke hervor. Leon musterte den Mann. Er versucht, jünger auszusehen, als er ist, stellte Leon fest. Er wusste genau, wie sich das anfühlte, diese magische Schwelle, wenn plötzlich das eigene Alter zum ersten Mal mit einer 5 begann: Als wäre man über Nacht ein alter Mann geworden.

»Das waren Schnitte, ganz eindeutig«, sagte Michel. »Jemand hat der Frau das Gesicht zerschnitten.«

»Quatsch, das waren die Möwen«, sagte der Mann mit dem Basecap. »Habt ihr nicht die Möwen gesehen?«

»Ich weiß, was Möwen mit ihrem Schnabel anrichten können«, Michel gab nicht nach. »Aber das da? Das waren Schnitte.«

»Ihr nervt«, wurde Michel von Véronique angeraunzt. »Frag doch den Médecin Légiste. Der muss es schließlich wissen.« Véronique deutete in Leons Richtung, der an seinem Stammplatz saß und tat, als wäre er ganz in seiner Frankfurter Allgemeine versunken. Dem Blatt hielt er aus sentimentalen Gründen die Treue. Gerade versuchte er, sich so klein wie möglich in seinem Stuhl zu machen. Doch da klopfte bereits jemand höflich mit den Knöcheln auf seinen Tisch. Leon sah auf. Vor ihm stand der Mann mit dem Basecap, die Jeans bis unter die Knie hochgekrempelt. An den Füßen trug er ausgelatschte Espadrilles.

Leon hatte den Mann in den letzten Tagen schon ein paar Mal im Miou gesehen. Er hieß David, soweit er sich erinnerte, aber alle nannten ihn den Albatros. Angeblich hatte David in den Neunzigerjahren in Holland eine erfolgreiche Softwarefirma aufgebaut, die er schon 10 Jahre später an SAP verkaufen konnte. Dafür habe er einen zweistelligen Millionenbetrag kassiert. Aber vielleicht war das ja auch alles nur Gerede, dachte Leon. Vielleicht hatten ja die anderen Gäste recht, die behaupteten, David wäre pleite, ein Steuerflüchtling ohne festen Wohnsitz. Leon stand solchen Geschichten grundsätzlich skeptisch gegenüber. Er wusste nur, dass David regelmäßig im Sommer in Lavandou aufkreuzte. Dann stellte er sein großes, regenbogenfarbenes Wohnmobil am Strand ab und verschwand erst Mitte September wieder. Niemand wusste, wo David sonst wohnte, und niemand konnte mit Sicherheit sagen, was David wirklich tat. Gelegentlich lud er die Stammgäste an der Bar auf einen Drink ein und sorgte so dafür, dass man ihm im Chez Miou gewogen blieb. Möglicherweise war es der Neid auf das Leben, das der Albatros führte, der die Bewohner von Lavandou zum Spekulieren brachte. Hinzu kam noch, dass dieser Mann ständig die attraktivsten Frauen an seiner Seite hatte, in der Regel mindestens 20 Jahre jünger als er.

Leon war der Mann sympathisch, irgendwie gefiel ihm dessen unkonventionelle Art, das Leben anzugehen

»Dürfte ich mich kurz zu Ihnen setzen?«, fragte der Albatros und fügte mit einem Nicken in Richtung Bar hinzu: »Dahinten ist es mir zu voll.«

»Bitte«, Leon wies auf den freien Stuhl an seinem Tisch.

»Sehr freundlich. Ich heiße David«, stellte sich der Mann vor. »Die Leute nennen mich den Albatros. Weil ich im Winter in den Süden verschwinde. Genau wie die Vögel.« Er lachte.

Leon fühlte sich ein wenig überrumpelt. Außer unter Jugendlichen oder guten Freunden war es in Frankreich nicht üblich, sich mit Vornamen anzusprechen.

»Leon«, sagte er nach kurzem Zögern.

»Ich habe nicht gewusst, dass Sie Gerichtsmediziner sind, Leon.«

»Klingt, als wären Sie enttäuscht?« Leon lächelte.

»Nein, ganz im Gegenteil«, sagte Albatros. »Das hört sich nach einem spannenden Beruf an.«

»Na ja, langweilig wird's nie …« Leon ahnte schon, worauf dieses Gespräch hinauslaufen würde. Dieser Albatros war genauso neugierig wie alle anderen im *Chez Miou*.

»Untersuchen Sie alle Todesfälle hier in der Gegend?«

»Sagen wir, alle unklaren Todesfälle. Dazu gehören Kapitalverbrechen genauso wie Verkehrsunfälle.«

»Und das, was da am Strand passiert ist?«, tastete sich Albatros vorsichtig voran. »Ist das auch ein Kapitalverbrechen …?«

Er wurde von Leon unterbrochen. »Bevor Sie mich etwas fragen«, Leon hatte die Hand gehoben und machte eine vage, abwehrende Geste, »muss ich Ihnen sagen: Ich darf grundsätzlich nicht über laufende Fälle sprechen. Unsere Untersuchungen sind Teil der Ermittlungen, und die sind nicht öffentlich.«

»Verstehe«, murmelte der Albatros und sah zur Terrasse. Vor dem Lokal stand ein junger Mann von höchstens 25 Jahren in Bermudas und buntem T-Shirt, die Sonnenbrille lässig in die wilden, dunklen Haare geschoben. Er sah zu ihnen herüber. David winkte ihm kurz zu. »Ich muss los«, sagte er und reichte Leon die Hand. »War nett, Sie kennenzulernen.«

»*Bonne soirée*«, wünschte Leon. In diesem Moment fiel sein Blick auf das kleine Papiertütchen, das neben dem Stuhl, auf dem David gesessen hatte, zu Boden gefallen war. Er bückte sich und hob es auf. Es war nicht viel größer als eine Briefmarke. Leon drehte es in der Hand und spürte die Tablette zwischen den Fingern. Auf dem Papier waren die V-förmigen Schwingen eines stilisierten Vogels abgebildet. Leon schaute auf, aber der Albatros war schon in der Menge der Besucher verschwunden.

19. Kapitel

Es war spät geworden. Zum Abendessen hatte es nur einen Salat und einen Teller Nudeln gegeben. Jetzt saß Isabelle auf dem gemütlichen Rattansofa und blätterte durch Unterlagen, die vor ihr auf einem Beistelltisch lagen. Es war längst dunkel. Zwischen den Dächern von Le Lavandou leuchteten die Gassen der Altstadt, und das Gelächter und der Gesang angeheiterter Touristen war noch hier oben auf der Terrasse zu hören. Eine Brise wehte von Osten her über das Meer und kündigte einen Wetterumschwung an.

Es könnte heute Nacht regnen, dachte Leon, als er mit zwei Gläsern Wein aus der Küche kam.

»Für die fleißigste stellvertretende Polizeichefin der Côte d'Azur«, sagte er und reichte Isabelle ein Glas. »Zerna weiß überhaupt nicht, was er an dir hat.«

»Danke«, Isabell nahm das Glas und trank einen Schluck. »Ich habe ihn selten so wütend erlebt wie heute Nachmittag.«

»Nachdem er das Video gesehen hatte?«, fragte Leon.

»Er glaubt, dass jemand aus der Wache die Aufnahmen gemacht haben könnte.«

»Um sie zu verkaufen? Das kann ich mir nicht vorstellen«, sagte Leon.

»Wer hätte sonst von dem Mord wissen können?«, fragte Isabelle.

»Wie wäre es mit dem Mörder?« Leon setzte sich neben Isabelle auf die Couch. »Manche Täter sind eitel. Die wollen zeigen, was sie angerichtet haben.«

»Habe ich auch schon überlegt«, sagte Isabelle. »Wir alle, ehrlich gesagt.«

»Es ist eine Botschaft an uns«, vermutete Leon.

»Und wie lautet die?«

»Seht, wozu ich fähig bin!« Leon nahm einen Schluck. »Ich vergewaltige eine beliebige Frau, und ihr Freund muss zusehen, wie ich sie quäle.«

»Vielleicht doch Eifersucht?«

»Nein, Hass, Rache und Lust.«

»Aber warum?«, fragte Isabelle.

Leon zuckte mit den Schultern. »Keine Ahnung, aber ich bin sicher: Dieser Kerl ist ein Psychopath.«

»Du meinst ... er könnte das wieder tun?«

»Du hast gesehen, was er mit seinem Opfer gemacht hat«, sagte Leon. »Der Kerl ist wie ein wildes Tier, und irgendjemand hat seinen Käfig geöffnet.«

»Du meinst, etwas, das seine Wut ausgelöst hat?«

»Eine Wut, die sich jahrelang aufgestaut hat«, überlegte Leon. »Bisher konnte er sie im Zaum halten. Aber dann hat irgendein Erlebnis ihn durchdrehen lassen.«

Eine Weile saß Leon schweigend neben Isabelle. Zwischen den Zypressen flatterten die Fledermäuse durch die Nacht und fingen Käfer und Mücken, die sich zu spät auf den Heimweg gemacht hatten.

»Ich habe etwas, das ich dir zeigen wollte.« Leon griff in die Tasche seines Sakkos und holte die kleine Tüte hervor, die er im

Bistro gefunden hatte. »Das ist einem der Gäste im *Miou* aus der Tasche gefallen.«

Isabelle nahm es mit spitzen Fingern und wendete es im Licht, das aus der Küche auf die Veranda fiel, hin und her.

»Sieht genauso aus wie das, was du am Strand gefunden hast«, sagte Isabelle. »Weißt du, was drin ist?«

»Eine Tablette. Vielleicht Meth, Speed, so was. Wir untersuchen das noch. Ich gebe es dir zurück, wenn die Analyse durch ist. Schätze in zwei Tagen.«

»Hast du gesehen, wer den Beutel verloren hat?« Sie gab ihm das Papierbriefchen zurück, das er in einen Umschlag schob und in die Tasche seines Sakkos steckte.

»Ich bin nicht sicher, aber ich vermute, es gehörte einem der Surfer. Er heißt David. So um die ein Meter achtzig groß, abgeschnittene Jeans-Jacke. Undefinierbares Alter. Forever-Young-Typ.«

»Albatros«, sagte Isabelle.

»Du kennst ihn?«

»David Laurent, genannt Albatros, macht uns jedes Jahr Ärger, weil er sein Wohnmobil wild in die Gegend stellt und sich dann die Grundstücksbesitzer bei uns beschweren.«

»Soll ein Internetmillionär sein«, sagte Leon. Sie sah ihn kurz an, dann sah sie wieder übers Meer. »Meinst du, Lilou geht es gut?«

»Wie hättest du dich mit 17 gefühlt, wenn du mit deinem Freund das Wochenende in einem romantischen Weingut verbracht hättest?«, sagte Leon. »Sie sitzen am Kamin und sind glücklich, alleine zu sein. Natürlich geht es den beiden gut.«

»Ich mach mir halt Sorgen.« Isabelle gab ein leises Stöhnen von sich.

»Ich weiß«, sagte er liebevoll. Leon legte seinen Arm um ihre

Schulter, und sie kuschelte sich an ihn. Er spürte ihre Wärme und dachte daran, wie glücklich er in diesem Moment war.

20. Kapitel

Er liebte die Nacht. Die Dunkelheit vermittelte ihm ein Gefühl von Geborgenheit. Sie fühlte sich an wie eine warme Decke, die sich dicht um ihn schloss. Die Nacht war voller Geräusche. Der Wind, der sich in den kurzen, harten Blättern der Korkeichen brach. Mäuse, die zu seinen Füßen durch das trockene Laub huschten. Kröten in den nahen Tümpeln, die sich paaren wollten, und die kleinen Eulen, die wie Geister aus den Wipfeln der Pinien glitten und traurige Rufe von sich gaben. Es war die Stunde der Jäger, es war seine Zeit.

Seine Opfer waren die, die er am meisten verachtete. Weil sie Macht über ihn hatten. Natürlich ließ er das nicht zu. Er wusste, wie man sich wehrte. Der Trick bestand darin, sie nicht an sich heranzulassen, dann konnten sie ihn auch nicht erniedrigen. Denn das war es, was man ihnen seit ihrer Geburt eingetrichtert hatten: sich so teuer wie möglich zu verkaufen und Männer wie ihn langsam ausbluten zu lassen.

Er hatte sich so lange zurückgehalten, viele Jahrzehnte lang. Bis sie ihn nicht mehr kontrollierte. Endlich konnte er frei über sein Leben verfügen, über seine Zeit und über die Dunkelheit. Und er konnte sie sich holen – jede, die er wollte. Es war so leicht. Er drehte den Spieß einfach um. Jetzt mussten sie bluten. Vielleicht vermittelten diese letzten Augenblicke ihres erbärmlichen

Daseins ihnen wenigstens eine vage Vorstellung von dem, was sie ihm angetan hatten. Jahrelang, immer und immer wieder. Ja, es entsprach ihrer Natur, sich so zu verhalten, aber sie hätten dagegen ankämpfen, ihre Triebe kontrollieren und sich zur Verfügung stellen können. Aber jetzt war es zu spät. Die Zeit der Wiedergutmachung war vorbei, jetzt kam die Zeit der Rache. Er brauchte kein Internet, um zu verstehen, wie diese Gesellschaft funktionierte. Er brauchte auch keine Hilfe von anderen. Von einer beschissenen Männergruppe, die ihm Mut machen sollte, wirklich nicht. Er wollte auch keine Geschichten hören, in der sich die Kerle einen runterholten auf das, was sie irgendeiner Frau gerade mal wieder angetan hatten. Tagsüber hatte er seine Arbeit, seine feste Aufgabe. Nein. Um seine seelischen Verletzungen zu heilen, hatte er die Nacht. Er hatte geahnt, dass ihm sein Rachefeldzug guttun würde, aber er hätte niemals geglaubt, wie überaus befriedigend es war, diesen Schlangen seinen Willen aufzuzwingen und ihre »Beaux« miterleben zu lassen, wie er sie sich nahm. Fotzen, allesamt. Er hatte sich das oft überlegt: Gott hatte sich über die Menschen lustig gemacht, als er die Frauen erschaffen und so gemacht hatte, wie sie eben waren. Die Sucht nach Sex würde zum Untergang der Menschheit führen. Früher oder später, so viel stand fest. Aber das war ihm egal.

Das alte Bauernhaus lag auf einer der oberen Terrassen des Weinberges. Es war fast vollständig von Efeu überwachsen. Sein Dach schimmerte im Licht des Mondes, der immer wieder von Wolken verdeckt wurde. Der Wind blies nun stärker. Eigentlich wäre es klug gewesen, die Sache jetzt abzubrechen. Den schmalen Weg zwischen den Weinstöcken von *Le Lézard* zurückzugehen und ein anderes Mal wiederzukommen. In einer Nacht, die er noch besser vorbereitet hätte. Er wusste, dass es leichtfertig war, einfach so hierherzukommen, aber er konnte nicht anders, er musste die Frau, die er seit Tagen verfolgte, einfach noch einmal sehen. Unbeschwert war sie mit ihrem Freund hierhergefahren, in dem kleinen Méhari. Der Junge würde kein Problem darstellen. Er war höchstens Mitte zwanzig. In der Gruppe mochte er stark sein, aber wenn man diese jungen Kerle allein erwischte, und wenn sie sahen, dass er zu allem entschlossen war, dann gaben sie schnell klein bei. Dann wimmerten sie und flehten ihn an, es nicht zu tun. Aber er überließ es der Natur, die gottgewollte Ordnung wiederherzustellen und alle auf ihren richtigen Platz im großen Weltenkreis zu verweisen.

Der Mond war hinter Wolken verschwunden, und über den Hügeln des Massif des Maures sorgten Blitze für Wetterleuchten. Donnergrollen dröhnte. Der Mistral hatte weiter aufgefrischt. Der Mann bewegte sich jetzt langsamer auf das Haus zu. Aus einem der Fenster fiel Licht. Er konnte den Méhari sehen, der vor dem Haus geparkt war. Musik war zu hören. Jetzt war das Gebäude keine 20 Meter mehr von ihm entfernt.

Die Stufen des Weinbergs bestanden aus übereinandergeschichteten Steinen. In der Dunkelheit konnte der Mann nicht erkennen, dass einer der Steine lose war. Als er drauftrat, löste er sich und riss eine ganze Steinkaskade auf einer Länge von fast zwei Metern mit sich. Das Poltern der Steine schien dröhnend laut in der Stille.

Im Haus ging ein weiteres Licht an. Er duckte sich hinter die Reben und hielt den Atem an. Er sollte verschwinden, riet ihm eine innere Stimme. Aber es ist doch nur ein kurzer Blick, mehr nicht, beruhigte er sich. Nur ein kurzer Blick.

21. Kapitel

»Natürlich habe ich was gehört. Ich bin doch nicht verrückt.« Lilou saß auf dem abgewetzten Ledersessel und kuschelte sich tiefer in die Decke ein, die sie sich über die Schultern gelegt hatte. Es war merklich kühler geworden an diesem Abend, und Oscar hatte den Kamin angezündet.

»Da war nichts, bestimmt nicht.« Oscar war aufgestanden und öffnete die Tür, die in die von wildem Wein eingewachsene Pergola führte.

»Mach lieber wieder zu«, sagte Lilou, »es fängt gleich an zu regnen«.

Oscar drehte sich um, grinste und hielt seine Hände wie Monsterklauen neben sein Gesicht. »Hu, hu, hu«, sagte er, »du und ich ganz allein im einsamen Bauernhof in der Provence.«

»Spinner«, sagte Lilou, »komm her zu mir!« Sie klopfte mit der flachen Hand einladend auf den Sessel, aber in ihrer Stimme schwang leise Angst mit.

Wieder donnerte es bedrohlich.

Oscar ging zu ihr und nahm sie in den Arm. »Sorry, ich wollte dir keine Angst machen.«

»Tust du gar nicht, aber mir wird kalt, wenn die Tür offen steht«, sagte Lilou, und Oscar wusste, dass das nur eine Ausrede war.

Er beugte sich zu Lilou, und sie küsste ihn auf den Mund. In diesem Moment blitzte es erneut, und fast gleichzeitig knallte der Donner durch das Tal – und da sah Lilou die Gestalt. Ein Schatten, der draußen im Licht der Blitze vorbeihuschte.

»Oscar, da, am Fenster!«, rief sie, und Oscar sah zur Verandatür. Aber da war nichts zu sehen.

Nur der Regen, der jetzt in dicken Tropfen auf die staubige Erde fiel.

22. Kapitel

Amélie Bertrands Schwester hatte sehr gefasst gewirkt, als sie im Obduktionsraum die Tote identifizieren musste. Sie hatte nur noch still geweint, als sie nach einem kurzen Blick auf die Tote Leon deren Identität bestätigte.

Die Mutter des toten Australiers hatte die Identifizierung ihres Sohnes weniger gut verkraftet. Schon als die Frau die Rechtsmedizin betreten hatte, war Leon ihr unsicherer Gang aufgefallen. Was kein Wunder nach einem fast dreißigstündigen Flug war. Leon hatte ihr geraten, sich erst einmal auszuruhen, aber sie hatte darauf bestanden, ihren Sohn sofort zu sehen. Sie war am Obduktionstisch mit einem Herzinfarkt zusammengebrochen und lag jetzt auf der Intensivstation der Klinik.

Dabei hatte Leon das Abdecktuch extra nur bis zum Kinn des Toten zurückgeschlagen. Er wollte vermeiden, dass die Mutter den Schnitt sah, der ihren Sohn getötet hatte. Wenigstens sein Gesicht war unversehrt, war Leons Gedanke gewesen. Doch sie hatte das Tuch weggezogen. Es war zu Boden geglitten, und da lag ihr Sohn, mit durchgeschnittener Kehle. Auf seiner Brust prangte der große Y-Schnitt, mit dem Leon und sein Assistent den Körper geöffnet und im Anschluss grob vernäht hatten. Bei dem Anblick stieß die Mutter einen leisen, verzweifelten Schrei aus und sank wie eine Marionette, der man die Fäden durchtrennt hatte, neben Leon zu Boden.

Die nächsten Tage verliefen ruhig: Zerna und seine Leute waren mit Routineüberprüfungen beschäftigt. Alle versuchten, Kommissarin Lapierre, so gut es eben ging, aus dem Weg zu gehen. Zum Glück hatte sie beschlossen, den Fall von Toulon aus zu leiten. Der Doppelmord war in den Nachrichten inzwischen auf einen der hinteren Plätze gerutscht.

Die Familie der toten Influencerin hatten eine einstweilige Verfügung erwirkt, die es *Canal 6* und allen anderen Sendern untersagte, das Video der toten Amélie noch einmal im Fernsehen auszustrahlen. Es war kein wirklicher Sieg, denn das Video war im Internet bereits von Hunderttausenden von Menschen gesehen worden.

Eine kurze Totenmesse, die für Amélie und Mason abgehalten wurde, war überraschend gut besucht gewesen. Es waren so viele Menschen in die kleine Kirche Saint-Louis gekommen, dass das Vaterunser per Lautsprecher nach draußen bis in die Rue du Port übertragen werden musste. Die große Bühne am Strand lag verlassen da. Sie war auf Anordnung des Stadtrates geschlossen worden: Tanzen und laute Musik hätten ein falsches Signal senden können nach allem, was passiert war.

Am Abend entzündeten die Surfer am Strand für ihren ermordeten Kameraden ein Feuer. Und obwohl offene Feuer in der Sommersaison strengstens verboten waren, drückten die Pompiers diesmal ein Auge zu und begnügten sich damit, die spontane Veranstaltung zu beobachten, jederzeit bereit einzugreifen. Es war eine eindrucksvolle Trauerfeier. *Canal 6* sendete Bilder von einem blutroten Sonnenuntergang über einer trauernden Stadt, und auch Bürgermeister Robien ließ sich zu dem Statement hinreißen: »Was für eine Tragödie, dass zwei so junge Menschen so früh gehen mussten.«

Die jungen Sportler lagen sich in den Armen, es flossen Tränen und Rosé, und um Mitternacht wurde die nicht genehmigte Veranstaltung aufgelöst.

Niemand ahnte, dass nicht alle gekommen waren, um den Surfern ihre Solidarität zu zeigen. Einen Besucher gab es, der außerhalb des Feuerscheins im Schatten der Nacht am Strand entlangging und die Paare beobachtete.

Auch die Nacht verlief ruhig. Am nächsten Tag um die Mittagszeit überraschte Leon die stellvertretende Polizeichefin mit einer folgenreichen Mitteilung: Der Inhalt der beiden Papiertütchen mit den stilisierten Vogelschwingen war identisch. Es handelte sich um 100 Prozent reines Amphetamin.

23. Kapitel

Das Wohnmobil stand zwischen Ginster und Zistrosen in einer staubigen Senke am Meer, direkt oberhalb des Strandes von Le Lavandou kurz vor dem Yachthafen Port du Bormes.

»Ein guter Platz«, sagte Isabelle zu Masclau, der sie begleitete.

Sie hatten ihren Streifenwagen an der Avenue Auriot abgestellt und waren zu Fuß weitergegangen. Isabelle hatte eine Ahnung gehabt, wo dieser Albatros zu finden war. Und sie behielt recht. Es gab zahlreiche solcher Parkgelegenheiten, die versteckt zwischen Hauptstraße und Strand lagen. Sie wurden gerne von Leuten benutzt, denen die Preise auf den Campingplätzen zu hoch waren. Am Anfang der Saison drückte die Polizei meist beide Augen zu, aber irgendwann kreuzten dann immer mehr Wohnmobile auf und verwandelten die Senke in einen wilden Campingplatz. Alle paar Tage kam die Polizei vorbei und verscheuchte die Wild-Camper, nur um festzustellen, dass schon wieder neue Wohnmobile nachgerückt waren. Dieses Jahr hatte die Gendarmerie beschlossen, großzügig zu sein. Wenigstens so lange, bis der Surfwettbewerb vorüber war. Diese Toleranz hatte sich bei den Surfern sofort herumgesprochen, und so war hier am Rand von Le Lavandou ein buntes Camperdorf voller Windsurf-Enthusiasten aus der ganzen Welt entstanden. Die Wohnmobile und Campingbusse standen dicht an dicht. Dazwischen saßen die Sportler und ihre Fans. Sie lehnten in ihren Campingstühlen, reparierten ihre Surfbretter und Segel oder teilten sich mit Nachbarn ein paar Würstchen vom Grill. Natürlich gab es auch ein reguläres Surfzentrum, das extra von der Stadt auf einem Parkplatz für die Aktiven errichtet worden war. Aber hier, mitten in den Dünen, schlug das wahre Herz des Wettbewerbs.

Das Wohnmobil von David war leicht zu erkennen: Über seine Kühlerhaube war eine Regenbogenfahne gespannt, und auf der Fahrertür prangte das stilisierte Flügelpaar. Davor stand, nicht zu übersehen, David mit seinem Basecap, der Albatros.

Als Isabelle näher kam, bemerkte sie, wie David einem jungen Surfer etwas in die Hand drückte, und dafür einen blauen Zwanzigeuroschein kassierte, den er schnell in der Tasche seiner Bermudas verschwinden ließ. Isabelle nickte Masclau zu.

»Welcher ist es?«, fragte der Lieutenant

»Der mit dem Basecap.«

Sie setzten sich in Bewegung.

Es war offenkundig, dass der Albatros Erfahrung mit der Polizei hatte, so schnell wie er sich zurückzog, als er die beiden Flics in seine Richtung kommen sah: Er klopfte dem blonden Surfer freundschaftlich auf die Schulter und lief dann, als hätte er nichts bemerkt, zu der Treppe aus Holzbohlen und -pflöcken, die hinunter zum Strand führte.

»David«, rief Isabelle, aber der Albatros schien sie nicht zu hören, als gelte ihr Ruf einem anderen. Er drängte sich an einer Gruppe von Surfern vorbei die Düne hinunter. Nun beschleunigte auch Isabelle ihre Schritte. David sah sich kurz um: Sie war ihm dicht auf den Fersen, und hinter ihr schnaufte Masclau die Treppe hinunter.

Für jemanden, der nichts mit der Polizei zu tun haben will, hat er sich einen schlechten Fluchtweg ausgesucht, dachte Isabelle. Der Weg nach oben wurde dem Albatros von ihr und Masclau abgeschnitten, und vor David lag nur noch der Strand und das Mittelmeer. Aber David hatte offenbar beschlossen, dass er heute keine Lust hatte, sich mit der Polizei zu unterhalten.

»David, bleib stehen, *merde alors*«, brüllte Masclau, was nur dazu führte, dass David seine Schritte beschleunigte.

Masclau war sauer. Er hasste die Hitze, die Sonne und den Strand. Und jetzt musste er ausgerechnet zur heißesten Mittagszeit hinter irgendeinem Spinner herrennen. Der Schweiß rann an ihm herab, und seine Sneakers füllten sich mit Sand.

Isabelle dagegen schien die Hitze nichts auszumachen. Sie war gut in Form: Sie ging mindestens einmal die Woche zum Yoga und joggte häufig morgens mit Leon den Strand entlang. Sie beschleunigte ihr Tempo und beobachtete, wie sich der Abstand zu David verkleinerte: Keine fünf Meter trennten sie mehr von dem Mann.

David gab sich gerne jugendlich, aber es war offensichtlich, dass er über keinerlei Kondition verfügte und gegen Isabelle keine Chance hatte. Er schnaufte, sein Gesicht war rot angelaufen. Da zögerte der Albatros, und Isabelle dachte schon, er hätte aufgegeben. Doch plötzlich bog David scharf in Richtung Meer ab. Sekunden später kickte er seine Flip-Flops von den Füßen und rannte ins Wasser. Er tauchte unter, kam wieder hoch und kraulte aufs Meer hinaus.

Isabelle war verblüfft stehen geblieben und schaute David nach, bis Masclau neben ihr auftauchte. Er schnaufte ausgepowert.

»Ich ruf die Küstenwache an«, sagte er und griff nach dem Funkgerät. »Sollen die ihn doch rausfischen, dieses dämliche Arschloch.«

»Unsinn.« Isabelle stand ganz entspannt am Strand. »Wir bleiben hier und warten einfach.«

David war mit seinem auffälligen Basecap leicht von den anderen Schwimmern zu unterscheiden. Der Albatros war keine 30 Meter weit gekommen, als er von der leichten Küstenströmung erwischt wurde, die ihn langsam, aber stetig in Richtung Jachthafen schob. Gegen die Strömung anzuschwimmen, war sinnlos, also versuchte David, mit der Strömung das Ufer zu erreichen. Isabelle spazierte, immer auf einer Höhe mit dem Schwimmenden, gemütlich durch den warmen Sand und wartete, dass er das Ufer erreichte. Keine zehn Minuten später schleppte sich David auf allen vieren aus dem Wasser. Wie eine Meeresschildkröte auf dem Weg zur Eiablage erreichte er erschöpft und atemlos den trockenen Strand.

»Bonjour, David«, flötete Isabelle und sah freundlich auf ihn herab.

David winkte ab, zu erschöpft zum Reden.

»Los, aufstehen«, blaffte Masclau. »Sie kommen mit auf die Wache.«

»Kann ... nicht ...«, stöhnte David, drehte sich auf den Rücken und blinzelte in die Julisonne.

»Du siehst doch. Er ist völlig fertig«, sagte Isabelle.

»Mir doch egal.« Masclau ging in die Knie und sah dem Mann ins Gesicht. »Hast du wirklich geglaubt, wir würden hinter dir herschwimmen?«

David winkte erneut ab und versuchte weiter, zu Atem zu kommen. Er hatte jeglichen Widerstand aufgegeben.

24. Kapitel

Das Vernehmungszimmer war im Hochsommer alles andere als ein angenehmer Ort. Die Klimaanlage funktionierte noch immer nicht richtig, und die Luft in dem fensterlosen Raum stand. Obwohl das neue Präsidium der Gendarmerie nationale in der Avenue André Del Monte erst vor wenigen Jahren gebaut worden war, platzte es heute schon wieder aus allen Nähten. Die Präfektur in Toulon hatte einen zusätzlichen Betrag im Haushalt freigemacht, um einen Anbau zu realisieren. Dieser neue Gebäudeteil war auch mit großem Schwung begonnen worden – dann hatte sich allerdings herausgestellt, dass der Bau deutlich teurer werden würde als geplant. Daraufhin geschah das, was in der Provence so oft mit Bauten geschah, die aus öffentlichen Mitteln finanziert wurden – sie blieben auf halber Strecke stehen. Es gab eine Untersuchung, das verantwortliche Planungsbüro wurde ausgetauscht und das Objekt neu ausgeschrieben. Kurz gesagt: Für die nächsten paar Jahre würde alles beim Alten bleiben.

Die Folge war, dass der Befragungsraum wie so viele andere Räume im Präsidium vorübergehend als Lagerraum umfunktioniert worden war und überquoll mit Regalen und Akten laufender Fälle. Es war eng, heiß und stickig hier. In der Mitte des Raumes stand ein einfacher Tisch mit grauer Resopalplatte. Davor saßen

Isabelle und Lieutenant Masclau. Ihnen gegenüber auf einem schlichten Metallhocker saß David Laurent.

David sah aus wie jemand, der genau wusste, dass sie ihn diesmal nicht so schnell wieder vom Haken lassen würden. Das schlechte Gewissen stand ihm ins Gesicht geschrieben, und er knabberte nervös an seinem rechten Daumennagel.

»Tut mir leid, echt«, sagte David, »ich weiß nicht, wie das Zeug in meinen Camper gekommen ist. Echt nicht.«

Das Zeug lag vor ihm auf dem Tisch: Es waren Amphetamintabletten, ordentlich verpackt in Papiertütchen mit den bekannten Vogelschwingen als Logo, ungefähr zwei Dutzend. Isabelle und Masclau hatten sie im Wohnmobil von David gefunden.

Anfangs hatte sich der Albatros gegen eine Durchsuchung seines Wohnwagens gewehrt, aber Isabelle und Masclau hatten ihm schnell klargemacht, dass sie jederzeit einen Durchsuchungsbefehl erwirken konnten. Schließlich hatte er nachgegeben.

Isabelle hatte von Anfang an den Eindruck gehabt, dass David etwas in seinem Wohnmobil verbarg, aber sie war sich nicht sicher. Auf der anderen Seite, warum war David geflohen, wenn er ein reines Gewissen hatte?

In einem Wohnmobil gab es unzählige Möglichkeiten, etwas zu verstecken. Aber es hatte keine Viertelstunde gedauert, bis Masclau die Tüte mit den Amphetamintabletten entdeckt hatte, angeklebt an die Rückseite einer Schublade. Der Fund war den Aufwand kaum wert gewesen. Genug immerhin, um ihn mit auf die Wache zu nehmen und erst einmal dortzubehalten. Der Albatros hatte gejammert und geschworen, dass es sich bei der Menge ausschließlich um seinen Eigenbedarf handle. Er habe noch nie gedealt. Ausreden, die die beiden Beamten schon so oft gehört hatten.

Vielleicht war es die Art gewesen, wie David sich erleichtert einen Schweißtropfen aus seinem Nacken gewischt hatte, als Isabelle und Masclau Anstalten machten, gemeinsam mit ihm zur Wache zu fahren. Vielleicht waren es auch seine nervösen Blicke, jedenfalls hatte Isabelle plötzlich gespürt, dass David noch etwas anderes vor ihnen verbarg.

Als sie die Küche durchsuchten, in der sich ungewaschene Teller und Töpfe stapelten, fiel ihr auf, wie der Albatros beiläufig Essensreste in eine Mülltüte warf und diese vor das Wohnmobil stellte.

»Seit wann so ordentlich?«, hatte sie David gefragt.

»Bei der Hitze? Da fängt alles an zu stinken, wenn ich den Scheiß nicht sofort wegschmeiße«, hatte der Surfer geantwortet und die Plastiktüte fest verknotet.

Das war der Moment gewesen, in dem Isabelle wusste, dass es etwas Belastendes gab, und dass sie es in der Mülltüte finden würden. Masclau fand, es sei unter seiner Würde, in stinkigem Abfall zu stochern. Daraufhin hatte Isabelle die Tüte geschnappt, aufgerissen und vor dem Wohnmobil ausgeleert. Inzwischen hatten sich Zuschauer versammelt, die amüsiert beobachteten, wie die beiden Polizisten im Abfall wühlen mussten.

»Machen dir die Flics endlich mal deine Karre sauber?«, hatten die anderen gespottet. »War aber auch überfällig.«

»Da ist nichts. Ich schwör's!« David hatte versucht, möglichst cool zu wirken. Aber vor Isabelle konnte er das Zittern seiner Hände nicht verbergen. Die stellvertretende Polizeichefin hockte auf dem Boden und hielt ein Holzstäbchen in der Hand, mit dem sie schweigend und in stoischer Ruhe durch den Abfall stocherte.

»Ist nur Zeitverschwendung, echt«, sagte der Albatros. »Bringt doch nichts. Nur mein Scheißmüll, Madame le Commissaire.«

»Capitaine«, korrigierte Masclau den Albatros.

»Pardon, Capitaine.«

In der Sekunde hatte Isabelle den Blick gehoben. »Na also.« Mit spitzen Fingern hatte sie eine kleine lederne Geldbörse unter ein paar matschigen Salatblättern und einem durchweichten Baguette hervorgezogen.

»Das ist nicht von mir«, sagte David, ohne sich die Börse genauer angesehen zu haben.

Isabelle klappte das Lederetui auf und betrachtete die Kreditkarten und die Geldscheine, die in der Börse steckten.

»Bingo«, sagte sie zufrieden und zeigte den Fund Masclau.

Auf der Kreditkarte stand in silbernen Buchstaben der Name ihres Besitzers: Mason Rivers. Der tote Surfer. Amélies Freund.

Jetzt, drei Stunden nach dem Fund, saßen Isabelle und Masclau vor David und sahen zu, wie dessen Selbstsicherheit zusammenschmolz wie Eis in der Sonne.

»Erzählen Sie uns doch noch einmal ganz genau, wo Sie die Geldbörse gefunden haben.« Masclau schob die durchsichtige Asservatentüte, in der man die Geldbörse erkennen konnte, zu David.

»Habe ich doch schon dreimal erzählt.«

»Dann erzählen Sie es uns eben noch ein viertes Mal«, forderte Isabelle den schwitzenden Mann auf.

»Was wollen Sie denn hören?«, sagte David Laurent mit Verzweiflung in der Stimme.

»Wie wäre es mit der Wahrheit?«

»Und versuchen Sie nicht uns weiszumachen, dass der große Unbekannte die Geldbörse bei Ihnen im Wohnmobil versteckt hat«, sagte Isabelle. »Das ist unhöflich.«

Einen langen Moment starrte David auf die Rücken der Ordner, die sich in dem Regal an der gegenüberliegenden Wand stapelten. Der Mann war ausgebrannt, dachte Isabelle. Er würde nicht lange durchhalten.

»Die lag am Strand«, sagte der Albatros plötzlich.

»Ach ...«, ätzte Masclau. »Die Geldbörse lag also am Strand, und wo genau?«

»Brégançon.«

»Wenn du mich verarschen willst ...?«

»Will ich nicht.«

»Dann erzähl uns endlich, was wirklich passiert ist: Du bist den beiden hinterher. Hast sie verfolgt ...«

»Nein, habe ich nicht«, wehrte der Albatros ab.

»Aber klar bist du ihnen hinterher! Erst hast du dir die Frau geschnappt, und dann hast du ihrem Freund den Hals durchgeschnitten. War es nicht so, David?«

»Ich soll ihm was ...? Nein, hab ich nicht!« David schüttelte verzweifelt den Kopf.

»Masclau ...«, warnte Isabelle ihren Kollegen, aber der kam gerade in Fahrt.

»Ich habe die Frau nie gesehen. Den Mann auch nicht. Da lag die Börse am Strand und ...«, der Albatros zögerte. »Scheiße, ja, ich habe sie eingesteckt. Das war alles.«

»An der Börse war Blut. Das hast du aber natürlich nicht gesehen.«

»Auf so was hab ich nicht geachtet«, sagte David. »Dachte, da wäre vielleicht Geld drin. Hab gar nicht so genau reingeschaut.«

»Jetzt erzählst du uns doch schon wieder Mist«, sagte Masclau. »Du hast die Geldbörse nicht einfach eingesteckt. Du hast erst noch den Besitzer und dessen Freundin getötet.«

»Schluss jetzt«, unterbrach Isabelle den Lieutenant.

In diesem Moment klopfte es und, ohne eine Reaktion abzuwarten, betrat Lieutenant Kadir den Raum. Er reichte Isabelle eine ausgedruckte E-Mail. Isabelle warf einen kurzen Blick darauf.

»Schlechte Nachrichten«, sagte sie zu David. »Das Labor hat das Blut auf den Geldscheinen überprüft, die wir bei dir gefunden haben. Die Blutgruppe stimmt mit der des Opfers überein.«

»Damit hab ich nichts zu tun. Ich schwöre es«, heulte der Albatros. Es war dieser Augenblick, in dem David Laurent klar wurde, dass es eng für ihn wurde. »Ich war das nicht. Ich hab die beiden noch nie gesehen. Ich hab das Geld gefunden. Okay, gebe ich ja zu, aber das war's auch. Was soll ich Ihnen denn sonst noch sagen ...?«

Isabelle sah Masclau an und gab ihm mit einem kleinen Kopfnicken zu verstehen, dass er tätig werden sollte.

»David Laurent, ich nehme Sie fest unter dem Verdacht, Amélie Bertrand und Mason Rivers getötet zu haben.«

Der Albatros sah Isabelle fassungslos an, und noch während sie sich langsam erhob, fragte sie sich, ob diese Festnahme wohl zu voreilig gewesen war.

25. Kapitel

Vor dem *Chez Miou* saßen Touristen und heilten ihren Sonnenbrand mit Aftersun und kaltem Bier. Im Inneren des Cafés standen die Stammgäste an der Bar, tranken Pastis auf Eis oder ein kleines Glas Rosé und besprachen die allgemeine Lage. Leon hatte sich mit einem Café au lait auf seinen Stammplatz zurückgezogen. Der Fall ging ihm nicht mehr aus dem Kopf.

Er hatte die Rechtsmedizin früher als sonst verlassen. Er musste raus aus der stillen Kühle seines Arbeitsplatzes. Hinaus in den Sommer, unter Menschen, um die letzten warmen Strahlen der Nachmittagssonne zu genießen.

Warum ging ihm dieser Fall nicht aus dem Kopf? Leon kannte die Antwort. Weil der Täter es wieder tun würde. Er hatte die »Handschrift« dieses Mannes gesehen: So tötete jemand, der das gerne tat. Einer, der kaum zu erwischen war, dem man im täglichen Leben nichts von seiner Besessenheit anmerkte. Der gefährlichste Mörder von allen.

Vom Tresen drang Gelächter zu ihm und riss ihn aus seinen Gedanken. Er hatte die DNA-Analyse seinem Assistenten überlassen: Leon hatte schon damit gerechnet, dass das Blut auf den Geldscheinen, die die Polizei beim Albatros gefunden hatte, von Mason Rivers stammte. Was natürlich nicht bedeutete, dass David Laurent auch der Mörder des Pärchens gewesen sein musste.

Leon wusste, dass ihn das alles nichts anging, dass er sich besser aus den Ermittlungen heraushielt. Wie hatte Polizeichef Zerna einmal so treffend gesagt? Leons Zuständigkeit endete am Eingang zur Rechtsmedizin. Dabei gab es jedoch ein Problem: Leon konnte seinen Kopf nicht abschalten. Er wollte ganz genau wissen, was geschehen war, und vor allem: warum. Manche Fälle ließen ihn einfach nicht los, verfolgten ihn Tag und Nacht. Also setzte er sich mit ihnen auseinander, kontrollierte wieder und wieder alle Details. Jeder noch so kleine Hauch einer neuen Erkenntnis verschaffte ihm Erleichterung.

An diesem Nachmittag hatte Leon die beiden Opfer noch einmal untersucht. Dabei hatte er nicht erwartet, neue Spuren zu finden. Es war der Täter, der ihm Kopfzerbrechen bereitete. Wie denkt ein Mensch, der auf so blutige Weise einen Doppelmord begeht? Leon hatte die Toten in den Obduktionssaal geschoben und sie eine Dreiviertelstunde lang stumm betrachtet. Vielleicht irrte er sich ja auch. Vielleicht waren die beiden tatsächlich Opfer einer Eifersuchtstat geworden, wie Polizeichef Zerna vermutete? Doch da war etwas Böses, Gewalttätiges, Wildes, das er erahnte. Etwas das jederzeit erneut ausbrechen konnte.

Als er sein Büro verlassen wollte, merkte Leon, dass er etwas vergessen hatte: die Blutspur auf den Blättern der Korkeiche. Sein Assistent war offenbar davon ausgegangen, dass Leon diesen Fund für irrelevant hielt und hatte ihn zum Müll gelegt. Dorthin wo Spuren entsorgt wurden, die für die Ermittlung ohne Bedeutung waren. Leon hatte den kleinen Asservatenbeutel mit dem Ast herausgesucht und die blutigen Blätter der Korkeiche betrachtet. Nur ein Zufallsfund? Leon hatte die Tüte beschriftet und in das Spurenverzeichnis aufgenommen.

»Docteur …?« Aufgeschreckt sah Leon von der Zeitung auf. An

seinem Tisch war Jean-Claude in seinem Rollstuhl aufgetaucht.
»Alles in Ordnung mit dir?«

»Natürlich, ich war nur in Gedanken«, sagte Leon. »Entschuldige. Bruno, also Monsieur Lambert, hat Geburtstag«, Jean-Claude deutete mit dem Daumen in Richtung Tresen, von wo aus die anderen Gäste zu Leon herübersahen. »Ich soll dich fragen, ob du auf einen Drink zu uns stoßen möchtest?«

»Das ist sehr freundlich von ihm, aber ich wollte noch ...«, versuchte Leon die Einladung abzuwenden.

»Jetzt komm schon«, unterbrach ihn Jean-Claude. »Tut dir mal ganz gut, wenn du aus deinen Katakomben kriechst und am echten Leben teilnimmst.«

Leon lächelte ergeben. Er kannte und schätzte Jean-Claude, zumal er wusste, dass der Südfranzose die Deutschen eigentlich nicht leiden konnte. Nicht nur weil sie zweimal sein geliebtes Frankreich überfallen hatten. Vor einigen Jahren war auch er Opfer der Deutschen geworden, als ihn beim Radfahren ein BMW überfahren hatte. Seitdem saß der Ex-Fremdenlegionär im Rollstuhl und hatte von allem was nach Allemagne aussah die Nase voll. Personen selbstverständlich eingeschlossen. Nur bei Leon machte er eine Ausnahme. Mehr noch: Jean-Claude betrachtete Leon inzwischen als seinen Freund. Der »Docteur« war sein Berater in allen Lebenslagen, und dafür half Jean-Claude ihm, die komplizierte französische Seele zu verstehen. Leon stand auf und folgte Jean-Claude widerstandslos zur Theke.

»Hoher Besuch«, kommentierte Bruno Lambert mit einer kleinen Verbeugung und reichte Leon ein Glas Rosé.

»Bon anniversaire«, wünschte Leon und hob sein Glas in Richtung des Gastgebers. »Santé.«

»Trauen Sie sich auch mal unters gemeine Volk, Docteur?«, fragte Cyril, der Tankstellenpächter, mit leisem Spott.

»Erst seit die Guillotine verschrottet wurde«, erwiderte Leon, und die Männer an der Theke lachten.

Nur Bruno Lambert wollte nicht mitlachen. Er starrte gedankenverloren in sein halb leeres Glas. Monsieur Lambert war ein kleiner stämmiger Mann, der mit Übergewicht zu kämpfen hatte. Bruno betrieb eine Firma für Kanalreinigungen. Sein Geschäft befand sich in einer ehemaligen Autowerkstatt bei Cavalière. Vor knapp zehn Jahren hatte er mit einem kleinen Notdienst für verstopfte Abwasserrohre angefangen. Inzwischen besaß seine Firma sechs Lastwagen, die mit den neuesten Hochdruckreinigern ausgerüstet waren. Die Reinigung von Abflüssen war ein lohnendes Geschäft in einem Ort, wo viele der Wohnungen und Ferienhäuser oft Monate leer standen. In der Zwischenzeit konnten sich die Wurzeln der Bäume und Büsche ungestört in den Kanälen breitmachen und die Abflussrohre blockieren. Wenn die Abflüsse verstopft waren, riefen die Leute Lambert an.

»Auf Bruno!« Michel vom Tabac-Laden hob sein Glas. »Wie alt wirst du noch mal?«

Bruno schüttelte den Kopf, als wollte er darüber nicht sprechen.

»Was ist los? Freu dich, du hast heute Geburtstag«, sagte Jérémy hinter der Bar. »Die nächste Runde geht auf mich.«

»Oh là là! Der Wirt gibt eine Runde aus!« Edmonde, der dicke Pizza-Mann, hob sein Glas. »Den Tag muss ich mir merken.«

»Ich hoffe, du bist nicht krank, Jérémy«, warf Véronique ein, die sich zum Tresen vorgedrängt hatte, und bekam, ohne dass sie darum gebeten hätte, einen Pastis in die Hand gedrückt.

»Sei froh, dass du keine Kinder hast«, brummte Bruno.

»Na, hör mal. Du hast doch eine wunderbare Tochter!«, rügte ihn Véronique und stieß den kleinen, runden Mann in die Seite. Leon verkniff sich ein Lächeln. Mit ihren 83 Jahren rauchte Véronique Kette, und noch vor fünf Jahren war sie mit dem eigenen Kutter zum Doraden-Fang gefahren. Kinder hatte sie keine, und inzwischen hatte sie ihr Boot verkauft, spielte Boule und sah den Spatzen zu, die um die Tische hüpften und Brotkrumen aufpickten.

Leon schätzte Véroniques direkte, ehrliche Art.

»Könnte ihren Vater ja ruhig mal anrufen, an seinem Geburtstag.« Bruno klang gekränkt.

»Das wird sie schon noch«, sagte Leon. »Kinder ... haben doch ständig irgendwas Dringendes zu erledigen.«

»Sie ist achtundzwanzig«, klagte Bruno, und dann nach einer kleinen Pause: »Sie hat immer angerufen.«

Michel klopfte ihm aufmunternd auf die Schulter und wechselte das Thema: »Wusstet ihr, dass die Flics den Albatros festgenommen haben?«

»Unseren ewigen Playboy?«, fragte Véronique.

»Lass ihn das bloß nicht hören«, sagte Jérémy hinter der Bar.

»Warum festgenommen? Wegen dem Mord?«, fragte der dicke Pizza-Mann.

»Weswegen denn sonst?« Michel zuckte bedeutungsschwer mit den Schultern. »Seine Spuren waren überall an der Leiche, habe ich gehört.«

»Er soll sogar noch Blut von der toten Amélie an den Händen gehabt haben«, sagte Yolande mit tragischem Unterton in der Stimme, während sie die leeren Gläser einsammelte. »War doch so, Docteur, oder?«

»Ganz so blutig war es auch wieder nicht«, antwortete Leon, ohne näher auf die Frage einzugehen.

Die Gäste am Tresen sahen Leon auffordernd an, obwohl sie wussten, dass er nie über laufende Ermittlungen sprach. Und doch: Gelegentlich ließ er sich einen kleinen Hinweis entlocken, den Yolande dann an neue Gäste weitergeben konnte. Natürlich ausgeschmückt und von der Wahrheit weit entfernt.

Leon kannte die meisten der Anwesenden, die sich hier am Tresen versammelten. Bruno, Michel, Cyril Clemens von der Tankstelle, Monsieur Koenig mit der Wäscherei und Edmonde mit seinem mobilen Pizzastand. Alles traf sich im *Chez Miou*. Dabei war das Café am Quai Gabriel Peri viel mehr als nur ein Ort, in dem man schnell einen Café au lait oder ein Glas Rosé bestellte. Das *Miou* war vor allem die Nachrichtenbörse der Stadt, geleitet von Yolande, der unangefochtenen Königin des Klatsches und Tratsches. Wenn irgendetwas in dieser Stadt passierte, dann erfuhr Yolande als Erste davon. Zum Beispiel, dass der Optiker ein Verhältnis mit Madame Painlevé, der Besitzerin von Lavandous teuerster Boutique, hatte. Oder dass Marcel, der neue Pächter der Apotheke, sich regelmäßig mit Gleichgesinnten auf der Insel Île du Levant traf, mit nichts weiter bekleidet als einem Lederriemen. Oder dass der unglückliche Monsieur Henri, der mit Klimaanlagen handelte, zunehmend größere Probleme mit seiner Prostata bekam und eine Operation unabwendbar war. Zumindest war das Yolandes Ferndiagnose. Und dass der alte Kram-Laden der Witwe Revillon verkauft werden sollte, weil sie es nicht mehr packte mit ihren 79 Jahren – die tapfere Frau.

Schon in normalen Zeiten dampfte im *Miou* die Gerüchteküche. Aber im Falle des Liebespaarmörders, wie die Medien den Unbekannten inzwischen nannten, verwandelte sich das *Chez Miou* in einen regelrechten Gerüchtevulkan.

»Na, aber das mit den Augen stimmt doch?« Die Frage kam von Michel. »Ich habe gehört, der Mörder soll verrückt sein.«

»Hast du doch in den Nachrichten gesehen«, sagte Jean-Claude. »Niemand Normales tut so was.«

»Leider kann man den Menschen nicht ansehen, ob sie Killer sind«, stellte Véronique nüchtern fest.

»Ein bisschen sieht man es ihnen doch an, wenn sie verrückt sind, oder?«, sagte Michel zu Leon.

»Leider nicht. Es gibt viele berühmte Mörder, die ein ganz unauffälliges, bürgerliches Leben geführt haben«, meinte Leon.

»Das heißt, Docteur, jeder könnte es sein? Wenn ich mir das so vorstelle ...« Yolande sah ihre Gäste an.

»Jetzt mach aber mal einen Punkt«, herrschte Jérémy seine Frau an.

»So einer sieht vielleicht aus wie du«, fuhr Yolande ungerührt fort, »oder wie Monsieur Koenig oder wie Cyril.«

»He, he, jetzt mal langsam!« Der Tankstellenbesitzer versuchte, die Bemerkung mit Humor zu nehmen, was ihm nur schlecht gelang.

»Jetzt lass den Quatsch, Yolande«, sagte Jérémy. Er wandte sich an seine Gäste. »Noch ein Glas, Monsieur Koenig, Monsieur Clemens ...?«

»War doch nur ein Beispiel«, sagte Yolande. »Entschuldigung.«

»Sie hat es ja nicht so gemeint«, beschwichtigte Koenig. Davon abgesehen hat sie ja recht. Allein am Aussehen wird man einen solchen Menschen wohl nie erkennen.«

»Ich wüsste schon, nach wem ich suchen müsste, wenn ich bei der Gendarmerie wäre«, sagte Michel selbstgefällig.

»Ach ja, nach wem denn, Monsieur le Commissaire?«, fragte Jean-Claude den Mann aus dem Tabac-Laden spöttisch.

Die anderen lachten.

»Na, der verrückte Patrick. Wer soll es denn sonst gewesen sein?«

»Den hatten die Flics doch schon«, sagte Jean-Claude.

»Richtig. Und dann haben die Deppen ihn wieder laufen lassen«, meinte Michel vorwurfsvoll, und dann zu Leon: »Ist ja nicht Ihre Schuld.«

»Patrick ist vielleicht ein bisschen merkwürdig«, sagte Véronique, »aber er ist doch kein verrückter Mörder.«

»Wissen wir's?« Edmonde, der dicke Pizza-Mann, hob fragend die Handflächen.

»Die Flics von heute haben einfach keinen Biss mehr«, legte Michel nach.

»Genau, die sind viel zu nachsichtig«, gab Cyril ihm recht und hielt Jérémy sein leeres Glas hin. »Gibst du mir noch einen?«

»Wisst ihr, woran das liegt?«, fragte Michel in die Runde. »Die Verbrecher haben heute einfach zu viele Rechte.«

»Man müsste die Sache selbst in die Hand nehmen«, meinte der Pizza-Mann, »sage ich ja schon immer.«

»Da ist was dran«, pflichtete nun auch Monsieur Koenig bei.

»Das ist doch nicht euer Ernst«, sagte Véronique. »Docteur, sagen Sie doch mal was?«

»Wenn Bürger die Aufgaben der Polizei übernehmen«, sagte Leon und traf Michels Blick, »so was ist noch nie gut ausgegangen.«

»War natürlich nicht ernst gemeint, Docteur«, korrigierte sich der Tabac-Betreiber schnell. »Aber Sie müssen zugeben, dass die Flics und die Richter heutzutage viel zu milde sind.«

Leon murmelte etwas Unverbindliches und leerte sein Glas. Kurz darauf verabschiedete er sich und machte sich auf den Heimweg. Er hatte sich plötzlich nicht mehr wohlgefühlt im *Miou*.

26. Kapitel

Sie hatten sich gestritten, schon am frühen Morgen. Es wurde immer schlimmer mit ihr, dabei war es doch ursprünglich ihre Idee gewesen, das Weingut ihres Onkels zu übernehmen und das alte geräumige Bauernhaus in eine kleine Pension zu verwandeln. *Auberge Bellevue* – ein Rückzugsort für Romantiker. Er könnte endlich in Ruhe schreiben, und sie würde ihre naiven Bilder malen. Von Paris aus hatte das alles so einfach ausgesehen.

Vor ein paar Jahren hatten sie ihren Onkel hier in den Hügeln des Massif des Maures zum ersten Mal gemeinsam besucht: Das Weingut schien wie aus einem Roman. Der Weinberg, die Korkeichen, das alte verwinkelte Haus mit den vielen Zimmern und dem herrlichen Kamin. Von der Terrasse aus hatte man einen traumhaften Blick über das Tal, in dem das schmale Flüsschen Môle in der Sonne glitzerte. Und man konnte an dem plätschernden Brunnen sitzen, der mit Moos überzogen war, und in der Abendsonne seinen Wein trinken. Tagsüber spendeten Feigenbäume Schatten im Gemüsegarten. Es war der perfekte Ort. Wenn man mal davon absah, dass man mit dem SUV drei Kilometer Feldweg entlangschaukeln musste, bevor man auf die Landstraße stieß. Und auch die war in miserablem Zustand. Das nächste Café war weit entfernt, und Einsamkeit hatte auch im Paradies etwas Zermürbendes.

Der Mann schaltete den Allradantrieb zu und steuerte den schweren Wagen vorsichtig durch ein Schlagloch, das längst aufgefüllt gehört hätte. Aber es war eben eines von Dutzenden Schlaglöchern, und das waren nur die kleinsten Probleme. Auch im dritten Jahr seit sie die Pension eröffnet hatten, waren nicht genügend Gäste gekommen, damit sich ihr Refugium amortisierte. Denn leider verirrten sich Besucher nur selten in dieses »kleine Paradies«.

»Eine Idylle, wie aus einer anderen Zeit«: So hatten sie es jedenfalls auf ihrer Webseite beschrieben. Die Besucher hatten aber keine Lust, auf dem Weg ins Paradies ihre Autos zu ruinieren, und wenn das Ambiente auch noch so romantisch war. Am Anfang hatten sie noch gehofft, die Zeit würde die Wende zum Guten bringen, aber dann wurde das Geld immer knapper, obwohl sie ihre Altbauwohnung im fünften Bezirk in Paris so gewinnbringend verkauft hatten. Aber der Umbau des Bauernhauses verschlang fast doppelt so viel, wie geplant gewesen war. Und irgendwann ging der Streit los. Seine Frau konnte so ätzend sein, ihn quälen mit Vorwürfen und ihn zermürben mit ihren ewigen Sticheleien. In den vergangenen Wochen hatten sie sich abwechselnd angebrüllt und mit Schweigen gestraft. Und irgendwann hatte er nach ihr geschlagen. Jetzt wollten sie nur noch weg hier, aber niemand wollte ihre Immobilie kaufen. Und langsam verwandelte sich das kleine Paradies in eine Hölle.

Der Mann war in Gedanken, als er den staubigen Weg entlangfuhr, deshalb entdeckte er den Wagen erst, als er schon auf einer Höhe mit ihm war. Ein alter roter Renault Twingo hatte zwischen den Rosmarinbüschen geparkt.

Warum kamen diese Leute nicht zu ihnen in die Auberge und kauften einen Karton Wein oder frische Feigen, wenn sie es schon bis hierher geschafft hatten? Der Mann verlangsamte sein Tempo.

Immer wieder fuhren Fremde auf sein Grundstück. Um zu picknicken oder von hier aus ihre Wanderungen über den beliebten Pfad durch das Massif des Maures zu beginnen. Er hatte extra ein großes Schild an der Abzweigung angebracht, auf dem in fetten Lettern ›Privé‹ stand. Aber eben auch ein Schild mit dem Hinweis auf die *Auberge Bellevue*. Das verstanden die Leute offenbar als Einladung, hier wild zu parken und ihren Müll zurückzulassen.

In diesem Moment sah er die Frau. Sie lag mitten auf dem staubigen Feldweg. Er trat so erschrocken auf die Bremse, dass das Auto über den Kies schlitterte und keine zwei Meter vor der Frau zum Stehen kam. Die Frau war nackt.

Er stieg aus und ging mit zögernden Schritten auf sie zu. Sie lag auf dem Bauch, die Arme ausgestreckt, das Gesicht von ihm abgewandt.

»Hallo ...?«, fragte er alarmiert. »Was ist passiert? Kann ich Ihnen helfen?«

Die Frau reagierte nicht. Es war ganz still an diesem Morgen, sogar die Grillen schwiegen. Nur das Summen von Fliegen war zu hören. Jetzt sah der Mann eine breite, dunkle Spur im Staub, die unter dem Körper der Frau endete.

»Können Sie mich hören?«, fragte er.

Keine Antwort.

Der Mann spürte Angst in sich aufsteigen. Er war stehen geblieben, überfordert von der bizarren Szene. Die dunkle Spur, das war Blut, viel Blut. Es sah aus, als wäre die Frau schwer verletzt aus den Ginsterbüschen gekrochen und dann auf dem Schotterweg liegen geblieben. Aber woher war sie gekommen? Jenseits der Straße war nichts als wilde Natur. Vorsichtig ging der Mann in einem Bogen um sie herum, voller Angst, was ihn erwarten würde. Dann sah er sie von vorn, und es traf ihn wie ein Schlag. Die Frau war verletzt, schrecklich verletzt. Er wendete sich entsetzt ab, beugte sich vornüber und versuchte, ruhig ein- und auszuatmen. Nach einigen Sekunden spürte er, dass sein Puls wieder langsamer ging. Er zwang sich, die Frau noch einmal anzusehen: Ihr Körper war blutverschmiert, der Blick ihrer toten Augen nach oben gerichtet. Fliegen schwirrten ihr um den Kopf und krabbelten in ihren geöffneten Mund. Der Mann wedelte mit der Hand, und die Fliegen stiegen auf wie eine summende Wolke, nur um sich einige Zentimeter weiter erneut niederzulassen. Jetzt sah der Mann, was die Blutspur verursacht hatte. Der Bauch der Frau war aufgeschnitten worden, eine große klaffende Wunde.

Entsetzt stolperte der Mann ein paar Schritte rückwärts, dann drehte er sich um, sah in den Himmel und wusste nicht, ob er weinen oder sich übergeben sollte.

Es verging fast eine Stunde, bis er die erste Polizeisirene hörte.

27. Kapitel

Als Leon und Isabelle am Tatort eintrafen, hatten die Beamten der Gendarmerie nationale den Feldweg und die Umgebung auf 30 Meter abgesperrt. Ein überflüssiges Unterfangen, es gab im Umkreis niemanden, der die Arbeit der Polizei hätte behindern können. Allerdings war es inzwischen heiß geworden in den Hügeln. Polizisten standen gelangweilt im Schatten einer großen Kastanie bei ihren Fahrzeugen und warteten auf Anweisungen.

Ein Beamter hob das Absperrband für Leon und Isabelle an und ließ die beiden passieren.

Isabelle dankte dem Beamten im Vorbeigehen.

»Bonjour«, sagte Leon.

»Bonjour, *Docteur*«, antwortete der Mann höflich. »Es ist gleich da vorne, wo der Krankenwagen steht.«

»Gibt es denn Verletzte?«, wollte Leon sofort wissen.

»Nein, die Frau ist tot.« Der Polizist schüttelte den Kopf. »Mein Gott, sie sieht echt übel aus.«

Zerna und Masclau warteten bereits bei dem Opfer. Bei ihnen standen eine Handvoll Beamte, die immer wieder neugierig zu der Toten sahen.

»Bonjour«, sagte Leon zu Zerna. Die anderen Polizisten begrüßte er mit einem Kopfnicken.

»Bonjour, *Docteur*«, grüßte Zerna, während er in Richtung der

Toten deutete, die mit einer goldenen Alufolie gegen das heiße Sonnenlicht abgedeckt im Staub lag. »Ist alles noch genauso, wie wir es vorgefunden haben.«

»Sehr gut.« Leon ging in die Knie und hob die Folie an. Ein paar Schmeißfliegen summten davon. Leon betrachtete den tiefen Schnitt im Unterleib der Toten. Dieser Blick in den Körper des Opfers hatte etwas Obszönes hier im grellen Sonnenlicht, wo die Frau der Neugier von Fremden ausgeliefert war, dachte Leon. Dann sah er, dass der Aushilfsbeamte aus Draguignan sein Handy in der Hand hielt.

»Und keine Bilder«, sagte Leon kurz angebunden.

»Entschuldigung, ich habe nur eine Nachricht gecheckt.« Der Beamte ließ das Handy sofort in der Hosentasche verschwinden.

»Alle ein Stück zurück«, wies Leon die Kollegen an und schob dann ein »Bitte« hinterher.

»Na los, tun Sie, was der Docteur sagt!«, befahl der Polizeichef, und die Beamten folgten seiner Aufforderung.

Leon musste sich tief nach unten beugen, damit er das Gesicht des Opfers sehen konnte. Irgendwie kam ihm die junge Frau bekannt vor. War er ihr schon einmal begegnet? Aber wo?

»Sie wurde vor gut zwei Stunden vom Besitzer des Weingutes entdeckt, Monsieur Bodin«, unterbrach Zerna Leons Gedanken.

»Ich möchte gerne mit ihm reden«, sagte Isabelle.

»Ja, tun Sie das. Die Sache hat ihm ganz schön zugesetzt. Er ist zurück in seine Pension gefahren«, antwortete der Polizeichef.

»Einen halben Kilometer den Weg hier weiter«, Masclau deutete in die Richtung, in der die Auberge lag. »Ist ja auch heftig: zwei Tote, und die noch vorm Frühstück.«

»Zwei?« Leon stand auf. »Es gibt noch ein Opfer?«

»Hat man Ihnen das denn nicht gesagt?«, fragte Zerna mit vorwurfsvollem Seitenblick auf Masclau.

»Es war nur die Rede von einem weiblichen Opfer ...?«, sagte Leon.

»Entschuldigung, da ging wohl was mit der Kommunikation schief«, entschuldigte sich Masclau.

»Der Mann liegt ein Stück den Hügel hinauf, gleich hinter den Büschen.« Zerna deutete auf den Ginster, der einen Pfad in die Hügel begrenzte. »Keine 50 Meter von hier. Kommen Sie.«

Der Polizeichef ging voraus, Leon, Isabelle und Lieutenant Masclau dicht hinter ihm. Der schmale Pfad zwischen den Büschen war wie ein grüner Tunnel: Flankiert von einer Mauer aus mannshohen Zistrosen und wilden Oleanderbüschen führte der Weg durch die Garigue, wie das dichte, trockene Buschland hier genannt wurde. Das Zirpen der Grillen hatte wieder eingesetzt. Zitronenfalter umflatterten die Ginsterblüten. Sonnenstrahlen blitzten durch die Zweige und zeichneten goldene Streifen in die staubige Luft. Eine grüne Smaragdeidechse huschte so nah an der Gruppe vorbei, dass Leon beinahe auf sie getreten wäre. Dann erreichte der Pfad eine Kuppe. Hier wich die dichte Vegetation zurück und gab den Blick frei über die sanften Hügel des Naturschutzparks, wo in den Senken noch der Frühnebel hing. Weit dahinter, am Horizont, konnte man das Meer glitzern sehen.

Ein Logenplatz im Garten Eden, dachte Leon. Wenn da nicht der tote Mann gewesen wäre. Leon hob die Hand, und alle blieben stehen. Er ging langsam auf den Toten zu. Der Mann war nackt. Jemand hatte ihn mit Kabelbindern an den krummen Stamm einer Seekiefer gefesselt. Sein Kopf war unnatürlich tief auf die Brust gesunken. Sein Oberkörper war dunkelrot von geronnenem Blut. Leon zog sich Latexhandschuhe an und ging in die Knie. Das Opfer war jung, dachte er. Vielleicht 22 höchstens 25 Jahre. Fliegen umschwirrten den Toten. Vorsichtig griff Leon in die wilden, blonden Locken des jungen Mannes und hob den Kopf ein Stück an.

Ein junger Polizist, der mit ihnen gekommen war, sagte etwas wie »oh, mein Gott ...«, als er den tiefen Schnitt sah, der den Kopf beinahe vom Körper abgetrennt hatte. Leon betrachtete die Wunde. Alle großen Blutgefäße waren durch den Schnitt geöffnet worden. Das Herz hatte nur noch wenige Schläge getan. Dabei war viel Blut in den staubigen Boden geflossen. Der Tote saß in einer Pfütze seines eigenen Blutes. Eine kleine Wolke Fliegen erhob sich summend in die Luft. Ihre kurzen, plumpen Körper schillerten wie Perlmutt in der Sonne. Goldfliegen, Lucilia sericata, Leon hatte sie schon so oft an den Leichen gesehen, die er im Freien begutachten musste. Wahrscheinlich hatten die Tiere bereits ihre Eier abgelegt. Insekten waren zuverlässige Zeugen, wenn es darum ging, den Todeszeitpunkt eines Opfers zu bestimmen. Sie hatten einen untrüglichen Geruchssinn und konnten einen toten Körper auf einen halben Kilometer aufspüren. Sie landeten auf dem Toten, drangen durch Mund und Nase in den Körper ein und begannen sofort mit der Eiablage. Wenig später schlüpften die Maden. Die Natur folgte seit Jahrmillionen dem immer gleichen Fahrplan. Das wiederum erlaubte es Leon, anhand der Metamorphose der Insekten den Todeszeitpunkt auf wenige Stunden genau festzulegen. In diesem Falle war allerdings die Hilfe der Insekten gar nicht nötig. Die Totenstarre war noch nicht abgeklungen.

»Können Sie schon sagen, wann er gestorben ist?«, fragte Zerna.

»Bei diesen Außentemperaturen ...?«, Leon dachte kurz nach. Er hasste es, unpräzise Angaben machen zu müssen. »Der Tod ist vor etwa 10 bis 15 Stunden eingetreten. Ich kann allerdings nicht sagen, wie lange das Opfer zuvor an diesen Baum gefesselt war.«

»Hat er noch gelebt, als der Täter …?«, Masclau fuhr sich mit seinem Zeigefinger quer über seinen Hals.

»Ja, da hat er definitiv noch gelebt. Sonst hätte sich das austretende Blut ganz anders verteilt.«

»Er hat ihn also erst an den Baum gefesselt und dann getötet«, überlegte Polizeichef Zerna.

»Die Spuren der Fesseln an Hand- und Fußgelenken sind eindeutig älter als der Schnitt im Hals«, antwortete Leon. »Um ein paar Stunden, der Farbe der Hämatome nach zu urteilen. Nach dem Schnitt durch die Kehle blieben dem Mann nur noch Sekunden.«

»Was ist das nur für eine perverse Sau?«, murmelte Masclau und schüttelte den Kopf.

»Ich weiß, was Sie denken«, sagte Zerna.

Leon erhob sich und sah den Polizeichef an. »Es ist dieselbe Handschrift«, sagte er. »So viel kann ich Ihnen jetzt schon sagen.«

»Ich weiß, ich weiß …« Zerna winkte ab. Er sah den Toten an. »Sie hatten recht.«

»Es war bis jetzt nur eine Vermutung«, sagte Leon. »Aber so wie der Mann hier gefesselt ist … Das ganze Arrangement ist fast identisch mit dem Fall vom Strand.«

»Sie meinen, auch dieser Mann musste dabei zusehen, was der Mörder der Frau angetan hat?«

»Ist das nicht offensichtlich?«, fragte Leon. Die Situation deprimierte ihn – es wäre ihm lieber gewesen, er hätte nicht recht behalten.

»Können Sie schon etwas darüber sagen, wie die Frau gestorben ist?« Zerna sah Leon an.

»Ich denke, er hat sie hier mit dem Messer verletzt, wenn man sich die Blutspur anschaut.« Leon schüttelte den Kopf. »Kaum zu glauben …«

»Was?«, fragte Zerna.

»Einen solchen Schnitt in den Unterleib«, fuhr Leon nachdenklich fort.

»So was überlebt keiner«, ergänzte Masclau.

»Trotzdem hat sie sich noch bis zu dem Feldweg geschleppt.« Leon betrachtete die Blutspur, die vom Tatort den Pfad entlang in die Macchie führte. »Der Täter muss gedacht haben, sie wäre tot.«

»Haben wir Namen?«, wollte Zerna wissen.

»Wir haben ihr Handy«, warf Kadir ein und hob eine Asservatentüte hoch. »Zumindest vermuten wir das. Rosa Hülle zum Umhängen. Lag neben dem Pfad in den Büschen.«

»Wir brauchen die Rufnummernauswertung. So schnell es geht«, wies der Polizeichef an.

»Ich mach mich gleich dran, wenn wir wieder im Präsidium sind. Vielleicht haben wir ja Glück mit dem Sicherheitscode.«

»Was ist mit dem Fahrzeug?«, wollte Zerna wissen.

»Sind wir dran«, sagte Masclau. »Der Wagen läuft auf ein Sportgeschäft in Lyon, da geht noch niemand ans Telefon. Wir probieren es in einer halben Stunde noch mal.«

»Die Medien werden sich auf die Story stürzen wie die Geier«, sagte Masclau bitter und zeichnete eine imaginäre Schlagzeile vor sich in die Luft. »Liebespaarmörder hat wieder zugeschlagen.«

»Wir brauchen etwas für Toulon, Docteur«, sagte Zerna. »Irgendeine Spur, sonst nerven die uns ohne Ende.«

Leon hatte gar nicht hingehört. Er ging langsam in die Knie, zog sich seine Latexhandschuhe an und hob eine hellblaue Leine auf, die über einem abgebrochenen Ast hing. Er wischte mit der Hand ein wenig Staub zur Seite. Dann betrachtete er die Leine mit der vernickelten Schließe. An einem Ring hing ein Messinganhänger mit eingraviertem Namen.

»Aubin«, las Leon.

»Was ist das?«, fragte Masclau.

»Sieht für mich aus wie eine Hundeleine«, meinte Isabelle.

Leon hielt den Fund mit spitzen Fingern und packte den Gegenstand in eine Asservatentüte, die er an Masclau weiterreichte. »Könnte eine Spur sein.«

»Das Ding liegt vielleicht schon Jahre hier oben.« Masclau konnte es nicht leiden, wenn ihn jemand zu einfachster Polizeiarbeit abkommandierte.

»Eher nicht.« Leon sah sich um. »Die Leine ist brandneu. Ich habe fast den Eindruck, jemand hätte sie extra dorthin gehängt, damit wir sie finden.«

»Ich bitte Sie«, sagte Zerna abfällig.

»Stecken Sie das zu den Spuren, Lieutenant«, ordnete Isabelle an.

Etwas raschelte in den Büschen.

»Aubin!?« rief Leon.

»Glauben Sie im Ernst, der Köter sitzt noch hier rum und wartet, dass wir ihn rufen?«, sagte Masclau, und der junge Polizist neben ihm grinste.

»Wahrscheinlich nicht«, sagte Leon. »Aber wenn der Hund dem Liebespaar gehört hat, dann ist er hier irgendwo.«

»Wie kommen Sie darauf?«, wollte Zerna wissen.

»Erst vergeht sich der Mörder an der Frau. Dann tötet er den Mann und quält die Frau weiter«, überlegte Leon. »Da wäre ihm ein Hund doch nur im Weg.«

»Also doch kein Hund?«, fragte Zerna provozierend.

»Den Hund hat er zuerst getötet«, sagte Leon.

»Das ist jetzt aber reine Spekulation!« Zerna sah Leon missgelaunt an.

»Ich würde sagen, wir brauchen drei Beamte, die die Gegend rund um den Tatort durchsuchen«, wandte sich Leon an Zerna.

Widerwillig gab Zerna sich geschlagen: »Na los, Sie haben den Docteur gehört«, wandte er sich genervt an Masclau. »Nehmen Sie sich ein paar Beamte und suchen Sie in einem Umkreis von 50 Metern.«

Ein paar Minuten später kämpften sich vier Beamte der Gendarmerie nationale fluchend durch das dornige Gestrüpp. Leon hatte sich ebenfalls auf den Weg gemacht. Aber er hatte sich vorgenommen, nur in nächster Nähe zu suchen. Wenn es wirklich einen toten Hund geben sollte, dann hatte der Mörder das Tier gleich am Tatort getötet und in die Büsche geworfen. Leon wischte sich mit dem Handrücken über die Stirn. Die Sonne brannte vom Himmel und die Luft stand, während er sich einige Meter in die Büsche hineinkämpfte. Weit musste er nicht gehen, bis er das vertraute Summen der Schmeißfliegen hörte. Vor ihm lag der Hund: ein hellgrauer Jack Russell mit braunen und schwarzen Flecken im Fell. Sein Schädel war eingeschlagen.

Leon betrachtete den Hund einen Moment lang, dann beugte er sich zu dem toten Tier hinunter.

»Und?«, fragte Isabelle, als Leon wenige Minuten später wieder am Tatort auftauchte.

»Der Hund liegt da hinten bei den Rosmarinbüschen, keine zehn Meter von hier.« Er zupfte sich ein paar Kletten von der Jacke. »Die Bestatter sollen ihn mitnehmen.«

Isabelle rief die Suchmannschaft über Funk zurück. Inzwischen waren bei den Einsatzwagen der Gendarmerie die Bestatter mit ihrem grauen Camion eingetroffen.

»Glaube nicht, dass die einen toten Köter mitnehmen«, sagte Masclau.

»Der Hund ist ein Beweisstück«, meinte Leon. »Sonst müssen Sie ihn eben mitnehmen, Lieutenant.«

»Einen vergammelten Köter? Echt nicht«, beschwerte sich der Lieutenant lautstark. »Ich hol mir doch nicht die Pest.« Er warf Isabelle einen Hilfe suchenden Blick zu, sah jedoch an ihrer Miene, dass sie keine Lust auf eine Diskussion hatte. »Schon gut«, gab Masclau klein bei, »ich rede mit den Bestattern.«

Die Männer des Bestattungsunternehmens weigerten sich zunächst, wurden aber schließlich von Leon überzeugt, dass sie mit dem toten Hund ein wichtiges Beweisstück transportieren würden. Sie waren gerade dabei, die Leiche der jungen Frau in den grauen Lieferwagen zu schieben, als Leon noch einmal zu ihnen kam.

»Ich würde die Tote gerne noch einmal sehen«, bat Leon.

»Was gibt's denn jetzt noch, Docteur?«, fragte der Ältere der beiden Bestatter genervt und stellte die Trage auf die Ladekante des Lieferwagens. Leon öffnete den Reißverschluss des grauen Leichensacks.

Er sah das Opfer an, und plötzlich wurde ihm klar, warum ihm die Frau bekannt vorgekommen war. Er begriff, dass er sie schon Dutzende Male gesehen hatte: Es handelte sich um Colette Lambert, Schwester auf der Intensivstation von Saint Sulpice. Die Freundin seines Assistenten Olivier Rybaud.

»Du kennst sie?«, fragte Isabelle, der Leons überraschter Gesichtsausdruck nicht entgangen war.

»Sie war Krankenschwester in Saint-Sulpice, Colette Lambert«, sagte er. Dass sie auch die Freundin von Rybaud war, verschwieg er.

In diesem Moment summte Leons Handy. Er griff in die Tasche seines Sakkos, sah kurz auf das Display und drückte den Anruf weg. Dann steckte er das Handy wieder ein.

»Nicht wichtig?«, fragte Isabelle, mit einem Hauch von Misstrauen in der Stimme.

»Das Büro«, sagte Leon, »hab jetzt keine Lust.«

Das war glatt gelogen, und er kam sich plötzlich wie ein Betrüger vor. Warum spielte er nicht mit offenen Karten? Er hatte doch sonst keine Geheimnisse vor Isabelle. Aber diesmal war es anders. Es gab etwas, das von ihm entschieden werden musste, aber er war sich nicht sicher, was er wollte. Er war hin- und hergerissen. Schließlich lief ihm die Zeit davon, und die andere Seite erwartete eine Entscheidung von ihm.

Die beiden waren an Isabelles Auto stehen geblieben.

»Du siehst aus, als würde dich etwas bedrücken«, sagte sie leise.

»Nein, nein, tut es nicht.« Das kam etwas schnell, dachte Leon. »Tut mir leid, ich habe noch nicht gefrühstückt, da bin ich unberechenbar.«

»Unberechenbar? Ohne Frühstück?« Sie sah ihm in die Augen. »Muss ich mir merken.«

»Fährst du ins Präsidium?«

»Ich muss noch mit dem Zeugen reden. Masclau kann dich ja mitnehmen.«

Wieder eine Chance zum Reden verpasst, dachte Leon, als er Isabelle hinterhersah, die in ihrem Auto in einer Staubwolke davonfuhr.

28. Kapitel

Die *Auberge Bellevue* sah wirklich aus wie ein kleines Paradies, da hatte das Hinweisschild an der Landstraße nicht zu viel versprochen. Ein gemütlicher Bau, verwinkelt und umgeben von Terrassen und Anbauten aus Naturstein, das Dach mit Efeu bewachsen. Der große Esstisch stand unter einer Pergola, auf der wilder Wein wuchs, der Schatten spendete.

Isabelle zog an der Kette neben der Eingangstür, und eine helle Glocke schlug an. Fast im selben Augenblick öffnete der Besitzer die Tür, so als hätte er darauf gewartet, dass Isabelle kam.

»Monsieur Bodin?«, fragte Isabelle, der Mann nickte.

»Guten Tag, Madame«, er reichte ihr kurz die Hand. »Tut mir leid, dass ich weggefahren bin, aber ... ich konnte vorhin mit niemandem reden.«

»Das kann ich gut verstehen«, sagte Isabelle. »Sie waren ja nicht schwer zu finden.«

»Das klingt für Sie vielleicht eigenartig, aber ich habe noch nie einen toten Menschen ...«, er stockte, »nicht so jedenfalls, direkt vor meinen Füßen, und dann der Mann am Baum ... Das war so grauenhaft.«

»Glauben Sie mir, an diesen Anblick gewöhnt man sich nie. Geht es Ihnen besser?«, fragte Isabelle, und der Zeuge nickte.

»Wie kann ich Ihnen helfen, was wollen Sie wissen?«, fragte Monsieur Bodin.

»Wann sind Sie zum letzten Mal über den Feldweg zur Landstraße gefahren?«

»Gestern ... nein, das war vorgestern«, sagte Bodin und schickte entschuldigend hinterher: »Im Moment ist nicht viel los bei uns.«

»Es ist eigentlich nie viel los bei uns«, unterbrach ihn eine Stimme. Die Frau, die das Zimmer betrat, klang bitter. Sie war Anfang vierzig, schlank und trug ein langes Sommerkleid. Die dunkle Sonnenbrille, die sie aufgesetzt hatte, wirkte unnötig affektiert im schattigen Inneren des provenzalischen Hauses.

»Jetzt übertreibst du aber, Françoise«, sagte der Mann mit vorwurfsvollem Unterton. »Ich dachte, du hättest dich ein wenig hingelegt.«

»Ich bin froh, dass ich heute nicht ins Dorf gefahren bin.« Sie schüttelte den Kopf. »Ich weiß nicht, was ich ... Also, wenn ich so etwas gesehen hätte.«

Der Frau war die Sonnenbrille ein wenig nach vorn gerutscht. Sie rückte sie sofort zurecht, aber Isabelle war nicht entgangen, dass ihre linke Augenhöhle dunkel verfärbt war, wie von einem Schlag.

»Hatten Sie Gäste in den letzten vier Tagen?«, wollte Isabelle wissen.

»Nein, gestern nicht, die ganze Woche nicht.« Françoise warf ihrem Mann einen Blick zu. »Und die Hauptsaison hat längst begonnen.«

»Dabei ist so schön hier«, versuchte Isabelle, die Stimmung zu lockern. »Eine richtige Idylle.«

»Hat sich bei den Leuten leider noch nicht rumgesprochen.« Der Frau gelang es nicht, den bitteren Ton abzulegen.

»Den roten Clio, haben Sie den schon einmal hier gesehen?«, fragte Isabelle.

»Fuhr die Frau einen roten Clio? Hast du mir gar nicht erzählt, André?«, wandte sie sich an ihren Mann.

»Natürlich habe ich das gesagt, *chérie*«, sagte der Mann. »Sie hatte einen roten Clio. Ziemlich alt und verbeult.«

»Wem der Wagen gehört, ist noch nicht klar. Uns interessiert im Moment nur, ob der Wagen schon einmal aufgefallen ist. Hier in der Gegend.« Isabelle musterte das Ehepaar. »Vielleicht auf der Landstraße oder auf dem Markt.«

Monsieur Bodin schüttelte den Kopf, als wäre ihm allein schon die Erinnerung an die Toten unerträglich.

»Vielleicht haben Sie die Frau schon mal gesehen? Der Platz da oben in den Hügeln, den findet man ja nicht zufällig.«

»Na, der ist sogar ziemlich bekannt in der Gegend«, sagte die Frau. »Bei Liebespaaren überaus beliebt. Nur Pech, dass er auf unserem Grund liegt.«

»Da oben haben sogar schon Leute gecampt. Die werden richtig aggressiv, wenn man sie verscheucht ...« Er unterbrach sich. »Ich muss immerzu an den Mann unter dem Baum denken ... Wer tut so was nur?«

»Eben das wollen wir herausfinden.«

»André hat gesagt ...«, Françoise sah ihren Mann an. »Sind Sie sicher, dass die beiden umgebracht wurden?«

»Genau können wir das erst nach der Obduktion sagen.«

»Sagen Sie, Frau ...?«

»Morell, Capitaine Morell.«

»Capitaine Morell, wäre es möglich, also könnten Sie den Namen unserer Pension ... also, was ich meine: Könnten Sie den Namen aus Ihrem Bericht heraushalten?«

»Françoise, bitte«, sagte der Mann. »Meine Frau bewegt der Mord genauso wie mich.«

»Danke, ich kann durchaus für mich selber sprechen«, sagte die Frau. »Wenn erst mal rauskommt, dass auf unserem Weingut zwei Menschen getötet wurden! Dann kommen doch all diese Geier, um den Tatort zu sehen.«

»Der Tatort ist abgesperrt«, sagte Isabelle.

»Glauben Sie allen Ernstes, dass das die Leute davon abhält, ihre Selfies zu machen?«, sagte Françoise scharf. »So was hat sich doch im Nu herumgesprochen.«

»Wenn Sie wollen, kann ich heute einen Kollegen abstellen, der Neugierige verscheucht. Sollte jemand Sie auf Ihrem Grund belästigen, meine ich«, bot Isabelle an.

»Danke, das wäre schon eine Hilfe.«

Das Ehepaar konnte Isabelle nicht weiterhelfen. Auch das Gästebuch brachte keine zusätzlichen Erkenntnisse. Die Frau des Zeugen hatte nicht übertrieben: Die letzten Gäste waren vor 10 Tagen für ein verlängertes Wochenende hier gewesen, ein Ehepaar aus Holland. Seufzend verabschiedete Isabelle sich und gab Françoise Bodin ihre Karte.

»Wenn Ihnen doch noch etwas einfallen sollte«, sagte Isabelle, und mit einem kleinen Zögern, »oder wenn Sie Hilfe brauchen. Rufen Sie mich einfach an.«

Isabelle hatte schon die Tür ihres Streifenwagens geöffnet, als sie hörte, wie ihr Name gerufen wurde. Madame Bodin war doch noch etwas eingefallen.

»Das Motorrad«, sagte sie. »Das hatte ich ganz vergessen.«

»Welches Motorrad?«, fragte ihr Mann.

»Na, von dem Spinner, dieses bunte Motorrad. Du weißt schon.«

»Das ist ein Roller, kein Motorrad«, erklärte der Mann besserwisserisch.

»Jedenfalls ist er damit immer da oben am Waldrand entlanggefahren«, fuhr sie fort und deutete in Richtung der Korkeichen und hohen Pinien, die das Weingut nach Norden begrenzten.

»Sprechen Sie von Patrick Favre?«

»Ja, Patrick. Der ist da oben immer vorbeigefahren.«

»Wann war das?«

»Vor zwei, nein, vor drei Tagen.«

»Er benutzt immer den Weg über unser Land als Abkürzung«, erklärte die Frau.

»Ich habe ihm immer wieder gesagt, dass er das unterlassen soll«, fügte André Bodin hinzu.

»Darauf hat er aber sofort aggressiv reagiert«, sagte die Frau.

»Ich habe dir wie oft schon gesagt: Sei bloß vorsichtig mit dem«, Bodin sah seine Frau vorwurfsvoll an.

»Danke«, sagte Isabelle und stieg in ihr Auto. »Sie haben uns sehr geholfen.«

29. Kapitel

Warum war ihm das nicht gleich aufgefallen? Leon stand im Autopsiesaal. Auf den Obduktionstischen lagen die beiden Opfer vom Weinberg. Leon neigte dazu, Gesichter eng mit dem Ort zu verbinden, wo er diesen Personen regelmäßig begegnete. Den Bäcker, den Pförtner oder eben auch eine Schwester aus der Klinik. So wie Colette Lambert. Vom Augenblick an, als er auf dem Feldweg vor der Toten gestanden hatte, hatte er gespürt, dass er diese Frau kannte. Aber sein Gehirn hatte sich geweigert, das Gesicht der Toten mit dem Ort in Verbindung zu bringen, wo er sie schon so oft gesehen hatte, in der Klinik. Sie hatten gelegentlich ein paar freundliche Worte gewechselt, oder Leon hatte einen Scherz gemacht. Sie war eine sympathische junge Frau. Als er erfahren hatte, dass Rybaud mit ihr befreundet war, hatte ihn das für seinen schweigsamen Assistenten gefreut. War es dem wortkargen Mann doch tatsächlich gelungen, das Herz dieser Frau zu gewinnen.

Leon blickte auf den Obduktionstisch. Colette Lambert hatte um ihr Leben gekämpft. Eine Platzwunde über der rechten Augenbraue und zahlreiche Hämatome an den Oberarmen und der Innenseite ihrer Oberschenkel waren eindeutige Hinweise für diesen Kampf. Genauso wie das Opfer vom Strand, war auch sie vergewaltigt worden.

»Nehmen Sie sich ein paar Tage frei, Rybaud«, sagte Leon. »Das würde jeder verstehen.«

Neben ihm stand sein Assistent und band sich die Gummischürze um.

»Warum sie, warum ausgerechnet sie?«, fragte er, den Blick fest auf der blonden, toten Frau auf dem Obduktionstisch.

»Gehen Sie nach Hause«, wiederholte Leon. »Sie sollten nicht bei der Leichenschau Ihrer Freundin dabei sein.«

»So richtig waren wir nie zusammen«, sagte Rybaud wie zu sich selber.

»Was meinen Sie?«

»Ich habe Colette ein paar Mal zum Essen eingeladen und ab und zu hier in der Klinik getroffen.« Er schüttelte den Kopf und sah weg. »Das war alles.«

»Ich dachte, Sie beide wären ein Paar.«

»Nein, nie«, sagte Rybaud schnell und fügte hinzu: »Leider.«

»Ich habe der Polizei nicht gesagt, dass Sie eine Beziehung mit Colette ...«, er unterbrach sich.

»Wir hatten keine Beziehung«, unterbrach Rybaud, und jetzt klang Enttäuschung mit. »Ich hätte gewollt, aber sie ...«

»Ich bitte Sie trotzdem, bei der Polizei auszusagen«, meinte Leon.

»Was soll ich denen denn sagen?« Rybaud klang müde. »Die halten mich doch sofort für einen Verdächtigen.«

»Vielleicht können Sie ja helfen, die Dinge aufzuklären«, sagte Leon. »Sie kannten Colette und haben dadurch bestimmt nützliche Informationen. Wen sie kannte, wo sie so hingegangen ist, wenn sie Freunde treffen wollte.«

Rybaud antwortete nicht, sondern starrte schweigend auf die Tote. Leon beobachtete ihn aus dem Augenwinkel, und er sah, wie dem sonst so kühlen Pragmatiker eine Träne über die Wange lief.

»Ich möchte nur wissen, wie sie gestorben ist«, sagte Rybaud nach einigen langen Sekunden des Schweigens.

»Wenn Sie bei der Obduktion dabei sind, könnte das irgendwann einmal zu Problemen mit der Staatsanwaltschaft führen. Das wissen Sie.«

»Sehen Sie, selbst Sie glauben mir nicht!«

»Es geht nicht darum, was ich glaube, sondern schlicht um die Vorschriften.«

»Wir hatten weder eine Beziehung«, sagte Rybaud trotzig, »noch gehörte sie zu meiner Familie.«

»Ich bin nicht Ihr Vater«, sagte Leon, »betrachten Sie das nur als Rat eines Freundes.

In diesem Moment war Gepolter vor der Tür zum Obduktionssaal zu hören.

»Sie können da nicht rein!«

Leon erkannte die Stimme von Schwester Monique, die sich offenbar jemandem in den Weg stellte.

»Aber ... Da drinnen ist meine Tochter«, war die verzweifelte Stimme eines Mannes zu hören. »Ich muss da rein.«

In diesem Moment ging die Tür auf, und ein Mann drängte sich an Schwester Monique vorbei in den Raum. Leon erkannte ihn sofort. Es war Monsieur Lambert. Leon gelang es gerade noch, das grüne Leichentuch über das Opfer zu ziehen. Aber so energisch Monsieur Lambert gerade noch in den Raum gestürmt war, so stumm und hilflos stand er jetzt vor den beiden Obduktionstischen, auf denen sich die beiden Körper der Toten unter den grünen Leichentüchern abzeichneten.

»Schon gut, Schwester Monique, danke«, sagte Leon ganz ruhig.

»Soll ich den Sicherheitsdienst informieren?«, fragte die Schwester.

»Ich denke, das ist nicht nötig.« Leon suchte den Blick des Vaters, der zu Boden sah und kurz den Kopf schüttelte.

»Tut mir leid, wenn ich …«, Lambert versagte die Stimme.

»Würden Sie uns einen Augenblick allein lassen, Monsieur Rybaud?«, bat Leon seinen Assistenten.

Der Assistent ging ins Büro, und Schwester Monique verließ erhobenen Hauptes den Saal.

»Kommen Sie«, sagte Leon.

Monsieur Lambert tat einige zögerliche Schritte in Leons Richtung. Neben dem Kopfende des Obduktionstisches blieb er stehen.

»Sie hätten uns vorher anrufen sollen.« Leon wusste, was es bedeutete, plötzlich vor einem toten Familienmitglied zu stehen. Am schlimmsten war es für Eltern, die ihre Kinder identifizieren mussten. Da spielte es keine Rolle, wie alt die Kinder waren. Wenn Kinder vor den Eltern sterben, fühlt es sich immer falsch an, dachte Leon. Es verstieß irgendwie gegen ein Naturgesetz.

Normalerweise wurden Termine zur Identifizierung eines Toten mit der Rechtsmedizin abgesprochen. Es gab ein besonderes Fenster mit Jalousie, durch das Freunde oder Verwandte die Toten identifizieren konnten. Dann waren die Körper gewaschen und so weit hergestellt, dass der Anblick leichter zu ertragen war. Leon versuchte dabei, schwerverletzte Opfer so auf die Bahre zu legen, dass die schlimmsten Wunden möglichst verdeckt wurden. Aber auch in solchen Fällen war der Anblick für manche Menschen nur schwer zu ertragen. Den Obduktionssaal zu betreten, war eigentlich nur den Mitarbeitern der Rechtsmedizin oder der Kriminalpolizei gestattet.

Leon sah zu Lambert, der jetzt den Blick zur Decke gerichtet hatte, als könnte er sich so auf den Anblick vorbereiten, dem er gleich ausgeliefert sein würde. Leon sah, dass Lamberts große Hände, die es gewohnt waren, schwere Maschinen zu bedienen, zitterten.

»Atmen Sie«, sagte Leon, der spürte, dass sein Gegenüber dabei war, die Nerven zu verlieren. Zum Glück hatten sie noch nicht mit der eigentlichen Obduktion begonnen, sondern nur eine erste Leichenschau durchgeführt.

»Ist sie das ...?« Lambert deutete auf den Körper, der vor ihm unter dem Tuch lag.

»Wir haben mit der Obduktion noch nicht angefangen.«

»Ich will das nicht.« Der Mann schüttelte energisch den Kopf. »Sie soll nicht aufgeschnitten werden, *docteur*. Bitte.«

»Das entscheide nicht ich, sondern der Staatsanwalt, *monsieur*«, sagte Leon. »Opfer von Gewalttaten werden immer rechtsmedizinisch untersucht.«

»Bitte nicht.«

»Wir werden ganz behutsam vorgehen«, sagte Leon und ließ es wie eine Frage klingen.

Lambert nickte fast unmerklich. Leon schlug das grüne Tuch so weit zurück, dass nur das Gesicht des Opfers zu erkennen war. Monsieur Lambert stieß einen leisen, gurgelnden Schmerzensschrei aus, der ganz tief aus seinem Innersten zu kommen schien. Dann schüttelte er plötzlich den Kopf, als müsste er sich erst klarmachen, wo er war und was er da vor sich sah. Plötzlich griff er nach dem grünen Tuch und riss es so schnell vom Opfer herunter, dass Leon ihn nicht mehr stoppen konnte.

Lambert stand einen Moment wie versteinert vor der Toten. Entblößt und versehrt lag der Körper auf dem kalten polierten Metalltisch. Lambert starrte auf seine Tochter und zuckte wie in einem Krampf.

»Rybaud, helfen Sie mir, schnell«, rief Leon, doch es war zu spät.

Leon versuchte noch, Lambert zu stützen, doch der schwere Mann rutschte Leon aus den Armen und stürzte auf den weißen Kachelboden.

»Monsieur Lambert«, sagte Leon und ging in die Knie. Er versetzte dem Mann einen leichten Klaps auf die Wangen. »Kommen Sie, wachen Sie auf. Wir bringen Sie nach draußen.«

Leon und Rybaud hatten den verzweifelten Vater gepackt und wieder auf die Füße gestellt. Monsieur Lambert blinzelte Leon an, und es dauerte einige Sekunden, bis er sich orientiert hatte.

»Colette hätte mich angerufen. Es war doch mein Geburtstag«, sagte Lambert leise, als Leon und sein Assistent ihn nach draußen brachten.

30. Kapitel

Dieses Mal fuhr Isabelle. Neben ihr, auf dem Beifahrersitz, saß Lieutenant Kadir. Eigentlich wollte sie allein zu der Zeugenbefragung fahren, aber Zerna hatte darauf bestanden, dass sie zu zweit waren. Immerhin galt Patrick Favre seit dem ersten Mord als Tatverdächtiger, wer wusste schon, wie er auf eine erneute Befragung reagieren würde.

Diesmal bogen sie mit ihrem Wagen ins Hoftor ein und parkten unter einer Platane bei der Einfahrt. Neben dem Baum stand ein rostiges Eisengestell, das mit Campinggasflaschen gefüllt war. Davor parkte Patricks bunter Motorroller. Die Haustür stand offen. Als sie auf das Gebäude zugingen, glaubte Isabelle, eine Bewegung hinter einem der beiden Fenster im ersten Stock wahrzunehmen. Aus dem Haus drang Opernmusik. Isabelle blieb an der Haustür stehen.

»Monsieur Favre …?«, rief Isabelle laut. »Hallo?!«

»Was wollen Sie denn schon wieder?«, kam die Antwort.

Isabelle erkannte die Stimme des alten Favre und war fast erleichtert, dass er noch lebte. »Wir müssen mit Ihrem Sohn sprechen, Monsieur Favre«, rief Isabelle so freundlich wie möglich in den düsteren Gang.

»Wir reden nicht mit den Flics«, kam Favres Antwort.

»Wir können Sie auch gleich zur Vernehmung ins Präsidium mitnehmen«, mischte sich Lieutenant Kadir ein.

Isabelle sah ihren Partner an und schüttelte den Kopf. Dann hörten sie, wie ein schwerer Stuhl gerückt und die Musik leise gedreht wurde. Es dauerte einige Sekunden, bis die große, hagere Gestalt von Pierre Favre den Gang entlang auf sie zugeschlurft kam. Favre schien seit ihrem letzten Besuch noch schmaler geworden zu sein. Er wirkte diesmal regelrecht zerbrechlich. Die braune Hose schlackerte ihm um die Beine, und das graue Hemd hing über dem Gürtel.

»Was wollen Sie von meinem Sohn?«, sagte Favre mit heiserem Krächzen in der Stimme.

»Das würden wir ihm gerne selber sagen«, erwiderte Isabelle sachlich.

Plötzlich musste Monsieur Favre husten. Erst war es nur ein kurzes Keuchen. Doch der Krampf wurde schlimmer, und Isabelle sah, wie dem kranken Mann die Luft knapp wurde. Sein Gesicht lief dunkelrot an, und er musste sich an der Wand abstützen, um nicht die Balance zu verlieren.

»Haben Sie Tabletten?«, fragte sie, plötzlich in Sorge.

»Haben Sie etwas gegen den Husten, Monsieur?« Auch Kadir war besorgt. »Spray, Tropfen, irgendwas ...?«

Favre wankte und keuchte. Seine Hand machte eine diffuse Bewegung in den dunklen Gang hinein.

»Im Flur? Sind da Ihre Medikamente?«, fragte Isabelle.

Der Mann winkte ab. In seiner Hand hielt er ein Taschentuch, in das er jetzt hineinhustete. Isabelle konnte erkennen, dass Blut aus seinem Mundwinkel lief. Doch so plötzlich, wie er gekommen war, war der Anfall vorüber. Favre musste sich jetzt mit beiden Händen gegen die Wand stützen, um wieder Sauerstoff in seine

Lunge zu bekommen. Sein Atem rasselte wie eine alte Heizung, aber er ging wieder regelmäßig, und das Husten hatte aufgehört.

»Ich bin krank, verdammt noch mal«, fluchte der Mann.

»Kommen Sie. Wir fahren Sie in die Klinik, Monsieur Favre«, schlug Isabelle vor.

»Ich will in keine Scheißklinik«, brummte der Mann. »Ich will, dass Sie uns in Ruhe lassen. Mein Sohn hat nichts getan. Also verschwinden Sie.«

Kadir ließ nicht locker: »Wir müssen mit Ihrem Sohn sprechen, und zwar jetzt gleich.«

»Ich habe doch schon gesagt, dass er nicht hier ist.«

In diesem Moment hörte man im Haus eine Tür schlagen. Isabelle sah den Vater an, aber der tat so, als hätte er nichts mitbekommen.

»Ich sehe mich mal um, Monsieur Favre«, sagte Isabelle, und an Kadir gewandt: »Ich geh zur Garage. Bleib du beim Haus.«

»Das ist mein Grund, hier können Sie nicht rumschnüffeln«, sagte Favre, »ich kenne meine Rechte«.

»Wollen Sie sich im Präsidium beschweren?«, fragte Kadir, und der Mann schwieg.

Isabelle ging um das Haus herum, sah jedoch niemanden. Die rückwärtige Haustür war verschlossen. Vielleicht hatte sie sich getäuscht, und der Wind hatte irgendwo eine Tür zugeworfen. In diesem Moment fiel ihr auf, dass das Tor zur Garage einen Spalt offen stand. Das Schloss hing geöffnet daneben an einem rostigen Nagel. Isabell klopfte energisch an die Brettertür, und als sich nichts rührte, zog sie das Tor ein Stück auf.

Der fensterlose Raum lag im Halbschatten. Nur durch die Spalten in der Bretterwand fiel etwas Sonnenlicht. Langsam gewöhnten sich ihre Augen an das Halbdunkel. Es stinkt noch schlimmer als letztes Mal, dachte Isabelle. Ansonsten schien sich nichts verändert zu haben. Doch dann sah sie, dass mitten im Raum etwas hing, das offenbar mit einem Seil oder einem Draht an einem der Deckenbalken befestigt war. Isabelle kam vorsichtig näher. Um besser sehen zu können, zog sie ihr Handy aus der Tasche und drückte auf die Lampen-App. Das plötzliche Licht blendete sie für einen Augenblick, dann erkannte sie den Schemen im Lichtkegel: eine tote Katze. Jemand hatte das Tier aufgehängt und ihm den Bauch aufgeschnitten. Eingeweide hingen aus der Wunde.

Zu spät bemerkte Isabelle, wie sich etwas zwischen den Regalen bewegte. Bevor sie reagieren konnte, stürzte eine Gestalt auf sie zu. Der Angreifer stieß sie mit voller Kraft zur Seite, und Isabelle prallte gegen die Wand und dann mit dem Kopf auf die Kante eines Regals. Sie stürzte zu Boden, und für einen Moment wurde ihr schwarz vor Augen. Doch sie zwang sich, wieder aufzustehen. Ihr Kopf dröhnte, und sie taumelte in Richtung Tür, wo sie erneut zu Boden stürzte. In der Ferne glaubte sie, den Motorroller zu hören, dann war schon Kadir da, der ihren Namen rief.

»Wo ist er?«, fragte Isabelle, die sich nur mühsam auf den Beinen halten konnte.

»Abgehauen mit dem Roller, durch die Büsche. Keine Chance hinterherzukommen, *merde alors*!«, fluchte Lieutenant Kadir und streckte einen Arm aus, um Isabelle zu stützen. Er sah sie an und tippte sich an die Stirn. »Du blutest da am Kopf.«

»Wir müssen Patrick Favre zur Fahndung ausschreiben«, sagte Isabelle. »Sofort.«

31. Kapitel

Zuletzt hatten sie doch noch die Hilfe des Sicherheitsdienstes gebraucht: Colette Lamberts Vater hatte sich geweigert, die Rechtsmedizin zu verlassen. Aber Leons einfühlsame Worte und die schiere Überzahl des Klinikpersonals hatten Monsieur Lambert schließlich doch überzeugt. Zuletzt war er sogar einverstanden gewesen, sich von einem Taxi nach Hause bringen zu lassen.

Seit sie Lambert nach Hause geschickt hatten, hatte Leon kaum ein Wort mit seinem Assistenten gewechselt. Sie waren ein eingespieltes Team, und es gab nicht viel zu sagen. Normalerweise. Aber heute war kein normaler Tag. Leon hatte gespürt, dass Rybaud immer wieder nervös zu ihm herübergesehen hatte, während sie den jungen Mann obduzierten. Die Gendarmerie kannte inzwischen seinen Namen. Jess Knight war 27 Jahre alt und stammte aus Santa Barbara in Kalifornien. Er war ein professioneller Surfer, der das ganze Jahr von Küste zu Küste der Sonne hinterherzog. Er war ein Einzelkind, und von seinen Eltern lebte nur noch seine Mutter, die allerdings nicht nach Südfrankreich kommen würde. Sie hatte Multiple Sklerose in fortgeschrittenem Stadium und lebte in einem Pflegeheim. Jesse Knight hatte Colette erst vor ein paar Tagen bei der Eröffnungsparty zu dem Surfwettbewerb kennengelernt. Er hatte sich sofort in die Frau mit dem warmen Lächeln und den kurzen, dunklen Haaren verliebt. Er hatte sogar schon Pläne für die Zeit nach dem Wettbewerb gemacht, nicht ahnend, dass er schon wenig später zusammen mit dieser Frau sterben würde.

Die Untersuchung hatte Leons ersten Verdacht bestätigt: Das Opfer war nach dem tiefen Schnitt in den Hals verblutet. Genauso wie der Tote vom Strand war auch der Mann aus den Hügeln an Händen und Füßen gefesselt gewesen. Diesmal hatte Leon von Anfang an die Körpertemperatur der beiden Opfer miteinander verglichen. Das Ergebnis war dasselbe wie beim ersten Mord: Auch diesmal hatte die junge Frau ihren Begleiter um knapp zwei Stunden überlebt. Sie war vergewaltigt worden, die Spuren waren eindeutig. Wieder war es sehr wahrscheinlich, dass der junge Mann hatte mitansehen müssen, wie der Mörder sich an der jungen Frau verging. Er hatte verzweifelt an seinen Fesseln gezerrt, wobei sich die Kabelbinder bis auf die Sehnen in seine Handgelenke eingeschnitten hatten.

Warum musste Colette Lambert noch zwei Stunden am Leben bleiben, fragte sich Leon, und warum hatte auch sie Verletzungen an den Fußsohlen, als wäre sie barfuß durch die Macchie gelaufen? Wenn sie geflohen war, warum endete die Flucht dann wieder da, wo sie offensichtlich begonnen hatte, nämlich an einem einsamen Aussichtspunkt in der Provence?

Was für ein grausames, menschenverachtendes Verbrechen, dachte Leon. Er sah zu seinem Assistenten, der den Toten nach der Obduktion zurück in die Kühlkammer brachte.

Die Reaktion seines Assistenten hatte ihn nachdenklich gemacht. In der Stimme von Rybaud lagen Kränkung und Verzweiflung, als er über die Beziehung zu Colette Lambert sprach. Warum hatte Rybaud so sehr betont, dass seine Beziehung zu Colette rein platonisch gewesen war?

Rybaud sah kurz auf. Als sein Blick Leon traf, sah er schnell weg und verschwand im Büro.

War es tatsächlich denkbar, dass ein Mensch, ein ganz normaler, so wie Olivier Rybaud, zu einer solchen Bluttat fähig war? Leon würde sich sein Leben lang an das erinnern, was ihm sein Forensikprofessor schon im ersten Semester erklärt hatte: So gut wie jeder Mensch war unter entsprechenden Bedingungen in der Lage, die entsetzlichsten Grausamkeiten zu begehen. Das steckte einfach tief in der menschlichen DNA.

Zum Glück konnte die überwiegende Mehrheit der Menschen diesen Trieb im Zaum halten. Empathie war die Emotion, die Menschen davon abhielt, andere in blinder Wut oder in großer Verzweiflung zu töten.

Leon sah zu Olivier herüber, der aus dem Büro kam. Er schien unsicher, und Leon bemerkte ein leichtes Hinken im Gang des jungen Mannes. Komisch, dass mir das noch nie aufgefallen ist, dachte Leon.

»Beschäftigen wir uns jetzt mit dem weiblichen Opfer«, sagte Leon und zog das grüne Tuch von der jungen Frau. Er sah, wie sich sein Assistent kurz abwandte. »Sie können jederzeit gehen, Olivier. Ich würde das verstehen – wirklich.«

»Ich möchte gerne bleiben«, sagte Rybaud. »Ich habe das Gefühl, dass ich ihr das schuldig bin.«

»Na gut, fangen wir an.«

Leon schaltete das Mikrofon ein und diktierte das Protokoll in das Aufzeichnungsgerät.

»Bei dem Opfer handelt es sich um eine Frau von 27 Jahren. Größe ...« Leon unterbrach sich und sah zu seinem Assistenten.

»Ein Meter vierundsiebzig«, sagte Rybaud leise, aber ohne zu zögern. »Gewicht 65 Kilogramm.«

»Größe einen Meter vierundsiebzig bei einem Körpergewicht

von 65 Kilogramm.« Leon wusste, dass er sich auf die genauen Angaben seines Assistenten verlassen konnte. »Der Körper weist bereits bei der Leichenschau gravierende Verletzungen auf.«

Leon begann nun, das Opfer gezielt zu untersuchen. Gelegentlich zog er die große Lupe heran oder diktierte ein paar Sätze für das Protokoll. Ansonsten schwieg er und war vollkommen konzentriert auf seine Arbeit. Langsam entstand in seinem Kopf ein immer genaueres Bild von dem, was sich in dieser Nacht in den einsamen Wäldern der Provence zugetragen hatte. Wie Colette Lambert ihren Freund getroffen hatte. Wie sie zu ihm in den roten Renault gestiegen war, und wie beide zusammen zu dem romantischen Platz in den Hügeln gefahren waren. Sie hatten eine Decke ausgebreitet, wollten ungestört zusammen sein und zusehen, wie die Sonne hinter den Bergen von Toulon unterging. Aber es wurde kein romantischer Abend. Auf die junge Frau und ihren Freund wartete der Tod.

»Ich brauche die Pinzette und ein Reagenzglas«, sagte Leon. Er hatte die beleuchtete Lupe zu sich heruntergezogen und betrachtete die Verletzungen an den Füßen des Opfers. Vorsichtig zog er eine lange Tannennadel zwischen den Zehen heraus, die tief unter die Haut gedrungen war.

»Reagenz«, sagte Leon, und Rybaud reichte ihm die durchsichtige Plastikphiole mit dem Schraubverschluss. Leon steckte die Nadel hinein und betrachtete den Fund unter der Lupe.

»Kiefer«, meinte er.

»Da oben gibt es jede Menge Seekiefern«, sagte Rybaud, der Leon über die Schulter sah.

»Sie kennen die Stelle?«, fragte Leon.

Rybaud nickte. »Ich habe Colette selber einmal dorthin mitgenommen.« Der Assistent schüttelte den Kopf. »Wenn ich mir das vorstelle. Ich habe ihr den Platz gezeigt, wo sie einmal sterben würde.« Rybaud unterbrach sich, wie jemand, der aus Versehen etwas gesagt hatte, das er eigentlich nicht verraten wollte. Leon sah seinen Mitarbeiter irritiert an.

»Da war nichts, wirklich nicht. Wir haben zwei Stunden dort gesessen, und danach sind wir zurück nach Lavandou gefahren.«

»Erzählen Sie das nicht mir«, brummte Leon, »erzählen Sie das den Beamten der Gendarmerie.«

»Das ist jetzt schon über einen Monat her. Ich habe Colette seitdem ja kaum noch gesehen. Ich weiß nicht, was sie in der Zwischenzeit gemacht hat. Ich weiß auch nicht, mit wem sie zusammen ist ... zusammen war.«

»Ich möchte die Untersuchung jetzt gerne fortsetzen«, sagte Leon kühl.

»*Oui, Docteur*«, Rybaud schien dankbar zu sein, nicht weiter über die Sache reden zu müssen.

Der Schnitt, der Colette zugefügt worden war, reichte von unterhalb des rechten Rippenbogens bis etwa in die Höhe des Bauchnabels. Die Schnittkante war glatt und in einer einzigen Bewegung ausgeführt. So als hätte der Täter sein Opfer überrascht, sodass es keine Ausweichbewegung mehr machen konnte. Leon maß die Schnittlänge – 34 Zentimeter.

»War das die tödliche Verletzung?«, wollte Rybaud wissen.

»Diese Verletzung wäre für sich alleine nicht sofort tödlich gewesen«, sagte Leon, »aber durch den Schnitt wurden zahlreiche Gefäße verletzt. Das hat dazu geführt, dass das Opfer eine Menge Blut verloren hat. Sie hätte noch Stunden überlebt.«

»Was hat sie dann getötet?«

Leon war zum Kopf des Opfers gegangen und betrachtete die Ohren, Augenlider und Gaumen. »Ich denke, sie ist erstickt«, sagte er.

»Woran erstickt?«, fragte Rybaud.

Die Antwort auf diese Frage konnte Leon 15 Minuten später geben: Dieses Mal hatte der Mörder gleich drei Mal zugestochen. Leon fand die Einstiche an der linken Seite des Rückens. Genau unterhalb des fünften Rippenbogens. Es war dieselbe Art von Einstichmuster, wie Leon sie schon beim ersten Opfer gefunden hatte. Ein sternförmiger Einstich dreier sehr scharfer Klingen. Eigentlich hätte dieser Messerstich das Herz erwischen müssen. Doch das hätte bedeutet, dass dem Opfer nur noch Sekunden zu leben geblieben wären. Doch im Gegensatz zum ersten Opfer hatte die Frau den blutigen Angriff überlebt. Dafür gab es nur eine Erklärung, dachte Leon.

»Drei Stiche links zwischen fünfter und sechster Rippe, da konnte er das Herz doch gar nicht verfehlen«, sagte Rybaud.

»Wir haben eine Blutspur bis zur Straße ...«, Leon machte die Bemerkung, sodass sie wie eine Testfrage wirkte.

»Er hat das Herz verfehlt und nur eine der kleineren Lungenvenen getroffen ...?«

»Auch das hätte sie keine fünf Minuten überlebt.«

»Was habe ich übersehen?« Rybaud klang jetzt fast beleidigt.

»Dextrokardie«, sagte Leon, und Rybaud sah ihn verständnislos an. »Ihr Herz liegt auf der rechten Seite.«

»Sie trug ihr Herz rechts?« Der Assistent legte seine Hand auf seine rechte Brustseite.

»Die Wahrscheinlichkeit, mit dieser Fehlstellung auf die Welt zu kommen, beträgt eins zu 20.000«, erklärte Leon.

»Dann ist sie gar nicht an Stichen ins Herz gestorben?«

»Ich denke, er hat mit den Stichen die Lunge verletzt, und es kam zu einem Pneumothorax. Im Zuge dieser schweren Verletzung kollabierte die Lunge, und das Opfer ist letztlich erstickt.«

»Wie lange könnte das gedauert haben?«

»Schwer zu sagen, jedenfalls dachte der Täter, er hätte die Frau getötet«, sagte Leon.

»Aber sie war nicht tot?«, fragte Rybaud.

»Nein, irgendwann in der vergangenen Nacht ist sie noch einmal zu sich gekommen.«

»Sie hat versucht, die Straße zu erreichen«, überlegte der Assistent.

»Sie hat uns eine Nachricht dagelassen«, sagte Leon, »die Leine. Warum?«

Rybaud zuckte mit den Schultern, und die beiden Männer schwiegen eine Weile. Leon spürte, dass es Rybaud große Überwindung kostete, sich die Tat in all diesen Details vorzustellen. Oder brauchte er sich diese Dinge vielleicht gar nicht vorzustellen? Waren für ihn diese Erinnerungen ganz real? Mit einem Kopfschütteln vertrieb Leon den Gedanken.

»Sie hatte keine Chance«, sagte Rybaud nach einer Weile.

»Nein. Die hatte sie nicht.« Leon sah seinen Assistenten an.

32. Kapitel

Die meisten der großen Fernsehstationen hatten ihre Übertragungswagen direkt an der Promenade aufgebaut. Gefühlt gab es im Moment mehr Medienleute in der Stadt als Einwohner: Wo immer zwei Einheimische oder Feriengäste zusammenstanden, tauchte nach kürzester Zeit ein Journalist mit Mikrofon in der Hand und Kamerateam im Schlepptau auf. Und alle stellten dieselben Fragen: Was denken Sie über die Morde? Haben Sie Angst? Kannten Sie die Opfer?

Von den Surfwettbewerben sprach niemand mehr, dabei bemühten sich die Veranstalter nach Kräften, wenigstens den Anschein einer gelungenen, internationalen Sportveranstaltung aufrechtzuerhalten. Feriengäste und Anwohner versuchten sich einzureden, was auch das Fremdenverkehrsamt verkündete: Dass die blutigen Taten zwar tragisch wären, aber absolut nichts mit dem Surfwettbewerb zu tun hätten. Zumal der jüngste Vorfall noch nicht einmal in Le Lavandou stattgefunden hatte, sondern im angrenzenden Verwaltungsbezirk. Als wäre die Sache damit ein Problem der Nachbargemeinde. Einige Einwohner von Le Lavandou drapierten trotzdem Blumen, Kerzen und Freundschaftsbänder auf die Eingangsstufen des Rathauses. Schließlich sah sich der Hausmeister sogar genötigt, einen speziellen Bereich vor dem Gebäude für Kondolenzbekundungen abzuzäunen.

Es war nicht mehr zu übersehen: Die Menschen in Lavandou hatten Angst. Restaurants und Bistros hatten weniger Gäste als noch vor einer Woche, und auch den Läden blieben die Kunden weg. Noch waren zumindest die Strände gut besucht, was sich aber nur auf den Umsatz von Zuckerwatte, Erdnüssen und gebrannten Mandeln positiv auswirkte. Gegen Abend nahmen die wenigen Mutigen noch einen schnellen Aperitif im Bistro und machten sich dann zügig auf zu ihren Ferienapartments und Wohnmobilen. Danach blieben die Straßen leer, als wäre ein Sturm angekündigt, und Bars und Cafés warteten vergeblich auf Gäste.

Die Stadträte hatten sich bereits am Morgen mit dem Sprecher der Gewerbetreibenden von Le Lavandou und Bormes les Mimosas getroffen, um Pläne gegen die aufkommende Panik unter den Gästen zu erörtern. Es fiel den Offiziellen aber nicht mehr dazu ein, als kleine Mimosensträuße an die weiblichen Feriengäste zu verteilen und eine öffentliche Rosé-Verköstigung der ansässigen Winzer für die kommende Woche anzuberaumen. Bürgermeister Robien äußerte Zweifel, ob sich derlei Aktionen zur Angstbekämpfung eigneten, er hätte sich stärkere Zeichen gewünscht. Die Besucher checkten inzwischen weiter in Hotels und Pensionen aus, stornierten kurzfristig ihre Airbnb-Buchungen oder fuhren gleich weiter in die Camargue oder nach Italien.

Schließlich hatte sich Polizeichef Zerna vom Bürgermeister zu einem Schritt überreden lassen, der ihm eigentlich ein Graus war. Die Polizei würde eine zusätzliche Pressekonferenz vor geladenen Medienvertretern geben, an der auch der Bürgermeister, die Leiterin des Tourismusbüros und der Chef der Verkehrspolizei teilnehmen würden.

Dieser Schritt in die Öffentlichkeit war allerdings nicht ganz so selbstlos, wie Zerna sein Umfeld glauben ließ: Sowohl für den

Bürgermeister als auch für den Polizeichef stand die Wiederwahl vor der Tür, und die Pressekonferenz war eine günstige Gelegenheit, sich als furchtlose Macher zu präsentieren. Wie üblich hatte die Gendarmerie nationale versucht, so wenige Informationen wie möglich über den jüngsten Mord herauszugeben. Aber, wie ebenfalls üblich, waren dennoch längst Einzelheiten der neuesten Bluttat des Liebespaarmörders durchgesickert. Hätte Zerna geahnt, was ihm bevorstand, hätte er die Pressekonferenz abgesagt.

Das Meeting fand im großen Saal des Rathauses statt. Und obwohl der Polizeichef von einem handverlesenen Publikum gesprochen hatte, war jeder Platz besetzt. Den Stuhlreihen der Medienvertreter gegenüber saßen Zerna, seine Stellvertreterin Capitaine Isabelle Morell, Kommissarin Lapierre, Lieutenant Masclau und verschiedene Vertreter der Stadt. Leon hatte sich geweigert, bei der Polizei zu sitzen, und in der ersten Reihe zwischen den Journalisten Platz genommen.

Zerna hatte die Anwesenden zunächst über den neuesten Stand der Ermittlungen informiert und dabei versucht, den Eindruck größtmöglicher Kompetenz zu vermitteln. In Wirklichkeit hatte er nicht viel zu sagen. Er versuchte, den jüngsten Mordfall als tragisches, aber isoliertes Ereignis darzustellen. Die Ermittlungen hätten die Gendarmerie dem Täter bereits viel näher gebracht. Aus verständlichen Gründen könne man im Moment nicht mehr über den Verdächtigen sagen. Aber die Festnahme könne nur noch eine Frage weniger Stunden sein.

»So wie bei dem Mord am Strand?«, rief einer der Journalisten dazwischen.

»Wir sind noch nicht sicher, inwieweit diese beiden Morde

in Zusammenhang stehen«, antwortete der Polizeichef ausweichend. Unter den Journalisten war Lachen zu hören.

»Wie Sie wissen, gibt es in solchen Fällen häufig Trittbrettfahrer«, versuchte Zerna eine fadenscheinige Theorie zu untermauern.

»Das ist aber jetzt nicht Ihr Ernst, Monsieur Zerna«, rief einer der Journalisten.

»Wir sind im Augenblick noch dabei, die Ähnlichkeiten zwischen den beiden Verbrechen zu analysieren.«

»Da kann ich Ihnen gerne helfen«, sagte der Journalist mit der lauten Stimme. »Blutig! Beide Fälle sind sehr blutig.«

Die Bemerkung führte zu lautem Raunen und erneutem Gelächter unter den Journalisten.

»Brigitte Dupin, *Canal 6*«, stellte sich eine blonde Frau in der ersten Reihe vor. »Ist es richtig, dass der Killer bei dem jüngsten Mord eine Krankenschwester regelrecht zerstückelt hat?«

»Nein, davon kann keine Rede sein«, sagte Zerna und deutete in die erste Reihe auf Leon. »Das kann Ihnen Docteur Ritter, unser Médecin Légiste, sicher genauer erläutern.«

»Docteur Ritter«, stellte sich Leon vor und blieb so sachlich, wie es ihm angesichts dieser Horde von Medienhyänen möglich war. »Ja, es hat Verletzungen gegeben, aber es wurden keine Gliedmaße abgetrennt, wenn Sie das meinen.«

»Wir wurden informiert, dass der Kopf des Mannes regelrecht abgeschnitten worden sei«, legte ein anderer Journalist nach.

»Meine Untersuchungsergebnisse liegen im Moment nur dem Staatsanwalt und dem Polizeichef vor«, sagte Leon. »Ich darf Ihnen dazu nichts sagen.«

»Aber dass der Mörder ungewöhnlich blutig und gewalttätig vorgeht, das wollen Sie doch nicht bestreiten«, meldete sich erneut die Journalistin von *Canal 6* zu Wort.

»Ich habe es in meinem Beruf regelmäßig mit sehr gewalttätigen Verbrechen zu tun«, sagte Leon nüchtern. »Dazu gehört sicher auch dieser Fall.«

»Wir können im Augenblick nur den bedauerlichen Tod von vier jungen Menschen betrauern«, versuchte es Zerna mit geheuchelter Anteilnahme. »Aber die Gendarmerie nationale, in enger Zusammenarbeit mit der Mordkommission Toulon«, dabei machte er mit der Hand eine Geste in Richtung Kommissarin Lapierre, »tut alles, um den Täter so schnell wie möglich festzunehmen.«

»Mit welchem Typ von Täter haben wir es hier zu tun?«, wollte eine der Journalistinnen wissen.

»Die Zeugenvernehmungen leitet meine Stellvertreterin Capitaine Morell.« Zerna wies auf Isabelle, die gleich neben ihm saß.

Isabelle trug ein Pflaster auf der Stirn, was den Eindruck vermittelte, dass sie offenbar die Einzige bei diesen Ermittlungen war, die bisher »Feindkontakt« gehabt hatte. Kameras klickten.

»Wir gehen von einem Täter in seinen Dreißigern bis Vierzigern aus«, referierte Isabelle. »Der Mann wohnt wahrscheinlich in Lavandou beziehungsweise in einem Umkreis von nicht mehr als 10 Kilometern. Er kennt sich in der Gegend sehr gut aus, wurde vielleicht sogar hier geboren. Er ist höchstwahrscheinlich ein Einzelgänger, unverheiratet und kinderlos.«

»Aber es könnte auch ganz anders sein?«, fragte der Reporter vom Var-Matin.

»Was meinen Sie?«, fragte Zerna genervt.

»Vielleicht ist er ja tagsüber der nette Familienvater und nachts die Bestie. Wäre doch möglich.«

»Sie haben absolut recht«, mischte sich Leon ein. »Unsere Annahme beruht ausschließlich auf Statistik und auf unseren Erfahrungen mit Verbrechen dieser Art. In Wirklichkeit kann es sich auch anders zugetragen haben.«

»Wenn der Kerl in dieser Gegend wohnt, warum hat er nicht schon früher mit den Morden angefangen?«, bohrte die Journalistin weiter bei Zerna nach.

»Vielleicht kann uns der Médecin Légiste dazu noch etwas sagen?« Zerna hasste es zuzugeben, dass er auf eine Frage keine Antwort wusste.

»Eine gute Frage«, sagte Leon, »die leider nur schwer zu beantworten ist. Vielleicht war der Täter Jahre im Ausland und ist jetzt zurückgekommen. Vielleicht hatte er einen Schicksalsschlag hinnehmen müssen, der einen alten Hass in ihm wiedergeweckt hat. Vielleicht ist es auch Rache, deren Muster wir im Moment noch nicht nachvollziehen können. Wir wissen es nicht. Noch nicht. Aber wir werden es herausfinden.«

»Nach diesen Vorgaben haben wir bereits verschiedene Verdächtige vernommen«, brachte sich Zerna wieder ins Spiel.

»Ich bitte Sie, Monsieur Zerna. Soweit ich informiert bin, gibt es bisher nur zwei Verdächtige.« Die Reporterin hob die Hand und zeigte zwei Finger.

»Woher wollen Sie das so genau wissen?«, grollte Zerna, aber die Frau von Canal 6 hörte gar nicht zu.

»Einen der Verdächtigen mussten Sie wieder laufen lassen«, fuhr die Frau fort. »Der zweite ist Ihnen bei der Festnahme durch die Lappen gegangen.«

Das war zwar faktisch nicht ganz richtig, dachte Leon, aber es war genau die Art von Information, die die Medienleute auf keinen Fall erfahren sollten.

»Es gibt einen Verdächtigen auf der Flucht? Wer ist das?«, wollte sofort der Reporter vom Var-Matin wissen.

»Dazu können wir momentan keine Auskünfte geben«, unterbrach Zerna. »Die Fahndung ist im vollen Gange.«

Jetzt versuchten gleich mehrere Journalisten, ihre Fragen zu stellen, der Lärmpegel schwoll an, und die Stimmung war zusehends aufgeheizter. Zerna saß hinter seinem Tisch und hatte die Hände wie ein Priester gehoben. Als könnte er auf diese Weise die Medienmeute beruhigen.

»Da draußen läuft eine Fahndung nach einem Serienkiller«, empörte sich einer der Journalisten, »aber Sie können nicht sagen, nach wem gefahndet wird?«

»Wir wissen noch nicht sicher, wie weit er mit den Morden zu tun hat, deshalb gilt hier die übliche Rechtslage.« Zerna klang genervt.

»Verdächtiger oder nicht? Wie jetzt?«, rief jemand dazwischen.

»Bitte, *mesdames et messieurs*«, rief der Bürgermeister in sein Mikro, »so kommen wir doch nicht weiter.«

»Wie kommen wir denn weiter?«, fragte die Journalistin von *Canal 6*. »Der Kollege hat doch recht. Die Polizei fahndet nach einem durchgeknallten Killer, der vier Opfer auf dem Gewissen hat. Da stellt sich uns doch nur eine Frage: Wann schlägt der Irre wieder zu?«

»Was gedenkt die Polizei zu unternehmen, um die Menschen dieser Stadt zu schützen?«, fragte der Mann vom *Var-Matin*.

»Jetzt dramatisieren Sie aber«, ging Perez von der Verkehrspolizei dazwischen. »Wir haben die nächtlichen Streifen verstärkt. Außerdem überwachen wir natürlich alle öffentlichen Plätze, wo sich vorzugsweise junge Leute treffen.«

»So wie am Strand«, ergänzte die Frau vom Fremdenverkehrsamt. »Da lassen wir jetzt zusätzlich die Beleuchtung bis um zwei Uhr in der Früh brennen.

»Außerdem werden wir strenge Fahrzeug- und Personenkontrollen durchführen«, erklärte der Chef der Verkehrspolizei.

»Und was ist, wenn der Killer Fahrrad fährt?«, fragte der Mann vom *Var-Matin* und erntete einige Lacher.

Gute Frage, dachte Leon.

33. Kapitel

Am liebsten am Strand spazieren ging Leon in den frühen Morgenstunden oder wie jetzt am späten Nachmittag. Die Buchten waren wie leer gefegt, die Familien zu Hause beim Essen, die Singles in den Cafés und Bistros. Leon genoss es, an der Wasserlinie entlangzulaufen, wenn die Abendbrise übers Meer strich und die kleinen Wellen den Sand unter seinen Füßen wegzogen. Leon und Isabelle waren stehen geblieben, um der Sonne nachzusehen, die irgendwo hinter den Hügeln unterzugehen schien und die Berge im Westen mit einem bläulichen Licht überzog.

»Glaubst du wirklich, dieser Patrick wäre zu einer solchen Tat fähig?«, fragte Leon.

»Du sagst doch immer, dass jeder Mensch zum Mörder werden kann«, antwortete Isabelle.

»Ich kenne den Mann ja kaum«, Leon zeichnete mit seinem Zeh Kreise in den feuchten Sand. Er deutete auf das Pflaster an Isabelles Stirn. »Tut es noch weh?«

»Ich habe mich wie eine blutige Anfängerin benommen«, brummte Isabelle und klang dabei frustriert.

»Du musst dir wirklich keine Vorwürfe machen. Schließlich hat er dich angegriffen.«

»Was ist, wenn er es noch mal tut?« Sie sah Leon an. »Wenn er noch jemanden ermordet, und ich hätte es verhindern können.«

»Ist jetzt nicht dein Ernst, oder?«

»Doch, Leon, das beschäftigt mich. Heute im Büro, da habe ich die ganze Zeit darauf gewartet, dass jemand reinkommt und den nächsten Mord meldet.«

»Ich bin Patrick gelegentlich mal in der Tankstelle begegnet. Ich kann mir nur schwer vorstellen, dass er mit den Morden zu tun hat.«

»Du willst mich nur trösten«, murmelte sie mit einem Lächeln. Dann wurde sie wieder ernst und sah Leon an: »Patrick besitzt alle Merkmale, die auf einen Serienmörder zutreffen.«

»Nämlich?«

»Er ist ein Einzelgänger, und er hat das richtige Alter. Er kennt sich in der Gegend gut aus. Er neigt zu Jähzorn. Er hatte öfter Ärger mit der Polizei, und eine Sache wurde in der Pressekonferenz gar nicht angesprochen: Patrick ist zur fraglichen Zeit in der Nähe des Tatortes gesehen worden.« Isabelle war weitergegangen.

Leon lief ein paar Schritte hinter ihr her. »Jetzt warte doch mal«, sagte er. »Hast du nicht selbst erzählt, wie rührend er sich um seinen Vater kümmert?«

»Und was ist mit der toten Katze in der Garage? Und warum hat er mich angegriffen und ist untergetaucht?«

»Weil er nichts mit der Polizei zu tun haben wollte. Da ist er nicht der Einzige«, sagte Leon und sah Isabelle an. »Ich muss dich was fragen.«

Isabelle hatte sich gebückt und eine kleine Muschel aufgesammelt, kaum größer als eine Fingerkuppe. Sie drehte die Hand und betrachtete die Muschel im warmen Licht der untergehenden Sonne.

»Wenn man bedenkt, dass der ganze Strand aus solchen Muscheln besteht«, sagte sie. »Was meinst du, wie lange dauert es, bis diese Muschel vom Meer zu Sand verrieben worden ist?«

Leon betrachtete sie, wie sie da stand mit ihren dunklen Haaren, durch die der Wind blies, und ihren warmen Augen, die sie gegen die letzten Sonnenstrahlen zusammenkniff. Was für ein verrückter Zufall, dachte er. Es gab eine Zeit nach dem Tod von Sarah, da konnte er sich nicht vorstellen, jemals wieder mit einer Frau zusammen zu sein. Und ausgerechnet hier, in einer kleinen Stadt am Meer, hatte er die Frau getroffen, mit der er für den Rest seines Lebens zusammenbleiben wollte.

Isabelle hatte noch eine kleine Muschel aufgelesen. Sie wischte sie mit den Fingern sauber.

»Was wolltest du mich fragen?«

»Was?« Leon wurde aus seinen Gedanken gerissen.

»Du hast gesagt, du wolltest mich etwas fragen«, sagte sie.

»Wusstest du, dass Colette Lambert die Freundin von Rybaud war?«

»Du meinst, sie hatte etwas mit Olivier Rybaud aus der Rechtsmedizin?« Die Zweifel in Isabelles Stimme waren unüberhörbar.

»Er sagt Nein, das Ganze wäre rein platonisch gewesen.«

»Du weißt, was ich von Rybaud halte«, sagte Isabelle. Ihr war Leons Assistent von Anfang an unheimlich gewesen. Seine verschlossene Art und die Tatsache, dass er ihr nie in die Augen sah, hatten sie schon immer gestört. »Was sollte eine aufgeweckte und attraktive Frau wie Colette Lambert an so einem Gespenst wie Rybaud finden?«

»Er hat vielleicht verborgene Qualitäten«, sagte Leon und sah sie vieldeutig an.

»Blödmann.« Isabelle verpasste Leon einen Boxer auf den Arm. »Wusstest du denn, dass sie was miteinander hatten?«

»Nein, ich habe nur mal in der Klinik mitbekommen, wie sie sich gestritten haben.«

»Was hat er dir noch erzählt?«

»Nichts«, sagte Leon, »ich habe ihm gesagt, er sollte unbedingt zur Polizei gehen und sagen, was er weiß.«

»Gute Idee.«

»Doch, da ist noch was«, sagte Leon, und sie sah ihn an, »er kennt angeblich den Tatort.«

»Im Ernst? Das ist eine kleine Lichtung mitten in der Macchie.«

»Er sagte, er hätte ihr die Stelle einmal gezeigt«.

»Was hat er dir noch gesagt?«, wollte Isabelle wissen.

»Er redete davon, wie sehr ihn die Tatsache mitnimmt, dass er es war, der Colette den Platz gezeigt hat, wo sie später umgebracht worden ist.«

»Ab wann ist Rybaud morgen früh im Institut?«

»Sein Dienst beginnt um neun Uhr. Warum rufst du ihn nicht an?«

»Damit mir noch ein Zeuge durch die Lappen geht?«

Er griff nach ihrer Hand, und sie liefen durch den Sand zurück zu Leons Peugeot. Es war plötzlich kühl geworden, und Leon spürte ein leichtes Frösteln.

34. Kapitel

Es war spät geworden, und Jérémy hatte längst die Neonbeleuchtung des Schildes abgeschaltet, das in schwungvoller Schrift *Café Chez Miou* verkündigte. Die Stühle auf der Terrasse waren ineinandergeschoben und mit einem Draht und einem Schloss gesichert. Das war kein wirklicher Schutz gegen Diebe, aber es genügte, um alkoholisierte Touristen davon abzuhalten, nachts die Korbstühle an den Strand zu schleppen, um sich dort noch ein paar letzte Dosen Bier zu genehmigen.

Die Glastüren waren verriegelt und die Musik abgeschaltet. Nur ein besonders aufmerksamer Passant hätte bemerkt, dass tief im hinteren Teil des Cafés noch ein schwaches Licht brannte und ein paar Stammgäste zusammensaßen. Es war allerdings nicht das letzte Glas Rosé oder ein allerletzter Pastis, der sie hier so spät in der Nacht zusammengebracht hatte. Die Männer hatten ganz andere Pläne. Sie saßen um einen Glastisch, auf dem eine Karte der Gegend aufgefaltet war. Zwei Stellen waren eingekreist. Die Tatorte.

»Du bist sicher, dass Patrick abgehauen ist?«, fragte Michel.

»Dieser neue Flic …«, Edmonde musste nachdenken.

»Peyron«, half Jérémy.

»Genau, dieser Peyron ist bestimmt nicht die hellste Kerze auf dem Kuchen, aber so was wird er ja wohl noch wissen.« Edmonde, der Pizza-Mann, hatte die unangenehme Angewohnheit, mit der rechten Hand seinen Speckbauch anzuheben, wenn er näher an den Tisch rücken wollte.

»Wie viel hast du ihm gegeben?«, wollte Jérémy wissen.

»Ist doch scheißegal, wie viel er ihm gegeben hat«, unterbrach Bruno Lambert. Der Vater, der gerade erst seine Tochter verloren hatte, sah angeschlagen aus. Sein Gesicht war grau, und um die Augen hatten sich dunkle Schatten gebildet. Eine Schweißperle hinterließ eine glitzernde Spur hinter seinem Ohr und rann den Hals hinunter. Er wirkte krank, wie jemand, der tagelang nicht geschlafen hatte und vergeblich versuchte, sich den Schmerz von der Seele zu saufen.

»Gut, wir wissen jetzt, wer es war. Nur darauf kommt es an. Ist doch so.« Lamberts Stimme hatte einen heiseren Ton angenommen, als könnte es der Unternehmer gar nicht mehr abwarten, den gefassten Plan in die Tat umzusetzen.

»Wir wissen eben nicht, wer es war«, widersprach Jérémy. »Wir wissen nur, nach wem die Polizei sucht.«

»Was soll denn jetzt diese spitzfindige Scheiße schon wieder?«, fragte Lambert.

Jean-Claude mischte sich zum ersten Mal ein. Der Ex-Legionär hatte bisher schweigend in seinem Rollstuhl gesessen und an einem Glas Pastis genippt. »Bruno hat recht«, meinte Jean-Claude. »Dieser Patrick hat sie nicht mehr alle. Wisst ihr, dass der in der Klapse war? Der muss jeden Tag Tabletten schlucken, damit er nicht ausflippt.«

»Hat er wohl diesmal vergessen«, niemand lachte über Michels Scherz.

»Der Kerl ist ein totaler Psycho, aber wen interessiert das schon?«, sagte Bruno verbittert. »Solche Leute können bei uns doch machen, was sie wollen. Und was tun wir? Wir zahlen denen auch noch den Psychiater.«

»So schlimm ist es bei uns auch wieder nicht«, meinte Jean-Claude.

»Halt die Klappe, Jean-Claude«, blaffte Lambert ihn an, »was machst du überhaupt hier?«

»Lass ihn in Ruhe. Brauchst dich nicht gleich so aufzuregen«, beschwichtigte ihn der Pizza-Mann.

»Nicht aufregen …«, sagte Bruno, und auf seiner Stirn schwoll eine einsame Ader an. »Scheiße, dieser Patrick hat meine Tochter abgeschlachtet. Verstehst du das überhaupt: abgeschlachtet!«

»Du musst dich beruhigen, Bruno«, der Pizza-Mann legte dem verstörten Vater freundschaftlich die Hand auf den Arm. »Sie ist tot, Mann«, sagte er ganz leise, und jetzt liefen Lambert nicht mehr nur Schweiß, sondern auch Tränen über die Wangen. Er nahm eine frische Papierserviette vom Stapel und wischte sich übers Gesicht. Die anderen Männer sahen betroffen zur Seite.

»Ihr habt sie nicht gesehen.« Bruno schüttelte den Kopf, als könnte er so die Bilder der Autopsie loswerden. »Er hat sie aufgeschlitzt wie ein Tier. Aus ihrer Seite da … da hingen ihr die verdammten Eingeweide heraus. Ich will mich nicht beruhigen. Nicht bevor wir diese Sache erledigt haben.«

»Was für eine Sache soll das genau sein«, fragte Jean-Claude.

»Roll nach Hause, alter Mann«, Edmonde schob eine Bank zur Seite, die dem Rollstuhl im Weg war.

»Lass ihn«, bat Jérémy. »Jean-Claude ist in Ordnung.«

»Ich möchte nur eines wissen: Seid ihr bei der Sache dabei?«, sagte Bruno.

»Ich weiß immer noch nicht genau, wie das genau ablaufen soll.« Michel wurde der Plan unheimlicher, je mehr er Gestalt annahm.

»Das wirst du dann schon sehen«, sagte der dicke Edmonde.

»Ich kann doch wohl mal fragen«, sagte Michel.

»Nein, kannst du nicht. Entweder du bist für uns oder gegen uns«, beendete Lambert die Diskussion.

»So einfach ist das ja auch wieder nicht«, meinte Jérémy.

»Doch, genau so einfach ist es«, meinte Edmonde. »Wir tun dieser Stadt einen Gefallen, vergesst das nicht. Wir helfen den Flics, weil die nicht weiterkommen und weil keiner diese Gegend besser kennt als wir.«

»Also, wer ist dabei?«, fragte Lambert und hob die rechte Hand wie zum Schwur.

Die anderen Männer im Miou sahen sich abwartend an. Nach ein paar Sekunden hob Edmonde ebenfalls die Hand. Dann folgte die Hand von Michel, dann die von Jérémy. Nur Jean-Claude ließ die Hände im Schoß liegen.

»Du bist auch dabei«, sagte Michel zu dem Rollstuhlfahrer.

»Nein«, erwiderte Jean-Claude ruhig.

»Wenn du quatschst, Jean-Claude ...«, Michel ließ es wie eine Drohung klingen.

»Gute Nacht, und vergesst eure Ku-Klux-Klan-Kapuzen nicht.«

Damit rollte Jean-Claude hinaus in die Nacht.

35. Kapitel

Über den Weinstöcken hing zarter Nebel, und am Himmel funkelten die Sterne. Ein leichter Wind strich über die Hügel, und der Geruch von frischem Grün hing über den Weinbergen. Die Zeit nach Mitternacht liebte der Mann ganz besonders. Es war die Zeit, zu der die Menschen schliefen und zu der sie träumten. Die Stunden, in denen es ganz still war. Sogar die Frösche hatten aufgehört zu quaken, nur in den Korkeichen schrie eine Eule. Das war seine Zeit, und der Mann fühlte sich so glücklich und unbeschwert wie schon seit Tagen nicht mehr. Die Leute dachten immer, dass das, was er tat, leicht war. Aber das war es nicht. Es war ein gewaltiges Ereignis, das seine volle Konzentration und körperliche Disziplin verlangte. Schon bei der Vorbereitung ging sein Puls in die Höhe. Aber dabei fühlte er sich frei und dem Gefühl von absolutem Glück nahe. Dann befand er sich wie im Rausch. Es war dieses überwältigende Glücksgefühl, das ihn dazu brachte, Dinge zu tun, die andere Menschen nicht einmal denken konnten. Er fühlte sich wie – Gott.

Der Mann lächelte, als eine große Nachtmotte mit ihren Flügeln sein Gesicht streifte. Er hatte sie nicht gesehen, weil er in Gedanken gewesen war. Sie schreckte ihn nicht.

Der Mann spürte keine Schuld bei den Erinnerungen an seine Taten. Manchmal nahm er sich vor, die Dinge einfach ruhen zu lassen. Abzuwarten, bis die Menschen sich wieder beruhigt hatten. Bis sie etwas anderes fanden, das sie aufregte, ihnen Furcht einflößte. Eine Feuersbrunst, ein Erdbeben oder ein Terroranschlag irgendwo weit weg in der Welt.

In Wirklichkeit warteten sie doch nur darauf, dass er in ihr Leben eingriff, Schicksal spielte. Es könnte jeden treffen, hatten die Zeitungen geschrieben, so wie der Blitz oder ein Erdbeben. Aber das stimmte nicht. Er bestimmte, was geschah, er allein, und er wählte sorgfältig aus. Denn was er den Menschen brachte, war eine Botschaft. Die Menschen beobachteten sein Werk mit einer Mischung aus Angst und Lust; Lust nach dem Grauen, das über allem lag. Die Menschen waren schockiert von dem Unglück, das er anrichtete, und sie waren ihm gleichzeitig dankbar, dass er sie verschont hatte. Darum pilgerten sie zu den Stätten des Grauens, solange noch der Geist des Bösen darüber schwebte. Sie brauchten ihn als eine Art Blitzableiter für ihre dunklen Gedanken.

Gelegentlich dachte der Mann, es wäre genug. Er könnte endlich ein paar Wochen in die Hügel fahren. In dem alten Haus sitzen und den Grillen zuhören. Es war sein *refuge*, sein Zufluchtsort, kein Haus, sondern mehr eine Ruine, ein alter Stall. Er hatte es zufällig gefunden, irgendwo mitten in der Macchie, eingewachsen zwischen Ginster, Rosmarin und Zistrosen. Die Ruine war sicher über 100 Jahre alt und lag so versteckt in der Wildnis, dass nie jemand vorbeikam. Jedenfalls niemand, der sich dafür interessierte. Er hatte vorsichtig das Dach repariert, ohne Aufmerksamkeit zu erregen. Natürlich hatte er darüber nachgedacht, es zu kaufen. Aber dann müsste er sich mit Behörden auseinandersetzen. Es würde Aufmerksamkeit erregen, und der Zauber dieses Platzes würde vergehen.

Er hatte sich nur nach Ruhe gesehnt. Da war dieses Weib aufgetaucht und hatte ihn provoziert. Sie hatte eine Bemerkung über ihn gemacht, da war er todsicher. Dann hatte sie mit ihrem Begleiter auch noch über ihn gelacht. Noch einen Moment zuvor, als er in dieses Café gehen wollte, hatte sie ihn wie Luft behandelt. Hatte ihn einfach zur Seite gedrängt, als wäre er unsichtbar, als gäbe es ihn nicht. War einfach weitergegangen und hatte ihn sogar gezwungen, zwei Schritte zurückzuweichen, um ihr Platz zu machen. In diesem Augenblick hatte sie ihr Schicksal besiegelt. Er verachtete Frauen, und er verachtete die Männer, die sich solchen Frauen unterwarfen. Ganz besonders, wenn es solche Weicheier waren wie in diesem Fall. Ein blasshäutiger Student. Was fand sie an dem Schwächling, ein Versager auf ganzer Linie. Ließ sich von ihr wie ein Tanzbär an der Nase herumführen. Sie war jung, noch keine 18 Jahre, aber sie wusste schon genau, wie man Männer demütigte, wie man sie quälte. Sie hatte nicht geahnt, mit wem sie sich in diesem Moment vor dem Café angelegt hatte; dass er sich die Art von Behandlung nicht mehr gefallen ließ. Ja, er hatte den Mut gefunden zurückzuschlagen.

Der Mann erschrak: Er hatte sich dem Bauernhaus schon bis auf wenige Meter genähert, so in Gedanken versunken war er gewesen. Er wurde leichtsinnig, das durfte nicht passieren. Er blieb stehen und nahm den Rucksack ab, um ihn hinter einer Regentonne neben dem Eingang zu verstauen. Fast geräuschlos umrundete er das Haus. Ein *Mas*, wie man hier sagte, ein Steinbau mit hellblauen Fensterläden. Ein altes Haus, aber gepflegt und mit viel Liebe renoviert. Neben der Eingangstür war eine Messingplatte befestigt, auf der der Name des kleinen Weinguts prangte: *Le Lézard* – die Eidechse. Der Mann lief zur Hintertür, die man über die Terrasse erreichte. Die Tür war gut geölt und nicht verschlossen. Wie sollte sie auch? Er selbst hatte vor ein paar Tagen das Schloss so manipuliert, dass sich der Schlüssel nicht mehr bis zum Anschlag einführen ließ. Er drückte vorsichtig die Klinke herunter. Geräuschlos schwang die Tür auf. Er betrat das Haus. Er war schon ein paar Mal hier gewesen und kannte sich gut aus. Esszimmer, der große Kamin gegenüber der Tür zur Küche. Der Mann schob sich an den Stühlen vorbei. Die Vorhänge waren nicht zugezogen. Wer würde auch schon mitten in der Nacht in das Haus einsteigen? Er lächelte. Er würde die Treppe hinauf in den ersten Stock gehen, dort wo die Schlafzimmer waren. Dann würde er sich seine beiden Opfer ansehen. Und danach das Haus wieder verlassen. Er wollte das Mädchen und ihren Freund nur sehen. Er wollte sehen, wie sie ahnungslos im Bett lagen. Er wollte ihre Hilflosigkeit spüren. Zu wissen, dass man sein Opfer in jeder Sekunde töten könnte, das war fast noch schöner als der Akt der Bestrafung selber. Er war noch nie in ein fremdes Haus eingestiegen. Das Risiko war hoch, aber die Versuchung noch größer, und er hatte ihr nachgegeben.

Die Treppe führte in einen Gang, die erste Tür zum Bad, die zweite Tür ins Schlafzimmer, sie stand weit offen. Der Mann bewegte sich wie in Zeitlupe auf den Türrahmen zu. Inzwischen war der Mond aufgegangen und tauchte den Raum in hartes weißes Licht, das allen Dingen ihre Farbe nahm, wie auf einer alten Fotografie. Er ließ die Hand in seine Tasche gleiten und holte das Messer heraus. Er wollte es nicht benutzen, sagte er sich. Nur für den Fall.

Der Mann schob sich wie ein Geist aus der Dunkelheit in das Zimmer hinein. Es dauerte ein paar Sekunden, bis seine Augen sich an die Lichtverhältnisse angepasst hatten. Dann sah er das breite Doppelbett. Es war leer. Er war irritiert. Hatte er sich in den Räumen vertan? Vorsichtig machte er ein paar Schritte zurück, ging zurück in den Gang. Der nächste Raum war ebenfalls leer. Jetzt fiel ihm auf, dass nichts in den Zimmern auf Bewohner schließen ließ. Im Gegenteil: Alles war ordentlich aufgeräumt worden. Tagesdecken über den Betten, die Stühle ordentlich um den Esstisch geordnet. Das Haus war leer. Sie hatten ihn betrogen! Sie waren abgereist. Einfach so. Dafür würden sie leiden müssen.

Der Mann verschwand aus dem Haus genauso unauffällig, wie er es betreten hatte, ohne eine Spur zu hinterlassen. Bis auf eine Kleinigkeit. Er stieß die Vase auf dem Esstisch um, dass sie zerbrach.

Nur eine Kleinigkeit, dachte der Mann, aber sie würde der Frau zu denken geben, eine winzige Störung im friedlichen Bild des aufgeräumten Wohnzimmers. Es würde sie irritieren und ihr Angst machen. Er war vielleicht unaufmerksam gewesen, aber ihre Zeit würde kommen. Er musste nur ein wenig warten, bis ihr langweiliger Freund sie das nächste Mal besuchen würde.

36. Kapitel

Leon war früh aufgewacht. Das dachte er zumindest – aber als er die Hand nach Isabelle ausstreckte, musste er feststellen, dass das Bett neben ihm bereits leer war. Aus der Küche drang Gelächter nach oben. Er sah auf die Uhr: Es war bereits nach acht! Er hatte tief geschlafen. Seit einiger Zeit erinnerte er sich nicht mehr an seine Träume. Er hatte das anfangs aufs Alter geschoben, immerhin stand er kurz vor der entscheidenden Wendemarke von 50 Jahren. Aber dann hatte er gemerkt, dass er sehr wohl träumte, sein Gehirn die Träume jedoch zunehmend mit der Wirklichkeit verschwimmen ließ. In Zeiten wie jetzt, in denen er intensiv einem Fall nachspürte, konnte es passieren, dass ihm sein Gedächtnis einen Streich spielte.

Er duschte kurz und heiß. Ein befreundeter Arzt hatte ihm zwar geraten, immer mit der eiskalten Dusche das morgendliche Badezimmerritual zu beenden, weil das angeblich den Kreislauf in Schwung bringen und Sauerstoff durch seine Muskeln jagen würde. Aber Leon gefiel es, heiß zu duschen und dann ein wenig zu frösteln, wenn er sich abtrocknete, während seine Muskeln noch etwas weiterdösen durften.

Pass auf, sonst wirst du schrullig!, sagte sich Leon, als er sein Hemd zuknöpfte. Er grinste sein Spiegelbild an. Dann ging er nach unten in die Küche. Leon begrüßte Isabelle mit einem Kuss und nahm Lilou kurz in den Arm und drückte sie.

»Ich habe gedacht, du wärst schon los, Verbrecher jagen.« Lilou hatte sich ihr Lieblingsmüsli aus dem Bioladen angerührt.

»Die Verbrecherjagd überlasse ich deiner Mutter«, sagte Leon. Er war mit seinem Teller zum Herd gegangen und lud sich aus der Pfanne Rührei mit Speck auf.

»Deine Mutter müsste die Verbrecher erst mal erwischen«, murmelte Isabelle selbstkritisch.

»Da bin ich im Vorteil«, sagte Leon, »in der Autopsie läuft dir keiner davon.«

»Puh«, Lilou schüttelte sich demonstrativ. »Ich könnte deinen Job nicht machen.«

»Tote haben eine Menge zu erzählen.«

»Ich unterhalte mich lieber mit den Lebenden«, sagte Lilou.

Isabelle lachte. »Geht mir genauso, Lilou.«

»Seid ihr mit diesem Patrick Favre weitergekommen?«, erkundigte sich Leon.

Lilou sah neugierig auf. Sie wollte nichts von dieser Unterhaltung versäumen. »Glaubst du echt, dass der Patrick all die Leute umgebracht ...?«

»In meinem Job geht es nicht darum, was ich glaube, sondern was ich beweisen kann«, wiegelte Isabelle ab.

Und was kannst du beweisen?« fragte Lilou.

»Nichts. Er ist bisher nur ein Zeuge. Wie viele andere auch.«

»Ich glaube, Patrick ist harmlos«, sagte Lilou. Sie hatte sich festgelegt. »Aber du hast ihn verhaftet.«

»Nein, wir wollten ihn nur befragen, und da ist er abgehauen«, sagte Isabelle.

»Er hat dich gestoßen«, sie deutete auf das Pflaster an Isabelles Kopf.

»Hat er nicht«, sagte Isabelle. »Er hat mich angerempelt, als er abgehauen ist«, stellte sie klar. »Du weißt doch, wie er sein kann.«

»Aber du bist doch die Polizeichefin?«, sagte Lilou.

»Stellvertreterin«, korrigierte Isabelle.

»Ich finde, Polizeichefin klingt besser.«

»Finde ich auch. Lilou hat recht«, pflichtete ihr Leon bei. »Wer macht denn die ganze Arbeit auf dem Präsidium?«

»So viel mache ich auch wieder nicht«, meinte Isabelle.

»Weißt du, was Sonia gesagt hat, der Patrick war's«, sagte Lilou. »Hundert Pro.«

»Wer ist Sonia?«, fragte Leon.

»Sonia aus meiner Klasse.« Lilou verdrehte die Augen. »Ist eine schreckliche Angeberin.«

»Woher will sie das denn wissen?«, fragte Isabelle.

»Von ihrem Dad, Charles Dupui.« Sie sah Leon an.

»Stadtrat Dupui? Der hat sich doch schon zwei Mal für den Front National aufstellen lassen«, sagte Leon abfällig. »Aber nicht mal die wollten ihn.«

»Jedenfalls hat Sonias Vater gesagt, so einer wie Patrick gehört weggesperrt, für immer«, meinte Lilou. »Ist doch krass, oder?«

Leon und Isabelle sahen Lilou an.

»Das ist nicht nur krass, sondern dämlich«, meinte Leon trocken.

»Was hast du Sonia geantwortet?«, fragte Isabelle ihre Tochter.

»Ich hab ihr gesagt, dass Patrick ein harmloser Kerl ist, und dass ihr Dad einen an der Waffel hat.«

»Patrick hat einen todkranken Vater, um den er sich kümmert«, in Isabelles Stimme lag eine Spur von Mitleid.

»Echt jetzt?«, wunderte sich Lilou. »Ich weiß, Patrick ist autistisch. Aber ein bisschen merkwürdig sieht er schon aus«, sagte Li-lou. »Das müsst ihr zugeben.«

»Für sein Aussehen kann er nichts.«

»Na ja, ein bisschen vielleicht schon«, erwiderte Lilou schulterzuckend.

»Deswegen muss er noch lange kein Mörder sein«, sagte Leon.

»Warum versteckt er sich dann?«, fragte Lilou.

»Vielleicht weil er Angst hat vor Leuten wie dem Vater von Sonia.«

Für einen Moment war die Stimmung in der Küche angespannt, und Leon wechselte das Thema: »Ich habe gedacht, ihr wolltet die ganze Woche in *Le Lézard* bleiben.«

»Oscar musste zurück nach Lyon. Die schreiben morgen eine Klausur«, erklärte Lilou. »Und alleine in *Le Lézard* ... wirklich nicht.« Sie schüttelte sich wie ein kleiner, nasser Hund.

»Seit wann das denn? Es ist doch so schön da und so ruhig«, meinte Isabelle.

»Warum gehen wir nicht mal wieder alle zusammen hin«, fragte Leon. »Übers Wochenende.«

»*Le Lézard* ist super – solange keine Spanner ums Haus schleichen«, stellte Lilou fest.

»Was meinst du? War da jemand auf dem Gelände?«, Isabelle klang sofort besorgt.

»Sag ich doch.«

»Das hast du mir gar nicht erzählt. Habt ihr ihn erkannt?«,

»Oscar hat ihn gar nicht gesehen. War ja auch schon dunkel«, sagte Lilou. »Aber ich habe ihn gesehen. Er stand vorm Fenster zur Küche und hat reingeglotzt.«

»Vielleicht hast du ihn dir nur eingebildet?«

»Ich weiß doch, was ich gesehen habe«, sagte Lilou beleidigt. »Es hat geblitzt, und da stand er.«

Leon sah Isabelle an.

Mit einem Zögern erwiderte sie: »Ich könnte jemanden vorbeischicken, der sich mal im Haus umsieht.«

»Gute Idee«, sagte Leon.

37. Kapitel

Die Klimaanlage im Verhörraum funktionierte immer noch nicht richtig. Masclau hatte einen Ventilator in den Raum gestellt, der nicht mehr tat, als laut brummend die stickige Luft von hinten nach vorne zu schieben. Isabelle beobachtete den Mann, der vor ihr an dem Resopaltisch saß. Olivier Rybaud schien die Hitze in dem engen, fensterlosen Raum nichts auszumachen. Er trug ein schwarzes Hemd, die Ärmel hatte er bis zu den Ellenbogen aufgekrempelt. Seine Haare reichten bis knapp auf den Kragen und waren über dem rechten Ohr in einem breiten Streifen ausrasiert. Rybaud saß da mit durchgedrücktem Rücken und schien einen Punkt an der Wand zu fixieren. Für Isabelle wirkte er nicht wie ein Mordverdächtiger bei der Vernehmung, eher wie jemand, der sich um einen Job bewarb und einen seriösen Eindruck erwecken wollte.

Das Einzige, was Isabelle bisher über den Mann wusste, war, dass Rybaud allein in seinem Elternhaus in Pierrefeu du Var wohnte. Er hatte vor ein paar Jahren Vater und Mutter bei einem Autounfall verloren. Nach der Schule hatte er einige Semester Tiermedizin studiert, das Studium aber noch vor dem ersten Examen abgebrochen. Den Grund dafür wollte er Leon nie erzählen, so hatte es Leon ihr jedenfalls berichtet. Leon hatte bei Isabelle immer wieder die Zuverlässigkeit seines Assistenten und dessen tadellose Arbeit gelobt. Rybaud sei ein stiller Mensch, der so gut wie nie über sein Privatleben sprach. Alles, was Leon über ihn sagen konnte, war, dass er jeden Morgen pünktlich im Institut erschien und sich nur selten beschwerte, wenn er Überstunden machen musste. Einen wortkargen Geist, hatte Leon ihn oft genannt, mit dem er da den Autopsiekeller teilte.

Isabelle war am Morgen um kurz nach neun in der Klinik Saint-Sulpice aufgetaucht, mit dem Ziel, Rybaud zu sprechen, bevor er mit seiner Arbeit anfing. Nicht nur weil sie so schnell wie möglich die Verdächtigungen klären wollte, die gegen Leons Assistenten in der Luft lagen. Isabelle hatte auch keine Lust, sich länger als unbedingt nötig in den Räumen der Gerichtsmedizin aufzuhalten. Der Geruch nach Formalin, die kalte Luft der Klimaanlage und die fensterlosen Räume mit dem künstlichen Licht verursachten bei ihr ein Gefühl der Beklommenheit.

Sie war nicht alleine gekommen. Es war ihr Wunsch gewesen, dass Lieutenant Masclau sie begleitete. Isabelle wollte vermeiden, dass ihr noch einmal ein Zeuge, ja vielleicht sogar ein Verdächtiger entwischen konnte. Schließlich war Patrick bis heute noch nicht wieder aufgetaucht. Trotz der umfangreichen Fahndung.

Isabelles Sorge erwies sich als unnötig. Rybaud war sofort einverstanden, Masclau und sie ins Präsidium zu begleiten. Er wollte nicht allzu lang an der Seite von Polizisten in der Klinik gesehen werden, Gerüchte verbreiteten sich schnell in dieser angespannten Zeit.

Als Rybaud Lieutenant Masclau zum Streifenwagen begleitet hatte, war Isabelle von einer Schwester aufgehalten worden. Sie trug den hellgrünen Schutzanzug des medizinischen Personals der Intensivstation. An ihrem Overall war ein Schildchen befestigt, mit rotem Kreuz und ihrem Namen, Nicole. Sie hatte ihre Haare mit einem grauen Band nach hinten gebunden, und ihre

Augenbrauen waren kräftig nachgezogen. Komisch, sie macht sich älter, als sie ist, dachte Isabelle. Schwester Nicole betonte, dass sie eigentlich nichts gegen Monsieur Rybaud sagen wollte, ganz im Gegenteil, er sei ein zuvorkommender Kollege, sehr zuvorkommend sogar.

»Aber?«, hatte Isabelle nachgehakt, die sich einmal mehr fragte, warum Zeugen, die sich bei der Polizei meldeten, immer betonen mussten, dass sie so etwas normalerweise nie tun würden, aber in diesem Fall eben doch.

Vor ein paar Tagen hatte Schwester Nicole beobachtet, wie Rybaud versucht hatte, den Spind von Colette Lambert zu öffnen. Als sie dazukam, war er im Treppenhaus verschwunden. Sie konnte nicht sagen, ob Rybaud den Spind tatsächlich geöffnet hatte oder nicht. Der Schrank war mit einem Zahlenschloss gesichert. Als sie später nachgesehen hatte, war der Schrank verschlossen gewesen. Nicole gab an, dass sie nicht zur Polizei gegangen war, weil sie erst einmal mit Colette über den Vorfall hatte sprechen wollen. Schwester Nicole hatte sich auch nach der Erkenntnis über Colettes schrecklichen Tod nicht direkt bei der Polizei gemeldet, weil sie gedacht habe, es wäre nicht wichtig. Aber jetzt, wo die Flics Monsieur Rybaud mitnahmen ...

»Wonach haben Sie in dem Spind gesucht?« Isabelle sah, dass Rybaud nervös seine Hände rieb.

»Wer hat Ihnen das erzählt?«

»Sie haben meine Frage nicht beantwortet«, hakte Isabelle nach.

»Ich weiß schon. Schwester Nicole, richtig?« Rybaud saß steif auf seinem Stuhl und wich Isabelles Blick aus, als wollte er so verhindern, dass sie in seine Seele blickte.

»Sie wissen doch, dass wir keine Namen von Zeugen herausgeben«, sagte Isabelle.

»Würde mich aber interessieren«, antwortete Rybaud. »Wenn so was passiert, merkt man erst, wie viele Feinde man hat.«

»Wenn was passiert?«, ging Masclau dazwischen.

»So etwas wie in den letzten Tagen. Sie wissen, was ich meine ...«, sagte Rybaud.

»Ist das Ihre Umschreibung für zwei grausame Doppelmorde?«, fragte Masclau.

»Morde sind immer grausam«, gab Rybaud kühl zurück, doch dabei bewegte er sich, als wäre ihm das Sitzen auf dem harten Stuhl unbequem.

»Ist Ihnen überhaupt klar, worum es hier geht?«, fragte Masclau.

»Schon gut«, unterbrach Isabelle den Lieutenant, doch Masclau achtete nicht auf sie.

»Vier Menschen sind tot.« Er hielt dem Zeugen die Hand mit vier aufgestellten Fingern hin. »Und Sie hatten ein Verhältnis mit einem der Opfer.«

»Das stimmt nicht. Ich habe nur ... das war nur eine Freundschaft.«

»Jetzt hören Sie auf, hier Mist zu erzählen!« Masclau stützte sich mit beiden Händen auf den Tisch, und sein Gesicht war keine Armlänge mehr von Rybaud entfernt. »Wir sind doch keine Idioten. Natürlich hatten Sie was mit Colette Lambert.«

»Das ist nicht wahr«, verneinte Rybaud und schüttelte den Kopf.

»Ich weiß zwar nicht, was diese Braut an Ihnen gefunden hat, echt nicht.« Masclau sah den Verdächtigen an, der seinem Blick auswich. »Aber fest steht: Colette wollte nichts mehr mit Ihnen zu tun haben. Und dann ist da plötzlich dieser Surfer aufgetaucht. Wie heißt er noch, Jess Knight?«

»Weiß nicht«, Rybaud zuckte mit den Schultern.

»Das wissen Sie ganz genau«, setzte Masclau nach. »Da sind Sie ausgeflippt. War doch so?«

»Nein, das stimmt so nicht. Das ist nicht wahr.«

»Lieutenant Masclau, jetzt ist es genug.« Isabelles Stimme hatte einen scharfen Ton angenommen.

Masclau erhob sich.

»Muss ich mir das gefallen lassen?« Rybaud sah zum ersten Mal Isabelle an, seitdem sie die Befragung begonnen hatten. »Ich habe gesagt, dass ich voll kooperiere. Ich habe auch nicht auf einem Anwalt bestanden, obwohl er mir zusteht, und jetzt redet dieser Mensch mit mir, als wäre ich ein Mörder?«

»Sie wollten mir sagen, was Sie im Spind von Colette Lambert gesucht haben.« Isabelle ging auf Rybauds Bemerkung nicht weiter ein.

»Nichts, gar nichts«, sagte der Verdächtige. »Ich habe den Schrank nicht mal aufgemacht.«

»Sie haben sich aber daran zu schaffen gemacht?« Isabelle ließ nicht locker. Sie mussten vorankommen, und es war offensichtlich, dass Rybaud mehr wusste, als er zugeben wollte.

Schweigend saßen sie sich gegenüber. Masclau stand neben der Tür und schien nur darauf zu warten, dass der Gefangene einen Fluchtversuch wagte. Er würde sich diesen Kerl aus dem Leichenkeller nur zu gerne einmal vorknöpfen.

»Ja, ich habe kurz vor ihrem Spind gestanden«, gab Rybaud schließlich zu. »Vielleicht wollte ich ihn auch aufmachen.«

»Warum, was haben Sie gehofft, darin zu finden?«

»Ich habe gar nichts gehofft«, sagte Rybaud. »Ich wollte einfach wissen, wer der Kerl war, wegen dem sie mich nicht mehr angerufen hat.«

»Das klingt für mich nach Liebeskummer«, meinte Isabelle.

»Sie verstehen das nicht, oder?« Rybaud schüttelte den Kopf.

»Kann man denn nicht etwas für eine Frau empfinden, ohne dass man gleich ein Verhältnis hat?«

»Doch, das kann ich gut verstehen«, sagte Isabelle freundlich. »Ist nur ein wenig ungewöhnlich heutzutage.«

Isabelle hatte in über 20 Jahren Polizeidienst gelernt, dass sie gegenüber einem Verdächtigen niemals Gefühle entwickeln durfte. Sie musste nüchtern und sachlich die Aussagen mit den Ermittlungen abstimmen und neue Hinweise herausfiltern, denen sie und ihre Kollegen dann nachgehen konnten. Aber irgendwie rührte sie dieser schlaksige Mann. Wie er so hilflos dasaß und man ihm die enttäuschte Liebe regelrecht ansah. Was für ein einsamer Mensch, dachte sie.

»Wann hatten Sie zum letzten Mal Kontakt mit Colette Lambert?«

»Das weiß ich nicht mehr genau. Ein paar Tage bevor ... bevor das alles passiert ist. Ich war mit ihr verabredet. Wir wollten etwas essen gehen, nach Feierabend. Einfach nur ein bisschen reden.«

»Aber Sie waren nicht zusammen beim Essen?«, fragte Isabelle.

Rybaud schüttelte den Kopf. »Sie hat spontan abgesagt, und ich war sauer.«

»Wie sauer?«, fragte Isabelle.

»Wir haben gestritten«, sagte Rybaud und wich Isabelles prüfendem Blick aus. »Ich bin vielleicht ein bisschen laut geworden.«

»Sie meinen, Sie haben sie angeschrien?«, fragte Isabelle nach, aber er zuckte nur mit den Schultern.

»Nein, nicht angeschrien. Ich habe mich nur geärgert.«

»Das war alles?«

»Ich habe Ihnen doch gesagt: Zwischen uns lief nichts mehr, schon seit Monaten nicht.«

In diesem Moment klopfte es, und die Tür ging auf. Mohamed

Kadir kam mit einem Computerausdruck ins Verhörzimmer und gab ihn Isabelle. Er flüsterte ihr etwas ins Ohr und ging wieder.

»Sie sagten gerade, dass Sie seit Monaten kaum noch Kontakt hatten«, sagte Isabelle. »Wie war das an dem Tag, als Sie sich gestritten haben?«

»Keine Ahnung«, versuchte sich Rybaud zu erinnern. »Ich glaube, ich hatte ihr eine SMS geschickt.«

Isabelle betrachtete einen Moment den Ausdruck. »Genau gesagt waren es an diesem Tag zehn SMS und 14 Anrufe auf ihrem Anrufbeantworter.« Isabelle hielt den Ausdruck hoch. »Das ist die Liste aller Anrufe, die Colette Lambert am fraglichen Tag auf ihrem Smartphone erhalten hat.

»Ich muss jetzt zurück in die Klinik«, sagte Rybaud und wollte aufstehen.

Sofort stand Masclau hinter dem Mann und legte ihm die Hand auf die Schulter.

»Nicht so eilig, Monsieur Rybaud«, sagte Isabelle. »Wir haben noch eine Menge zu besprechen.«

38. Kapitel

Leon saß an seinem Schreibtisch und war noch einmal die Berichte über die vier Morde durchgegangen. Isabelle hatte ihn um die Mittagszeit angerufen, um ihn zu informieren, dass sie Rybaud noch immer vernehmen würden. Alles weise darauf hin, dass Leons Assistent in den Mord an Colette Lambert verwickelt war.

»Habt ihr ihn festgenommen?«, hatte Leon gefragt.

»Dazu reicht es noch nicht, aber diese Nacht wird er wohl in U-Haft verbringen.«

»Tut mir leid, aber ich kann mir immer noch nicht vorstellen, dass Rybaud irgendetwas damit zu tun hatte.«

»Habe ich zuerst auch gedacht. Aber inzwischen glaube ich, er war regelrecht besessen von Colette Lambert.«

»Wie kommst du darauf?«

»Kurz vor ihrem Tod hat er sich 24 Mal auf ihrem Handy gemeldet, Anrufe, Nachrichten, Voicemails ... «, hatte Isabelle gesagt.

Jetzt saß Leon allein in der Autopsie. Er war irritiert, nicht nur weil sein engster Mitarbeiter möglicherweise in einen Mord verwickelt war. Er musste jetzt auch noch die ganze Arbeit allein machen. Natürlich konnte er bei der Geschäftsleitung anrufen und sie bitten, ihm einen der jüngeren Mediziner zu schicken. Aber es erschien ihm wie Verrat, wenn er Rybaud bereits ersetzen würde, solange der noch in der Gendarmerie verhört wurde.

Also tat Leon das, was er immer tat, wenn er in einem Fall feststeckte, der mehr Fragen aufwarf, als er beantworten konnte. Er hatte die Leichen von Colette Lambert und ihrem Freund auf den Bahren in den Obduktionsraum geschoben.

Er war da über etwas gestolpert, das sagte ihm sein Instinkt. Er wusste noch nicht genau, was es war, aber irgendein Gedanke war in seinem Unterbewusstsein hängen geblieben, an den er im Moment nicht mehr herankam. Eine Kleinigkeit, die diese vier Morde vielleicht miteinander verband. Etwas, das er bisher noch nicht berücksichtigt hatte. Im Augenblick war es kaum mehr als ein vages Gefühl. Als hätte in seinem Gehirn ein kleines rotes Alarmlämpchen zu flackern begonnen. In solchen Fällen dachte er die Kette von Assoziationen, denen er in den letzten Minuten gefolgt war, noch einmal durch. Gelegentlich war es auch hilfreich, aufzustehen und durch die Räume der Rechtsmedizin zu wandern. Gewissermaßen auf den Spuren des verlorenen Gedankens. Und tatsächlich, plötzlich wusste er wieder, was ihn störte: Es war der Asservaten-Beutel mit den blutigen Korkeichenblättern, der ihm keine Ruhe ließ. Er hatte sich diesen durchsichtigen Beutel aus dem Labor geholt und betrachtete ihn jetzt im kalten Licht des Obduktionssaals. Es war das Ende eines kleinen Zweiges mit drei Blättern. Nichts Besonderes, hätte sich auf den Blättern mit den nadelspitzen Enden nicht eine Blutspur befunden. Leon erinnerte sich, wie er den Zweig unter dem ersten Opfer am Strand entdeckt hatte. Jetzt wandte er sich Jess Knight, der zweiten männlichen Leiche, zu.

Der Mörder hatte den tödlichen Schnitt durch den Hals, genau wie beim ersten Opfer, mit großer Kraft ausgeführt. Mit so viel Kraft, dass die Köpfe sich beinahe von Rumpf getrennt hätten. Dafür musste die Klinge scharf und lang gewesen sein. Warum hatte der Täter nicht das Messer mit den drei Klingen benutzt, mit dem er die beiden weiblichen Opfer getötet hatte? Als hätte das Geschlecht der Opfer für ihn eine unterschiedliche Bedeutung. Ein Tötungsritual? Was genau tat der Unbekannte seinen männlichen Opfern an, und warum?

Vielleicht hatte Leon sich bei der ersten Untersuchung zu sehr mit dem Schicksal der Frauen beschäftigt. Vielleicht lag die Antwort tatsächlich bei den männlichen Opfern. Lag in der ganzen grausamen Inszenierung eine Art Botschaft, die der Mörder übermitteln wollte?

Leon war neben die Bahre mit dem toten Mann getreten. Er schlug das graugrüne Laken zurück und zog die beleuchtete Lupe zu sich heran. Er hatte mit seinem Assistenten zunächst die Frau obduziert. Bei dem Mann hatte er bisher nur eine erste oberflächliche Leichenschau durchgeführt. Die Obduktion hatte Leon für den Nachmittag eingeplant, gemeinsam mit Rybaud. Aber dazu war es ja nicht mehr gekommen.

Leon betrachtete den Toten. Der Schnitt, der ihn getötet hatte, war gezielt und sehr wirkungsvoll gewesen. Der Mann hatte nicht leiden müssen, ganz im Gegensatz zu der Frau. Leon zog das grüne Leichentuch von dem Toten. Dann sah er es: ein winziger Ast, mit dem harten Blatt einer Korkeiche. Es klemmte zwischen dem großen und dem zweiten Zeh des rechten Fußes. Bei der üblichen Obduktion wäre Leon das sofort aufgefallen, aber dies war kein üblicher Fall. Ganz und gar nicht.

Die Zehen des Opfers waren starr und unbeweglich. Vorsichtig löste Leon den kleinen Ast vom Fuß des Mannes und legte ihn in eine Schale. An dem Blatt klebte Blut. Genau wie an dem Zweig, den er bei dem Mann am Strand gefunden hatte.

Leon stand da und betrachtete die beiden Zweige mit den

blutigen Blättern. Und plötzlich wusste er, woran ihn die Zweige erinnert hatten, die vage Assoziation, die ihn nicht losgelassen hatte: Die Blätter erinnerten ihn an den »Bruch«, mit dem Jäger ihr erlegtes Wild markieren. Leon hatte gelegentlich seinen Großvater auf der Jagd begleitet, damals war er erst 12 Jahre alt gewesen. Er mochte die Jagd nicht. Er hatte Angst vor dem ohrenbetäubenden Knall der Gewehre, und er wollte die Tiere nicht sterben sehen. Wollte nicht miterleben, wie sie aus der Natur gerissen wurden. Sie aufzuspüren und zu beobachten war eine Sache, sie zu töten war etwas völlig anderes. Er begleitete seinen Großvater, weil er den alten, ruhigen Mann mochte, aber gleichzeitig fürchtete er auch die Pirschgänge durch die Wälder. Jedes Mal, wenn sie, ohne etwas geschossen zu haben, zurückkehrten, war Leon glücklich. Einmal, Leon erinnerte sich genau, es war ein kalter Morgen im Oktober gewesen, saßen sie versteckt hinter einem Gebüsch am Waldrand, als ein Wildschwein auf einer Lichtung auftauchte. Der Keiler war gute 50 Meter von ihnen entfernt. Leon erinnerte sich noch genau, wie sein Großvater, das Gewehr gehoben, mit dem Daumen den Sicherungsriegel der Büchse umgelegt und geschossen hatte. Das schwere, starke Tier wurde von einem unbändigen Lebenswillen getrieben. Obwohl der Keiler tödlich getroffen war, stand er wieder auf, lief ein paar Meter und stürzte. Noch einmal kam er hoch, dann stürzte er erneut. Die Beine des Keilers traten ins Leere, und erst dann ergab sich das schwere Tier seinem Schicksal.

Leon erinnerte sich, dass ihm beim Anblick des toten Tiers die Tränen in die Augen gestiegen waren. Er hatte das Gefühl gehabt, dass hier ein gewaltiges Unrecht geschehen war. Sie hatten in den Lauf der Natur eingegriffen, ein Sakrileg begangen. Sein Großvater sah seine Tränen, aber er verlor kein Wort darüber. Der alte Mann ging ein paar Schritte zu einer kleinen Eiche und brach einen Zweig, nicht größer als die Spanne einer Hand. Er tauchte die Blätter in das Blut des Wildschweins. Anschließend legte er den Bruch, wie dieses Totenritual in der eigentümlichen Sprache der Jäger hieß, auf das erlegte Tier.

Großvater hat ein schlechtes Gewissen, hatte Leon damals gedacht. Mit dem blutigen Eichenzweig bittet der alte Mann bestimmt den lieben Gott um Verzeihung. Danach war Leon nie wieder auf die Jagd gegangen.

Er betrachtete die blutbeschmierten Eichenblätter. Keine Frage, das war ein Bruch. Hier war jemand auf die Jagd gegangen. Auf Menschenjagd.

39. Kapitel

Es war natürlich nur eine Theorie, sagte sich Leon. Das Blöde daran war, dass er sie mit niemandem besprechen konnte. Er hatte bei Zerna angerufen, war aber gar nicht erst mit ihm verbunden worden. Die eine Hälfte der Gendarmerie war im Moment damit beschäftigt, Rybaud eines vierfachen Mordes zu bezichtigen; die andere war auf der Suche nach Patrick Favre. Niemand war an Theorien über eine Menschenjagd interessiert. Es gab so viel handfestere Motive. Eifersucht zum Beispiel oder den cholerischen Wutanfall eines Psychopathen.

Die einzige Person, der Leon sich mit seiner Theorie anvertrauen konnte, war Isabelle, aber die war gerade unterwegs. Eine Zeugin hatte sich gemeldet, die behauptete, dass sie Patrick auf einer einsamen Straße beobachtet hatte, wie er ein totes Kaninchen aufsammelte. Unter normalen Umständen hätte die Polizei eine solche Meldung in den Müll geworfen, aber im Fall Patrick Favre war das eine glaubwürdige Spur.

Im *Miou* servierte Yolande Leon einen Café au lait. Sie hatte wie üblich eine ihrer zu engen Blusen an, deren obere Knöpfe geöffnet waren. Yolande wischte den Tisch ab und beugte sich dabei so weit vor, dass Leon gar nicht anders konnte, als einen Moment auf ihren Busen zu schauen, der ihm so plötzlich die Sicht versperrte. Eilig wandte er den Blick ab.

Yolande bewunderte den Docteur. Und sie hoffte jedes Mal, dass er ihr etwas über seine Arbeit verraten würde. Gelegentlich machte Leon der Frau des Cafébesitzers die Freude und verriet ein kleines Detail aus einem anhängigen Fall. Nichts Wichtiges natürlich. Gerade nur so interessant, dass sie damit keinen Schaden anrichten konnte, wenn sie vor ihren Gästen mit Insider-Wissen glänzte.

»Wie sieht es aus, Docteur?« Yolande senkte ihre Stimme. »Stimmt es, dass das Pärchen in den Hügeln nackt war, als der Killer es überfallen hat?«

»Das wissen wir nicht«, sagte Leon und senkte ebenfalls seine Stimme. »Schließlich war keiner dabei.«

»Aber später, als sie gefunden wurden, da waren sie nackt?«

»Was soll ich Ihnen erzählen, Yolande«, sagte Leon. »Wenn Sie doch sowieso schon alles wissen.«

»Ach, Docteur, nun kommen Sie schon«, forderte Yolande und stieß Leon mit der Schulter an.

»Yolande, bringst du das bitte nach draußen zur fünf«, rief Jérémy, der seine Frau nie aus den Augen ließ, und stellte einen großen Eisbecher auf die Theke.

Michel, Edmonde und Lambert standen an der Bar und sahen zu Leon und Yolande herüber.

»Ich glaube, man wartet auf Sie«, meinte Leon mit einem Nicken in Richtung Bar.

»Ach die«, sagte Yolande desinteressiert, obwohl es ihr schmeichelte, dass die Männer sie beobachteten. »Wollen mal wieder die Welt verbessern. Schimpfen auf die Flics und fantasieren was von einer Bürgerwehr – den *Falcons de la nuit*, den Nachtfalken.«

»Na, dann haben wir ja nichts zu befürchten«, sagte Leon.

»Sie wissen doch: Hunde, die bellen, beißen nicht. Vor allem dann nicht, wenn sie genug Rosé getrunken haben.«

»Ich weiß nicht, Docteur.« Yolande wischte mit einem feuchten Lappen über den Tisch und stellte den Café au lait vor Leon. »Manchmal habe ich Sorge, sie könnten doch mal Ernst machen.« Leon sah der Frau des Wirts einen Augenblick hinterher, als sie zurück zum Tresen ging. Vielleicht sollte er mal mit Isabelle über die Männer reden, die sich im Miou trafen und sich die Nachtfalken nannten. Andererseits kannte er die meisten der Gäste schon seit Jahren. Sie machten gerne große Sprüche, besonders wenn sie das eine oder andere Glas zu viel intus hatten. Doch den dicken Pizza-Mann konnte Leon nicht einschätzen, er war erst kürzlich zu der Gruppe gestoßen.

Für Bruno Lambert würde Leon die Hand nicht ins Feuer legen. Er hatte in der Autopsie miterlebt, wie verzweifelt der Vater des ermordeten Mädchens war.

»Bonsoir, Docteur.« Véronique war neben seinem Tisch aufgetaucht. »Hätten Sie einen Moment Zeit für eine ältere Dame in Schwierigkeiten?«

»Bonsoir! Es wäre mir eine Ehre, einer Dame aus ihren Schwierigkeiten heraushelfen zu dürfen.« Leon sah sie an. »Worum geht es denn, Madame?«

»Es geht um meine Ehre«, sagte Véronique mit gespieltem Pathos.

»Ich stehe für jedes Duell zur Verfügung.« Leon stand schwungvoll auf.

»Da sind zwei junge Burschen«, berichtete Véronique, »die haben gesagt, gegen so eine alte Frau wie mich im Boule anzutreten, wäre pietätlos.«

»Die haben wirklich ›pietätlos‹ gesagt?«

»Bei meiner Ehre.«

»À l'attaque! Madame Véronique«, sagte Leon, »nehmen wir uns diese Burschen vor.«

Leon griff zu seinem Ledernetz mit den abgewetzten Boulekugeln, das wie immer über seiner Stuhllehne hing, und folgte der zähen, kleinen Frau.

Véronique hatte recht gehabt. Die beiden Herausforderer waren wirklich Jungen, beide um die 20. Beide muskulös und gut trainiert. Sie trugen Bermudas, und ihre sonnengebräunte Haut war ein Zeichen dafür, dass sie die Hälfte ihrer Zeit auf dem Wasser verbrachten. Auf ihren T-Shirts und Basecaps prangten die Logos bekannter Surfbretthersteller. Die Jungen hatten freundliche, offene Gesichter. Trotzdem wechselten sie einen spöttischen Blick, als Véronique in Begleitung von Leon am Bouleplatz aufmarschierte.

»Ich dachte, Sie kämen mit jemand Jüngerem, Madame«, sagte der Blonde. Sein Partner war dunkel und glatt rasiert. Nur in der Mitte seines Schädels hatte er die Haare auf zwei Zentimeter Länge zu einer Bürste stehen lassen.

»Wir könnten Ihnen ja einen Punkt vorgeben«, sagte der blonde Junge.

Das war frech, aber auch nicht ganz ernst gemeint.

»Ich dachte immer, nur die Kinder hätten einen Wurf frei«, entgegnete Leon, der das Spiel mitspielte, und der junge Mann grinste ihn an.

»Darf ich Sie mal was fragen?«, sagte der Junge mit dem Bürstenschnitt. »Gibt's hier eine Seniorenresidenz oder so was?«

Der Blonde kicherte. »Mein Opa wohnt in so 'nem Heim. Ich wusste gar nicht, dass die da alleine rausdürfen.«

»Spielen oder reden?«, fragte Leon, der sich ein Lächeln nur schwer verbeißen konnte.

Leon und Véronique waren ein eingespieltes Team. Ihre Siege

über vorlaute Touristen waren legendär. Sie hatten schon viele Boulspieler vom Platz gefegt, die sie großspurig herausgefordert hatten. Doch dieses Mal schien irgendetwas anders zu sein, dachte Leon. Diese Jungs, die vom Alter her seine Söhne hätten sein können, wirkten konzentriert, erfahren und souverän.

Die erste Runde ging an Leon und seine Mitspielerin. Aber in der zweiten Runde gaben die beiden Jungs richtig Gas und lagen schließlich mit vier Kugeln vorne. Für den Hauch eines Augenblicks hatte Leon das Gefühl, dass Véronique und er dieses Match verlieren könnten.

Leon und Véronique hatten sich schon während der Runde ein paar anerkennende Blicke zugeworfen. Vorsicht, diese Jungs sind gut, sollte das heißen. Jetzt lief alles auf die entscheidende dritte Runde hinaus. Véronique hatte sich eine frische Zigarette in den Mund gesteckt und angezündet. Die Surfer sahen die alte Frau mit der Gitanes im Mundwinkel verblüfft an.

»Hat Ihnen schon mal jemand gesagt, dass die Dinger einen umbringen können, Madame?«, der jüngere der beiden Surfer rieb mit einem Lappen seine Boulekugeln blank.

»Ja«, antwortete Véronique gelassen.

»Scheint Sie nicht besonders zu beeindrucken?«

»Ich werde im Herbst 84«, antwortete Véronique.

»Im Ernst ...?« Die beiden sahen Véronique an, als hätte sie gesagt, sie könnte übers Wasser laufen.

»Natürlich nur, wenn unser Herr nicht andere Pläne mit mir hat«, Véronique sah kurz prüfend in den Himmel hinauf, nahm einen tiefen Zug und stieß dann mit Genuss den Rauch aus. »In meinem Alter kann man so was ja nie wissen.«

»Wir müssen die dritte Runde nicht spielen.« Der blonde Junge klang jetzt besorgt, als ob Véronique es vielleicht nicht bis zum Ende des Spiels schaffen würde.

»Nein, müssen wir echt nicht!« Der Junge mit dem Bürsten-Haarschnitt sah seinen Freund an. »Sagen wir doch einfach, es steht unentschieden.«

Véronique und Leon wechselten einen kurzen Blick. Inzwischen hatten sich ein paar Zuschauer eingefunden. Sie wollten dabei sein, wenn die vorwitzigen Surfboys von den alten Profis zurechtgestutzt wurden. Ein Unentschieden war keine Option.

Véronique ging in die Knie und zeichnete schwungvoll mit einem Stein einen Halbkreis in den Staub. Sie stand auf, trat hinter die Linie und warf das Bouchon, das Schweinchen, wie hier die kleine hölzerne Führungskugel genannt wurde. Die Kugel flog weit, stieß gegen die Begrenzungsbalken und prallte ein paar Meter zurück. Véronique ging in die Knie und warf ihre erste Kugel locker aus dem Handgelenk. Sie rollte auf das Bouchon zu und blieb direkt daneben liegen. Zustimmendes Gemurmel von den Zuschauern.

Die Gegner warfen und glichen den Vorsprung aus. Zweimal sah es so aus, als wären die Surfer nicht mehr zu schlagen, doch jedes Mal konnten Leon und seine Partnerin mit den Herausforderern gleichziehen. Jetzt hatten die Surfer eine Kugel Vorsprung. Dann war wieder Leon dran, er hatte noch zwei Kugeln. Er musste die gegnerische Kugel unmittelbar neben dem Bouchon treffen, nur so würde er das Ruder herumreißen können. Das bedeutete, er musste hoch werfen, und seine Kugel musste steil hereinkommen, damit sie den Gegner wegsprengte und seine Kugel in die beste Position brachte. Ein mutiger Schritt, der sofort von den Zuschauern diskutiert wurde.

Als sich Leon in den Halbkreis stellte, verebbten die Gespräche. Leon konzentrierte sich ganz auf seinen Wurf. Er hörte den Wind im Blätterdach der Platanen rauschen und das Klirren eines Kaffeelöffels in einer Tasse. Leon nahm Maß, schwang die Kugel und ließ sie in der Aufwärtsbewegung los. Die Kugel beschrieb eine saubere Ellipse und schlug mit einem metallischen Klack die gegnerische Kugel zur Seite. Die Zuschauer applaudierten. Aber es war noch eine gegnerische Kugel im Spiel.

Der blonde Junge ging zum Abwurfpunkt. Dabei rieb er seine letzte Kugel mit dem Tuch blank, als hätte das irgendeine Art von Wirkung. Leon war klar, was der Junge vorhatte. Wenn er im Spiel bleiben wollte, dann musste er den Wurf von Leon wiederholen. Nur dass bei diesem *Contre Sec*, dem Wurf, bei dem die Kugel die des Gegners vom Platz schob und dessen Position einnahm, diesmal Leons Kugel angegriffen wurde.

Der junge Mann ging in die Knie und warf. Er hatte sich nicht besonders konzentriert, nicht Maß genommen, nicht einen Augenblick vor dem Wurf still verharrt, nicht versucht, die Zuschauer in seinen Bann zu ziehen. Er hatte seine Kugel einfach nur geworfen, quasi im Vorbeigehen, als hätte er noch etwas Wichtigeres zu erledigen. Es machte ein geräuschvolles Klack, Leons Kugel sprang gegen den Begrenzungsbalken, und die Kugel des Jungen blieb wie eingemauert liegen. Jetzt führten die Herausforderer wieder das Spiel an.

Einen Moment herrschte verblüfftes Schweigen. Dann gab es vereinzelt Applaus. Aber der Zauber war vorbei, noch bevor er richtig begonnen hatte.

Leon stand da und dachte, dass er gerade eine neue Art von Boule erlebt hatte. Wahrscheinlich würde es demnächst eine App geben, die den perfekten Wurf auf dem Handy errechnete. Einen Wurf ohne Gefühl, ohne Diskussionen, mit einem Sojariegel als Snack zwischendurch statt einem backfrischen Croissant; ein Smoothie in der Hand statt einem Rosé.

Jetzt hielt Leon die letzte Kugel des Spiels in der Hand. Und plötzlich waren alle Blicke wieder auf ihn gerichtet. Würde er es schaffen, seinen letzten Wurf zu wiederholen? Würde er diesen beiden jungen Burschen zeigen können, dass Boule so viel mehr war, als nur Kugeln über einen staubigen Platz rollen zu lassen? Leon stellte sich in den Wurfkreis, als eine kleine Windböe Staub unter den Platanen aufwirbelte. Leon warf, und noch bevor die Kugel den Boden erreichte, wusste er, dass sie verloren hatten. Seine Kugel verfehlte den Gegner und rollte wirkungslos gegen den Begrenzungsbalken. Kein Applaus, keine anerkennenden Sprüche, nur beifälliges Gemurmel, als sich die Zuschauer langsam verliefen.

»Sie haben sehr gut gespielt.«

Das wohlmeinende Kompliment des dunkelhaarigen Surfboys war fast noch schmerzhafter als die Niederlage.

»Danke«, sagte Leon. »Hier haben wir eine Regel: Die Verlierer laden die Gewinner auf einen Drink ein.«

»Für uns bitte nur eine Cola«, sagte der Blonde lächelnd. »Wir müssen morgen früh raus zum Training.«

»Habe ich mir fast gedacht«, sagte Leon, und zu Véronique: »Für Sie einen Pastis?«

»Könnte helfen, über die Niederlage hinwegzukommen.« Véronique lächelte die beiden jungen Männer an. »Ihr wart richtig gut.«

Sie saßen noch ein paar Minuten an einem der Café-Tische. Die Jungs tranken ihre Cola, und Leon war bemüht, die Konversation aufrechtzuerhalten. Wenig später verschwanden die Herausforderer und ließen Leon und seine Mitspielerin etwas frustriert mit ihren Drinks zurück.

»Eben habe ich mich zum ersten Mal gefühlt, als wäre ich 50«, sagte Leon.

»Sie sind 50.«

»Danke, dass Sie mich daran erinnern«, sagte Leon.

»Nehmen Sie es wie ein Mann.«

»Jetzt reden Sie wie meine Mutter.« Leon hob sein Glas, und Véronique prostete ihm zu.

Es war inzwischen dunkel geworden. Ein Einsatzfahrzeug der Gendarmerie fuhr an der Promenade entlang. Das Blaulicht zuckte durch die anbrechende Nacht. Vom Meer her wehte die Abendbrise. Es roch nach Seetang und nach warmem Sand. Véronique sah dem Polizeiauto nach.

»Die werden ihn nicht finden«, sagte sie.

»Wen?«

»Na, Patrick Favre natürlich. Ist ja auch kein Wunder. Wussten Sie, dass sein Vater bei den Flics war?«

Leon sah sie überrascht an.

»Nicht hier in Lavandou. In Fréjus. Ist schon lange her«, fügte sie erklärend hinzu.

»Nein, habe ich nicht gewusst.«

»Eine Krähe hackt der anderen kein Auge aus.« Véronique sah Leon an. »Sagt man das nicht so?«

»Sie denken, die Gendarmerie von Lavandou schützt einen potenziellen Mörder?«, fragte Leon ungläubig.

»Nein, natürlich nicht. Aber alte Verbindungen sind immer nützlich. Wenn die Flics zu Favre kommen, dann weiß der Alte garantiert schon vorher Bescheid.«

»Denkt der Vater, sein Sohn hätte damit etwas zu tun?«, fragte Leon.

Wenn jemand über die Gemütslage der Bewohner von Lavandou Bescheid wusste, dann war das Véronique.

»Sagen Sie es mir.« Véronique zuckte mit den Schultern. »Sie sind der Médecin Légiste, Sie haben die Verbindungen.«

»Die Rechtsmedizin kann nur forschen, nicht spekulieren«, wich Leon diplomatisch aus.

»Es gibt 'ne Menge Leute in der Gegend, die Patrick für einen harmlosen Spinner halten. Aber einige würden ihn am liebsten gleich am nächsten Baum aufhängen.«

»Was denken Sie, Véronique?«

Véronique sah Leon einen Moment an. »Ich habe Angst, dass es schon bald das nächste Pärchen erwischen könnte.«

40. Kapitel

Jetzt fuhr sie schon zum dritten Mal zur Familie Favre in die Hügel des Massif des Maures. Die schmale Straße war leer, und der Asphalt glänzte dunkel und nass von dem kurzen Regenschauer, der gerade über das Land gezogen war.

»Halt an«, sagte Isabelle zu Masclau, der hinter dem Steuer saß.

»Isabelle, für so was haben wir jetzt echt keine Zeit.« Masclau klang genervt. Er ahnte, was Isabelle vorhatte.

»Ich entscheide, ob wir Zeit haben.« Das klang strenger, als Isabelle es gemeint hatte. Aber sie war schließlich Capitaine und damit Masclaus Vorgesetzte. Schon aus Prinzip durfte sie solchen Widerspruch nicht durchgehen lassen.

»Ich meine ja nur, wir haben mittags auch noch die Besprechung.« Masclau hatte bemerkt, dass er sich im Ton vergriffen hatte.

»Da vorne.« Isabelle deutete zu einer Gruppe Felsen.

Masclau lenkte den Wagen auf den Kiesstreifen, der die Fahrbahn begrenzte, und Isabelle stieg aus.

»Stell den Motor ab«, bat sie und machte ein paar Schritte in das kniehohe Unterholz. Dort blieb sie stehen und sah sich um. Dann schloss sie für einen Moment die Augen. Die Sonne war wieder durch die Wolken gebrochen.

Es gab viele Arten, die Provence kennenzulernen. Man konnte über endlose Straßen durch die Hügel fahren, von einem fantastischen Aussichtspunkt zum nächsten. Man unternahm einen Spaziergang durch einen der verträumten Orte, in denen die Zeit stehen geblieben war. Oder man ging in ein Restaurant wie das *La Tonnelle* oder das *La Vavouille* und ließ sich von den Köstlichkeiten der südfranzösischen Küche überraschen. Es gab aber noch eine Methode, mit der man mehr über das Land erfuhr als mit allen anderen: Man erforschte die Provence mit der Nase, am besten an einem heißen Sommertag wie diesem, an dem ein kurzer Regenschauer über die aufgeheizte Landschaft gezogen war. Man stellte sich dann mitten in die Natur und atmete einfach tief ein und aus. Erst roch die Luft nur nach feuchter Erde. Aber plötzlich, nur wenige Sekunden später, konnte man den Duft von Salbei und Rosmarin wahrnehmen oder von blühendem Oleander und Mimosen. Und wenn man Glück hatte, konnte man sogar einen Hauch von wildem Lavendel riechen. Isabelle betrachtete noch einen Augenblick die Regentropfen, die auf den Blättern der Pflanzen in der Sonne glitzerten. Es war der perfekte Augenblick. Eine Viertelstunde später, und die Sonne hätte diese Duftwolke längst wieder verdampft. Isabelle ging beschwingt zum Auto zurück und setzte sich auf den Beifahrerplatz.

»Jetzt kannst du weiterfahren, Didier«, sagte sie und ließ das Fenster runter.

»Darf ich dir mal was sagen?«

»Nein«, sagte Isabelle. Sie saß entspannt auf dem Beifahrersitz und ließ sich den Fahrtwind ins Gesicht wehen.

Sie hatte an diesem Vormittag bereits drei Mal bei Monsieur Favre angerufen. Jedes Mal hatte sie höflich gefragt, ob sich sein Sohn bei ihm gemeldet hätte, und jedes Mal hatte der Mann wortlos aufgelegt.

Die ersten Tage nach dem Mord am Strand hatte die Gendarmerie in der Nähe des Hauses der Favres einen Streifenwagen zur Beobachtung abgestellt, vergeblich. Keine Spur des flüchtigen Patrick. Daraufhin hatte Polizeichef Zerna die Überwachung abgeblasen. Schließlich konnte die Gendarmerie von Lavandou nicht vor das Haus jedes Zeugen einen Polizeiwagen abstellen. Es war jetzt an der Zeit, dass Isabelle ein ernstes Wort mit Pierre Favre, dem Vater von Patrick, sprach.

Das Haus der Favres lag wie verlassen da. Das Tor stand offen. Masclau war auf den Hof gefahren und hatte das Polizeiauto unter der großen Platane am Eingang geparkt. Jemand hatte offenbar die Oleanderhecke gestutzt, aber die abgeschnittenen Äste noch nicht weggeräumt. Auf dem Tisch der Veranda standen ein Aschenbecher und zwei Dosen Bier. Isabelle hob eine an.

»Nur angebrochen«, sagte sie. »Sind noch ganz kalt.«

»Denkst du, er ist hier?« Masclau sah sich um.

»Glaube ich nicht«, sagte Isabelle. »Wenn er wirklich hier war, dann hat er uns garantiert kommen sehen und ist längst weg.«

»Ist da jemand?«, rief eine Stimme aus dem Inneren des Hauses. Dann hörte man einen heftigen Hustenanfall.

»Wir sind es, Monsieur Favre«, antwortete Isabelle laut und schob die Eingangstür ein Stück auf. »Capitaine Morell und Lieutenant Masclau von der Gendarmerie.«

»Kommen Sie nicht rein. Ich bin bewaffnet, ich kenne meine Rechte.«

Bei dem Wort »bewaffnet« zog Masclau sofort seine Dienstpistole.

»Hab ich schon gehört.« Isabelle sah auf Masclaus Waffe und schüttelte energisch den Kopf. Sie stieß vorsichtig die Tür weiter auf. »Wir sind ja sozusagen Kollegen.«

»Kollegen? Ganz bestimmt nicht.« Monsieur Favre kam langsam näher. Immer wieder blieb er schwer atmend stehen und hustete.

»Wir wollen nur mit Ihnen reden, Monsieur Favre«, sagte Isabelle. »Machen Sie es uns doch nicht so schwer.«

»Sie wollen meinen Sohn verhaften«, sagte Favre, »aber das lasse ich nicht zu. Der hat nichts getan, gar nichts.«

»Dann hat er auch nichts zu befürchten«, stellte Isabelle sachlich fest.

Im Dämmerlicht des Flurs tauchte Monsieur Favre auf. In der Hand hielt er einen verrußten Schürhaken. Der kranke Mann trug einen grünen Frottee-Morgenmantel, der voller Flecken war. Trotzdem erschien Isabelle das Haus aufgeräumter als bei ihrem letzten Besuch. Im Flur lagen keine Kleidungsstücke mehr am Boden, die Mäntel hingen ordentlich in der Garderobe, und durch die offene Küchentür konnte Isabelle erkennen, dass jemand zumindest das Geschirr gespült und ins Regal geräumt hatte. Unwahrscheinlich, dass der schwerkranke Monsieur Favre für so viel Ordnung verantwortlich war. Favre kam näher, noch immer den Schürhaken in der Hand, den er provozierend hin und her schwang.

»Legen Sie das Ding weg!«, blaffte Masclau den Mann an und legte die rechte Hand auf die Waffe in seinem Gürtelholster. »Jetzt.«

Isabelle spürte, wie sich die Atmosphäre mit Masclaus Zorn und Favres Verachtung auflud.

»Legen Sie es lieber weg, Monsieur Favre. Das Ding ist ja ganz schmutzig«, Isabelle zeigte auf den rostigen Schürhaken.

Isabelle hatte im Ton einer besorgten Tante gesprochen, und tatsächlich legte Favre den Schürhaken widerspruchslos auf die Kommode.

»Ihr Sohn war hier«, stellte Isabelle fest und sah sich um.

»Na und?«, Monsieur Favre ließ sich schwer auf einen der Gartenstühle der Veranda sinken.

»Sie wissen, dass Sie eine Straftat begehen, wenn Sie Ihren Sohn verstecken«, sagte Masclau.

»Blödsinn.«

»Sie rauchen zu viel«, sagte Masclau mit Blick auf den Aschenbecher.

»Sind Sie jetzt auch noch mein Arzt?« Favre musterte den Lieutenant mit herablassendem Blick. »Ich habe Lungenkrebs. Scheißegal, ob ich rauche oder nicht.«

»Warum versteckt sich Ihr Sohn?«, fragte Isabelle.

Favre begann wieder zu husten, diesmal war der Anfall heftiger. Er griff in die Tasche seines Morgenmantels, zog ein Papiertaschentuch heraus und hielt es sich vor den Mund. Es färbte sich rot.

»Wir haben nur ein paar Fragen an Ihren Sohn, das ist alles.«

»Und deswegen haben die Flics ihn gleich zur Fahndung ausgeschrieben?« Der Mann winkte ab. »Ich weiß doch, wie das bei der Polizei läuft.«

»Vorsicht, Monsieur Favre«, sagte Masclau.

»Sonst was?«, provozierte Favre weiter. »Schlagen Sie mich sonst zusammen? Nur zu.«

»Lieutenant Masclau, bitte«, mahnte Isabelle ihren Kollegen.

»Den da sollten Sie besser nicht zu Zeugenbefragungen mitnehmen«, Favre machte eine wegwerfende Handbewegung in Richtung Masclau.

»Wir können auch gerne zusammen zur Wache fahren«, drohte Masclau. »Vielleicht fällt Ihnen dann ja ein, wo Ihr Sohn ist.«

»Ein alter, kranker Mann im Bademantel auf der Wache«, sagte Favre. »Na, das wird ein Spaß.«

Isabelle sah, dass Masclau vor Wut kochte. Wenn er mit diesem Favre alleine gewesen wäre, hätte er ihn wahrscheinlich längst geschnappt und erst mal kräftig gegen die Wand gedrückt.

»Wenn Ihr Sohn sich stellt, könnten wir uns die ganze Fahndung sparen«, Isabelle sah Favre freundlich an.

»Mein Sohn hat ein paar Probleme, das weiß ich selber«, Favre griff zu der Bierdose und nahm einen Schluck.

»Das ist ja wohl die Untertreibung des Tages«, sagte Masclau abfällig.

»Masclau ...«, sagte Isabelle. Diesmal klang es wie eine letzte Warnung.

»Stimmt doch«, sagte Masclau, »Patrick hat nicht nur ein paar Problemchen, und das wissen Sie ganz genau.«

»Er befindet sich in psychotherapeutischer Behandlung, falls Ihr Kollege das meint«, sagte Favre an Isabelle gewandt.

»Das ist aber noch lange keine Entschuldigung für schlechtes Benehmen«, versuchte Masclau es noch einmal. »Wir müssen trotzdem mit ihm reden.«

Isabelle sah ihren Kollegen strafend an.

»Gehst du schon mal zum Wagen und gibst an die Zentrale durch, dass wir uns eine halbe Stunde verspäten«, bat sie. »Ich komm gleich nach.«

Ohne Favre noch einmal anzusehen, verschwand Masclau über die Veranda und setzte sich beleidigt in den Wagen.

»Es ist sehr wichtig, was ich Ihnen jetzt sage«, sagte Isabelle, nachdem sie sich einen Moment lang stumm angesehen hatten. »Es gibt ein paar Leute in dieser Stadt, die würden Patrick gerne loswerden.«

»Denken Sie, das wüsste ich nicht«, sagte der Vater und hustete. »Patrick ist schwierig, das stimmt. Deswegen ist er ja auch in dieser Behandlung. Aber er ist kein schlechter Mensch. Ganz und gar nicht.«

»War er hier im Haus, in den letzten Tagen?«, fragte Isabelle.

»Wen habe ich denn, der sich kümmert, wenn die Schmerzen kommen?«, sagte Favre leise.

»Warum holen Sie sich keine professionelle Hilfe? Das läuft doch alles über den Sozialen Dienst. Der schickt ihnen jemanden. Ein-, zweimal in der Woche. Das würde für Sie bestimmt vieles leichter machen.«

»Ich will keine Fremden im Haus haben.«

»Bitte, Monsieur Favre, reden Sie mit Ihrem Sohn.« Isabelle legte ihre Karte auf den Tisch. »Das ist meine Nummer, da kann er mich Tag und Nacht erreichen.«

»Jetzt sind Sie freundlich zu mir«, sagte der kranke Mann. »In Wirklichkeit wollen Sie Patrick doch auch nur einsperren.«

»Glauben Sie das wirklich, Monsieur Favre? Warum?«

»Weil Sie keinen anderen Verdächtigen haben«, erwiderte Favre. »Ich weiß schon. Irgendwann tauchen sogenannte Beweise auf, und dann schnappt man sich den, den die Polizei sowieso schon die ganze Zeit im Visier hat.«

»So läuft das vielleicht woanders, aber nicht hier bei uns.«

»Ich bin müde. Ich muss mich hinlegen.«

»Kann ich noch etwas für Sie tun?«

»Ja, gehen Sie und nehmen Sie Ihre Karte wieder mit.«

»Die lasse ich hier. Vielleicht brauchen Sie sie ja doch noch irgendwann.«

41. Kapitel

Polizeichef Zerna saß hinter seinem Schreibtisch und war stinksauer. Gerade war ihm der zweite Verdächtige durch die Lappen gegangen. Dieses Mal nicht durch Flucht, sondern durch die Intervention der eigenen Behörde. Vor einer Viertelstunde war Zerna vom Haftrichter in Toulon darüber informiert worden, dass die U-Haft von Olivier Rybaud ausgesetzt worden war. Das von der Staatsanwaltschaft vorgelegte Material rechtfertigte angeblich keinen Tatverdacht und damit auch keine Untersuchungshaft.

»Wenn ich mir vorstelle, dass dieser Kerl bei den Obduktionen seiner eigenen Opfer dabei war.« Zerna fasste sich demonstrativ an den Kopf.

»Noch steht nicht fest, ob Rybaud in irgendeiner Verbindung zu den Morden steht, Commandant«, erinnerte Leon höflich an die Fakten.

»Was sind Sie jetzt, auch noch sein Anwalt? Wer sagt uns, ob er bei den Obduktionen nicht Spuren verwischt oder neue gelegt hat. Gelegenheit hätte er ja genug gehabt!«

»Diesem Typen würde ich alles zutrauen«, sagte Masclau und sprach damit aus, was Zerna dachte. »Der ist echt schräg.«

Im Büro des Polizeipräsidenten hatte sich nur der engste Kreis der Gendarmerie versammelt. Neben dem Polizeichef und seiner

Stellvertreterin waren auch Masclau, Kadir und Leon im Raum. Alle mussten stehen. Nur Zerna lehnte sich in seinem Ledersessel zurück, der hinter seinem Mahagonischreibtisch stand.

Eigentlich hatte Leon sich vorgenommen, nur die anderen reden zu lassen. Aber jetzt musste er einfach ein paar Dinge richtigstellen. Selbst falls Rybaud tatsächlich etwas mit der Sache zu tun haben sollte.

»Olivier Rybaud ist seit acht Jahren mein Assistent und mein engster Mitarbeiter in der Pathologie«, sagte Leon. »Bis heute hat er sich ausschließlich durch große Zuverlässigkeit und hohe fachliche Kompetenz ausgezeichnet.«

»Der Kerl, der den Surfern die Kehle durchgeschnitten hat, hatte auch fachliche Kompetenz«, murmelte Masclau.

»Schon gut, schon gut, Docteur.« Zerna hob beide Hände, als müsste er sich bei Leon entschuldigen. »Ich hatte heute noch einen Anruf. Aus dem Innenministerium. Sie können sich ja denken, was die wollten.«

»Wir arbeiten so schnell wir können«, sagte Isabelle.

»Das ist Toulon aber nicht schnell genug«, antwortete Zerna.

»Was wollen die denn noch von uns, verdammt noch mal?«, brauste Masclau auf.

»Ganz einfach: Die wollen den Täter, und zwar am besten heute.« Zerna klang bedrohlich ruhig.

»Und wie soll das bitte gehen?«, fragte Masclau trotzig.

»Suchen Sie. Finden Sie Belastungszeugen gegen diesen Rybaud. Beschatten Sie ihn. Der Mann ist offensichtlich ein Killer. Solche Leute machen Fehler.« Zerna klang genervt.

»Dafür brauchen wir mehr Leute«, verteidigte Isabelle ihre Mannschaft. »Sagen Sie das denen in Toulon.«

In diesem Moment klingelte das Telefon. Zerna packte den Hörer und bellte ein kurzes »Ja?«. Er hörte sich ein paar Sekunden an, was der Anrufer zu sagen hatte, dann brüllte er »No!« und knallte den Hörer zurück auf das Telefon.

»Diese verdammten Surfmeisterschaften«, fluchte Zerna. »Ständig rufen Journalisten an. Das war ein Sender in Australien. Die haben gefragt, ob wir mit weiteren Morden rechnen.«

»Die Menschen haben Angst«, sagte Isabelle.

»Wundert Sie das? Und was ist jetzt mit Patrick Favre? Hat der Besuch bei seinem Vater was gebracht oder nicht?«, fragte Zerna und warf dabei einen vorwurfsvollen Blick auf das Pflaster, das seine Stellvertreterin auf der Stirn trug und das alle daran erinnerte, dass ihr bereits ein Verdächtiger entkommen war.

»Monsieur Favre weiß nicht, wo sein Sohn ist«, antwortete Isabelle. »Zumindest behauptet er das.«

»Sie sind anderer Meinung?« Zerna hatte den leisen Zweifel in ihrer Stimme gehört.

»Wir haben Hinweise, dass Patrick Favre seinen Vater regelmäßig besucht, um nach ihm zu sehen.«

»Sie sehen Favre nicht als Täter?« Der Polizeichef lehnte sich in seinem Sessel zurück.

»Nein«, sagte Isabelle ruhig. »Ich kenne Patrick Favre. In den vergangenen drei Jahren hat es sieben Anzeigen gegen ihn gegeben.«

»Na also«, sagte Zerna zufrieden. »Das ist doch schon mal ein Anfang.«

»Diebstahl auf dem Markt, ein Auto ausgeräumt«, begann Masclau.

»Das war ein Cabriolet, das offen stand«, korrigierte Isabelle den Lieutenant.

»Zwei Mal Schlägereien mit betrunkenen Touristen«, fuhr Masclau fort, »und einmal ist er auf eine Frau losgegangen. Alle

Anzeigen wurden kassiert oder wegen Geringfügigkeit nicht weiterverfolgt.«

»Was sagt unser Médecin Légiste?« Zerna sah Leon an.

Einen winzigen Moment fragte sich Leon, ob er das Team der Gendarmerie über seine jüngsten Überlegungen aufklären sollte. Dass es sich bei dem Mörder möglicherweise um einen Mann handelt, der Jagd auf seine Opfer macht. Aber welche Beweise hatte er für diese verwegene Theorie? Ein paar blutige Eichenblätter und Erinnerungen an Jagdausflüge mit seinem Großvater, als er zehn Jahre alt gewesen war. Das konnte er der Gendarmerie nationale nicht einfach so erzählen. Nicht zu diesem Zeitpunkt. Er brauchte dringend deutlichere Spuren.

»Docteur?«, Zerna riss Leon aus seinen Gedanken. »Ihre Einschätzung?«

»Diese Taten setzen gute Planung voraus. Perfekte Planung. Der Ort, die Zeit, die passende Situation – alles muss stimmen. Dieser Täter bereitet sich akribisch vor. Er zelebriert seine Taten. Schon die Vorbereitung verschafft ihm Nervenkitzel, es erregt ihn.«

»Woher wollen Sie das denn wissen?«, unterbrach ihn Masclau und erntete einen scharfen Blick von Isabelle.

»Er sucht sich seine Opfer genau aus«, fuhr Leon ungerührt fort. »Er beobachtet sie. Legt sich auf die Lauer. Und nach der Tat arrangiert er seine Opfer. Wie auf einem Bild. Er will, dass wir wissen, was er tut.«

»Jetzt machen Sie aber mal einen Punkt, Docteur«, sagte Zerna mit blasiertem Unterton. »Das ist doch reine Spekulation. Vielleicht hören wir auch nie wieder was von dem Kerl.«

»Ich fürchte, den Gefallen wird er uns nicht tun«, sagte Isabelle.

»Da gebe ich ihr recht«, sagte Leon. »Triebtäter hören nicht einfach auf zu morden. Sie legen vielleicht eine Pause ein, aber sie kommen wieder.«

»So wie Patrick Favre?«, fragte Masclau. «Der zwischendurch ein paar Viecher aufschlitzt, um nicht aus der Übung zu kommen?«

»Eidechsen«, spezifizierte ihn Isabelle.

»Na gut, dann eben Eidechsen.«

Zerna beobachtete einen Moment schweigend sein Team.

»Haben Sie etwas bemerkt?« Der Polizeichef lehnte sich nach vorn, stütze sich auf den Tisch und sah Leon listig an. »Ihre Täterbeschreibung passt genau auf Ihren Assistenten Rybaud: Ein Pedant ohne Freunde, ohne Empathie, ein Einzelgänger.«

»Wenn so einem die Freundin ausgespannt wird, Patron«, kombinierte Masclau weiter, »ist doch klar, dass er dann durchdreht.«

»Ich will mehr über den Hintergrund des Verdächtigen wissen«, sagte Zerna. »Ich möchte, dass der Kerl wieder festgenommen wird. Je früher er hier in der Zelle sitzt, umso besser für die ganze Stadt.«

»Wir sind an ihm dran«, beruhigte ihn Lieutenant Masclau.

»Außerdem überprüfen wir alle Männer im fraglichen Alter rund um Le Lavandou, die wegen sexueller Gewalttaten bereits mit der Polizei zu tun hatten«, ergänzte Kadir. »Ist 'ne ziemlich lange Liste.«

»In Ordnung. Wir verstärken noch mal die Präsenz der Gendarmerie in Lavandou«, ordnete Zerna an. »Nach Einbruch der Dunkelheit soll alle zehn Minuten eine Streife die Promenade entlangfahren. Die Menschen sollen sehen, dass wir was tun für ihre Sicherheit.«

Eine Viertelstunde später saßen Isabelle und Leon auf einer Bank an der Uferpromenade. Während in der Wache, keine zehn Minuten zu Fuß entfernt, die Fahndung nach dem geheimnisvollen Serienkiller auf Hochtouren lief, war es Isabelle gelungen, sich wenigstens für eine halbe Stunde aus dem hektischen Betrieb auszuklinken. Eine halbe Stunde, in der sie in aller Ruhe mit Leon die jüngsten Entwicklungen besprechen konnte.

Es war ein heißer Tag, kein Wind, das Meer dunkelblau glitzernd und still wie ein See. Jetzt, am Nachmittag, schleppten sich die Touristen, müde vom Mittagessen, zurück an den Strand. Dort würden sie unter ihren viel zu kleinen Schirmen einschlafen und keine Stunde später mit einem feuerroten Sonnenbrand wieder aufwachen.

Es waren auffallend weniger Touristen als sonst am Strand. Wo waren die Männer mit ihren umgehängten Kästen, aus denen sie Popcorn und gebrannte Mandeln verkauften? Wo waren die Kinder, die sonst vor den Eisdielen Schlange standen? Die Ladenbesitzer machten besorgte Gesichter, und in den Bistros und Cafés liefen die Fernseher mit den Nachrichtensendungen rund um die Uhr. Als würden alle nur auf eine Nachricht warten: dass der Mörder gefasst wäre und das Leben endlich wieder seinen geregelten Lauf nehmen könnte.

Isabelle hielt Leon eine kleine Pappschale voller frischer Brombeeren hin, die sie im Vorbeigehen bei *La Pomme d'Amour* gekauft hatte.

Er nahm sich eine Beere. Sie war köstlich, zuckersüß und warm von der Sonne.

»Ich bin froh, dass du es vor den anderen nicht erwähnt hast«, sagte Isabelle

»Und du, was hältst du davon?«

»Ganz ehrlich?« Isabelle hielt Leon noch mal die Beeren hin. Sie zögerte, bevor sie antwortete. »Du glaubst also ernsthaft, dass irgend so ein Kerl Menschen jagt? So wie man Füchse und Hasen jagt?«

»Darauf weisen jedenfalls die Spuren hin.«

»Welche Spuren? Du hast ein paar blutige Blätter, okay. Und so was wird bei der Jagd verwendet, um Tiere zu markieren, auch klar.«

»Du glaubst, ich liege falsch?«

»Ich glaube, du verrennst dich da in was, Leon. Was du da hast, ist keine echte Spur.«

»Dieser Mensch geht auf die Jagd, und er will, dass wir seine Trophäen bewundern. Das spüre ich einfach.«

»Wenn sich neue Spuren ergeben sollten, können wir ja noch mal drüber reden.«

»Was ist mit diesem Albatros?«, fragte Leon.

»Über den wissen wir nur, dass er der Sonne hinterherreist und Drogen vertickt«, Isabelle sah auf ihre Uhr. »Ich muss zurück.«

»Na gut«, sagte Leon. »Ich fahr noch mal ins Labor. Es könnte heute später werden.«

»Arbeite nicht so lange, mon chéri.« Sie küsste ihn auf den Mund und ging davon.

Was bist du für ein Lügner, dachte Leon, während er ihr nachsah. Warum sagst du ihr nicht, was du wirklich vorhast?

Isabelle drehte sich noch einmal kurz um und winkte ihm zu, dann ging sie weiter.

Leon folgte ihr mit dem Blick. Was sollte er nur tun?

42. Kapitel

Nein, natürlich war es nicht legal, aber es war richtig. »Richtig« und »legal« konnten zwei völlig unterschiedliche Dinge sein, das hatte er in den vergangenen Tagen begriffen. Es war gleich 21 Uhr. Bruno Lambert wartete seit dreißig Minuten, dass endlich der Mann mit den Schlüsseln auftauchte. Er stand hinter dem Carrefour bei den Müllcontainern. Jemand, der nur zufällig herübersah, würde ihn in der langsam aufkommenden Dämmerung kaum erkennen. Lambert trug ein dunkles T-Shirt und dunkle Jeans. So wie sie es verabredet hatten. Dass er jetzt warten musste, war seine eigene Schuld, das wusste er selber. Lambert fand zu Hause keine Ruhe, er konnte nicht einfach im Fernsehsessel sitzen bleiben und hoffen, dass etwas geschah, hoffen, dass der Verrückte festgenommen wurde, der für all diesen Schmerz verantwortlich war. Für den Tod von vier jungen Menschen – für den Tod von Colette.

Beim Gedanken an seine Tochter spürte er, wie ihm die Luft wegblieb, als müsste er ersticken; er spürte, wie sein Magen sich verkrampfte. Bruno Lambert versuchte, nicht an den Moment im Autopsiesaal zurückzudenken. Aber es gelang ihm nicht.

Das war der entsetzlichste Augenblick in seinem Leben gewesen. Schlimmer noch als der Autounfall, bei dem er vor vier Jahren seine Frau verloren hatte. Claire und er waren eingeklemmt gewesen, aber das Schicksal hatte sich einen teuflischen Plan ausgedacht. Er konnte sich nicht bewegen mit den gebrochenen Armen, gefesselt vom Sicherheitsgurt. Claires Körper war eingekeilt gewesen im Schrott von zwei Autos, die frontal zusammengeprallt waren – aber Claire war verletzt, schwer verletzt, und er konnte nichts tun. Er musste zusehen, wie ihr das Blut aus Mund und Ohren lief, keine zehn Zentimeter vor ihm. Und doch so weit fort wie der Mars. Er konnte sie nicht berühren, nicht trösten. Er musste hilflos zusehen, wie sie starb.

Im Autopsiekeller hatte ihn die Angst wieder eingeholt, die ihn seit dem Unfall verfolgte. Es war, als hätte ihn der Teufel höchstpersönlich in die Autopsie geführt. Das konnte nicht seine Tochter sein, die da lag. Mit einem Gesicht wie aus altem Wachs, mit ihrem geöffneten Leib ... es war der Blick in die Hölle. In diesem Moment hatte er gewusst, dass er den Teufel, der das getan hatte, bestrafen würde. Er würde ihn aus der Gesellschaft herausreißen und seiner gerechten Strafe zuführen. Auge um Auge, Zahn um Zahn, Wunde um Wunde hieß es im Alten Testament. Daran hielt er sich fest.

Jeder in Lavandou wusste, wer für den Tod von Colette verantwortlich war. Der Täter hatte noch nichts zugegeben – aber was hieß das schon? Es bedeutete ja nur, dass er noch nicht richtig befragt worden war.

Lambert spürte, wie der Zorn in ihm aufstieg. Patrick Favre war so schuldig, wie man nur sein konnte. Schließlich war er vor der Polizei abgehauen. Warum sollte er so was tun? Seit Tagen war dieser Kerl untergetaucht. Und die Flics? Die waren faul und fantasielos, im besten Fall. Im schlimmsten steckten sie sogar unter einer Decke mit dem alten Favre. Aber er nicht, und seine Freunde aus dem *Miou* auch nicht. Die kleine verschworene Gruppe war entschlossen, für Gerechtigkeit zu sorgen. Mit diesen Männern an seiner Seite konnte nichts schiefgehen. Sie hatten einen gewaltigen Vorteil gegenüber den Flics: Sie wussten, wo Patrick Favre sich versteckte. In Gedanken spuckte er den Namen aus. Sie wollten den Flics nicht den Job streitig machen. Sie wollten nur helfen. Lavandou wieder sicher machen. Darum ging es.

Bruno Lambert war an diesem Morgen nach Bormes-les-Mimosas gefahren und hatte die alte Kirche Saint Trophyme besucht. Dort hatte er sich in eine der engen harten Holzbänke gezwängt, war auf die Knie gefallen und hatte zwanzig Minuten gebetet. Er musste sich vorbereiten, sich stark machen, um eine große Schuld auf sich zu nehmen. Er bat um Vergebung. Das Erstaunliche war, dass ihm danach ganz leicht war. Zum ersten Mal seit dem Mord an seiner Tochter, seinem einzigen Kind, fühlte er sich, als wäre ein frischer Lufthauch durch seinen Kopf geweht und hätte alle düsteren Pläne und Erinnerungen mit sich genommen. Er hatte gespürt, wie ihm Tränen in die Augen getreten und über seine Wangen gelaufen waren. Erst dann war er in das Seitenschiff gegangen und hatte unter dem Bildnis des heiligen Sebastian drei Kerzen angezündet.

Bruno Lambert sah auf seine Uhr. Der Carrefour-Markt in der Avenue Maréchal Juin hatte pünktlich um 20 Uhr seine Pforten geschlossen. Eine Mitarbeiterin der Putzkolonne fuhr mit einer geräuschvollen Kehrmaschine über den Platz. Langsam verließen auch die letzten Autos der Mitarbeiter das große Areal. Niemand interessierte sich für den verbeulten Peugeot-Transporter, der am Hinterausgang unter einer Reihe niedriger Pinien stand. Die Kehrmaschine verschwand, und es wurde wieder ruhig auf dem Platz. Lambert wollte gerade in Richtung Zufahrt gehen, als ein Mann hinter dem Lieferwagen aus dem Schatten trat und auf ihn zukam.

»Monsieur Koenig?«, fragte Lambert unsicher in die Dunkelheit hinein und versuchte, den Mann zu erkennen.

»Keine Namen, verdammt. Was hatten wir ausgemacht?«, flüsterte Koenig und trat ins Licht.

»Ich dachte, es wäre vielleicht jemand vom Markt ...«, entschuldigte sich Lambert.

Koenig griff in die Tasche seiner dunklen Windjacke und zog zwei Schlüssel heraus. Er gab sie nacheinander Lambert.

»Der hier ist für den Camion«, Lambert nickte zu dem Lieferwagen, der vor vielen Jahren einmal hellblau gewesen war. »Der Wagen ist offiziell verschrottet. Die Nummer gehört zu einem anderen Fahrzeug in der Firma. Anderes Fabrikat, andere Farbe.«

»Gib schon her«, sagte Lambert und nahm den Schlüssel.

»Der hier ist für das Tor«, Koenig gab Lambert den zweiten Schlüssel. »Da müsst ihr über die hintere Zufahrt rein, von der Rue Albert aus.«

»Verdammt, ich weiß, wo dein Betrieb ist«, antwortete Lambert gereizt.

»Die Halle liegt ganz am Ende des Hofs, noch hinter dem Lager. Da kann man rückwärts ranfahren.«

»Und du bist echt nicht dabei?«

»Ich lehne mich auch so schon weit genug aus dem Fenster«, sagte Koenig.

»Indem du zu Hause bleibst?«

»Ich gebe euch den Wagen und die Halle. Ich würde sagen, dass das 'ne ganze Menge ist.«

»Scheiße, wenn man keine Eier hat«, sagte Lambert.

»Vorsicht«, sagte Koenig, »das Ding kann leicht aus dem Ruder laufen. Ganz leicht.«

Wortlos stieg Lambert in den Lieferwagen und ließ den Motor an. Als der Wagen anfuhr, klopfte Koenig zweimal auf die Kühlerhaube. Aber Lambert sah nicht mehr zurück, als er über den Parkplatz davonfuhr. Erst als er in die Straße einbog, schaltete er das Licht des Lieferwagens ein.

43. Kapitel

Leon saß auf der Terrasse des *Hotel de la Calanque* und fragte sich, was er hier eigentlich tat. Gleich neben ihm, ebenfalls in einem der bequemen Lounge-Chairs, wartete Élise Simon darauf, dass er etwas sagte. Aber Leon war wie blockiert. Ein Schüler, dem man ein Kompliment für seine Leistung gemacht hatte und der nicht wusste, wie er Danke sagen sollte. Das Angebot, das ihm gerade unterbreitet worden war, war grandios, nein, es war sensationell. Madame Docteur Simon war nicht nur eine der bekanntesten Pathologinnen des Landes, sie war zudem die Leiterin der Rechtsmedizinischen Abteilung an der Universität von Toulouse. Was ihr Angebot anging, so war Leon unsicher, ob er Champagner bestellen oder besser ohne ein Wort aufstehen und davonlaufen sollte. Er entschied sich für den diplomatischen Weg: vorsichtige Verzögerung.

»Sie schweigen?«, fragte Madame Simon und sah ihn mit einem entwaffnenden Lächeln an. »Ist es nicht das, was Sie sich vorgestellt hatten, als wir uns das letzte Mal getroffen haben?«

»Es hat mich … ich meine, es geht jetzt alles so schnell. Ich konnte Ihnen ja meine Arbeit noch gar nicht richtig vorstellen.«

»Wir beobachten Ihre Arbeit schon seit einer ganzen Weile, Docteur Ritter. Wir kennen Ihre Veröffentlichungen, und wir wissen, dass Sie bisweilen ungewöhnliche Wege gehen. Aber genau das ist es, was wir suchen. Wir möchten das Image der Rechtsmedizin an der Universität Toulouse aufpolieren. Wir glauben, dass Sie der Richtige dafür wären. Eine Mischung aus modernem Wissenschaftler und leidenschaftlichem Mediziner.«

»Das ist sehr freundlich, Madame«, sagte Leon vorsichtig. »Und seien Sie versichert, dass Ihr Angebot sehr genau meinen Vorstellungen entspricht.«

»Na also, das hören wir doch gerne.« Sie hob ihre Cafétasse wie ein Weinglas und prostete ihm zu.

»À votre santé, Docteur.«

»À la vôtre.« Leon hob zögernd seine eigene Tasse. Über seinem Lächeln lag ein Schatten.

Natürlich war das Angebot der Universität von Toulouse mehr als interessant. Eine Professur an der renommierten Uni, Leitung der Rechtsmedizinischen Abteilung, Forschungsmöglichkeiten. Der Job wurde mehr als ordentlich bezahlt. Außerdem dürfte er zwischendurch Gutachten schreiben, was auch in finanzieller Hinsicht nicht zu verachten war. Alles perfekt, wenn da nicht diese 508 Kilometer wären. Genauso weit war die Universität Toulouse von Lavandou entfernt. Den Job anzunehmen, würde bedeuten, von Montag bis Freitag in Toulouse zu wohnen und Isabelle und Lilou nur noch am Wochenende zu sehen. Wie lange würde das gut gehen? Aus einer Woche würden nach und nach mehrere werden. Man würde sich immer seltener sehen – nicht auszudenken. Er fürchtete sich vor einer Trennung. Die Vorstellung einer Wochenendbeziehung bereitete ihm tiefe Sorge.

Das war auch der Grund gewesen, warum er bisher mit niemandem über das Angebot der Universität gesprochen hatte. Tief in seinem Inneren war er von Anfang an gegen diesen Job gewesen. Er hatte doch in Lavandou alles, was er wollte. Eine verantwortungsvolle Aufgabe in der Klinik. Eine Abteilung, die er leiten und gestalten durfte, und er war dabei nicht alleine. Er war mit Isabelle zusammen. Seiner großen Liebe. Wäre er wirklich bereit, das alles hintanzustellen?

Natürlich genoss er auch das Gefühl der Anerkennung. Aufmerksamkeit zu bekommen mit dem, was er tat. Wie oft hatte er sich vorgestellt, wie es wäre, als Professor im Hörsaal einer renommierten Universität zu stehen. Hatte er sich das nicht immer erträumt? Doch das war, bevor Isabelle und Lilou in sein Leben getreten waren, bevor er nach Südfrankreich gezogen war, bevor er das Städtchen Lavandou kennen und lieben gelernt hatte. Freunde gefunden hatte, respektiert und geschätzt wurde. Lavandou war nicht Toulouse, ganz und gar nicht, aber es war zu seinem Zuhause geworden, und das aufzugeben konnte er sich einfach nicht vorstellen.

Jetzt saß er hier mit dem Jobangebot seines Lebens und einem rabenschwarzen Gewissen. Vielleicht hätte er weniger Begeisterung zeigen dürfen, als das erste vorsichtige Angebot der Uni an ihn herangetragen worden war. Stattdessen war er bei den Verhandlungen vage geblieben, und jetzt wusste er nicht mehr, wie er aus dieser Falle wieder herauskommen sollte.

»Ich muss Sie um etwas mehr Zeit bitten«, sagte Leon.

In diesem Moment sah er Isabelle. Oder glaubte er nur, sie zu sehen? Eine dunkelhaarige Frau, die an der Bar vorbeiging und kurz zu ihnen herübersah. Leon hatte sie nur aus dem Augenwinkel wahrgenommen. Als er einen weiteren Blick in ihre Richtung warf, war sie verschwunden. Hatte er sich getäuscht? Jetzt hinter ihr herzulaufen, wäre peinlich gewesen. Vor allem auf die Gefahr hin, dass er sich irrte.

»Geht es Ihnen gut?«, fragte Madame Simon.

»Ja, ich dachte, ich hätte jemand gesehen«, sagte Leon. »Es gab heute sehr viel zu tun im Institut.«

»Dann ist Café au lait aber das falsche Getränk«, sagte Docteur Simon.

»Beim nächsten Mal.«

»Das klingt gut.«

»Ich muss noch mit der Familie reden.«

»Auf die Singles unter den Wissenschaftlern«, sie hob ihre Tasse.

»Ich muss gehen. Vielen Dank, dass Sie sich die Zeit genommen haben.«

»Überlegen Sie nicht zu lange.« Die Medizinerin lächelte, aber Leon wusste, dass die Bemerkung durchaus ernst gemeint gewesen war.

44. Kapitel

Die drei Männer hatten den verschrammten Lieferwagen unter einer Platane abgestellt. Das war kein besonders gutes Versteck, aber abends um zehn mussten sie keine Spaziergänger mehr fürchten. Schon gar nicht hier am Rande der Einkaufszentren, wo sich auch das Winterlager für Boote befand, das den schönen Namen *Refuge de Bateau* trug. Bei genauerem Hinsehen handelte es sich dabei um knapp zwei Hektar staubiges trockenes Land am Fuße eines Hügels, mitten in der Pampa. Hier ließen Bootseigner im Winter ihre Schiffe versorgen. Wenn sie gewusst hätten, wie gleichgültig diese Aufgabe vom Pächter dieses Bootslagers gehandhabt wurde, hätten sie ihre Schätze wahrscheinlich woanders in Obhut gegeben.

Um diese Jahreszeit war das Gelände so gut wie leer. Die meisten Boote wurden Ende Juni zu Wasser gelassen und erst Ende September, bevor die Herbststürme einsetzten, wieder zurück ins Winterlager gebracht. Dort sollten sie dann repariert und hergerichtet werden für die nächste Saison. Zumindest war es das, was der Eigentümer des Winterlagers seiner zahlenden Kundschaft versprach. In Wirklichkeit geschah so gut wie nichts mit den Booten. Nur die wenigsten bekamen einen der begehrten Plätze in der Halle. Die meisten Boote standen draußen bei Wind und Wetter und wurden gelegentlich von Mäusen bewohnt, die sie als Schutz in der kalten Jahreszeit nutzten.

Die drei Männer pirschten sich geduckt an das Gelände heran. Obwohl sie davon ausgingen, dass es verlassen war und dass es eben darum dem Mann, nach dem alle suchten, als Versteck diente. Vor einem rostigen Maschendrahtzaun, der von Glyzinien überwuchert war, blieben sie stehen.

»Gib mir mal die Zange, Michel.« Lambert packte den Bolzenschneider, den ihm der Mann vom Tabac-Laden reichte, und begann, den Zaun aufzuschneiden. Der Bolzenschneider hatte keine Probleme mit dem verrosteten Drahtgeflecht.

»Ich hab ein mieses Gefühl bei der Sache«, flüsterte Michel und sah nervös in alle Richtungen, aber da war niemand. »Ein ganz mieses Gefühl.«

»Jetzt mach hier mal nicht einen auf Panik«, sagte Edmonde, der Pizza-Mann.

»Na, los, kommt schon.« Lambert zog den Zaun zur Seite, und die Männer zwängten sich nacheinander durch die Lücke.

Lambert hatte den Tipp mit dem Bootslager von Antoine bekommen.

»Nur unter uns, Bruno«, hatte Antoine gesagt, »ich hätte da vielleicht 'ne Idee, wo sich das Schwein versteckt, der das mit deiner Tochter ... du weißt schon.«

Antoine war ein ortsbekannter Alkoholiker und der Besitzer des Winterlagers für Boote. Ihm war aufgefallen, dass jemand in dem alten Kutter übernachtet hatte, der im hintersten Teil des Geländes aufgebockt war. Das Boot hatte mal einem Lehrer gehört, den aber Nierenprobleme außer Gefecht gesetzt hatten. Das war jetzt fast sieben Jahre her. Seitdem rottete der Kutter vor sich hin. Aber innen war er angeblich noch gut in Schuss, hatte Antoine behauptet – das ideale Versteck für einen, der auf der Flucht war.

An die Flics wollte sich Antoine mit seinen Informationen lieber nicht wenden.

»Die Flics vermasseln die ganze Sache doch nur wieder«, hatte er Lambert gesagt.

Lambert ahnte, dass Antoine auch ganz pragmatische Gründe hatte, die Flics nicht in seinem Bootslager herumschnüffeln zu lassen. Nicht für alle Boote im Lager hatte Antoine gültige Papiere.

Darum waren sie jetzt alle hier, waren mitten in der Nacht in das Winterlager eingedrungen, auf der Suche nach einem brutalen Serienkiller. In wenigen Minuten würden sie das Schwein stellen und dann ... Bei dieser Vorstellung spürte Lambert eine angenehme Gänsehaut den Rücken hinunterlaufen. Das Hochgefühl, das ihn bereits begleitete, seit er die Entscheidung gefällt hatte, die Dinge selber in die Hand zu nehmen, erfüllte ihn von Neuem – es war das Einzige, was ihn seit Colettes Ermordung aufrecht hielt. Er würde endlich etwas tun, er würde sich rächen für alles, was dieser Scheißkerl seiner Tochter und den anderen angetan hatte.

Inzwischen war der Mond aufgegangen. Die Welt schimmerte silbern im blassen Licht. Die Männer waren in die Hocke gegangen und beobachteten das Gelände. Sie befanden sich zwischen den aufgebockten Booten, am Fuß des Hügels. Von hier ließ sich die Anlage gut überschauen. Nichts rührte sich.

»Es muss eins von den alten Booten da drüben sein«, flüsterte Edmonde, während er konzentriert durch das Fernglas sah. Es waren einige alte Holzboote zu erkennen, die offenbar schon jahrelang auf dem Trockendock lagen und zum Teil schon von Ranken und Gebüsch überwuchert waren.

»Gib mal her«, forderte Michel und griff nach dem Fernglas.

»Es muss der kleine Kutter ganz am Ende der Reihe sein. Der mit den blauen Decksaufbauten«, sagte Bruno Lambert.

»Na dann.« Edmonde stand auf, holte aus der Tasche seiner dunklen Windjacke eine schwarze Skimaske, die nur Augen und Mund frei ließ, und zog sie sich übers Gesicht. Auch seine beiden Begleiter setzten ihre Masken auf.

»Los jetzt«, sagte Lambert.

»Wartet«, sagte Michel, »wir gehen besser hinter den Booten lang. Da haben wir mehr Deckung.«

»Quatsch, wir gehen mittendurch«, widersprach Edmonde.

»Lass uns endlich loslegen.« Lambert marschierte los. Sie liefen quer über den Platz, der von einer maroden Halle begrenzt wurde. Am Kopf des Gebäudes war ein kleines Büro untergebracht. Darüber hing ein großes Schild, auf dem unterschiedliche Bootstypen abgebildet waren.

»Stopp, ich glaube, da ist jemand«, zischte Michel. Er hatte die Hand gehoben, als hätte er das Kommando über eine militärische Spezialeinheit und nicht über drei Männer, die sich zu ihrem Coup im Bistro verabredet hatten.

»Im Büro, hinter dem Fenster«, flüsterte Michel. »Ich glaube, da war gerade ein Licht.«

»Scheiße, du gehst mir so was von auf den Wecker mit deinem ängstlichen Getue«, blaffte Lambert den Mann an. »Jetzt machen wir's«.

Lambert kam keine zwei Schritte weit, als er gegen einen Balken stieß, der umkippte und laut scheppernd auf ein Blech stürzte. Der Lärm zerriss die nächtliche Stille wie eine Explosion. Im nächsten Moment ging das Licht in der Halle an. Die Männer drückten sich in den Schatten der Boote, als die Tür der Halle aufging und ein Mann herauskam. Er schwankte leicht. In der Hand hielt er eine Dose Bier.

»Hallo?«, rief der Mann.

Die drei Männer hielten still. Nur ein Hund bellte in der Nähe.

»*Merde*«, fluchte der Mann. »Verdammte Scheißköter. Macht bloß, dass ihr hier wegkommt!« Dabei schleuderte er die halb leere Dose in die Dunkelheit.

Der Mann knöpfte sich die Hose auf und pinkelte gegen eines der Boote. Dann verschwand er wieder in der Halle. Kurz darauf verlosch das Licht.

»Ich hab's doch gesagt, ich hab kein gutes Gefühl bei der Sache«, flüsterte Michel.

»Das ist Antoine«, erklärte Edmonde. »Der ist blau, der merkt sowieso nichts.«

Geduckt schlichen die Männer an der Reihe von Holzbooten entlang und blieben vor dem kleinen blau-weißen Kutter stehen.

»Das hier muss es sein«, flüsterte Edmonde.

»Und wenn nicht?«, fragte Michel.

Edmonde antwortete nicht, sondern deutete nur auf den bunt bemalten Roller, der hinter einem Ginsterbusch lehnte.

»Ist das seiner?«, flüsterte Lambert.

»Na klar ist das seiner.«

»Und wie sollen wir ihn da runterkriegen?« Michel deutete nach oben zum Deck, das sich etwa zwei Meter über ihnen befand. An der Bordwand lehnte eine Leiter.

Edmonde legte den Finger an die Lippen und bedeutete den anderen, sich zwischen den Booten zu verstecken. Dann hob er einen Kieselstein vom Boden auf und warf ihn locker aufs Deck des Bootes. Er klapperte laut und vernehmlich übers Deck, aber nichts tat sich. Edmonde wiederholte das Manöver, wieder nichts. Nach dem dritten Mal war ein Geräusch aus dem Inneren des Bootes zu hören. Edmonde warf einen weiteren Kiesel. Etwas wurde zur Seite geschoben, und Edmonde machte einen Schritt in den Schatten des Nachbarboots. Im nächsten Augenblick erschien jemand an Deck. Es war Patrick Favre. Er schaltete eine kleine Taschenlampe ein, konnte die Männer aber nicht sehen.

»Antoine?«, rief er leise. »Bist du das?«

Wieder warf Edmonde einen Kiesel, diesmal hinter das Boot. Die Taschenlampe zuckte in alle Richtungen.

Schließlich schwang sich Patrick über die Reling und stieg die Leiter hinunter. Die kleine Taschenlampe hatte er zwischen die Zähne geklemmt. Er erreichte den Boden und nahm die Lampe in die Hand. In diesem Moment sah er die drei Männer mit ihren schwarzen Masken. Sie stürzten sich gleichzeitig auf ihn.

»Was soll der Scheiß?«, konnte Patrick noch sagen, dann waren sie über ihm. Er wehrte sich nach Kräften.

Patrick war kein Kämpfer, aber er war zäh und in Panik. Gerade wollte er sich losreißen, als ihn ein Schlag gegen den Kopf traf. Lambert hatte einfach eine Holzlatte gegriffen und zugeschlagen. Das Holz hatte Patrick mit voller Wucht am Hinterkopf erwischt. Ohne einen Ton von sich zu geben, sackte er in die Knie und stürzte zu Boden.

»Und wie kriegen wir ihn jetzt in den Camion?«, fragte Michel.

»Halt endlich die Klappe und pack mit an«, sagte Lambert. Dann trat er dem Ohnmächtigen fest in die Seite.

»Hör auf!«, sagte Edmonde und schob Lambert zur Seite. »Dafür ist noch genug Zeit.«

Zu dritt packten sie den Ohnmächtigen und schleiften ihn zu dem Lieferwagen.

45. Kapitel

Leon schlich sich ins Haus wie ein Internatsschüler nach Anbruch der Sperrstunde. Dabei war es erst 23 Uhr. Nachdem er sich gegen 19 Uhr etwas überstürzt von seiner Kollegin aus Toulouse verabschiedet hatte, war er doch noch einmal in die Rechtsmedizin gefahren. Seit Olivier Rybaud, auf Druck der Klinikleitung, um seine vorläufige Freistellung gebeten hatte, stapelten sich die unerledigten Berichte auf Leons Schreibtisch. Er hatte drei Stunden über den Akten gesessen und versucht, sich mit dem Mord an den beiden Liebespaaren zu beschäftigen. Aber seine Gedanken kreisten immer wieder um Toulouse.

Mal ganz ehrlich, sagte er sich, ist das nicht genau das, was ich immer wollte, eine Professur an der Uni. Ja, verdammt. Er hatte sich sogar schon die Eröffnungssätze für seine Antrittsvorlesung überlegt. Aber das waren nicht mehr als Träume gewesen. Jetzt hatte ihn die Wirklichkeit eingeholt! Die Leiterin der Rechtsmedizin persönlich hatte ihm ein Angebot gemacht. Er musste sich entscheiden. Und zwar nicht irgendwann in einer vagen Zukunft, sondern jetzt, so schnell wie möglich. Ganz tief in seinem Herzen war diese Entscheidung längst gefallen. Für Isabelle, für Lilou und für das Leben in der Provence. Er würde bleiben, er wusste es nur noch nicht.

Leon verschloss leise die Haustür. Dann ging er in die Küche, öffnete den Kühlschrank und schenkte sich ein Glas Rosé ein. Auf diesen Absacker hatte er sich schon den ganzen Abend gefreut. Ein Glas Wein zu trinken, auf das Meer zu schauen und den Mondschein zu beobachten, der einem wie ein silbernes Band folgte. Leon trat auf die Terrasse.

»Guten Abend«, kam Isabelles Stimme aus der Dunkelheit.

Leon zuckte regelrecht zusammen.

»Isabelle! Ich dachte, du würdest längst schlafen«, sagte er.

»Wollte ich auch, aber ich konnte nicht.«

»Du arbeitest zu viel, mein Schatz«, sagte Leon und setzte sich neben sie auf die alte Rattan-Couch. Sie schwiegen eine Weile und sahen aufs Meer.

»Wenn du eine Geliebte hättest, würdest du es mir sagen?«, fragte sie plötzlich.

»Wie kommst du darauf?« Leon versuchte ein ahnungsloses Lächeln, das die Dunkelheit verschluckte.

»Würdest du es mir verheimlichen? Auch wenn alle anderen es wüssten und mich mit diesem mitleidigen Blick ansehen würden?«

»Was erzählst du da? Niemand schaut dich mitleidig an, ma chérie«, sagte er.

»Rede nicht so mit mir«, sie klang gereizt.

»Was meinst du, Isabelle?«

»Warum tust du so ahnungslos? Glaubst du, ich merke das nicht?«

Er hatte sich also nicht geirrt: Sie war in der Hotelbar gewesen. Seit Wochen, seit sich die Uni bei ihm gemeldet hatte, quälte ihn ein Gedanke: Sollte er mit Isabelle über das Angebot reden? Er konnte sich das Gespräch genau vorstellen. Es würde zu traurigen Gesichtern und zu düsteren Zukunftsprognosen und schließlich zu Streit führen. Selbst wenn er sich gegen das Angebot entschied, ständen ihm komplizierte Wochen bevor. Natürlich würde Isabelle ihm raten, nach Toulouse zu gehen. Sie kannte seine Träume. Gleichzeitig würde sie hoffen, dass er Nein sagte, weil sie wusste, dass eine Wochenendbeziehung ihr gemeinsames Leben aus dem Lot bringen würde. Sie waren zufrieden damit, so wie es war. Es war schön, es war harmonisch, und er genoss die Tage, die er mit seiner Familie verbrachte. Sollte er das wirklich alles aufs Spiel setzen?

Also hatte er geschwiegen. Nichts von den Telefonaten mit der Uni erzählt, die höflichen Mails verschwiegen, in denen Docteur Simon ihn dermaßen lobte, dass es schon fast peinlich war. Er hatte es dem Schicksal überlassen und gehofft, dass dieses Angebot sich von selbst wieder in Luft auflösen würde. Seine Forderungen in der Besoldungsfrage waren geradezu frech gewesen. Die Universität würde das Jobangebot zurückziehen, hatte er sich ausgemalt, und er könnte bei Isabelle und Lilou bleiben. Er würde vielleicht noch eine Weile einer entgangenen Chance nachtrauern, aber irgendwann wäre die Sache vergessen. Keiner außer ihm würde je davon erfahren.

Aber es war anders gekommen, die Uni wollte ihn, unbedingt. Und je öfter er das Angebot ablehnte, um so mehr schien sich die Fakultät für ihn zu interessieren. Eine Woche hatten Docteur Simon ihm gegeben. Sieben Tage, danach würden sie sich nach jemand anderem umsehen.

»Es gibt keine Geliebte«, sagte er.

»Bitte, lüg mich nicht an, Leon.«

»Das würde ich nie tun.«

»Ach Leon ...« Es lag Enttäuschung in Isabelles Stimme, dieser Ton, als müsste sie ein trauriges Geheimnis loswerden, so leid ihr das auch tat. »Ich war heute Abend im *Auberge de la Calanque*, um eine Zeugin zu befragen. Du saßt auf der Terrasse mit dieser Frau.«

»Stimmt, aber das war keine Geliebte. Das war Docteur Élise Simon von der Medizinischen Fakultät. Sie haben mir eine Professur angeboten.«

Isabelle wandte sich ihm zu und sah ihn an.

»Eine Professur? Im Ernst ... das ist doch fantastisch? Davon hast du mir kein Wort gesagt.«

»Es ist die Uni von Toulouse.«

»Toulouse«, wiederholte Isabelle langsam, und für Leon klang es so, als hätte sie Grönland gesagt.

»Ich habe abgelehnt«, sagte er und wusste genau, dass das gelogen war.

»Ich versteh, wenn du da hinmöchtest, Leon.«

»Ich möchte bei euch bleiben, hier. Das habe ich ihr gesagt«, sagte Leon, und dann erzählte er ihr die ganze Geschichte.

46. Kapitel

In der alten Halle auf dem Gelände der *Wäscherei und Reinigung Koenig* war die Luft dick wie Schleim. Es gab keine Fenster, und die alte, eiserne Schiebetür schloss dicht. Kein Laut drang nach außen. Schweiß ran Lambert über das Gesicht, und Edmonde musste ihn festhalten, damit er sich nicht gleich noch einmal auf den Gefangenen stürzte.

Der Mann, den sie entführt hatten, stöhnte vor Schmerz. Sie hatten ihm ins Gesicht geschlagen, ein Auge war zugeschwollen, und Blut sickerte aus seinen Mundwinkeln. Sein völlig durchgeschwitztes T-Shirt hing zerfetzt am Körper. Die Männer hatten Patrick Seile um die Handgelenke geschlungen und deren anderes Ende an einen Dachbalken geknotet. Dabei hatten sie die Schlingen so festgezurrt, dass das Opfer den Boden nur noch mit den Zehen berühren konnte.

Er sieht aus wie Jesus mit seinen ausgebreiteten Armen, dachte Lambert, wie ein Mann, der predigte. Zuerst hatte Edmonde ihn geschlagen. Der Pizza-Mann hatte gewisse Erfahrungen, die ihn dafür qualifizierten: Er hatte einige Jahre in Marseille als Türsteher gearbeitet und gelegentlich auch schmutzige Jobs für seinen Boss erledigt. Die Männer hatten Patrick die Klamotten bis auf das zerrissene T-Shirt und die Unterhose ausgezogen und dann mit einem dicken Tauende zugeschlagen. Lambert konnte die blauen Flecken sehen, die der schwere Knoten hinterlassen hatte. Lambert schlug dem Opfer mit der flachen Hand ins Gesicht.

»Was hast du ihr angetan?«, brüllte Lambert den Gefangenen an.

»Habe ihr doch nichts ... getan.« Patrick war vom Schmerz gezeichnet, und er konnte vor Erschöpfung kaum noch sprechen.

Wieder schlug ihm Lambert ins Gesicht. Das war vielleicht nicht so schmerzhaft wie die Schläge auf den Körper, aber dafür erniedrigend und demoralisierend.

»Denkst du, du kannst uns verarschen? Denkst du, wir wissen nicht, was für einer du bist, du verdammte Drecksau?!« Lambert machte einen schnellen Schritt nach vorne und ließ eine ganze Serie von Schlägen auf den entkräfteten Mann niederprasseln.

»Hör auf, der hat genug jetzt, echt«, hielt Michel ihn zurück.

»Was redest du? Der hat genau dann genug, wenn er zugibt, dass er es getan hat«, fuhr Lambert ihn an. Michels Gejammer machte ihn zornig. Natürlich ahnte Lambert, was Michel denken musste: Was ist, wenn er's wirklich nicht getan hat? Was, wenn wir den Falschen erwischt haben? Aber das vor den anderen auszusprechen, dazu fehlte Michel der Mut.

Die Männer trugen noch immer ihre Masken.

Sie sehen echt zum Fürchten aus, dachte Lambert. Er würde so lange weitermachen, bis der Gefangene gestanden hatte, und er würde gestehen. Es war nur eine Frage der Zeit.

Ursprünglich wollten sie Patrick nur Angst einjagen, ihn zwingen, dass er sich den Flics stellte. Aber sie merkten bald, dass sie damit nicht weiterkamen. Am Anfang waren es nur ein paar Ohrfeigen gewesen, aber mit der Zeit hatte sich Lamberts Zorn gesteigert, und er hatte begonnen, fester zuzuschlagen. Als ihn auch das nicht weiterbrachte, verlor er immer öfter die Kontrolle. Er ließ sich von seiner Wut wie von einer Welle davontragen, und er schlug zu wie im Rausch. Wieder und immer wieder. Für Schuldgefühle war kein Raum mehr.

»Du hast meine Tochter umgebracht, du Dreckschwein«, begann er jetzt aufs Neue. Er starrte in die düstere Halle, die nur von einer einzelnen, vom Deckenbalken hängenden Lampe beleuchtet wurde. Lambert ging zu der Werkbank, die an der Seitenwand stand. Er griff zu einem 300 Gramm schweren Schlosserhammer. Der Stil war am unteren Ende abgesplittert, der Kopf verkratzt und rostig. Lambert betrachtete das Werkzeug und wog es kurz in der Hand. Dann drehte er sich zu dem Gefangenen um.

»Du musst nur die Wahrheit sagen. Die richtige Wahrheit ... verstehst du? Dann kann das alles hier ein Ende haben.« Jetzt sprach er mit Patrick Favre wie mit einem dummen Jungen.

»Ich ... ich habe sie ...«, röchelte der Gefangene. Seine Stimme war heiser vom Schreien, und er konnte nur noch undeutlich formulieren.

»Was hast du vor?«, fragte Michel zunehmend verunsichert und starrte Lambert an, wie er das Gewicht des Hammers in der Hand wog.

Lambert beachtete den Kioskbesitzer gar nicht. Er sah Patrick mit einem beunruhigend starren Blick an.

»Ich frag dich jetzt noch einmal.« Lambert klopfte mit dem Hammer leicht in seine Handfläche, was ein klatschendes Geräusch verursachte. »Und wenn du wieder die falsche Antwort gibst, dann zerschlage ich dir einen Finger. Erst den Zeigefinger, dann den nächsten. Das verstehst du doch?«

Der Gefangene schluchzte auf.

»Das ist nicht dein Ernst«, sagte Michel fassungslos. »Bei so was bin ich nicht mehr dabei. So war das nicht ausgemacht.«

Lambert zog einen verdreckten Holzbock heran und legte den Hammer darauf.

»Deine Tochter lag auch nicht auf einem Blechtisch im Leichenkeller, richtig?«, sagte Lambert an Michel gewandt, der seinen Blick verstört erwiderte. »Also, dann halt den Mund und hilf, seine rechte Hand loszubinden.« Er deutete auf den Holzbock. »Die legen wir dann hier drauf, und du hältst sie fest.«

»Nein.« Michel schüttelte den Kopf und hob die Hände, als könnte er so all das Unrecht abwehren, das er diese Nacht mit verantwortet hatte. »Das mach ich nicht, da bin ich nicht mehr dabei.«

»Dann hau doch endlich ab, du Versager«, sagte Lambert. »Du hast doch von Anfang an nicht so richtig an die Sache geglaubt. Dachtest wohl, wir würden nur Sprüche klopfen. Aber das hier ist Ernst, blutiger Ernst. Jetzt kannst du zeigen, ob du bereit bist, die Dinge in die eigene Hand zu nehmen, oder ob du immer nur ein ewiger Mitläufer bleiben willst.«

»Ihr seid doch verrückt, alle beide«, sagte Michel in einer Anwandlung von Mut. Dann verließ er die Halle und schob leise das schwere Metalltor hinter sich zu.

Patrick schaute ihm verzweifelt nach.

47. Kapitel

Charles Duchamp hatte seinen grauen, 30 Jahre alten Citroën-Lieferwagen auf der Uferpromenade angehalten und sah aufs Meer hinaus. Der Sonnenaufgang war für ihn immer der schönste Moment des Tages. Zu beobachten, wie der Dunst der Nacht noch über dem Wasser schwebte, während schon das erste Licht über das Meer kroch. Charles war glücklich, wenn er diesen Augenblick erleben konnte. Er entschädigte ihn für allen Ärger, den der Tag für ihn noch bereithalten mochte. Zu Hause wollte er nicht bleiben, es trieb ihn aus dem kleinen Haus, in dem ihn alles an seine Frau erinnerte. Die Fotos, ihr Mantel an der Garderobe. Das Bett sowieso, ganz besonders das Bett. Darum schlief er seit einem halben Jahr auf der Couch. Er hätte das längst alles weggeräumen müssen. Schließlich hatte sie ihn verlassen. Wegen eines dämlichen Spediteurs zu allem Überfluss. Zum Glück überließ es das Gartenbauamt ihm, wann und wie er sich seinen Dienst einteilte. Ob er in den öffentlichen Anlagen Rasen stutzte oder zuerst den Oleander am Straßenrand beschnitt, er konnte frei entscheiden.

Heute war der *Rond Point* an der D 559 dran, der große Kreisverkehr mit seinen Blumen, Büschen und Palmen, der den Eingang von Le Lavandou markierte. Dieser Anlage widmete Charles ganz besondere Aufmerksamkeit. Der Kreisverkehr war für ihn so etwas wie die Visitenkarte der Stadt. Hier lag kein vertrocknetes Blatt auf dem Boden, keine leere Bierdose und keine abgesprungene Radkappe. Hier strahlten die frisch gepflanzten Geranien und Hortensien. Und die Palmen wuchsen prächtiger als an jeder anderen Grünfläche der Stadt. Und trotzdem war die Anlage im Kreisverkehr noch nicht perfekt. Nicht bevor der grüne Rasen auf exakt vier Zentimeter gestutzt war. Einmal im Monat kümmerte sich Charles um diesen Vorzeigerasen, der durch eine höchst aufwendige Bewässerungsanlage künstlich am Leben erhalten wurde und bei ankommenden Touristen immer wieder ein geradezu tropisches Urlaubsgefühl auslöste.

Charles parkte seinen Camion vor dem Kino *Le Grand Bleu* und ließ den fahrbaren Rasenmäher über zwei Bretter aus dem Lieferwagen auf den Boden rollen. Wenn er den Mäher benutzte, kam er sich immer vor, als würde er in einem zu großen Kinderspielzeug fahren, aber das Ergebnis konnte sich sehen lassen. Er startete den Motor, gab Gas und knatternd setzte sich die Maschine in Bewegung. Sobald er den ersten Streifen des Rasens auf die richtige Höhe getrimmt hatte, stellte sich eine gewisse Befriedigung bei Charles ein. Das tiefe Summen beruhigte ihn, und mit einem wohligen Gefühl ließ er den Blick über sein Reich schweifen, als etwas seine Aufmerksamkeit erregte.

Auf den ersten Blick dachte Charles, jemand hätte ein paar alte Klamotten hinter dem Oleander auf den Boden geworfen. Im Näherkommen wurde ihm aber klar, dass da etwas nicht stimmte. Das war kein Haufen schmutziger Klamotten, das war ein Mensch. Charles stellte den Motor ab und stieg von dem Mäher. Vorsichtig näherte er sich der Person, die da hinter dem Oleanderstrauch auf dem Boden lag. Es war ein Mann, ganz ohne Frage, und wie er dalag …

»*Monsieur?!*«, Charles stupste den Mann mit seiner Schuhspitze an, obwohl er ahnte, dass er nicht antworten würde. Der Mann trug nur noch seine Unterhose. Seine Haut war voller Hämatome und roter Striemen. Seine rechte Hand war blutig.

Ein Unfall?, schoss es Charles durch den Kopf. Vielleicht hatte ihn nachts ein Auto erwischt, als er betrunken über den Kreisverkehr getaumelt war, und der Aufprall hatte ihn hierher geschleudert. Charles griff in seine Jackentasche und zog sein Handy heraus. Die Gendarmerie meldete sich nach dem vierten Läuten. Am anderen Ende antwortete ein brummiger Sergeant, der sich wunderte, was es wohl Wichtiges gab, dass man dafür den Bereitschaftsdienst der Polizei so früh stören musste.

»Guten Morgen, hier spricht Charles Duchamp vom Gartenbauamt«, sagte er. »Ich möchte einen Toten melden.«

»Ein Toter?«, fragte der Sergeant alarmiert. »Wo?«

»Ich bin auf dem großen *Rond Point* am Ortseingang, und da liegt einer, mitten auf dem Rasen.«

»Auf dem *Rond Point*?«, hakte der Sergeant nach, offenkundig verwirrt von der Information. »Himmel, was macht er denn da?«

»Schätze, er ist tot«, wiederholte Charles geduldig.

In diesem Moment hörte er neben sich ein Husten. Nicht trocken und bellend, sondern wie von einem Menschen, der sich verschluckt hat und um Atem rang. Der Mann auf dem Rasen begann sich zu bewegen und griff sich an die Brust.

»Er lebt, *merde alors*, ich habe mich getäuscht – er lebt!«, schrie Charles in sein Handy. »Wir brauchen einen Rettungswagen, aber schnell.«

Eine halbe Stunde später wurde der Verletzte in die Notaufnahme von Saint-Sulpice eingeliefert.

48. Kapitel

Isabelles Handy hatte um halb sieben auf dem Nachttisch zu summen begonnen. Es war Lieutenant Kadir: Sie hatten Patrick Favre gefunden. Eine Dreiviertelstunde später betraten Isabelle und Leon die Intensivstation. Leon fühlte sich unausgeschlafen. Der Abend auf der Terrasse war noch länger gegangen. Isabelle, die genau wusste, was der Ruf nach Toulouse für Leon bedeutete, hatte ihm zugeraten, den Schritt zu gehen. Aber Leon wusste auch, dass sie sich insgeheim fürchtete, er könnte tatsächlich den Job annehmen.

Kadir und Masclau erwarteten Leon und Isabelle bereits auf der Station und brachten sie auf den neuesten Stand. Der Verdächtige sprach nicht mit ihnen. Er hatte darauf bestanden, nur mit Capitaine Morelle zu reden. Daher konnten die Polizisten auch nicht sagen, ob Patrick tatsächlich einen Unfall hatte, wie Charles Duchamp, der ihn gefunden hatte, vermutete.

»Nicht vergessen, der Kerl war auf der Flucht«, sagte Masclau. »Vielleicht hat er ja getrunken. Da kommt ein Auto, und zack ...«

»Eins ist mal klar«, sagte Kadir. »Der ist bestimmt nicht freiwillig liegen geblieben, mitten im Kreisverkehr.«

Leon kam mit Isabelle überein, dass er zunächst mit Docteur Menez, dem behandelnden Chirurgen, den Verletzten begutachten würde, und Isabelle ihn anschließend befragen sollte.

Leon wusste vom ersten Moment an, dass die Polizisten mit ihren Vermutungen falschlagen. Das hier war kein Verkehrsunfall. Patrick Favre war zusammengeschlagen worden, auf üble Art und Weise. Verkehrsopfer hatten Trümmerbrüche, wenn sie von Fahrzeugen überrollt worden waren. Oder sie hatten Rupturen in den Organen, wenn sie ein Fahrzeug mit großer Wucht gerammt hatte. Ähnliches galt für Schleifspuren. Wenn der Körper eines Unfallopfers meterweit über den Asphalt geschleudert wurde, traten ganz typische Muster von abgeriebenem Gewebe auf.

All diese typischen Verletzungsmuster waren an Patrick Favre nicht zu erkennen. So wie es aussah, war das Opfer von Schlägen getroffen worden. Dafür sprachen die deutlichen Hämatome auf Brust, Gesicht und Unterleib des jungen Mannes. Die unterschiedlichen Verfärbungen der Hämatome – die Farbpalette ging von Graublau bis Blauviolett – ließen darauf schließen, dass der Mann über Stunden systematisch verprügelt worden war.

»Wie kannst du das so sicher sagen?«, fragte Isabelle, als Leon sie kurz darauf im Gang vor den Behandlungsräumen über das Ergebnis der Untersuchungen informierte.

Leon war bei der Untersuchung äußerst sorgfältig vorgegangen, schließlich war Patrick Favre nicht nur ein Opfer eines Überfalls geworden, sondern auch noch Tatverdächtiger in einem Mordfall. Darum hatte Leon eine ganze Reihe von Fotos der unterschiedlichen Verletzungen gemacht. Außerdem hatte er auch noch mit Klebefolie verschiedene Haare sichergestellt, die der Farbe nach zu urteilen nicht vom Opfer stammten.

»Natürlich kann ich nicht mit hundertprozentiger Sicherheit sagen, was ihm zugestoßen ist«, erklärte Leon, »aber die Verletzungen weisen eine gewisse Chronologie auf. Dazu gehört auch die unterschiedliche Gewalt, mit der sie ausgeführt worden sind. Diese Brutalität steigerte kontinuierlich bis zum Schluss.«

»Was genau meinst du?«, hakte sie nach. »Ich muss da jetzt rein und mit ihm reden.«

»Die ersten Schläge erfolgten mit der flachen Hand gegen den Kopf«, erklärte Leon. »Einer dieser Schläge hat das Ohr so unglücklich erwischt, dass das Trommelfell gerissen ist. Dann folgten Schläge mit der Faust ins Gesicht, wobei ihm die Nase gebrochen wurde. Auf jeden Fall gab es auch Tritte gegen den Brustkorb. Dabei wurden dem Opfer vier Rippen gebrochen. Ich gehe davon aus, dass es mindestens zwei Täter waren, die ihn so zugerichtet haben.«

»Was war die letzte Verletzung, die man ihm beigebracht hat? Kannst du das sagen?«, wollte Isabelle wissen.

»Ihm wurden Mittel- und Zeigefinger der rechten Hand zerquetscht. Wahrscheinlich mit einem Hammer. Ich vermute, dass die Verletzungen ihm zuletzt zugefügt worden sind, aber wir müssen natürlich die Röntgenbilder noch mal genauer anschauen«, erklärte Leon. »Noch etwas: Alle Verletzungen waren zwar äußerst schmerzhaft, aber nicht lebensbedrohlich.«

»Dann war das kein Überfall?«, sagte Isabelle.

»Kein Überfall und keine Schlägerei«, sagte Leon. »Ich würde denken: Patrick Favre wurde abgefangen und gezielt zusammengeschlagen.«

»Jemand, der ihn für den Täter hält«, überlegte Isabelle.

»Und jemand, der wusste, wo Patrick sich versteckt hielt.«

»Das ist jetzt aber nur eine Theorie von dir.«

»Du weißt doch«, sagte Leon. »Ich bewerte nur die Spuren. Die Rückschlüsse müsst ihr ziehen.«

Masclau kam den Gang entlang.

»Und, was hat er gesagt?«, fragte Masclau.

»Noch nichts, ich gehe jetzt erst zu ihm rein.«

»Ich komme mit«, sagte Masclau. »Der Commandant besteht darauf.«

»Ich denke nicht, dass im Augenblick von Patrick Favre eine Gefahr ausgeht«, kam Leon Isabelle zu Hilfe.

»Da hast du es gehört«, sie zeigte auf Leon, »von unserem Médecin Légiste persönlich. Ich geh allein rein.«

Isabelle öffnete die Zimmertür. Der Raum war abgedunkelt. Die Bildschirme, die die Vitalfunktionen überwachten, gaben rhythmische Signale von sich. Patrick hatte die Augen geschlossen. Das Gesicht war voller Hämatome, ein Auge zugeschwollen, die Nase mit einer Klebeschiene fixiert, die Augenbraue mit mehreren Stichen genäht. Seine rechte Hand war dick verbunden.

Isabelle beugte sich zu dem Patienten herunter. »Monsieur Favre, hören Sie mich?«, fragte sie ruhig.

Patrick blinzelte und schlug die Augen auf. »Wer ... was wollen Sie von mir?«

Isabelle hörte an der schleppenden Stimme, dass die Narkose noch nachwirkte, die man ihm während der Operation an der Hand gegeben hatte.

»Capitaine Morell«, stellte sie sich vor. »Sie wollten mit mir sprechen. Voilà, da bin ich.« Isabelle zog sich einen Stuhl an das Bett des Patienten heran und setzte sich. »Was ist mit Ihnen passiert?«, fragte sie.

Patrick schwieg, als müsste er sich auf das konzentrieren, was er ihr zu sagen hatte.

»Ich wollte sagen, dass ich das gemacht habe ...«, er sprach langsam, tastend, als würde er die Sätze ablesen.

»Was meinen Sie? Was haben Sie gemacht, Monsieur Favre?«

»Die beiden vom Strand und die anderen, die bei La Môle in den Hügeln ... also, ich war das ... sollte ich ... also wollte ich nur sagen.« Er schloss erschöpft die Augen.

»Habe ich Sie richtig verstanden?«, hakte Isabelle vorsichtig nach. »Jemand hat Sie gezwungen, die Morde zu gestehen?«

Patrick nickte ganz langsam. Die Bewegung schien ihn anzustrengen.

»Sind wir allein?« Vorsichtig versuchte Patrick Favre, sich aufzurichten und umzusehen. Sofort schnellten die Anzeigen für Puls und Blutdruck nach oben.

Isabelle legte ihm die Hand auf die Schulter.

»Besser, Sie bleiben liegen«, sagte sie. »Wir sind hier ganz allein.«

»Sie haben gesagt«, jetzt flüsterte er. »Sie würden immer wiederkommen, bis ich es zugebe.«

»Ich muss Sie jetzt etwas Wichtiges fragen, Patrick: Haben Sie es getan?« Isabelle sah den Verletzten an.

Favre drehte den Kopf zur Wand.

Sie beobachtete ihn eine Weile. Dann hörte sie, wie er irgendetwas vor sich hinbrummelte.

»War das ein Ja?« Wieder Schweigen. »Erzählen Sie mir doch einfach, wie das alles passiert ist. Wie Sie es gemacht haben.«

»Warum? Ich hab's getan und fertig. Was soll ich denn sonst noch sagen.«

»Kannten Sie die Opfer?«

»Was ist denn das für eine Frage?«

»Ist doch eine ganz einfache Frage«, sagte Isabelle freundlich. »Kannten Sie die beiden Paare?«

»Nein, nein, ich … ich habe sie ganz zufällig … Ich habe keine Lust, darüber zu sprechen.«

»Sie gestehen uns zwei Doppelmorde, wollen aber nicht darüber sprechen?«

»Kommt das in die Zeitung, was ich Ihnen sage?«, fragte Favre misstrauisch.

»Wollen Sie denn, dass das in die Zeitung kommt?«

»Weiß nicht.«

»Kommt ganz drauf an, was Sie uns sagen.«

»Mon dieu, ich habe Stress mit diesem Typen in der Garage gehabt. Da bin ich ihnen nach. Die fuhren zu 'ner Party und hinterher an den Strand. Als sie dann allein waren ...«, er unterbrach sich. »Was soll das? Sie wissen doch, was passiert ist.«

»Sie haben Ihre Pistole aus der Tasche gezogen und beide erschossen ...?«

»Ja, ja, genauso war's.«

»Sie haben ihnen ins Gesicht geschossen?«

Isabelle spürte, dass es Patrick Favre schwerfiel zu lügen.

»Warum müssen wir den ganzen Scheiß noch mal aufrollen?«

»Weil ich Ihnen nicht glaube, Patrick.«

»Was soll das heißen? Ich sag Ihnen, dass ich's getan habe, und Sie glauben mir nicht?«

»Keines der vier Opfer wurde erschossen, Monsieur Favre«, stellte Isabelle sachlich fest.

»Erschossen, erwürgt. Ist doch ganz egal, wie ich es gemacht habe.«

»Wer war das?« Isabelle deutete auf Patricks Gesicht.

»Weiß ich nicht«, brummte Patrick.

Isabelle sah ihn skeptisch an.

»Sie trugen Masken.«

»Da können Sie sie doch trotzdem erkannt haben«, stellte Isabelle fest. »An der Sprechweise, oder wie sich jemand bewegt. Es gibt viele Möglichkeiten, jemanden zu erkennen.«

»Ich liege hier. Sie haben mich zusammengeschlagen. Was soll ich denn noch sagen?«

»Wie wäre es mit der Wahrheit?«

»Scheiß auf die Wahrheit!« Mit einer Schnelligkeit, die Isabelle dem Verletzten gar nicht zugetraut hätte, fegte er die Metall-schale mit dem frischen Verbandsmaterial vom Beistelltisch, so-dass sie laut klappernd auf den Boden fiel. Im gleichen Moment platzte Masclau ins Zimmer.

»Alles okay, Isabelle?«

»Alles in Ordnung.« Isabelle hob die Metallschale vom Boden auf. »Ich rufe dich, wenn ich dich brauche.«

Didier Masclau verschwand zurück in den Flur, nicht, ohne Favre einen drohenden Blick zuzuwerfen.

»Wovor haben Sie Angst?«, fragte Isabelle.

»Ich? Ich habe keine Angst«, wollte Patrick sagen, wurde dabei aber von einem Hustenanfall unterbrochen.

»Womit haben die Ihnen gedroht?«, fragte Isabelle.

»Wer?«

»Sie wissen, wer. Die Männer, die Sie zusammengeschlagen haben. Womit haben die Ihnen gedroht?«

Die Frage schien Patrick Favre zu quälen. Er versuchte, sich umzudrehen und abzuwenden.

Doch Isabelle ließ ihn nicht aus den Augen.

»Sie wollten Ihrem Vater etwas antun?«

»*Père* hat damit nichts zu tun.«

»Ich weiß, und die da ...«, sie deutete auf sein Gesicht. »Die wissen das auch. Die wissen das sogar ganz genau. Die kennen Sie und Ihren Vater. Die wissen, dass er nur noch Sie hat und dass Sie sich um ihn kümmern.«

Isabelle sah, wie eine Träne aus seinem geschwollenen Auge lief.

»Sie haben gesagt, dass sie ihm wehtun, genauso wie mir. Das dürfen die nicht machen.«

49. Kapitel

Das Auto war klein und eng, und es roch nach nassem Hund. Leon ließ die Scheibe an der Beifahrerseite herunter und atmete gierig den warmen Luftstrom, der von draußen den Geruch der Provence ins Auto trug. Hinter ihm, im Transportkäfig auf der Ladefläche, gab Fleur, die Jagdhündin, ein aufgeregtes Japsen von sich, als sie die frische Luft schnupperte.

»In La Môle müssen wir beim Campinglatz rechts abbiegen und dann die Straße hoch in die Hügel.« Leon versuchte, flach an dem Hundegeruch vorbeizuatmen.

»Hast du das gehört, Jean-Claude?«, sagte der Mann, der hinter dem Steuer seines kleinen Renault Kangoo saß.

»Ja, habe ich gehört, Frédéric«, sagte Jean-Claude. »Dein Freund will uns also erzählen, wie wir auf den Hügel kommen. Hast du das auch gehört, Fleur?«

Frédéric nahm eine Hand vom Steuer und wedelte nach hinten in Richtung des Hundes, was bei diesem einige jauchzerartige Beller auslöste.

»Kannst du deinem Hund sagen, er soll leiser sprechen«, raunzte Jean-Claude, der auf der Rückbank saß.

Leon hoffte, dass die Fahrt bald zu Ende wäre. Vielleicht war das alles ja doch keine so gute Idee gewesen, dachte er. Er hatte am Vormittag noch zwei Stunden über den Protokollen gesessen und versucht, den genauen Ablauf der blutigen Taten nachzuvollziehen. Und jedes Mal war er in seinen Überlegungen an der gleichen Frage hängen geblieben. Warum hatte der Täter in beiden Fällen zunächst den Mann getötet und erst zwei Stunden später die Frau. Was genau hatte der Täter in diesen beiden Stunden seinem Opfer angetan? Da waren die Verletzungen an den Füßen der weiblichen Opfer, aber was bedeutete das? Wohin waren sie gelaufen, und warum?

Also war Leon nach Lavandou gefahren, um im *Miou* einen Café au lait zu trinken und Jean-Claude zu treffen. Denn der hatte einen Freund, von dem Leon wusste, dass er eine ganz besondere Hündin besaß: Fleur war eine *Petit Bleu de Gascogne*, eine Rasse, die bekannt für ihren bemerkenswerten Geruchsinn war. Ein schlankes, etwa 50 Zentimeter hohes Tier mit kurzem, grau gesprenkeltem Fell und großen schwarzen Flecken. Ihre Ohren waren lang und hingen wie zwei Küchentücher vom Kopf. Wie die meisten Spürhunde war Fleur ein freundliches und geselliges Tier, das ständig erwartete, dass man sich mit ihm beschäftigte.

Die Hündin hatte sich einen gewissen lokalen Ruhm erworben, als sie während der großen Flutkatastrophe im Sommer 2010 bei Les Arcs drei Menschen in den Trümmern eines eingestürzten Hauses aufgespürt hatte. Ihr wortkarges Herrchen Frédéric hatte jahrelang bei der Feuerwehr gearbeitet. Aufgrund seines Übergewichts, das der nur 1,70 Meter große Mann trotz ausgiebiger Hundespaziergänge nicht in den Griff bekam, wurde er von den Pompiers frühpensioniert. Seit dieser Zeit stand er früh auf und ging früh schlafen, wobei er die Nachmittage am liebsten mit seinen alten Bekannten an der Bar im Bistro verbrachte. Man hatte den Eindruck, dass Fleur, die immer zu seinen Füßen lag, mit ihm zusammen pensioniert worden war. Gelegentlich halfen Frédéric und Fleur bei Vermisstensuchen, bei denen die Polizei mit ihren

Suchhunden nicht weiterkam. Doch solche Gelegenheiten wurden in Zeiten, in denen praktisch jeder Mensch ein Handy besaß, immer seltener.

So saßen Fleur und Frédéric meist zusammen im Bistro oder auf der Bank am Bouleplatz und wurden langsam immer dicker. Als Jean-Claude anrief und das ungleiche Paar im Namen seines Freundes Docteur Ritter um Hilfe bat, waren sie sofort dabei.

Der kleine Renault nahm eine Serpentinenkurve so eng, dass der Kies von der Bankette geschleudert wurde.

»Würden Sie bitte etwas langsamer fahren«, bat Leon gequält, dem beim Autofahren leicht schlecht wurde, ganz besonders auf engen Straßen mit vielen Kurven. »Hier kommen einem oft Radfahrer entgegen.«

»Danke, aber ich bin hier geboren«, sagte Frédéric schnippisch.

»Frédéric«, besänftigte Jean-Claude.

Leon spürte, wie es ihm heiß wurde. Schweiß lief ihm den Nacken herunter.

»Wie weit ist es noch?«, presste Leon hervor.

»Wir hätten schon längst da sein müssen«, brummte Jean-Claude vom Rücksitz.

»Wir sind da, wenn wir da sind.« Frédéric sah Leons gequälten Gesichtsausdruck und fügte beschwichtigend hinzu: »Sind nur noch ein paar Minuten, Docteur.«

Leon wollte ihn gerade bitten, einen Moment anzuhalten, als Frédéric das Auto abrupt stoppte.

»Das ist die Abzweigung«, sagte er und deutete auf das Schild *Auberge Bellevue*, darunter stand in kleinerer Schrift:

1,5 km

Vorsicht Straßenschäden

Langsam fahren!

Kein Schild, das einen zufällig vorbeikommenden Reisenden zum Bleiben animieren würde, dachte Leon.

»Es ist nur noch ein kleines Stück auf dem Feldweg«, sagte Leon.

Frédéric war abgebogen und lenkte den Renault geschickt um die tiefen Schlaglöcher herum, während sie eine lange Staubfahne hinter sich herzogen. Sie stellten das Auto neben dem Feldweg unter einer Korkeiche ab. Mühelos fand Leon den schmalen, bergauf führenden Pfad. Die beiden Männer folgten ihm. Frédéric führte seine Hündin an der Leine, und sie trabte brav neben ihrem Herrn her. Leon war aufgefallen, dass Frédéric seinem Hund so gut wie nie eine Anweisung gab. Fleur schien genau zu wissen, was ihr Herrchen von ihr erwartete. Die perfekte Assistentin, dachte Leon.

Sie folgten dem Weg den Hügel hinauf. Leon erinnerte sich genau an den Pfad zwischen Ginster und wildem Rosmarin, den er schon einmal gegangen war, als er hier die beiden Toten untersuchen musste. Jean-Claude, der seit seinem Fahrradunfall vor zehn Jahren offiziell als gehbehindert galt und eine entsprechende Rente kassierte, ließ es sich nicht nehmen, Leon und Frédéric zu Fuß zu begleiten. Jean-Claude hatte Leon einmal erklärt, er würde mit der Invalidenrente seine kargen Bezüge aus der Militärzeit aufbessern. Dazu hätte er auch jedes Recht, schließlich war er mit der französischen Armee drei Jahre in Mali stationiert gewesen.

Das blau-weiße Flatterband zwischen den Bäumen markierte noch immer den Tatort, als die drei Männer mit dem Hund aus dem Unterholz auf die Lichtung traten. Auch in der heißen Nachmittagssonne hatte der Platz nichts von seinem Zauber verloren: Der Ausblick reichte weit über das Tal, in dem die rotbraunen Felsen jetzt im späten Licht zu leuchten schienen.

Leon war stehen geblieben. Es war kaum vorstellbar, dass sich ausgerechnet an diesem geradezu magischen Ort ein so entsetzliches Verbrechen zugetragen hatte.

»Dürfen wir überhaupt hier rein?«, fragte Frédéric, als Leon die Absperrung hochhielt und seine Begleiter passieren ließ.

»Wenn Sie uns nicht verraten, sollten wir sicher sein«, meinte Leon ironisch. »Warten wir ab, ob Ihr Wunderhund etwas findet.«

Frédéric ignorierte ihn und gab seinem Hund zum ersten Mal ein Kommando. »Fuß«, sagte er, und der Hund setzte sich sofort neben seinen Herren. Mit schief gelegtem Kopf sah Fleur zu Frédéric auf und schien geradezu begierig auf die nächste Anweisung zu warten.

»Wenn wir gleich loslegen, müsst ihr unbedingt hinter mir bleiben«, sagte der Hundeführer.

»Ich weiß, Frédéric«, murmelte Jean-Claude. »Sag Fleur, wenn sie was findet, bekommt sie von uns eine Scheibe Pastete.«

»Haben Sie das Kleidungsstück von der Frau dabei?«, fragte Frédéric an Leon gewandt.

»Ja, natürlich.« Leon griff in die alte Aktentasche und zog eine durchsichtige Asservatentüte, in der das blutverkrustete Shirt zu erkennen war, heraus. »Das ist das T-Shirt von Colette Lambert«.

»Fassen Sie es nicht an«, Frédéric hob mahnend die Hand, »geben Sie mir die Tüte. Zu viele frische Gerüche verwirren Fleur.«

Leon reichte Frédéric die Tüte mit spitzen Fingern.

»Fleur findet eine Spur auch noch nach Wochen. Ganz besonders wenn es so trocken ist wie hier oben«, erklärte Frédéric und öffnete die Plastiktüte. Fleur steckte die lange Schnauze so tief hinein, als gäbe es darin etwas Essbares zu finden.

»Sie nimmt schon die Witterung auf«, Frédéric schien zufrieden.

»Pass auf, sonst frisst sie noch das T-Shirt auf«, meinte Jean-Claude.

»Blödmann.«

»Woran orientiert sich der Hund?« Spürhunde hatten Leon schon immer fasziniert.

»Wenn wir das so genau wüssten.« Frédéric war bei seinem Lieblingsthema. »Fleur ist ein anerkannter Mantrailer«, sagte er stolz, und bei ihm klang es so, als würde der Hund für den französischen Geheimdienst arbeiten.

»Hat sie auch ein Diplom in ihrer Hundehütte?«, fragte Jean-Claude, aber Frederic ignorierte die Bemerkung.

»Es heißt, die Mantrailer orientieren sich ausschließlich an Geruchsspuren im Molekularbereich«, erläuterte der Hundebesitzer.

»Mole-was?« Jean-Claude war überfordert.

»Hautschuppen«, warf Leon ein. »Der Mensch verliert in jedem Moment Tausende mikroskopisch kleiner Hautschuppen. Die Schuppen zerfallen wie alles organische Material und setzen dabei Geruchsstoffe frei.«

»Kein Scheiß?«, fragte Jean-Claude.

»Der Docteur hat recht«, sagte Frédéric. »Ich habe gehört, dass die Geruchsspur eines Menschen genauso einmalig ist wie sein Fingerabdruck oder seine DNA.«

In diesem Moment begann Fleur unruhig zu werden. Sie zerrte an der Leine und drängte zum Rand der Lichtung.

»Sie hat die Spur.« Aus Frédérics Stimme klang Stolz und Jagd-fieber. »Such, meine Schöne, such, such, such ...« Frédéric hatte jetzt etwa drei Meter Leine gegeben und folgte der Hündin, die zwischen einem Ginsterbusch und einer Korkeiche verschwand. »Sie ist dran, ganz sicher«, sagte er.

Leon und Jean-Claude folgten den beiden. Auf den ersten Me-tern war kein Pfad zu erkennen. Es gab nur Staub, Wurzeln und vertrocknetes Gras. Überall wuchsen dornige Büsche und wilde Brombeeren, in denen sich ihre Jacken und Hosen immer wieder verfingen. Zitronenfalter taumelten träge durch die Nachmittags-sonne. Leon sah sich um. Wenn Colette diesen Weg mitten durch die dornigen Büsche genommen hatte, musste sie auf der Flucht gewesen sein. Leon hatte sich die Verletzung an den Füßen und Beinen von Colette und Amélie genau angesehen. Diese beiden Frauen mussten in Todesangst und ohne Rücksicht auf Schmer-zen vor dem Killer geflohen sein, sonst hätten sie nicht versucht, sich nackt und ungeschützt durch die Macchie zu kämpfen.

Das Vorwärtskommen im Unterholz war beschwerlich und schweißtreibend. Jean-Claude fluchte laut, als sie einen Pfad er-reichten, auf dem Fleur weiter den Hügel hinauf drängte. Die Sonne hatte das Land den ganzen Tag aufgeheizt. Jetzt stand die Hitze über den staubigen Hügeln. Kein Wind, nicht mal eine kleine Brise, die Abkühlung brachte, dachte Leon. Die Männer folgten dem hechelnden Hund, der wie ferngesteuert an einer unsichtbaren Spur entlanglief. Nur gelegentlich blieb sie stehen, rannte ein paar Meter nach rechts oder links und schien jedes Mal die Spur wieder zu finden. Leon war fasziniert. Wie war es mög-lich, dass die Hündin in der Lage war, einer unsichtbaren Spur durch das wilde unübersichtliche Unterholz zu folgen, als liefe sie auf Schienen? Wie funktionierte ihre Nase, sodass sie damit einzelne Geruchsmoleküle herausfiltern und von fremden Duftstoffen unterscheiden konnte?

Fleur war stehen geblieben. Sie schnupperte in die Luft und bewegte den Kopf aufgeregt hin und her. Dazu stieß sie ein leises Jaulen aus.

»Was hat sie?«, fragte Leon besorgt.

»Die Spur ist stärker geworden«, sagte Frédéric, der den steinigen Boden genauer betrachtete.

»Vielleicht ist es ihr auch nur zu heiß«, argwöhnte Jean-Claude und wandte sich an Leon. »Mir ist es jedenfalls viel zu heiß. Kannst du mir endlich mal sagen, wonach wir eigentlich suchen?«

»Keine Ahnung«, sagte Leon.

»Na, großartig. Ich bleib jetzt hier sitzen. Ihr könnt mich ja auf dem Heimweg wieder mitnehmen.«

»Das sollten Sie sich ansehen, Docteur«, unterbrach sie Frédéric und winkte Leon zu sich. Er deutete auf den Boden, wo eine Reihe großer dunkler Flecken auf einem Stein zu sehen waren.

»Blut«, erkannte Leon sofort. »Wahrscheinlich ist Colette hier stehen geblieben. Dabei hat sie Blut verloren. Sie hatte eine Menge frischer Verletzungen an Armen und Beinen, als sie starb.«

»Gehen wir weiter«, sagte Frédéric, »es wird bald dämmerig.«

»Einverstanden.«

»Ist das dein Ernst? Noch weiter?« Jean-Claude sah sich um. »Wir latschen hier durch die Wildnis und wissen nicht, warum. Die Frau war auf der Flucht, genügt dir das nicht, Docteur?«

Leon sagte nichts. Er war stehen geblieben und bewegte seinen Kopf ruckartig hin und her, wie jemand, der einen ganz bestimmten Blickwinkel suchte.

»Leon, alles klar mit dir?« Jean-Claude klang besorgt.

Leon streckte die Hände aus, als würde er ein Gewehr halten, das neben dem Pfad in die Büsche zielte. »Einen Moment noch«, bat er. »Würden Sie die mal bitte kurz halten?« Er reichte dem anderen Mann seine Ledertasche. Fleur sprang nervös an der Leine hin und her. Leon fischte eine Flachzange aus der Tasche.

Er ging ein paar Schritte den Hügel hinunter und zwängte sich durch eine Gruppe von Ginsterbüschen.

»Was hast du vor?«, wollte Jean-Claude wissen.

»Muss was überprüfen«, rief Leon und hielt demonstrativ die Flachzange hoch, als würde das die Frage beantworten.

»Der Typ spinnt doch«, brummte Frédéric und streichelte Fleur. »Meine kleine Fleur ... guter Hund, braver Hund.«

Leon ging etwa 20 Meter weiter und blieb vor einer dicken Korkeiche stehen. Er streifte sich ein paar Latexhandschuhe über, die er immer bei sich trug. Dann packte er mit der Zange einen etwa 40 Zentimeter langen, bleistiftdicken Stab, der gut fünf Zentimeter tief in die weiche Rinde des Baumes eingedrungen war. Vorsichtig bewegte Leon den Stab ein paar Mal hin und her, bis er sich lockerte, und zog ihn dann aus dem Baum. Triumphierend hielt er seinen Fund in der Hand, als er zu den Männern zurückkam.

»Was ist das?«, fragte Jean-Claude.

»Das ist der Pfeil einer Armbrust«, wusste Frédéric. »Ein Jagdpfeil. Mann, haben Sie gute Augen.« Er blinzelte in die Richtung, in der Leon den Pfeil entdeckt hatte.

Leon drehte den Pfeil in seiner Hand. Die Spitze bestand aus drei rasiermesserscharfen Klingen, die nach vorne nadelspitz zugeschliffen waren. Leon wusste, dass solche Pfeile, aus einer guten Armbrust abgeschossen, Geschwindigkeiten von 300 Stundenkilometern und mehr erreichten. Damit drangen sie ohne Probleme tief in den Körper eines Rehs oder eines Hasen. Die scharfe Klinge an der Pfeilspitze verursachte im Körper der Beute tödliche Verletzungen.

»Sie haben ganz recht, Frédéric«, sagte Leon zufrieden. »Hier ist jemand auf die Jagd gegangen.«

50. Kapitel

Polizeichef Zerna hatte die Sitzung ganz kurzfristig anberaumt. Das Innenministerium in Paris setzte ihn unter Druck. Über den Serienkiller, der es auf arglose Liebespaare abgesehen hatte, berichteten inzwischen sogar schon die internationalen Medien. Hinzu kam, dass der Bürgermeister von Le Lavandou und der Staatssekretär des Innenministers alte Freunde waren. Natürlich war der Grund, dass sich der Bürgermeister für mehr Druck auf Zerna stark machte, nicht ganz uneigennützig. Er konnte es dem Mann nicht mal verübeln: Schließlich kämpfte der Polizeichef genauso wie *maire* Daniel Robien um die nächste Legislaturperiode als Bürgermeister. Lavandou war vielleicht nur ein kleines Städtchen an der Côte d'Azur, aber seine Bedeutung für die Politik des Département VAR war nicht zu unterschätzen. Durch die Zusammenlegung zahlreicher Gemeinden wuchs Le Lavandou schnell, und sein Einfluss wurde größer. Inzwischen hatte Le Lavandou eine deutliche Stimme in Paris, und sie wurde mit jedem Jahr stärker. Darum wurde mit harten Bandagen und hinterlistigen Manövern um die Macht im alten Rathaus an der Rue Charles Cazin gerungen.

Einer der beliebtesten Tricks in der großen und kleinen Politik bestand darin, dem Gegner Fehler, Versagen und Inkompetenz zu unterstellen und seinen Rücktritt zu fordern. Genau das tat im Augenblick der Bürgermeister mit Polizeichef Zerna. Natürlich erledigte das der Bürgermeister nicht selber. Dafür rief dann der Staatssekretär aus Paris an und machte Druck.

»Wissen Sie, was uns Paris angeboten hat?«, fragte Zerna. »Seine Unterstützung durch die GIGN«.

Die GIGN, die *Groupe d'Intervention Gendarmerie nationale*, war die Schnelle Eingreiftruppe der Polizei. Wurde sie gerufen, um Entführer, Bankräuber oder Terroristen zu jagen, dann waren die Männer des Spezialkommandos automatisch auch die Leiter der Einsätze. Alle anderen waren ihnen unterstellt und mussten ihnen zuarbeiten. Der absolute Albtraum für Polizeichef Zerna.

»Vielleicht sollten wir die Hilfe annehmen?«, wagte Lieutenant Kadir zaghaft zu fragen.

»Was reden Sie da, nein!« Zerna schlug mit der flachen Hand auf seinen Schreibtisch. »Verstehen Sie das denn nicht? Wenn wir die GIGN anfordern, stehen wir doch da wie Idioten. Das Angebot ist ein mieser Trick. Es bedeutet nichts anderes als: ›Wenn ihr nicht in der Lage seid, einen einfachen Mordfall zu lösen, dann wird sich das Innenministerium direkt um den Fall kümmern.‹ Dann werden allerdings auch Köpfe rollen.«

Den letzten Satz hatte Zerna nur halblaut gesagt, aber es war offensichtlich, dass er in diesem Moment an seinen eigenen Kopf dachte.

»Wir haben vier Opfer.« Zerna nahm erneut Schwung auf, hielt die Hand hoch und zeigte vier Finger. »Aber wir haben nicht einen überzeugenden Verdächtigen.«

»Da muss ich Sie korrigieren«, sagte Masclau vorlaut. »Wir haben sogar drei Verdächtige.«

»Sozusagen«, relativierte Isabelle schnell ihren Lieutenant.

»Nein, haben wir nicht«, bellte der Polizeichef Masclau an.

»Unser Ermittlungsstand ist erbärmlich, und die Beweislage ist ein Witz.«

»Wir haben immerhin einen Verdächtigen, der sich nach der Tat tagelang versteckt hat«, besserte Kadir nach.

»Ja, den haben wir aber nur, weil ihn uns eine beherzte Gruppe von Patrioten vor die Tür gelegt hat.«

»Eine Bürgerwehr, die Selbstjustiz verübt hat«, sagte Isabelle nüchtern.

»Deswegen kann er trotzdem schuldig sein.«

»Sie kennen meine Meinung zu dem Verdächtigen«, sagte Isabelle.

»Ich weiß«, Zerna hob abwehrend die Hände. »Favre ist nicht ganz klar im Kopf und muss ja schon von daher ein guter Mensch sein.«

»Immerhin kümmert er sich aufopferungsvoll um seinen kranken Vater.«

»Was ist mit diesem Albatros?«, fragte Kadir. »Er kannte die ersten beiden Opfer und hat ihnen Drogen verkauft.«

»Das ist aber nur Ihre Vermutung«, korrigierte Isabelle ihren Lieutenant.

»Bleibt nur Rybaud«, führte Masclau an. »Bei dem passt doch alles: eifersüchtiger Exfreund, der nach dem Mord sogar noch die eigenen Opfer untersuchen durfte.«

»Monsieur Rybaud konnte bisher nichts nachgewiesen werden. Die Ermittlungen haben so gut wie gar nichts gegen den Mann zu Tage gefördert«, empörte sich Leon. »Der Haftrichter hat ja auch einen entsprechenden Haftantrag abgelehnt, wie ich gehört habe.«

»Da sind Sie wohl nicht ganz richtig informiert worden«, stichelte Zerna mit einem provozierenden Blick zu Isabelle. »Monsieur Rybaud durfte nur mit Auflagen die U-Haft verlassen.«

»Ich rechne damit, dass mein Mitarbeiter in aller Kürze wieder seine Aufgaben in der Rechtsmedizinischen Abteilung wahrnehmen kann«, erwiderte Leon kühl. »Ich habe ein entsprechendes Schreiben an die Geschäftsleitung der Klinik gerichtet.«

»Sie sollten darauf achten, dass die Regeln, die für Mordermittlungen gelten, auch vom Gerichtsmedizinischen Institut eingehalten werden«, sagte Zerna spitz.

»Keine Sorge, wir halten uns immer an die Bestimmungen.«

»Indem Sie bei jeder Gelegenheit Ihre Kompetenzen überschreiten?«

»Wir bewegen uns dabei immer im Rahmen unserer Untersuchungen«, behauptete Leon cool.

»Sie ermitteln ohne Absprache mit der Gendarmerie, Sie betreten Tatorte, ohne uns zu informieren, und Sie setzen unerlaubt polizeidienstliche Mittel ein«, empörte sich der Polizeichef.

»Wenn Sie damit den Hund meinen ... der gehört einem Privatmann. Und meine ›Methoden‹ haben zu wichtigen neuen Erkenntnissen geführt.«

»Und die wären?«, fragte Zerna provozierend.

»Wir haben immerhin die Mordwaffe gefunden.« Leon wusste, dass das nicht ganz der Wahrheit entsprach, aber Zernas überhebliche Reaktion ging ihm minütlich mehr gegen den Strich.

»Das stimmt nicht«, antwortete dieser auch prompt. »Sie *glauben*, die Mordmethode gefunden zu haben. Was uns aber immer noch fehlt, ist die Tatwaffe.«

»Der Pfeil, den ich sichergestellt habe, stimmt genau mit den Verletzungen überein, die zum Tod von Colette Lambert und Amélie Bertrand geführt haben.«

»Das sagt uns aber nur, dass der Mörder wahrscheinlich mit

einer Armbrust geschossen hat«, sagte Zerna. »Es bedeutet nicht ...«

»Das zeigt uns doch viel mehr«, unterbrach Leon. »Wir haben es mit einem Mann zu tun, der Frauen tötet, indem er sie mit einer Armbrust bewaffnet durch die Macchie jagt.«

»Das ist genau die Art von Theorien, die wir überhaupt nicht brauchen können«, fauchte Zerna. »Ich sehe schon den Aufmacher im *Var-Matin*. LIEBESPAAR-MÖRDER JAGT NACKTE FRAUEN MIT DER ARMBRUST. Danke, Docteur, aber wirklich nicht.«

»Wir lassen im Moment alle Menschen überprüfen, die in den vergangenen sechs Monaten in Sportgeschäften der Gegend eine Armbrust gekauft haben«, warf Masclau ein. »Leider bestellen die meisten Spinner ihren Krempel inzwischen im Internet.«

Es klopfte, und im selben Moment ging die Tür auf. Lieutenant Peyron kam in das Büro. Einen Moment lang zögerte er, ob er mit Zerna reden sollte, entschloss sich aber dann für Leon.

»Das kam gerade für Sie aus dem Labor.« Der dicke Lieutenant hatte große Schweißflecke unter den Armen, und sein Gesicht war rot angelaufen. Er hielt Leon eine Asservatentüte hin: Darin war der Pfeil, den Leon aus der Korkeiche gezogen hatte.

»Ich soll Ihnen sagen, der Fingerabdruck auf dem Pfeil ist nicht in unserer Datenbank erfasst.«

»Ist ja wunderbar«, sagte Zerna zynisch.

Leon nahm die Tüte. »Wäre auch zu schön gewesen«, sagte er mit einem leichten Schulterzucken.

»Wollen Sie uns noch etwas zu Ihrem Fund sagen?«, richtete sich Zerna erneut an ihn.

»Er bestätigt meine Vermutung, dass wir es mit einem Jäger zu tun haben.«

»Ist noch was?«, raunzte Zerna den Lieutenant aus Draguignan an, der an der Tür stehen geblieben war.

»Äh nein, das war alles«, stotterte der Mann.

»Danke.« Zerna wedelte mit der Hand in Richtung Tür, und Peyron verschwand.

»Wissen Sie, wie viele Leute bei uns in der Gegend auf die Jagd gehen?«, sagte der Polizeichef. »Ungefähr die Hälfte der männlichen Bevölkerung zwischen 18 und 68 Jahren. Das macht ungefähr 60.000 Verdächtige. Nur damit sie nicht denken, das würde den Kreis der Verdächtigen in irgendeiner Form einschränken.«

Der Polizeichef hatte natürlich recht, was die Zahlen anging, und das ärgerte Leon. Auf der anderen Seite hatte er zum ersten Mal, seit er an diesem Fall arbeitete, das Gefühl, dass er auf einer wichtigen Spur war. Es war an der Zeit, dass er zurück in die Rechtsmedizin fuhr und sich mit den Opfern unterhielt. So wie nur er es konnte.

51. Kapitel

Der Tag, der so unerfreulich verlaufen war, hatte für Isabelle plötzlich doch noch einen Lichtblick zu bieten: Lieutenant Kadir, der immer mal wieder kleine Wunder vollbringen konnte, wenn es um gesperrte Handys und Computer ging, hatte einen Treffer gelandet.

Er war in der Klinik gewesen und hatte das Handy von Patrick Favre beschlagnahmt. Was kein Problem war, weil der Verdächtige noch angeschlagen von der Narkose war. Kadir hatte die Gunst der Stunde genutzt und den Daumen des erschöpften Patienten kurz auf den Kontakt-Button gedrückt und so das Mobiltelefon entsperrt.

Um 19:15 Uhr erschien Kadir in Isabelles Büro und hielt triumphierend das Handy in die Höhe.

»Weißt du, was das ist?«, fragte er stolz und fuhr fort, ohne auf eine Antwort zu warten: »Das Handy von Patrick Favre.«

»Du hast ihn natürlich gefragt, ob wir das untersuchen dürfen«, sagte Isabelle, die schon ahnte, wie er an das Telefon gekommen war.

»Klar, habe ich gefragt«, behauptete Kadir. »Er hat nix mitbekommen. Hätte ich vielleicht bis morgen warten sollen? Das war ein klassischer Fall von Gefahr in Verzug.«

»Du weißt, wenn es zu einem Prozess kommt, dann sind es genau solche Beweise, die uns um die Ohren fliegen.«

»Willst du jetzt sehen, was ich gefunden habe, oder nicht?«

Isabelle schloss die Tür. »Zeig schon her.« Sie konnte ihre Neugier nur mühsam unterdrücken.

Kadir öffnete im Handy den Ordner mit den Fotos.

»Ist jetzt nicht wahr, oder?« Isabelle starrte auf die Aufnahmen, und Kadir lächelte stolz.

Die Fotos zeigten den Strand von Lavandou. Am westlichen Ende, dort wo sich die Strandrestaurants befanden, lag eine Frau im knappen Bikini auf einem Handtuch in der Sonne. Auf der Vergrößerung war die Frau gut zu erkennen: Es handelte sich um Colette Lambert. Auch bei den anderen Fotos bestand kein Zweifel: Sie zeigten alle dieselbe Person. Colette auf dem Markt, Colette, wie sie in ihr Auto einstieg. Und schließlich Colette nackt am Strand.

»Das muss am *Plage du Layet* gewesen sein«, sagte Kadir und deutete auf das Foto. »Das erkenne ich an den Felsen.«

Isabelle blätterte die Bilder durch. Colette war nicht die einzige Frau, die Favre fotografiert hatte. Es gab Dutzende von Frauenfotos, vom Typ her immer ähnlich: Alle waren schlank, blond und Anfang zwanzig.

»Die Bilder hat er heimlich gemacht, das kann man sehen«, sagte Isabelle und tippte auf den Link mit den Foto-Informationen. »Die letzte Aufnahme ist zwei Tage vor dem Mord entstanden.«

»Da stellt sich doch die Frage«, sagte Kadir, »was er sonst noch mit ihr angestellt hat.«

»Genau das werde ich ihn fragen«, sagte Isabelle, stand auf und nahm ihre Uniformjacke vom Ständer. »Wen haben wir in der Klinik zur Bewachung von Patrick Favre abgestellt?«

»Peyron«, sagte Kadir, und Isabelle sah ihn fragend an. »Der Neue aus Draguignan.«

»Verdammt«, sagte Isabelle zu Kadir. »Komm mit.«

52. Kapitel

Patrick war unruhig aufgewacht. Nachdem die Polizei gegangen war und die Ärzte ihn mit Schmerzmittel vollgepumpt hatten, war er zunächst in einen traumlosen Schlaf gefallen. Jetzt, vier Stunden später, fühlte er sich schon wieder viel besser. Die Schmerzen hielten ihn wach. Das Gesicht tat ihm weh, wo sie ihn geschlagen hatten. Und jetzt spürte er auch ein schmerzhaftes Ziehen in der Hand, wo dieses Schwein mit dem Hammer ihm den Finger gebrochen hatte. Aber die Ärzte hatten ihm versprochen, dass sie seinen Finger retten würden, daran konnte er sich noch erinnern. Jetzt trug er einen dicken Verband um die Hand.

Allerdings hatten sie auch gesagt, dass er sein Zimmer nicht verlassen dürfte. Als ein Pfleger hereinkam, konnte er sehen, dass vor der Tür ein Flic in Uniform saß, der mit einer jungen Schwester flirtete.

Es gab gute Gründe für Patrick, von hier zu verschwinden. Sie durften ihn nicht kriegen. Vor allem nicht jetzt, wo sie sein Handy hatten. Sie würden alles, was sie fanden, gegen ihn verwenden. Sie hatten immer alles gegen ihn verwendet. Er galt immer als der Blödmann, weil er die Dinge gelegentlich nicht so schnell begriff wie andere Menschen. Das war die bittere Erfahrung in seinem Leben. Der zu sein, über den Fremde gerne blöde Witze rissen. Weil er stotterte, wenn er aufgeregt war. Weil er nicht wusste, wie man flirtete. Weil sich die Mädchen für einen wie ihn nicht interessierten. Patrick hatte gelernt, die Dinge so hinzunehmen, wie sie waren, seine Wut stumm in sich hineinzufressen. Aber manchmal, da wurde es zu viel für ihn. Dann hielt er es nicht mehr aus, dann musste dieser Zorn raus. Dann passierte es eben, dann ging er auch mal auf Menschen los, die er gar nicht kannte und die ihm nichts getan hatten.

Er beobachtete die Pfleger, die zu ihm ins Zimmer kamen. Der Raum, in dem er lag, war kein reguläres Krankenzimmer. Sie hatten es extra für ihn hergerichtet, damit sie ihn nicht mit einem anderen Patienten zusammenlegen mussten. Weiß der Himmel, was sie dachten, was er mit einem anderen Patienten anstellen würde. Jedenfalls diente dieser Raum normalerweise als Umkleidezimmer für die Pfleger. Auf einer Seite befand sich ein Regal mit Schutzkleidung für die Intensivstation. Inzwischen war es spät, und es wurde ruhiger in der Klinik Saint-Sulpice. Es war an der Zeit, dass er etwas unternahm.

Als Patrick sich in seinem Bett aufrichtete, musste er ein Stöhnen unterdrücken, so schmerzhaft war für ihn jede Bewegung. Mit beiden Händen hielt er sich am Bettrand fest, um nicht wieder zurückzufallen. Er schob die Füße nach unten und spürte die Kälte des Krankenzimmerbodens unter seinen nackten Fußsohlen. Das war ein gutes Gefühl von Selbstbestimmtheit. Er hatte wieder die Kontrolle über seinen Körper. Er schloss die Zufuhr seiner Infusion mit dem kleinen Klemmventil, dann entfernte er die beiden Schläuche von seinen Armen. Anschließend zog er sich die beiden Zugänge aus den Venen. Das brannte etwas, aber die Einstiche bluteten nicht einmal. Der nächste Schritt war riskanter. Er musste das EKG abschalten, damit er die Kontakte von seiner Brust lösen konnte, ohne dass der Computer das im Stützpunkt der Abteilung, weiter vorne im Gang, meldete.

Zum Glück hatten die Schwestern ihn an ein mobiles Gerät angeschlossen, das nicht mit dem Netz der Klinik verbunden war. Deshalb löste er auch keinen Alarm aus, als er den schwarzen Kippschalter auf der Rückseite der Anlage auf AUS schaltete. Patrick erhob sich. In seiner rechten Seite, dort wo sie ihm die Rippen gebrochen hatten, fühlte er einen hellen Stich. Patrick zwang sich, ruhig ein- und auszuatmen, und der Schmerz klang ab. Die Tür zum Gang war nur angelehnt. Vorsichtig schob er sie ein paar Zentimeter auf. Der Stuhl vor dem Zimmer war leer. Daneben stand ein Klapptischchen, auf dem ein Gesundheitsmagazin lag. Patrick öffnete die Tür ein Stück weiter. Dann sah er den Flic. Der war ganz hingerissen von der jungen Schwester, die im Stützpunkt an ihrem Bildschirm saß und sich ebenfalls nur noch für den freundlichen Flic zu interessieren schien. Patrick sah, wie die Schwester sich hinter dem Tresen erhob und einer Kollegin etwas zuflüsterte. Die Frauen lachten. Dann verschwanden die Schwester und der Polizist in Richtung Cafeteria.

Patrick musste sich beeilen. Im Schrank hing die blaue Arbeitskleidung des Klinikpersonals. Patrick musste sich setzen, als er die Hose anzog. Nur eine falsche Bewegung, und er hätte am liebsten aufgeschrien vor Schmerzen. Minuten später war es geschafft. An den Füßen trug Patrick jetzt Crocs, die neben dem Schrank gestanden hatten. Über die blaue Hose und das blaue Hemd hatte er sich die lila Schutzkleidung für die Intensivstation gezogen. Dazu eine Haube, die er tief in die Stirn geschoben hatte, und eine hellblaue OP-Maske, die den größten Teil seines Gesichts verbarg und nur die Augen freiließ. Patrick öffnete die Tür zum Gang. Niemand zu sehen. Leise schloss er die Tür hinter sich und folgte den Markierungen zum NOTAUSGANG. Als er das Treppenhaus betrat, kam ihm eine Schwester entgegen. Sie sah ihn für den Bruchteil einer Sekunde irritiert an.

»Der Aufzug geht wieder, Docteur«, sagte sie dann.

»Ah, merci«, sagte Patrick. Er hob die Hand zu einem kurzen Gruß und nahm die Treppe.

Fünf Minuten später stand er in der warmen Sommernacht.

Patrick ging zum Besucherparkplatz. Ganz hinten, unter einer Platane, stand ein 30 Jahre alter roter Citroën Visa. Der Wagen war nicht abgeschlossen. Patrick griff unter das Armaturenbrett und zog den Kabelstrang heraus. Er zog die Kontakte ab, die zum Zündschloss führten, und schloss sie kurz. Ein paar Funken sprühten, und der Wagen sprang an. Dann riss er das Lenkrad ein paar Mal kräftig nach rechts, bis das alte Lenkradschloss brach. Er rollte leise quer über den leeren Besucherparkplatz. Erst als er die Zufahrtsstraße erreicht hatte, atmete er auf. Er öffnete das Seitenfenster und sog die Sommerluft ein. Einige Minuten später kam ihm ein Fahrzeug der Gendarmerie mit Blaulicht entgegen. Die Polizei fuhr an Patrick Favre vorbei, ohne zu ihm herüberzusehen.

Um 19:45 Uhr gab Isabelle Alarm. Der Mordverdächtige war ihnen zum zweiten Mal entkommen.

53. Kapitel

Leon befand sich seit Stunden in der Rechtsmedizin. Es war Wochenende, und die Labormitarbeiter waren schon am frühen Nachmittag nach Hause gegangen. Zu ihnen gehörte auch der junge Mediziner, der Leon von Klinikleiter Dr. Bayet zur Seite gestellt worden war. Das war zwar eine freundlich gemeinte Geste der Geschäftsleitung, aber völlig unnütz. Es dauerte Monate, wenn nicht Jahre, einen wirklich guten Assistenten für die Rechtsmedizin auszubilden. Leider galt dieser Job unter den meisten Pflegern als Medizin zweiter Klasse. Schließlich gab es in der Rechtsmedizin keine Genesenden, und war es nicht genau das, was den guten Mediziner ausmachte? Zu helfen und zu heilen?

Leon hatte dieses Problem nie gehabt. Es war viele Jahre her, dass er von der Intensivmedizin zur Rechtsmedizin gewechselt war. Daher hatte er die Opfer, die er zu untersuchen hatte, vom ersten Tag an als seine Patienten betrachtet. Und genauso behandelte er sie auch: rücksichtsvoll und mit Respekt. Dazu gehörte auch, dass er sich mit ihnen »unterhielt«, wie er es nannte. Schließlich waren sie diejenigen, die am besten wussten, wer sie getötet hatte. Sie hatten ihren Mörder in der Regel gesehen. Ein Geheimnis, das die Opfer buchstäblich mit ins Grab nahmen, und genau darum beschäftigte sich Leon mit ihnen, um von ihnen möglichst viel von den letzten Augenblicken zu erfahren, die ihrem Tod vorangegangen waren.

Darum hatte Leon noch einmal genau die Obduktionsberichte gelesen und stand jetzt im Autopsieraum zwischen zwei Bahren, auf denen die beiden jungen Frauen lagen. Die Beine beider Opfer waren bis zu den Hüften von Dornen blutig gerissen. Die nackten Fußsohlen von scharfen Steinen aufgeschnitten. Sie waren durch einen Pfeil getötet worden, dessen rasiermesserscharfe Klingen sich in ihre Körper gebohrt hatten. Nur dass der Mörder bei seinem letzten Opfer das Herz verfehlt hatte. Darum hatte er der Frau den fürchterlichen Schnitt an der Seite beigebracht. Dann war er zurück zu seinem Lieferwagen geeilt: Wie die Reifenspuren zeigten, war der Wagen zweihundert Meter den Weg hinunter bei einer Strandkiefer geparkt worden. Der Mörder hatte nicht geahnt, dass auch der Schnitt sein Opfer nicht sofort töten würde. Im Gegenteil, dass die schwer verletzte Frau sogar noch Hinweise geben konnte.

»Du bist nicht so schlau, wie du glaubst«, sagte Leon laut, als stände der Täter bei ihm im Obduktionsraum.

Es war still geworden in der Rechtsmedizin. Die digitale Zeitanzeige sprang auf 22:05 Uhr. Eine Zeit, zu der kein Mensch mehr freiwillig in die Pathologie ging. Nicht einmal Leon mochte es, sich zu so später Stunde alleine in »die Unterwelt« zu begeben, wie die Abteilung allgemein im Haus genannt wurde. Eigentlich sollte es Leon nach mehr als 25 Jahren Berufserfahrung egal sein, zu welcher Tageszeit er im Autopsiesaal der Klinik arbeitete.

Aber Leon wusste, dass es geschehen konnte, dass er die Geister rief, die zu solchen Räumen gehörten. Natürlich handelte es sich nicht um richtige Gespenster, und die Toten spukten auch nicht ab Mitternacht durch die Gänge. Es war eher der Geist, der über diesen Räumen schwebte, gefüttert von Ängsten und Sorgen, der einen Dinge wahrnehmen ließ, die es in Wirklichkeit nicht gab.

So wie bei mir gelegentlich, dachte Leon. Es waren diese kleinen, unerklärlichen Dinge – wie ein eiskalter Wind, der ihn anwehte, wenn er sich über einen Toten beugte. Oder diese Geräusche. Leise Geräusche, die einen nachts um den Verstand bringen konnten. Er wusste, dass es Halluzinationen waren, die manche Kollegen in der nächtlichen Einsamkeit der Pathologie überfielen, auch wenn sie das niemals zugeben würden. Er wusste auch, dass es Kollegen gab, die diese Geister nicht mehr losgeworden waren und ihrem Leben ein Ende gesetzt hatten.

Leon schüttelte kurz den Kopf, um die düsteren Gedanken loszuwerden. Dann beugte er sich wieder über die Leiche der Frau.

»Was hast du erlebt?« Leon merkte plötzlich, dass er laut vor sich hingeredet hatte. Jetzt wäre es an der Zeit, zurück nach Le Lavandou zu fahren. Er würde sich mit Isabelle gemütlich auf das Sofa auf der Terrasse setzen, ein Glas Rosé trinken und die Abendbrise atmen.

»Vergiss es«, sagte er in Richtung der Bahre. Leon musste sich konzentrieren, um sich nicht in seinen Träumen zu verlieren. Er berührte die Tote an der Schulter, um sie auf die Seite zu drehen, und plötzlich tauchten Bilder in seiner Vorstellung auf: Gelächter, der Nachthimmel, an dem ein leuchtender Mond aufging. Eine Hand, die nach der jungen Frau griff, um ihr über eine Wurzel zu helfen. Ein kleiner Hund, der an seiner Leine zog. Eine Decke, die der junge Mann auf dem Boden ausgebreitet hatte. Eine Umarmung, ein Kuss, eine Zärtlichkeit, und dann stand da jemand. Der Mann war wie ein Geist aus der Dunkelheit herausgetreten. Er hielt ein Messer in der Hand und drückte es gegen den Hals der Frau. Leon sah den Hund, der wütend nach dem Unbekannten schnappte und dem im nächsten Moment ein Stein den Schädel zerschmetterte. Er sah den jungen Mann auf dem Boden knien und den gesichtslosen Unbekannten um Gnade anflehen. Aber der Mörder erhörte das Flehen nicht. Er begann, die junge Frau zu vergewaltigen, vor ihrem Freund, der mit Kabelbindern an eine Seekiefer gefesselt war. Der jedes Wort, jeden Schlag, jede Verletzung seiner Freundin miterleben musste.

Leon stützte sich an der Bahre ab. Er atmete tief ein und aus, um sich zu beruhigen. Die Bilder hatten so real gewirkt. Wie eine eigene Erinnerung, aber es war natürlich nicht seine Erinnerung. Die Frau hatte mit ihm gesprochen. Sie hatte ihm die letzten Momente ihres Lebens gezeigt.

Das ist nicht real, sagte er sich. Es waren Assoziationen seines Gehirns zu all den Spuren, die Leon an ihrem Körper entdeckt hatte. Das wusste er, und er wusste, er würde diese besondere Gabe niemandem erklären können.

Leon atmete wieder ruhiger, als er ein Bellen hörte, das von weither zu kommen schien, ein Jaulen, das plötzlich wieder erstarb. In diesem Moment fiel Leon ein, was ihn die ganze Zeit beschäftigte – der Hund. Er hatte sich bisher noch gar nicht um den Kadaver des Hundes gekümmert.

Der Hund lag in der Kühlkammer. Leon betrat den Raum, der von der Kühlung konstant auf 5 Grad gehalten wurde. Er öffnete die unterste der glänzenden Nirostatüren und zog die Rollbahre heraus. Ganz am Ende, verpackt in einem grauen Müllsack, lag der tote Hund.

Der kleine Hund mit den hellbraunen und schwarzen Flecken im grauen Fell lag mit zertrümmertem Schädel im grellen Licht der OP-Lampen auf dem Seziertisch. Leon hatte die Mülltüte vom Körper des Hundes abgestreift. Warum hatte er sich nicht früher an den Hund erinnert? Ein kleiner Jack Russell, dachte Leon. Mit höchstens 25 Zentimetern Schulterhöhe. Jack Russells galten als schnell und tapfer. War es möglich, dass der Hund nach dem Angreifer geschnappt hatte? War es das, was er in seinen Halluzinationen gesehen hatte?

Leon zog die beleuchtete Lupe zu sich heran und justierte sie über dem Kopf des Hundes. Die Totenstarre war längst abgeklungen. Leon brachte den Hund in die richtige Position. Dann zog er mit den Daumen die Lefzen auseinander und betrachtete Ober- und Unterkiefer. Das Maul war geschlossen. Aber da war etwas ... Leon schaltete die Beleuchtung der Lupe eine Stufe heller. Jetzt konnte er die Stofffasern erkennen, die sich zwischen Reißzähnen und Schneidezähnen verklemmt hatten. Sie bestanden aus bläulichem, robustem Gewebe. Vielleicht von einer Jeans, dachte Leon. Keine Frage, dieser tapfere kleine Jack Russell hatte versucht, sein Frauchen mit dem Leben zu verteidigen. Er hatte sich auf den Gegner gestürzt und zugebissen. Durch die Jeans des Mörders. War es dem Hund gelungen, den Killer zu verletzen? Wo immer er ihn erwischt hatte, würden seine Zähne einen Abdruck hinterlassen haben.

Leon zupfte vorsichtig mit einer Pinzette einige der Fasern zwischen den Hundezähnen hervor und steckte sie in eines der verschließbaren Asservatenröhrchen. Damit sollten sich die Leute vom Labor beschäftigen. Jetzt fehlte Leon nur noch ein brauchbarer Abdruck, ein Bissmuster der Hundezähne. Leon ging vor wie der Zahnarzt, was nicht so einfach war, weil alle Hilfsmittel, die ihm zur Verfügung standen, für menschliche Kiefer ausgelegt waren. Schließlich fand Leon einen Abformlöffel, der für ein Kind gedacht war. Er mischte die hellblaue Abformmasse, wartete, bis sie anzog und drückte dann den Oberkiefer des Hundes in das Material. Nach fünf Minuten löste er die Abformmasse und goss sie mit einem Spezialgips aus. Leon hatte jetzt beides, einen Zahnabdruck, den man mit einer möglichen Bisswunde abgleichen konnte, und eine exakte Kopie der Zähne des Hundes. Es fehlte nur noch ein Tatverdächtiger, der eine entsprechende Wunde aufwies.

54. Kapitel

Der Mann hatte den Pfad durch die Gärten gewählt. Er führte an Mauern und Zäunen entlang und erreichte so die Häuser, die oberhalb von Lavandou lagen, wenn man die Grundstücke von den Gärten her betreten wollte. Die meisten der alten Tore waren nur noch Dekoration. Kein Einbrecher würde sich die Mühe machen, den beschwerlichen Pfad zu den Häusern zu nehmen, wenn man sie doch viel bequemer von der Straße aus mit dem Auto erreichten konnte.

Der Eindringling konnte sich in dieser verwunschenen Welt von mehr oder weniger verwilderten Gärten also sicher fühlen. Es gab niemanden, der sich für ihn interessierte. Nicht einmal die Fledermäuse, die so dicht über seinen Kopf hinweghuschten, dass er glaubte, ihren Luftzug zu spüren. Vor Jahren hatte sich die Gemeinde entschlossen, den einsamen Weg durch die Gärten mit Lampen zu bestücken. Schnell war der Pfad damit zu einem beliebten Abendspaziergang für verliebte Paare geworden. Aber die Natur hatte sich den Weg durch die Gärten schon bald wieder zurückgeholt. Zuerst verschwanden immer wieder die Glühbirnen. Das ging so lange, bis das Gartenbauamt keine weiteren Leuchtkörper mehr genehmigte. Nach dem dritten verregneten Winter waren die Leitungen bereits marode. Zuletzt führten ständige Kurzschlüsse dazu, dass die Beleuchtung des Pfades endgültig vom Netz genommen wurde; und schließlich hatten Efeu und Zistrosen dafür gesorgt, dass die Lampen mit den Mauern verschmolzen, an die sie einmal montiert worden waren.

Der Mann genoss den Spaziergang durch die mondhelle Nacht. Er mochte den verruchten Geruch von Jasmin, dessen Büsche weiß wie Schaum über die Mauern quollen. Und er mochte denn Geruch der feuchten, rottenden Vegetation, die in den dunklen, kühlen Mauerecken dahingärte und an Tod und Verwesung erinnerte.

War er nicht genau deswegen hierhergekommen? Keine 20 Meter vor ihm wurde plötzlich das Licht auf der Terrasse eingeschaltet. Mit einem Schritt verschwand der Mann hinter einer Mauerecke. Er hatte vor sich hingeträumt. Nicht aufgepasst, und beinahe hätte er dabei die ganze Aktion verraten. Er durfte auf keinen Fall gesehen werden. Wenn man ihn erkannte, wäre alles umsonst gewesen. Eine junge Frau war auf der Terrasse erschienen, die eine Tasse dampfenden Tee in der Hand hielt.

»Lilou, komm ins Haus. Es ist heute Abend zu kühl, um draußen zu sitzen«, sagte sie.

»Ach komm, Maman, jetzt sei nicht so empfindlich«, antwortete ihre Tochter.

Eine Frau erschien mit einer Decke auf der Terrasse. Der Mann stutzte. Von seinem Versteck aus konnte er sie gut erkennen. Plötzlich wusste er, wo er sie schon einmal gesehen hatte. Am Strand, dort, wo es passiert war. Sie war von der Polizei. Umso besser, dachte er, umso besser.

»Dann häng dir doch bitte das hier um, Lilou«, sagte die Frau in diesem Moment und legte ihrer Tochter eine Wolldecke über die Schulter.

Wie rührend, dachte er, aber es würde dem Mädchen nichts

nützen. Es würde sie nicht vor ihrem Schicksal bewahren. Nichts würde sie bewahren.

Warte nur, bis dein Freund wieder hier ist, dann wirst du sehen, welche Abenteuer das Leben für dich bereithält.

»Du hast recht, ist heute Nacht wirklich ein bisschen kühl draußen«, sagte die junge Frau zu ihrer Mutter. »Lass uns reingehen.«

Damit verschwanden die beiden Frauen im Haus, und das Licht auf der Terrasse wurde gelöscht.

Dem Mann lief ein wohliger Schauder über den Rücken, wenn er sich vorstellte, was er dem Mädchen und ihrem Freund schon ganz bald antun würde.

55. Kapitel

Isabelle war bereits im Bett gewesen, als Leon spät in der Nacht nach Hause gekommen war. Sie hatte ihn nicht gehört. Aber heute Morgen, als sie um kurz nach sechs aufgewacht war, hatte er neben ihr gelegen. Er wachte nicht auf, als sie aufstand, sondern lag einfach nur da und atmete leise. Eigentlich hatte sie sich vorgenommen, sauer auf ihn zu sein, wegen der Sache mit der Uni in Toulouse. Weil er ihr nicht vertraut hatte. Aber jetzt, wo er neben ihr lag, durchströmte sie ein Gefühl von großer Wärme und Zuneigung.

Sie betrachtete ihn einen Moment und wunderte sich darüber, was für eine Wirkung er auf sie hatte, selbst wenn er schlief.

Die Firma Lambert lag außerhalb von Le Lavandou, an der D 559, dort, wo sich inzwischen immer mehr Bau-, Möbel- und Gartenmärkte ansiedelten. *Lambert – Débouchage & Pompage*, verkündete das knallgrüne Firmenlogo mit dem stilisierten Krokodil. Vor dem Bürobau gab es einen Parkplatz, überwuchert mit vertrocknetem Rasen, sowie ein kleines Rondell, in dessen Mitte eine einsame Palme stand. Die hellgrünen Einsatzfahrzeuge standen aufgereiht auf dem Platz, als lauerten sie nur auf ihren nächsten Einsatz.

Es muss eine Menge Leute mit verstopften Abflussrohren in

Lavandou geben, dachte Isabelle, damit sich eine solche Menge von Rohrreinigungsfahrzeugen lohnte. Isabelle und Masclau hatten den Streifenwagen in der Straße abgestellt. Zusammen betraten sie den Empfang, der mit Fotos von Rohrreinigern im Einsatz dekoriert war. Hinter dem Tresen saß eine junge Frau in grünem Firmenoverall. Sie tippte auf der Computertastatur und telefonierte gleichzeitig. Dabei lachte sie immer wieder laut auf und warf sich in ihrem Stuhl zurück. Isabelle gab ihr ein Zeichen, und als sie die Aufmerksamkeit der jungen Frau hatte, fragte sie nach Monsieur Bruno Lambert. Die Angestellte deutete in Richtung Hof, ohne ihr Telefonat auch nur eine Sekunde zu unterbrechen.

Monsieur Lambert stand vor einem der Fahrzeuge und hielt eine Hochdrucklanze in der Hand, mit deren konzentriertem Wasserstrahl sich auch die verstopftesten Abflüsse freispülen ließen.

»Noch einmal«, rief der Mann mit dem Basecap, auf dem das Firmenlogo aufgestickt war. Der Mitarbeiter drückte auf einen Knopf am Lastwagen, der Kompressor sprang an, aber aus der Düse kam nicht mehr Wasser als aus einem alten Gartenschlauch.

»Aus!«, rief Lambert laut. »Da musst du noch mal an den Kompressor ran. Der baut keinen Druck auf.«

»Monsieur Lambert?«, fragte Isabelle freundlich.

Der Angesprochene musterte die beiden uniformierten Polizisten, als könnte er ihnen ansehen, was sie von ihm wollten.

»Ja ...?«, fragte Lambert zögernd.

»Ich bin Capitaine Morell, das ist Lieutenant Masclau. Wir sind von der Gendarmerie nationale und hätten ein paar Fragen an Sie.«

»Was wollen Sie? Sie sehen ja, ich habe zu tun«, sagte Lambert.

Der große Mann klang müde, dachte Isabelle. So als hätte

er schon einen langen Arbeitstag hinter sich. Wenn er sprach, stützte er sich zwischendurch immer wieder an dem Reinigungswagen ab. Er war erschöpft, auch wenn er versuchte, seinen Zustand zu überspielen.

»Vielleicht wäre es besser, wir besprechen das irgendwo, wo wir ungestört sind«, schlug Isabelle vor.

»Hier sind wir ungestört.« Lambert wedelte mit der Hand in Richtung seines Mitarbeiters. »Lass uns mal bitte kurz allein, Gilbert!«

Der Mitarbeiter verschwand.

»Also, was gibt's?«

»Haben Sie mal was von den Nachtfalken gehört?«, kam Masclau gleich zur Sache.

»Was soll das? Verstehe ich nicht ...« Lambert versuchte, ahnungslos zu klingen.

»Sie wissen, was mit Patrick Favre passiert ist?«, fragte Isabelle.

»Ich habe in den Nachrichten nur gehört, dass die Polizei den Typ erwischt hat, nach dem gefahndet wurde«, sagte Lambert. »Ist er das?«

»Sie wissen doch ganz genau, um wen es geht«, sagte Masclau.

»Im Radio haben sie gesagt, dass der Typ im Krankenhaus liegt. Warum fragen Sie den nicht, was passiert ist?«

»Er ist verschwunden«, sagte Isabelle ganz ruhig. »Aus der Klinik.«

»Wirklich ...?« Lambert schien echt überrascht. Er schnaufte verächtlich, während er mit einem Lappen die Bedienungsknöpfe abwischte. «Warum ist der wohl abgehauen?«

»Weil er Angst vor Ihnen hatte?«, fragte Isabelle.

»Vor mir? Was habe ich denn mit so einem zu tun?«

»Was soll das Theater?« Masclau klang jetzt schlecht gelaunt und ungeduldig. »Die Nachtfalken, das ist doch euer Verein. Dafür gibt es Zeugen. Die haben euch im Bistro reden gehört.«

»Wen denn? Yolande vielleicht? Die erzählt Ihnen auch, sie hätte es mit dem Papst getrieben.« Lambert deutete auf die Maschinen im Hof. »War's das? Ich habe zu tun.«

»Wir können diese Unterhaltung auch gerne in der Wache fortsetzen«, drohte Masclau.

»He, Mann, das war Gerede am Tresen. Was man da halt so quatscht.«

»Was quatscht man denn da sonst noch so?«, fragte Isabelle.

»Mein Gott, dass die Flics, ich meine die Polizei, Unterstützung brauchen könnten. Das war alles«, sagte Lambert. »Das war doch nicht ernst gemeint.«

»Für Patrick ist es leider bitterer Ernst geworden«, sagte Isabelle. »Jemand hat ihn übel zusammengeschlagen.«

»Tut mir leid, das zu hören – echt«, sagte Lambert mit schlecht gespieltem Mitleid. »Aber ich kann Ihnen wirklich nicht helfen.«

»Ist es das, was die Nachtfalken machen? Vermeintliche Mörder verprügeln?«, fragte Isabelle.

»Woher soll ich das wissen? Ich weiß nichts von diesen Nachtfalken«, sagte Lambert. »Aber eines sag ich Ihnen, wenn jemand das Schwein verprügelt hat, das meine Colette ...«, er stockte und schüttelte den Kopf, als könnte er so seinen Hass und seine Trauer loswerden. »Der Scheißkerl hätte es verdient. Und ich bin nicht der Einzige, der hier so denkt.«

»Selbstjustiz ist kein Kavaliersdelikt, Monsieur Lambert«, sagte Masclau. »Ich denke, das ist auch Ihnen bekannt.«

»Sie haben doch keine Ahnung, wie das ist«, murmelte Lambert.

»Ich habe selber eine Tochter«, Isabelle sah den Mann an. »Sie wird demnächst 18. Ich kann mir sehr gut vorstellen, was Sie zurzeit durchmachen.«

»Ach ja, können Sie das? Da gibt es aber einen gewaltigen Unterschied zwischen uns: Ihre Tochter lebt. Erst wenn Ihr Kind stirbt, wissen Sie, was Schmerzen sind, hier ...« Dabei klopfte sich Lambert auf die Brust. »Das wünsche ich nicht mal meinem ärgsten Feind.«

»Wenn Sie irgendetwas über den Fall wissen, dann sollten Sie damit zur Polizei gehen.« Isabelle gab Lambert ihre Visitenkarte. »Rufen Sie mich an, Monsieur Lambert. Jederzeit.«

»Ich muss weitermachen. Die Maschinen müssen raus«, schnitt Lambert ihr das Wort ab, nahm die Karte und stopfte sie achtlos in seine Tasche. Lambert wollte sich der Maschine zuwenden, als Isabelle sich ihm in den Weg stellte.

»Niemand hat in unserem Land das Recht, über einen anderen Menschen zu richten. Das tun allein die Gerichte.« Isabelle sah Lambert an. »›Im Namen des Volkes‹. Schon mal gehört?«

»Er hat ihr den Körper aufgeschnitten ... so ...«, Lambert strich sich mit dem Daumen über die linke Seite seines Körpers. »Im Namen des Volkes, ja? Die Guillotine wäre für so einen die gerechte Strafe.«

»Wenn Sie wissen sollten, wo Patrick Favre sich versteckt hält, dann müssten Sie uns das sagen. Das ist Ihnen doch klar?«, sagte Isabelle.

»Verschwinden Sie von meinem Gelände.« Lamberts Stimme hatte etwas Drohendes. »Ich habe mein Kind verloren ... Ich muss gar nichts mehr.«

56. Kapitel

Der Übertragungswagen von *Canal 6* hatte direkt neben dem Kinderkarussell mit bestem Blick auf die Altstadt von Lavandou geparkt. Daneben stand Brigitte Dupin und stritt sich mit ihrem Kameramann Tony, der gerade einen langsamen Schwenk über die Promenade von Le Lavandou machte.

»Stopp!«, befahl Brigitte Dupin.

»Wieso, die Uferpromenade des Ferienparadieses voller Touristen in Angst«, verteidigte der Journalist seine sturzlangweilige Einstellung. »So was zieht immer bei den Zuschauern.«

»Ich sehe aber hier keine Angst, Tony. Ich sehe nur Leute, die Eis lecken und Zuckerwatte futtern.«

»Dann halt ich die Kamera einfach etwas tiefer«, sagte Tony. »Das schafft Spannung. So Tarantino-mäßig.«

»Gott, du redest so einen Mist.« Die Fernsehredakteurin sah sich um. »Was ist jetzt mit deinen tollen Verbindungen zu den Flics?«

»Weiß nicht, er wollte schon vor einer Viertelstunde hier sein«, murmelte Tony und sah auf die Uhr.

»Scheiße, wir gehen in einer halben Stunde auf Sendung. Wir brauchen neue Bilder. Wir verkaufen Blut und Schmerzen, keine gebrannten Mandeln und Softeis, mach das deinem Informanten klar.« Brigitte Dupin war sauer.

Es war deshalb keine Minute zu früh, dass Tony den Polizisten entdeckte, der sich durch eine Gruppe von Touristen drängte. Jacques Peyron winkte dem Kameramann unauffällig zu.

»Das ist er«, raunte Tony Brigitte zu. »Bin gleich wieder da.«

»Mach ihm Feuer unterm Arsch«, rief Brigitte Dupin ihrem Kameramann hinterher. »Sag ihm, für nichts gibt's auch nichts.«

Peyron war zur Fischhalle gegangen, die um diese Zeit noch verwaist war. Erst wenn gegen Mittag die Boote ihren Fang brachten, wurde es voll in dieser Ecke des Hafens. Jetzt schaufelte ein gelangweilter Angestellter aus einer Plastiktonne zerstoßenes Eis in die Vitrinen des Fischmarktes. Niemand interessierte sich für den Flic, der sich mit einem Kameramann unterhielt. Jacques Peyron hatte sein Handy aus der Tasche gezogen.

»Hast du was für mich?« war Tonys erste Frage.

»Aber sicher. Echt starkes Material«, Peyron wedelte mit dem Handy. »Du flippst aus, wenn du das siehst.«

»Zeig schon her.«

»Wart's ab«, sagte Peyron und wischte über ein paar Fotos, die auf dem Display seines Smartphones aufsprangen. Dann hielt er dem Kameramann das Handy hin. »Hast du so was gesucht?«

»Mon dieu ...« Tony verstummte und wischte von einem Bild zum nächsten. »Das ist mega ... das ist ja so was von mega.«

»Diesmal kostet es aber mehr. Fünfhundert für alle.«

»Gib her. Gib schon her!« Bei diesen Bildern musste Tony nicht handeln, das war ihm klar.

Eine halbe Stunde später zeigte Canal 6 die Polizeifotos des zweiten Liebespaarmordes. In Farbe und mit allen blutigen Einzelheiten.

57. Kapitel

Es war das erste Mal in den 15 Jahren, seit sie mit Thierry Zerna zusammenarbeitete, dass Isabelle den Polizeichef so außer sich sah. Und das auch noch vor allen Mitarbeitern, mitten in der Kantine. Es geschah in dem Moment, als *Canal 6* aus aktuellem Anlass die Sendung unterbrochen und Brigitte Dupin mit dem Mikro in der Hand live vor das Rathaus geschickt hatten. Die Moderatorin blickte so ergriffen in die Kamera, als müsste sie leider mitteilen, dass das Ende der Menschheit unmittelbar bevorstand.

»Wir wollten Ihnen diese Bilder eigentlich nicht zumuten. Aber wir glauben, dass die Öffentlichkeit, dass die Zuschauer von *Canal 6* ein Recht darauf haben zu erfahren, was zurzeit wirklich in ihrer sonst so friedlichen Stadt vor sich geht.« Damit machte sie eine kleine Geste in Richtung Rathaus. »Darum meine dringende Warnung. Die Bilder, die wir Ihnen gleich zeigen werden, könnten auf manche Zuschauer verstörend wirken. Achten Sie bitte darauf, dass Ihre Kinder diese Bilder nicht sehen. Das Gleiche gilt für Zuschauer mit Herz-Kreislauferkrankungen.«

Diese Ansage führte natürlich dazu, dass alle Polizisten, die sich in diesem Moment in der Kantine zur Lagebesprechung eingefunden hatten, auf den großen Flachbildschirm an der Wand starrten. Das Bild wurde kurz unscharf. Ein roter Balken mit weißem Text +++BREAKING NEWS+++ lief über den Bildschirm.

Dann erschien ein Foto, das Colette Lambert am Boden zeigte, nackt und mit geschundenem Körper. Und so wenig verpixelt, dass man sich den Aufwand auch gleich hätte sparen können.

Das Motiv wechselte, und die Zuschauer sahen den nackten jungen Mann, der an die Strandkiefer gefesselt war. Das Gesicht war aus diesem Winkel nicht zu erkennen, dafür jede Menge Blut, das ihm den Brustkorb heruntergelaufen war. Dieses Mal hatte der Sender die Geschlechtsteile verpixelt, was auf tragische Weise albern wirkte. Weitere blutige Aufnahmen folgten im Sekundentakt.

Das waren keine Fotos, die ein Tourist im Vorbeigehen geschossen hatte, denn im Hintergrund auf einem der Bilder war das Absperrband der Gendarmerie nationale zu erkennen. Keine Frage: Diese Fotos musste einer der Polizeibeamten gemacht haben.

Dann verschwanden die Bilder, und Brigitte Dupin erschien wieder. Sie stand auf den Eingangsstufen des alten Rathauses. Das Mikro in ihrer Hand zitterte, und sie schüttelte den Kopf, als könnte sie immer noch nicht begreifen, was sie da eben gesehen hatte.

»Hier ist Brigitte Dupin von *Canal 6* live vor dem Rathaus von Le Lavandou, um Antworten für Sie einzufordern. Wie lange müssen die Menschen hier noch in Angst leben? Was wird für die Sicherheit der Anwohner und Urlaubsgäste getan, die hier unbeschwert Ferien verbringen wollten? Wie wird der Surfwettbewerb geschützt?« In diesem Moment sah Brigitte Dupin Bürgermeister Robien aus dem Rathaus kommen. »Moment, hier kommt der Bürgermeister. Monsieur le maire, nur eine Frage ...«

Der Bürgermeister erkannte die Reporterin, winkte ab und verschwand im Rathaus, noch bevor sie ihn erreichen konnte.

»Verdammte Scheiße!«, schrie Zerna in diesem Moment in der Wache plötzlich laut und wütend. »Gottverdammte Scheiße!« Und dann tat er etwas, worüber die Beamten der Gendarmerie nationale noch in Wochen, ja, sogar noch in Monaten sprechen würden. Er schleuderte seine Kaffeetasse mit voller Kraft gegen die Kantinenwand. Dort zerschellte sie in einem Schauer von Porzellansplittern, und der Kaffee sah aus wie dunkles Blut, als er die weiß getünchte Wand herunterlief.

Für einen Augenblick herrschte betroffenes Schweigen im Raum. Die Frauen und Männer der Polizei vermieden es, in Zernas Richtung zu sehen, der schwer atmend mitten im Raum stand, so als wollten sie erst mal abwarten, wie die Kollegen reagierten.

Schließlich war es der Polizeichef selbst, der dafür sorgte, dass man zum Tagesgeschäft zurückfand. »Diese Sache wird ein Nachspiel haben«, sagte er, plötzlich ganz ruhig und gefährlich. »Es wird eine Untersuchung geben, und seien Sie versichert, wir werden die undichte Stelle finden.«

Die Frauen und Männer der Gendarmerie musterten sich gegenseitig, als würden sie ausloten, wer von ihren Kollegen die Fotos weitergegeben haben könnte, und vor allem: ob sich der Verrat auch gelohnt hatte.

»Wenn alle da sind«, sagte Zerna betont beherrscht, »möchte ich jetzt hören, wo die Ermittlungen der einzelnen Abteilungen stehen.«

In diesem Moment tauchte der Hausmeister auf. Er interessierte sich nicht dafür, was der Polizeichef sagte, sondern stellte in aller Seelenruhe einen Eimer vor sich auf den Boden. Er entnahm ihm Schaufel und Kehrbesen und begann kommentarlos, die zersplitterten Reste der Kaffeetasse zusammenzufegen.

»Danke, Bruno«, brachte Zerna heraus, und der Hausmeister

antwortete mit einem Brummen und einer abwehrenden Handbewegung.

Ein paar unterdrückte Lacher waren zu hören.

In diesem Moment öffnete sich die Tür, und Leon erschien. Er sah die Spuren an der Wand und wechselte einen Blick mit Isabelle. Die machte eine kurze Kopfbewegung in Richtung Zerna, und Leon ahnte, was passiert war. Er setzte sich neben Isabelle, die ihm einen Platz frei gehalten hatte.

»Was war los?«, raunte Leon Isabelle zu.

»Du glaubst nicht, was du verpasst hast.« Sie schüttelte den Kopf und wandte ihre Aufmerksamkeit den Kollegen zu.

Die einzelnen Abteilungen referierten ihre Ermittlungsergebnisse. Am erfolgsversprechendsten waren die Vernehmungen, die die Gendarmerie mit polizeibekannten Mehrfachtätern geführt hatte. Bei der Befragung waren zuletzt zwei Männer im Raster hängen geblieben. Der eine war ein Algerier, der seit 30 Jahren in Toulon lebte. Er war wegen schwerer Körperverletzungen vorbestraft und als Wiederholungstäter zu fünf Jahren Haft verurteilt worden. Er hatte Frauen entführt und bis zu drei Tagen in einem alten Schuppen eingesperrt. Da er sich aber nicht an ihnen vergangen hatte, hatte die Haftprüfungskommission einer vorzeitigen Entlassung nach Verbüßen der Halbstrafe zugestimmt und ihn bereits nach vier Jahren entlassen. Das war vor drei Monaten gewesen.

Der zweite Verdächtige war ein 45-jähriger Franzose, der bereits als Jugendlicher mehrfach wegen Einbrüchen eingesessen hatte. Mit 28 war er erneut straffällig geworden, als er Prostituierte in seinen Wohnwagen mitnahm und dort misshandelte. Drei Fälle konnte man ihm nachweisen, wobei er im letzten Fall sein Opfer gewürgt hatte. Ein Passant hatte die Schreie der Frau gehört und eingegriffen, womit er ihr – so die Vermutung – das Leben gerettet hatte. Dafür wurde der Täter zu acht Jahren Haft verurteilt. Wegen guter Führung und weil er sich freiwillig für ein Antiaggressionstraining gemeldet hatte, war er vor sechs Monaten unter Auflagen vorzeitig entlassen worden.

»Beide haben zwar Alibis für die fraglichen Abende, aber diese Alibis sind mehr als mager.« Kadir hatte die wichtigsten Daten von einem Computerausdruck abgelesen.

»Gut möglich, dass uns diese Typen mehr verraten, wenn wir noch mal ordentlich Druck machen«, sagte Masclau.

»Ich glaube, dass der Algerier tatsächlich nichts mit der Sache zu tun hatte«, meldete sich Kadir. »Er hat eine Riesenangst, dass er aus Frankreich abgeschoben werden könnte, und außerdem hatte ich den Eindruck, dass er in den Wochen seit seiner Entlassung schon dabei war, sich etwas Neues aufzubauen. Er wirkt stabil und, ehrlich gesagt, auch nicht so blöde, quasi vor seiner Haustür mit dem Morden anzufangen.«

»Er passt nicht ins Spurenbild«, sagte Leon. Es war an der Zeit, ein paar Dinge richtigzustellen.

»Was meinen Sie, Docteur?«, wollte Zerna wissen.

»Der Verdächtige aus Algerien passt nicht zu den DNA-Spuren«, erklärte Leon. »Wir haben bei Colette Lambert ein Haar mit unvollständiger Wurzel gefunden. Entsprechend lückenhaft fällt dadurch auch die DNA-Analyse aus. Was wir aber erkennen ist, dass es sich um einen blonden Europäer handelt. 40 Jahre oder älter.«

»Das ist alles?« Der Polizeichef klang enttäuscht.

»Das ist angesichts des vorhandenen Materials ziemlich viel«, erklärte Leon. »Wir versuchen zurzeit, noch mehr aus der DNA-Probe herauszuholen, aber bei dieser Spurenlage müssten wir schon viel Glück haben.«

»Mit Glück kommen wir hier nicht weiter«, unterbrach ihn

Zerna. »Kommissarin Lapierre hat heute Morgen eine Besprechung mit der Mordkommission. Paris hat dazu extra einen Beobachter nach Toulon geschickt.«

»Die sollen weniger Druck machen und uns lieber bei der Fahndung unterstützen«, brummte Isabelle.

»Was ist mit den anderen? Mit diesem David Laurent und mit Patrick Favre?«, fragte Zerna.

»Zu Favre keinen Hinweis, gar nichts, leider«, sagte Masclau. »Wir klappern zurzeit alle Plätze ab, wo er sein könnte.«

»Ich brauche Ergebnisse, kein vages Abklappern!«

»Sieht so aus, als hätte er sich irgendwo eingegraben und würde abwarten, dass wir uns zurückziehen«, meinte Kadir.

»Was ist mit dieser Bürgerwehr, von der Sie mir erzählt haben?«, wollte Zerna wissen.

»Favre hat keine Anzeige erstattet«, sagte Isabelle, »nicht einmal gegen Unbekannt.«

»Ich dachte, Sie wüssten, um wen es sich handelt?«, hakte der Polizeichef nach.

»Hundertprozentig sicher bin ich nicht. Aber ich habe mit Bruno Lambert gesprochen. Das ist der Vater der Toten.«

»Und?«

»Ich denke, er steckt mit drin, aber er sagt nichts.«

»Setzen Sie ihn unter Druck«, sagte Zerna herzlos.

»Seine Tochter ist gerade ermordet worden.«

»Wir beobachten ihn«, warf Kadir diplomatisch ein.

»Was sagt die Rechtsmedizin?«, fragte Zerna. »Irgendwas, was wir Toulon präsentieren können?«

»Es gibt da möglicherweise etwas«, meinte Leon vorsichtig. Es wurde schlagartig still im Raum, als Leon fortfuhr: »Colette Lambert besaß einen kleinen Hund, einen Jack Russell. Wir haben ihn am Tatort gefunden, erschlagen – Sie erinnern sich. Den Hund haben wir uns inzwischen genauer angesehen.«

»Warum erst jetzt?«

»Die Untersuchung der Opfer hat Vorrang«, erwiderte Leon nüchtern.

»Wo war der Hund in der Zwischenzeit?«, wollte Zerna wissen.

»In der Rechtsmedizin, im Kühlraum.«

»Wollen Sie sagen, dass Sie einen Hundekadaver bei den Toten aufbewahrt haben?«

»Tiere, die zusammen mit ihren Besitzern beerdigt wurden, so was hat es schon bei den alten Ägyptern gegeben. So unerhört ist das nun wirklich nicht.«

Zerna brauchte ein paar Sekunden, um die Nachricht zu überdenken, entschied sich aber, nicht weiter zu bohren. »Also, was hat die Untersuchung ergeben?«, fragte er schließlich.

»Jack Russell sind Jagdhunde«, erklärte Leon. »Sie gelten als lebhaft und besonders mutig. Ich habe mir das Gebiss des toten Hundes angesehen, besonders die auffallend kräftigen Fangzähne. Zwischen den Zähnen habe ich Stofffasern gefunden.«

»Was für Stoff?«

Leon sah auf den Zettel in seiner Hand. »Das Labor sagt: Baumwolle, blau und Anteile von Stretchmaterial. Könnten also von einer Jeans stammen.«

Zerna sah ihn verständnislos an.

»Gut möglich, dass der Hund den Täter gebissen hat, um seine Besitzerin zu verteidigen.«

»Na gut, kommen Sie zum Punkt«, drängte Zerna ungeduldig.

»Der Hund hat eine Schulterhöhe von gut 35 Zentimetern«, Leon sprach wie mit Schülern, die nicht richtig aufgepasst hatten. »Das heißt, er könnte den Mörder am Bein erwischt haben, wahrscheinlich am Unterschenkel.«

58. Kapitel

David Laurents regenbogenfarbenes Wohnmobil stand noch immer auf dem Parkplatz. Zusammen mit einem guten Dutzend anderer Wohnmobile hatten sich die Surfer den Strandparkplatz einverleibt. Als Isabelle und Masclau auf dem Wohnwagen-Parkplatz auftauchten, brach Unruhe unter den Surfern aus. Die Flics waren da! Joints wurden in die Dünen geworfen, Wasserpfeifen ausgeleert, und Hasch wurde noch schnell im Sand der Dünen verscharrt. Den jungen Frauen und Männern mit den braun gebrannten, durchtrainierten Körpern stand das schlechte Gewissen regelrecht ins Gesicht geschrieben.

Wahrscheinlich könnten wir einen ganzen Sack voller Gras konfiszieren, wenn wir jetzt eine Razzia veranstalten würden, dachte Isabelle, aber deswegen sind wir nicht gekommen. In diesem Moment sah sie aus dem Augenwinkel, wie sich der Albatros in rosa Bermudashorts mit Blumenmuster hinter den Wohnmobilen davonzuschleichen versuchte.

»Laurent!«, rief Isabelle. »Warten Sie!«

Doch der Albatros dachte gar nicht daran zu warten und schon dreimal nicht auf die Flics. In der Hand hielt er eine McDonald's-Tüte, und Isabelle war sicher, dass er darin keinen Big Mac transportierte. Laurent versuchte, über den aus Holzbohlen gezimmerten Spazierweg durch die Dünen zu entkommen. Doch

Isabelle machte sich nicht einmal die Mühe, hinter dem Surfer herzulaufen. Der Albatros hatte noch nicht bemerkt, dass Masclau bereits am Ende des Pfades auf ihn wartete. In diesem Moment stieß der Fliehende einen Schrei aus, blieb stehen und hob seinen linken Fuß. Er war barfuß in die Splitter einer Cola-Flasche getreten. Blut tropfte auf den Boden, als Isabelle ihn erreichte. Sie konnte gerade noch sehen, wie David Laurent eine Tüte zwischen ein paar Zistrosen stopfen wollte, die den Pfad begrenzten.

»Sparen Sie sich die Mühe«, sagte Isabelle. Sie nickte mit dem Kopf in Richtung von Albatros' verletztem Fuß. »Soll ich mir das mal ansehen?«

»Nein, geht schon«, stieß Laurent hervor, wobei er versuchte, tapfer zu klingen.

»Das glaube ich nicht.« Isabelle betrachtete den Fuß. »Das muss ordentlich versorgt werden.«

Isabelle zog das Handfunkgerät aus der Tasche ihrer Jacke und drückte die Sprechtaste. »Morell hier. Didier, bringst du bitte den Verbandskasten hier herauf?«

»Geht klar«, drang Masclaus Stimme aus dem Gerät. »Bin gleich bei dir.«

»Ich sag doch, ich brauch keine Hilfe.« Der Albatros versuchte aufzustehen und hob dabei den verletzten Fuß wie ein Flamingo. »Das geht schon.«

»Setzen Sie sich«, befahl Isabelle, und zum allgemeinen Erstaunen hörte der Surfer auf sie. Er hatte sein T-Shirt ausgezogen und es sich um den blutenden Fuß gebunden. Jetzt konnte Isabelle das große Tattoo auf seinem Rücken sehen: ein Albatros, der dicht über schäumende Wellen glitt.

»Starkes Tattoo«, sagte Isabelle.

»Ich kann laufen«, antwortete der Albatros trotzig.

Isabelle beugte sich vor und hob mit spitzen Fingern die McDonald's-Tüte auf. Sie war, wie erwartet, voller Gras. Wahrscheinlich aus der Gegend, dachte Isabelle.

»Wegen dem Mist hätten Sie nicht abhauen müssen.« Isabelle klang eher mitleidig als kritisch.

»Ich kann das erklären«, sagte Albatros.

»Da bin ich ganz sicher«, sagte Isabelle. »Aber es interessiert mich nicht.«

Albatros sah Isabelle irritiert an.

»Sind Sie in den letzten Tagen von einem Hund gebissen worden?«

»Nein, wie kommen Sie darauf?«, fragte der Surfer irritiert.

»Sicher?« Isabelle betrachtete die nackten Unterschenkel des Mannes, die aus den bunten Bermudas herausschauten.

In diesem Moment tauchte Masclau auf, in der Hand einen Verbandskasten. Er griff nach seinen Handschellen.

»Ich denke, die brauchen wir nicht«, sagte Isabelle.

»Hungrig?« Masclau wies auf die McDonald's-Tüte.

»Das hat Monsieur l'Albatros verloren. Soll sich die Spurensicherung ansehen.«

Masclau sah auf die nackten Beine des Verdächtigen.

»Er sagt, ihn hätte kein Hund gebissen«, sagte Isabelle.

»Was wollen Sie denn immer mit dem Scheißhund?«, beschwerte sich der Albatros trotzig.

»Und?« Masclau sah zu Isabelle. »Hast du eine Verletzung entdeckt?«

»Wie denn?«, meinte Isabelle. »Ich kann ihm ja hier schlecht die Hose ausziehen.«

Masclau zog grinsend sein Funkgerät aus der Tasche und sah seine Chefin fragend an.

»Sie sollen jemand zum Parkplatz schicken. Wir kommen mit

einem Verwundeten«, sagte Isabelle betont dramatisch und half damit, Albatros' Image vor seinen Freunden etwas aufzuwerten.

Eine Viertelstunde später stand jedenfalls eines fest: David Laurents Beine waren – bis auf die Verletzung am Fuß – völlig unversehrt.

59. Kapitel

Der Jäger muss ein guter Schütze sein, dachte Leon, als er mithilfe eines Messschiebers die tödlichen Verletzungen der weiblichen Opfer verglich: Schnittwinkel, Schnittkante, Schnitttiefe, sie waren identisch, dieselbe Waffe.

Die Bahren standen in der Mitte des Obduktionsraums. Die beiden toten Frauen waren gerade so weit aufgedeckt, dass Leon die Eintrittswunden sehen konnte. Auf einem Rollwagen lagen Armbrustpfeile, die er über das Institut bestellt hatte. Sie sahen martialisch aus mit den drei eingelassenen rasiermesserscharfen Klingen. In der Beschreibung wurden sie als »Jagdpfeile« bezeichnet, die »auch im Körper von großen Tieren wie Rehen oder Wildschweinen ihre zuverlässige, tödliche Wirkung entfalten«.

In diesem Fall hatten sie ihre tödliche Wirkung in den Körpern von zwei Frauen entfaltet, aber davon war in der Beschreibung natürlich nicht die Rede.

Das war kein einfacher Schuss, dachte Leon, zumal er nachts zwischen Bäumen und Büschen abgegeben wurde, wie die Berechnung des Todeszeitpunktes ergeben hatte. Um einen sicheren Treffer zu platzieren, war der Schütze auf Windstille angewiesen und auf das Licht des Mondes. So gesehen herrschten im Augenblick ideale Bedingungen. Der Mond war im letzten Viertel abnehmend, und er ging erst relativ spät auf, leuchtete also die halbe Nacht. In den letzten beiden Wochen war es zudem warm und windstill gewesen, nur an der Küste herrschte morgens und abends eine leichte Brise. Vielleicht waren ja die Mondphasen der Grund, warum die beiden Morde ausgerechnet jetzt und so kurz hintereinander stattgefunden hatten.

Trotzdem beantwortete das nicht Leons Frage, was den Täter antrieb und was er bisher gemacht hatte. Wo war er die letzten Jahre gewesen? War er erst kürzlich nach Lavandou gekommen? Seine guten Ortskenntnisse sprachen dagegen. Die zweite Frage war: Was hatte ihn dazu gebracht, ausgerechnet jetzt mit dem Morden zu beginnen? Ein Schock, das Erfahren einer großen Ungerechtigkeit, eine Trennung, der Tod eines Kindes? Es gab so viele Ereignisse, die ein Leben so tief erschüttern konnten, dass aus einem Doktor Jekyll ein Mister Hyde wurde. Aber Leon hatte nicht das Gefühl, dass etwas davon auf den Mörder zutraf. Den Liebespaarmörder trieb etwas anderes an. Etwas, das über den sichtbaren Ereignissen stand. Eine Besessenheit, die er bisher vor seiner Umwelt verborgen hatte.

In diesem Moment summte Leons Telefon. Es war Schwester Monique. Capitaine Morell von der Gendarmerie sei in der Klinik. Dr. Ritter würde wegen einer Begutachtung in der Notaufnahme gebraucht.

Olivier Rybaud saß mit stoischem Gesichtsausdruck auf einem Plastikschemel und würdigte Leon zunächst keines Blickes. Als Leon näher kam, sah er, dass sein Assistent durch eine Handfessel mit Lieutenant Peyron verbunden war. Links neben Rybaud stand Isabelle und neben ihr Stationsarzt Dr. Menez. Beide machten etwas betretene Gesichter.

»Bonjour«, sagte Leon und wandte sich an seinen Kollegen. »Worum geht es?«

»Da sprechen Sie am besten mit der Polizei«, erwiderte Dr. Menez und wies mit einer Handbewegung auf Isabelle und Lieutenant Peyron, auf dessen blauem Uniformhemd sich unter den Achseln Schweißflecken abzeichneten.

Der stellvertretenden Polizeichefin war die Situation sichtbar unangenehm.

»Der Kerl will seine Klamotten nicht ausziehen«, platzte es aus Peyron heraus. »In Draguignan hätten wir das ganz anders geregelt.«

»Ich habe mit Ihrer Capitaine gesprochen, nicht mit Ihnen«, sagte Leon und sah dann demonstrativ Isabelle an. »Können wir ihm die nicht abnehmen?« Leon deutete auf die Handschellen.

»Und wenn er abhaut?«, fragte Peyron.

»Ich denke nicht, dass Monsieur Rybaud uns Schwierigkeiten machen wird«, sagte Leon. Dann sah er seinen Assistenten an: »Monsieur Rybaud?«

»Nein, mache ich nicht.« Rybaud hob vorwurfsvoll die rechte Hand, die kurze Kette der Fessel klapperte.

Isabelle nickte dem Lieutenant zu, und er schloss die Handfessel auf. Rybaud rieb sich das Handgelenk.

»Monsieur Rybaud hat sich geweigert, sich von Polizeibeamten auf Bissspuren untersuchen zu lassen«, erläuterte Isabelle.

»Und deshalb kommt die Polizei jetzt in die Klinik?«, fragte Leon.

»Was erwarten Sie von uns?« Menez sah den Lieutenant an.

»Monsieur Rybaud hat gesagt, dass er mit Docteur Ritter als Begutachter einverstanden wäre«, erklärte Isabelle.

»Monsieur Rybaud«, sprach Leon seinen Mitarbeiter freundlich an, »sind Sie einverstanden, dass ich Sie untersuche, zusammen mit meinem Kollegen Dr. Menez?«

»Ich will aber nicht, dass noch jemand von den Flics dabei ist.«

»Ich denke, das geht klar«, sagte Leon und sah Isabelle an. Sie nickte.

»Ich werde die Tür bewachen«, sagte Peyron, der sich lieber auf die Handschellen verlassen hätte.

Kurz darauf saß Rybaud auf einer Liege in der Notaufnahme, die mit Stellwänden vor dem nächsten Krankenbett abgeschirmt war. Dr. Menez hatte Leon in die äußerste Ecke der Notaufnahme geführt, damit sie ungestört waren.

Nun stand Leon vor seinem Mitarbeiter und sah ihn an. »Bevor wir anfangen, möchte ich Sie etwas fragen«, sagte er. »Monsieur Rybaud, sind Sie in den letzten zwei Wochen von einem Hund gebissen worden?«

Leon hörte, wie Rybaud tief einatmete. Er schien zu ahnen, dass das, was er zu sagen hatte, ihn in Schwierigkeiten bringen würde.

»Glauben Sie wirklich, ich wäre fähig, vier Menschen zu töten?«, antwortete Rybaud, statt auf Leons Frage zu antworten. »Glauben Sie das wirklich?«

Leon schwieg. Er sah den Mann an, der seit acht Jahren als Assistent an seiner Seite arbeitete, und spürte dessen Angst vor dem, was jetzt kommen würde.

»Es ist nicht, wie Sie glauben«, sagte Rybaud nach ein paar Sekunden des Schweigens.

»Wo wurden Sie gebissen?«, fragte Leon sachlich.

»Oberschenkel links außen. Eine Handbreit über dem Knie. Hämatom mit kleineren Rupturen«, sagte Rybaud, als würde er mit seinem Chef eine Obduktion durchführen.

Leon versuchte, keine Miene zu verziehen.

»Könnten Sie bitte die Hose herunterziehen, sodass wir uns die Wunde ansehen können?«, bat Dr. Menez.

Ohne zu antworten, lehnte sich Rybaud auf der Liege zurück und streifte sich die schwarze Jeans runter, bis sie über den Knöcheln hängen blieb.

Die Haut seines Assistenten war hell und blutleer. Fast durchsichtig, dachte Leon. Es war genau so, wie Rybaud gesagt hatte: Auf der Haut war ein deutlicher Bissabdruck zu sehen, eine Handbreit über dem Knie am linken Oberschenkel. Leon griff in die Tasche seines Kittels und zog eine kleine Leica-Kamera mit hochauflösendem Objektiv heraus. Außerdem ein kurzes Lineal im Scheckkartenformat, das er neben die Verletzung hielt, während er fotografierte.

»Sie wissen ja, wie es läuft«, sagte er.

Rybaud nickte, wie jemand, der sich seinem Schicksal ergeben hatte.

»Ist das die einzige Stelle?«, fragte Menez.

»Ja, was denken Sie denn?« Jetzt klang Rybaud gereizt.

»Ist schon in Ordnung, Monsieur Rybaud«, sagte Leon. »Sie können sich wieder anziehen.«

Leon warf einen prüfenden Blick auf Dr. Menez, der mit den Achseln zuckte. An den Beinen seines Mitarbeiters hatte Leon keine weiteren Bissspuren erkennen können, und selbst wenn es noch eine weitere Verletzung gegeben hätte, der Abdruck am Oberschenkel genügte vollkommen, um die Beweise zusammenzuführen.

Für einen kurzen Moment fühlte sich Leon, als würde er aus einem bösen Traum aufwachen. Gerade war sein Weltbild erschüttert worden. Natürlich vertrat er selbst öffentlich immer die Theorie, dass jeder Mensch zum Täter werden konnte. Das hatte er allerdings bisher nur gesagt, um die Aufmerksamkeit seiner

Zuhörer zu gewinnen. Aber hier war soeben sein engster Mitarbeiter unter vierfachen Mordverdacht geraten. Ein Mann, dem er vertraute, der seit Jahren zuverlässig an seiner Seite arbeitete, den er zu kennen glaubte. Leon hatte bis zum letzten Moment gehofft, dass ein Irrtum vorlag, aber die Indizien konnte er nicht ignorieren.

»Ich möchte Ihnen das erklären, Docteur«, sagte Rybaud kleinlaut.

»Für Geständnisse sind wir nicht zuständig, Monsieur Rybaud. Wir bewerten nur Spuren aus medizinischer Sicht«, sagte Leon. Er klang müde.

60. Kapitel

Leon hatte den Heimweg über La Londe genommen. Er wollte sich Zeit lassen. Er musste seine Gedanken ordnen, all das, was er in den letzten Stunden erfahren hatte, in seinem Gehirn in eine vernünftige Reihenfolge bringen. Natürlich hatte Rybaud die Taten abgestritten, aber das zu ermitteln war jetzt Isabelles Aufgabe. Leon hoffte noch immer, dass das Ganze nur ein tragischer Zufall war. Aber war das nicht nur der hilflose Versuch seines Verstandes, die hässliche Wahrheit zu verdrängen? So wie die Dinge lagen, war Rybaud mit hoher Wahrscheinlichkeit der Mörder von Colette Lambert und ihrem Freund. Und damit lag es eigentlich zwingend nahe, dass er auch den ersten Doppelmord begangen hatte. Doch sein Gefühl rebellierte noch immer dagegen.

Wie ist es möglich, dachte Leon, dass ich mich dermaßen in einem Menschen geirrt habe? Was hatte sein Forensikprofessor während des Medizinstudiums in Frankfurt gesagt? »Das Böse steckt in jedem Menschen. Denken Sie nur an die Erbsünde, meine Damen und Herren.«

War das der Grund, warum Menschen in der Lage waren, Kriege zu führen, Rache zu nehmen, Morde zu begehen oder im Namen des Glaubens zu foltern und zu töten. Das Tröstliche war, dass die überwiegende Mehrzahl der Menschen diese dunkle

Seite ihrer Seele kontrollieren und im Zaum halten konnte. Aber es gab Ausnahmen.

Hatte er bei Rybaud gelegentlich so etwas wie das Böse aufblitzen gesehen? In seiner Sprache, seinem Verhalten? Gewiss, Rybaud war ein spezieller Mensch: ein verschlossener Einzelgänger, der kaum Freunde hatte, jemand, der keine Gefühle zeigte und sich niemandem anvertraute. Er war ein Zyniker, ein Charakterzug, den Leon, wenn er ehrlich war, besonders an ihm schätzte. Rybaud war ein scharfer Denker, der Wahrheiten offen aussprach, ohne besonderes Mitgefühl für die Betroffenen zu zeigen. Aber das war alles weit entfernt von pathologischem Verhalten.

Es erschütterte Leon weniger, dass sein engster Mitarbeiter unter Mordverdacht stand, als dass er trotz der erdrückenden Beweislast seine Zweifel nicht abschütteln konnte.

Leon war in La Londe von der Departementstraße 98 abgebogen und in einer staubigen und verlassenen Gegend gelandet, die nicht gerade nach Côte d'Azur aussah, obwohl sie nur ein paar Straßenzüge vom Meer entfernt lag. Zwei Kilometer weiter südlich hatte sich die Küste in den letzten 20 Jahren in ein Ferienparadies verwandelt. Hier sah es dagegen trostlos aus. Dabei war dieses Gebiet immer noch als Naturschutzgebiet ausgewiesen. Bestimmt hatte es Zeiten gegeben, in denen hier eine grüne Oase gewesen war. Aber das war lange vorbei. Heute war es nur noch ein heruntergekommenes, brachliegendes Stück Land, in das schon einige Leute vergeblich ihr Geld gesteckt hatten. Ein paar verfallene Bauruinen erinnerten an die untergegangenen Träume.

Genau hier wohnte Victor Koenig. Vor drei Jahren hatte es in dieser Gegend gebrannt. Nachdem die Flammen Bäume und Büsche vernichtet hatten, kam bei vielen Bauunternehmern die

Hoffnung auf, dass die Gemeinde dieses Stück Naturschutzgebiet endlich in Bauland verwandeln würde. Zu früh gefreut, dachte Leon. Mehr als fünf Quadratkilometer Fläche, auf der nicht mehr zu sehen war als ein paar Rosmarinsträucher, Disteln und die abgebrannten Stämme der Seekiefern, die sich wie knochige Totenfinger in den dunkelblauen Himmel der Provence krallten.

Nach der Untersuchung von Rybaud hatte er noch drei oder vier Stunden gearbeitet und versucht, wenigstens die wichtigsten Gutachten abzuschließen, die sich inzwischen auf seinem Schreibtisch stapelten. Als er die Klinik schließlich gegen 17 Uhr verlassen hatte, war schon wieder ein falsch adressiertes Wäschepaket geliefert worden. Eine Sendung der Wäscherei Koenig, die eigentlich für eine Pension in Le Lavandou gedacht war. Da am Wochenende die Wäscherei bereits geschlossen war, hatte Leon beschlossen, das Paket bei Koenig persönlich vorbeizubringen, und wenn der nicht zu Hause war, würde er es ihm vor die Türe legen. Er hatte die Nase voll.

Koenig selbst hatte Leon bei ihrer letzten Begegnung eine Karte gegeben, auf der seine Adresse stand: Route du Pellegrine 64, La Londe.

Jetzt hatte Leon angehalten und sah sich um. Hier, nördlich von La Londe, gab es so gut wie keinen Verkehr, niemanden, den man nach dem Weg fragen konnte, selbst bei Google war diese Straße nicht verzeichnet. Schließlich entdeckte Leon einen Mann, der mit einer laut dröhnenden Motorsense Oleanderbüsche zurückschnitt, die ihre Zweige weit in die schmale Straße hineinstreckten. Der Mann trug eine verstaubte Latzhose, und vor das Gesicht hatte er ein Visier geklappt wie ein Florettfechter. Das enge Drahtgitter verhinderte, dass ihn umherfliegende Holzsplitter verletzen konnten.

Leon kurbelte das Fahrerfenster herunter. Als er den Namen

Koenig nannte, stellte der Arbeiter die Motorsense ab und zog die festen Arbeitshandschuhe aus.

»Koenig, das ist die *Villa La Cachette*. Noch 100 Meter geradeaus, dann gleich neben dem großen Eukalyptusbaum nach rechts in den Feldweg. Sie kennen doch Eukalyptusbäume? Das Feuer hat die meisten kaputt gemacht. Aber einige stehen noch.«

»Werde ich schon finden.«

»Wollen Sie zu ihm oder zu ihr?«

»Ach, er ist verheiratet?«, fragte Leon.

»Nein, aber in der Villa wohnt ja auch noch die alte Madame Koenig.«

»Seine Mutter?«, wunderte sich Leon.

»Seine Tante. Muss schon über 80 sein. Man sieht sie nur selten, geht kaum noch aus dem Haus.«

»Koenig kümmert sich um sie?«

»Um sie, um das Haus«, zählte der Mann auf, der offensichtlich in Plauderlaune war. »Lässt alles herrichten. Nur nicht den Garten. Dabei hätte der es bitter nötig. Ich habe ihn mal gefragt.« Der Gärtner mit der Motorsense zuckte mit den Schultern.

»Er wollte nicht?«, fragte Leon.

»Ich hab ihm gesagt, dass es strenge Vorschriften gibt von der Feuerwehr. Welche Bäume und Büsche wie dicht wachsen dürfen, all so was. Die Pompiers kennen da keinen Spaß. Das kann schnell ein paar Tausend Euro Strafe kosten.«

»Gehört das alles zu Koenigs Haus?« Leon deutete in die Runde. Hier schien es keine anderen Häuser mehr zu geben.

»Ja, alles hier«, sagte der Gärtner. »Das Grundstück reicht hinauf bis zum Wald. Und nach Norden bis zum Chévrerie, dem alten Ziegenstall.«

»Waren das mal alles Korkeichen?«

»Oh ja. Das Feuer hat fast alle vernichtet. Vier Hektar Korkeichen«, antwortete der Gärtner. »Das war mal ein gutes Geschäft. Früher haben die aus der Rinde noch echte Korken gemacht. Aber heute ...«, der Gärtner hob die Hände und blies die Backen auf.

»... ist es kein Geschäft mehr?«, beendete Leon den Satz. »Heute gibt es doch nur noch die Billigkorken aus Portugal und Italien. Zusammengeklebter Mist. Hat den ganzen Wein ruiniert, diese Scheiße«, schimpfte der Mann. »Darum gibt es ja heute die Drehkappen auf den Flaschen. Oder die Dinger sind gleich aus Plastik.«

»Schade, ich mag die echten Korken.«

»Jeder mag die echten Korken, aber gute kosten das Dreifache. Ist das zu fassen?«, der Gärtner schüttelte stumm den Kopf.

»Hundert Meter geradeaus bis zum Eukalyptus, ja?«, vergewisserte sich Leon noch einmal.

»Ganz genau.«

Leon winkte ihm zu und fuhr weiter. Es war genau wie der Gärtner gesagt hatte: Neben einem ausladenden Eukalyptusbaum bog ein Kiesweg von der Straße ab. Es gab kein Tor. Der Weg führte direkt auf ein großes, ockerfarbenes Haus zu. Es war ein fantasieloses Gebäude, zwei Stockwerke hoch, das mit einem kleinen Anbau und einer Garage verbunden war. Es war kein sehr einladendes Gebäude. Ein Haus ohne Charme, ohne Leben, ohne eine Verbindung zur Umgebung. Ein Haus, das überall hätte stehen können.

Leon parkte im Schatten einer Pinie neben einem schwarzen BMW SUV. Eine ausgesprochen ungeeignete Farbe in der staubigen Provence, dachte Leon. Aber dieses Fahrzeug sah aus, als wäre es gerade aus einer Waschstraße gekommen. Wie es sich für den Besitzer einer Wäscherei gehört. Leon musste schmunzeln. Erst nachdem er ausgestiegen war, sah er den Swimmingpool, der hinter einer Gruppe von Ginsterbüschen verborgen lag. Der Pool war leer, und die blaue Farbe an vielen Stellen abgeplatzt. Blätter hatten sich am Boden des leeren Beckens gesammelt. Leon nahm das Paket mit der Wäsche vom Beifahrersitz und marschierte zur Haustür. Es gab ein Messingschild mit dem Namen Koenig, darunter einen Klingelknopf.

Leon läutete und lauschte dem melodischen Gong im Inneren des Hauses.

Er sah sich um. Der Gärtner hatte recht gehabt. Im Garten der Koenigs wuchsen Bäume und Büsche so wild durcheinander, dass ein regelrechter Urwald entstanden war. Diese wilde Natur wieder zu bändigen, würde eine Menge Arbeit erfordern. Das wusste Leon aus Erfahrung. Wenn man seinen Garten in dieser Gegend nicht permanent pflegte, dann holte sich die Natur das Gelände zurück.

»Docteur Ritter?«, sagte eine Stimme. »Ich hatte nicht mit Ihnen gerechnet.«

Leon wandte sich wieder zurück zur Haustür. Da stand Monsieur Koenig. Er trug Jeans und ein kurzärmeliges Hemd. In der Hand hielt er eine Rohrzange.

»Ich bin über La Londe gefahren. Da kam ich in Ihrer Nähe vorbei.« Ohne weitere Erklärung hielt Leon dem anderen Mann das Wäschepaket hin.

»Mon dieu, nicht schon wieder!« Koenig nahm Leon das Paket sofort ab. »Aber dafür hätten Sie doch nicht extra vorbeikommen müssen.«

»Vielleicht können Sie Ihren Mitarbeitern ja noch einmal sagen, dass sie auf die Adresse achten möchten. Dieses ist wieder für die Pension Îles d'Or gedacht.«

»Es tut mir wirklich leid, dass das schon wieder passiert ist. Kann ich irgendetwas für Sie tun?«

»Reden Sie mit Ihren Mitarbeitern«, wiederholte Leon.

Er warf einen neugierigen Blick durch die geöffnete Haustür. Dahinter lagen ein Treppenhaus und ein Gang, der zum Wohnzimmer führte. Dort, auf der angrenzenden Terrasse, saß eine Frau mit einem breiten Strohhut in einem Rollstuhl. Leon konnte sie gegen das helle Sonnenlicht nicht richtig erkennen. Als Koenig merkte, dass Leon in das Haus sah, drückte er die Tür unauffällig ein Stück weiter zu.

»Ich würde Ihnen gerne einen Kaffee anbieten, aber ich habe noch ein paar wichtige Dinge zu erledigen«, sagte Koenig und hielt demonstrativ die Rohrzange in die Luft. »Der Abfluss in der Küche – alte Häuser, Sie wissen schon.«

»So was kenn ich«, sagte Leon. »Viel Vergnügen.«

»Vielleicht darf ich Sie ja demnächst mal auf einen Entschuldigungskaffee im *Chez Miou* einladen.«

»Gute Idee«, sagte Leon. »Da bin ich gerne dabei.«

Leon ging zu seinem Auto.

Koenig begleitete ihn. Er registrierte Leons Blick. »Es sieht hier wild aus, ich weiß.« Resigniert zuckte er mit den Schultern. »Aber meine Tante will, dass es genauso bleibt. Sie wissen schon: alte Leute und ihre Angst vor Veränderungen.«

Leon nickte. Koenigs Worte klangen nicht herzlich, eher roh und gefühllos. Der Mann war ihm unsympathisch.

Leon stieg ein und ließ den Motor an, wandte sich aber noch mal an Koenig, bevor er losfuhr: »Es wäre wichtig, dass wir gleich Montagvormittag die Wäsche für die Rechtsmedizin bekommen könnten.«

»Aber natürlich, Docteur, ich werde mich persönlich darum kümmern.«

61. Kapitel

Das Verhör von Rybaud zog sich inzwischen bereits über Stunden hin. Trotzdem war Isabelle noch keinen Schritt weitergekommen. »Fangen wir noch einmal mit dem Biss an«, sagte die stellvertretende Polizeichefin.

»Ich habe Ihnen doch schon gesagt …«

»Ich weiß, der Hund hat Sie bereits am Tag vor dem Mord gebissen, als Sie Streit mit Colette Lambert hatten«, unterbrach Isabelle. »Ist das nicht ein großer Zufall?«

»Genauso war es aber. Ich wollte nicht, dass unsere Beziehung so endet.«

»Jetzt hatte er also doch eine Beziehung«, kommentierte Kadir.

»Wollen Sie mich denn nicht verstehen? Ich habe Ihnen doch alles gesagt!«, stöhnte Rybaud.

»Mal sagen Sie, der Hund hätte Sie gebissen, dann hat er doch nicht gebissen. Wie nun?«, versuchte Isabelle den Verdächtigen zu verunsichern.

Es war spät geworden, und in dem kleinen, fensterlosen Raum staute sich die Hitze. Die Tür wurde von Kadir bewacht, der seine Uniformjacke ausgezogen hatte. Auch Isabelle hatte ihre Jacke abgelegt, um die tropischen Temperaturen in dem Gebäude besser aushalten zu können. Der Einzige, dem die schwüle Hitze nichts auszumachen schien, war der Verdächtige.

Rybaud saß steif auf seinem Stuhl und versuchte, den Eindruck zu erwecken, als könnte ihm das alles nichts anhaben.

»Ich habe von Anfang an zugegeben, dass dieses Mistvieh nach mir geschnappt hat«, erklärte Rybaud. »Aber eben nicht an dem fraglichen Abend.«

»Ist es so schwer, die Wahrheit zu sagen?« Isabelle hatte einen einfühlsamen Ton in ihre Stimme gelegt. »Warum erzählen Sie mir nicht einfach, was sich an dem fraglichen Abend wirklich abgespielt hat?«

»Weil es nichts zu erzählen gibt. Ich habe alles gesagt, was ich weiß, und ich möchte jetzt gehen.«

»Sie haben uns nicht die Wahrheit gesagt, Monsieur Rybaud.« Isabelle ging nicht auf Rybauds Bemerkung ein, sondern erhöhte den Druck. »Warum geben Sie nicht zu, dass Sie eifersüchtig waren? Dass Sie es nicht ertragen konnten, dass es da einen anderen gab?«

»Weil es nicht so war.« Jetzt lag Angst in Rybauds Stimme.

Isabelle registrierte, dass dies das erste Mal während der Vernehmung war, dass eine Gefühlsregung bei Leons Assistenten zu erkennen war, und setzte nach: »Doch, genau deswegen sind Sie Colette Lambert und ihrem Freund gefolgt. Sie haben die beiden beobachtet. Sie wussten ja, wo Colette Lambert mit ihrem neuen Freund hingehen würde. Sie ging mit ihm auf ›Ihren‹ Platz, richtig?«

»Ich sag nichts mehr. Ich sag überhaupt nichts mehr«, murmelte Rybaud vor sich hin.

Isabelle tat so, als hätte sie ihn nicht gehört. »Sie haben sich angeschlichen. War ja kein Problem bei dem hellen Mondlicht.

Da haben Sie Ihre Freundin gesehen. Im Arm eines anderen. Wie hat sich das angefühlt, Monsieur Rybaud?«

»Hören Sie auf!«, brüllte Rybaud plötzlich, sprang auf und stürzte zur Tür. Isabelle war völlig überrumpelt. Sie versuchte, den Mann zurückzuhalten, doch er stieß sie mit solcher Wucht zurück gegen den Tisch, dass sie beinahe das Gleichgewicht verloren hätte.

Rybaud stürzte zur Tür und versuchte, den Gang zu erreichen, um zu entkommen. Doch da stand Kadir. Der Lieutenant war zwar klein, aber er war schnell, und er war stark. Er packte den Flüchtenden und riss ihn zu Boden. Dann drückte er den Kopf des Mannes in den verdreckten Teppichboden des Befragungszimmers. Im selben Moment kniete Isabelle neben Rybaud und legte ihm Handschellen an. Kadir zerrte den Verdächtigen zurück zum Befragungstisch und stieß ihn auf seinen Stuhl. Dann schloss er die Handfessel an das Tischbein an.

Inzwischen waren zwei weitere Beamte in der Tür aufgetaucht.

»Alles in Ordnung?«, fragte einer der Polizisten besorgt.

»Alles klar, danke«, sagte Isabelle. Sie wollte unbedingt mit der Befragung weitermachen. Sie spürte, dass der Verdächtige kurz davor gewesen war, die Tat zuzugeben. Sie durfte unter keinen Umständen jetzt mit dem Druck nachlassen.

»Noch so eine Nummer, und ich bring Sie direkt nach Les Baumettes«, drohte Kadir.

Les Baumettes war die berüchtigtste Strafanstalt Frankreichs. Das Gefängnis aus dem neunzehnten Jahrhundert lag im Norden von Marseille. Hinter seinen alten Mauern waren Ende der Siebziger die letzten Hinrichtungen mit der Guillotine vollstreckt worden.

»Reden wir noch mal über den Überfall«, sagte sie.

»Ich habe niemand überfallen«, murmelte Rybaud.

»Es war dunkel, nur der Mond schien. Da waren Colette und ihr neuer Liebhaber auf der kleinen romantischen Lichtung in den Hügeln«, sprach Isabelle weiter. »Haben Sie ihnen beim Sex zugeschaut?«

»Scheiße, nein, habe ich nicht!« Rybaud wollte sich erneut erheben, aber Kadir legte ihm sofort die Hand auf die Schulter und drückte ihn zurück auf den Stuhl.

»Wie genau ist das abgelaufen? Sind Sie auf Colette losgegangen?«

»Nein, bin ich nicht. Das stimmt doch alles gar nicht.«

»Aber der Hund hat nach Ihnen geschnappt?« Isabelle redete einfach weiter. »War doch so?«

»Ich war nicht dort, das habe ich Ihnen die ganze Zeit gesagt. Ich weiß auch nichts von einem Überfall. Weil ich mit der ganzen Sache nichts zu tun habe.«

In diesem Moment erschien Zerna in der Tür, Masclau an seiner Seite. Isabelle fiel sofort auf, dass der Polizeichef lächelte. Sie hatte ihn nicht mehr lächeln gesehen, seit diese schreckliche Mordserie begonnen hatte.

»Capitaine Morell, wir hätten eine kurze Frage an den Zeugen, wenn das für Sie in Ordnung geht«, sagte Zerna ungewohnt rücksichtsvoll und wedelte mit einem Computerausdruck, den er in der Hand hielt. »Es geht um eine Anfrage der Police municipale.«

Isabelle kannte Zerna zu gut. Hier ging es garantiert um mehr als nur eine Anfrage der Verkehrspolizei. Wenn Zerna persönlich zu einer Vernehmung erschien, musste etwas verdammt Wichtiges vorgefallen sein.

»Monsieur Rybaud, fahren Sie einen blauen Renault Espace mit dem Kennzeichen 914 13 83?«

»Wieso?« Rybaud sah Isabelle an. »Was hat das jetzt mit dieser Sache zu tun?«

»Beantworten Sie einfach nur die Frage des Commandant«, sagte Isabelle.

Zerna setzte sich auf einen Hocker und rückte dicht an Rybaud heran. »Haben Sie noch Ihren Renault ...«

»Ja, habe ich, warum wollen Sie das wissen?«, unterbrach Rybaud unwirsch.

»Und Sie waren in der fraglichen Nacht nicht zufällig in der Gegend um den Tatort?«, hakte Zerna nach.

»An dem Abend, da war ich in ein oder zwei Bistros in Lavandou. Ich hatte ein paar Gläser Wein«, sagte Rybaud. »Aber das habe ich doch schon längst alles erzählt.«

»In ein oder zwei Bistros«, wiederholte Zerna, »in Le Lavandou ...«

Zerna sah den Verdächtigen an und legte einen Computerausdruck mit einem eingeklinkten Polizeifoto vor ihm auf den Tisch.

»Dann müssen Sie uns das hier erklären.«

»Was soll das sein?« Rybaud streifte das Blatt mit einem schnellen Blick.

»Ist doch ganz einfach«, Masclau tippte auf das Schwarz-Weiß-Foto auf dem Computerausdruck. »Das ist Ihr Auto, Ihr Nummernschild, und das hinter dem Steuer sind ganz eindeutig Sie.«

»Aber ich habe doch-«, Rybaud wollte etwas zu seiner Entschuldigung sagen, aber Zerna hörte gar nicht hin.

»Sie sind von der Police municipale geblitzt worden«, sagte Zerna. »Sie waren 10 Kilometer zu schnell.«

»Na und?« Rybaud versuchte, seine aufkommende Panik zu verbergen.

»Na und? Dieses Foto beweist, dass Sie sich in der Zeit, in

der der Mord geschah, auf der Nationalstraße Nummer 98, gleich hinter dem Ortsschild von La Môle befanden. Genau dort, wo die kleine Straße abzweigt, die zum Tatort führt. Keine zehn Minuten mit dem Auto entfernt.«

»Das kann ich erklären ...« Jetzt klang Rybaud nur noch hilflos und verzweifelt. »Ich war in La Môle. Das gebe ich ja zu, aber ich bin nicht ... Ich war nicht am Tatort. Das schwöre ich.«

»Monsieur Rybaud, ich nehme Sie fest unter dem Verdacht, Colette Lambert und mindestens eine weitere Person getötet zu haben. Sie haben das Recht auf einen Anwalt.«

»Den würde ich in diesem Fall auch dringend empfehlen«, ergänzte Masclau.

62. Kapitel

Die Nachricht von der Verhaftung Rybauds hatte sich in Le Lavandou blitzschnell herumgesprochen, obgleich sie zunächst weder im Fernsehen noch im Internet publik gemacht wurde. Aber der Ort war klein und die Leidenschaft für Klatsch groß. Wie der erste Sonnenschein nach einer langen Regenzeit die dunklen Wolken vertrieb, so schien die Wende im Fall Colette Lambert dem Ferienort dabei geholfen zu haben, seine Unschuld wiederzufinden. An diesem Abend waren zum ersten Mal die Bistros wieder voll, und aus den Bars und Cafés hörte man Gelächter. Verliebte Pärchen fuhren Riesenrad, vor den Eisständen bildeten sich Schlangen, die fliegenden Händler verkauften auf der Promenade ihre Souvenirs bis Mitternacht, und die Gendarmerie drückte in dieser Nacht beide Augen zu.

Die Erleichterung war jedoch nicht überall zu verspüren.

Der Stadtrat hatte sich am Nachmittag zusammengesetzt, um zu beratschlagen, ob man den Surfwettbewerb nicht besser abbrechen sollte, bevor noch mehr passierte. Schließlich waren jetzt schon die Stornierungen spürbar. In den Hotels und Pensionen sprach man bereits vom stärksten Einbruch des Tourismusgeschäfts seit dem letzten großen Feuer vor acht Jahren. Die meisten Mitglieder des Stadtrates hatten den Wunsch geäußert, so weiterzumachen wie bisher, verdrängen und schnell vergessen.

Schließlich hätte so ein abscheulicher Mord überall geschehen können. Doch diese Rechnung war bisher nicht aufgegangen, und das würde sich auch nicht so schnell ändern.

Im Gegenteil, die Stornierungen bei Hotels und Pensionen hatten noch einmal zugelegt. Sogar der große Campingplatz am Meer war nur noch zu 75 Prozent besetzt. Die Mitglieder des Stadtrates waren gerade dabei, einen Gutschein für einen Gratisdrink in den Bistros des Ortes zu vereinbaren, als die Nachricht von der Verhaftung auch den Sitzungssaal des Rathauses von Le Lavandou erreichte. Die meisten der Anwesenden waren erleichtert und bereit, jetzt endgültig zum Tagesgeschäft zurückzukehren, aber es gab auch mahnende Stimmen: Zu viel war im Zusammenhang mit den Morden geschehen. Man müsse abwarten, was die nächsten 48 Stunden brächten, hieß es. Schließlich vertagte man sich auf den nächsten Nachmittag. Wenn die Lage ruhig blieb und sich die Beweise gegen Rybaud als zutreffend erwiesen, konnte man ja immer noch über weitere Schritte nachdenken.

Mit ihrer Skepsis befanden sich die Damen und Herren des Gemeinderates in guter Gesellschaft. Isabelle hatte ebenfalls Zweifel, wenn sie über die Festnahme von Rybaud nachdachte, und sie dachte an diesem Abend über nichts anderes nach.

Das meiste von dem, was Rybaud beim Verhör zugegeben hatte, belastete ihn zwar, aber es war auch gleichzeitig die glaubwürdigste Erklärung dafür, dass er die Bluttaten nicht begangen hatte.

Ja, er war von dem Hund gebissen worden, und ja, er hatte ein Verhältnis mit dem Opfer gehabt. Er hatte sich am fraglichen Tag mit Colette gestritten, und er war eifersüchtig gewesen. Dazu kam noch, dass er von der Verkehrspolizei in nächster Nähe zum

Tatort geblitzt worden war, genau zur kritischen Zeit. Das letzte Indiz, zu dessen Sicherung er ironischerweise sogar beigetragen hatte, indem er mit Leon die Obduktion durchgeführt hatte, war, dass er große Erfahrungen mit der Anatomie des menschlichen Körpers hatte. Natürlich hätte er in seiner Eigenschaft als Assistent der Rechtsmedizin Spuren leicht verändern können. Aber genau weil das alles so war, konnte es auch bedeuten, dass er unschuldig war.

Nach der Festnahme war Isabelle zusammen mit Kadir und Masclau in das Büro des Polizeichefs gebeten worden. Zerna telefonierte strahlend, als Isabelle mit ihren beiden Lieutenants sein Büro betrat.

»Wissen Sie, wer das gerade war?«, sagte der Polizeichef, als er den Hörer auflegte. »Monsieur le Préfet persönlich.«

Zerna sprach so ehrfurchtsvoll, als könnte der Präfekt ihn noch in Toulon hören.

Vom Präfekten angerufen zu werden, war die höchste Weihe, die ein Polizeichef wie Zerna erleben konnte. Der Präfekt bekleidete das höchste Amt im Département. Er stand in der Hierarchie kurz unter dem Staatsoberhaupt, und er wurde für jedes Département vom Präsidenten persönlich ausgesucht und eingesetzt. Der Präfekt hielt den höchsten militärischen Rang im Département und war damit automatisch der Vorgesetzte aller Polizeibeamten, einschließlich der Gendarmerie nationale.

Präfekten waren ursprünglich von Napoleon eingesetzt worden, und so fühlten sich die Département-Chefs auch noch heute – als kleine Könige. Vom Präfekten angerufen und, wie in Zernas Fall, auch noch gelobt zu werden, das war wie ein Ritterschlag. Zernas erfolgreiche Festnahme des Serienmörders würde in der Verwaltung schnell die Runde machen. Und das würde mit

Sicherheit positive Auswirkungen auf Zernas Wahlkampf um das Bürgermeisteramt von Lavandou haben.

Bei diesem Gedanken musste der Polizeichef lächeln.

»Stolz möchte ich Ihnen das Lob weitergeben, das der Préfet des Var soeben für die ganze Abteilung der Gendarmerie nationale von Lavandou ausgesprochen hat«, sagte er. Zerna war für seine kleine Ansprache extra aufgestanden. »Meine Damen und Herren, Sie haben nicht nur der Abteilung, sondern der gesamten Gendarmerie nationale Ehre gemacht. Dafür danke ich Ihnen im Namen unserer großen Nation.«

Die beiden Lieutenants waren so ergriffen, dass sie sich selbst applaudierten, was sie aber schnell wieder einstellten.

»Heißt das«, fragte Isabelle skeptisch, »der Verdächtige bleibt in U-Haft?«

»Natürlich bleibt er in U-Haft, was dachten Sie denn? Er verbringt die Nacht hier in der Zelle. Morgen um 8:30 Uhr erwartet der Staatsanwalt einen ausführlichen Vernehmungsbericht auf seinem Schreibtisch.«

»Entscheiden muss zuletzt der Haftrichter«, gab Isabelle zu bedenken.

»Das klingt so, als hätten Sie Zweifel.« Der Polizeichef sah seine Stellvertreterin lauernd an.

»Es gibt zumindest noch einige offene Fragen ...«, begann Isabelle vorsichtig.

»Bitte«, Zerna hob abwehrend die Hand. »Kommen Sie mir bloß nicht so. Sie haben den Verdächtigen doch selbst überführt. Sie haben ihn erwischt, und Sie haben ihn vernommen. Jetzt freuen Sie sich doch mal, das war eine großartige Leistung.«

»Wir haben noch kein Geständnis«, sagte Isabelle nüchtern.

»Na, dann werden Sie das aus ihm herausholen. Sie werden sehen!«, sagte Zerna, als spräche er mit ungezogenen Kindern.

»Hat er etwa gleich den Hundebiss eingestanden? Nein. Hat er uns gleich erzählt, dass er nachts in der Nähe des Tatorts war? Nein. Hat er uns gestanden, dass er das Opfer kurz vor dessen Tod mit Dutzenden von SMS und Anrufen bedrängt hat? Nein, er hat immer erst mal alles abgestritten. Aber Sie haben ihm die Beweise vorgelegt, und er ist eingeknickt.«

»Das sind alles nur Indizien.« Isabelle zögerte und fügte eilig hinzu: »Bisher.«

»Na und?«, schnaubte Zerna, und Isabelle beobachtete, wie sein Gesicht rot anlief. »Der Mann ist schuldig. Das sagt mein kriminalistisches Gespür. Und die Beweise, die Sie haben, sind erdrückend.«

»Ich bin mir da nicht so sicher.«

»Sie sind überarbeitet, Capitaine Morell. Sie haben genug für uns getan. Gehen sie erst mal nach Hause.

»Ich fühle mich gut«, antwortete Isabelle trotzig.

Doch Zerna tat so, als hätte er nichts gehört. »Morgen früh Besprechung um 10 Uhr hier bei mir im Büro«, sagte er. »*Bonne soirée.*«

63. Kapitel

Die *Vague dorée* lag ganz am Ende des Piers, dort, wo die Fischkutter festmachten. Das lag nicht etwa daran, dass sich Gerard Le Blanc nicht auch einen der teureren Plätze hätte leisten können. Dort wo ständig die Touristen vorbeikamen, um ein Selfie von sich zusammen mit einer der Millionärsjachten im Hintergrund zu schießen. Nein, der Grund, warum Gerard Le Blanc sein Schiff ganz am Ende des Piers vertäut hatte, war, dass er seine Ruhe haben wollte.

Leon drängte sich durch eine Gruppe von Touristen, die gerade die Fähre zu den Inseln enterten. Er war froh, dass er nicht auf die Fähre musste, sondern den festen Boden der Mole unter den Füßen spürte. Leon sah sich gerne Boote an. Und wie so viele Menschen träumte auch er gelegentlich von einem Segelturn durchs Mittelmeer. Aber in Wirklichkeit würde er eine solche Reise niemals antreten. Schon der Gedanke an das Geschaukel an Bord machte ihn seekrank.

Leon war hierhergekommen, weil er sich Sorgen um Rybaud machte. Er hatte das Gefühl, als hätte seinen Assistenten der Mut verlassen, schlimmer noch: als hätte er aufgegeben, sich gegen die Vorwürfe und Verdächtigungen zur Wehr zu setzen.

An diesem Morgen hatte Leon schon früh mit Isabelle in der Küche zusammengesessen und Tee getrunken. Er brannte darauf zu erfahren, wie das Verhör seines Assistenten gelaufen war. Eigentlich hätte Isabelle darüber überhaupt nicht sprechen dürfen, schließlich war Rybaud ein Verdächtiger, und Zerna hatte ihn gestern Abend noch festgenommen. Aber letztlich arbeiteten sie ja beide am selben Fall, und da konnte so ein Informationsaustausch nur von Nutzen sein. Das Problem war: Auch Isabelle hatte große Zweifel an Rybauds Schuld. Natürlich wiesen viele Spuren auf Olivier Rybaud hin. Mehr noch, Rybaud schien die Schuld an der schrecklichen Mordserie geradezu auf sich laden zu wollen. Natürlich hätte Rybaud der Polizei von Anfang an alles sagen müssen, was er wusste. Die Gendarmerie hinzuhalten, damit hatte er sich nur noch verdächtiger gemacht. Trotzdem konnten Leon und Isabelle sich nicht vorstellen, dass Rybaud der Mann war, der diese grausamen Morde begangen hatte.

»Ich habe das Gefühl, etwas belastet Rybaud«, hatte Isabelle beim Frühstück gesagt. »Irgendetwas bedrückt ihn, und deshalb rückt er nicht mit der Sprache raus. Wenn du nicht weißt, was es sein könnte ...«

Leon wusste, dass sein schweigsamer Assistent vor einigen Jahren seine Eltern bei einem Autounfall verloren hatte. War es das? Der genaue Hergang des Unfalls war nie aufgeklärt worden. Augenzeugen wollten zwar gesehen haben, dass ein unbekanntes Fahrzeug das Auto von der Straße gedrängt hatte, auch von Suizid soll die Rede gewesen sein. Aber für keine dieser Theorien hatte es seinerzeit Beweise gegeben. Der Wagen mit Rybauds Eltern war von der Straße abgekommen, in eine Schlucht gestürzt und komplett ausgebrannt. Dabei wurden alle Spuren vernichtet.

»Du weißt, dass seine Eltern bei einem Unfall ums Leben gekommen sind«, hatte Leon schließlich gesagt, und Isabelle hatte genickt. »Weißt du auch, wann das war?«

Isabelle sah ihn fragend an.

»Ist jetzt fünf Jahre her. Auf den Tag genau. Ich hab nachgeschaut«, sagte Leon.

»Du denkst, er ist deshalb so verschlossen?«, fragte Isabelle.

»Ich denke, er hat aufgegeben. Vielleicht ist ihm gerade einfach egal, was mit ihm passiert«, sagte Leon. »Was er jetzt braucht, ist einen guten Verteidiger. Einen richtigen Strafverteidiger.«

»Du denkst an Le Blanc«, sagte Isabelle.

»Er ist der Beste.«

»Das habe ich jetzt nicht gehört«, hatte Isabelle gesagt. »Wenn Zerna erfährt, dass ich unserem Angeklagten auch noch einen Starverteidiger beschaffe, dreht er durch.«

»Tust du doch gar nicht«, sagte Leon, »das werde ich machen.«

Das war der Grund, warum Leon bereits morgens um acht Uhr im Jachthafen von Lavandou auftauchte, in der Hand eine Tüte mit vier frisch gebackenen Croissants. Er ging zielstrebig zum Heck einer 25 Meter langen Motorjacht, auf deren Seite in schwungvollen verchromten Lettern der Name des Schiffes stand, *Vague dorée*, und klopfte auf den polierten Rumpf.

»Bonjour, Gerard, bist du zu Hause?«, rief Leon.

Einen Augenblick geschah nichts. Dann öffnete sich mit Schwung die Schiebetür, und Gerard Le Blanc erschien vor Leon im dunkelroten Frotteebademantel. Er hielt eine Tasse Cappuccino in der Hand, aus der er immer wieder kleine Schlucke schlürfte.

Gerard Le Blanc war ein paar Jahre jünger als Leon, aber das Leben als reicher Junggeselle hatte ihn faul, gefräßig und ein bisschen füllig um die Mitte gemacht. Gerard, geboren in Aix-en-Provence, war viele Jahre lang Teilhaber einer der erfolgreichsten Anwaltssozietäten Frankreichs gewesen. Irgendwann hatte er die

Nase voll davon gehabt, dafür zu sorgen, dass trickreiche Unternehmer vor Gericht mit heiler Haut davonkamen, trotz Steuerhinterziehungen in Millionenhöhe. Daraufhin hatte er sich für einige Jahre dem Strafrecht zugewandt, und es zeigte sich, dass Le Blanc auch in diesem Bereich über große Talente verfügte: Einigen der bekanntesten Gangster Frankreichs hatte er zu unverhoffter Freiheit verholfen. So dauerte es nicht lange, und Le Blanc stand als Verteidiger eines millionenschweren Mörders, der sein Vermögen durch den Rauschgifthandel gemacht hatte, vor Gericht. Er sorgte für einen Freispruch, gegen seine Überzeugung.

Von da waren die schweren Jungs Schlange vor seiner Kanzlei gestanden, und die Staatsanwälte hassten ihn. Ein paar Jahre später hatte Le Blanc auch hier die Notbremse gezogen und war endgültig aus dem Anwaltsgeschäft ausgestiegen. Er hatte sich das Boot gekauft und verbrachte die Winter in Marokko und die Sommer an der Côte d'Azur. Es war kein glamouröses Leben, das Le Blanc führte. Es war das Leben eines Mannes, der genug davon hatte, Gesetze so lange zu beugen, bis seine Mandanten sie ungestraft brechen konnten. Jetzt wohnte er auf seinem Schiff, betrachtete Sonnenuntergänge und las Bücher. Und wenn ihm langweilig wurde, ging er an Land und setzte sich in ein Bistro.

Dort hatte Leon den Anwalt kennengelernt. Bei einem Boulespiel vor dem *Chez Miou*. Ein Spiel, das bis spät in die Nacht gedauert hatte und mit viel Rosé begossen worden war. Seit dieser Zeit war Leon mit dem Anwalt befreundet, wenn er ihn auch nur gelegentlich sah. Le Blanc war für Leon zu einer Art Berater geworden, wenn es um die Eigenarten der südfranzösischen Seele ging. Außerdem verfügte Le Blanc über ein undurchschaubares Geflecht aus besten Verbindungen und konnte einem bei der Lösung fast jedes Problems helfen.

»Hallo, Leon.« Gerard klappte das Geländer zur Seite, das den Zugang über den Landungssteg zu seinem Schiff versperrte.

»Komm an Bord, aber ziehe deine Schuhe aus.«

»Ich hoffe, ich habe dich nicht gestört.« Leon streifte seine Slipper von den Füßen. »Ich habe eine Frage.«

»Dachte ich mir schon.«

»Ich könnte deinen Rat brauchen.« Leon hatte sich entschieden, nicht lange um die Sache herumzureden.

»Oh, oh, das wird aber teuer. Das sage ich dir gleich«, meinte Le Blanc.

»Croissants, aus der *Boulangerie de la Plage*!« Leon winkte mit seiner Tüte.

»Weiß nicht«, sagte Le Blanc zögernd.

»Mit Aprikosenmarmelade gefüllt«, legte Leon nach.

»Okay, sag's doch gleich!« Gerard hob demonstrativ seine Tasse. »Lust auf einen Cappuccino? Aus meiner original italienischen Espresso-Maschine. So was kriegen die Banausen in den Bistros gar nicht hin.«

»Dann nehme ich einen.«

»In Ordnung!« Der Mann im Bademantel machte eine einladende Geste. »Du siehst gar nicht so aus, als hättest du ein Problem.«

»Ein Freund von mir hat ein Problem.«

»Du weißt, dass ich keine Fälle mehr übernehme.«

»Ich dachte, in dem Fall könntest du vielleicht eine Ausnahme machen.«

»Keine Ausnahmen«, sagte Le Blanc sofort. »Falls du jetzt sauer bist und wieder gehen willst, dann lass gefälligst die Croissants hier.«

Für Leon klang das wie eine halbe Einladung, und er ließ sich in dem bequemen Loungechair im Heck des Schiffes sinken.

Gerard bediente die gewaltige Espressomaschine, die fauchend im Salon stand und jedem Bistro Ehre gemacht hätte.

»Es geht um die Liebespaarmorde«, sagte Leon wie nebenbei und sah, wie Gerard zögerte und dann nach dem Köder schnappte.

»Du meinst die toten Pärchen?«, vergewisserte sich Gerard.

»Sag ich doch. Der Mann, um den es geht, wurde gestern Abend verhaftet.«

»Du kennst ihn gut?«, wollte Gerard wissen.

»Er ist mein engster Mitarbeiter.«

»Willst du Zucker in den Cappuccino?«, fragte Gerard im selben Tonfall.

»Na klar.«

»Warum kommst du da zu mir?«

Leon grinste Le Blanc an. »Der Junge hat einen schweren Schicksalsschlag erlebt. Der steht total neben sich. Gefundenes Fressen für den Staatsanwalt.«

»Wer leitet die Ermittlung?«

»Staatsanwalt Julian Orlandy«.

»Hm, ich hasse das Schwein.«

»Umso besser.«

»Bevor du mir erzählst, was sie gegen deinen Freund in der Hand haben, nur eine einzige Frage …«

»Ob er es war?«, sagte Leon.

Der Anwalt schwieg und sah ihn unverwandt an.

»Meine professionelle Einschätzung?«, fragte Leon, und Gerard nickte. »Die Polizei hat nichts Eindeutiges in der Hand. Ich kann natürlich nur das beurteilen, was ich in der Rechtsmedizin gesehen habe.«

»Was sagt Isabelle?«, fragte Le Blanc. »Es ist doch ihr Fall, oder?«

366

»Sie sieht die Sache genauso wie ich. Wir sind beide überzeugt, dass mein Assistent mit dem Mord nichts zu-«

Gerard hob die Hand und unterbrach Leon. »Interessiert mich nicht«, sagte der Anwalt. »Bis wann läuft die U-Haft?«

»Heute Nachmittag.« Er sah Le Blanc an. »Das heißt, du machst es? Wir haben noch nicht übers Honorar gesprochen.«

»Warum? So wie ich dich kenne, hat dein Freund wahrscheinlich sowieso nichts.« Leons Blick sagte dem Anwalt, dass er mit seiner Vermutung richtig lag. »Ich versuche, deinen Assistenten nur aus der U-Haft zu holen. Kommt es zu einem Prozess, bin ich nicht mehr dabei. Einverstanden?«

»Einverstanden«, sagte Leon.

»Und jetzt bring mich auf den aktuellen Stand, ich muss noch vor der Morgenbesprechung in der Wache sein und den Antrag für die Unterbrechung der U-Haft übergeben.«

»Danke, Gerard. Du tust das Richtige.«

»Weiß ich nicht. Aber das kostet dich eine Woche lang täglich frische Croissants, hier an Deck. Die mit der Aprikosenmarmelade, versteht sich.«

Ohrenzeugen in der Gendarmerie nationale würden später behaupten, der Polizeichef hätte so laut gebrüllt, dass er sogar auf der Straße zu hören war. Das war vielleicht übertrieben. Genauso wie das Gerücht, Zerna hätte den Anwalt körperlich attackieren wollen, und die Sache sei nur deshalb nicht eskaliert, weil ein beherzter Masclau seinem Patron noch rechtzeitig in den Arm gefallen war.

Fest stand nur, dass um 8:00 morgens der bekannte und berüchtigte Anwalt Gerard Le Blanc im Empfang der Gendarmerie nationale aufgetaucht war und erklärt hatte, dass er der Anwalt des Verdächtigen Olivier Rybaud war und er seinen Mandanten auf der Stelle sprechen wollte. In einem kurzen Vier-Augen-Gespräch beschwor er Rybaud, ab sofort gar nichts mehr zu sagen. Vor Polizeichef Zerna drohte er damit, die Gendarmerie Nationale auf Schadenersatz wegen übler Nachrede zu verklagen. Anschließend ließ er ein paar alte Beziehungen spielen und sprach auch kurz mit dem Staatsanwalt in Toulon sowie mit dem Haftrichter.

Um 9:30 läutete auf dem Schreibtisch von Polizeichef Zerna das Telefon. Es war der Haftrichter aus Toulon. Einer Verlängerung der Untersuchungshaft von Olivier Rybaud konnte der Haftrichter nicht zustimmen. Der Grund: Die vorliegenden Indizien reichten bei Weitem nicht aus, um einen solchen Einschnitt in die Grundrechte zu rechtfertigen. Hinzu kam, dass der Verdächtige sehr gut beleumundet war, keine Vorstrafen hatte und auch sonst nie bei der Polizei auffällig geworden war. Zehn Minuten später verließ Olivier Rybaud an der Seite des Starverteidigers Le Blanc das Polizeipräsidium in Lavandou als freier Mann, zumindest vorläufig.

Niemand hatte offen darüber gesprochen, aber dem Hafenkapitän war zugetragen worden, dass der Docteur aus der Rechtsmedizin in aller Frühe Anwalt Le Blanc auf dessen Schiff besucht hatte. Natürlich gelangte diese Information bis zu Zerna, der alle Anwälte und ganz besonders Strafverteidiger aus tiefem Herzen hasste. Als Kadir mit der Information in Zernas Büro marschierte, der Verdächtige habe soeben das Haus verlassen, empfing ihn eine Brülloffensive seines Chefs.

64. Kapitel

Gegen 11:30 Uhr erreichte die Polizeiwache in der Avenue del Monte ein Anruf, der Folgen haben sollte. Eigentlich hätte der Anruf automatisch in die Einsatzzentrale umgeleitet werden sollen, doch aufgrund unglücklicher Umstände landete der Anruf auf dem Schreibtisch von Jacques Peyron. Der Sous-Lieutenant aus Draguignan sah seine Chance gekommen: Die Anruferin hatte nämlich eine brisante Information für den Beamten der Gendarmerie National. Sie wusste angeblich, wo sich der entflohene Patrick Favre aufhielt.

Wenn Peyron nach den Vorschriften gehandelt hätte, dann wäre spätestens jetzt der Einsatzleiter informiert worden. Aber Jacques Peyron hatte beschlossen, den Dienstweg abzukürzen und den mutmaßlichen Serienkiller persönlich festzunehmen. Schließlich hatte Peyron etwas gutzumachen bei der Gendarmerie. Wenn er der Polizei den landesweit gesuchten Killer präsentierte, würde man sicher großzügig über seine kleinen Verfehlungen hinwegsehen.

Die Anruferin behauptete, dass sich der Gesuchte bei ihr im *Camp du Cedres*, einem kleinen Campingplatz am westlichen Rand von Lavandou, versteckte. Hier, im abgelegenen Bereich des Platzes und verborgen von wildem Oleander und mannshohen Rosmarinbüschen, befanden sich die ehemaligen Toiletten des Platzes. Inzwischen funktionierten dort nur noch ein paar alte Brausen. Die ganze Anlage war ziemlich heruntergekommen, wie Peyron wusste. Dass sie im Campingführer trotzdem immer noch mit zwei Sternen bewertet wurde, war ein Witz. Die Besitzerin hatte seit Jahren die dringend fälligen Renovierungsarbeiten immer wieder aufgeschoben. Stattdessen hatte sie ihr Grundstück ab dem nächsten Jahr an eine Winzergenossenschaft verpachtet, die das Gelände zu einem Weinberg entwickeln würde. Die Europäischen Subventionen für den Weinanbau waren inzwischen so hoch, dass es sich lohnte, auch noch auf der kleinsten Fläche Reben zu züchten.

Inzwischen standen auf dem verwahrlosten *Camp du Cedres* nur noch wenige Wohnwagen und ein paar Zelte zwischen wildem Ginster und duftendem Rosmarin. Am Boden wuchs das trockene Gras kniehoch, die Wasserleitungen waren immer wieder von Rost verstopft, und regelmäßig fiel der Strom aus.

Jacques Peyron hatte fünf Mann der Sondereinheit mobilisiert, ohne mit Zerna oder einem der Lieutenants Rücksprache zu halten. Jetzt lag er neben den schwerbewaffneten Männern hinter den Büschen auf dem Campingplatz und beobachtete mit dem Fernglas die ehemaligen Toilettenanlagen.

»Alles auf Standby«, flüsterte Peyron aufgeregt in sein Handfunkgerät.

Im Grunde war ihm der nächste Schritt unklar. Die Sondereinheit zu mobilisieren, war keine große Sache gewesen. Dann hatte er, so unauffällig wie möglich, die wenigen Touristen vom Campingplatz in Sicherheit gebracht. Wenn sich die Dinge tatsächlich so verhielten, wie die Campingplatzbesitzerin gesagt hatte, dann saß in der alten Duschbaracke ein gefährlicher Vierfachmörder und wartete auf seine nächsten Opfer.

Die Dinge hatten sich dynamischer entwickelt, als Peyron

dachte. Jetzt erwarteten die Männer von der Sondereinheit, dass Peyron eine Ansage machte. Aber weiter als zu dem Punkt »Alles auf Standby« hatte der Polizist aus Draguignan die Aktion noch nicht durchdacht.

»Worauf warten wir noch?«, fragte der Leiter der Eingreiftruppe ungeduldig.

»Dieser Mann ist gefährlich. Der hat nichts mehr zu verlieren. Besser, wir beobachten noch eine Weile«, antwortete Peyron, der sich in diesem Moment zum ersten Mal wünschte, er hätte doch noch rechtzeitig den Polizeichef informiert. Aber dafür war es jetzt zu spät.

»Das ist 'ne alte Drecksdusche. Was wollen Sie da noch beobachten?«, fluchte der Einsatzleiter. »Verdammt, wir übernehmen jetzt.«

»Nein, warten Sie. Nur noch einen Moment«, versuchte Peyron, den Kollegen aufzuhalten.

Aber der konzentrierte sich bereits auf den Einsatz. »Bereit?«, sprach der Polizist in sein Funkgerät. »Auf mein Kommando …«

In diesem Moment tauchte eine junge Frau zwischen den Büschen auf. Sie hatte sich ein blaues, ausgeblichenes Badehandtuch umgeschlungen. In der Hand hielt sie einen Waschbeutel. Ohne die Polizisten in ihrem Versteck zu bemerken, marschierte die junge Frau geradewegs auf die Duschräume zu.

»Merde, alors«, zischte der Einsatzleiter Peyron zu. »Sie haben doch gesagt, alle wären runter vom Platz.«

»Sind sie ja auch. Hat mir keiner gesagt, dass da hinten noch ein Zelt steht.« Er deutete in Richtung der Büsche.

Die junge Frau betrat die Duschbaracke.

In diesem Moment wurde Peyron klar, dass er die Sache verkackt hatte. Er hockte hier im Staub, keine 10 Meter vom wahrscheinlich blutrünstigen Mörder der Provence entfernt und wusste nicht, was er tun sollte. Er hatte nicht nur eigenständig über einen Einsatz der Sondereinheit entschieden, was sein größerer Fehler war, er hatte Polizeichef Zerna nicht mal im Nachhinein informiert, als die Aktion bereits angelaufen war.

Das Sonderkommando wartete auf eine Entscheidung, schnell. In diesem Moment spürte Peyron den Mut der Verzweiflung in sich aufwallen. Jetzt war alles egal. Es ging nur noch darum, ob er zuletzt als Trottel dastehen würde oder als Held. Er musste sich entscheiden, sofort.

Peyron zog seine Beretta aus dem Gürtelholster und lief einfach los. Für einen Moment war der Einsatzleiter sprachlos.

»Was soll die Scheiße?« Der Einsatzleiter sprang auf und zog ebenfalls seine Waffe, die fünf Mitglieder seiner Truppe taten es ihm gleich.

»Zugriff, Zugriff, Zugriff«, rief er in sein Funksprechgerät und rannte los.

Fast zeitgleich erreichten Peyron und die Sondereinheit die Duschbaracke. Den Beamten bot sich ein unerwartetes Bild: Die Frau, die eben noch an ihnen vorbeigekommen war, stand unter der Dusche und schrie auf, als sie die schwerbewaffneten Männer auf sich zukommen sah. Einer der Polizisten sprang nach vorne und trat mit Wucht gegen die verschlossene Toilettentür, die sich direkt neben den Duschen befand. Splitternd flog die Tür auf. Vor ihnen stand ein dürrer Mann im T-Shirt und mit heruntergelassener Hose. Als er die Polizei sah, riss er erschrocken die Hände nach oben.

»Nicht schießen, bitte nicht schießen«, rief der Mann und versuchte verzweifelt, seine Hose hochzuzerren.

Eine Viertelstunde später wimmelte es von Polizei auf dem Campingplatz. Zerna lief zwischen den einzelnen Beamten hin und her, erteilte Befehle und suchte Schuldige. Schweiß ran ihm den Hals herab. Im Schatten einer Feige blieb er stehen. Hier wartete Peyron mit gesenktem Kopf darauf, dass das Donnerwetter schnell vorüberzog. Doch dieses Mal schrie Zerna nicht.

»Ich mache Sie fertig.« Zernas Stimme klang leise und kalt. »Sie haben entgegen aller Vorschriften und ohne jede Rücksprache über eine Sondereinheit verfügt.«

»Es ging so schnell. Ich wollte doch nur das Gelände sichern ...«

»Interessiert mich nicht«, blaffte ihn Zerna an.

»Das war alles nicht so, wie Sie vielleicht denken«, versuchte sich Peyron herauszuwinden, wurde aber sofort vom Polizeichef zusammengestaucht.

»Sie haben das Leben einer Zivilistin gefährdet. Sie haben«, Zerna unterbrach sich. »Sie haben totale Scheiße gebaut.«

»Wenn ich mehr Zeit gehabt hätte ...«, beteuerte Peyron. »Und wenn Favre in der Baracke gewesen wäre.«

»Sie bauen nur Mist, seit dem Tag, an dem Sie zu uns gekommen sind.« Zerna hob die Hand, als Peyron ihn unterbrechen wollte. »Glauben Sie vielleicht, ich wüsste nicht, wie Canal 6 an die Tatortfotos gekommen ist?«

»Das war nicht so, wie Sie denken«, versuchte es Peyron noch einmal.

»Halten Sie den Mund, und hören Sie zu«, blaffte Zerna den Mann an. »Es wird bereits gegen Sie ermittelt, und glauben Sie mir, diesmal werden Sie sich nicht rausreden können. Und jetzt verschwinden Sie. Gehen Sie in die Wache und halten Sie sich zur Verfügung.«

Der Gefangene aus der Dusche saß auf der Rückbank eines Streifenwagens. Er war in sich zusammengesunken, und ein paar Tränen sickerten durch seinen Dreitagebart. Vor dem Wagen stand Lieutenant Kadir und ließ den Mann keine Sekunde aus den

Augen. Es hatte sich schnell herausgestellt, dass es sich bei dem Mann aus der Dusche keineswegs um den gesuchten Serienmörder handelte, sondern um Monsieur Robert Sellier, 48 Jahre alt und Geschichtslehrer in Lavandou am Collège Frédéric Mistral.

Der Lehrer hatte den Kragen seines kurzärmeligen Hemdes hochgestellt und versuchte, sich hinter diesen wenigen Zentimetern Stoff vor den Blicken der Neugierigen zu verbergen. Die Polizei hatte schnell herausgefunden, warum es den Lehrer in die alte Baracke des Campingplatzes zog. Von den stillgelegten Toiletten hatte man einen guten Blick auf die Duschen, zumal Monsieur Sellier sich auf Augenhöhe ein Loch in die Tür gebohrt hatte.

Wie sich bei der Untersuchung des Falls herausstellen sollte, war das nicht das erste Mal im Leben des Robert Sellier, dass er Probleme mit der Polizei hatte. Seine Vorliebe für den Aufenthalt in Umkleideräumen von Schülerinnen hatte ihn schon mehrfach in Schwierigkeiten gebracht. Zum letzten Mal in einem Gymnasium bei Lyon. Damals hatte ihn die Schulleitung vor die Wahl gestellt: Entweder sie meldete die Sache der Polizei, oder er reichte sofort seine Kündigung ein und verließ das Gymnasium. Sellier hatte sich für die freiwillige Kündigung entschieden und war schließlich im Collège Frédéric Mistral in Le Lavandou gelandet.

65. Kapitel

Ursprünglich hatte Zerna für den frühen Nachmittag eine Pressekonferenz in der großen Empfangshalle des Rathauses geplant. Die Journalisten hatten sich ihre Plätze reserviert, und die Sender hatten bereits ihre Kameras aufgebaut. Alle rechneten damit, dass Zerna sich loben und einen großen Erfolg im Kampf gegen den Serienkiller verkünden würde. Aber dann sickerte durch, dass Rybaud gerade vom berühmtesten Strafverteidiger des Landes aus der U-Haft geholt worden war und jetzt als freier Mann durch Le Lavandou marschieren würde.

Die Pressekonferenz wurde im letzten Augenblick abgesagt und auf 21 Uhr verschoben. Allerdings nicht im großen, sondern im kleinsten Konferenzraum im zweiten Stock des Rathauses. Mit diesem Manöver hoffte Zerna, Zeit zu gewinnen, irgendetwas zu finden, um den Medien wenigstens eine vage Spur präsentieren zu können, damit er und seine Mannschaft nicht wie die kompletten Idioten dastanden.

Bis dahin hatte der Polizeichef zunächst das engste Team in seinem Büro zusammengerufen, um eine neue Strategie zu besprechen. Madame Lapierre war extra aus Toulon hergekommen, um dabei zu sein, wenn Zerna seinen Ermittlungserfolg feierte. Sie hatte gehofft, aus Lavandou mit einem gelösten Fall im Gepäck zum Staatsanwalt zurückzufahren. Doch jetzt standen Zerna und seine Leute mit leeren Händen da.

Als Masclau versuchte, optimistisch zu sein und die diversen Fahndungserfolge lobte, wurde er von einem frustrierten Polizeichef zurechtgewiesen.

»Gar nichts haben wir in der Hand«, motzte Zerna seinen Lieutenant an. »Wir stehen in einem Fall, der bisher vier Opfer gefordert hat, ohne belastbare Ergebnisse da.«

Die Mannschaft machte einen betretenen Eindruck, zumal Kommissarin Lapierre daran erinnerte, dass die Gendarmerie von Le Lavandou im Fall der beiden Doppelmorde mit den Ermittlungen wieder am Anfang stand. Es fehlten belastbare Beweise. Schließlich wusste man immer noch nichts Neues über die Verdächtigen, außer dass einer von ihnen immer noch auf der Flucht war und zwei weitere, mangels Beweisen, aus der U-Haft entlassen werden mussten. Was alle Beteiligten einte, war die Sorge, dass der Täter erneut zuschlagen könnte. Aber es gab keinerlei Erkenntnisse darüber, wann und wo das sein würde.

»Da möchte ich widersprechen«, sagte Leon und wurde von Zerna unterbrochen. »Schließlich haben wir ein Profil des ...«

»Natürlich hat der Médecin Légiste eine neue Theorie«, unterbrach Zerna ihn genervt. »Hätte mich auch gewundert, wenn nicht. Bitte, Docteur, verschonen Sie uns«.

»Ich möchte gerne hören, was der Docteur zu sagen hat.« Madame Lapierre sah Zerna mit einem Blick an, der ein Befehl war.

Zerna machte eine erschöpfte Handbewegung in Richtung Leon, der natürlich genau gewusst hatte, dass man ihn nach seiner Meinung fragen würde.

»Wir wissen bereits einiges über unseren Täter. Zum Beispiel, dass er medizinische Kenntnisse hat.«

»Der Verdächtige mit den besten Kenntnissen der menschlichen Anatomie ist ja gerade von seinem Anwalt aus der U-Haft freigeboxt worden«, schimpfte Zerna. »Ich frage mich, wie ein Assistent der Rechtsmedizin an einen solchen Staranwalt kommt?«

Leon tat so, als hätte er die Bemerkung überhört.

»Wir vermuten, dass der Täter latent schizophren ist, aber gelernt hat, seine Krankheit gut zu verbergen. Wir glauben, dass er zumindest gelegentlich auf die Jagd geht, und wir wissen, dass er seine Opfer mit Pfeilen einer Armbrust getötet hat.«

»Das glauben Sie vielleicht, Docteur«, unterbrach Zerna. »Ich glaube das nicht.«

»Der Täter hat seine Opfer in der Nacht getötet. Mit einer Armbrust«, Leon merkte, dass das Publikum gespannt auf eine Erklärung wartete. »Ein solcher tödlicher Schuss setzt nicht nur Erfahrung voraus, sondern auch günstige Wetterverhältnisse. Der Täter hatte gewartet, bis seine weiblichen Opfer müde und erschöpft waren, trotzdem brauchte er vor allem Licht, wenn er seine Opfer töten wollte. Aus diesem Grund wissen wir, dass ihm nur noch zwei Tage bleiben, vielleicht drei, wenn er noch einmal zuschlagen will.«

»Das verstehe ich nicht«, sagte Masclau und sprach damit aus, was die meisten dachten.

»Hängt mit dem Mond zusammen. Richtig?«, sagte Kadir.

»Genau das denke ich auch«, erklärte Leon. »Es gibt acht Mondphasen. Die letzte, bevor der Mond bei Neumond im Erdschatten liegt, heißt Sichelmond.«

»Welche Mondphase haben wir im Augenblick?«, wollte Madame Lapierre wissen. »Sichelmond?«

»Ganz genau«, erklärte Leon. »Das bedeutet, dem Täter bleiben noch zwei, maximal drei Nächte, in denen er zuschlagen kann.«

»Vorausgesetzt, Ihre abwegige Theorie stimmt«, zweifelte Zerna, und Leon lächelte milde.

»Selbst wenn Sie recht hätten, Docteur, hilft uns das nicht, ihn zu finden.«

»Wir könnten zusätzliche Beamte einsetzen und den Täter in seinem Versteck aufscheuchen«, sagte Isabelle. »Außerdem könnten wir Laurent und Rybaud sicherheitshalber beobachten.«

»Sie bekommen von uns alle Leute, die wir entbehren können«, bot Kommissarin Lapierre an.

»Wir müssen nur drei Tage durchhalten«, sagte Isabelle. »Nur drei Tage.«

66. Kapitel

Es war bereits dunkel am Strand. Auf dem schwarzen Wasser spiegelten sich die Lichter von der anderen Seite der Bucht. Dort wo der feine Sand lag und wo jetzt die Restaurants ihre ersten Gäste empfingen. Die warme Luft hing schwer über der Küste, wie ein zu warmer Mantel. Gelegentlich hört der Mann ein Motorboot oder einen Fischkutter, der die Bucht von Cavalière querte. Der Mann konnte zwar nicht das sentimentale Schwärmen mancher Menschen nachvollziehen, wenn sie über das Meer sprachen, aber auch er mochte die Stille und sogar die stickige Wärme, die tagsüber von der Sonne in das Land gebrannt worden war und sich jetzt wie ein feuchter Schleier über alles legte. Genießen konnte der Mann das alles nicht, denn er war getrieben, rastlos, immer auf der Suche nach einer Gelegenheit, seine Gier zu befriedigen. Das Leid und die Panik in den Augen seiner Opfer zu sehen, schaffte ihm die Befriedigung, nach der er sich so sehnte.

Diese kleine Bucht am Cap Nègre, nur ein paar Kilometer von Lavandou entfernt an der Küstenstraße nach Osten, war eine ideale Stelle, für das was er vorhatte. Ruhig, abgelegen und wenig einladend mit ihren schroffen Felsen. Er fühlte sich wie ein Angler, der genau wusste, wo sich die Forellen trafen. Der erfahrene Fischer verschwendete keine Zeit. Er ließ den Blinker nur dort im Wasser treiben, wo die besten Forellen standen, und wartete, dass ein Fisch anbiss. Es biss immer ein Fisch an. Diese kleine, steinige Bucht war eine perfekte Stelle.

Es gab zwar schon seit den Sechzigerjahren in Frankreich keine Privatstrände mehr, aber die Grundbesitzer hatten die Auflage, sich um die Wege zu kümmern, die über ihre Grundstück zum Meer führten. Hier gab es steinerne Stufen, die von der Straße durch die Klippen steil zum Wasser führten. Und es gab eine alte Zufahrt, die an dem alten Bootshaus endete. Dort hatte jemand erst kürzlich das Dach repariert, und die hellblau gestrichenen Türen hingen fest in ihren geölten Angeln. Der Mann wusste, dass sich in der Hütte nicht mehr als einige Seile und ein Stapel alter Segel befanden. Er kannte jeden Stein und jede Bucht an diesem Teil der Küste. Das hier war seine Stelle. Hier fühlte er sich sicher.

Natürlich konnte man die kleine Bucht nicht mit dem wunderbaren, breiten Strand von Le Lavandou vergleichen. Dort wo jetzt die Surfer am Feuer saßen und ihre Joints rauchten. Wer hierher kam, der wollte auf keinen Fall gesehen werden. Der wollte sich verstecken, um all die aufregenden Dinge zu tun, die Menschen so gerne taten. Aber genau das würde dem Liebespaar zum Verhängnis werden.

Der Mann warf einen schnellen Blick auf seine Uhr, dann sah er zum Horizont. Dort, wo sich um diese Zeit die Nacht blauschwarz über das Meer senkte, stieg langsam ein helles Licht aus den Fluten. Minuten später erhob sich die schmale Sichel des Mondes aus den Tiefen des Raums und schickte einen Korridor aus Licht über das samtschwarze Meer. Das Mondlicht entzog der Nacht die Farbe und übergoss die Welt mit einem Schimmer aus Silber. Das war immer der Augenblick, der ihm einen Schauder über den Rücken jagte. Der Mond war sein Freund. Der Mond half ihm dabei, für ein wenig mehr Ordnung auf der Erde zu sorgen.

Er würde schon bald seine Opfer finden. Das war nicht schwer, denn er hatte diesen Moment gut vorbereitet und nichts dem Zufall überlassen, so wie immer.

67. Kapitel

Als sich Bürgermeister Daniel Robien um 20:15 noch immer nicht bei seiner Sekretärin gemeldet hatte, wurden die Besucher im Rathaus unruhig. Natürlich war noch über eine Stunde Zeit, bevor die Pressekonferenz begann, aber Zerna wollte mit den Beteiligten die Positionen von Polizei und Gemeinde noch einmal durchsprechen. Die Stadtverordneten und ganz besonders Madame Berthier vom Fremdenverkehrsamt betonten zum wiederholten Mal, wie wichtig es sei, die Ruhe zu bewahren. Dabei überschlug sich ihre Stimme, und alle Anwesenden konnten die Schweißflecken sehen, die sich auf ihrer Bluse gebildet hatten.

Die Medien sollten erfahren, da waren sich alle einig, dass Lavandou alles nur Erdenkliche zum Schutz seiner Bürger tat. Die Polizei hatte zwar noch nicht den endgültig Schuldigen festgenommen, so die offizielle Lesart, aber sie standen angeblich dicht davor. Bis dahin wurde vonseiten der Polizei alles getan, um den Täter in die Enge zu treiben und die Verdächtigen zu observieren. Darüber hinaus waren die Bewohner von Le Lavandou so sicher, wie sie es nur sein konnten.

Die Erklärungen waren schwach und die Argumentation durchsichtig. Aber was konnte die Gendarmerie tun, außer die Menschen zu beruhigen und den Eindruck zu erwecken, alles im Griff zu haben?

Ursprünglich wollte Leon gar nicht zur Pressekonferenz erscheinen. Er fühlte sich unwohl in großen Versammlungen und konnte mit Small Talk nichts anfangen. Aber Isabelle hatte ihn im Namen von Zerna dringend um seine Anwesenheit gebeten. Er könnte den Zuschauern ein wenig Hintergrund liefern, was seine Arbeit betraf. So etwas erweckte bei den Medienleute das Gefühl, etwas ganz Besonderes aus dem laufenden Fall zu erfahren.

»Hab schon verstanden«, hatte Leon geantwortet. »Ich bin der Bär auf dem Fahrrad, der durch die Manege fährt, um die Pausen zu füllen.«

»Tu es für Lavandou«, hatte Isabelle mit gespieltem Pathos gehaucht. Leon hatte gelächelt.

Natürlich war er rechtzeitig im Rathaus.

Eine Stunde später war Bürgermeister Robien immer noch nicht aufgetaucht. Er war auch nicht zu erreichen. Weder zu Hause bei seiner Tochter und seiner kranken Frau. Noch am Strand, wo er gerne am Abend zusammen mit anderen Schwimmern noch einmal bis zur 50 Meter vom Strand entfernten Badeinsel kraulte. Dort war er an diesem Abend von niemandem gesehen worden. Sein Handy war abgeschaltet. Inzwischen wurde bereits unter den Anwesenden getuschelt. Es würde nicht mehr lange dauern, und jeder in Le Lavandou würde wissen, dass die Stadt ihren Bürgermeister suchte.

Daniel Robien war inzwischen schon im vierten Jahr Bürgermeister von Lavandou. Studiert hatte der 55-Jährige Pharmazie. Aber es war nicht ausschließlich sein geschäftliches Geschick, das ihn erfolgreich gemacht hatte, sondern die Apothekenkette, die seine Frau von ihren Eltern geerbt hatte und zu der inzwischen sieben Geschäfte gehörten. In den vergangenen vier Jahren hatten sich die Dinge in dem schnell wachsenden Ort Le Lavandou grundsätzlich verändert. Der Zusammenschluss mit immer mehr angrenzenden Gemeinden vereinfachte zwar die Koordination der Verwaltungsabläufe, aber war mit einem Vielfachen an Arbeit verbunden.

Robiens Privatleben war durch einige Stürme gegangen. Die Ehe war schon länger schwierig gewesen, aber dann kam noch eine schwere Krankheit hinzu: Bei Robiens Ehefrau war vor zwei Jahren Brustkrebs diagnostiziert worden. Daniel Robien hatte einen Geschäftsführer für die Apotheken eingesetzt, damit ihm genug Zeit blieb, um auch noch seinen Aufgaben als Bürgermeister nachzukommen. Er genoss Respekt in Le Lavandou, wenn auch manche seiner Bekannten der Meinung waren, dass Daniel Robien sich mehr um seine Frau als um die Probleme der Gemeinde kümmern sollte. Schließlich verdankte er sein komfortables Leben mit der schönen Villa auf dem Cap Bénat und der Segeljacht im Hafen von Bormes ausschließlich seiner Frau.

Es war allgemein bekannt, dass der Bürgermeister gerne flirtete. Manche Leute in Lavandou behaupteten sogar, dass der *maire* es gelegentlich nicht bei einem Flirt beließ. Falls das tatsächlich der Wahrheit entsprach, dann war Monsieur Robien in diesen Dingen sehr diskret. Die überwiegende Mehrheit der Einwohner war mit der Arbeit des Bürgermeisters zufrieden. Da sah man über die charakterlichen Schwächen des ersten Mannes in der Gemeinde gerne hinweg.

Eine halbe Stunde vor dem Beginn der Pressekonferenz waren die Mitglieder des Stadtrats aber endgültig beunruhigt. Als die Abgeordneten erneut versuchten, Monsieur Robien über dessen Büronummer zu erreichen, wunderte sich einer der Mitarbeiter, dass auch die junge Assistentin des Stadtoberhauptes nicht zu erreichen war. Nur ein Zufall?

Zehn Minuten später trat Isabelle an Leon heran und flüsterte ihm ins Ohr, dass er ins Büro des Bürgermeisters kommen solle, es sei dringend.

Leon folgte ihr, ohne zu fragen. Im holzgetäfelten Büro im ersten Stock mit Blick auf das Riesenrad und den Jachthafen saß ein nervös wirkender Daniel Robien. Er hatte das weiße Hemd nur halb angezogen, und ein Mitarbeiter war dabei, dem ersten Mann der Stadt einen Verband um den Ellenbogen anzulegen. Zerna und ein Mann vom Stadtrat betrachteten den Bürgermeister mit besorgten Mienen.

Auf dem Weg ins Büro war Leon bereits von Isabelle über die jüngsten Entwicklungen informiert worden: Der Bürgermeister war wieder aufgetaucht, allerdings verletzt. Er hatte angeblich einen Unfall mit dem Rennrad gehabt. Über eine Stunde hatte er an der Corniche über Bormes in den Büschen gelegen, bis er wieder zu sich gekommen war. Ein Lieferwagen hatte ihn nach Lavandou mitgenommen. In seinem Büro hatte er immer einen Anzug zum Wechseln, und Robien behauptete, ansonsten fit für die Pressekonferenz zu sein.

»Und was soll ich da jetzt machen?«, hatte Leon Isabelle gefragt.

»Ich wollte dich nur bitten, dass du einen Blick auf die Verletzungen wirfst«, sagte Isabelle. »Robien hat es abgelehnt, sich von einem Notarzt untersuchen zu lassen, vielleicht ist er bei dir kooperativer.«

Jetzt standen Leon und Isabelle also vor dem Bürgermeister, der einen leicht verwirrten Eindruck machte. Er blätterte durch die Post auf seinem Schreibtisch, als wäre es ein ganz normaler Büroalltag, und er müsste sich nur kurz in dem orientieren, was seine Assistentin ihm in den letzten Stunden in den Eingangskorb gelegt hatte.

»Bonsoir, Monsieur le Maire«, sagte Leon höflich. Er war dem

Bürgermeister schon bei diversen Gelegenheiten begegnet. »Ich bin Docteur Ritter.«

»Guten Abend, Docteur«, sagte Robien »Es ist wirklich nicht der Rede wert, ich bin mit dem Fahrrad ...« Er unterbrach sich, als wüsste er nicht mehr weiter.

»Ich habe schon gehört, dass Sie gestürzt sind«, half ihm Leon.

»Ich brauche keinen Arzt ... Ein Auto hat mich ... Ich war ganz langsam.« Er stockte erneut, als müsse er sich erst genau erinnern. »Der Fahrer hat nicht mal angehalten, können Sie sich so was vorstellen?«

»Verstehe«, sagte Leon. »Wenn es Ihnen recht ist, würde ich mir die Verletzungen gerne kurz ansehen. Nur um ganz sicher zu gehen.« Der Bürgermeister machte eine resignierte Geste, und Leon wandte sich an die übrigen Anwesenden: »Wenn ich Sie bitten dürfte, kurz draußen zu warten?«

Alle, auch Isabelle, verließen den Raum.

»Soll ich mich irgendwo ...?« Der Bürgermeister deutete zu dem kleinen Sofa in der Sitzecke.

»Nein, bleiben Sie einfach auf Ihrem Stuhl sitzen«, sagte Leon freundlich.

Leon tastete vorsichtig Robiens Schultern, Ellenbogen, Handgelenke und Knie ab. Der Patient zuckte gelegentlich zurück, wenn Leon eine empfindliche Stelle traf, konnte aber Arme, Beine und Kopf problemlos bewegen.

»Wo hat er Sie erwischt?«, fragte Leon.

Robien sah ihn verwirrt an.

»Das Auto. Mir hat man gesagt, ein Auto hätte Sie von der Straße gedrängt.«

»Das Auto, ja.« Der Verletzte griff nach seinem linken Hosenbein und zog es ein Stück nach oben. »Ich denke, es war hier unten, vielleicht auch etwas tiefer. Mehr in Richtung Fußgelenk.«

»Da hatten Sie aber Glück.« Leon beugte sich über den Knöchel. »Ich kann gar keine Prellung erkennen. Vielleicht hat der Wagen ja nur das Rad erwischt.«

»Ja, ich denke, genauso war es: Er hat mich geschnitten, und ich musste in den Straßengraben ausweichen. Da bin ich gestürzt.«

»Sie waren ohnmächtig?«, fragte Leon.

»Sagen wir lieber benommen«, antwortete der Bürgermeister ausweichend.

»Ist einsam da oben auf den Corniches.« Leon tastete vorsichtig den Schädel des Bürgermeisters ab.

»Ich hatte mein Handy abgeschaltet und im Auto liegen lassen, auf dem Parkplatz. Einmal pro Tag absolute Ruhe«, sagte Robien.

»Das kann ich gut verstehen.«

»Ich habe über eine Stunde da oben gewartet, bis jemand kam und mich mitgenommen hat.«

»Wie gut, dass es noch hilfsbereite Menschen gibt«, meinte Leon. »Haben Sie Kopfschmerzen?«

»Nein, überhaupt nicht.«

»Nur gut, dass Sie einen Helm aufhatten«, sagte Leon. »Hatten Sie doch?«

»Ich fahre nur mit Helm.« Robien sah Leon an. »Ich möchte Sie bitten, dass das alles unter uns bleibt«, sagte er besorgt. »Wie sieht das denn aus – ein Bürgermeister, der vom Rad fällt?«

»Ich denke, die Leute wären beeindruckt, wie gut Sie den Unfall überstanden haben«, sagte Leon.

»Trotzdem, ich bitte Sie darum.«

»Sie sind der Bürgermeister«, sagte Leon und hob die Hände

in gespielter Ergebenheit. »Ich denke, es ist alles so weit in Ordnung. Trotzdem sollten Sie bitte morgen in die Klinik kommen, damit man ein MRT vom Schädel machen kann. Nur zur Sicherheit.«

Kurz darauf hatte der Bürgermeister seinen hellblauen Anzug angezogen, und vom Sturz mit dem Fahrrad war nicht mehr zu sehen als der drei Zentimeter lange Kratzer über dem rechten Wangenknochen. Die Gruppe entschied sich, die hintere Treppe in den kleinen Sitzungssaal zu nehmen. Noch wusste niemand etwas von dem Unfall, und so sollte es auch bleiben. Zumindest für diesen Abend. Zerna gab dem Bürgermeister eine kurze Übersicht über den Ermittlungsstand. Robien schien dem Polizeichef zuzuhören, aber er wirkte unkonzentriert.

Isabelle und Leon hatten sich etwas zurückfallen lassen.

»Was denkst du?«, fragte Isabelle leise. »Hast du seine Handgelenke gesehen?«

»Du bist eine verdammt gute Beobachterin«, sagte Leon mit einem Lächeln.

Die Handgelenke von Robien waren Leon als Erstes aufgefallen. Sie trugen schmale, rote Wundmale, wie von Fesseln, die sich mit ihren scharfen Kanten in die Haut gedrückt hatten.

»Ich glaube, dass er sich auch die Füße verletzt hat«, sagte Leon.

»Hast du sie dir nicht angesehen?«

»Er wollte die Schuhe nicht noch mal ausziehen«, meinte Leon. »Er hat gesagt, da wäre nichts. Aber ich habe gemerkt, dass er Schmerzen an den Füßen hatte.«

»Also, was denkst du?« Isabelle war stehen geblieben.

»Wie immer er sich verletzt hat«, meinte Leon, »ein Fahrradunfall war das nicht.«

Leon und Isabelle hatten die Gruppe wieder eingeholt, die an der Treppe gewartet hatte.

»Monsieur le Maire«, sprach Isabelle den Bürgermeister an. »Wir haben mehrfach versucht, Ihre Assistentin, Madame Roussel, zu kontaktieren. Leider ohne Erfolg. Wissen Sie vielleicht, wie wir sie erreichen können?«

»Nicht wirklich.« Robien versuchte einen Scherz: »Aber dafür haben Sie ja jetzt Ihren Bürgermeister zurück.«

Niemand lachte.

»Gar keine Idee?«, hakte Isabelle nach.

»Heute Morgen hat sie mir gesagt, dass sie das Wochenende bei ihrer Familie in Aix verbringen würde.« Robien sah Isabelle fragend an. »Mein Büro kann Ihnen sicher die Telefonnummer der Familie geben. Wenn Ihnen das hilft.«

»Dann wollen wir mal«, sagte in diesem Moment der Polizeichef und machte eine Geste in Richtung Treppe.

Die Pressekonferenz dauerte genau 45 Minuten, und genauso lange dauerte der verzweifelte Versuch von Polizei und Stadtrat, die Medienvertreter zu beruhigen und den Eindruck zu vermitteln, dass man die Lage wenigstens halbwegs im Griff hatte. In Wirklichkeit gab es nichts zu berichten, nichts Neues und nichts Altes.

Immerhin war es bisher gelungen, die Details um die tödlichen Verwundungen der vier Opfer vor der Presse zu verbergen. Als die Medien begannen, Fragen über die Mordwaffe zu stellen, brachte Leon das Phänomen des abnehmenden Mondes ins Spiel. Damit konnte er die Journalisten ungefähr zehn Minuten beschäftigen. Die Medien waren dankbar. Jetzt war es allerdings nicht mehr zu verhindern, dass ab morgen nur noch vom Mondscheinkiller die Rede sein würde. Aber mit dieser Art der Berichterstattung konnten die Journalisten zumindest nicht die Ermittlungen gefährden.

Darüber hinaus, verkündete der Bürgermeister, gebe es keinerlei Grund zur Sorge und schon gar keinen Grund, den Urlaub in einem der schönsten Orte der Provence vorzeitig abzubrechen. Dann bedankte sich Robien bei der Polizei und bei seinen Mitarbeitern, die so erfolgreiche Arbeit in diesem Fall geleistet hätten. Leon wunderte sich, wie wenig emotional der Bürgermeister sprach, der sonst doch keine Gelegenheit ausließ, Lavandou in den höchsten Tönen zu loben.

Um Punkt 21:50 erklärte Zerna die Pressekonferenz für beendet. Die Medienvertreter zogen sich auf einen Drink in die Bistros zurück und telefonierten mit ihren Redaktionen. Die Mordserie an der Côte d'Azur würde nicht das Aufmacherthema für den nächsten Tag werden. Konflikte im Nahen Osten dominierten die internationalen Meldungen, und die Morde von Le Lavandou würden erst danach folgen. Die Sender beorderten ihre Moderatoren für den nächsten Tag zurück und zogen ihre Übertragungswagen wieder ab. Für einen kurzen Moment konnte man den Eindruck haben, als wäre die Welt wieder in Ordnung. Die Einwohner von Lavandou ahnten nicht, dass sich die Lage in den nächsten 24 Stunden dramatisch verändern würde.

68. Kapitel

Eric Blasier war noch vor Sonnenaufgang aufgestanden, hatte seinen kleinen Rucksack geschnappt, das Fernglas umgehängt und dann leise die Haustür hinter sich zugezogen. Er war immer in Sorge, dass Laurence aufwachen würde. Noch eine Auseinandersetzung über ihre Beziehung konnte er nicht mehr ertragen. Monsieur Blasier hatte sich erst kürzlich in den Ruhestand versetzen lassen. Mit 65 Jahren, was für französische Verhältnisse geradezu unanständig spät war. Dabei hätte Eric am liebsten noch länger gewartet, doch das ließen die Bestimmungen der Gewerkschaft nicht zu. Normalerweise gingen Männer wie er, die im öffentlichen Dienst als Gutachter gearbeitet hatten, schon mit Anfang 60 in Rente. Eric hingegen wollte so lange bleiben wie möglich. Als er vor wenigen Wochen zum letzten Mal die Tür zu seinem Büro geschlossen hatte, war das einer der traurigsten Momente seines Lebens gewesen.

Seine Frau Laurence war 15 Jahre jünger als er. Als er sie damals gegen den Widerstand ihrer Familie geheiratet hatte, fiel der Altersunterschied noch nicht besonders auf. Was bedeuten schon 15 Jahre, wenn man sich liebt, hatte Eric damals gedacht? Aber wenn man erst mal 30 Jahre verheiratet ist, dann kann die Zeit ein Paar auseinandertreiben. Wann hatte das angefangen? Irgendwann war seine Zuneigung zu Laurence erloschen. Heute lebte er in einer Ehe voller Misstrauen und Vorwürfe. Seine Frau war einfach mit allem, was er tat, unzufrieden: Mit seinen Freunden, seinen Gewohnheiten, mit dem, was sie »seine Gleichgültigkeit« nannte, mit seinen unerfüllten Träumen und mit seinen Leidenschaften. Mit denen ganz besonders.

Seit fünf Jahren war Eric aktives Mitglied bei der *Association Les Amis des Oiseaux*, den Vogelfreunden Frankreichs. Der Verein hatte es sich zur Aufgabe gemacht, die Vogelbestände in Mitteleuropa zu beobachten und zweimal jährlich zu dokumentieren. Erics Aufgabe bestand darin, die Küstenvögel zwischen Hyères und Cavalière zu zählen. Er nahm seine Aufgabe sehr ernst. Erstens lag sie ihm wirklich am Herzen, und zweitens bot sie ihm die Gelegenheit, das Haus und damit Laurence für wenigstens ein paar Stunden zu verlassen. Er wollte nur Frieden finden. Für Monsieur Blasier gab es nichts Schöneres, als den Sonnenaufgang über dem Meer zu beobachten und dabei Möwen, Seeschwalben und gelegentlich sogar Flamingos zu zählen.

Als er die Wärme der ersten Sonnenstrahlen auf seinem Gesicht spürte, durchströmte ihn ein Gefühl tiefen Glücks. Normalerweise war er ganz allein hier draußen bei den Klippen mit den alten Bootshäusern. Darum fiel ihm auch sofort der silbergraue Renault Koleos auf, der mit geöffneter Fahrertür hinter einem der Bootshäuser parkte, keine 100 Meter von ihm entfernt. Das Auto musste auf dem ausgewaschenen Weg den Hügel heruntergekommen sein. Jetzt stand es mit geöffneter Fahrertür bei einem der Bootshäuser. Die brennende Innenbeleuchtung verriet, dass der Fahrer sich ganz in der Nähe befinden musste. Blasier war schon unzählige Male in der kleinen Bucht gewesen, aber er konnte sich nicht erinnern, hier unten am Wasser jemals ein Auto oder gar einen Besucher gesehen zu haben. Eric Blasier wäre nicht weniger erstaunt gewesen, wenn da hinter der Hütte ein Pelikan gesessen hätte. Einen Moment zögerte er, vielleicht war es ja besser, dass ihn der Besucher nicht sah, um eine peinliche Konversation zu vermeiden. Denn wer immer sich hier am Wasser bewegte, musste zwangsläufig mit jedem ein paar Worte wechseln, dem er begegnete – alles andere wäre grob unhöflich gewesen. Aber noch dämmerte der frühe Morgen unter einer Dunstschicht, die über das Meer ans Ufer kroch, und die Welt lag im Halbdunkel. Vielleicht hatte ihn der Fremde mit dem Auto noch gar nicht gesehen. Am besten wäre es wohl, wenn Monsieur Blasier einfach leise zurückgehen und so tun würde, als hätte er niemanden bemerkt. In diesem Augenblick nahm er jedoch eine Bewegung bei dem Renault wahr. Der Hobby-Ornithologe zögerte, dann setzte er sich auf einen Felsen und zog das Fernglas aus seiner Hülle. Die Heckklappe des Kombi stand offen, genauso wie das hölzerne Tor, durch das man früher die Boote vom Wasser aus in die Hütte gezogen hatte. Monsieur Blasier kniff die Augen zusammen. Da wurde plötzlich das Tor des Bootshauses von innen weit aufgestoßen, und ein Mann im grauen Jogginganzug zog einen schweren Gegenstand nach draußen, der in einer übergroßen, gummierten Reisetasche zu stecken schien. Blasier hatte solche Taschen schon öfter im Jachthafen gesehen. Meist wurden sie von Tauchern für den Transport ihrer schweren Ausrüstung benutzt. Ganze Druckluftflaschen passten in die wasserdichten Taschen.

Blasier wusste nicht, wie er sich verhalten sollte. Je länger er die kleine Szene beobachtete, desto peinlicher würde die Situation werden, wenn der Mann am Bootshaus ihn entdeckte. Und er würde ihn entdecken, spätestens wenn er mit dem Auto an ihm vorbeifuhr. In diesem Moment bemerkte Blasier, dass der Mann mit der Tauchertasche stehen geblieben war und zu ihm herübersah. Blasier reagierte ganz instinktiv und winkte freundlich, so wie man einen alten Bekannten grüßte, der auf der anderen Straßenseite vorbeiging.

Der Mann bei dem Auto wirkte überrascht. Mehr noch, er schien beim Anblick von Blasier regelrecht in Panik zu geraten. Er zerrte die schwere Reisetasche in den Kofferraum seines Kombi. Als er versuchte, die Hecktür zuzuschlagen, federte sie wieder auf, und er versuchte es noch einmal. Wieder schnellte die Heckklappe nach oben. Und diesmal erkannte Blasier, warum sich die Heckklappe nicht schließen ließ. An der großen Transporttasche hatte sich der Reißverschluss geöffnet, und aus dieser Öffnung ragte jetzt eine menschliche Hand, die den Schließmechanismus blockierte.

Blasier starrte wie gelähmt durch sein Fernglas: Er konnte den Kofferraum genau sehen. Und er sah, wie der Fahrer verzweifelt versuchte, die Hand zurück in die Tasche zu schieben. Dabei drehte er sich immer wieder zu Blasier um, als wollte er sich vergewissern, dass der nicht mitbekam, was gerade geschah. Der Ornithologe war kein besonders mutiger Mensch, aber was der Unbekannte da tat, empörte ihn. Es brachte seine ruhige Welt durcheinander. Was der Fremde da tat, war nicht richtig. Er würde etwas dagegen unternehmen. Blasier stand auf und marschierte los. Während er sich auf das alte Bootshaus zubewegte, winkte er.

»Warten Sie«, rief Blasier schon von Weitem. »Was tun Sie da?«

Doch der Mann mit dem Wagen dachte gar nicht daran zu warten. Er drückte mit Kraft die Heckklappe zu, die mit einem vernehmbaren Klicken einrastete. Dann setzte er sich in den Wagen, startete den Motor und fuhr los. Um wieder zurück auf die Küstenstraße zu gelangen, musste der Mann den Renault wenden. Der Fahrer versuchte sich daran, aber der Platz hinter dem

Bootshaus war eng. Blasier konnte sehen, wie der Mann in Panik geriet.

»Sie können doch nicht einfach wieder losfahren!«, rief Blasier dem Fahrer zu. »Bleiben Sie stehen!«

In diesem Moment wurde ihm klar, dass er den Wagen blockieren konnte, indem er sich ihm in den Weg stellte. Aber hätte er wirklich den Nerv, stehen zu bleiben, wenn in wenigen Sekunden die anderthalb Tonnen schwere Limousine auf ihn zurasen würde? Blasier schwitzte. Er sah zu dem Mann im Auto, der nur noch einmal einschlagen und ein Stück rückwärtsfahren musste, um seinen Wagen in die richtige Position zu rangieren.

Da hörte Blasier, wie der Fahrer Gas gab. Der Motor heulte auf, und der Renault tat einen regelrechten Sprung, nach hinten in die Felsen. Er konnte das schrille Knirschen von Plastik und Metall hören, als der Wagen auf dem harten Gestein aufsetzte. Der Fahrer schob den Schalthebel in den Drive-Modus, und die angetriebenen Räder gaben ein sirrendes Geräusch von sich, als sie den Grip verloren. Der Wagen hatte sich festgefahren. Die Reifen hatten keinen Kontakt mehr zum Boden und drehte sich wirkungslos in der Luft.

Das war es dann, dachte Blasier, und jetzt?

In diesem Moment ging die Autotür auf, und der Mann stieg aus. Jetzt war Blasier keine 20 Meter mehr von dem Fahrer entfernt. Der Fahrer wandte kurz den Kopf, und Blasier glaubte, ihn schon einmal gesehen zu haben. Er sah das Gesicht, aber er konnte es vor Aufregung einfach keinem Namen zuordnen. Er griff in seinen kleinen Rucksack und zog sein Handy hervor.

»Ich rufe jetzt die Polizei«, rief der Ornithologe, darum bemüht, ruhig und sachlich zu wirken, dabei schlug sein Herz vor Angst wie eine Trommel. Trotz seiner Furcht machte er ein paar weitere Schritte auf den Fahrer zu.

Der Mann antwortete nicht, sondern drehte sich um und lief durch die Felsen davon. Im nächsten Moment war er auf dem Küstenpfad verschwunden. Der Motor des Renault lief immer noch. Blasier griff durch die geöffnete Tür und stellte den Motor ab. Dann ging er zum Heck. Als er auf das Renault-Logo drückte, schwang die Kofferraumklappe automatisch auf. Vor ihm lag die große Tragetasche, und durch den geöffneten Reißverschluss sah er eine schlanke Hand. Sie war bleich, und die Finger erinnerten Blasier an die Kralle eines Greifvogels.

»Mon dieu«, murmelte Blasier. Er beugte sich nach vorn, stemmte seine Hände auf die Oberschenkel und zwang sich, gleichmäßig zu atmen. »Mon dieu«, wiederholte er.

In diesem Moment hörte Monsieur Blasier, dass die ersten Grillen angefangen hatten zu singen, und er war froh, dass er nicht mehr allein an diesem schrecklichen Ort war. Einen Augenblick lang starrte er das Smartphone in seiner Hand an, dann tippte er die Notrufnummer 112 ein.

69. Kapitel

Leon und Isabelle waren gegen 6:30 von Kadir mit einem Allrad-SUV abgeholt worden. Man habe eine Leiche in den Klippen gefunden, die Zufahrt zum Tatort war nur Geländewagen zugänglich. Das war alles, was der Lieutenant zu diesem Zeitpunkt über den Fall wusste.

Kadir hatte den Wagen etwa 50 Meter vor dem Tatort abgestellt, dort, wo der Weg etwas breiter wurde und bereits ein weiterer Streifenwagen stand. Die letzten Meter gingen sie zu Fuß. Es war windstill und bereits ziemlich warm. Die ersten Eidechsen tummelten sich auf den Klippen, um in der Sonne Energie zu tanken. Leon sah sich um. Ein verwunschener Ort, wie aus einem Märchen. Man musste die Gegend wirklich gut kennen, um solche versteckten Plätze zu finden.

Der Polizeichef und Masclau kam ihnen ein paar Schritte entgegen.

»Guten Morgen, Docteur«, sagte Zerna, und dann zu Isabelle: »Capitaine.«

»Commandant«, sagte Leon, und Isabelle nickte bloß.

»Die Tote liegt im Kofferraum«, sagte Masclau mit einem Kopfnicken in Richtung Renault.

»Die Tote?«, fragte Leon. »Haben Sie das Opfer bewegt?«

»Wir haben nur nachgesehen. Mussten ja sicher sein, dass sie wirklich nicht mehr lebt.« Masclau hob demonstrativ die Hände.

»Wissen wir, wer die Tote ist?«, fragte Isabelle.

»Nein, keine Papiere, nichts«, sagte Masclau. »Da hat jemand gut aufgeräumt.«

»Wir haben einen Zeugen?«, fragte Isabelle Masclau.

»Eric Blasier. Macht Vogelbeobachtungen und hat die Tote entdeckt.«

»Er sitzt vorne im Streifenwagen. Sie sind gerade an ihm vorbeigelaufen«, ergänzte der Polizeichef

»Wie geht's ihm?«, fragte Isabelle.

»Er tut ganz tapfer«, sagte Masclau. »Aber wenn du mich fragst, ist er ziemlich durch den Wind.«

»Ich rede mit ihm«, sagte Isabelle, dann deutete sie auf den Renault. »Kennen wir den Halter?«

»Noch nicht«, sagte Kadir. »Wir haben im Augenblick keinen Onlinezugriff auf die Zulassungsstelle.«

»Schon wieder? Gibt's doch nicht«, schimpfte Zerna.

»Die Kollegen sind schon dran«, meinte Kadir. »Manchmal geht nichts über das gute alte Telefon. Gegen Mittag könnte schon eine erste Auswertung der Zulassungen vorliegen.«

»Der Wagen könnte immerhin dem Mörder gehören.« Isabelle sah Kadir an.

»Wir haben auch die Police municipale drauf angesetzt, vielleicht haben die ja was im Computer.«

Die Police municipale, die Straßenpolizei, interessierte sich zwar nur für Verkehrssachen, aber sie hatte ein eigenes Computerprogramm, in dem alle Verkehrsverstöße abgelegt wurden.

»Ich sehe mir erst mal das Opfer an«, sagte Leon. Er war inzwischen zu dem Renault gegangen und streifte sich gerade die dünnen Latexhandschuhe über.

»Der Tatort?«, fragte Leon.

»Schätze, der ist da drinnen, Docteur.« Masclau deutete auf das Bootshaus.

»Sicher?«, fragte Leon und sah, dass Masclau lächelte.

»Sehen Sie es sich selber an«, sagte Zerna.

Das Holztor des Bootshauses war vor vielen Jahren einmal blau gestrichen worden. Inzwischen hatten Sonne und Wind die Farbe bis auf die nackten Bretter abgerieben. Leon öffnete vorsichtig das Tor. Der Raum dahinter war düster. Nur ein paar Sonnenstrahlen, die durch ein kleines Fenster fielen, malten helle Streifen in den lichtlosen Raum. Er konnte nur ahnen, was er da sah. Alte Segel lagen zusammengefaltet auf dem Boden wie ein Bett, Fender, Leinen aller Stärken waren ordentlich aufgereiht an der Wand. Ein Ruder und die umgekehrten Rümpfe eines kleinen abgetakelten Katamarans, ein Hobie 16. Eigentlich sah es im Bootshaus ganz gemütlich aus. Eine Mischung aus sicherem Versteck und romantischem Liebesnest – wenn da nur dieser Geruch nicht gewesen wäre.

Leon schob das Tor weiter auf und betrat vorsichtig den Raum. Es roch nach warmem Eisen. Leon kannte diesen Geruch nur zu gut. Es war der Geruch von Blut. Leon brauchte ein paar Sekunden, dann hatten sich seine Augen an das Dämmerlicht gewöhnt. Masclau hatte recht gehabt. Das hier war der Tatort, daran bestand kein Zweifel. Der Täter musste wie ein wildes Tier auf sein Opfer losgegangen sein. Das Blut war an die Wände gespritzt, auf den Boden und auf den kleinen weißen Katamaran, der mitten im Bootshaus aufgebockt war.

»Ziemliche Schweinerei, würde ich sagen.« Masclau stand jetzt mit Zerna in der Tür.

»Ich frage mich, was sich einer denkt, der so was macht?«, sagte der Polizeichef.

»Er denkt gar nicht«, antwortete Leon. »Er ist wütend. Er befindet sich im Zustand der blinden Raserei. Er sticht immer wieder auf sein Opfer ein.«

»Aber gleich so?« Zerna machte eine Geste Richtung der Blutspritzer an der Wand. »Einmal töten reicht doch.«

»Er will sein Opfer nicht töten, er will es vernichten, zerstören«, erklärte Leon. »Die Rechtsmedizin nennt das einen *Overkill*, ein Übertöten.«

»Da lobe ich mir doch unseren Liebespaarmörder«, meinte Masclau und schlenderte durch den Raum wie auf einer Vernissage. Dabei stieß er gegen einen Bootshaken, der polternd umfiel.

»Vorsicht, bitte«, mahnte Leon.

An einer Stelle auf dem Boden hatte das Blut eine kleine Pfütze gebildet. Leon machte einen großen Schritt, um nicht in die Lache zu treten.

»Sieht aus, als hätte sie hier gelegen«, murmelte Leon mehr zu sich selbst, während er den Boden inspizierte. »Aber warum wollte er sie dann mit dem Auto erst heute Morgen wegschaffen?«

»Vielleicht mag er keine toten Frauen in seinem Bootshaus«, sagte Masclau und ließ Leon nicht aus den Augen.

»Würden Sie bitte am Eingang stehen bleiben?« Leon deutete zu dem Holztor.

»Entschuldigen Sie, Maître«, sagte Masclau mit ironischem Unterton.

»Ich werde von den Spritzern ein paar Proben nehmen«, erklärte Leon. »Nur zur Sicherheit, für den Abgleich mit dem Opfer. Um den Rest soll sich später die Spurensicherung kümmern.«

Kurz darauf stand Leon vor dem geöffneten Kofferraum des Renault. Er hatte mit einer Schere die große Tragetasche an der Seite aufgeschnitten. Er wollte verhindern, dass Spuren verloren gingen, die vielleicht an dem Reißverschluss der Tasche anhafteten. Leon versuchte, die Tote aus der Tasche zu hieven, aber dafür war es zu spät. Die Leichenstarre hatte bereits eingesetzt. Also zerschnitt Leon vorsichtig die Tasche und streifte den Nylonstoff wie ein zu enges Kleidungsstück von dem toten Körper herunter. Das Opfer war nackt, die Totenflecken hatten sich bereits gebildet. Sie erinnerten Leon immer an Sonnenbrand.

Masclau hatte sich weit nach vorne gebeugt, sodass ihm nichts von Leons Arbeit entging. Der Médecin Légiste hatte recht gehabt: Der Täter war wirklich wie ein wildes Tier über sein Opfer hergefallen. Der Körper war übersät mit Einstichen. »Verursacht durch einen scharfen Gegenstand, wahrscheinlich ein Messer«, murmelte Leon.

48 Mal hatte der Unbekannte zugestochen, wie Leon später bei der Obduktion zählen würde.

Als Leon versuchte, das Opfer im engen Kofferraum auf den Rücken zu drehen, stieg eine kleine Wolke brummender Schmeißfliegen unter der Toten auf. Er betrachtete einige Sekunden schweigend die Insekten.

»Die vergangene Nacht war windig und kühl«, dachte Leon laut nach. »Die Insekten sind noch nicht lange hier«, sagte Leon.

»Ist ja widerlich«, sagte Masclau, ohne wegzusehen.

»Was können Sie über den Todeszeitpunkt sagen?«, unterbrach Zerna Leons Gedanken.

»Sehen Sie hier die Totenflecken?«, Leon deutete auf die breite rote Verfärbung der Haut auf der rechten Körperseite. »Das Opfer muss einige Stunden auf dieser Seite gelegen haben. Zusammengekauert, in einer Art Embryohaltung. So, als hätte die Frau sich in den letzten Augenblicken ihres Lebens vor den Stichen des Mörders schützen wollen.«

»Wie lang lebt jemand noch mit solchen Messerstichen?«,

fragte Masclau, der ein Faible für besonders krasse Todesumstände hatte.

»Masclau«, kam die kurze Mahnung von Zerna.

»Die Totenstarre ist stark ausgeprägt«, sagte Leon, »und die Resttemperatur im Körper beträgt 27 Grad. Das bedeutet, dass sie etwa 6 bis 8 Stunden hier lag.«

»Das heißt, sie wurde gegen Mitternacht getötet?«, fragte Zerna.

»Es könnte auch zwei Stunden früher geschehen sein. Bei diesen Außentemperaturen wird das Einsetzen der Totenstarre noch beschleunigt«, meinte Leon.

»Also gestern Abend, zwischen 22 Uhr und Mitternacht«, rechnete Zerna.

»Wie gesagt, so genau lässt sich das jetzt vor der Obduktion noch nicht bestimmen, aber die Zeit würde in etwa hinkommen«, Leon zog eine silberne Folie über den Körper des Opfers.

»Wenn er die Frau gestern Abend getötet hat«, sagte Zerna, »warum hat er dann bis heute Morgen gewartet, bevor er sie wegschafft?«

»Gute Frage«, Leon sah den Polizeichef an. »Sie sind die ermittelnde Behörde.«

Isabelle tauchte bei der Gruppe auf, in der Hand einen kleinen Notizblock.

»Konnten Sie noch etwas von dem Zeugen erfahren?«, wollte Zerna von seiner Stellvertreterin wissen.

»Ich denke, er hat tatsächlich mit dem Fall nichts zu tun: Sie hatten recht, er versucht, tough zu wirken, aber die Sache hat ihn ziemlich mitgenommen.«

»Was ist mit dem Täter?«, fragte Masclau. »Der Zeuge muss ihn doch gesehen haben?«

»Er glaubt, den Täter schon mal gesehen zu haben«, sagte Isabelle. »Er weiß aber nicht, wo. Aber wie gesagt, er ist ziemlich durcheinander.«

»Vielleicht sollten Sie es später noch einmal versuchen, wenn er sich beruhigt hat«, schlug Zerna vor.

»Er hat gefragt, ob er nach Hause gehen kann. Er wohnt ganz in der Nähe, in Cavalière. Hat da ein Haus. Seine Frau wartet auf ihn.«

»Von mir aus, aber er soll sich bei uns melden«, ordnete Zerna an. »Ich erwarte ihn heute Nachmittag, um 15 Uhr, spätestens.«

In diesem Moment hob eine kleine Böe die Folie an, und für einen Moment konnte Isabelle zum ersten Mal das Gesicht des Opfers sehen.

»Ich kenne die Frau«, sagte sie zögernd. »Das ist Madame Roussel, Élodie Roussel. Sie arbeitet für das Büro des Bürgermeisters. Hat sich noch vor ein paar Tagen über einen Stalker beklagt.

»Hat sie Anzeige erstattet?«, fragte Zerna.

»Ich dachte, so wie sie es geschildert hat, dass sie sich nur etwas einbildet – es war nicht das erste Mal, dass sie der Meinung war, jemand verfolge sie.«

»Nach Einbildung sieht das hier für mich nicht aus«, sagte Masclau gehässig.

Isabelle ignorierte ihn. »Wir müssen den Bürgermeister informieren.« Als ihr Mobiltelefon klingelte, machte sie eine entschuldigende Geste und sagte: »Entschuldigen Sie mich einen Moment!« Sie nahm den Hörer ans Ohr. »Morell ... hallo. Haben Sie den Halter gefunden? Wie bitte? Können Sie das noch mal wiederholen? Sind Sie da ganz sicher? Natürlich, ich verstehe. Danke.«

Isabelle schaltete das Handy ab und starrte ein paar Sekunden verständnislos das dunkle Display an.

»Was ist jetzt? Haben wir den Namen des Halters?«, drängte Zerna ungeduldig, und Isabelle nickte zögernd.

»Das Auto gehört Daniel Robien.« Sie schluckte trocken. »Dem Bürgermeister.«

70. Kapitel

Vom Tatort waren es mit dem Auto keine 20 Minuten bis ins Zentrum von Le Lavandou. Isabelle wollte es immer noch nicht glauben. Natürlich konnte man Menschen ihre bösen Taten nicht ansehen, aber Daniel Robien ein Mörder?

Sie hatten ihrem Zeugen noch am Tatort ein Handyfoto des Bürgermeisters gezeigt, und Monsieur Blasier hatte ihn sofort wiedererkannt. Das war ohne Zweifel der Mann, den er an diesem Morgen beobachtet hatte. Der Mann, der versucht hatte, die Leiche seiner Assistentin verschwinden zu lassen.

Daniel Robien ist ein beliebter Bürgermeister, dachte Isabelle. Eloquent, gut aussehend, und er galt als zuverlässig. Außerdem war Robien äußerst charmant, womit er nicht nur beim weiblichen Teil der Bevölkerung punkten konnte. Jetzt waren sie also auf dem Weg zu dem Mann, der Le Lavandou, den beliebten Ferienort an der Côte d'Azur, in eine noch blühendere Zukunft führen wollte. Der sich für die Jugend starkmachte, der ein beliebter Gast auf Empfängen war. Der Mann, den Isabelle schon oft in der Kirche gesehen hatte. Mit dem sie noch vor zwei Tagen über den Liebespaarmörder geredet hatte. War es wirklich möglich, dass er ...? Die Fakten sprachen eine eindeutige Sprache.

Sie hielten in der Avenue Général de Gaulle und betraten das Rathaus durch die Tür auf der Rückseite. Zerna, Isabelle und Masclau hatten sich bewusst nicht angemeldet. Und der Polizeichef hatte seinen Mitarbeitern ausdrücklich untersagt, mit dem Büro des Maire zu telefonieren. Sie nahmen die Treppe in den ersten Stock und betraten das Vorzimmer des Stadtoberhaupts, wo eine energische Sekretärin hinter ihrem Schreibtisch saß und telefonierte. Als die drei das Büro betraten, hielt sie die Hand hoch, wie eine Polizistin, die den Verkehr regelt, telefonierte aber weiter.

»Nein, der Maire ist sehr beschäftigt. Ich weiß, vielleicht könnte man ja eine Veranstaltung im Herbst ...«

»Bonjour«, sagte Zerna, ohne sich um das Telefonat zu kümmern, das die Sekretärin gerade führte, »wir müssen mit dem Maire sprechen. Es ist dringend.«

»Geben Sie mir bitte einen Moment«, sagte die Sekretärin in den Hörer, deckte ihn mit der Hand ab und antwortete Zerna: »Da müssen Sie später noch einmal wiederkommen, Commandant. Oder Sie warten.«

»Wir müssen sofort mit ihm sprechen, auf der Stelle«, sagte Isabelle.

»Ich rufe Sie später noch mal an«, sagte die Sekretärin und legte auf. An die drei Polizeibeamten gewandt, erklärte sie: »Monsieur le Maire hat ausdrücklich gewünscht, dass er auf gar keinen Fall gestört werden möchte. Von niemandem.«

Die Sekretärin war aufgestanden und hatte sich so hingestellt, dass sie die Durchgangstür zum Büro des Bürgermeisters blockierte.

»Tut mir leid, Madame«, Isabelle nahm die Sekretärin freundlich am Ellenbogen und drückte sie sanft, aber bestimmt aus dem Weg, »aber darauf können wir jetzt leider keine Rücksicht nehmen.«

»Aber ... Moment mal, warten Sie!« Die Sekretärin war empört über so viel Respektlosigkeit.

Ohne anzuklopfen, betraten die Polizisten das Büro. Der Bürgermeister saß zurückgelehnt in seinem breiten Chefsessel. Er sah aus dem Fenster über die Platanen auf dem Place Ernest Reyer zum Strand, wo die Touristen in der Sonne lagen und die Kinder im Wasser planschten.

»Monsieur Robien?« Zerna sprach so, als müsste er den Bürgermeister aus einem tiefen Schlaf wecken. »Wir müssen reden, *maire*.«

Robien antwortete nicht. Er saß da, als würde eine unsichtbare Wand zwischen ihm und den Besuchern stehen. Ohne sich zu rühren, starrte er auf das Meer.

»Sie waren heute Morgen am alten Bootshaus«, versuchte Zerna ein Gespräch in Gang zu bringen. »Ist das richtig?«

Keine Antwort. Masclau griff nach den Handschellen, die er am Gürtel trug, aber Zerna hielt ihn mit einer kleinen Handbewegung auf. Isabelle ging um den Schreibtisch herum, sodass sie jetzt direkt vor dem Bürgermeister stand und ihm ins Gesicht sehen konnte.

»Sie müssen mit uns reden, Monsieur«, sagte Isabelle. »Wir müssen wissen, was heute Nacht in den Klippen geschehen ist.«

»Ich habe das nicht gewollt.« Der Bürgermeister sprach leise, mit einer tiefen Trauer in der Stimme. »Das war doch unser Platz, da unten am Wasser. Wer hätte denn ahnen können, dass da so etwas geschehen kann.«

»Ihr Platz? Sie meinen der von Madame Roussel und Ihnen? Erzählen Sie uns von Élodie Roussel, Monsieur«, sagte Isabelle ruhig.

»Ich kann nicht. Ich ...«, er stockte und schüttelte den Kopf, als müsste er eine böse Erinnerung loswerden.«

»Sie werden mit uns reden müssen, Monsieur Robien«, sagte Zerna. »Hier oder woanders ... Lieutenant Masclau.«

Jetzt nahm der Lieutenant die Handschellen doch vom Gürtel.

»Ich mache Ihnen einen Vorschlag«, sagte Isabelle und deutete auf die Handschellen. »Wir brauchen die nicht, und Sie begleiten uns so zum Wagen. Er steht in der Rue de Gaulle. Dann fahren wir zusammen ins Revier und reden dort, in aller Ruhe. Ist das in Ordnung für Sie?«

Ohne ein Wort zu sagen, stand der Bürgermeister auf. Er griff nach seinem dunklen Sakko, zog es über und verließ mit den drei Polizisten sein Büro.

Seit einer Stunde saß der Verdächtige nun schweigend in dem Befragungsraum, in dem es wie immer heiß und stickig war. Zerna hatte versucht, mit dem Bürgermeister von Mann zu Mann zu reden, Lieutenant Kadir hatte versucht, Verständnis für die seelische Notlage zu zeigen, in der sich Robien befand, und ihn so zu öffnen. Schließlich versuchte Masclau, den Bürgermeister unter Druck zu setzen, bisher ohne Erfolg. Der erste Mann der Stadt schwieg beharrlich.

Isabelle stand im Nebenzimmer des Befragungsraums und beobachtete durch den Spiegel, wie Masclau erfolglos daran arbeitete, Robien zum Reden zu bringen. Es war offensichtlich, dass Masclau zunehmend verärgert über den stillen Widerstand des Bürgermeisters war. Aber der Polizist hatte auch Respekt vor dem Maire seiner Stadt. Lieutenant Masclau wurde von Minute zu Minute ungeduldiger, und Isabelle wusste, dass er kurz davor war, die Nerven zu verlieren. Darum stand sie vor dem Spiegel und ließ ihren Kollegen nicht aus den Augen, damit sie die Vernehmung jederzeit abbrechen konnte.

»Wir wissen doch längst, was geschehen ist, Monsieur«, sagte Masclau mit einem gespielten kumpelhaften Ton in der Stimme.

»Sie waren mit der Kleinen im Bootshaus, und das nicht zum ersten Mal. War doch so, oder?«

Robien schwieg, pendelte mit dem Oberkörper vor und zurück und faltete die Hände.

»Worüber haben Sie gestritten?«, fragte Masclau. »Womit hat Madame Roussel Sie so wütend gemacht?«

Robien starrte zu Boden. Jetzt hob er den Kopf und sah den Lieutenant an. Er sieht aus wie jemand, der eine große Last tragen muss, dachte Isabelle.

»Ich wollte …«, begann Robien und unterbrach sich gleich wieder. »Das können Sie nicht verstehen.«

»Jetzt reden Sie schon, Herrgott noch mal«, herrschte Masclau den Mann an. Er gab den böse Flic, dachte Isabelle. Es war an der Zeit, dass sie einschritt. Wobei sie sich keine großen Hoffnungen machte, dass sie mehr Erfolg haben würde.

Bei vielen Vernehmungen funktionierte diese Guter-Flic-böser-Flic-Nummer. Aber das hier war nicht irgendein betrunkener Weinbauer, der seinen Traktor falsch geparkt hatte, das war der Bürgermeister von Le Lavandou, und er stand unter Mordverdacht. Die kleine Kontrolllampe der Videokamera auf dem Tisch leuchtete grün und erinnerte Isabelle daran, dass die Aufzeichnung lief. Jedes Wort, jede Geste des verhörenden Polizisten würde protokolliert und später genau analysiert werden. Und die letzte Möglichkeit durfte man auch nicht außer Acht lassen: Was, wenn es für all das eine schlüssige Erklärung gab, wenn der Bürgermeister sich gar nicht schuldig gemacht hatte? Aber warum zum Teufel sagte er dann nichts?

»Ist Ihnen denn scheißegal, was passiert ist?«, fragte Masclau provozierend. »Bedeutet Ihnen das Mädchen denn gar nichts? Wie fühlt sich das an, eine Frau, die man nicht mehr braucht, mit dem Messer abzuschlachten?«

Jetzt sah Isabelle, dass Daniel Robien Tränen kamen und durch seinen Dreitagebart sickerten. Isabelle öffnete die Tür zum Verhörraum und sah Masclau an.

»Danke, Lieutenant. Ich übernehme.«

»Moment, Isabelle«, sagte Masclau empört. »Ich war gerade dabei ...«

»Capitaine Morelle«, korrigierte Isabelle ihren Lieutenant ruhig. Dann sah sie den Bürgermeister an. Ihr Blick sollte ihm zeigen, dass man sich um ihn sorgte. Und dass man schließlich über alles reden konnte.

»Ich werde mich jetzt mit Monsieur Robien in meinem Büro weiterunterhalten«, sagte Isabelle.

»Ich werde Ihnen Lieutenant Kadir schicken, Capitaine. Nur zur Sicherheit«, meinte Masclau verärgert.

»Ich denke, das wird nicht nötig sein«, Isabelle sah den Gefangenen an. »Kommen Sie, Monsieur le Maire.«

Der Verdächtige ging neben Isabelle den Gang hinunter. Ihnen folgte, die Hand an der Waffe, Lieutenant Kadir. Isabelle öffnete die Tür zu ihrem Büro und gab Kadir zu verstehen, dass er im Gang warten sollte.

»Bitte«, Isabelle schob Robien einen Stuhl vor ihren Schreibtisch. Sie setzten sich.

»Tee oder Kaffee?«, fragte Isabelle höflich.

Einen Moment sah Robien die Polizistin erstaunt an.

»Gerne Tee, wenn es keine Umstände macht«, sagte der Bürgermeister.

»Darum frag ich ja«, Isabelle nahm den Hörer von der Gabel und drückte einen Knopf auf dem Telefon. »Morell hier. Seien Sie doch so nett und bringen Sie uns zwei Tee in mein Büro. Danke.«

»Ist Vorschrift«, sagte Isabelle und schaltete ein kleines digitales Aufzeichnungsgerät ein, das sie auf den Tisch legte.

»Warum haben Sie sie erst heute Morgen geholt?«, fragte Isabelle plötzlich, als steckten sie bereits mitten in einer Vernehmung.

»Ich ... ich habe, ich wusste doch nicht«, stotterte Robien, als müsste er nach unverfänglichen Worten für seine Erklärung suchen.

»Was wussten Sie nicht?«, Isabelles Ton war noch immer höflich und dabei gleichzeitig bestimmt.

»Ich habe sie nicht getötet.«

»Das ist gut«, sagte Isabelle knapp. »Dann verstehe ich allerdings nicht, was Sie da heute Morgen in den Klippen gemacht haben.«

»Wenn ich Ihnen sage, was ... Ich meine, könnten Sie dafür sorgen, dass das unter uns bleibt?«

»Monsieur Robien, wir ermitteln in einem Mordfall. Da können wir nichts verschweigen. Zumindest nicht vor dem Staatsanwalt.«

»Aber ich habe es doch nicht getan!«

»Sie haben heute Morgen gegen 5:00 Uhr die Leiche einer Frau fortschaffen wollen, die offensichtlich Ihre Geliebte war. Das war sie doch?«

Robien wischte sich mit den Fingern eine Träne aus dem Auge. Isabelle griff in ihre Schreibtischschublade und schob ihm eine Packung Kleenex über den Tisch.

»Es ist alles aus«, Daniel Robien klang jetzt müde und erschöpft.

»Kommt ganz darauf an, was geschehen ist. Lassen Sie uns ganz offen sprechen, Monsieur Robien«, Isabelle sah den Mann fast mitleidig an. »Glauben Sie mir: Ehrlichkeit kann Ihre Lage nur verbessern.«

Isabelle war es gewohnt, von Tätern angelogen zu werden.

Gut zu lügen, war eine Kunst. Lügner taten sich immer dann schwer, wenn es um die Details ging. Einzelheiten für einen Ablauf zu erfinden, der gar nicht stattgefunden hat, war sozusagen die Königsdisziplin des Lügens. Solche frei erfundenen Geschichten steckten voller Tücken und Fußangeln. Auch der kleinste Fehler gab dem Befrager Grund, nachzuhaken und Druck zu machen.

»Fangen wir mit dem Radunfall an«, sagte Isabelle. Robien sah sie überrascht an. »Es gab gar keinen Radunfall, richtig?«

»Wir waren verabredet, aber sie ist nicht gekommen«, sagte Robien kleinlaut.

»Wo waren Sie verabredet?«

»Auf dem Parkplatz in Bormes.«

»Bei den Bouleplätzen?«, wollte Isabelle wissen.

Er nickte.

»Und was war dann?«

»Ich habe mich geärgert, weil sie nicht gekommen ist. Da bin ich zu Hause aufs Fahrrad gestiegen. Ich war abgelenkt und bin in den Straßengraben geraten, gleich neben unserer Torausfahrt. Die ganze Sache war mir peinlich, darum habe ich das von dem Auto erzählt, das mich abgedrängt hat.«

»Wann war das?«, fragte Isabelle.

»Was meinen Sie?«

»Wann sind Sie mit dem Rad gestürzt, und was genau haben Sie dann getan?«

»Ich habe das Rad aufgehoben und bin noch ein wenig in der Gegend herumgefahren. Habe nachgedacht.«

»Worüber?«

»Über Élodie. Ich hatte das Gefühl, dass sie sich von mir zurückzog.«

»Wusste Ihre Frau von dem Verhältnis mit Madame Roussel?«

»Um Gottes willen, nein. Natürlich nicht. Sie hat keine Ahnung. Das zwischen Élodie und mir, das war kein Verhältnis, in dem Sinne. Das war mehr so eine Art Flirt.«

»Madame Roussel arbeitete bei Ihnen im Büro?«, bemerkte Isabelle kühl.

»Nein, sie ist Praktikantin im Fremdenverkehrsamt«, antwortete er empört, als würde das alles entschuldigen.

»Was geschah weiter an diesem Abend?« Isabelle ignorierte Robiens Bemerkung.

»Ich war zu Hause, also für eine Weile jedenfalls.«

Isabelle spürte, wie sich Robien in seinen Lügen zu verheddern begann.

»Zu Hause?«, fragte Isabelle. »Dafür gibt es sicher Zeugen?«

»Ja ..., ich meine, nein. Meine Frau war bei einer Freundin, und unser Sohn arbeitet in Toulon an der Uni.«

Daniel Robien sah unverwandt aus dem Fenster. Als gäbe es da mehr zu sehen als einen schäbigen Hinterhof, in dem ein paar Klappstühle, eine rostige Hollywood-Schaukel und ein Motorboot auf einem Trailer standen.

»Wissen Sie was, Monsieur Robien?«, Isabelle klang kühl und sachlich. »Ich glaube Ihnen kein Wort.«

»Sie haben mich doch gerade aufgefordert, Ihnen alles zu erzählen, bitte sehr ...«

»Das ist die falsche Geschichte«, sagte Isabelle. »Sie kippen mit dem Fahrrad um und trauen sich nicht, das jemandem zu erzählen? Das soll ich Ihnen glauben? Wieso waren Sie heute Morgen in Ihrem Bootshaus?«

»Sie hatte sich nicht gemeldet, Élodie. Da dachte ich, vielleicht ist sie ja ...«, er brach ab.

»An Ihrem heimlichen Rendezvous-Platz? Und sie wartet dort brav bis morgens um fünf, ob sie wohl vorbeikommen? Das wollen Sie mir nicht wirklich erzählen.«

»Meine Frau fühlte sich nicht gut und war die halbe Nacht auf. Ich konnte nicht weg.«

»Wer hat das Mädchen getötet, Monsieur Robien?«, fragte Isabelle, ohne auf Robiens Erklärung einzugehen.

»Ich weiß es nicht, verdammt. Ich weiß es wirklich nicht.«

»Noch einmal: Da wird Ihre Freundin also im gemeinsamen Liebesnest erstochen, und Sie haben zufällig zur selben Zeit einen kleinen Radunfall und sind fast zwei Stunden telefonisch für niemanden mehr erreichbar. Nicht für Ihr Büro und nicht einmal für Ihre kranke Frau ...«

»Ich hatte mein Telefon abgeschaltet.«

»Ich dachte, Sie warteten so dringend auf einen Anruf Ihrer Freundin?« Isabelle sah Robien einige Sekunden schweigend an. Dann sagte sie: »Was haben Sie eigentlich gedacht, als Sie Ihre Geliebte in der Hütte gefunden haben?«

»Schlimm, ganz schlimm, entsetzlich.« Er schüttelte den Kopf. »Das Schlimmste, was ich in meinem Leben erlebt habe.«

Isabelle spürte, dass Robiens Verzweiflung gespielt war, schlecht gespielt. Aber sie kamen der Wahrheit in kleinen Schritten näher.

»Warum haben Sie nicht sofort die Polizei gerufen oder den Krankenwagen?«

»Sie war tot«, sagte der Bürgermeister mit stumpfer Stimme. »Hätte ich der Polizei denn sagen sollen? Dass ich ein Verhältnis habe und dass meine Freundin tot in der Hütte liegt? Was erwarten Sie von mir?«

»Lassen Sie mal sehen: Mut, Ehrlichkeit, Zuverlässigkeit ... Was verbindet man denn sonst noch mit dem Amt eines Bürgermeisters?«, antwortete Isabelle.

»Ich sag Ihnen doch schon alles, was ich weiß.«

»Vielleicht ist es Ihnen nicht richtig klar, aber die Gendarmerie erkennt gewisse Parallelen zwischen dem Mord in Ihrem Bootshaus und den Morden an den beiden Liebespaaren. Das macht fünf Opfer, Monsieur. Fünf«, sie hielt ihm die Hand mit den gespreizten Fingern vor das Gesicht.

»Das ist doch absurd. Wie kommen Sie denn darauf? Ich habe keine Ahnung was da am Wasser passiert ist. Ich habe niemanden ... das könnte ich gar nicht ... das ist doch verrückt.«

»Haben Sie sich nicht gefragt, was da passiert sein könnte, in dem Bootshaus?«

»Ich denke an nichts anderes, das müssen Sie mir glauben.«

»Komisch, ich habe eher das Gefühl, dass Sie mir ständig neue Geschichten erzählen.«

Es klopfte, und ein junger Polizist brachte zwei Pappbecher mit dampfendem Tee, die er Isabelle auf den Schreibtisch stellte. Dabei musterte er den Verdächtigen abschätzend.

»Danke für den Tee«, sagte Isabelle, als der Assistent den Raum verließ und die Tür hinter sich zuzog. Sie schob einen der Becher zu Robien. »Bitte sehr.«

»Danke«, sagte der Bürgermeister.

Für einen Moment schwiegen beide. Der Tee war heiß.

»Was hatten Sie vor mit der Toten? Wohin wollten Sie das Mädchen bringen?«

»Das weiß ich selber nicht ... Das war alles wie in einem bösen Traum, einem Albtraum. Ich wollte sie nur wegschaffen.«

»Sie wollten das Mordopfer verschwinden lassen. War es nicht so?«

»Nein.«

»Wo kein Opfer ist, haben Sie sich gedacht, da gibt es auch keinen Mord«, sagte Isabelle und sah Robien an, der sein Gesicht in den Händen verbarg.

»Wie wäre es jetzt mit einer ganz anderen Geschichte?«, fragte

Isabelle. »Sie und Élodie sind abends zu dem Bootshaus gefahren. Es wurde dunkel. Haben Sie mit ihr geschlafen?«

Der Bürgermeister schüttelte den Kopf.

»Wieso nicht? Deswegen hatten Sie sich doch dort getroffen.« Der Bürgermeister sah aus dem Fenster, als würde er um eine Entscheidung ringen.

»Erklären Sie es mir. Die Alternative ist, dass ich Sie festnehme wegen fünffachen Mordes. Glauben Sie mir, bei dem, was gegen Sie vorliegt, zögert der Haftrichter keine Sekunde«, sagte Isabelle kühl. »Die Medien werden Sie zerfleischen.«

»Er hat hinter dem Bootshaus gewartet.« Robien hatte das so ruhig gesagt, dass Isabelle einige Sekunden brauchte, um zu begreifen, dass der Bürgermeister gerade dabei war, seine erste vernünftige Aussage zu machen.

Sie sah ihn an. Jetzt hatte sie ihn. Robien schien zum ersten Mal die Wahrheit zu sagen.

»Haben Sie ihn erkannt?« Isabelle fiel es schwer, sich zurückzuhalten und Ruhe zu bewahren. »Haben Sie den Mann erkannt?«

»Nein, ich habe ihn nicht gesehen. Er hat mich von hinten gepackt und mir einen Schlag versetzt. Dann habe ich diesen Lappen auf meinem Gesicht gespürt und den beißenden Geruch, und dann war ich weg.«

»Er hat Sie betäubt?«, fragte Isabelle. »Wie lange hat das gedauert?«

»Vielleicht fünf oder zehn Minuten. Als ich wieder zu mir gekommen bin, hatte er mir mit einem Kabelbinder Hände und Füße zusammengebunden«, erinnerte sich Robien. »Ich habe gleich gemerkt, dass er sie nicht richtig festgemacht hat, sie waren ein bisschen verrutscht.«

Der Bürgermeister unterbrach sich und atmete tief ein. Isabelle wartete einen Augenblick, aber der Mann, der ihr gegenübersaß, schwieg.

»Was haben Sie dann getan, Monsieur Robien?«

»Er war in das Bootshaus gegangen …«

»Wie ging es dann weiter? Jetzt reden Sie schon endlich.«

»Ich bin los, direkt über die scharfen Felsen«, murmelte Robien.

»Sie … sind davongelaufen?«, Isabelle sah ihn ungläubig an.

»Ich habe mich durch die Felsen gekämpft. Die Steine waren glatt vom Wasser. Ich bin gestürzt, habe mir die Knie und den Ellenbogen aufgerissen. Schließlich waren meine Hände noch immer gefesselt. Aber ich habe gekämpft. Bin einfach weitergelaufen, bis ich ihn nicht mehr gehört habe.«

»Sie meinen …«, Isabelle betonte jedes Wort. »Sie haben die junge Frau in der Hütte allein mit dem Täter zurückgelassen?«

»Ich wollte ihr doch nur helfen«, Robien hatte die Hände zu Fäusten geballt. »Nur deshalb bin ich losgerannt.«

»Ach ja, wie wollten Sie denn Ihrer Freundin helfen?«

»Die Polizei alarmieren, die Feuerwehr, die Küstenwache, irgendjemand oben auf der Straße.«

»Und warum haben Sie das nicht getan?«

»Weil … ich weiß es nicht. Es war der Schock. Ich konnte nicht mehr richtig denken«, Robien konnte Isabelle nicht einmal für Sekunden in die Augen sehen.

»Sie haben das Mädchen einfach seinem Schicksal überlassen«, stellte Isabelle fassungslos fest.

»Was hätte ich denn tun sollen?« fragte Robien bitter. »Hätte ich mich lieber umbringen lassen sollen?«

»Sie wollten ihr nicht helfen, Monsieur Robien, Sie haben sie im Stich gelassen. Weil Sie in diesem Moment nur an sich selbst gedacht haben.«

71. Kapitel

Leon war müde. Seit er alleine arbeitete, kam er einfach nicht hinterher. Er konnte nur hoffen, dass sein Assistent schon bald an seinen Arbeitsplatz zurückkehren würde. Nicht nur, weil er ihm den lästigen Papierkram abnahm, Leon fehlte auch das Gegenüber, mit dem er die Untersuchungsergebnisse diskutieren konnte. An die Schuld von Rybaud hatte er ohnehin nie geglaubt, seinetwegen sollte der Mann also lieber früher als später zurückkehren.

Am frühen Nachmittag landete Leon einen Treffer. Bei der Analyse der Blutspritzer, die er von den Wänden des Bootshauses genommen hatte, fiel eine Probe aus der Reihe. Sie konnte nicht dem Opfer zugeordnet werden.

Es kam häufig vor, dass Gewalttäter im Blutrausch sich auch selbst verletzten: Ein Messer konnte schnell von Rippen oder anderen Knochen abgelenkt werden, konnte abbrechen, die Hand des Täters, feucht von Blut, konnte abrutschen und in die Klinge greifen. Es gab natürlich keine Garantie dafür, dass es sich bei diesem Blutspritzer um eine Täterspur handelte. Das Blut könnte auch schon viel älter sein. Schließlich gehörte das Bootshaus seit vielen Jahren dem Verdächtigen. Vielleicht hatte er sich in der Vergangenheit dort einmal verletzt. Es war äußerst schwierig, Blutflecken einem genauen Zeitraum zuzuordnen. Die vorliegende

Probe war relativ frisch, kaum älter als eine Woche, schätzte Leon, aber dafür gab es keine sicheren Hinweise.

Einfacher war es, den Todeszeitpunkt des Opfers zu bestimmen. Leons Einschätzung, die er bereits am Tatort abgegeben hatte, wurde durch die Obduktion bestätigt. Die junge Frau war am vergangenen Abend gegen 22 Uhr gestorben. Also zu der Zeit, in der der Bürgermeister telefonisch nicht zu erreichen gewesen war. Unter den Fingernägeln von Élodie Roussel fand Leon fremdes Gewebe, die typischen Abwehrspuren eines verzweifelten Opfers. Mit hoher Wahrscheinlichkeit stammten die Gewebespuren vom Täter, aber das konnten erst spätere Untersuchungen zeigen.

An diesem Vormittag erreichte Leon im Büro eine kurze Mail von der Universität in Aix-en-Provence. Eine verspätete Reaktion auf Leons Versuch, mit Kollegen in Kontakt zu treten, die ähnliche Erfahrungen mit der Waffe hatten, mit der die beiden weiblichen Opfer getötet worden waren. Die Mail kam von einem emeritierten Professor, der sich an eine ähnliche Waffe erinnerte: Allerdings war damit kein Mensch getötet worden, sondern Pferde auf der Weide. Der Täter war damals ein 14-jähriger Junge, der im Heim gelandet war. Leon beschloss, später auf die Mail zu antworten.

Obwohl Zerna seinen Beamten absolutes Stillschweigen über den Mord im Bootshaus auferlegt hatten, war die Sache noch am Vormittag nach außen gedrungen. Anfangs versuchte das Sekretariat, die Angelegenheit als tapfere Heldentat des Bürgermeisters zu verklären, als den Versuch eines mutigen Mannes, seine heimliche Geliebte aus den Klauen eines wahnsinnigen Mörders zu retten. Doch die Journalisten ließen sich nicht so einfach hinters Licht führen. Sie hatten ihre Verbindungen zur Klinik, zur Feuerwehr, aber vor allem zu den Beamten der Gendarmerie. Sozusagen im Stundentakt kamen neue Informationen über die blutige Tat ans Licht. Während sich anfangs sogar eine Gruppe Menschen unter dem Bürofenster des Bürgermeisters versammelt hatte, applaudierte und die Marseillaise anstimmte, kippte die Stimmung bereits am frühen Nachmittag. Nachdem immer mehr Details nach außen gedrungen waren, brauchte man nicht allzu viel Fantasie, um sich die Tatnacht vorzustellen.

Einen Bürgermeister, der mit einer 25 Jahre jüngeren Frau ein heimliches Verhältnis hatte, das ließen die Einwohner von Lavandou noch unter dem Begriff *amour fou* durchgehen. Aber ein Mann, der seine Geliebte einem irren Killer überließ und selbst das Weite suchte, ohne Hilfe zu holen, das war absolut untragbar. Am Morgen hatte Robien noch Interviews als Held des Tages geben müssen, doch das änderte sich schlagartig. Der Versuch des Bürgermeisters, in einer Art kleiner Presserunde die Dinge ins rechte Licht zu rücken, scheiterte kläglich. Statt, wie erwartet, Verantwortung zu übernehmen, die Familie des Opfers um Vergebung zu bitten, rechtfertigte sich Robien jetzt für sein Verhalten. Das Gespräch endete mit einem Eklat, bei dem der Bürgermeister laut fluchend aus dem Zimmer lief und eine Gruppe sprachloser Moderatoren zurückließ. Eine Stunde später war er nicht mehr erreichbar. Weder zu Hause noch in seinem Büro.

Es dauerte nicht lange, bis die Reporter begannen, Zusammenhänge herzustellen, zwischen den fadenscheinigen Ausreden von Bürgermeister Robien und den beiden anderen ungeklärten Liebspaarmorden. Der *Var-Matin* titelte schließlich: »Bürgermeister Daniel Robien unter Mordverdacht – Was geschah wirklich in der Nacht, als Élodie Roussel starb?«

Während in den Bistros und Cafés die Gerüchteküche brodelte, hatte Zerna in der Kantine des Polizeireviers eine dringende Sitzung einberufen, zu der auch Leon geladen war. Isabelle hatte zunächst den Stand der Ermittlungen referiert, und alle schwiegen gebannt. Nicht mal Masclau traute sich, einen seiner lahmen Witze zu machen.

Als Isabelle geendet hatte, war es für einige Sekunden mucksmäuschenstill in der Kantine. Dann räusperte sich Madame Lapierre, die wie immer rechts neben dem Polizeichef saß.

»Monsieur le Médecin Légiste«, wandte sie sich an Leon. »Sie haben den Lagebericht von Capitaine Morell gehört. Passen die polizeilichen Ermittlungsergebnisse zu den Erkenntnissen, die Sie über den Tod von Élodie Roussel gewonnen haben?«

»Absolut«, sagte Leon. »Die Bestimmung des Todeszeitpunktes von Madame Roussel ergab 20:30 Uhr. Zu diesem Zeitpunkt befand sich Monsieur Robien bereits in seinem Büro im Rathaus. Das weiß ich deshalb so genau, weil ich ihm dort einen Verband angelegt und seine Verletzungen untersucht hatte. Zu diesem Zeitpunkt wollte er uns noch glauben machen, er habe sich die Verletzungen bei einem Fahrradunfall zugezogen.«

»Danke für Ihre Ausführungen. Was ich mich dabei frage, ist: Was war der Auslöser für den Mord?«, sagte die Kommissarin.

»Das ist dann ja wohl eher eine Frage an den Polizeipsychologen«, beeilte sich Zerna zu bemerken.

»Docteur?«, forderte die Kommissarin Leon trotzdem auf.

»Was wissen wir bisher über den Täter?«, begann Leon. »Er bereitet seine Taten offenbar geradezu akribisch genau vor. Bisher hatte der Täter sich darauf verlassen, dass die Liebhaber taten, was er sagte, wenn er damit drohte, ihre Freundinnen zu töten. Wenn Robien also wirklich geflohen war, wie er behauptet, könnte das den Täter völlig aus dem Konzept gebracht haben.«

»Dann bestrafte der Täter also die Frau dafür, dass ihr Begleiter ihm nicht gehorcht hatte?«, fragte Isabelle.

»Dafür musste er sie doch nicht gleich so zurichten?«, wunderte sich Masclau.

»Vergessen Sie nicht«, erklärte Leon, »das bizarre und unangemessene Verhalten des Täters deutet auf eine schizophrene Persönlichkeit hin.«

»Sie meinen, er ist durchgedreht und in einen Blutrausch geraten?«, fragte Masclau.

»Wenn Sie so wollen, ja.«

»Eine Sache verstehe ich noch nicht«, meinte Kadir, der in der ersten Reihe saß. »Als Monsieur Robien vor dem Mörder geflohen ist, warum hat er nicht sofort die Polizei informiert oder die Feuerwehr, oder sonst irgendjemanden? Er hätte die Frau doch retten können.«

»Vielleicht wollte er sie gar nicht retten«, sagte Leon, und die Beamten der Gendarmerie sahen ihn an. »Vielleicht wollte er das genaue Gegenteil, dem Täter Zeit verschaffen, damit der Élodie Roussel umbringt. Wenn Robien dann später die Leiche verschwinden lassen würde, wären alle Spuren beseitigt. Der Mord hätte nie stattgefunden.«

»Worauf warten wir noch? Der Kerl gehört in den Knast, und zwar *immédiatement*«, sagte Masclau und erntete einen scharfen Blick von Zerna. »Ist doch wahr ...«

»Wofür wollen Sie ihn denn festnehmen?«, fragte Zerna bitter. »Dafür dass er abgehauen ist und seine Freundin im Stich gelassen hat?«

»Wie wäre es mit unterlassener Hilfeleistung?«, schlug eine junge Polizistin vor.

»Er braucht nur zu erklären, dass er nicht wissen konnte, was der Unbekannte vorhatte«, sagte der junge Lieutenant neben ihr.

»Leider wahr«, bemerkte Zerna

»Immerhin hat er versucht, die Frau mit dem Auto wegzu-schaffen«, empörte sich ein anderer Polizist.

»Störung der Totenruhe«, kommentierte Madame Lapierre die Bemerkung frustriert. »Dafür gibt's maximal eine Geldstrafe.«

»Echt wahr?«, fragte die Polizistin und erntete ein kurzes Nicken.

»Das heißt, wir stehen wieder auf null«, sagte Masclau frustriert. »Robien können wir für nichts dranbekommen, Patrick Favre ist immer noch abgetaucht, und gegen diesen Rybaud liegt auch nichts Verwertbares vor.«

»Bleibt noch eine Möglichkeit«, klinkte sich Leon wieder ein.

»Und die wäre?«, fragte Zerna.

Es wurde still im Raum, und die Gesichter der Versammelten wandten sich Leon zu.

»Robien ist in Wirklichkeit doch der Täter, und er hat uns allen etwas vorgespielt«, sagte Leon. »Was ich persönlich allerdings für äußerst unwahrscheinlich halte.«

»Warum denn nicht?«, entgegnete Zerna. »Wir sollten alle Möglichkeiten in Erwägung ziehen.«

»Na gut«, sagte Leon leicht genervt. »Dann brauche ich eine Blut- und eine Gewebeprobe von Monsieur Robien, für einen großen DNA-Abgleich.«

Isabelle versuchte sofort, Daniel Robien anzurufen, doch es stellte sich heraus, dass er nirgends zu erreichen war. Nicht zu Hause, nicht in seinem Büro, und seine Termine für diesen Tag hatte er allesamt gestrichen.

Leon hätte sich auch gewundert, wenn Robien sich in dieser Situation in der Öffentlichkeit gezeigt hätte.

Commandant Zerna schickte ein Team ins Rathaus und zeitgleich Isabelle zu Robien nach Hause. Er bat Leon, Capitaine Morell ausnahmsweise zu begleiten. Immerhin war es ja möglich, dass er sich irgendwo in seinem Haus versteckte. Doch als Isabelle und Leon am schmiedeeisernen Tor klingelten, waren nur Madame Robien und ihre Pflegerin anwesend. Isabelle versuchte, mit der Ehefrau von Daniel Robien zu reden, doch die schwerkranke Frau war am Ende ihrer Kräfte. Tief verletzt von der Untreue ihres Mannes und verstört durch die Journalisten, die sie bis in den Garten und sogar auf die Terrasse verfolgt hatten.

Madame Robien wollte mit niemandem mehr sprechen und brach vor Isabelle und Leon immer wieder in Tränen aus. Zuletzt zitterte sie am ganzen Körper, und die Pflegerin bat Isabelle, die Befragung abzubrechen, da die Patientin dringend Ruhe brauchte.

Isabelle versprach Madame Robien, dass die Gendarmerie einen Streifenwagen vor dem Haus der Robiens abstellen würden, um aufdringliche Journalisten fernzuhalten.

»Was ist mit dem Bootshaus?«, fragte Leon, als sie beide wieder im Streifenwagen saßen.

»Da ist niemand«, sagte Isabelle. »Das war der erste Platz, den die Kollegen überprüft haben.«

»Trotzdem ...«

»Der ganze Tatort ist gesichert, Leon. An der Straße habe ich zwei Beamte mit einem Einsatzwagen abgestellt. Masclau und Kadir, die sind zuverlässig.«

»Lass uns trotzdem noch einmal vorbeisehen. Nur zur Sicherheit.«

»Robien würde sich doch jetzt nicht mehr dahin trauen. Glaub mir«, sagte Isabelle, aber Leon sah sie nur stumm an. Sie kannte diesen uneinsichtigen Blick. »Okay, ich habe verstanden.«

Eine Viertelstunde später bog der blaue Renault der Gendarmerie von der Küstenstraße in den Feldweg in Richtung Meer ab. Keine zweihundert Meter weiter hatten Masclau und Kadir geparkt. Ein rot-weißes Flatterband markierte den gesperrten Bereich rund um den Tatort und sollte Neugierige abweisen. Aber an dieser abgelegenen steinigen Bucht gab es keine Neugierigen, es schien überhaupt niemanden in dieser Gegend zu geben. Nur der einsame Streifenwagen der Gendarmerie und davor zwei Polizisten, die sich langweilten.

Isabelle hielt an, und Masclau trat an ihr geöffnetes Fenster.

»Wie sieht es aus?«, fragte Isabelle ihren Kollegen.

»Wir wollten gerade zurück zum Präsidium fahren«, Masclau kratzte sich seinen Dreitagebart. »Beim Bootshaus ist alles ruhig. Wir waren vorhin extra noch mal unten.«

Kadir kam ebenfalls zum Auto geschlendert.

»Sparen Sie sich die Mühe«, meinte Kadir. »Das Bootshaus ist abgeschlossen. Da ist keiner.«

»Wieso abgeschlossen?« Isabelle stieg aus dem Einsatzfahrzeug, und Leon folgte ihr. »Ich habe nichts abgeschlossen. Hast du einen Schlüssel, Moma?«

»Als ich den Tatort untersucht habe, stand die Tür offen«, erinnerte sich Leon.

»Jetzt ist sie halt zu. Da ist sowieso nur Müll drinnen«, meinte Kadir.

»Wenn jemand einen Schlüssel hat, dann bestimmt die Kollegen von der Spurensicherung.« Masclau rieb sich die Hände wie jemand, der die ultimative Erklärung gefunden hat.

»Lass uns wenigstens einen kurzen Blick auf das Bootshaus werfen«, meinte Leon. »Wo wir schon mal hier sind.«

»Gleich da vorne. Sie können den Pfad nehmen«, Kadir deutete auf eine Stelle zwischen den Felsen. »Ist eine Abkürzung. Dann kommen Sie direkt hinter dem Bootshaus raus. Dauert nur ein paar Minuten.«

Isabelle und Leon ließen den Wagen stehen und nahmen den

Pfad, der mit grünen Punkten markiert war. Der Weg führte zwischen Korkeichen und Seekiefern hindurch und jetzt, wo sie ganz allein waren, fiel Leon auf, wie einsam es an dieser Bucht war. Dabei lagen die traumhaften Sandstrände von Le Lavandou mit ihren Hunderten von sonnenhungrigen Besuchern keine 15 Autominuten von hier entfernt.

Die heiße Luft hing wie ein Deckel über den Felsen. Ein paar Möwen ließen sich von der leichten Brise die Küstenlinie entlangtragen. Jetzt in der Mittagshitze huschten Sandeidechsen über die Felsen. Als sich direkt vor ihren Füßen eine gelbe Natter durch das trockene Gras schlängelte, spürte Leon, wie Isabelle nach seiner Hand griff. Es war eine fast unwirkliche Landschaft, durch die sie hier gingen, und über allem lag der monotone Gesang der Grillen, die in der stickigen Hitze zur Höchstform aufliefen.

Das Bootshaus sah aus, als wäre es hier vor vielen Jahren zwischen den Felsen einfach vergessen worden, und vielleicht war es ja auch so.

»Deine Kollegen hatten recht«, sagte Leon. »Sieht wirklich nicht so aus, als wäre jemand hier gewesen.«

Isabelle war zur Tür gegangen, abgesperrt. Sie betrachtete die Bretter, entdeckte einen Spalt und drückte ihr Gesicht gegen das warme Holz, um ins Innere der Hütte zu sehen.

Leon war am Wasser stehen geblieben. Er hatte sich gebückt und einen der flachen Steine aufgehoben, mit denen diese schmale Bucht gefüllt war. Er schleuderte den Stein aus dem Handgelenk, und der tanzte ein paar Sprünge weit über das Wasser. Leon stand da und atmete die warme Luft ein, die nach Holz und Teerpappe roch, mit der das Dach der Hütte abgedichtet war.

»Hast du was entdeckt?«, fragte Leon.

»Weiß nicht ...« Isabelle drückte ihr Gesicht noch dichter an den Spalt. »Irgendwas ist da drinnen, vielleicht ein Segel oder so was. Kann ich im Dunkel nicht richtig erkennen.«

Leon stellte sich neben sie und versuchte ebenfalls, durch den Spalt zwischen den Brettern zu spähen.

»Könnte tatsächlich so was wie ein Segel sein«, sagte er, »hängt vielleicht da zum Trocknen.«

»Da hing aber vorher kein Segel, da hing überhaupt nichts.«

»Bist du sicher?«, fragte Leon und rüttelte an der Tür. »Ist nur ein einfaches Schnappschloss.«

»Was bedeutet?«

»Von außen brauchst du einen Schlüssel, von innen musst du nur einen Schnapper zurückziehen.«

Leon drehte sich zu Isabelle um. Dann blieb er stehen. »Hörst du das?«, fragte er und legte den Finger auf seine Lippen.

»Ich höre gar nichts.« Isabelle sah sich verblüfft um.

Die Zikaden schwiegen. Es war plötzlich so still, als hätte jemand im Riesenrad die Musik abgestellt.

»Hörst du das wirklich nicht?«, fragte Leon.

»Was denn?«

»Dieses Summen. Es muss aus dem Bootshaus kommen.«

Isabelle legte das Ohr an den Spalt im Holz.

»Da drinnen summt es wirklich«, flüsterte sie.

»Lucilia sericata, Schmeißfliegen, würde ich sagen.« Leon legte den Kopf schief, als müsste er nachdenken. »Kein gutes Zeichen.«

Als hätte jemand einen Schalter umgedreht, setzte in diesem Augenblick der Chor der Zikaden wieder mit voller Lautstärke ein.

Leon tastete den Balken über der Tür ab.

»Was hast du vor?«, fragte Isabelle.

»Ich suche den Schlüssel. Die Leute verstecken ihre Schlüssel entweder über der Tür oder unterm Blumentopf.«

Leon bückte sich und zog unter einem Stein eine Blechdose hervor. Triumphierend entnahm er ihr einen einfachen, rostigen Schlüssel.

»Nicht zu fassen«, sagte Isabelle. »Ich muss mir unbedingt ein neues Versteck für meinen Hausschlüssel überlegen.«

Leon steckte den Schlüssel ins Schloss. Er drehte ihn, ein mechanisches Quietschen war zu hören, dann zog er den rechten Türflügel auf. Eine paar Dutzend Fliegen kam ihnen wie eine kleine Wolke entgegen. Und in diesem Augenblick sahen sie, warum die Fliegen hier waren. Das war kein Segel, das da mitten im Raum von der Decke hing.

An einem Tau, das um den Dachbalken geschlungen war, hing Bürgermeister Daniel Robien. Unter ihm lag ein umgestürzter Stuhl. Urin und Kot waren an seinem Bein heruntergelaufen und hatten auf der Jeans große dunkle Flecken hinterlassen.

Leon trat einen Schritt näher an das Opfer heran und legte Zeige- und Mittelfinger der rechten Hand an die Halsschlagader.

»Nichts«, sagte er.

»Dachtest du wirklich, dass er noch lebt?«, fragte Isabelle verwundert.

»Reine Routine.«

Leon betrachtete den Toten aus der Nähe. An den Augen und um den Mund hatten sich bereits die ersten Fliegen niedergelassen.

»Was ist mit ihm?«, wollte Isabelle wissen.

»Blasses Gesicht, nicht aufgedunsen«, stellte Leon fest, »keine Einblutungen in den Augen.«

»Was bedeutet ...?«

»Monsieur Robien ist sehr schnell gestorben«, antwortete Leon nüchtern. »Er wollte sich umbringen. Kein Versuch, im letz-

428

ten Moment die Selbsttötung abzubrechen, das Ende doch noch aufzuhalten.«

»Woher willst du das wissen?«

»Siehst du die tiefe Strangfurche?« Leon deutete auf den rotblauen Striemen, den das Seil auf dem Hals des Bürgermeisters hinterlassen hatte. »Es gibt Selbstmörder, die versuchen, sich im letzten Moment die Schlinge vom Hals zu reißen, wenn sie spüren, wie sie ersticken. Das hinterlässt Kratzspuren am Hals. Aber das hat Monsieur Robien nicht getan. Er hat das Seil um den Balken geschlungen, in das andere Ende einen festen Knoten geknüpft, sich die Schlinge um den Hals gelegt, ist auf den Stuhl gestiegen und hat sich dann fallen lassen.«

»Eine einsame Art zu sterben.«

»Die Geliebte war tot, und zu seiner Frau konnte er auch nicht mehr zurück«, sagte Leon. »Er hatte selber dafür gesorgt, dass seine Existenz zerstört war.«

»Vielleicht hat er ja einen Abschiedsbrief hinterlassen«, sagte Isabelle.

»Du wirst keinen finden.« Leon war zu einem hölzernen Bord an der Wand gegangen. »Er wollte einen Schlussstrich ziehen.« Stumm deutete er auf die Armbanduhr, den Ehering und die Brieftasche. Der Bürgermeister hatte diese Dinge, für jeden sichtbar, auf das Bord gelegt.

»Ich kümmere mich um den Toten«, sagte Leon und zog sein Handy aus der Tasche. »Könntest du bitte deinen beiden Kollegen Bescheid geben?« Leon deutete auf den Körper. »Ich brauche zwei Leute, um ihn da runterzuholen.«

»Und du denkst nicht, dass er vielleicht doch der Täter sein könnte?«

»Der Liebespaarmörder?«, fragte Leon. »Nein, habe ich doch schon in der Besprechung gesagt.«

429

»Das würde bedeuten ...« Isabelle sprach den Satz nicht zu Ende.

»... dass der Täter sich immer noch auf freiem Fuß befindet«, vervollständigte Leon den Satz. »Und er wird es wieder tun. Ja, davon bin ich überzeugt.«

72. Kapitel

»Das ist für Ihre Abteilung abgegeben worden.« Schwester Monique hielt Leon zwei Pakete mit perfekt gefalteten Ärztekitteln entgegen, die in Folie eingeschweißt waren.

»Wusste gar nicht, dass immer noch was in der Wäscherei war.«

»Ab morgen ist Schluss damit«, sagte Monique, »dann läuft wieder alles über unsere Klinikwäscherei.«

»Zeit wird es ja«, sagte Leon. »Ich hätte nie gedacht, dass ich mich in meinem Job auch mal um Wäscheprobleme kümmern muss.«

»Soll ich die Sachen in die Rechtsmedizin bringen lassen?«, fragte Monique.

»Nein, geht schon. Ich nehme sie mit nach unten, vielen Dank.« Leon nahm der Schwester die beiden Pakete ab.

»Das müssen Sie aber nicht tun«, sagte Schwester Monique und sah Leon mit einem tiefen Blick an, von dem sie dachte, dass er unerhört sexy war.

»Schon gut, ich bin ja ohnehin auf dem Weg«, sagte Leon und ging zur Treppe, die ins Souterrain führte.

Schwester Monique sah ihm nach, als ihr noch etwas einfiel.

»Dr. Bayet hat nach Ihnen gefragt, Docteur«.

»War es dringend?«, fragte Leon.

»Ich denke nicht, sonst hätte er bestimmt etwas gesagt.«

Da hat sie recht, dachte Leon. Wenn der Klinikleiter unter Druck stand, und das tat er fast immer, konnte er sehr anmaßend und unangenehm sein. Wenn er dagegen freundlich um einen Besuch bat, dann wollte er in der Regel etwas von einem. Leon beschloss, die Begegnung noch etwas herauszuschieben, und nahm die Treppe nach unten.

Die kommenden zwei Stunden beschäftigte er sich mit der Blutprobe, die er dem Toten im Bootshaus abgenommen hatte. Bereits die erste Bestimmung zeigte Leon, dass er mit seiner Vermutung richtiggelegen hatte: Daniel Robien hatte die relativ seltene Blutgruppe AB, Rhesusfaktor positiv. Damit entsprach sie weder der Blutprobe von der Wand noch irgendeinem der Abstriche, die die Polizei den bisherigen Verdächtigen abgenommen hatte. Natürlich würde Leon alle Proben noch einmal durch das DNA-Analysegerät laufen lassen. Aber er hätte jetzt schon darauf gewettet, dass das Ergebnis dasselbe sein würde. Das Blut, das Leon an der Wand des Bootshauses zwischen dem des Opfers entdeckt hatte, würde von keinem der bisher Verdächtigen stammen.

Die Obduktion verlief ohne Überraschungen. Daniel Robien war ein gesunder Mann von 55 Jahren. Man sah ihm an, dass er zu viel Zeit im Büro verbrachte. Er hatte den Ansatz eines Bauches, und die schmalen Beinmuskeln zeigten Leon, dass der Bürgermeister in seinem Leben nur wenig Sport getrieben hatte. Der Mann war bis zuletzt in guter Verfassung gewesen, notierte Leon. Einzig die Gallensteine hätten Robien demnächst Schwierigkeiten machen können. Ansonsten war der Bürgermeister ein gesunder Mann. Er hätte alt werden können, dachte Leon. So wie es aussah, hatte ihn die reine Verzweiflung in den Tod getrieben.

Was stand auf dem Wahlplakat, das Leon vor dem Rathaus gesehen hatte? »Daniel Robien – der Mann, dem Sie vertrauen können!«

Eine Stunde später war der Autopsiebericht fertig. Die kompletten Laborberichte würde Leon erst morgen bekommen. Aber so konnte er dem Staatsanwalt in Toulon schon mal seine Vorab-Einschätzung per Mail schicken. Das würde es dem Staatsanwalt einfacher gegenüber Kriminalpolizei und dem Präfekten machen, denn beim Tod eines Bürgermeisters würden die Behörden ganz besonders genau hinsehen.

»Bonjour, Docteur«, grüßte ihn einige Minuten später Madame Dure, die Sekretärin des Klinikleiters, und winkte mit der Hand in Richtung der Tür, auf der in Aluminiumbuchstaben der Name stand: Dr. Hugo Bayet.

»Kann ich?«, fragte Leon die Sekretärin mit Blick auf die Tür.

»Er erwartet Sie schon.«

Der Klinikleiter erhob sich hinter seinem Schreibtisch, als Leon eintrat. Das war ungewöhnlich. Normalerweise mussten die Mitarbeiter auf einem einfachen stoffbezogenen Stuhl Platz nehmen, während Bayet sie von seinem ledernen Chefsessel aus in die Zange nahm. Nichts davon heute.

»Docteur«, sagte Bayet freundlich. »Schön, dass Sie Zeit hatten vorbeizusehen. Setzen wir uns doch an den Tisch.«

»Danke«, antwortete Leon zurückhaltend.

In Bayets Büro gab es eine Besucherecke mit eleganten Designermöbeln, die aber normalerweise nur den Professoren oder den Krankenkassenchefs vorbehalten waren. Auf dem Tisch standen eine Thermoskanne, Mineralwasser und Tassen.

»Ich habe einen ganz ordentlichen Kaffee zu bieten«, sagte der Klinikchef. »Frisch aus der Kantine.«

»Danke«, sagte Leon, »sehr freundlich, aber das ist zu spät für mich.«

»Na gut«, sagte Bayet, »Sie sind schließlich der Docteur.«

»Worum geht es?«, fragte Leon sachlich.

»Sehr gut, immer gleich auf den Punkt, Docteur Ritter«, antwortete Bayet. »Eigentlich ist es nur eine Kleinigkeit, eine Personalie, bei der ich auf Ihre Unterstützung setze.«

»Um wen geht es?« Leon ahnte, was kommen würde.

»Nun ja, Sie haben ja hautnah mitbekommen, was in den letzten Tagen hier los war.«

»Es gab eine Menge zu tun ...«, antwortete Leon vage und zwang den Klinikleiter in die Offensive.

»Sie wissen ja, dass Monsieur Rybaud schon immer Probleme hatte, sich in den Klinikbetrieb einzufügen.

»Das ist mir eigentlich so nie aufgefallen«, sagte Leon.

»Gut möglich«, sagte Bayet, »aber er passt leider nicht in unsere ... wie soll ich sagen, in unsere Familie. Ja, in unsere wunderbare, gemeinsame Klinikfamilie.«

Von »gemeinsamer Klinikfamilie« kann nicht die Rede sein, dachte Leon. Die Klinik gehörte einem privaten Konsortium, das eine ganze Kette von Krankenhäusern besaß, die vor allem ein Ziel hatte: Profit machen.

»Ich arbeite sehr gerne mit Monsieur Rybaud zusammen«, sagte Leon.

»Möglich, aber mit dieser Ansicht stehen Sie wirklich allein da, Docteur.« Noch lächelte Bayet freundlich.

»Das kann ich nicht beurteilen«, erklärte Leon. »Aber Monsieur Rybaud ist ein außergewöhnlich guter Assistent.«

»Ein Assistent unter Mordverdacht.«

»Für eine Untersuchungshaft haben die Ermittlungen gegen

Monsieur Rybaud allerdings bisher nicht gereicht«, stellte Leon richtig.

»Sie haben Ihren Assistenten schließlich selbst schon wegen seines Verhaltens abgemahnt.« Bayet griff nach dem Ausdruck einer E-Mail, die auf seinem Schreibtisch lag.

Leon war ärgerlich: Er hatte seinem Assistenten tatsächlich eine Abmahnung geschickt. Rybaud war über einige Wochen regelmäßig zu spät gekommen. Leon war ratlos gewesen, weil er Rybaud mehrere Male angesprochen hatte und dieser ihm keine Erklärung für sein Verhalten gegeben hatte. Also hatte Leon ihm diese Abmahnung über das Hausnetz geschickt. Er wollte Rybaud damit ein wenig Druck machen. Später hatte er erfahren, dass Rybauds Eltern bei einem Autounfall ums Leben gekommen waren.

»Ich hatte das mit Monsieur Rybaud damals gleich geklärt«, sagte Leon mit Blick auf die Mail. »Das liegt schon Jahre zurück.«

»Genau gesagt ein Jahr und fünf Monate«, korrigierte der Klinikleiter.

»Worum geht es hier eigentlich?« Leon wurde ungeduldig.

»Ich möchte die Gelegenheit nutzen, um uns von Monsieur Rybaud zu trennen. Dafür brauche ich eine kurze Stellungnahme von Ihnen.«

»Aber, da sehe ich keinen ...«, wollte Leon unterbrechen, doch der Klinikchef sprach einfach weiter.

»Betrachten wir doch die Sache realistisch: Rybaud ist nicht entlastet. Ganz im Gegenteil, wir müssen täglich damit rechnen, dass er unter Mordanklage gestellt wird. Er hat sich eine Menge Gegner in der Klinik gemacht mit seiner sehr speziellen Art. Docteur Ritter, ich möchte doch nur eine Personalie austauschen, die längst überfällig war.«

»Ich verstehe, Sie wollen Rybaud kündigen, und ich soll Ihnen dabei helfen. Nur weil die Polizei gegen ihn ermittelt«, sagte

Leon. »Tut mir leid, aber den Gefallen kann ich Ihnen nicht tun. Rybaud ist mein Assistent, und ich brauche ihn dringend in meiner Abteilung.«

»Er ist vor allem ein Mann, der unter dem Verdacht steht, vier Menschen ermordet zu haben«, entgegnete Bayet, und Leon spürte, wie schwer es dem Klinikleiter fiel, ruhig zu bleiben. »Und ja, er ist für die Klinik untragbar geworden.«

»Ich habe noch einen Termin, Dr. Bayet.« Leon sah demonstrativ auf seine Uhr. »Ich fürchte, in diesem Fall muss ich leider passen.«

»Schlafen Sie noch mal darüber. Sie sollten keinen Fehler machen, Docteur«, sagte Bayet eisig. »Das wäre schade, denn ich schätze Ihre Arbeit sehr.«

»Einen schönen Tag noch«, sagte Leon so freundlich, als hätte man sich nur über das Wetter unterhalten.

73. Kapitel

Wann der Schuss gefallen war, konnte später nicht mehr genau rekonstruiert werden. Die Auswirkungen waren jedoch erheblich, denn der Schütze war kein Anfänger. Pierre Favre war sein Leben lang auf die Jagd gegangen, und er wusste, was eine Ladung 4 mm-Schrot bei einem Wildschwein anrichten konnte. In diesem Fall hatte die Patrone einem Streifenwagen der Gendarmerie nationale den Rest gegeben. Dazu war es gekommen, weil der junge Polizist Marcel Roger, der zu einer Routinekontrolle bei den Favres vorbeigekommen war, die Warnungen eines lungenkranken Pensionärs nicht ernst genommen hatte.

Der Zwischenfall hatte eine Vorgeschichte, und die begann um vier Uhr in der Früh. Das war eigentlich die Zeit, in der die Menschen und ganz besonders die Pensionäre noch im Tiefschlaf lagen. Das galt aber nicht für Françoise Sévenier. Die 71-jährige ehemalige Lehrerin für Handarbeit und Erdkunde am Collège Frédéric Mistral in Le Lavandou hatte erst kürzlich zwei Schicksalsschläge hintereinander hinnehmen müssen. Der erste war der Tod ihres Mannes Pierre gewesen. Auch nach einer 40 Jahre anhaltenden gleichtönigen Ehe war das ein erschütterndes Ereignis, aber noch härter hatte Françoise drei Wochen später der Tod ihres geliebten Schnauzers Gaston getroffen. Das brave Tier hatte das stolze Alter von 16 Jahren an der Seite seines Frauchens erlebt, bis ihn die schweren Doppelreifen eines Müllwagens in den Hundehimmel befördert hatten. Seit diesem Unfall hatte Françoise nicht mehr durchgeschlafen. Darum war sie zu dieser nachtschlafenden Zeit bei weit geöffnetem Fenster einsam in ihrem Wohnzimmer gesessen und hatte sich an ihre Männer erinnert, wie sie ihren Ehemann und ihren Hund liebevoll bezeichnete. Sie ließ ihren Blick über die Landschaft schweifen, die vom Licht des abnehmenden Mondes beleuchtet wurde, und dachte an die Ausflüge, die sie gemeinsam unternommen hatten, und an die feuchte kalte Schnauze ihres braven Gefährten Gaston.

Wie ein Geist war plötzlich ein Mann zwischen den Büschen auf der Landstraße hervorgestolpert. Er war groß und dünn, und er wirkte desorientiert, wie er in Richtung der Häuser getaumelt war. Im Näherkommen erkannte Françoise den Mann: Es war Patrick Favre, nach dem ganz Frankreich suchte. Der Mann, der als der Mörder von vier jungen Menschen galt.

»Patrick!?« Françoise war so erschrocken, dass sie den Namen ausstieß, lauter als sie beabsichtigt hatte.

Die Lehrerin ließ sich vom Stuhl rutschen und auf den Boden ihres Wohnzimmers fallen, noch bevor Patrick sie entdeckte. Sie hörte schnelle Schritte auf der Straße, dann ein Rascheln der Büsche, und dann war es wieder still.

Mehrere Minuten hockte die Lehrerin zitternd am Boden. Dann erhob sie sich ganz langsam und spähte vorsichtig über den Fensterrahmen. Aber da war nichts. Die Nachbarn schliefen, die Straße lag ganz ruhig, und am Horizont konnte Madame Sévenier das allererste Licht des frühen Morgens erkennen. Das Haus der Favres lag schräg gegenüber. Die Lehrerin horchte angestrengt in die Dunkelheit, aber auch von dort war nichts zu hören.

Vielleicht hatte sie sich getäuscht und sich alles nur eingebildet? Es passierte ihr in letzter Zeit öfter, dass sie etwas sah, was auf den zweiten Blick hin wieder verschwunden war. Sie hatte sich damit abgefunden und es auf ihr Alter geschoben. Aber in diesem Fall? Madame Sévenier beschloss, sich noch einmal hinzulegen und die ganze Sache zu überdenken. Nach einem kurzen Schlaf und bei einer Tasse grünem Tee grübelte sie über die Abenteuer der vergangenen Nacht nach. Einen Abwasch und einen Korb schmutziger Wäsche später entschied die Lehrerin sich, die Gendarmerie anzurufen. Nicht dass man ihr später Vorwürfe machen konnte, dass sie die Sache zu spät gemeldet hatte.

Der diensthabende Beamte hatte den Anruf entgegengenommen, den Worten der Lehrerin allerdings nicht allzu viel Bedeutung beigemessen. Immerhin informierte er den jungen Lieutenant Marcel Roger, der mit seinem Streifenwagen in der Nähe war. Und damit nahm das Verhängnis seinen Lauf.

Marcel hatte den Streifenwagen in der Einfahrt der Favres geparkt und war auf das Haus zugegangen. Plötzlich flog die Tür auf, und da standen die beiden: Der alte Pierre Favre, und neben ihm sein Sohn Patrick, nach dem alle suchten.

»Verschwinden Sie!«, hatte der lungenkranke Favre gebrüllt, aber der junge Lieutenant war weiter auf das Haus zugegangen. Erst als er nur noch zwei Meter von der Tür entfernt war, erkannte er, dass sowohl Pierre Favre als auch sein Sohn eine Schrotflinte in der Hand hielten.

»Waffen fallen lassen«, rief der junge Polizist mit unsicherer Stimme und versuchte, gleichzeitig die eigene Pistole aus dem Gürtelholster zu ziehen. Aber die Aufregung und die Tatsache, dass Marcel erst kürzlich den Dienst angetreten hatte, sorgten dafür, dass das Holster nagelneu und steif war und die Pistole sich verklemmte. Das gab dem alten Favre die Chance, seine Flinte anzuheben und in Marcel Rogers Richtung zu zielen.

»Ich habe gesagt, Sie sollen verschwinden!«, brüllte Favre und bekam einen Hustenanfall, der den Gewehrlauf hin und herschwanken ließ. Der Lieutenant duckte sich und rettete sich mit einem Sprung rückwärts, als der Schuss fiel. Die Schrotkugeln rasten mit über 500 Stundenkilometer auf den Streifenwagen zu, durchschlugen Tür und Motorhaube und zerfetzten die Kühlanlage. Fassungslos starrte der junge Polizeibeamte auf seinen Einsatzwagen, der jetzt hilflos wie ein weidwund geschossenes Rhinozeros im Hof stand, dem das Kühlwasser aus den zerfetzten Schläuchen lief. In Panik war der Polizist zurückgerannt und hatte Deckung hinter den Platanen gefunden. In der rechten Hand hielt er inzwischen seine Waffe, in der linken das Funkgerät, mit dem er die Zentrale anrief: »Auf einen Polizeibeamten wird geschossen!«

So kam es, dass Isabelle 20 Minuten später zum dritten Mal vor dem Haus der Favres stand, doch diesmal war die Polizei vorbereitet. Die Beamten der Gendarmerie hatten die Straße vor dem Haus großräumig abgesperrt. Acht mit automatischen Schnellfeuergewehren bewaffnete Beamte sicherten den Bereich vor dem Haus.

Zerna hatte es sich nicht nehmen lassen, die Festnahme des flüchtigen Patrick Favre persönlich zu leiten. Wie ein Feldherr hatte er auf einem Campingstuhl hinter den Platanen Platz genommen. Vor ihm stand eine Kiste, darauf lag ein Handy, die direkte Leitung zum Festnetz der Favres. Isabelle und Masclau standen neben ihrem Chef.

»Gleich 11 Uhr«, Zerna sah auf seine Uhr. »Höchste Zeit, dass wir diesem Theater ein Ende machen und die beiden da rausholen.

»Was haben Sie vor?«, fragte Isabelle skeptisch.

»Na was schon ...? Wir werden den Laden stürmen.«

»Am besten, wir schießen ein paar Tränengasgranaten in die

Bude«, meldete sich Masclau. »Wenn es ordentlich kracht und raucht, kommen die schon von alleine raus.«

»Monsieur Favre hat Lungenkrebs«, Isabelle klang vorwurfsvoll. »Ein Angriff mit Tränengas könnte ihn umbringen.«

»Monsieur Favre hat auf einen meiner Beamten geschossen«, brummte Zerna.

»Das steht noch nicht fest«, sagte Isabelle, »der Schuss hat sich möglicherweise aus Versehen gelöst.«

»Leiten Sie diese Festnahme oder ich?«, stellte Zerna die hypothetische Frage. Isabelle antwortete nicht. Zerna nahm das als stille Kapitulation hin. »Sind alle auf ihren Plätzen?«, fragte er seinen Lieutenant.

»Oui, mon Commandant«, sagte Masclau übertrieben militärisch und deutete zur Rückseite des Hauses. »Ich habe noch zwei zusätzliche Scharfschützen in Position gebracht. Einer hinter dem Haus und einer auf dem Dach der Garage. Erreichbar über Kanal 5.«

»Sehr gut, Lieutenant.« Zerna griff nach dem Funkgerät, das vor ihm lag, und drückte den Sendeknopf.

»Hier spricht der Einsatzleiter. Wir werden das Haus stürmen. Geschossen wird nur, wenn auf Sie gefeuert wird. Warten Sie auf mein Kommando.«

»Sie wollen da jetzt wirklich unsere Leute reinschicken?« Isabelle konnte nicht fassen, was sich vor ihren Augen abspielte.

»Natürlich«, sagte Zerna. »Dafür sind sie schließlich ausgebildet worden.«

»Lassen Sie mich noch einmal mit Favre reden, bitte.«

»Mit diesen Leuten kann man nicht reden«, sagte Zerna unwirsch. »Sie können später gerne die Vernehmung übernehmen. Aber jetzt werden wir den Herren erst mal ordentlich in den Arsch treten.«

Isabelle stellte sich direkt vor ihren Chef.

»Der Vater ist schwer krebskrank und versucht, seinen Sohn zu schützen«, sagte Isabelle. »Und was Patrick Favre angeht ... Sie kennen ihn doch. Mit dem kann man reden. Glauben Sie mir.«

»Hat Patrick Favre Sie nicht vor ein paar Tagen mit dem Schraubenzieher angegriffen?«, antwortete Zerna.

»Nicht wirklich«, sagte Isabelle. »Patrick ist ein verstörter Mensch. Den sie noch vor ein paar Tagen entführt und zusammengeschlagen haben. Wenn wir da jetzt mit Blendgranaten und Gas reingehen, könnte er die Nerven verlieren und irgendeine Dummheit machen.«

»Na gut. Hier, sprechen Sie mit ihm, wenn Sie denken, dass Sie das geregelt bekommen.«

»Nicht damit. Ich gehe zu ihm.« Sie zog ihre Waffe aus dem Holster und legte sie vor Zerna auf die Kiste.

»Was soll das?«, fragte er.

»Ich will nur mit den beiden reden. Drei Minuten, in Ordnung?«

Isabelle wartete keine Antwort ab und lief, ohne sich umzudrehen, auf die Tür des Hauses zu.

»Bleiben Sie stehen, Capitaine. Das ist ein Befehl«, rief Zerna ihr hinterher, aber Isabelle tat so, als hätte sie nichts gehört. Zerna griff zum Funkgerät. »Hier spricht der Einsatzleiter, alle bleiben auf ihren Plätzen. Warten Sie auf meinen Zugriffsbefehl.«

»Monsieur Favre ...?«, rief Isabelle, während sie auf das Haus zuging.

»Bleiben Sie weg!«, drang die Stimme des Alten durch die angelehnte Tür.

Isabelle stieß die Tür leicht an und sagte mit ihrer liebenswürdigsten Stimme. »Ich komme jetzt rein zu Ihnen, Monsieur Favre. Ich bin allein, und ich trage keine Waffe.«

Isabelle verschwand im Haus.

»*Merde!*«, fluchte Zerna so laut, dass es jeder hören konnte.

Obwohl draußen die Sonne vom Himmel brannte, war es im Haus kühl und dämmrig. Isabelle hatte die Hände erhoben und ging auf die beiden Männer zu, die im Wohnzimmer warteten. Das sind doch keine Mörder, dachte Isabelle, als sie die beiden Männer betrachtete. Pierre Favre saß im Rollstuhl, die Flinte im Schoß. Er versuchte, einen Hustenanfall zu unterdrücken und rang dabei nach Atem. Patrick sah man an, dass er auf der Flucht war. Ein verzweifelter Mensch, der sich nach ein paar Momenten der Sicherheit sehnte und sich deshalb bei seinem kranken Vater versteckte. Patrick hinkte, als er auf Isabelle zukam. In der Hand hielt er eine alte, doppelläufige Flinte.

»Nehmen Sie bitte die Waffe runter«, sagte sie. »Sonst könnten die da draußen denken, dass Sie auf mich zielen.«

»Was wollen Sie?«, fragte Patrick.

»Vor Ihrem Haus warten acht schwerbewaffnete Polizisten darauf, dass sie hier alles kurz und klein schießen können.«

»Schweine«, krächzte der Vater.

»Ich möchte verhindern, dass das passiert. Darum bin ich hier«, sagte Isabelle ganz ruhig, obwohl sie vor Angst ihr Herz schlagen spürte.

Der Vater hustete heftiger.

»Was wollen Sie?«, fragte Patrick und versuchte, hart und entschlossen zu wirken.

»Ich möchte, dass wir zusammen hier rausgehen. In der Wache können wir dann in Ruhe sprechen. Und ich möchte für Ihren Vater medizinische Hilfe organisieren.«

»Die denken doch, dass wir Verbrecher sind. Wenn wir da

rausgehen, dann knallen die uns ab.« Patrick stand dicht neben dem Fenster mit dem Rücken zur Wand.

»Weil auf ein Auto geschossen wurde? Autos zu erschießen ist kein Verbrechen, Monsieur Favre«, sagte Isabelle, und ihr gelang ein kleines Lächeln.

»Ich traue keinem Flic«, Patrick sah Isabelle an. »Auch Ihnen nicht.«

In diesem Moment begann sein Vater, erneut zu husten, diesmal heftiger als zuvor. Ein atemloses Keuchen, als müsste er jeden Moment ersticken.

»Père«, sagte Patrick besorgt. Er legte ihm die Hand auf den Rücken, aber der Anfall wurde schlimmer. »Scheiße, wo ist dein Spray? Wo ist das verdammte Spray?«

Der Vater hustete weiter, und sein Sohn durchsuchte verzweifelt seine Taschen im Morgenmantel.

»Wo hast du das Scheißzeug, Papa. Wo?«, sagte er.

Isabelle konnte Tränen und Verzweiflung in Patricks Stimme hören. In diesem Moment sah sie das hellblaue Spray am Boden liegen. Sie hob es auf und gab es Patrick.

»Ist es das hier?«

»Geben Sie her!« Er riss Isabelle den kleinen Vernebler aus der Hand und half seinem Vater, einen tiefen Atemzug von der Medizin zu nehmen. Das Aerosol wirkte sofort.

Pierre Favre saß zusammengesunken in seinem Rollstuhl, aber Isabelle konnte hören, dass er wieder gleichmäßig atmete.

»Er braucht Hilfe«, sagte Isabelle. »Noch so einen Anfall, das würde er nicht überleben.«

»Dann sollen die Flics da draußen verschwinden.«

»Das geht nicht«, sagte Isabelle, »aber ich kann dafür sorgen, dass alles friedlich abläuft. Wenn Sie mir helfen.«

»Helfen …«, sagte er mit Verachtung in der Stimme.

»Ja oder nein?«, fragte Isabelle betont ruhig.

Patrick zögerte nur einen Moment, dann sagte er: »Gehen wir.«

»Gute Entscheidung.« Isabelle deutete auf die Flinte, die Patrick jetzt wieder in der Hand hielt. »Die bleibt hier.«

Patrick klappte die Waffe auf, und Isabelle sah, dass das Gewehr ungeladen war. Patrick öffnete auch das Gewehr, das sein Vater noch immer auf dem Schoß hielt. Zwei Schrotpatronen sprangen aus den Läufen. Er legte auch dieses Gewehr auf den Boden.

»Wir kommen raus«, rief Isabelle. »Unbewaffnet!«

»Nehmen Sie die Hände hoch!«, rief ein Polizist, der mit einem Schnellfeuergewehr auf die Gruppe zielte.

»Wir sind alle unbewaffnet«, wiederholte Isabelle laut und deutlich.

Mit einem Sprung war Masclau bei der Gruppe. Er packte Patrick und schleuderte ihn hart auf den Boden.

»War das wirklich nötig?«, fragte Isabelle Masclau. »Die Waffen liegen im Wohnzimmer.«

74. Kapitel

Es war für Lilou inzwischen zum Ritual geworden: Jeden Freitag um 17:25 Uhr hielt im Bahnhof von Toulon der TGV, der von Lyon nach Nizza fuhr. Das war nicht nur die schnellste Verbindung von der Stadt an der Rhône ans Mittelmeer, es war vor allem der Zug, mit dem Oscar fuhr. Der Zug, auf den Lilou jedes Wochenende aufgeregt wartete.

Sie gefiel sich in der Rolle der verliebten jungen Frau, die ihren Mann am Bahnhof abholte. Es war das Spiel eines Lebens, das sie eines Tages zusammen haben würden. Denn das stand für Lilou schon heute fest: Wenn sie das Baccalauréat hätte, würde sie mit Oscar eine abenteuerliche Reise machen. Vielleicht nach Afrika oder Südamerika, für eine NGO-Organisation arbeiten. Lilou hatte sich schon umgehört. Oscar würde natürlich mitkommen. Und wenn sie den Gedanken weiterspann, in eine nicht allzu ferne Zukunft, würde sie für immer mit Oscar zusammenbleiben. Zusammenbleiben mit ihrem wunderbaren, sanftmütigen Oscar mit dem treuen Blick und der verführerischen Stimme. Wenn sie nur an diese Stimme dachte, war sie zu jedem Leichtsinn bereit. So wie heute, als sie sich mal wieder den Méhari ihrer Mutter ausgeliehen hatte.

Lilou war extra eine Viertelstunde zu früh am Bahnhof angekommen. Dann konnte sie noch einen *petit noir* an dem kleinen

Kiosk auf dem Bahnsteig trinken. Eigentlich mochte sie keinen Espresso, außer, wenn sie viel Zucker hineinrührte. Aber der Espresso auf dem Bahnsteig, die Fahrt mit dem offenen Auto und dann die Nächte in *Le Lézard*, das fühlte sich alles so aufregend und so erwachsen an.

Lilou beobachtete eine junge Frau, die ganz offensichtlich ihren Freund unter den Ankommenden erkannt hatte, auf ihn zulief und ihm in die Arme fiel. Woher wussten die Menschen eigentlich, dass sie den Richtigen erwischt hatten, den Partner fürs Leben, mit dem man glücklich werden konnte? Waren nicht alle Paare am Anfang glücklich? Aber kaum war die Routine eingekehrt ... Lilou wollte diesen Gedanken nicht zu Ende denken. Warum trennten sich so viele Paare nach so kurzer Zeit wieder? Was war die Klippe, an der so viele scheiterten?

Egal, Oscar war der Richtige für Lilou, so viel stand jedenfalls fest. Lilou sah den Bahnsteig entlang, auf den jeder ankommende Zug neue Menschen ausspuckte. Auf die meisten wartete jemand, Frauen, Männer, Kinder. Waren diese Menschen auch überzeugt, den Partner fürs Leben gefunden zu haben? Was für eine verwirrende Welt, dachte Lilou, während sie beobachtete, wie eine genervte junge Mutter ihren zwei kleinen Kindern hinterherlief.

Lilou bemerkte den Mann nicht, der auf der anderen Seite des Bahnsteigs stand, gelangweilt in einer Zeitung blätterte und sie dabei keinen Moment aus den Augen ließ.

»*Bonsoir, Madame.*« Oscar war aus der Menschenmenge aufgetaucht, und Lilou hatte ihn gar nicht kommen sehen.

»Oscar!« Sie umarmte ihn und gab ihm einen Kuss.

»Bist du hungrig?«, fragte Oscar. Sie nickte. »Wie wäre es, wenn wir eine Pizza bei *Molinero* mitnehmen und sie dann auf der Terrasse von *Le Lézard* essen?«

»Großartige Idee!«

Lilou hatte sich an Oscar gekuschelt, der den Méhari durch den warmen Sommerabend steuerte. Sie hatten aus dem kleinen Wagen die Türen herausgenommen und auf den Rücksitz gelegt. Jetzt hatten sie nur noch das flatternde Stoffdach über ihrem Kopf. Bei Regen und Kälte wäre das natürlich kein sinnvolles Auto, aber hier unten in der Provence war der kleine Citroën das ideale Fortbewegungsmittel.

Am fahrbaren Pizzastand von *Molinero* hatte sich eine Schlange junger Leute gebildet, die brav warteten, bis sie an die Reihe kamen. Die Pizza von *Molinero* galt als die beste am ganzen Strand, und sie war auch noch günstig. Lilou war es egal, ob sie ein paar Minuten länger warten mussten. Hauptsache, sie war mit Oscar zusammen.

Zwanzig Minuten später stiegen sie wieder in den Méhari. Lilou stellte die beiden ofenwarmen Pizzas auf ihren Knien ab, und im Autoradio spielten sie den Uralthit »When a Man Loves a Woman«.

Oscar folgte ein Stück der Département-Straße in Richtung Collobrières, als sich Lilou umwandte.

»Hast du den Camion gesehen? Der fährt schon seit dem Strand hinter uns her«, sagte sie und klang besorgt.

»Welcher Camion?«, fragte Oscar.

»Da ist nur ein Camion«, sagte Lilou. »Und der fährt die ganze Zeit hinter uns her.«

»Ist vielleicht der böse Mann ...« Oscar grinste und streckte seine rechte Hand wie eine Klaue zu Lilou hinüber.

»Hör auf, das ist nicht lustig!« Lilou war froh, dass sie nicht alleine auf der einsamen Landstraße unterwegs war.

»Da vorne ist es schon.« Oscar hatte den Fuß vom Gas genommen, und sie bogen in die Abzweigung zum Weingut *Le Lézard* ein.

»Jetzt werden wir ja sehen, wie anhänglich dein neuer Freund ist«, sagte Oscar und fuhr ein Stück den Feldweg hinauf und schaltete die Scheinwerfer aus. Nur einen Augenblick später rauschte ein Lieferwagen an der Abzweigung vorbei und verschwand auf der Straße in der Dunkelheit.

»So groß scheint die Leidenschaft ja nicht zu sein«, scherzte Oscar.

»Hätte ja sonst jemand sein können«, sagte Lilou und lächelte entschuldigend.

Oscar schaltete die Scheinwerfer wieder an, und sie fuhren den Weinberg zum Haus hinauf.

Hätten sie nur eine Minute länger gewartet, hätten sie gesehen, wie der Lieferwagen angehalten und gewendet hatte und dann in Schrittgeschwindigkeit an der Abzweigung vorbeigerollt war.

75. Kapitel

Es war spät geworden. Sie hatten alles versucht, um Patrick zu einem Geständnis zu bewegen. Isabelle hatte das Verhör abgebrochen, nachdem der Verdächtige beinahe kollabiert war. Ein Arzt wurde gerufen, und der attestierte die Vernehmungsfähigkeit des Verdächtigen. Patrick Favres Handy sollte eigentlich die Trumpfkarte sein. Der Beweis, mit dem sie Favre brechen würden. Schließlich hatte er Colette Lambert fotografiert, heimlich, das bewiesen die Winkel, aus denen die Bilder aufgenommen worden waren. Favre hatte erklärt, dass ihm die junge Frau gefallen hatte.

Und was war mit den ersten beiden Opfern, die er in der Tankstelle bedroht hatte?

Favres Aussagen waren an dieser Stelle widersprüchlich, und immer wieder deckte Isabelle bei der Befragung neue Lügen auf. Trotzdem verzichtete der Verdächtige ausdrücklich auf einen Anwalt. Ein paarmal hatte Isabelle das Gefühl, der Festgenommene würde gestehen, aber im nächsten Moment widerrief er schon wieder alles.

»Ich habe nichts Schlimmes getan«, sagte Patrick Favre mindestens ein Dutzend Mal an diesem Abend.

Gegen 19 Uhr musste sogar Masclau zugeben, dass sich die Vernehmung festgefahren hatte. Zerna war das egal, er wollte, dass sie mit Patrick Favre den Richtigen erwischt hatten. Für ihn war es nur eine Frage der Zeit, dass Favre ihnen alles erzählen würde. Es würde nur die Andeutung eines Geständnisses genügen, und der Haftrichter käme bei der Indizienlage an einer U-Haft für Favre nicht mehr vorbei. Und dieses Mal, das hatte sich Zerna geschworen, dieses Mal würde Favre nicht wieder davonkommen.

Zuletzt versuchte es Isabelle auf die sanfte Tour. Erinnerte Favre an seinen kranken Vater, und dass die Staatsanwaltschaft es zu seinen Gunsten auslegen würde, wenn er jetzt ein vollumfängliches Geständnis ablegen würde.

In diesem Moment war Masclau in den Vernehmungsraum gekommen und hatte Isabelle den Ausdruck einer Mail gereicht. Sie hatte den Text überflogen und dann Favre angesehen.

»Was war da vor sieben Jahren in Barcelona?«

»Da war gar nichts«, antwortete Patrick zu schnell. »Außerdem gab's da auch gar keine Verhandlung drüber.«

»Weil Sie sich geweigert haben, in Barcelona vor Gericht zu erscheinen«, sagte Isabelle. »Und weil Frankreich Sie nicht ausgeliefert hat.«

»So war das aber nicht, so wie es da steht«, er deutete auf das Blatt, das Isabelle in der Hand hielt.

»Worum ging es bei der Schlägerei?«, fragte Isabelle.

»Weiß ich nicht mehr«, sagte Patrick hilflos.

Der Verdächtige rieb sich die Oberarme. Als ob er frieren würde, dachte Isabelle. Dabei herrschten mindestens 30 Grad im Befragungsraum. Isabelle sah den Gefangenen an. Er war fertig und erschöpft. Jetzt saß er da und schwieg.

»Monsieur Favre …?«, fragte Isabelle freundlich.

»Ich weiß überhaupt nichts mehr. Die machen einen hier doch alle verrückt.«

»Kieferbruch, innere Verletzungen: Körperverletzungen mit einem gefährlichen Gegenstand, in mindestens zwei Fällen«, las Isabelle von der Mail ab. »Da kommt ordentlich was zusammen.« Patrick Favre saß auf dem Plastikstuhl und zitterte. Er hatte seinen Kopf auf seine gefalteten Hände auf der Tischplatte sinken lassen. Isabelle sah, dass der Mann weinte.

Sie stand auf und legte dem Gefangenen fürsorglich die Jacke über die Schultern, die auf den Boden gefallen war.

»Didier, kommst du mal kurz?«, Isabelle hielt die Tür auf, und Lieutenant Masclau folgte ihr in den Gang.

»Machen wir Schluss für heute«, schlug Isabelle vor.

»Warum?« Masclau sah durch die verspiegelte Scheibe auf den Gefangenen. »Hast du nicht gemerkt? Der will uns was erzählen. Das fühle ich.«

»Vielleicht«, sagte Isabelle, »aber nicht mehr heute Nacht.«

»Es fehlt nur noch so viel.« Masclau zeigte mit Daumen und Zeigefinger, wie dicht sie am Geständnis waren. »Ich sag dir: Das ist der Mann, den wir suchen.«

»Wir lassen ihn über Nacht hier bei uns in der U-Haft. Dann können wir es morgen Vormittag noch mal versuchen. Aber jetzt machen wir Schluss. Einverstanden?«

»Wenn du es sagst.« Masclau klang nicht so, als wollte er sich mit Isabelles Entscheidung abfinden.

76. Kapitel

Der Mann hatte den Wagen in der Abzweigung eines Feldweges geparkt. Zu Fuß waren es von hier keine fünf Minuten bis zum Haus. Es war stockdunkel. Aber der silbrige Glanz auf den dunklen Hügeln kündigte den Mond an, der jeden Moment im Osten aufsteigen würde. Abnehmender Mond, Sichelmond, die letzte Gelegenheit, sein Werk zu vollenden.

»Darum bist du hier«, sagte sich der Mann. Nur darum. Um die kleine Schlampe zu vernichten und die Welt ein kleines bisschen gerechter zu machen. Der Student war nur Statist in diesem Spiel. Ein armes Schwein, das sowieso bald von der Schlampe abserviert würde, wie viele andere, die noch gar nicht wussten, was auf sie zukommen würde. Softies. Diese Männer bettelten ja geradezu um Bestrafung, dachte er. Um den hier war es auch nicht schade. Der brauchte wirklich niemandem leidzutun.

Der Mann lief geduckt eine der Geländestufen im Weinberg entlang. Die Weinstöcke standen hoch, und die Reben trugen bereits Früchte. Lautlos bewegte er sich direkt auf das alte Haus zu. Ab und zu blieb er stehen, hielt den Atem an, schloss die Augen und konzentrierte sich nur auf die ihn umgebenden Geräusche. Doch im Haus war alles still. Gleich neben der Haustür unter einer großen Korkeiche stand der Méhari. Der Mann legte die Hand auf die Motorhaube – kalt. Das Auto war seit der Ankunft seiner Besitzer nicht mehr bewegt worden. Kein Wunder, so wie die Hexe auf den Kerl reagiert hat, waren die beiden sofort zusammen ins Bett. Hatten wahrscheinlich nicht mal Zeit gehabt, um ihre verdammte Pizza zu essen.

Aus den dichten Zweigen einer Zypresse löste sich ein Steinkauz und segelte wie ein grauer Geist durch die Nacht, so nah an ihm vorbei, dass der Mann den Windhauch des Flügelschlages spürte.

Vorsicht, das hier ist nicht dein Revier, sagte sich der Mann. Warte ab, bis du die beiden an einem sicheren Ort hast. An einem Platz, den du kontrollierst. Beobachte sie in aller Ruhe, aber besuche sie niemals bei sich zu Hause – so lautete seine eiserne Regel. Und doch verstieß er in diesem Fall schon zum dritten Mal dagegen. Der Reiz der Gefahr war einfach unwiderstehlich.

Der Mann schlich dicht an der Hauswand entlang. Er hatte die Äste, die seine Schritte verraten konnten, schon vor Tagen fortgeräumt. Alles war vorbereitet. Der Student und die Schülerin. Dieses Paar hatte er sich bis zuletzt aufgehoben. Die beiden waren sozusagen der krönende Abschluss seiner Mission. Wenn er sich vorstellte, dass sie jetzt erschöpft und ahnungslos in ihrem Bett lagen, lief ihm ein wohliger Schauer den Rücken hinab.

Über die Veranda erreichte er die Küchentür. Das Schloss war frisch geölt, der Sicherheitshaken auf der Innenseite ausgehängt: Die Tür öffnete sich auf seinen Druck hin ohne jeden Widerstand. Er ging durch die Küche. An der Tür blieb er stehen. Rechts neben dem Türrahmen befand sich der Sicherungskasten. Der Mann öffnete ihn leise und legte den Schalter der Hauptsicherung um. Es tat ein lautes Klacken, als die Kontakte die Position wechselten. Dem Mann kam es in der geräuschlosen Finsternis so laut vor wie ein Schuss. Sekundenlang blieb er bewegungslos stehen, aber es rührte sich nichts. Stille hatte sich wieder über das Haus gesenkt.

Der nächtliche Besucher durchquerte geräuschlos das Wohnzimmer. An der Treppe blieb er stehen. Es überkam ihn ganz plötzlich eine geradezu berauschende Vorstellung. So als wäre das hier sein Haus und die beiden im ersten Stock nur seine Gäste. Der Mann horchte in die Dunkelheit, nichts. Er wusste, dass er die Stufen der Treppe gefahrlos benutzen konnte, wenn er sich dicht an der Wand hielt. Kein Knarzen war zu hören, kein Quietschen, als er sich nach oben in den Flur bewegte.

Im Mondlicht, das jetzt durch die geöffnete Schlafzimmertür fiel, konnte der Mann Hosen, Sneakers und T-Shirts erkennen, die wild verstreut auf dem Boden lagen. Kleidung hektisch ausgezogen und einfach fallen gelassen. Der Mann tippte die Tür zum Schlafzimmer an. Fast geräuschlos schwang sie auf. Da lagen die beiden, direkt vor ihm im Bett. Beide nackt. Das Mädchen hatte ihren Arm um ihren Freund gelegt. Die Atemzüge des Studenten kamen kräftig und regelmäßig.

Der Mann blieb stehen und zog ein Messer aus der Scheide, die er am Gürtel trug. Es war ein japanisches Messer aus 15-fach gefaltetem Stahl. Die Klinge maß zwar nur 11,5 Zentimeter, aber sie war scharf, sehr scharf.

Er trat ganz nahe an das Bett heran. Dann hielt er sein Messer zwischen den Fingern wie der Dirigent seinen Taktstock und zeichnete in der Luft die Konturen des Körpers des Mädchens nach. Ja, er hatte alles unter Kontrolle. Er war in diesem Augenblick der Herrscher über Himmel und Erde. Er war so beeindruckt von seiner Macht, dass ihm die Tränen kamen.

In diesem Moment begann sich der Student zu bewegen. Er räusperte sich und murmelte etwas Unverständliches. Für die Länge eines Wimpernschlages stand der Eindringling da wie versteinert. Dann machte er zwei schnelle Schritte rückwärts. Noch einen Schritt, und er stand wieder im Flur. Wenn er jetzt sein

Messer benutzte, dann hätte er vielleicht sogar noch das Überraschungsmoment auf seiner Seite. Aber der Student wirkte sportlich. Mit ihm fertigzuwerden, würde schwierig, wenn er nicht zuerst das Mädchen kontrollieren konnte. Alles könnte im Chaos enden. Und das durfte auf keinen Fall geschehen. Er durfte die Kontrolle nicht verlieren, niemals. Der Mann schlich den Gang zurück, als er die Stimmen hörte.

»Was ist los, was hast du?«, flüsterte der Junge, die Stimme schläfrig.

»Ich dachte, ich hätte was gehört ...« Das Mädchen klang verunsichert.

Der Eindringling hatte die Treppe erreicht. Jetzt könnte ein falscher Tritt alles verderben. Der Mann versuchte, sich zu konzentrieren. Der Zwischenfall war gerade dabei, alle seine Pläne zu vernichten. Er zwang sich, ruhig die Treppenstufen zu nehmen, langsam, eine nach der anderen.

»*Merde*, das Licht geht nicht.« Jemand drückte auf den Schalter an der Nachtischlampe – klick, klack, nichts.

»Ist bestimmt wieder die Hauptsicherung in der Küche«, sagte das Mädchen.

»Okay, ich schau mir das mal an.«

Der Mann hatte die unterste Stufe erreicht. Jetzt hörte er von oben jemanden kommen. Dann flammte der Strahl einer Taschenlampe auf. Da war ein Verschlag unter der Treppe. Er öffnete die Tür und schlüpfte hinein. Es roch nach Bohnerwachs und alten Putzlumpen. Der Mann hörte, wie der Junge keinen Meter entfernt an ihm vorbeiging. Er packte das Messer fester. Sollte er nur kommen. Er war bereit, ein blutiges Chaos anzurichten. Der Student durchquerte das Wohnzimmer.

»Hast du es gefunden?«, rief das Mädchen von oben.

»Ja, ja ... ist gleich so weit.«

Der Mann hörte ein Klappern aus der Küche. Dann ging das Licht an.

»Du hattest die Küchentür nicht zugemacht«, rief der Junge.

»Doch, habe ich«, rief sie.

»Aber sie steht offen.«

»Dann mach sie halt zu«, maulte das Mädchen, »und komm endlich ins Bett. Es ist kalt.«

Fotzen, dachte der Eindringling verächtlich, das sind sie alle. Fotzen, alle miteinander. In diesem Moment wurde das Licht gelöscht, und das Haus lag wieder im Dunkel. Der Mann zwang sich dazu, eine halbe Stunde in seinem Versteck auszuhalten. Die Tür des Verschlags quietschte leise, als er sie schließlich öffnete. Dieses Mal schlich er noch umsichtiger durch das Wohnzimmer. In der Küche drehte er vorsichtig den Schlüssel im Schloss. Dann zog er den Schnapper zurück, und die Tür schwang geräuschlos auf. Er zog sie leise hinter sich zu und verschwand zwischen den Weinstöcken, als wäre er nie da gewesen.

77. Kapitel

Die Sonne war erst vor einer halben Stunde aufgegangen, aber sie war bereits so warm, dass Leon und Isabelle den ersten Tee des Tages auf der Terrasse tranken.

»Du bist spät nach Hause gekommen«, sagte Leon.

»Ein paarmal dachte ich, dass Favre reden wollte ...«, Isabelle unterbrach sich.

»Aber ...?«, fragte Leon.

»Dann hatte ich wieder das Gefühl, dass er mit dem Fall tatsächlich nichts zu tun hat.«

»Du kennst ja meine Meinung«, Leon sah sie an. »Patrick Favre hat bestimmt eine Menge angestellt in seinem Leben. Aber Mord, denke ich, war nicht dabei.«

Isabelle sah über die Dächer von Lavandou und nippte an ihrem Tee. Leon spürte, dass sie etwas beschäftigte.

»Hat sich Lilou bei dir gemeldet?«, fragte sie bemüht nebensächlich.

»Eine SMS, gestern Abend. Sie hat geschrieben, dass sie im Haus angekommen sind und alles prima funktioniert«, sagte Leon.

»Die SMS hat sie mir auch geschickt.«

»Na also, kein Grund, sich Sorgen zu machen«, meinte Leon.

Leon kannte den Grund für Isabelles Sorgen genau. Vor ein

paar Jahren war Lilou im Zuge einer Mordermittlung entführt worden. Seit dieser Zeit war Isabelle überbesorgt und übervorsichtig, wenn es um ihre Tochter ging. Leon konnte Isabelle in diesem Punkt nur zu gut verstehen. Sie wollte ihrer Tochter so viel Freiraum wie nur möglich geben. Aber es gab Momente, da kostete sie so viel Toleranz eine Menge Kraft.

»Findest du es richtig, dass die beiden nach Nizza fahren?«, fragte Isabelle.

Leon ging zu Isabelle und legte ihr den Arm um die Schulter.

»Die besorgte Mutter«, sagte er liebevoll. »Lilou wird in zwei Wochen 18.«

»Drei«, korrigierte Isabelle.

»Na gut, in drei Wochen. Wir müssen ihr Luft zum Atmen geben«, er sah Isabelle mit großer Wärme in den Augen an. »Außerdem hat sie Oscar an ihrer Seite.«

»Oscar ist erst 23«, gab Isabelle zu bedenken.

»Oscar ist ein zuverlässiger junger Mann, der mitten in seinem Studium steckt.«

»Ja, ich weiß. Aber ich ...«, sie zögerte. »Ich habe vorhin versucht, Lilou anzurufen, aber es hat sich nur der Anrufbeantworter gemeldet.«

»Isabelle, es ist sieben Uhr in der Frühe«, Leon sah Isabelle mit einem Lächeln an. »Da liegt man in diesem Alter noch mit dem Geliebten im Bett und kuschelt.«

»Da kann man doch trotzdem telefonieren.«

»Sei nicht so unromantisch. Verliebt heißt, dass du manchmal einfach keine Lust hast, ans Telefon zu gehen. Nicht mal, wenn die Mutter anruft.«

»Andere Leute stehen auch zeitig auf.«

»Nicht jeder ist so fleißig wie du.« Er küsste sie sanft auf die Wange. »Soll ich uns noch einen Tee holen?«

»Danke«, sagte Isabelle und reichte ihm ihre Tasse. »Ich weiß auch nicht, irgendwie habe ich so ein komisches Gefühl.«

»Du hast doch immer ein komisches Gefühl, wenn Lilou unterwegs ist.«

»Ich weiß, das verstehst du nicht«, rief sie Leon zu, der in der Küche war und Tee nachschenkte.

Als er zurück auf die Terrasse kam, stand Isabelle an der Brüstung, hielt die Augen geschlossen und genoss die warmen Sonnenstrahlen auf der Haut. Leon musste lächeln, wenn er sie so sah. Was hatte er für ein Glück. Er liebte diese Frau.

»*Votre thé, Madame*«, er servierte die Tasse wie ein Kellner.

»Merci.«

»Die beiden werden zwei tolle Tage in Nizza haben«, sagte Leon. »Der Onkel von Oscar hat sogar ein Segelboot.«

»Ich weiß nicht ...«, murmelte Isabelle mehr zu sich selbst. Aber Leon hörte es trotzdem, und er spürte die Sorge, die darin lag.

78. Kapitel

»Natürlich«, rief Lilou spöttisch. »Monsieur muss ja erst noch überprüfen, ob die kleine, dumme Frau auch alles richtig gemacht hat.«

Oscar kam aus der Haustür. Er schloss ein paar Mal hin und her, das Schloss funktionierte tadellos.

»Hat Leon nicht gesagt, ich sollte mal die Schlösser ölen?«, fragte Oscar. »Das funktioniert doch alles tadellos.«

»Hat er vielleicht selber gemacht.«

»Oder es waren die Heinzelmännchen, die nachts durchs Haus schleichen und den Kindern beim Schlafen zusehen«, raunte er und machte ein paar tapsige Schritte nach Monsterart.

»Hör auf!«

Oscar trug eine kleine Kühltasche, aus der eine Honigmelone herausschaute.

»Wie fühlst du dich heute, nach den Schrecken der Nacht?«, zog Oscar seine Freundin auf.

»Gib nicht so an, nur weil du die Sicherung wieder reingedreht hast. Du hattest auch kurz Angst«, sagte Lilou und sah ihren Freund an.

»Ich bin ein Mann, und Männer haben nie Angst«, tönte Oscar mit einem breiten Grinsen.

»Für einen Mann ohne Angst warst du aber ziemlich schnell

wieder im Bett.« Lilou gab Oscar einen liebevollen Knuff gegen den Arm. Dann warf sie einen Blick in die Kühlbox, die voller Lebensmittel war.

»Was hast du vor? Wir fahren doch nicht in die Wüste.«

»Ich dachte, wir könnten zwischendurch ein Picknick machen.« Oscar schnupperte an der Kühlbox. »Was hältst du zum Beispiel von Serrano-Schinken an reifer Honigmelone ...?«

»Du bist ein Schatz«, sagte sie und küsste ihn auf die Wange. »Aber bis Nizza sind es nur 150 Kilometer.«

»Echt jetzt? Da hätten wir uns ja noch ein bisschen Zeit lassen können.«

»Um dann ab Cannes im Stau zu stehen?«, protestierte Lilou. »Es ist Samstag, schon vergessen?«

In diesem Moment hörten sie die Geräusche eines näher kommenden Autos.

Lilou hob den Kopf. »Touristen, wollen wir wetten?«

Leons Weinberg grenzte an das etwa dreimal so große Weingut *Les Deux Collines*, das neben Wein auch Oliven und Feigen verkaufte. Gelegentlich verpassten Touristen die richtige Abfahrt von der Landstraße und landeten dann vor Leons Haus. Das war nicht weiter schlimm. Die meisten ließen sich eine kurze Wegbeschreibung geben und fuhren weiter. Nur ganz wenige bestanden darauf, den Wein zu kaufen, von dem sie so viel gehört hatten. Lilou erinnerte sich an ein Ehepaar, das den Hof erst wieder verließ, nachdem Leon den beiden eine Flasche Wein seines Nachbarn schenkte. Womit sie siegesbewusst davongezogen waren.

»Es ist erst halb acht«, gab Oscar zu bedenken und sah auf seine Uhr, »bisschen früh für Touristen.«

In diesem Moment kam ein alter, graugrüner Lieferwagen den Weg hinaufgefahren, der eine lange Staubfahne hinter sich herzog. Der Wagen hielt. Der Fahrer schaltete den Motor aus und ließ die Seitenscheibe herunter.

»*Bonjour*«, sagte Oscar.

»*Bonjour*, ich wollte zu einem Weingut, das hier irgendwo ...«

»Bestimmt suchen Sie *Les Deux Collines?*«, fiel Lilou ihm ins Wort.

»Genau, das ist es. Die haben ein Problem mit ihrer Wasserleitung. Die soll ich mir ansehen.«

»Ist ganz leicht zu finden«, erklärte Lilou. »Sie müssen nur zurück zur Hauptstraße, dann einen Kilometer in Richtung Pierrefeu, dann sehen Sie schon die gemauerte Einfahrt.«

»Ist nicht zu verfehlen«, bestätigte Oscar.

»Danke«, sagte der Besucher.

Der Mann drehte den Schlüssel. Der Motor tat einen kurzen Huster, und nichts geschah.

»Verdammt«, sagte der Mann, »das hat er vor ein paar Tagen schon mal gemacht.«

»Die Batterie?«, fragte Oscar.

»Das Drecksding tut es nicht mehr richtig. Dabei habe ich die erst vor einem Jahr besorgt.«

»Hat vielleicht irgendwo Schluss mit der Karosserie«, schlug Oscar vor. Der Mann sah ihn irritiert an, und Oscar fügte hinzu: »Auf die Weise könnte sie sich entladen.«

»Könnten Sie mir vielleicht kurz Starthilfe geben?« Der Besucher deutete zum Méhari.

»Ja, klar ...«, sagte Oscar mit einer Stimme, als könnte er sich durchaus etwas Schöneres vorstellen. »Dann fahre ich mal den Méhari näher ran.«

»Danke. Ein Kabel habe ich«, sagte der Mann.

Oscar ging zu dem kleinen, offenen Auto, auf dessen Rückbank schon zwei Reisetaschen standen.

Der Mann war ausgestiegen. Er trug den blauen Arbeitskittel eines Monteurs. Er ging um seinen Lieferwagen herum und schob die Seitentür des Transporters auf. Dabei hielt er sich am Rahmen fest und verzog vor Schmerzen das Gesicht.

»Autsch, verdammt …!« Er schüttelte seine Hand.

»Fehlt Ihnen etwas?« Lilou sah ihn besorgt an und ging ein paar Schritte auf ihn zu.

»Ich habe mir vor drei Tagen das Handgelenk verstaucht«, erklärte der Mann. »Bei bestimmten Bewegungen sticht der Schmerz wie ein glühendes Messer.«

»So was kenn ich«, sagte Lilou.

»Das Kabel liegt ganz hinten«, der Mann hatte sich in den Wagen gebeugt. Jetzt sah er Lilou an. »Könnten Sie mir einen Gefallen tun und es holen? Ich kann mich nicht festhalten …?«

»Na klar«, sagte Lilou und war mit einem Schritt im Laderaum des Lieferwagens. Sie hörte draußen den Méhari anspringen. »Sind Sie sicher, dass Sie das Kabel hier drinnen haben?«, rief sie dem Besucher zu. »Ich kann es nicht sehen.«

In diesem Moment spürte Lilou, wie der Mann sie von hinten packte, sie an sich riss und ihr einen Lappen mit einer ätzenden Flüssigkeit auf Mund und Nase drückte. Sie wollte schreien, sich wehren, aber sie konnte nicht sprechen. Alles um sie herum drehte sich. Ein lautes Rauschen, dann stürzte sie in die Finsternis.

79. Kapitel

Leon war mit seinem Wagen rechts rangefahren und ausgestiegen. Kurz vor Cuges-les-Pins hatte man einen großartigen Blick auf das Massif de la Sainte-Baume. Eine Hügelkette, die ihre höchste Erhebung im 1000 Meter hohen St. Pilon hatte. Leon genoss die kurze Unterbrechung seiner Reise nach Aix-en-Provence. Es gab nur wenig Verkehr auf der alten Nationalstraße Nummer 8. Noch in den Sechzigerjahren war der ganze Verkehr in Richtung Süden über diese eine Straße geflossen. Heute hatten die Menschen weniger Zeit als früher und fuhren lieber auf der Autobahn. Sie wissen nicht, was sie verpassen, dachte Leon. Hier oben auf der Hochebene mit den kleinen, vergessenen Ortschaften konnte man es noch erleben, dieses Gefühl, in der echten Provence zu sein. Dort wo die Menschen sich am Markttag auf dem Platz vor der Kirche trafen. Und wo die Bistros noch *Café des Sports* oder *Café du Commerce* hießen und nicht *Le Tam Tam* oder *Max Burger*. Ein paar Meter weiter, im Schatten einer Korkeiche, stand ein Mann mit Strohhut, der frische Feigen verkaufte.

Auf die Entfernung wirkte er wie ein alter Mann, jetzt, als Leon näher kam, erkannte er, dass der Bauer jünger als er war. Der Obstverkäufer trug den ockerfarbenen Staub der Hügel im Gesicht, in den sich um die Augen ein Geflecht von Lachfältchen gegraben hatte. Sie redeten ein paar Sätze über das Wetter und die Trockenheit des Sommers. Dazu lärmten die Grillen, wie sie nur in der Provence lärmten, und es roch nach Rosmarinbüschen, deren ätherische Öle in der Hitze verdampften. Für einen Augenblick dachte Leon, wie das wohl wäre, an der Nationalstraße Nummer 8 im Schatten einer Korkeiche seine Feigen zu verkaufen. Leon kaufte fünf Feigen. Dann verabschiedete er sich und fuhr weiter. Bis Aix-en-Provence war es keine Stunde mehr.

Eigentlich hätte Leon längst bei seinem Kollegen in Aix sein sollen, aber der Vormittag war turbulent gewesen. Die Nachricht, auf die alle so sehnsüchtig gewartet hatten, erreichte sie während des Frühstücks gegen acht Uhr, als Isabelles Smartphone ein kleines vorwurfsvolles Pingen von sich gab. Es war Masclau. Seine Nachricht war kurz: »Patrick Favre hat gestanden.«

Leon hatte von Anfang an Probleme mit dem Geständnis, genau wie Isabelle. Aber die Siegesfeier in der Gendarmerie nationale war nicht mehr aufzuhalten. Wer jetzt noch Zweifel an Favres Täterschaft äußerte, würde als Spielverderber dastehen. Sie hatten einen Verdächtigen, und dieser Verdächtige hatte endlich zugegeben, fünf Menschen getötet zu haben. Das war das Einzige, was jetzt noch zählte.

Zerna hatte eilends für acht Uhr ein Meeting in der Kantine einberufen. Die Beamten der Gendarmerie drängten sich in dem völlig überfüllten Raum, niemand wollte etwas von der großen Show versäumen. Sogar Madame Lapierre hatte es sich nicht nehmen lassen, bei der frühen Besprechung dabei zu sein.

Pünktlich um 8:05 erhob sich Zerna von seinem Platz am Tischende und eröffnete die Besprechung mit den Worten:

»Die Gendarmerie von Le Lavandou ist stolz darauf, Ihnen mitteilen zu können, dass es gelungen ist, einen der brutalsten Mörder, den dieses Département jemals ertragen musste, dingfest zu machen. Patrick Favre hat heute Nacht um 4:30 Uhr vollumfänglich gestanden.«

Obwohl natürlich längst jeder die Gerüchte um ein Geständnis gehört hatte, brach jetzt in der Kantine Jubel aus. Applaus brandete auf, und Zerna strahlte. Isabelle würde Leon später erzählen, dass sie ihren Chef selten so stolz gesehen hatte. Zerna bedankte sich namentlich bei seinen Mitarbeitern und zählte jede einzelne Leistung auf. Als er an die Stelle kam, an der er die Festnahme des Täters durch Isabelles »heldenhaften« Einsatz beschrieb, gab es erneut Applaus, und einige der jungen Polizisten trampelten Zustimmung.

In Wirklichkeit war die Nachricht über das Geständnis keineswegs so strahlend und makellos, wie sie vom Polizeichef präsentiert wurde. Was Zerna im Moment noch verschwieg, war die Tatsache, dass Patrick Favre sein Geständnis bereits am Morgen um 7:00 Uhr widerrufen hatte. Nach Zernas Meinung hatte das aber nichts zu bedeuten. Es war nur natürlich, dass ein Verdächtiger, nachdem er gestanden hatte, plötzlich kalte Füße bekam, weil ihm die Konsequenzen seines Handelns klar wurden.

»Heute Nacht hat der Mörder die entsetzlichen Taten gestanden«, sagte Zerna, »jetzt werden wir ihn überreden, uns auch noch die Details zu erzählen.«

Wobei er das Wort »überreden« mit einem dermaßen süffisanten Lächeln ausgesprochen hatte, dass nicht nur Leon begriff, was damit gemeint war. Sie hatten Patrick in der vergangenen Nacht fertiggemacht. Ein verletzter und psychisch verstörter Mensch, der sich tagelang auf der Flucht befunden hatte, erzählte viel, nach 10 Stunden intensivem Polizeiverhör.

80. Kapitel

Kurz vor Aix wurde der Verkehr dichter. Aber am Wochenende gab es hier zumindest keine Staus. Leon parkte in der Altstadt und ging zu Fuß zum Place des Fontêtes. Er mochte diese Stadt mit ihren alten, trutzigen Bauten, die zum Teil noch aus dem 16. Jahrhundert stammten, und mit ihren Studenten, die sich durch die Gassen drängten. Deshalb hatte er auch sofort zugesagt, als Dr. Raymond Desvaux ihm vorschlug, sich in Aix zu treffen. Leon war dem Kollegen vor ein paar Jahren auf einem Seminar in der Universität von Marseille begegnet. Damals hatte Leon einen Vortrag über Blutspurenanalyse gehalten. Seitdem hatte er den Kollegen nicht mehr gesehen, doch sie waren in losem Austausch geblieben.

Das Bistro *Petit Baron* am Place des Fontêtes gefiel Leon auf Anhieb. Ein gemütlicher Platz, an dem man sich in Ruhe unterhalten konnte. Versteckt zwischen altem Gemäuer und trotzdem mitten in der Altstadt gelegen, der ideale Treffpunkt.

Leon erkannte seinen Kollegen sofort wieder. Ein großer Mann in seinen Sechzigern, mit vollem, weißem Haar, das ihm wie eine Löwenmähne vom Kopf abstand. Der Franzose begrüßte Leon wie einen alten Freund. Er war ein Mensch, in dessen Nähe man sich sofort wohlfühlte.

Sie bestellten ein paar Kleinigkeiten, und Desvaux bestand

auf einem Glas Rosé. Sie tauschen ein paar Höflichkeiten aus, aber Leon spürte, dass sein Gegenüber schnell zur Sache kommen wollte. Desvaux brannte darauf, über seinen alten Fall zu sprechen und mehr über die aktuellen Morde in Le Lavandou zu erfahren.

»Die Polizei hatte mich damals gebeten, den Tod von sechs Ponys zu begutachten«, erinnerte sich der Rechtsmediziner. »Das war kein offizieller Auftrag, schließlich handelte es sich ja um keine reguläre Obduktion. Ich sollte nur die Todesursache ermitteln, weil es eben so seltsam war.«

»Wann war das?«, wollte Leon wissen.

»Vor genau 38 Jahren«, sagte Desvaux ohne lange nachzudenken. Er öffnete seine Tasche und nahm einen Notizblock heraus.

»Ich habe mir ein paar Notizen mitgebracht«, Desvaux legte den Block neben seine Vorspeise, Auberginenkaviar auf Toast. »Dieser Fall hat mich damals sehr beschäftigt, müssen Sie wissen.«

»Ich glaube, jeder von uns hat so einen Fall, den er sein ganzes Leben nicht vergisst«, sagte Leon.

Der Kollege aus Aix sah ihn mit einem verständnisvollen Lächeln an.

»Was war mit den Ponys?«, hakte Leon nach.

»Jemand hatte sie erschossen«, antwortete Desvaux. »Und zwar mit Pfeil und Bogen.«

»Das ist ungewöhnlich«, sagte Leo. »Ich weiß von Fällen, in denen jemand Katzen aufgehängt und Kühe mit langen Messern erstochen hatte. Aber dass jemand mit Pfeil und Bogen auf Pferde losgegangen wäre, habe ich nie gehört.«

»Es waren sechs Ponys«, erinnerte sich der Rechtsmediziner aus Aix. »Der Täter hatte die Tiere alle auffallend gut getroffen.

Eine Handbreit unter dem Schulterblatt. So konnte der Pfeil tief eindringen und das Herz erwischen.«

»Er hat sie alle tödlich getroffen?«, wunderte sich Leon.

»Man muss kein Kunstschütze sein, um Tiere in einer engen Koppel zu erledigen«, sagte Desvaux. »Wahrscheinlich ist der Täter in das Gehege marschiert und hat die Tiere auf ganz kurze Distanz getötet. Anschließend hatte er den Ponys die Kehlen durchgeschnitten, zur Sicherheit, vermute ich.«

»Er musste sich ausgekannt haben, wenn die Ponys ihn so nahe an sich herangelassen haben«, sagte Leon.

»Das habe ich den Polizisten auch gesagt. Schließlich hat die Polizei einen Jugendlichen festgenommen, der in den Sommerferien zwei Wochen auf dem Ponyhof gearbeitet hatte. Er war erst 14 Jahre alt.«

»Wie kommt ein 14-Jähriger an einen solchen Bogen?«, wunderte sich Leon.

»Ganz einfach, er hat ihn auf einer Schießanlage in der Nähe von Rognes gestohlen.«

»Wurde er verurteilt?«

»Nicht dass ich wüsste. Damals schickte ihn der Richter in eine psychiatrische Pflegeeinrichtung für Jugendliche«, sagte Desvaux. »Zumindest habe ich das später gehört.«

»Wissen Sie, in welche Klinik sie den Jungen gebracht haben?«

»Nein, ich habe in diesem Fall auch nicht als Gutachter aussagen müssen. Wie gesagt, ich sollte nur die Verletzung an den Tieren beurteilen. Ich erinnere mich nur noch, dass er aus der Gegend von Manosque kam.«

Leon kannte den Ort nördlich von Aix. »Gab es noch irgendetwas, etwas Besonderes bei diesem Fall?«, fragte er.

»Sie meinen, außer dass jemand sechs Ponys mit Pfeil und Bogen erschießt?«, erwiderte Desvaux ironisch.

»Sie haben recht. Entschuldigen Sie, aber ich suche nach Kleinigkeiten, Ähnlichkeiten mit den beiden Fällen in Le Lavandou.«

»Sie sagten am Telefon, dass die Opfer auch mit Pfeil und Bogen getötet wurden?«, fragte Desvaux.

»Genau gesagt wurden die Frauen mit einer Armbrust erschossen. Den Spuren nach zu urteilen, hat der Täter seine Opfer regelrecht gejagt.«

»Daher also die eigenartigen Schnittverletzungen an den Eintrittswunden«, sagte der pensionierte Mediziner nachdenklich. »Ich habe sofort an die Verletzung der Ponys denken müssen. Identische Muster, aber das hatte ich Ihnen ja schon in meiner Mail geschrieben.«

»Unser Täter in Lavandou hat den Männern die Kehle durchgeschnitten.«

»Hinweise auf eine psychische Erkrankung?«, fragte Desvaux.

»Sie wissen ja, dass es sich um eine laufende Ermittlung handelt«, sagte Leon, »ich kann Ihnen also nur meine Sicht auf die Morde berichten. Und auch hier gilt, wie Sie wissen, die Schweigepflicht.«

»Ich haben diesen Job fast 40 Jahre lang gemacht«, sagte Desvaux »Bei mir sind Ihre Untersuchungsergebnisse gut aufgehoben.«

Leon musterte den Kollegen und erzählte ihm schließlich die ganze Geschichte. Desvaux hört aufmerksam zu, ohne ihn auch nur einmal zu unterbrechen. Als Leon geendet hatte, schwieg Desvaux einen Moment, als müsste er all diese Informationen erst verarbeiten.

»Sie haben mich gefragt, ob ich wüsste, in welche psychiatrische Einrichtung man den Jungen damals gebracht hat«, sagte Desvaux.

»Wenn Sie so freundlich wären und mir den Namen sagen könnten? Von da käme ich schon alleine weiter.«

»Sie glauben, dass der Fall von damals mit den aktuellen Morden zusammenhängen könnte.« Es war keine Frage. Desvaux sah seinen Gast an, als hätte er ihn bei einem kleinen Trick ertappt.

»Es ist nur so ein Gefühl«, sagte Leon zurückhaltend.

Sein Gegenüber lächelte. »Ich kenne den Namen der Klinik nicht«, sagte Desvaux, »aber ich kenne den Kommissar, der den Fall damals geleitet hat. Gil Marchant. Er ist schon lange pensioniert, aber wir haben damals viel über den Jugendlichen gesprochen. Ich schreibe Ihnen seine Adresse auf.«

Der Rechtsmediziner notierte einen Namen und die Adresse auf einen Zettel seines Blocks, riss ihn ab und reichte ihn Leon.

»Danke«, sagte Leon. »Das hilft mir bestimmt weiter.«

»Etwas wollte ich Sie schon die ganze Zeit fragen.« Desvaux legte den Kopf schräg, als er Leon ansah. »In den Nachrichten haben sie gesagt, dass die Gendarmerie den Täter festgenommen hat. Es gibt sogar ein Geständnis«, sagte der Mediziner. »Also, warum interessieren Sie sich so für die Vergangenheit, wenn der Fall doch gelöst ist?«

»Wir dürfen nicht alles glauben, was in den Nachrichten gesagt wird«, sagte Leon.

81. Kapitel

In Isabelles Büro war es am Nachmittag erdrückend heiß. Aber die stellvertretende Polizeichefin schwitzte nicht nur, weil die Klimaanlage mal wieder ihren Dienst versagte. Sie schwitzte, weil sie sich Sorgen machte. Sie hatte keinen Kontakt zu Lilou. Isabelle blätterte am Computer durch ihre Adressliste. Neben ihr stand Lieutenant Kadir und betrachtete besorgt, was seine Chefin da tat.

»Vacson ... nein, Verdure ... Verdammt, ich komm nicht auf seinen Nachnamen.« Isabelle klang angespannt.

»Wen suchst du?«, wollte Kadir wissen.

»Die Adresse von Oscars Onkel in Nizza«, sagte sie, und Kadir sah sie fragend an. »Oscar, Lilous Freund. Sie ist heute Morgen mit Oscar zu seinem Onkel nach Nizza gefahren.«

»Dann ist doch alles in Ordnung ... « Es klang mehr wie eine vorsichtige Frage von Lieutenant Kadir.

»Nein, ist es eben nicht.« Isabelle hatte einen leicht verzweifelten Ton in ihrer Stimme. »Sie gehen nicht ans Handy, beide nicht.«

»Kann ich dir irgendwie helfen?«

»Kannst du bei der Autobahnpolizei anrufen?«, fragte sie. Als sie zu Kadir aufblickte, sah sie die zweifelnde Miene ihres Lieutenants.

»Jetzt, komm ...«, versuchte er, seine Chefin zu beruhigen.

»Frag einfach an, ob es einen größeren Unfall gegeben hat. Frag einfach. Irgendwo zwischen Toulon und Nizza in den letzten Stunden?«

»Mach dich doch nicht verrückt, Isabelle«, sagte Kadir.

»Hilfst du mir, oder nicht?«

»Schon gut. Natürlich, ich kümmere mich darum.«

»Verneuil!«, rief Isabelle plötzlich. »Der Onkel heißt Verneuil. Tust du mir noch einen Gefallen ...?«

»Ich weiß schon: seine Adresse ermitteln. Du weißt, dass ich eigentlich nicht für private Zwecke ...«

»Was ist? Willst du mir jetzt erst mal die Vorschriften aus dem Polizeihandbuch vorlesen?«

»Ist ja schon gut. Ich mache es«, sagte Kadir beschwichtigend. »Reg dich bloß nicht auf. Da ist nichts, wirst du schon sehen.« Kadir ging zur Tür.

Bevor er sie erreichte, fragte Isabelle: »Wo stehen wir bei der Befragung? Hat Favre noch etwas gesagt?«

»Nichts.« Kadir schüttelte den Kopf. »Absolut gar nichts. Er schweigt seit zwei Stunden. Zerna und Masclau wechseln sich ab.«

Isabelles Blick blieb skeptisch. Sie schüttelte den Kopf: »Du kümmerst dich um die Adresse?«

»Die beiden sind erwachsen, da können wir nicht tätig werden, das weißt du.«

»Ich bitte dich, Moma. Lilou ist erst 17«, sagte Isabelle fast flehentlich, wobei sie seinen Spitznamen benutzte.

»Ich sehe zu, was ich tun kann«, meinte Kadir, als er das Büro verließ.

Wenn in Frankreich eine Person vermisst wurde, die über 18 Jahre alt war, durfte die Polizei erst nach dem Ablauf einer gewissen Frist tätig werden. Das änderte sich nur, wenn es Hinweise auf ein Verbrechen gab. Erst dann war die Gendarmerie berechtigt, die vermisste Person zur Fahndung auszuschreiben. Doch in diesem Fall gab es keinerlei Hinweis auf ein Verbrechen, und Lilou war in Begleitung ihres volljährigen Freundes unterwegs.

Isabelle hatte schon alle Möglichkeiten durchgespielt. Lilou rief normalerweise mindestens einmal am Tag bei ihr an. Ihre Tochter wusste, wie sehr sich Isabelle sorgte, wenn sie nichts von sich hören ließ. Außerdem war da ja auch noch Oscar. Ein äußerst zuverlässiger junger Mann, der sich immer besorgt um alles kümmerte, wenn er und Lilou etwas unternahmen. Vielleicht hatten sie und Oscar auch nur ihre Handys ausgeschaltet. Vielleicht lagen sie jetzt an Deck eines Segelbootes und kreuzten durch die Bucht von Nizza. Ja, vielleicht, dachte Isabelle und seufzte. Aber Lilou würde mich niemals so lange im Ungewissen lassen. Niemals.

Sie würde die Adressen checken und die Verkehrsmeldungen abwarten. Wenn sich nichts ergäbe, würde sie Leon anrufen. Und dann würde sie die Fahndung rausgeben. Es war ihr egal, ob sie damit gegen die Vorschriften verstieß. Die Warterei machte sie verrückt.

82. Kapitel

Leon drückte auf den Klingelknopf. Im Inneren des Hauses war das scheppernde Brummen einer ramponierten Glocke zu hören. Das Haus der Marchants befand sich in Gardanne, einem unattraktiven Vorort im Süden von Aix. Leon wartete eine halbe Minute, dann öffnete sich die Tür, und eine Frau in ihren Sechzigern erschien. Sie hatte ein schmales Gesicht, teigige Haut und hängende Augenlieder.

Alkoholikerin, dachte Leon: »Madame Marchant?«

»Ja?«, sagte die Frau kurz angebunden.

»Guten Tag, Madame.« Leon versuchte, freundlich zu klingen, was ihm angesichts des grimmigen Gesichtsausdrucks der Frau nicht leichtfiel. »Ich bin Docteur Ritter, ich hätte gerne mit …«

»Was wollen Sie?« Die Frau unterbrach Leon unwirsch und musterte ihn.

»Ich hätte gerne mit Ihrem Mann gesprochen.«

»Der will aber nicht mit Ihnen sprechen.«

»Sie haben ihn ja noch gar nicht gefragt«, antwortete Leon betont freundlich. »Sagen Sie ihm doch bitte, Docteur Ritter wäre hier. Ich habe seine Adresse von meinem Kollegen, Doktor Desvaux.«

»Ich sag doch, mein Mann will mit niemand reden.«

In diesem Moment hörte Leon eine Stimme, die ihren vollen

Klang schon lange verloren hatte. »Lass ihn rein, Helène«, sagte der Mann, der hinter dem Türrahmen erschien.

»Du weißt, was der Arzt gesagt hat. Es ist nicht gut für dich, wenn du dich aufregst.«

Monsieur Marchant war klein, vielleicht 1,70 Meter. Er trug einen dunkelblauen Jogginganzug mit grauen Streifen. Seine Füße steckten in schwarzen Espadrilles. Leon fiel sofort die blasse Gesichtsfarbe des Mannes auf. Auf seiner Haut glänzte Schweiß. Tiefe Augenringe gaben seinem Gesicht etwas Maskenhaftes.

»Sehen Sie mich nur genau an, Docteur, so sieht jemand aus, der dringend zur Dialyse müsste. Aber die Idioten waren noch nicht hier, um mich abzuholen.«

»Guten Tag, Monsieur Marchant«, sagte Leon. »Docteur Desvaux war so freundlich, mir Ihre Adresse zu geben.«

»Kommen Sie rein«, bat Monsieur Marchant.

»Aber was soll ich denn den Leuten vom medizinischen Dienst sagen, wenn sie kommen?«, fragte Madame Marchant.

»Dann warten die eben auch mal einem Moment, mich lassen sie doch ständig warten.«

Kurz darauf saß Leon bei den Marchants im Wohnzimmer, einem kleinen dunklen Raum, dessen Fenster mit Jalousien halb verdeckt waren. An den Wänden hingen keine Bilder, sondern Landkarten, darunter auch eine große Karte von Nordamerika.

»Wundern Sie sich nicht über die Karten«, sagte Marchant. »Nach der Pensionierung wollte ich die ganze Welt bereisen«, der Gastgeber hob enttäuscht die Hände, »c'est la vie.«

»Tut mir leid«, sagte Leon. »Aber hier im Süden ist es schließlich auch sehr schön. Manche Menschen reisen um die halbe Welt, nur um einmal die Provence zu erleben.«

»Die wollen bestimmt nicht zu uns nach Gardanne. Also, warum sind Sie gekommen?«

»Wir haben eine Mordserie in Lavandou.«

»Ich habe die Berichte im Fernsehen gesehen.« Marchant sah Leon neugierig an.

»Ich bin der zuständige Rechtsmediziner«, erklärte Leon.

In Marchants Augen blitzte etwas auf. »Ah, dann geht es bestimmt um die Geschichte vom kleinen Paul«, sagte er. Leon sah den Ex-Polizisten fragend an.

»Paul Bonal, der Junge mit Pfeil und Bogen«, sagte Marchant. »Sechs Ponys hat er damals getötet. Das war wirklich einer der außergewöhnlichsten Fälle in meiner Karriere.«

»Sie haben den Täter also kennengelernt?«

»Zwangsläufig. Ich war der Erste, der ihn verhört hat. Der Junge war erst 14 Jahre alt. Ein verschlossenes Kind. Es kam mir immer so vor, als lebte er in einer durchsichtigen Kapsel. Er war unerreichbar für mich und meine Kollegen. Er schwieg meistens, er schwieg und sah durch mich hindurch. Außer man redete mit ihm über Pferde, da zeigte er tatsächlich so etwas wie Begeisterung. Eigentlich mochte er Tiere. Ich hatte manchmal das Gefühl ... aber ich bin ja kein Psychologe.«

»Ich bin trotzdem neugierig. Was war das damals für ein Gefühl, das Sie hatten?«

»Er hat die Tiere umgebracht, um sich selbst zu bestrafen«, sagte Marchant.

»Für was wollte der Junge sich bestrafen?«, fragte Leon neugierig.

»Nicht so eilig«, unterbrach der Ex-Polizist. »Eines nach dem anderen.«

Leon nickte beschwichtigend und hob die Hand. »Was können Sie mir sonst noch über den Jungen sagen?«

»Paul war ein Einzelgänger. Ich glaube, er hatte überhaupt

keine Freunde«, erinnerte sich der pensionierte Polizist. »Gelegentlich führte er Selbstgespräche.«

»Worüber?«

»Das weiß ich nicht mehr. Aber er tat so, als spräche er mit einer zweiten Person.«

»Er war aber nicht immer so zurückgezogen, oder?«

»Nein, war er nicht. Er konnte zornig werden, sehr zornig sogar. Diese Wutanfälle kamen angerollt wie eine Welle, aus heiterem Himmel. Dann schlug er um sich und schrie. Nach wenigen Minuten ebbte der Anfall wieder ab. Danach war er völlig erschöpft, so als wäre er einen steilen Hügel hinaufgerannt.«

»Das ist jetzt genug, Gil«, Madame Marchant hatte die Wohnzimmertür geöffnet und den Kopf hereingesteckt.

»Wir sind noch nicht fertig, Helène«, sagte ihr Mann sachlich.

»Es ist besser, wenn Sie jetzt gehen, Docteur«, wandte sie sich an Leon. »Gil überfordert sich. Dann kann er wieder die ganze Nacht nicht schlafen.«

»Unsinn, mach uns lieber einen Tee, *ma chérie*«, bat Marchant und wandte sich an Leon. »Sie nehmen doch einen Tee?«

»Vielen Dank, das ist wirklich nicht nötig«, sagte Leon.

»Für unseren Besucher auch einen«, sagte Marchant zu seiner Frau. »Und jetzt lass uns bitte allein.«

»Sie hatten gerade von den Wutanfällen gesprochen«, nahm Leon den Faden wieder auf, nachdem Madame Marchant den Raum verlassen hatte.

»Richtig. Es war nicht besonders schwer gewesen, Paul zu überführen. Der Junge hatte sich keine Mühe gegeben, Spuren zu beseitigen.«

»Ich habe gehört, er wurde nicht vor Gericht gebracht.«

»Es gab ein ziemliches Hickhack zwischen Jugendamt und

Justiz. Das zog sich über Wochen hin. Zuletzt endete die Sache aber vor einer Jugendrichterin.«

»Wegen der toten Ponys?«, wunderte sich Leon.

»Sie kennen nicht die ganze Geschichte?« Monsieur Marchant sah seinen Besucher erstaunt an. »Es gab da eine Vorgeschichte.«

»Nämlich ...?«

»Pauls Mutter hat Suizid begangen, da war der Junge gerade mal 14 Jahre alt«, sagte Marchant. »Sie hatte Pflanzengift geschluckt. Der Junge hat sie gefunden, einige Tage später.«

»Wie schrecklich«, sagte Leon. »Was war mit dem Vater?«

»Ein halbes Jahr nach dem Tod seiner Mutter hat Paul seinen Vater mit Spiritus übergossen und angezündet.«

Der ehemalige Kommissar hatte das so nüchtern erklärt, dass es Leon für einen Moment die Sprache verschlug.

»Er hat seinen Vater ... verbrannt?«, fragte Leon.

»Das ist zumindest meine Theorie«, sagte Marchant. »Nach dem Feuer war nicht mehr genau zu ermitteln, was wirklich in dem Haus vorgegangen ist.«

»Erinnern Sie sich noch, wann das war?«

»15. Oktober 1981, das Datum werde ich nie vergessen«, sagte Marchant. »Wir wurden von der Feuerwehr gerufen, wegen des Verdachts auf Brandstiftung.«

»Hat der Junge gestanden?«, wollte Leon wissen.

»Da war zunächst gar kein Junge. Die Feuerwehr dachte anfangs, Paul wäre ebenfalls in den Flammen umgekommen. Aber dann habe ich ihn gefunden.«

»Wo?«, fragte Leon.

»In einer alten Hundehütte, draußen im Garten. Er lag da, zusammengekauert, und wimmerte wie ein verletztes Tier. Als ich nach ihm gegriffen habe, hat er mich gebissen.«

»Gab es Verwandte?«

»Nein, niemand. Die Nachbarin meinte, es gäbe noch eine entfernte Verwandte an der Küste. Mehr weiß ich nicht. Das betraf ja dann nicht mehr unsere Dienststelle.«

»Dann hat sich also das Jugendamt um ihn gekümmert?«

»Erst kam er in die Jugendpsychiatrie. Nach zwei Monaten wurde er entlassen und einer Pflegefamilie übergeben.«

»Wissen Sie, was aus dem Jungen geworden ist?«

»Das weiß ich nicht so genau. Nach der Sache mit den Ponys kam er erneut in die Nervenklinik. Da habe ich ihn noch ein paarmal gesprochen. Dann kam er in ein Heim. Ich habe irgendwann von Kollegen gehört, dass er in die Provinz gezogen ist und ein Geschäft eröffnet haben soll. Aber das liegt auch schon wieder viele Jahre zurück. Ich fürchte, das ist alles, was ich Ihnen sagen kann.«

83. Kapitel

Als Lilou zu ersten Mal wieder zu sich kam, war es stockfinster um sie herum. Sie versuchte, die Augen zu öffnen, aber sie konnte nicht. Sie konnte gar nichts tun, sich nicht einmal minimal bewegen. Lag einfach so da auf dem Rücken, auf hartem Untergrund. Wo war sie, was war hier los? Hattest du einen Unfall? Ist das ein Traum? Mach die Augen auf!, sagte sie sich. Es ging nicht, es blieb dunkel. Kannst du nicht mehr sehen? Bist du blind? Panik kroch in ihr hoch.

Lass es nicht zu. Du hast keine Angst, beschwor sie sich. Jammere nicht. Finde heraus, was los ist. Das ist jetzt das Wichtigste. Sie atmete tief ein und aus. Es roch nach Feuchtigkeit und Moder.

Aber wo immer sie auch war, die Luft, die sie einatmete, war kühl und ganz real, das war kein Traum. Sie konnte Geräusche wahrnehmen. Sie wurden lauter und ebbten wieder ab. Es klang wie das Zirpen von Zikaden, und es drang von außerhalb dieses Raums an ihre Ohren. Sie musste sich irgendwo in einem geschlossenen Raum befinden. Und die Dunkelheit kam daher, dass ihr jemand einen Sack über den Kopf gezogen hatte. Jetzt konnte sie auch den rauen Stoff auf ihren Wagen spüren, auf den Augenlidern und auf der Stirn. Sie musste zuerst diesen Sack loswerden. Lilou versuchte, ihren Kopf hin und her zu schütteln. Sofort spürte sie bohrende Schmerzen in ihrem Schädel, scharf wie Messerstiche. Sie konnte den Sack nicht abstreifen. Er war um ihren Hals fixiert. Lilous Puls ging wieder schneller. Warum konnte sie sich nicht rühren, nicht die Beine bewegen, nicht die Arme? Gefesselt, dachte sie. Du bist gefesselt. Sobald sich der Gedanke in ihrem Kopf geformt hatte, spürte sie die Seile, mit denen man ihr die Hände auf dem Rücken zusammengebunden hatte. Seile, die ihr in die Handgelenke schnitten.

Versuch, ruhig zu bleiben, sagte sie sich, ruhig atmen. Versuche, dich zu erinnern, was geschehen ist. Nizza fiel ihr ein. Sie wollte nach Nizza fahren. Aber dann war etwas passiert, etwas war dazwischengekommen. Erinnerungsfetzen schossen an ihrem inneren Auge vorbei. Ein Lieferwagen. Der Fahrer hatte eine Panne. Dann riss die Erinnerung ab. Plötzlich stieg eine neue, schreckliche Angst in ihr auf. Sie war nicht allein gewesen. Sie war unterwegs mit Oscar, wo war Oscar? Als sie seinen Namen rufen wollte, brachte sie nur ein Krächzen hervor. Ein Gurgeln und Keuchen, so als würde ihr jemand die Zunge festhalten. Da steckte etwas in ihrem Mund. Panik schnürte ihr die Luft ab. Es war ein Tuch, ein Stofftuch zusammengedreht zwischen die Lippen gezwängt und hinter dem Kopf zusammengeknotet. Sie konnte die Zunge nicht bewegen, sie war eine Gefangene. Sie war entführt worden. Eine neue Welle der Angst wollte sie überrollen.

In diesem Augenblick hörte sie ein Stöhnen. Jemand keuchte und bewegte sich, ganz in ihrer Nähe.

»Oscar?«, wollte sie rufen, aber es kam nur ein kehliges Keuchen aus ihrem Mund. Sie wartete, und dann hörte sie wieder das Stöhnen. Das war eine Antwort. Sie war nicht alleine in diesem Verlies. Da war noch ein Mensch.

Lilou konzentrierte sich und stieß beim nächsten Ausatmen die beiden Silben des Namens ihres Freundes hervor. »Os ...car«. Was nur wie ein weiteres Krächzen klang. Aber in diesem Moment spürte sie den Fuß, der ganz leicht gegen ihren Unterschenkel tippte, zwei Mal. »Oscar?«

Wieder dieser leichte Tritt.

Das war Oscar, das musste er sein. Tränen stiegen ihr in die Augen.

84. Kapitel

Als Lilou um 15 Uhr immer noch nicht angerufen hatte, war Isabelle überzeugt, dass etwas nicht in Ordnung war. Sie hatte schon den ganzen Tag versucht, ihre Tochter und Oscar zu erreichen. Auf dem Handy meldete sich bei beiden nur der Anrufbeantworter. Auch auf WhatsApp und ihre SMS-Nachrichten hatte Lilou nicht reagiert. Schließlich hatte Isabelle bei Lilous Freundinnen angerufen und sogar versucht, die Eltern von Oscar zu erreichen. Obwohl sie wusste, dass Lilou es nicht leiden konnte, wenn Isabelle die Familie ihres Freundes kontaktierte. Aber alles, was Isabelle in Erfahrung bringen konnte, war, dass die Eltern verreist und zurzeit nicht zu erreichen waren. Sie hinterließ eine Nachricht auf dem Anrufbeantworter.

Übertreibe ich?, fragte sich Isabelle. War sie eine von diesen Müttern geworden, die nicht loslassen konnten? Die glaubten, dass ihre Kinder nur dann unbeschadet durchs Leben kamen, wenn die Eltern alles um sie herum kontrollierten? Hatte ihr Job sie wirklich schon so ängstlich und misstrauisch gemacht?

Natürlich hatte Isabelle längst Masclau und Kadir in die ganze Sache eingeschaltet, was streng genommen nicht gestattet war. Schließlich war nichts vorgefallen, was eine offizielle Ermittlung gerechtfertigt hätte. Ganz im Gegenteil. Die Mannschaft der Gendarmerie von Le Lavandou hatte im Augenblick wirklich genug

andere Probleme zu lösen als einem Studentenpärchen nachzu-
spüren. Die beiden Lieutenants halfen ihrer Chefin trotzdem,
wenn auch nur halbherzig. Aber vor allem versuchten sie, Isabelle
zu beruhigen. Lilou und Oscar waren schließlich keine kleinen
Kinder mehr, wie Masclau immer wieder betonte.

Daraufhin hatte Isabelle Kadir gebeten, wenigstens in *Le Lézard* Halt zu machen und sich kurz umzusehen, wenn er auf Streife
war. Schließlich lag Leons Weingut sowieso auf seiner Route. Er
hatte versprochen vorbeizufahren.

Kadirs Anruf erreichte Isabelle eine Stunde später auf dem
Handy: Der Lieutenant bestätigte, was sie schon befürchtet hatte.
Das alte Weingut war verschlossen und das Haus leer. Lilou und
Oscar waren also aufgebrochen. Aber waren sie tatsächlich wie
geplant nach Nizza gefahren?

Schließlich hatte sich Isabelle in ihrer Sorge zu etwas hinreißen lassen, von dem sie von Anfang an wusste, dass es ihr eine
Menge Ärger einbringen würde. Sie hatte an Commandant Zerna
vorbei einen Fahndungsaufruf für den Méhari und seine beiden
Passagiere eingeleitet. Ein klarer Verstoß gegen die polizeilichen
Vorschriften. Fahndungsaufrufe durften nur im Zusammenhang
mit Kapitalverbrechen oder in besonderen Fällen von Gefahr im
Verzug ausgegeben werden. Darüber hinaus konnten solche Aufrufe ausschließlich vom Leiter der Station genehmigt werden.

Jetzt stand Isabelle in Zernas Büro vor ihrem Chef, der in seinem Ledersessel sitzen geblieben war und seine Stellvertreterin
prüfend ansah. Gerade so, als hätte ich die Kaffeekasse gestohlen, dachte Isabelle.

Zerna schätzte seine Stellvertreterin sehr. Es war vor allem
seine Fürsprache gewesen, die Isabelle seinerzeit auf den begehrten Posten der stellvertretenden Polizeichefin gehoben hatte. Na-

türlich war Zernas Unterstützung nicht ganz uneigennützig gewesen. Damals knirschte es heftig in der Ehe des Commandant. Zerna spielte bereits mit Scheidungsgedanken. Damals hätte er sich eine Zukunft mit der attraktiven, aufstrebenden Isabelle gut vorstellen können. Entsprechend groß war seine Enttäuschung, als genau in diesem Moment Leon in ihrem Leben aufgetaucht war. Gelegentlich ließ Zerna seine Stellvertreterin auch heute noch seinen Unmut über ihre Liaison mit dem Rechtsmediziner spüren.

»Sie kennen die Vorschriften?«, fragte Zerna knapp.

»Natürlich«, sagte Isabelle, »Aber ... Sie können sich nicht vorstellen, wie das ist, wenn ihr Kind plötzlich verschwindet.«

»Isabelle, ich bitte Sie«, Zerna hob die Hände. »Lilou ist fast 18. Sie wissen, die ganze Mannschaft würde ausrücken, um nach ihr zu suchen, aber ...«

»Aber was?« Isabelle sah ihren Chef trotzig an.

Zerna ließ die Hände sinken. Da kann man nichts machen, sollte die Geste heißen.

»Lilou ist jetzt ... wie lange verschwunden, seit 6 Stunden?« der Polizeichef sah Isabelle mitfühlend, aber auch ein wenig mitleidsvoll an. »Sie sagen selber, dass sie zusammen mit ihrem Freund unterwegs ist. Tut mir leid, wenn ich das so sage, aber in diesem Alter denkt man an andere Dinge als daran, sich ständig bei den Eltern zu melden. Vielleicht sitzen die beiden am Hafen und essen Eis, oder sie gehen am Strand spazieren, oder ... sie hatten einfach nur mal Lust, für sich alleine zu sein.«

Isabelle hätte ihren Chef am liebsten geschlagen, weil er in diesem Ton mit ihr sprach, und weil sie ahnte, dass er wahrscheinlich recht hatte. Sie stellte sich schon den ganzen Nachmittag vor, wie Lilou sie am Abend anrufen würde, und wie sie sich dann am Telefon würde zusammenreißen müssen, damit ihre

Tochter ja nichts von ihrer unbegründeten Sorge spüren würde. Aber der Anruf kam nicht. Was Isabelle dagegen immer wieder einholte, waren die dunklen Ahnungen, dieses Gefühl, dass hier etwas dabei war, komplett aus dem Ruder zu laufen.

Es gab da draußen jemand, der hatte schon zweimal ein junges Liebespaar gefoltert und bestialisch getötet. Isabelles größte Sorge war, dass sie den Falschen festgenommen hatten und der wahre Täter, genau in diesem Augenblick, nach neuen Opfern Ausschau hielt.

»Ich weiß, was Sie denken«, sagte Zerna.

»Nein, tun Sie nicht.«

»Sie fürchten, dass Ihre Tochter und ihr Freund in Gefahr sind. In die Hände des Killers geraten könnten.« Der Polizeichef sah seine Stellvertreterin an. »Aber darf ich Sie daran erinnern, dass Sie den Täter selber aufgespürt und festgenommen haben?«

»Er hat sein Geständnis widerrufen«, sagte Isabelle bitter.

»Jetzt kommen Sie mir aber nicht so.« Zerna klang verärgert. »Sehen Sie sich die Nachrichten an, wenn Sie sich schon selber nicht glauben. Wir haben den Täter, und er wird hier festgehalten und vernommen. Gleich zwei Türen weiter.«

»Soll das heißen, ich kann jetzt die Hilfe meiner Kollegen vergessen?«

»Was reden Sie da? Natürlich helfen wir Ihnen«, sagte Zerna, und Isabelle merkte ihrem Chef an, dass er nicht weiter über Lilous Verschwinden diskutieren wollte. »Aber wir brauchen etwas, irgendetwas, das nach der Spur eines Verbrechens aussieht. Damit wir irgendwo ansetzen können.«

»Sie denken, ich bin hysterisch«, sagte Isabelle mit leicht provozierendem Unterton.

»Ich denke, Sie sind vor allem eine Mutter, die sich Sorgen um ihre Tochter macht. Ich schlage vor, wir geben Lilou und ihrem

Freund noch zwei Stunden und reden dann noch einmal darüber, was wir unternehmen können. Ist das ein Angebot?«

»Und warum unternehmen wir nicht gleich etwas?« Isabelle ließ nicht locker.

»Weil ...«, Zerna unterbrach sich. Er musterte Isabelle und sagte kopfschüttelnd: »Sie sind ab sofort für die nächsten 48 Stunden vom Dienst freigestellt.«

»Aber ...«, wollte Isabelle widersprechen.

»Dann können Sie sich ganz um Ihre privaten Angelegenheiten kümmern«, sagte Zerna freundlich, aber bestimmt. »Sie können sich im Moment ja sowieso nicht auf unseren Fall konzentrieren.«

»Aber wir müssen jetzt etwas tun. In zwei Stunden könnte es zu spät sein«, empörte sich Isabelle.

»Wofür? Wir wissen bisher nur, dass Lilou mit ihrem Freund drei entspannte Tage in Nizza verbringen will. Meine Sorge hält sich also im Augenblick noch in Grenzen.«

»Gut zu wissen«, sagte Isabelle und verließ das Büro. Dabei schlug die Tür schwungvoller zu, als sie es beabsichtigt hatte.

»*Bonne journée*«, drang Zernas Stimme durch die Tür.

Kurz vor ihrem Büro kam ihr Kadir entgegen.

»Hast du einen Moment?«, sagte Kadir. »Ich habe die Geodaten der Handys.«

»Gehen wir in mein Büro«, sagte Isabelle und nahm dem Lieutenant die Papiere aus der Hand.

Sie war zu aufgeregt, um sich zu setzen. Ihr Finger glitt über die Einlog-Daten.

»Woher hast du die?«, wollte Isabelle wissen, winkte aber im nächsten Moment ab.

»Jemand bei der Télécom hat mir noch einen Gefallen geschuldet.« Kadir lächelte.

»Danke, dass du mir hilfst«, sagte Isabelle.

»Mach ich doch gerne.«

»Was bedeutet das hier?« Sie deutete auf eine Zeile, die mit gelbem Leuchtstift markiert war.

»Ich habe die beiden Handynummern angestrichen«, erklärte Kadir.

»Hier steht 8:07 Uhr.« Isabelle deutete auf die entsprechende Zeile.

»Das ist Lilous Handy. Es war zuletzt an einem Sendemast westlich von Pierrefeu eingeloggt. Nicht weit vom Weingut des Docteur entfernt«, erklärte Kadir die Ziffern und Kürzel auf dem Computerausdruck. »Um genau sieben Minuten nach acht Uhr heute Morgen wurde das Handy abgeschaltet.«

»Warum sollte Lilou ihr Handy abschalten?«, fragte Isabelle irritiert. »Das hat sie nicht getan. Bestimmt nicht.«

»Ich kann nur sagen, was hier im Protokoll steht.«

»Was ist mit Oscars Handy?«, fragte Isabelle.

»Wurde ebenfalls abgeschaltet. Knapp drei Minuten später, um genau 10 Minuten nach acht.«

»Über ihre Handys können wir sie jetzt also nicht mehr erreichen?« Es war mehr eine Feststellung als eine Frage.

»Jemand hat die beiden Handys heruntergefahren. Dabei haben sie sich automatisch aus dem Netz ausgeloggt«, erklärte Kadir geduldig. »Sobald sie wieder eingeloggt sind, informiert mich mein Freund, und wir wissen sofort, wo das ist.«

»Das waren nicht die beiden«, Isabelle atmete tief ein, als müsste sie sich zwingen, ihre dunkelsten Albträume auszusprechen. »Das hat jemand anderes getan.«

85. Kapitel

Als Leon in die Einfahrt seines Weingutes einbog und das alte Haus erreichte, wartete Isabelle bereits vor dem Eingang, gleich neben ihrem Streifenwagen. Leon schaltete den Motor ab, stieg aus und nahm Isabelle in den Arm. Er konnte ihren Herzschlag spüren und ihre Angst. Für einen Moment schwiegen beide und hielten sich nur stumm in den Armen.

Isabelle hatte ihn vor einer Stunde angerufen und auf der Rückfahrt von Aix-en-Provence erwischt. Sie hatte erzählt, was geschehen war, und dass die Polizei sich immer noch nicht offiziell in den Fall eingeschaltet hatte. Es war Leons Idee gewesen, sich in *Le Lézard* zu treffen. Schließlich war das der letzte Platz, von dem sie wussten, dass Lilou und Oscar dort gewesen waren.

»Warst du schon im Haus?«, fragte Leon.

»Ich wollte keine Spuren kaputt machen«, Isabelle schüttelte den Kopf.

Es war nicht wegen der Spuren, dachte Leon. Isabelle hatte Angst, sie könnten im Haus etwas finden, das der Beweis für ein Verbrechen wäre.

»Vielleicht gibt es ja für all das eine ganz einfache Erklärung ...«, versuchte Leon, ihr Mut zu machen. Aber er merkte, wie durchsichtig sein Trost war.

»Ach ja, und welche?«, fragte Isabelle bissig und lenkte gleich wieder ein. »Entschuldige, Leon, ich ... ich weiß auch nicht.«

»Ist schon gut, sehen wir uns erst einmal um.«

Die beiden betraten das Haus. Eine Viertelstunde durchsuchte Isabelle die Zimmer. Während Leon sich in der Küche, im Keller und der Scheune umsah.

»Und?«, fragte Leon, als sie sich wieder vor der Tür bei den Autos trafen.

Isabelle schüttelte nur den Kopf. »Es ist alles ordentlich. Das Geschirr ist sauber und die Betten sind gemacht. Es ist, als ...«, sie brach ab.

»Als hätte jemand aufgeräumt, der ein paar Tage nach Nizza fahren will«, nahm Leon den Satz auf.

»Du glaubst mir nicht?« Isabelle klang enttäuscht.

»Darum geht es doch nicht, Isabelle«, meinte Leon und sah sich um. »Wir müssen die Vorgänge genau rekonstruieren. Was haben die beiden als Letztes gemacht, bevor sie abgefahren sind?«

»Wenn sie überhaupt abgefahren sind.«

Leon ging in die Knie und betrachtete den Boden in der Zufahrt.

»Hast du was?«

»Hier ist erst kürzlich jemand hinaufgefahren.« Leon hockte an der Einmündung zu einem engen Feldweg, der hügelaufwärts zwischen den Weinstöcken verschwand. Eine Sackgasse, die von Leon nur auf Wunsch der Feuerwehr aufrechterhalten wurde und irgendwo im nahen Wald endete. Damit die Pompiers bei Löscharbeiten schnell das angrenzende Naturschutzgebiet erreichen konnten. Gelegentlich wurde der staubige Pfad auch von Wanderern benutzt, aber jetzt gab es hier frische Reifenspuren in dem feinen Staub.

»Merkwürdig, ich bin da schon Monate nicht mehr hochgefahren. Bin gleich wieder da«, sagte Leon und marschierte los.

»Warte, ich komme mit«, Isabelle lief ein paar Schritte hinter ihm her, bis sie ihn erreicht hatte. Sie griff nach seiner Hand, und sie gingen zusammen den Pfad hinauf. Am Himmel zeigten sich erste Wolken.

Vielleicht gibt es heute noch Regen, dachte Leon. Die Weinstöcke könnten wirklich Regen vertragen nach den trockenen Tagen im Frühsommer.

In diesem Moment bemerkte er, dass Isabelle stehen geblieben war. Es dauerte einen Moment, bis Leon klar wurde, dass sie zum Waldrand hinaufstarrte und stumm auf etwas deutete.

Leon sah genauer hin. Im Wald, halb verdeckt hinter wildem Rosmarin und Oleandersträuchern, stand Isabelles Méhari.

86. Kapitel

Wie viele Stunden lag sie schon hier auf dem Boden? In ihrem dunklen Verlies hatte Lilou jedes Zeitgefühl verloren. Aber was viel schlimmer war, sie war dabei, ihren Mut zu verlieren. Inzwischen hatte sie Angst, wieder aufzuwachen und die Augen zu öffnen. Sie wollte nicht wieder in die lichtlose Dunkelheit starren. Sie wollte bleiben, wo sie war. In der Welt zwischen Traum und Wirklichkeit. Hier fühlte sie sich wie schwerelos in einer anderen Sphäre. Sie fühlte sich gut, so von Zeit und Raum enthoben, nicht wissend, wo sie war, oder was mit ihr geschehen würde. Nicht einmal Schmerzen spürte sie mehr in dieser Zwischenwelt. Warum konnte es nicht so bleiben? Sie würde einfach da liegen bleiben, bis Maman und Leon kämen, um sie abzuholen. Und alles wäre wieder so wie vorher. Wo war ihre Mutter, dachte Lilou, warum suchte sie nicht nach ihr? Hatte sie schon aufgegeben? Ich bin doch hier, hier in der Dunkelheit. Könnt ihr mich nicht hören? Spürt ihr nicht, dass es mir schlecht geht? Wach auf, sagte eine Stimme in Lilou. Wach auf und kümmere dich selber. Wenn du etwas tun willst, dann ist jetzt die Gelegenheit. Warte nicht auf jemanden, der nicht kommen wird.

Plötzlich spürte sie, dass sie auf etwas lag. Vielleicht einem Stein. Lichtblitze schossen hinter ihren Augen vorbei, als sie versuchte, den Kopf zu heben. Schmerzen rissen sie aus ihren Träumen. Das waren keine Fantasien mehr. Das war die brutale Wirklichkeit. Lilou bewegte vorsichtig ihre schmerzenden Arme. Zentimeter für Zentimeter. Sie versuchte, den Stein zu erreichen, der ihr so schmerzhaft in den Rücken drückte. Wollte ihn loswerden, sich zur Seite drehen. Ihre gefesselten Hände bewegen. Nur ein paar Zentimeter. Es funktionierte. Zentimeter um Zentimeter konnte sie ihre Hand über den Boden schieben. Ihre Muskeln protestierten schmerzhaft, der ganze Körper schien aufzuschreien. Etwas schnitt in ihre Handgelenke. Bitte, nur noch ein kleines Stück, dann hatte sie es geschafft. Ihre linke Hand packte zu. Aber das war kein Stein, das war ein Schuh, ein Sneaker. Sie konnte den Stoff und die dicke Gummisohle mit den Fingerspitzen berühren. Das war ein Fuß, Oscars Fuß.

»Oscar«, versuchte sie zu sagen.

Aber diesmal folgte keine Reaktion. Sie griff nach dem Fuß. Erreichte ihn aber nur mit den Fingerspitzen. Rüttelte diesmal fester.

»Oscar, bitte«, flehte sie stumm. »Sag was.«

Nichts tat sich. Oscar gab keinen Laut von sich. Nicht einmal seinen Atem konnte sie mehr hören. Angst schoss durch ihren Körper. Sie packte seinen Fuß und ... nichts. Erinnerungen stürzten auf sie ein. Oscar, sein Lachen. Wie er im Méhari neben ihr saß, wie sie zusammen zum Weingut gefahren waren. Und dann war da wieder die andere Erinnerung, von diesem Mann und dem Lieferwagen.

Was war mit Oscar geschehen? War er ..., sie stockte, war er tot? Sie war wütend auf sich, weil sie überhaupt einen solchen Gedanken zuließ.

»Oscar«, flehte sie. »Bitte, Oscar.«

Keine Reaktion. Plötzlich wurde ihr bewusst, dass er wirklich tot sein konnte, dass sie hier mit einer Leiche lag. Für einen Moment hätte sie sich am liebsten in die entfernteste Ecke des Raumes verkrochen, nur weg von diesem Toten. Aber im nächsten Moment suchte sie schon wieder seine Nähe und schob sich näher an Oscar heran. Dorthin, wo sie seinen Körper vermutete. Wie eine Schlange bewegte sie sich über den Boden. Dann fühlte sie Oscars Körper. Sie drängte sich an ihn. Berührte seinen Rücken mit ihrer Brust und spürte, dass da noch Wärme in dem anderen Körper war. Lebte er? Oscar?

»Konzentriere dich«, beschwor sich Lilou. Es muss einen Weg hier heraus geben. Es gab immer einen Weg. Warte nicht auf Hilfe, sondern konzentrier dich. Sie wollte sich aufrichten, stürzte aber zurück auf den Boden und schlug mit der Schulter auf. Schmerzen schossen ihr durch den Arm. Sie musste es vorsichtig angehen, wenn sie hier rauswollte. Sie würde ihre Hände brauchen. Sie musste zuerst die verdammten Fesseln loswerden, und diesen Knebel, dann würde sie weitersehen.

87. Kapitel

Die Sonne begann, hinter den Höhen des *Massif de la Sainte-Baume* unterzugehen. Ihr flaches Licht färbte die Steine rot. Unter der Korkeiche vor *Le Lézard* parkten jetzt drei Polizeiautos und ein Abschleppwagen, auf dessen Laderampe der Méhari von Isabelle stand. Leon trug seine Latexhandschuhe. Er hatte sich in das offene Auto gebeugt und den Innenraum durchsucht. Er richtete sich auf und kam die Rampe herunter, wo Isabelle, Zerna und Lieutenant Masclau schon auf ihn warteten.

»Und?«, fragte Zerna.

»Nichts, zumindest nichts, was auffällig wäre«, sagte Leon. »Keine sichtbaren Blutflecke, keine Spuren eines Kampfes.«

»Da muss aber was sein«, drängte Isabelle.

Zerna sah seine Stellvertreterin bedauernd an.

»Der Wagen stand da oben, als hätten seine Besitzer nur mal 'ne Pinkelpause gemacht«, versuchte Masclau, die Stimmung zu lockern.

»Sie wissen genau, dass es nicht so war«, sagte Isabelle scharf.

»Also ...«, wollte Zerna anfangen.

»Also was?«, ging Isabelle sofort angriffslustig dazwischen.

»Wenn hier ein Verbrechen geschehen ist«, fuhr Zerna fort, »dann hat es offenbar keine Spuren hinterlassen.«

»Zwei Menschen verschwinden doch nicht einfach so«, sagte

Isabelle. »Jemand hat das Auto ganz offensichtlich im Wald versteckt. Sind das vielleicht keine Spuren?«

»Vielleicht Verdachtsmomente«, sagte Zerna, »aber keine Spuren, mit denen wir etwas anfangen können.«

»Es geht um meine Tochter«, Isabelle klang verzweifelt.

»Und um einen jungen Mann. Das weiß ich auch«, erwiderte Zerna. Er steckte in einer Zwickmühle.

»Was machen wir mit dem Méhari?«, unterbrach ein Polizist.

»Den soll sich die Spurensicherung in der Wache auf Fingerabdrücke ansehen«, sagte Leon und sah Zerna an. »Wenn Sie einverstanden sind, natürlich.«

»Wir brauchen die Ergebnisse schnell«, ergänzte Zerna. »Sagen Sie denen das.«

Die Männer vom Abschleppdienst sicherten den Méhari mit Spanngurten auf der Ladefläche, während die anderen Beamten zu ihren Fahrzeugen zurückgingen.

Zunächst hatte Leon den Lappen nur aus dem Augenwinkel wahrgenommen. Er ärgerte sich jedes Mal, wenn auf seinem Grundstück Müll herumlag. Offenbar hatte ein Windstoß den grauen, fleckigen Lappen vor das Haus geweht, wo er an der großen Bougainvillea gleich neben der Tür hängen geblieben war. Leon hob ihn auf und stutzte. Von dem Lappen ging ein ätzender, süßlich-fruchtiger Geruch aus. Leon hatte diesen Geruch schon einmal wahrgenommen. Es dauerte einen Moment, bis er sich erinnerte, doch dann traf es ihn: in der Reinigung Koenig! Da war es genau dieser beißende süßliche Geruch gewesen, der einen Hustenreiz bei ihm ausgelöst hatte. Was hatte Koenig gesagt, was war das? Aceton.

»Wir müssen zu Koenig«, sagte Leon.

»Warum?«, wollte Zerna wissen.

»Erzähle ich unterwegs.« Es war an der Zeit, Zerna in seine Recherchen einzuweihen.

Zwanzig Minuten später waren sie in der Wäscherei, aber Victor Koenig war nicht mehr da. Es gab jedoch einen Nachtwächter, einen ehemaligen Mitarbeiter der Stadtreinigung, der sich auf diese Weise etwas zu seiner bescheidenen Rente dazuverdiente. Er hatte seinen Chef am Abend noch kurz gesprochen. Allerdings hatte der schon gegen 19:00 Uhr mit seinem Wagen die Firma verlassen. Der Hausmeister hatte eine Handynummer von Koenig, unter der die Gendarmerie aber nur den Anrufbeantworter erreichte.

Als Leon vorschlug, zu Koenigs Villa in Rayol zu fahren, konnte er sehen, wie Zerna sich gegen diesen Plan sträubte. Was wollte die Polizei dort erreichen? Bei einem dermaßen dünnen Anfangsverdacht?

Leon wusste, dass Isabelle und er noch immer keine solide Spur hatten. Die Geschichte von einem Jungen, der seinen Vater getötet und dann Jahre seines Lebens in der Psychiatrie verbracht hatte, war zwar düster, aber Leon konnte nicht beweisen, dass sie mit dem Unternehmer Victor Koenig in Zusammenhang stand. Auf der anderen Seite sah er Isabelle, ihre Verzweiflung und die zunehmende Angst vor dem, was da wirklich mit Lilou und ihrem Freund geschehen war. Dass einige der Fakten beunruhigend waren, musste sogar Zerna zugeben. Das war auch der Grund, warum er nicht längst wieder in seinem Büro saß und sich dem Liebespaarmörder widmete, statt nach Dienstschluss durch die Hügel von La Londe zu fahren, um mit einer Frau zu sprechen, die niemand kannte und von der niemand etwas wusste.

Zerna saß schweigend auf dem Beifahrersitz in Leons Auto. Leon, der ihn aus dem Augenwinkel heraus beobachtete, wusste, was den Polizeichef quälte: Zerna hasste sich jetzt schon dafür, dass er Isabelles Wunsch nach einer Durchsuchung der Koenig-Villa nachgegeben hatte. Es hatte ihn ein langes Telefonat gekostet, Staatsanwalt Orlandy in Toulon zu überzeugen, dass ein Durchsuchungsbeschluss für das Anwesen der Koenigs gebraucht wurde. Schließlich stimmte der Oberstaatsanwalt zu, nicht ohne Zerna zusätzlich unter Druck zu setzen.

»Wagen Sie es nicht, sich mit leeren Händen bei mir zu melden«, hatte er Zerna gewarnt. »Meine Unterstützung in dieser Koenig-Sache haben Sie nur, solange dabei auch etwas Brauchbares rauskommt.«

»Wenn wir in dieser gottverdammten Villa nichts finden«, Zerna wandte sich zu Leon um, »dann sind wir raus aus dem Fall. Aber das Gleiche gilt auch für Sie. Das verspreche ich Ihnen.«

»Wir werden etwas finden«, behauptete Isabelle trotzig, die auf der Rückbank saß. »Sie werden sehen.«

Eine Viertelstunde später stand Leon zusammen mit Isabelle, dem Polizeichef und fünf weiteren Beamten vor dem Eingang der Villa und läutete bereits zum fünften Mal. Sie hörten die Glocke im Haus anschlagen, aber nichts bewegte sich.

»Da ist keiner zu Hause«, konstatierte Masclau nüchtern.

»Das war's dann«, meinte Zerna.

»Dann werden wir eben hierbleiben und warten«, widersprach Isabelle, als könnte sie über die Ermittlung entscheiden.

»Das werden wir ganz bestimmt nicht tun. Wir rücken ab, und zwar jetzt«, sagte Zerna zu den Beamten, die ihnen mit einem zweiten Streifenwagen gefolgt waren.

In diesem Moment drückte Masclau auf die Klinke, und die Haustür schwang auf.

»Vielleicht ist ja doch jemand zu Hause«, sagte Masclau.

»Wir bleiben draußen«, befahl Zerna, »alle.«

In diesem Moment trat Isabelle entschlossen nach vorne und stieß die Tür ganz auf.

»Madame Koenig?!«, rief Isabelle laut und freundlich, während sie den Flur betrat. »Hallo, Madame?«

»Ich sagte: Keiner geht in das Haus«, drohte Zerna.

»Ich dachte, wir hätten einen Durchsuchungsbeschluss«, erinnerte ihn Isabelle trocken.

»Den wir noch nicht der Hauseigentümerin gezeigt haben«, protestierte Zerna.

»Die Tür war offen«, sagte Masclau.

»Weil sie die Tür geöffnet haben, unerlaubt«, schimpfte Zerna. »Da hätten sie genauso gut einen Stein durchs Küchenfenster werfen können.«

»Vielleicht ist sie ja ausgegangen«, sagte Masclau.

»Eine alte Frau, die im Rollstuhl sitzt …?«, fragte Isabelle.

»Einen Rollstuhl kann ich nirgends sehen«, sagte eine junge Polizistin, die in den Gang vorausgegangen war.

»Wir können ja einmal durch das Haus gehen«, schlug Isabelle vor. »Ich meine, wo wir schon mal hier sind. Nur zur Sicherheit.«

Die Villa war in den Sechzigerjahren gebaut worden. Sie war geräumig und ein wenig geschmacklos, wie Leon nun bei seinem zweiten Besuch feststellte. Ein Ort, mit dem die Besitzer ihre Gäste beeindrucken wollten. Von der Eingangstür schwang sich eine offene Treppe mit goldglänzendem Messinggeländer in den ersten Stock, wo sie in eine Galerie überging. Es gab einen elektrischen Treppenlift. Leon fiel sofort auf, dass das Haus für eine körperbehinderte Person umgebaut worden war. Lichtschalter waren extra tief montiert. Es gab keine störenden Türschwellen. Fernbedienungen für Fernsehen, Radio und Klimaanlage lagen ordentlich ausgerichtet auf Tischen und Kommoden.

Leon und Isabelle gingen zusammen von Tür zu Tür. Es war

nicht schwer zu erkennen, welches Schlafzimmer die Tante bewohnte. Betten und Tapete hatten ein ähnlich aufdringliches Blumenmuster, die Tagesdecke war faltenlos über das Bett gespannt. Schabracken und lange Vorhänge schützten tagsüber den Raum vor dem grellen Sonnenlicht. Das Zimmer war bis in den kleinsten Winkel aufgeräumt. Alles war frisch bezogen und trotzdem, oder gerade deshalb wirkten die Räume eigenartig leblos und unbewohnt. Da halfen auch die vielen großen und kleinen Fotografien nicht, die in polierten Silberrahmen auf der Kommode im Wohnzimmer standen. Sie zeigten alle dieselbe Person. Eine Frau mit kurzen Haaren, die sie hart und zurückweisend erscheinen ließen. Die meisten der Fotos zeigten sie allein, in unterschiedlichen Altersstufen. Aber es gab auch Fotografien mit Familienmitgliedern. Leon glaubte, auf einem der Bilder Victor Koenig zu erkennen, allerdings musste diese Aufnahme schon vor vielen Jahren gemacht worden sein.

Die bodentiefen Fenster im Schlafzimmer führten auf einen kleinen Balkon, auf dem ein flacher Couchtisch stand. Eine Tür führte vom Schlafzimmer zum Gang, eine zweite zum Badezimmer. Der Raum war ganz in Weiß gekachelt und hatte in der Ecke eine Dusche mit Glastür. Überall waren Griffe und Stützen an die Wände montiert. Isabelle nahm ein Zahnputzglas und hielt es gegen das Licht.

»Das hat schon lange niemand mehr benutzt«, sagte sie.

»Oder es kommt frisch aus der Spülmaschine«, sagte Leon nüchtern.

Isabelle stellte das Glas zurück und betrachtete die Zahnbürste.

»Die ist auch brandneu«, meinte Isabelle. »Und Zahnpasta sehe ich auch nicht.«

»Glaub mir, ich habe die Frau gesehen. Sie saß im Rollstuhl.«

»Aber du hast nicht mit ihr gesprochen?«, erinnerte Isabelle.

»Nein, sie war schließlich auf der Veranda. Ich stand mit Koenig an der Haustür.«

»Und warum wollte er dich nicht hineinlassen?«

»Keine Ahnung. Vielleicht wollte er sich um seine Tante kümmern. Vielleicht wollte er sich aber auch nur ein Fußballspiel im Fernsehen anschauen.«

»Er hat vielleicht Lilou entführt«, drängte Isabelle. »Verstehst du das denn nicht?«

»Natürlich verstehe ich das. Und das weißt du auch«, Leon legte seinen Arm um ihre Schultern.

»Vielleicht habe ich mich auch geirrt«, sagte Leon, »vielleicht hat Koenig nicht das Geringste mit den Morden zu tun, und die Tante ist zurzeit im Sanatorium.«

»Das glaubst du doch selber nicht.«

»Nein, tu ich nicht«, gab Leon zu, während Isabelle das Medizinschränkchen über dem Waschbecken durchsuchte.

»Schlafmittel, Abführmittel«, zählte sie auf. Dann betrachtete sie eine Folie mit Tabletten. »Dolodoron forte«, las sie. »Kennst du das?« Isabelle reichte die Medikamentenschachtel Leon.

»Ein sehr starkes Schmerzmittel. Gehört zu den Opiaten«, sagte Leon und ergänzte: »Wird streng kontrolliert. Bekommen Krebspatienten im Endstadium.«

»Vielleicht ist sie in einer Klinik«, überlegte Isabelle.

Zwanzig Minuten später versammelten sich die Polizisten wieder vor der Haustür. Weder Leon noch Isabelle noch irgendjemand von der Gendarmerie nationale hatte irgendetwas Auffälliges entdeckt. Natürlich hatten die Beamten in der kurzen Zeit nicht jeden Winkel des Hauses kontrollieren können. Zumal Zerna die Order ausgegeben hatte, alles so zu belassen, wie sie es vorgefunden hatten. Jetzt standen alle wieder vor der Tür, und

Zerna war so verärgert, dass Leon sehen konnte, wie hinter seinen Schläfen das Blut pochte. Es war genau das eingetreten, was der Polizeichef befürchtet hatte. Er würde morgen den Oberstaatsanwalt anrufen müssen, um ihm zu erklären, dass sie absolut gar nichts gefunden hatten.

»Es muss da oben noch eine Hütte geben!« Leon deutete zum Waldrand, der das große Grundstück begrenzte. «Hat mir der Gärtner erzählt.«

»Das ist keine Hütte, nur ein verrotteter Ziegenstall«, korrigierte einer der Polizisten Leon. »Da liegt nur rostiges Gerümpel drinnen, wir haben schon nachgesehen.«

In diesem Moment kam eine Nachricht über Funk: Ein Beamter der Gendarmerie hatte angeblich Victor Koenig gesehen. Demnach saß der Gesuchte in Bormes-les-Mimosas im Restaurant La Terrasse und aß gemütlich zu Abend. Zerna nahm dem Gendarmen das Funkgerät aus der Hand und drückte auf die Sendetaste.

»Auf keinen Fall festnehmen!«, schnaubte Zerna in das Funkgerät. »Nur beobachten. Möglich, dass der Mann uns zu weiteren Opfern führen kann.« In diesem Moment sah Zerna Isabelles erschrockenen Blick und korrigierte sich sofort. »Wir müssen mit einer Entführung rechnen. Wir sind in 15 Minuten bei Ihnen.«

»Glauben Sie jetzt auch, dass die beiden entführt wurden?«, fragte Isabelle.

»Es ist besser, wenn wir auf alles vorbereitet sind«, sagte Zerna. »Ich dachte eigentlich, ich hätte Sie nach Hause geschickt?«

»Es geht mir gut«, entgegnete Isabelle und räusperte sich, als hätte sie nur eine kleine Erkältung. »Ich möchte dabei sein, wenn Sie Koenig festnehmen.«

»Einverstanden«, sagte Zerna. »Ich weiß, unter welchem

Druck Sie stehen, Isabelle. Trotzdem keine eigenständigen Aktionen. Habe ich da Ihr Wort?«

Isabelle nickte.

»Kein Blaulicht, keine Sirene«, wandte Zerna sich an seine Mannschaft. »Wir treffen uns auf dem Parkplatz vor der Kapelle Saint François in 20 Minuten.«

Isabelle ging zu Leon, der noch einen Blick in die Garage von Koenig geworfen hatte.

»Noch etwas gefunden?«, frage sie Leon, der nur knapp den Kopf schüttelte.

»Einen Rasenmäher und eine alte Hollywood-Schaukel. Und ein paar Büchsen Chlor für die Umwälzanlage des Swimmingpools. Und das hier«, er zeigte ihr eine alte Plastikflasche, die eine gelbliche Flüssigkeit enthielt.

»Was ist das?«, fragte Isabelle.

»Bin nicht sicher. Ich denke, Aceton«, vermutete Leon. »Dafür brauche ich aber das Labor.«

»Ich muss los«, sagte Isabelle.

»Ich werde hierbleiben.« Leon sah die Rücklichter der Polizeifahrzeuge in der Dunkelheit verschwinden und drückte kurz Isabelles Hand.

»Das brauchst du nicht«, meinte Isabelle.

»Nur eine oder zwei Stunden, zur Sicherheit«, sagte Leon.

»Die Theorie vom Mondaufgang?«, fragte Isabelle.

»Der letzte Mond, den kann er sich nicht entgehen lassen«, meinte Leon.

»Er sitzt in Bormes beim Essen. Du musst nicht hier warten«, sagte Isabelle. »Fahr nach Hause. Besser, es ist jemand dort ... Nur für den Fall, du weißt schon.«

»Capitaine, wir müssen los«, rief der Beamte, der mit dem Streifenwagen auf Isabelle wartete.

Isabelle sah Leon an und hatte Tränen in den Augen. Sie stieg in das Polizeiauto und fuhr davon, ohne sich noch einmal umzudrehen. Inzwischen war es dunkel geworden.

88. Kapitel

Wie zum Teufel waren sie ihm bloß so verdammt nahe gekommen? Natürlich hatte er alles gut vorbereitet, wie immer. Seine bisherigen Pläne hatten ihm immer Möglichkeiten gelassen, die Mission jederzeit abbrechen zu können. Aber nicht heute. In dieser Nacht war alles anders. In dieser Nacht würde einzig und allein die Natur über sein Schicksal entscheiden. Die Natur ließ sich nicht austricksen. Der Mann würde dem ewigen Rhythmus der Planeten folgen.

Er war perfekt vorbereitet: Wenn die schlanke Sichel des Mondes im Osten über den Hügeln des Massif des Maures aufgehen würde, wäre er bereit. Nicht irgendwann, nein, morgens um zwei Uhr, wenn Mensch und Tier am tiefsten schliefen. Präzise zur Wolfsstunde. Er würde nicht schlafen, nicht ruhen, sondern wach und klar und hart sein. Er würde sich die Stunde des Wolfes nicht entgehen lassen. Er würde diesem Hampelmann von der Universität zeigen, was ein echter Mann tat, wenn er eine Frau brauchte. Nach den Regeln der Natur, nicht nach den Regeln dieser verweichlichten Gesellschaft. Und der Junge aus der Uni würde dabei zusehen. Er würde den Anblick ertragen müssen, er würde an seinen Fesseln reißen, wenn er sah, was mit der jungen Frau geschah. Aber ganz tief in seinem Inneren würde er wissen, dass der

Mann genau das mit der Frau machte, was Männer mit Frauen seit Hunderttausenden von Jahren machten.

Ein warmes, erhabenes Gefühl durchströmte den Brustkorb des Mannes, und er konnte spüren, wie kräftig sein Herz bei diesem Gedanken schlug. Was er heute Nacht tat, würde ein Zeichen setzen. Es würde ihn unsterblich machen, ganz egal, wie die Sache ausging. Er stand auf und sah auf seine Uhr. Es war an der Zeit.

89. Kapitel

Lilou fror. Obwohl sie nichts sehen konnte, wusste sie, dass es in der Welt dort draußen Nacht geworden war. Es war noch dunkler als zuvor, das konnte sie spüren. Das Schwarz der Nacht fühlte sich weicher an als die Schatten des Tages. Ein paar Mal hatte sie sich schon überlegt, wie es wohl wäre, wenn sie in diesem feuchten kühlen Verlies sterben würde. Würde sie zuerst verhungern oder verdursten? Würde sie einschlafen, so wie sie es in einem Dokumentarfilm gesehen hatte? Oder würde ihr ein leuchtender Lichtstrahl den Weg in die Ewigkeit zeigen? Und würde in diesem Moment ihr ganzes Leben vor ihrem inneren Auge vorbeiziehen? Das ganze Leben, wie viel war das schon, wenn man erst 17 Jahre alt war? Lilou spürte Wut in sich aufsteigen: Es war nicht fair.

Vor Stunden, da hatte es einen Moment der Hoffnung gegeben. Einen kurzen Augenblick, in dem sie dachte, alles würde sich doch noch zum Guten wenden. Das war, als sie entfernte Stimmen gehört hatte und das Quietschen einer Tür, oder hatte sie sich das nur eingebildet? War da wirklich ein Poltern über ihr in einem anderen Raum? Einbildung oder Realität, sie merkte, dass sie diese Dinge immer weniger trennen konnte. In diesem Moment spürte sie eine Bewegung im Rücken.

»Oscar«, krächzte sie in die Dunkelheit. Wieder spürte sie die Bewegung. Sie musste etwas unternehmen, sofort. Sie musste es schaffen, ihre Lage zu verbessern. Auch wenn es nur ein kleiner Schritt wäre. Schon ein winziger Erfolg würde sie davon abhalten, sich aufzugeben. Jemand wollte sie zerstören. Wollte verhindern, dass sie über ihr Schicksal entschied, war dabei, ihr die Entscheidung aus der Hand zu nehmen. Sie wusste nicht, wer das war oder warum er es tat, aber sie würde nicht aufgeben. Lilou spürte, wie allein schon dieser Gedanke sie stark machte. Sie drehte sich um und robbte ein paar Zentimeter über den Boden, als etwas ihren Kopf festhielt. Eine unerklärliche Kraft schien sie zu kontrollieren. Es dauerte ein paar angsterfüllte Sekunden, bis sie begriff, dass da keine Hände nach ihr griffen, sondern dass der Beutel, den man ihr über den Kopf gestülpt hatte, sich irgendwo am hölzernen Boden verhakt hatte. Lilou bewegte sich und hörte Stoff reißen. Der Beutel, dachte sie und warf den Kopf hin und her. Wieder das Reißen, und dann strömte frische Luft in ihre Lungen, und sie spürte, dass sie den rauen Stoff abstreifen konnte. Doch als sie ihr Gesicht befreit hatte, war noch immer Dunkelheit um sie herum.

Wenn es dort am Boden etwas gab, das so spitz war, dass es den Beutel zerrissen hat, dachte sie, funktioniert das vielleicht auch mit den Fesseln. Lilous Finger tasteten vorsichtig den Boden ab. In diesem Moment hörte sie ein Auto näher kommen. Der Motor wurde abgeschaltet. Einen Augenblick später war da das Knarzen einer Türangel, die schon Jahrzehnte nicht mehr geölt worden war. Dann hörte sie Schritte. Jemand kam.

90. Kapitel

Leon hatte sich direkt neben die Eingangstür auf einen Gartenstuhl gesetzt und war eingeschlafen, als ihn etwas aufweckte. Er
hätte nicht sagen können, ob es ein Licht oder ein Geräusch gewesen war. Vielleicht war auch nur ein Auto am Tor zu Koenigs
Grundstück vorbeigefahren. In jedem Fall war sein rechter Fuß
eingeschlafen. Er stand auf und versuchte, das Summen im Ge-
lenk wieder loszuwerden.

Leon sah sich um. Aber da war nichts als Dunkelheit. Das
einzige Licht, das es hier in der Einsamkeit der Provence gab,
kam vom Nachthimmel, an dem Milliarden von Sternen funkelten. Leon sah auf seine Uhr, es war kurz nach zehn. Er hatte fast
eine Stunde auf dem unbequemen Gartenstuhl geschlafen. Isabelle hatte recht gehabt. Es tat sich hier wirklich nichts mehr. Es
war sicher besser, nach Haus zu fahren, als sich noch länger die
Nacht um die Ohren zu schlagen. In diesem Moment läutete Leons Handy. Er sah auf das Display: Isabelle.

»Habt ihr ihn?«, fragte Leon sofort.

»Nein, es war leider der falsche Mann.« Isabelles Stimme
klang traurig und enttäuscht. »Der Zeuge hatte ihn verwechselt.«

»Tut mir leid, Isabelle.«

»Scheiße, Leon«, sagte Isabelle frustriert. »Der Typ sah diesem Koenig nicht mal ähnlich. Wo bist du?«

»Immer noch bei der Villa.«

»Fahr nach Hause, bitte«, sagte Isabelle.

»Und wenn er doch noch hierherkommt?«

»Masclau wird auf seiner Patrouille alle zwei Stunden an der Villa vorbeifahren«, sagte Isabelle.

Leon konnte hören, dass sie leise weinte. Ihm tat das Herz weh.

»Wir finden sie, bestimmt«, sagte Leon schließlich.

»Wir sehen uns zu Hause.«

»Ich kann doch noch hierbleiben, kein Problem ...«, wollte Leon protestieren, als Isabelle ihn unterbrach.

»Morgen früh 8:oo Uhr läuft die offizielle Fahndung nach ... nach den beiden an ...« Isabelle ließ den Satz unvollendet, als fürchtete sie sich davor, Lilous oder Oscars Namen laut auszusprechen.

»Das ist gut«, sagte Leon, als wäre das ein Trost.

»Ich weiß nicht ... ich frage mich«, Isabelle stockte, »ich frage mich, ob das nicht alles viel zu spät kommt.«

In diesem Moment sah Leon das Licht. Es war nur für Sekunden zu erkennen, dann war es wieder verloschen. Nur um ein paar Meter weiter erneut kurz aufzuleuchten. Es schwankte hin und her. Wie ein Glühwürmchen im Nachtwind, dachte Leon. Oder jemand ist mit einem Auto unterwegs, der nur sekundenweise Licht einschaltet, um zu verhindern, dass ihn jemand beobachtete.

»Leon, hörst du mir noch zu?«, fragte Isabelle müde.

»Da ist jemand«, Leon ging gar nicht auf Isabelles Frage ein.

»Wo, was meinst du?«, fragte sie.

»Ein Licht oben am Waldrand. Vielleicht von einem Auto«, meinte Leon. »Ich sehe mir das mal an.«

»Nein, tu das bitte nicht.«

»Soll ich vielleicht warten, bis Zerna jemand schickt?«

»Ich ruf ihn an«, sagte Isabelle. »Nein, besser ich schick dir jemanden.«

»Hör schon auf. Es sind keine 200 Meter bis zum Wald. Ich sehe mich nur mal um und melde mich gleich wieder.«

Leon schaltete das Handy aus, ohne Isabelles Antwort abzuwarten. Dann lief er zu seinem Wagen, der noch immer unter der Platane vor dem Eingang stand, und fischte aus dem Handschuhfach eine bleistiftdünne Taschenlampe mit einer starken LED-Birne. In großen Schritten lief er auf einem Pfad den Hang hinauf. Der Weg war steiler und länger, als er erwartet hatte. Leon blieb stehen, als er eine Gruppe Felsen erreichte. Er musste die Hände auf die Oberschenkel stützen, bis sein Atem wieder ruhig ging. Dann spähte er vorsichtig über die Felsen. Keine zehn Meter entfernt, gleich neben dem baufälligen Ziegenstall, stand ein ramponierter Lieferwagen, bei dem die seitliche Schiebetür offen stand.

Leon war mit wenigen Schritten bei dem Auto. Aus dem Lieferwagen drang ein Stöhnen. Er schaltete die Taschenlampe ein und leuchtete in den Laderaum, und da lag Lilou. Sie hatte einen Knebel im Mund, Arme und Beine waren gefesselt.

»Lilou, um Gottes willen ...«, Leon klemmte sich die Taschenlampe zwischen die Zähne und versuchte, den Knoten des Knebels in Lilous Nacken zu lösen.

Lilou stöhnte. Im Licht der Taschenlampe sah er ihre ängstlich aufgerissenen Augen.

»Keine Sorge«, sagte er und spürte eine Bewegung neben sich in der Dunkelheit. In diesem Moment traf ihn ein Schlag gegen den Kopf, und Leon stürzte in die Finsternis.

Als Leon wieder zu sich kam, sah er zuerst die strahlende Mondsichel, die wie eine riesige Lampe zwischen den Hügeln des Massif des Maures aufstieg. Es dauerte ein paar Sekunden, bis Leon wieder wusste, wo er war. Dies war die Nacht des abnehmenden Mondes, und er hatte Lilou gefunden. Leon sah sich um. Da lag sie, gefesselt und geknebelt auf dem Boden des Transporters. Neben ihr Oscar. Leon wollte aufstehen, aber auch seine Hände und Füße waren gefesselt. Leon schob sich mit dem Rücken ein Stück an einer krummen Seekiefer nach oben. Sein Kopf lärmte vor Schmerzen, als er sich bewegte, und einen Augenblick fürchtete er, der Schwindelanfall würde ihn erneut zu Boden werfen.

»Sie haben alles ruiniert«, sagte jemand hinter Leon.

Leon erkannte die Stimme sofort. Das war Victor Koenig, der langsam um ihn herumging.

»Was, was habe ich ruiniert?«, sagte Leon und sah den Mann an, der jetzt vor ihm stand, mit einem großen Jagdmesser in der Hand, in dessen glänzender Schneide sich das Mondlicht spiegelte. »Ihren großen Auftritt? Ich schätze, daraus wird nichts.«

»Sie haben doch überhaupt keine Ahnung, was diese Nacht für uns alle bedeutet.« Der unterdrückte Zorn in Koenigs Stimme klang gefährlich.

»Die Polizei sucht Sie bereits«, Leon fiel es noch immer schwer zu sprechen, aber ihm war klar, wenn er Zeit gewinnen wollte, musste er Koenig zum Reden bringen.

»Die Polizei«, wiederholte Koenig voller Verachtung. »Diese Idioten begreifen doch überhaupt nichts.«

»Dann erleuchten Sie mich doch mal«, sagte Leon. »Ich sehe nur, dass Sie den Tod von fünf Menschen zu verantworten haben.«

»Sie haben es immer noch nicht begriffen, oder?«, fragte Koenig.

»Was, dass Sie ein Wichtigtuer sind, ein selbstverliebter Narziss?«

»Halten Sie den Mund, verdammt«, fuhr Koenig ihn an.

Leon dachte nicht daran aufzuhören.

Im Gegenteil, er provozierte den Mann weiter, zog ganz dessen Aufmerksamkeit auf sich. Leon wollte unter allen Umständen verhindern, dass Koenig sich umdrehte und in Richtung der Villa sah. Dorthin, wo vor wenigen Minuten ein unbeleuchteter Wagen angehalten hatte. Leon hatte aus dem Augenwinkel wahrgenommen, dass jemand aus dem Auto gestiegen war und im Schatten der Korkeichen zu ihnen herüberrannte. Wenn er Koenig nur noch eine Minute ablenken konnte ...

»Schizophrenie«, sagte Leon. »Sie sind schizophren. Aber das wissen Sie wahrscheinlich. Waren Sie mal in psychologischer Behandlung? Waren Sie, richtig?«

»Halten Sie den Mund. Ich sage es nicht noch einmal, Docteur.« Koenig trat einen weiteren Schritt auf Leon zu, der sich Zentimeter für Zentimeter an der Seekiefer nach oben geschoben hatte und inzwischen schwankend auf den Beinen stand.

»Sie denken, Sie wären besonders schlau. Sie denken, Sie könnten meine Pläne durchkreuzen«, sagte Koenig. »Nein, das können Sie nicht. Weil Sie nämlich nicht einmal im Ansatz begreifen, was hier geschieht.«

»Halluzinationen«, sagte Leon. »Kommt Ihnen das Wort bekannt vor?«

»Was?« Koenig sah ihn irritiert an.

»Käfer, die die Wände hochkrabbeln. Männer in schwarzen Kapuzenmänteln, die durch ihr Zimmer laufen. Sehen sie manchmal, wie die Welt vor Ihren Augen zerfällt, und rast Ihr Herz dabei?« Leon sprach weiter, nur weiter, um Koenigs Aufmerksamkeit nicht zu verlieren.

»Halten Sie den Mund, verdammt noch mal!« Der Mann hob

das Messer und hielt es Leon an den Hals. Plötzlich starrte er in die Dunkelheit, als hätte er ein Geräusch gehört.

»Was haben Sie vor, Koenig?« Leon wusste, dass seine Zeit ablief. »Glauben Sie, wenn Sie mich töten, sind Ihre Probleme gelöst, glauben Sie das wirklich?«

»Messer fallen lassen!«, rief jemand aus der Dunkelheit. Leon sah Koenig über die Schulter. Da stand Isabelle, die Beretta im Anschlag, die Taschenlampe auf Koenigs Gesicht gerichtet.

»Legen Sie die Pistole weg«, sagte Koenig leise drohend. Er schien plötzlich ganz ruhig und hielt sein Messer Leon an die Kehle. »Oder der ist tot.«

Leon spürte die scharfe Klinge des Jagdmessers an seinem Kehlkopf. Mit der freien Hand hatte Koenig von hinten Leons Hemd gepackt und benutzte ihn als lebendigen Schutzschild. Jetzt hatte Isabelle kein freies Schussfeld, wenn sie Koenig ausschalten wollte.

Leon erfasste mit einem Blick seine Chance: Wenn er sich nur ein kleines Stück zur Seite drehen würde, könnte er trotz gefesselter Arme mit der rechten Schulter die Hand mit dem Messer abwehren und sich zu Boden fallen lassen. Das würde Isabelle für den Zeitraum eines Wimpernschlages Gelegenheit geben zu schießen. Leon sah Isabelle fest in die Augen und erkannte ihre Zweifel an dem Plan. Sie schüttelte kaum merklich den Kopf. Genau in diesem Moment ließ Leon sich fallen. Fast gleichzeitig knallte der Schuss aus Isabelles Beretta. Leon sah, wie aus dem Hinterkopf von Koenig roter Nebel schoss, als die Kugel den Schädelknochen durchschlug und in einer Wolke aus Knochen, Blut und Gehirn in den Baum einschlug. Während der tote Körper des Serienmörders neben ihm zusammenbrach, schloss Leon die Augen.

91. Kapitel

Blaulicht zuckte durch die Dunkelheit. Rufe waren zu hören. Fünf Streifenwagen und zwei Krankenwagen standen vor der Villa. Durch die geöffnete Eingangstür konnte man das Blitzlicht des Polizeifotografen aufflammen sehen. Isabelle stand beim Krankenwagen und hielt ihre Tochter im Arm, während sich gleich daneben ein Arzt und ein Sanitäter um Oscar kümmerten. Der Notarzt nickte, und Lilou setzte sich neben ihren Freund.

Leon unterhielt sich mit den Bestattern. Als er in dem Trubel Isabelle sah, ging er auf sie zu und legte seinen Arm um sie.

»Habe ich Ihnen schon dafür gedankt, dass Sie mein Leben gerettet haben, Capitaine?«, fragte er gespielt höflich und fügte dann ernster hinzu: »Wie geht es Lilou und Oscar?«

»Gut, wirklich. Sie sind durstig.« Isabelle lächelte, aber Leon erkannte sofort, dass sie etwas beschäftigte.

»Was ist?«, fragte er. »Den Kindern geht es gut, und der Mörder ist ausgeschaltet. Aber irgendetwas beschäftigt dich ...?«

»Ich habe einen Menschen getötet, Leon«, sagte Isabelle leise.

»Was, wenn wir uns irren, was, wenn dieser Koenig mit dem Fall gar nichts zu tun hat?«

»Das glaubst du nicht wirklich?«, sagte Leon. »Sogar Zerna hält Koenig inzwischen für den Täter.«

»Einen richtigen Beweis haben wir aber nicht«, sagte Isabelle müde.

»Warte«, sagte Leon und wandte sich an die Bestatter, die gerade die Bahre mit Koenigs Leiche in den Wagen schoben.

»Einen Moment noch«, Leon zog den Reißverschluss des grauen Leichensacks am Fußende ein Stück auf und legte das rechte Bein des Toten frei. Dann schob er das Hosenbein nach oben. Mit der Taschenlampe leuchtete er auf die Wade, auf der eine entzündete Wunde von der Größe eines Zwei-Euro-Stückes zu erkennen war.

»Weißt du, was das ist?«, fragte Leon.

»Nein, was?«

»Ich wette, das hier ist der Hundebiss, nachdem wir gesucht haben. Die Wunde an Rybauds Bein war alt. Aber das Vieh hatte später noch mal zugeschnappt. Nämlich als der Mörder sein Frauchen und ihren Geliebten umgebracht hat.«

In diesem Moment kam Lieutenant Kadir aus dem Haus und lief zu Leon.

»Docteur«, rief der Lieutenant kurzatmig, noch bevor er Leon erreicht hatte. »Wir haben da was gefunden. Das sollten Sie sich ansehen.«

Drei Minuten später stand Leon zusammen mit Zerna und Masclau im Keller der Villa. Im hintersten Raum befanden sich deckenhohe Regale mit Konserven und Wein. Zwischen zwei Regalen stand eine alte, fleckige Tiefkühltruhe, deren Kompressor laut brummte. Die Männer starrten in die geöffnete Truhe: Mitten zwischen Tüten mit gefrorenen Pommes frites, Speiseeis und Rindergulasch lag eine tote Frau.

»Ist sie das?«, fragte Zerna, als Leon sich wieder aufrichtete. »Die Tante?«

»Ich denke, ja.« Leon sah den Polizeichef an. »Vom Alter her könnte es hinkommen. Ich schätze die Tote auf Anfang 70. Sie liegt seit mindestens einem Monat in der Kühltruhe. Genauere Werte erst nach der Obduktion.«

»Und die Todesursache?«, wollte Zerna sofort wissen.

»Auch da muss ich im Augenblick erst mal spekulieren«, sagte Leon und deutete auf den Kopf der Toten. »Hirntrauma nach einem oder mehreren Schlägen mit einem schweren, scharfkantigen Gegenstand.

»Tödlich?«, erkundigte sich Zerna bei seinem Médecin Légiste.

»Vermutlich«, meinte Leon, »ich weiß natürlich im Augenblick nicht, ob das Opfer noch weitere Verletzungen hat.«

»Wann bekomme ich den Bericht«, fragte Zerna.

»Wann bekomme ich etwas Schlaf?«, entgegnete Leon.

»Natürlich«, sagte Zerna ungewohnt rücksichtsvoll. »Der Oberstaatsanwalt wird mich morgen als Erstes nach dem Bericht fragen. Aber schlafen Sie sich erst mal richtig aus.«

»Mach ich. Gute Nacht.« Leon ging zur Tür.

»Ich würde sagen, morgen um 8:15 Uhr bei mir im Büro«, rief Zerna ihm hinterher.

»Ganz bestimmt nicht«, sagte Leon und verließ den Kellerraum, ohne sich noch einmal umzudrehen.

92. Kapitel

Es war die magische Zeit kurz vor Sonnenaufgang. Wenn die Welt noch schlief und das einzige Geräusch das Schreien der Möwen war, die offenbar niemals Ruhe fanden.

Isabelle saß mit angezogenen Knien, eingemummelt in eine warme Decke, auf dem alten Sofa.

Leon erschien auf der Terrasse und hielt zwei Becher Tee in den Händen. Einen davon reichte er Isabelle.

»Early Morning Tea«, sagte er.

»Danke, mein Schatz«, Isabelle nahm die Tasse. »Hast du noch mal nach den beiden gesehen. Meinst du nicht, sie brauchen mehr Flüssigkeit?«

»Keine Sorge, es geht ihnen gut«, sagte Leon. »Das hat Dr. Menez auch gesagt. Im Augenblick schlafen sie.«

»Können wir sie denn allein lassen?«, fragte Isabelle besorgt. »Nach so einem traumatischen Erlebnis?«

»Sie sind nicht allein. Sie liegen zusammen im Bett. Sie müssen reden, sich in den Arm nehmen können«, sagte Leon. »Glaub mir, das ist der beste Weg, die Schrecken der letzten Stunden zu verarbeiten.«

Leon setzte sich zu Isabelle auf das Sofa. Er legte seinen Arm um sie, und sie drückte sich an ihn. Schweigend sahen die beiden über die Dächer von Lavandou, wo das Licht der Morgendämmerung am Horizont das Meer in Flammen zu setzen schien.

Zwischen den schroffen Felsen Madeiras lauert ein tödliches Geheimnis

Endlich Urlaub! Krimi-Autorin Laura Flemming und ihre Freundin Britta können es kaum erwarten, den Boden der wunderschönen Blumeninsel Madeira zu betreten. Doch schon bald begegnet ihnen an diesem idyllischen Ort der Tod: Ein Wanderer wurde vergiftet, ausgerechnet mit madeirischem Honigkuchen. Die Ermittlungen übernimmt Comissário Mauricio Torres – ein attraktiver Mann, dessen seelenvolle Augen Laura stärker berühren, als ihr lieb ist. Als Torres Lauras Freundin verdächtigt, kommt es zum Streit. Erst spät begreift er, dass Laura sich mit mörderischen Konstellationen auskennt und ihm bei der Aufklärung des Falls helfen kann …

Tomás Bento

Tod auf Madeira

Comissário Torres löst seinen ersten Fall

Taschenbuch
Auch als E-Book erhältlich
www.ullstein.de

ullstein

Ein mysteriöser Mord vor der idyllischen Nordseeküste und eine Hallig voller Geheimnisse

Ein herbstlicher Sturm an der friesischen Küste fördert ein düsteres Geheimnis zutage: Auf der kleinen Hallig Nekpen hat die See menschliche Knochen freigespült, die schon seit Jahrzehnten im friesischen Marschboden gelegen haben müssen. Wer war der Tote? Minke van Hoorn, ehemalige Meeresbiologin und erst seit kurzem als Kommissarin zurück in ihrer friesischen Heimat, hat bei ihrem ersten Fall eine harte Nuss zu knacken. Denn die beiden alteingesessenen Familien auf Nekpen wollen von dem Skelett unter der grünen Halligwiese nichts gewusst haben. Jeder kennt jeden, einige benehmen sich merkwürdig, friesisches Schweigen liegt über dem Fall. Dann verschwindet der Sohn des alten Deichgrafen, und längst vergangene Ereignisse scheinen plötzlich ihre Finger bis in die Gegenwart auszustrecken. Minke muss sich beeilen, denn der nächste Herbststurm kündigt sich an ...

Greta Henning
Halligmord
Ein Nordsee-Krimi

Klappenbroschur
Auch als E-Book erhältlich
www.ullstein.de

ullstein

Die malerische Insel Falster, alte Familiengeheimnisse und ein mysteriöser Todesfall

Sonne, Smørrebrød und kilometerlange Sandstrände an der dänischen Südsee in Marielyst. Bestatterin Gitte Madsen will sich diesen Sommer endlich mal zurücklehnen und die Urlaubszeit in ihrem neuen Zuhause genießen, doch dann landet plötzlich die Mutter des Inseljournalisten auf ihrem Tisch. Beim Waschen der Leiche stößt Gitte auf einen ungewöhnlichen Bluterguss und schlägt Alarm. Kommissar Ole Ansgaard findet heraus, dass Ella an einer Insulininjektion gestorben ist. Der Kommissar hat auch bald einen Verdächtigen: Gittes Vater Mads, fast zwei Jahrzehnte lang verschollen, ist zurück in Marielyst und wurde als letzter Besucher bei Ella gesehen …

Frida Gronover
Dänische Brandung
Gitte Madsen ermittelt

Taschenbuch
Auch als E-Book erhältlich
www.ullstein.de

ullstein